DUFAUX • RENAUD

Santiág

COULEURS :
BÉATRICE MOMMOYER

Glénat

Impression et reliure : Pollina s.a., 85400 Luçon - n° 14338 — Dépôt légal : décembre 1991

COLLECTION GRAFICA

* PERSONNAGE DE LA MYTHOLOGIE NAVAJO. INCARNE LA BONTÉ.

...QU'ELLE ÉTAIT AUSSI FROIDE QUE LE SERPENT ET DURE COMME LA PIERRE !
VOUS CROYEZ QU'IL VIENDRA ?...
IL DOIT VENIR... LE CONTRAIRE EST PROPREMENT IMPENSABLE ...
...CAR CELA SIGNIFIERAIT L'ÉCHEC DE NOTRE MISSION.
...ET CELA, NOUS NE POUVONS NOUS LE PERMETTRE, N'EST-CE PAS, Mr BLODGAST ?...
NON, BIEN ÉVIDEMMENT ...
NE M'ATTENDS PAS... J'IGNORE COMBIEN DE TEMPS CELA VA DURER ...
N'OUBLIE PAS QUE J'AI BESOIN DE LA VOITURE POUR CONDUIRE TOSSIE À L'ÉCOLE...
REVIENS VITE... JE T'AIME ...
PLUS TARD, JE NE LAISSERAI JAMAIS MON MARI PARTIR LA NUIT... ET JE DÉTESTERAI TOUTES LES BLONDES...

LE VOILÀ !... DIEU SOIT LOUÉ...
DIEU N'A RIEN À VOIR DANS CETTE HISTOIRE, Mr BLODGAST. QU'IL EN RESTE ÉLOIGNÉ LE PLUS LONGTEMPS POSSIBLE SERAIT MÊME DANS NOS INTÉRÊTS...
C'EST LUI... Y'RESTE PLUS QU'À ATTENDRE LE SIGNAL...

PAR ICI, Mr SANTIAG... NOUS VOUS ATTENDIONS...
VOUS AVEZ PU OBTENIR CE QUE NOUS ESPÉRIONS ?...
C'EST LÀ-DEDANS...
TOUT ?
TOUT LE DOSSIER EST ACCABLANT. VOUS N'AUREZ AUCUNE DIFFICULTÉ À LE CONFONDRE...
MY GOODNESS!... C'EST DE LA DYNAMITE!... DE LA PURE DYNAMITE!! CO... COMMENT AVEZ-VOUS FAIT !??
Mr SANTIAG EST NOTRE MEILLEUR AGENT DANS LA RÉGION, BLODGAST... VOUS SEMBLEZ L'OUBLIER...
IL A FAIT SON DEVOIR...
...COMME CHACUN DE NOUS SE PRÉPARE À LE FAIRE...
OK. ON PEUT Y ALLER... GROUILLE...

JE VOULAIS SAVOIR SI JE DOIS MAINTENIR LA SURVEILLANCE...
NON. VOUS POUVEZ RENTRER CHEZ VOUS ...**NOUS VOUS** TIENDRONS AU COURANT PAR LE CANAL HABITUEL...
DANS CE CAS...
BONNE CHANCE, Mr SANTIAG... NOUS NE VOUS OUBLIERONS PAS...
EH BIEN... IL S'EN EST FALLU DE PEU... CE QUE JE REGRETTE...
JE SAIS CE QUE VOUS ALLEZ DIRE... NOUS AURIONS DÛ ÉVITER TOUT CE GÂCHIS...
...MAIS NOUS N'AVONS PLUS LE CHOIX ! IL NOUS FAUT ALLER JUSQU'AU BOUT !!
!??
KLINGG
BLOOMMMMM
5

VENEZ... UNE VOITURE NOUS ATTEND A' L'ARRIÈRE...

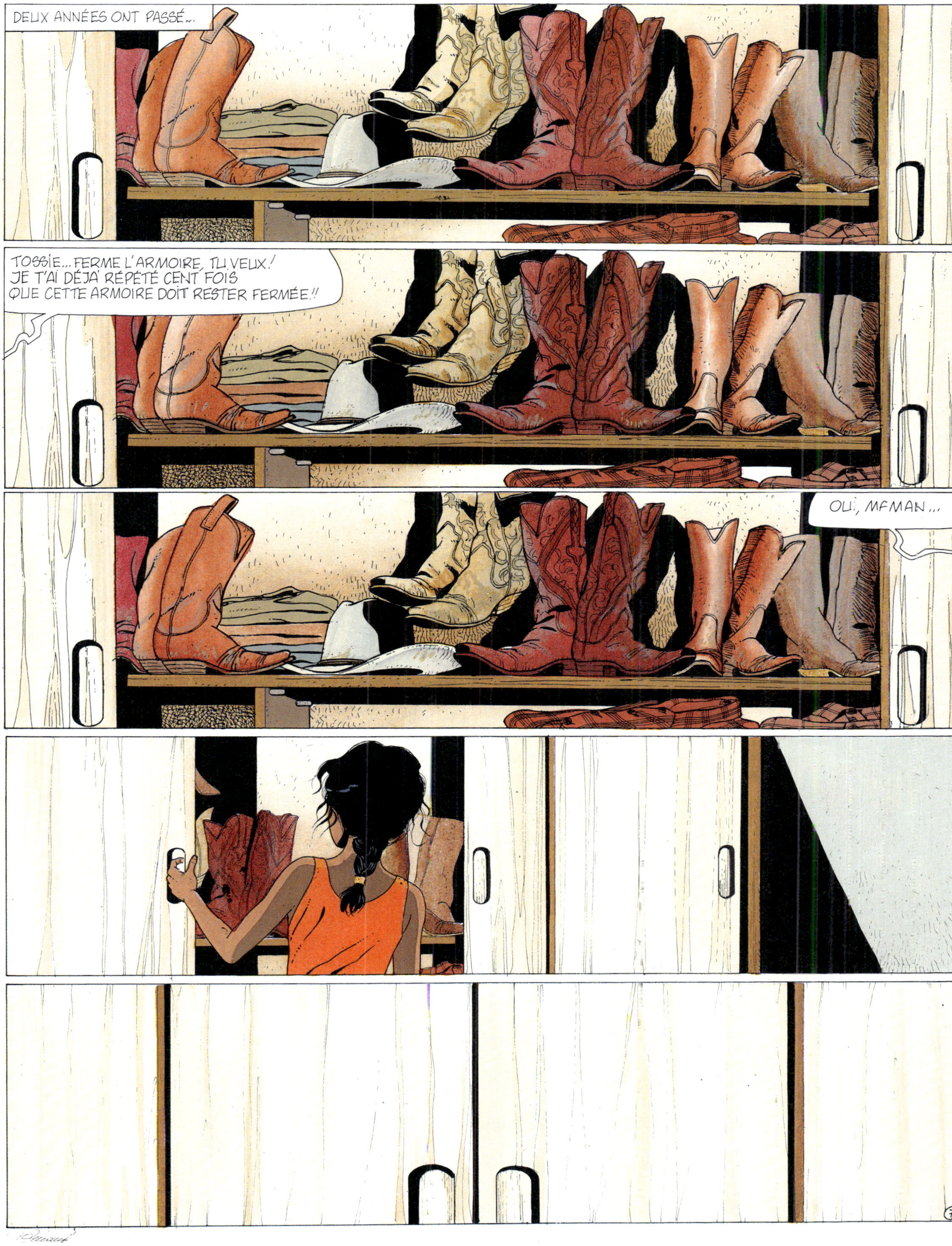
DEUX ANNÉES ONT PASSÉ...
TOSSIE... FERME L'ARMOIRE, TU VEUX ! JE T'AI DÉJÀ RÉPÉTÉ CENT FOIS QUE CETTE ARMOIRE DOIT RESTER FERMÉE !!
OUI, MAMAN...
7

LA ROUTE QUI MÈNE VERS LA VIEILLE MINE, UN SAMEDI MATIN.
LE VOILA'!...
ALORS ?...
...VAUT MIEUX QUE TU DÉCOUVRES PAR TOI-MÊME...
J'ESPÈRE QUE T'AS RIEN MANGÉ DE LOURD, CE MATIN... PARCE QUE C'EST GRATINÉ COMME SPECTACLE...
JE NE MANGE JAMAIS LE MATIN...

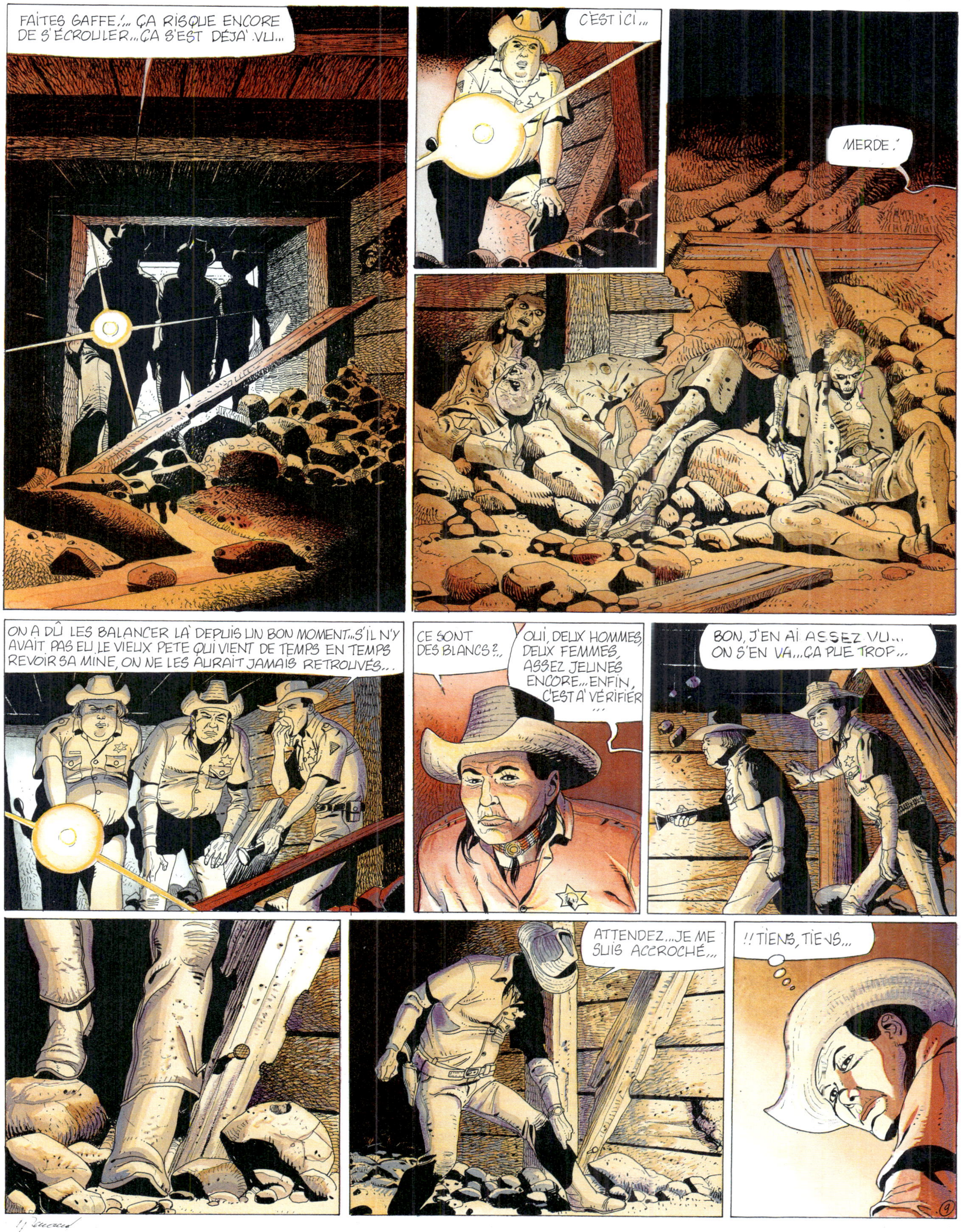
FAITES GAFFE !... ÇA RISQUE ENCORE DE S'ÉCROULER... ÇA S'EST DÉJÀ VU...
C'EST ICI...
MERDE !
ON A DÛ LES BALANCER LÀ DEPUIS UN BON MOMENT... S'IL N'Y AVAIT PAS EU LE VIEUX PETE QUI VIENT DE TEMPS EN TEMPS REVOIR SA MINE, ON NE LES AURAIT JAMAIS RETROUVÉS...
CE SONT DES BLANCS ?..
OUI, DEUX HOMMES, DEUX FEMMES, ASSEZ JEUNES ENCORE... ENFIN, C'EST À VÉRIFIER...
BON, J'EN AI ASSEZ VU... ON S'EN VA... ÇA PUE TROP...
ATTENDEZ... JE ME SUIS ACCROCHÉ...
!! TIENS, TIENS...

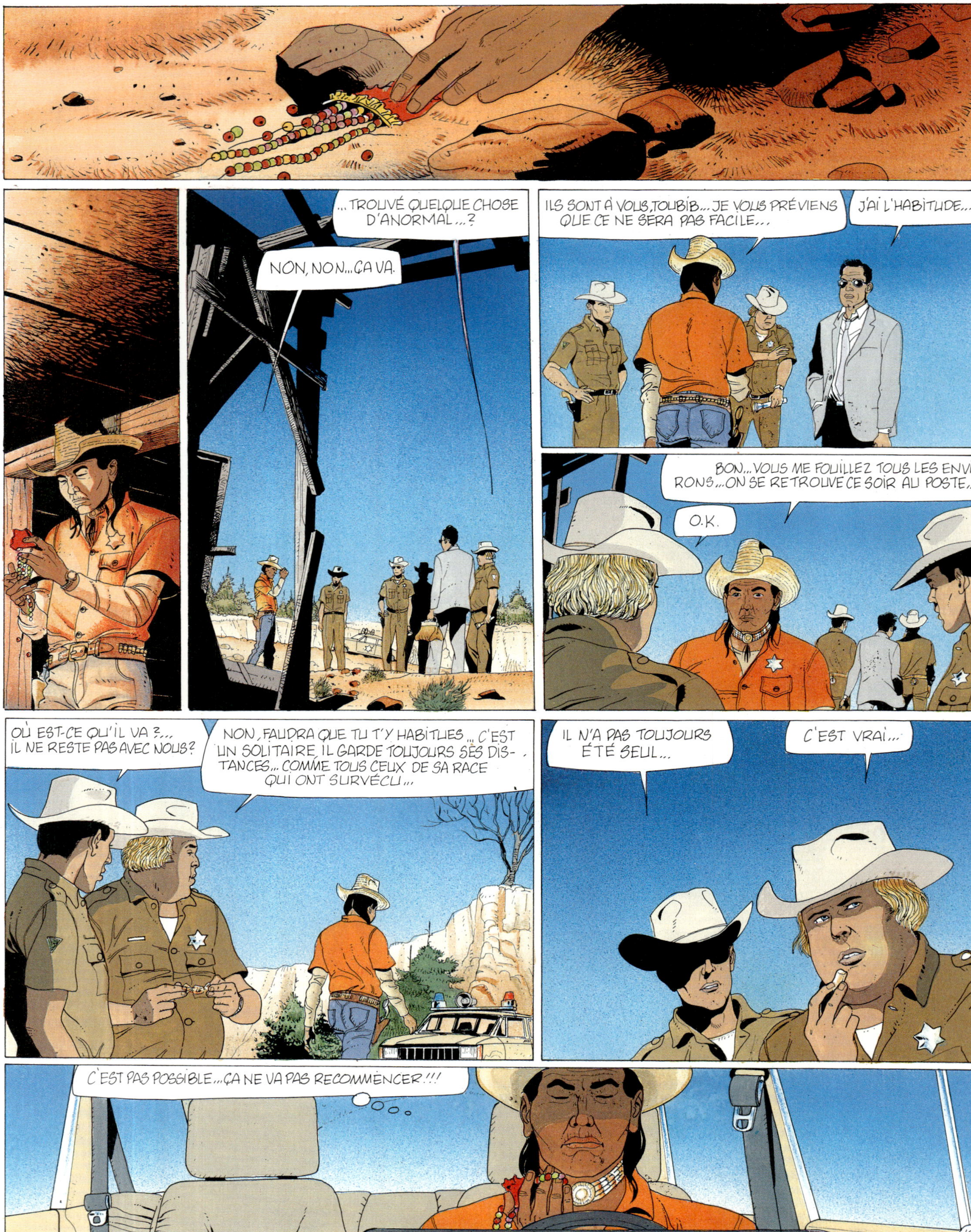
...TROUVÉ QUELQUE CHOSE D'ANORMAL...?
NON, NON... ÇA VA.
ILS SONT À VOUS, TOUBIB... JE VOUS PRÉVIENS QUE CE NE SERA PAS FACILE...
J'AI L'HABITUDE...
BON... VOUS ME FOUILLEZ TOUS LES ENVIRONS... ON SE RETROUVE CE SOIR AU POSTE...
O.K.
OÙ EST-CE QU'IL VA ?... IL NE RESTE PAS AVEC NOUS?
NON, FAUDRA QUE TU T'Y HABITUES... C'EST UN SOLITAIRE, IL GARDE TOUJOURS SES DISTANCES... COMME TOUS CEUX DE SA RACE QUI ONT SURVÉCU...
IL N'A PAS TOUJOURS ÉTÉ SEUL...
C'EST VRAI...
C'EST PAS POSSIBLE... ÇA NE VA PAS RECOMMENCER !!!
10

...IL EST INÉVITABLE QU'IL Y AIT DES CAUSES DE CHUTE. MAIS MALHEUR A CELUI PAR QUI LA CHUTE ARRIVE... QU'ON LE JETTE A LA MER AVANT QU'IL NE FASSE TOMBER LES AUTRES...
...TENEZ-VOUS SUR VOS GARDES. AMEN.
MERCI, RÉVÉREND. TOUS ICI, NOUS SOMMES TRÈS SENSIBLES A VOS PAROLES...
ET MAINTENANT, MES AMIS, MANGEONS...

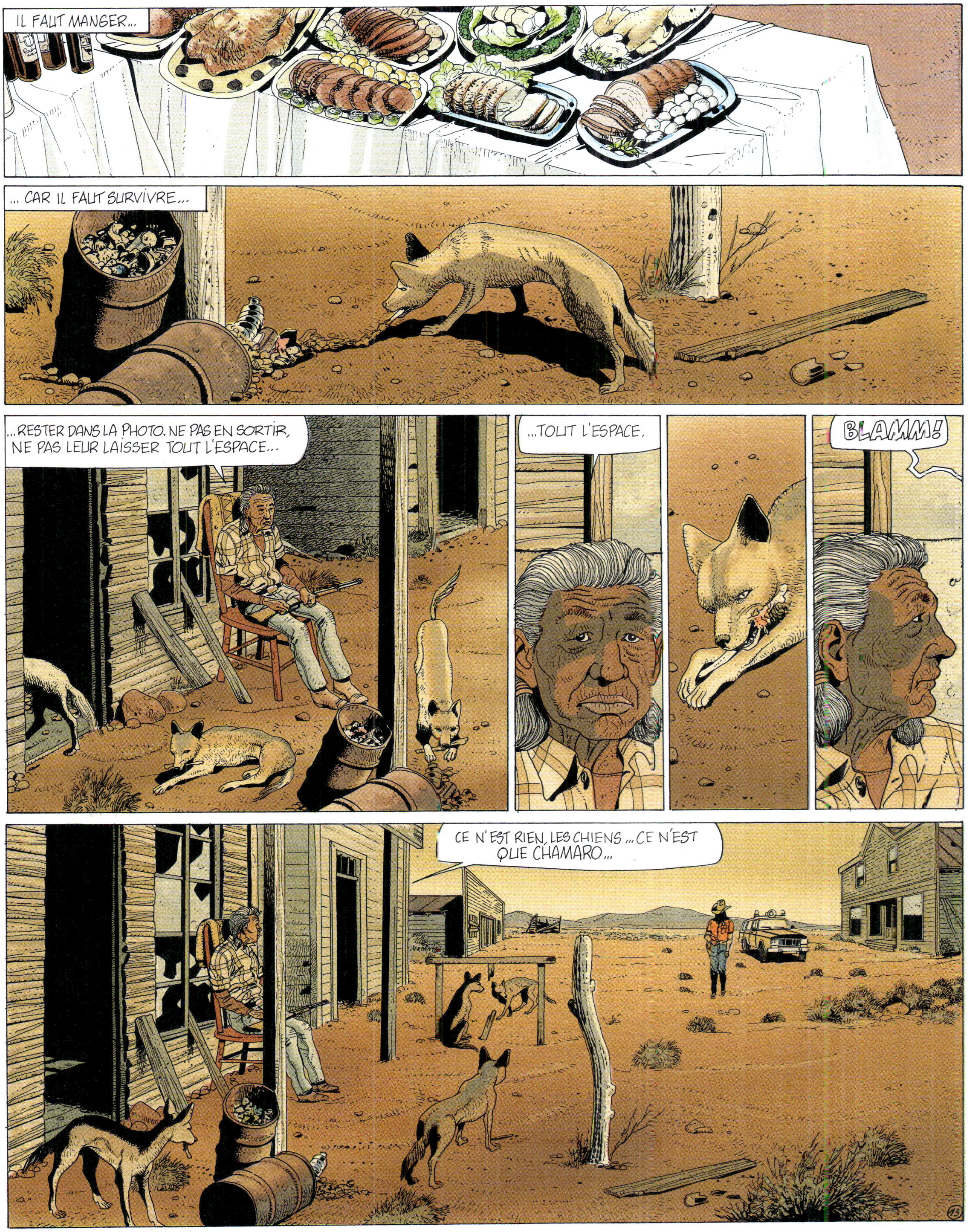
IL FAUT MANGER...
... CAR IL FAUT SURVIVRE...
...RESTER DANS LA PHOTO. NE PAS EN SORTIR, NE PAS LEUR LAISSER TOUT L'ESPACE...
...TOUT L'ESPACE.
BLAMM!
CE N'EST RIEN, LES CHIENS ... CE N'EST QUE CHAMARO...
13

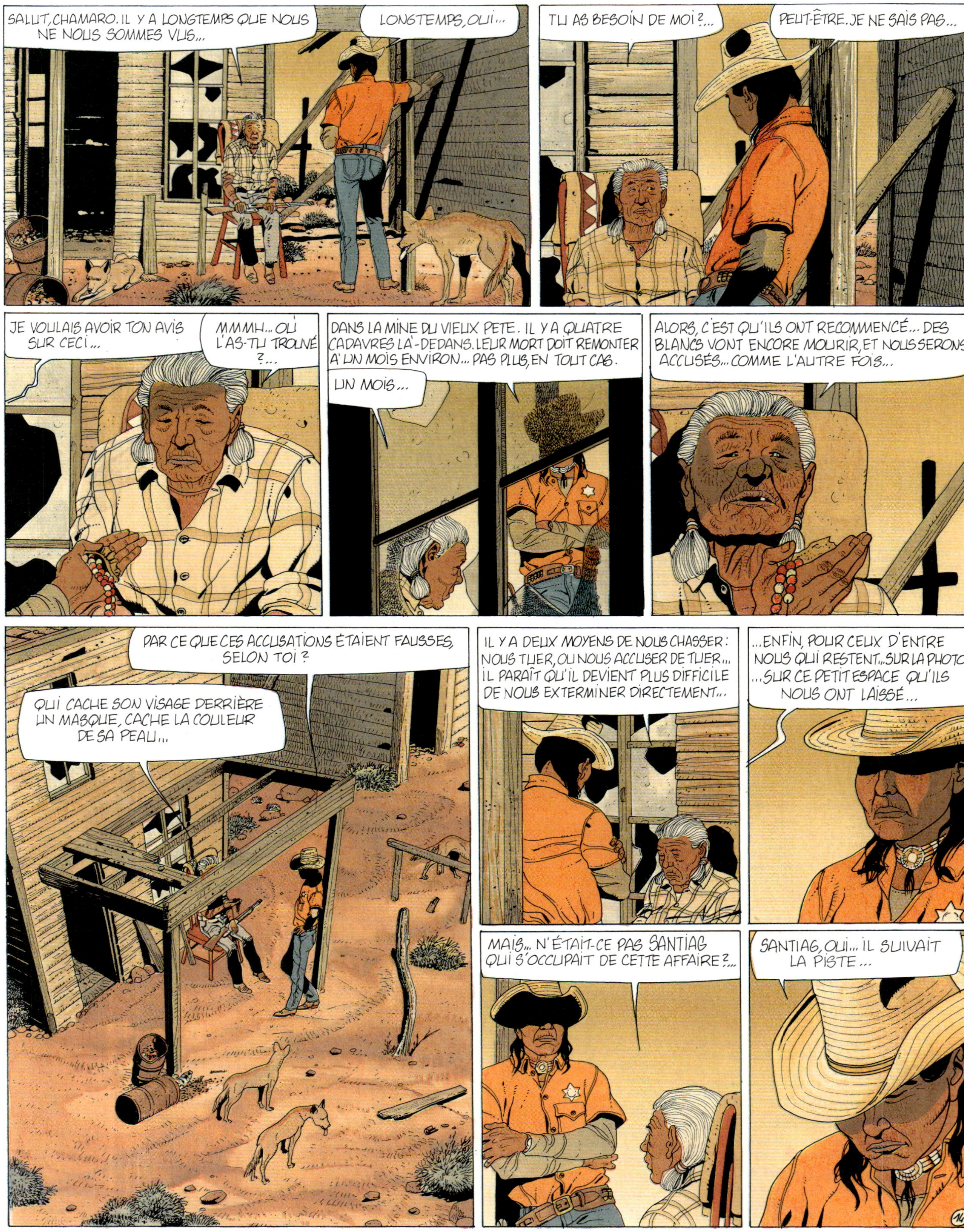

SALUT, CHAMARO. IL Y A LONGTEMPS QUE NOUS NE NOUS SOMMES VUS...
LONGTEMPS, OUI...
TU AS BESOIN DE MOI ?...
PEUT-ÊTRE. JE NE SAIS PAS...
JE VOULAIS AVOIR TON AVIS SUR CECI...
MMMH... OÙ L'AS-TU TROUVÉ ?...
DANS LA MINE DU VIEUX PETE. IL Y A QUATRE CADAVRES LÀ-DEDANS. LEUR MORT DOIT REMONTER À UN MOIS ENVIRON... PAS PLUS, EN TOUT CAS.
UN MOIS...
ALORS, C'EST QU'ILS ONT RECOMMENCÉ... DES BLANCS VONT ENCORE MOURIR, ET NOUS SERONS ACCUSÉS... COMME L'AUTRE FOIS...
PARCE QUE CES ACCUSATIONS ÉTAIENT FAUSSES, SELON TOI ?
QUI CACHE SON VISAGE DERRIÈRE UN MASQUE, CACHE LA COULEUR DE SA PEAU...
IL Y A DEUX MOYENS DE NOUS CHASSER : NOUS TUER, OU NOUS ACCUSER DE TUER... IL PARAÎT QU'IL DEVIENT PLUS DIFFICILE DE NOUS EXTERMINER DIRECTEMENT...
...ENFIN, POUR CEUX D'ENTRE NOUS QUI RESTENT... SUR LA PHOTO ...SUR CE PETIT ESPACE QU'ILS NOUS ONT LAISSÉ...
MAIS... N'ÉTAIT-CE PAS SANTIAG QUI S'OCCUPAIT DE CETTE AFFAIRE ?...
SANTIAG, OUI... IL SUIVAIT LA PISTE...

!??
SALUT, JOHN...
JE T'ATTENDAIS...

QUI ... QUI EST LÀ ?! QUI VOUS A PERMIS D'ENTRER... ?
TU NE ME RECONNAIS PAS ?... ALLONS, JOHN, FAIS UN EFFORT... DE VIEUX COMME NOUS, C'EST BON DE SE REVOIR, NON ?...
SANTIAG !!!
NON... CE... CE N'EST PAS POSSIBLE... PAS TOI !... PAS TOI !!
JE T'AI PRÉPARÉ TON COSTUME ... TU N'AS PAS ENVIE DE LE REMETTRE, JOHN ?...
JE... JE T'EN PRIE ... NE... NE FAIS PAS ÇA...
BLAOW
DÉSOLÉ, JOHN...
BLAOW
16

SACRÉ ELÉONORA ! ON LUI DONNERAIT LE BON DIEU SANS CONFESSION, COMME ELLE EST LÀ...
OUAIS ! C'EST BIEN LA PREMIÈRE FOIS QUE JE LA VOIS DANSER DANS LES BRAS DE SON PÈRE...
JE ME DEMANDE SI C'EST VRAI, CE QU'ON RACONTE...
ET QU'EST-CE QU'ON RACONTE ?...
QU'ELLE AURAIT COUCHÉ AVEC LE VIEUX...
ÉLÉONORA N'A JAMAIS FAIT DANS LE DÉTAIL...
CE QUI EST CURIEUX, C'EST QUE SON FRÈRE NE SOIT PAS LÀ... QUELQU'UN A VU ZEB DERNIÈREMENT ...?
T'INQUIÈTE PAS POUR LUI... PARAÎT QU'IL S'OCCUPE DE LA PETITE MANDY... ET POUR L'ÉPUISER, CELLE-LÀ, Y A DE LA BESOGNE ...
TIENS, TIENS... J'AI L'IMPRESSION QUE LA PETITE FÊTE VA SE TERMINER PLUS TÔT QUE PRÉVU...
17

MISTER STEVENS...
!?
QU'EST-CE QUE VOUS FAITES ICI, CHAMARO ?... VOUS N'ÊTES PAS INVITÉ, QUE JE SACHE...
LA POLICE N'A PAS BESOIN D'INVITATION, MISTER, POUR SE RENDRE LÀ OÙ ELLE DOIT SE TROUVER...
18

SOIT! QUE ME VOULEZ-VOUS ?...
JE VENAIS SIMPLEMENT VOUS PRÉVENIR QUE NOUS AVONS TROUVÉ DES CADAVRES DE BLANCS AU FOND D'UNE VIEILLE MINE...
LES CORPS ONT ÉTÉ TORTURÉS AVANT QUE L'ON S'EN DÉBARRASSE ... PEUT-ÊTRE CELA VOUS RAPPELLE-T-IL QUELQUE CHOSE ?
DITES À VOTRE CHEF QUE JE VIENDRAI LE VOIR.. VOUS POUVEZ DISPOSER, CHAMARO...
TU AS ENTENDU CE QU'ON T'A DIT, L'INDIEN ?...
J'AI ENTENDU, JE M'EN VAIS ...
BOB... IL FAUT QUE JE TROUVE MON FILS... TU SAIS OÙ IL EST ?...
CHEZ MANDY, PROBABLEMENT... ILS NE SE QUITTENT PLUS...
19

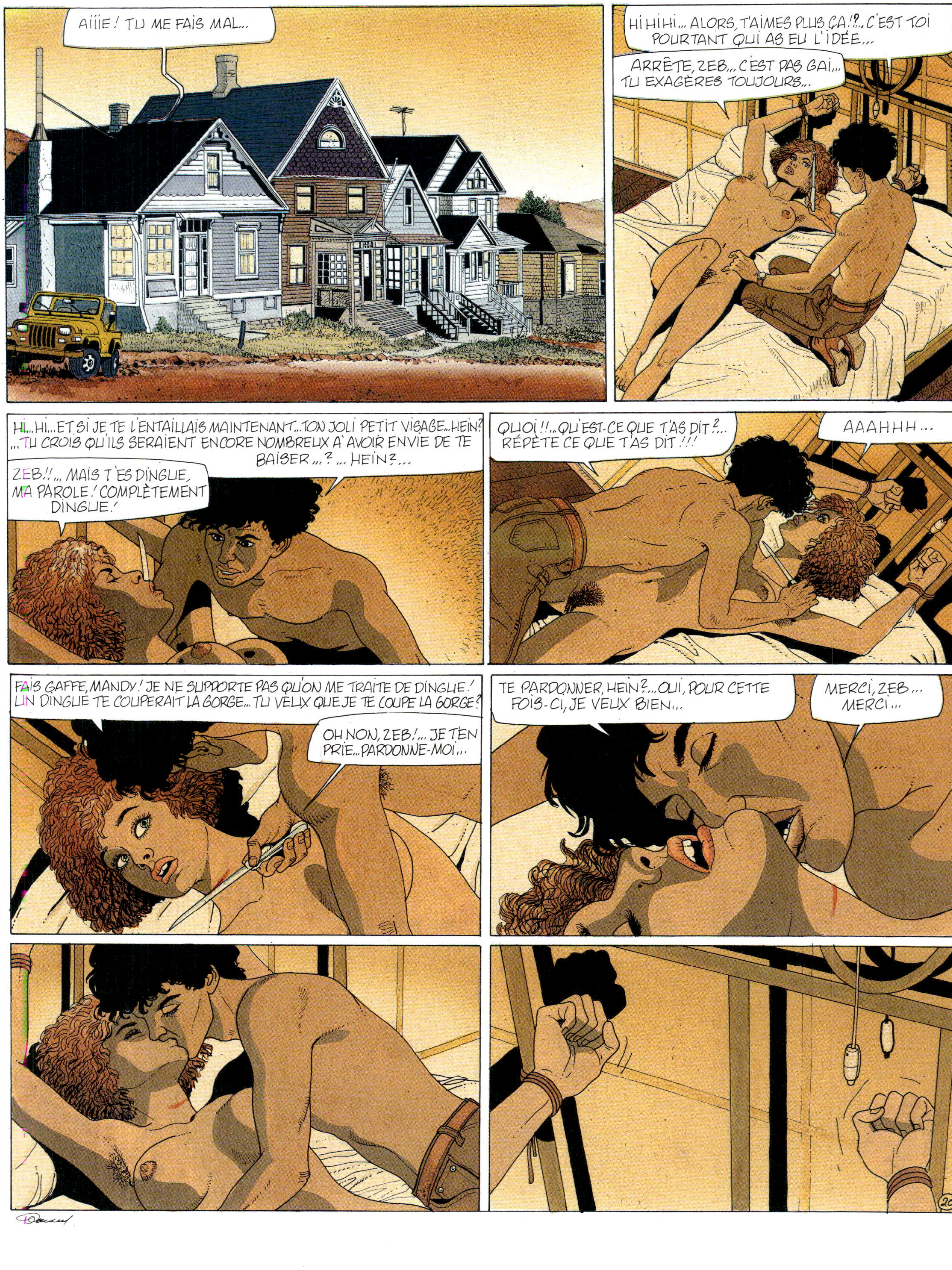
AÏÏÏE ! TU ME FAIS MAL...
HI HI HI... ALORS, T'AIMES PLUS ÇA !?... C'EST TOI POURTANT QUI AS EU L'IDÉE...
ARRÊTE, ZEB... C'EST PAS GAI... TU EXAGÈRES TOUJOURS...
HI... HI... ET SI JE TE L'ENTAILLAIS MAINTENANT... TON JOLI PETIT VISAGE... HEIN ? ... TU CROIS QU'ILS SERAIENT ENCORE NOMBREUX À AVOIR ENVIE DE TE BAISER ...? ... HEIN ?...
ZEB !!... MAIS T'ES DINGUE, MA PAROLE ! COMPLÈTEMENT DINGUE !
QUOI !!... QU'EST-CE QUE T'AS DIT ?... RÉPÈTE CE QUE T'AS DIT !!!
AAAHHH...
FAIS GAFFE, MANDY ! JE NE SUPPORTE PAS QU'ON ME TRAITE DE DINGUE ! UN DINGUE TE COUPERAIT LA GORGE... TU VEUX QUE JE TE COUPE LA GORGE ?
OH NON, ZEB !... JE T'EN PRIE... PARDONNE-MOI...
TE PARDONNER, HEIN ?... OUI, POUR CETTE FOIS-CI, JE VEUX BIEN...
MERCI, ZEB... MERCI...
20

LÈVE-TOI, ZEB !
!??
AMENEZ-LE-MOI, VOUS AUTRES...
ZZZEEEBBB !!
TOI, TU LA FERMES !
DAD !... MAIS... MAIS QU'EST-CE QUI TE PREND ?...
IL ME PREND QUE JE VIENS DE RECEVOIR LA VISITE D'UN DE CES INDIENS EN UNIFORME...
DES CADAVRES DE BLANCS ONT ÉTÉ RETROUVÉS AU FOND D'UNE MINE... TORTURÉS...
TU AS RECOMMENCÉ, ZEB ?...
MOI !... NON... JE... POURQUOI TU DIS ÇA ?...
BOB... MON FOUET...
DAD !... JE... JE T'EN PRIE... NE FAIS PAS ÇA... !
DAD !!! NNOOONNN !!
21

SKLAACHT
SSKLAAC
SKLAACHT
SKLAACH
SKLAACHT
ÇA SUFFIT! RELEVEZ-LE ET EMMENEZ-LE DANS LA VOITURE ...
BOB... TU LAISSES LE SAC... OUVERT... FAIS GAFFE!

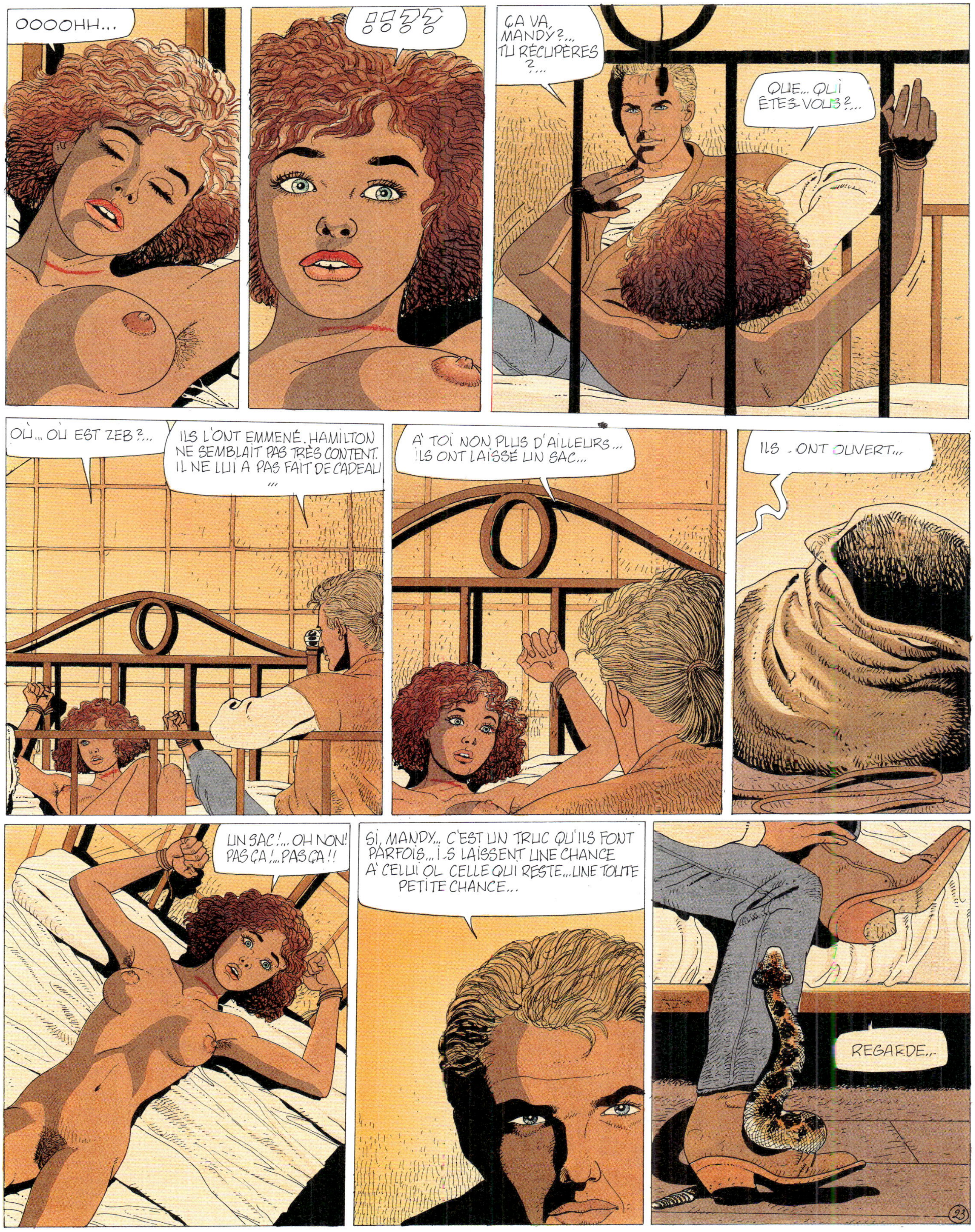
OOOOHH...
ÇA VA, MANDY?... TU RÉCUPÈRES?...
QUE... QUI ÊTES-VOUS?...
OÙ... OÙ EST ZEB?...
ILS L'ONT EMMENÉ. HAMILTON NE SEMBLAIT PAS TRÈS CONTENT. IL NE LUI A PAS FAIT DE CADEAU...
À TOI NON PLUS D'AILLEURS... ILS ONT LAISSÉ UN SAC...
ILS ONT OUVERT...
UN SAC!... OH NON! PAS ÇA!... PAS ÇA!!
SI, MANDY... C'EST UN TRUC QU'ILS FONT PARFOIS... ILS LAISSENT UNE CHANCE À CELUI OU CELLE QUI RESTE... UNE TOUTE PETITE CHANCE...
REGARDE...

NOOONNN !... DÉTACHEZ-MOI !...
DÉTACHEZ-MOI !... VITE !!!
JE NE PEUX PAS, MANDY...
...QUELQU'UN, UN JOUR, T'A DEMANDÉ LA MÊME CHOSE...
...C'ÉTAIT IL Y A DEUX ANS... TU TE SOUVIENS ?...
24

TU N'ÉTAIS QU'UNE GOSSE, À L'ÉPOQUE... LA SCÈNE T'A EFFRAYÉE... MAIS TU Y AS PRIS DU PLAISIR AUSSI...
ADIEU, MANDY... J'ESSAYERAI DE NE PAS T'OUBLIER...
NON... NON... PITIÉ...
AAAAAHHH
VOUS CROYEZ QU'ON EST REPARTIS COMME IL Y A DEUX ANS ?...
JE NE SAIS PAS.
UNITED STATES
SHERIFFS D TMENT
LES COUPABLES N'ONT JAMAIS ÉTÉ RETROUVÉS...
LES COUPABLES, CE SONT DES HOMMES DE MA RACE. COMME TOUT SEMBLAIT LE PROUVER...
ET COMME TOUT SEMBLE LE PROUVER ENCORE AUJOURD'HUI... VICTIMES BLANCHES, RITES INDIENS...
...ET PUIS, CE BOUT DE TISSU QUE J'AI TROUVÉ AU FOND DE LA MINE...
J'AIMERAIS QUE CELA RESTE ENTRE NOUS. CET INDICE POURRAIT METTRE LE FEU AUX POUDRES...
OUAIS. ET C'EST BIEN TOUT CE QUE JE VEUX ÉVITER...

JE N'AIMERAIS PAS QUE LE F.B.I. REMETTE SON NEZ DANS NOS AFFAIRES! COMMENT S'APPELAIT-IL ENCORE, CET AGENT QU'ILS NOUS AVAIENT ENVOYÉ ?...
JONES. L'AGENT JONES. UN AS, D'APRÈS LEURS FICHIERS...
C'EST ÇA!... SEULEMENT, L'AS DES FICHIERS EST REPARTI BREDOUILLE! IL DEVAIT NOUS FOURNIR UN DOSSIER ACCABLANT POUR ON NE SAIT QUI, À PROPOS D'ON NE SAIT QUOI... MAIS ON N'A RIEN VU VENIR...
CE N'ÉTAIT PEUT-ÊTRE PAS DE SA FAUTE...
AH! AVANT QUE JE N'OUBLIE : IL Y AVAIT CECI POUR VOUS, SUR VOTRE BUREAU...
SHER
!??
Demain midi. THE STUDY HOTEL. Chambre 27.
TENNIAL REDUCTI... COLL.
TU CROIS QU'IL NOUS FERA CRÉDIT?...
IL LE FAUT, TOSSIE... IL LE FAUT.

DELMONT
GENERAL
SELF SERVICE
LAUNDRY
JE N'AIME PAS CE MONSIEUR SPOTT...
MOI NON PLUS... MAIS C'EST NOUS QUI AVONS BESOIN DE LUI ...JE NE DOIS PAS TE LE RAPPELER, JE SUPPOSE...
BONJOUR, MONSIEUR SPOTT.
SANTILLA !... QUELLE BONNE SURPRISE !
APRÈS CE QUI S'EST PASSÉ LA DERNIÈRE FOIS, JE PENSAIS QUE TU NE VOULAIS PLUS ME REVOIR ...
JE... NE REVENONS PAS LÀ-DESSUS, SI VOUS LE VOULEZ BIEN, MONSIEUR SPOTT... JE... J'AI PRÉFÉRÉ OUBLIER ...
TU AS PRÉFÉRÉ OUBLIER, HEIN ?... MAIS C'EST TRÈS BIEN, MA BELLE... L'AVENIR EST À NOUS, ALORS, SI JE COMPRENDS BIEN ?...

HEU... L'AVENIR, POUR MOI, C'EST DU FROMENT ... ET DU MAÏS, DU CAFÉ AUSSI... ET J'AURAIS BESOIN D'OUTILS... POUR LA VOITURE...
!?
CONTINUE... JE T'ÉCOUTE...
DAD ???
AAHHH
TOSSIE !?... QU'EST-CE QU'IL Y A ?... TU T'ES FAIT MAL ?...
JE... JE NE SAIS PAS... JE... J'AI REÇU UNE DÉCHARGE ÉLECTRIQUE...
AH ! UN FAUX CONTACT, PROBABLEMENT ! ÇA ARRIVE PARFOIS AVEC TOUTES CES LAMPES... FAUDRAIT QUE J'Y JETTE UN COUP D'OEIL...
BON... EH BIEN, JE T'AI ÉCOUTÉE, MA BELLE... MAIS, AVEC L'ARDOISE QUE TU ME DOIS DÉJÀ, JE NE VOIS VRAIMENT PAS COMMENT ON VA POUVOIR S'ARRANGER...
À MOINS QUE... À MOINS QUE TU NE VIENNES CE SOIR, APRÈS LA FERMETURE...
28

TU... TU PEUX AUSSI ENVOYER LA PETITE, SI TU AS UN EMPÊCHEMENT ...
BON, BON... MOI, CE QUE J'EN DISAIS, C'ÉTAIT POUR VOUS AIDER, HEIN...
VIENS, TOSSIE... NOUS N'AVONS PLUS RIEN À FAIRE ICI...
CLOSED
PPPFFIUUU! ON M'Y REPRENDRA, À VOULOIR ME DÉCARCASSER POUR UNE DE CES FOUTUES SQUAWS! NON MAIS, POUR QUI ELLE SE PREND?
...POUR UN ÊTRE HUMAIN, TOUT SIMPLEMENT! ET QUI DEMANDE À ÊTRE TRAITÉ AVEC RESPECT...
!??
SCHREET
SAN... SANTIAG !!!
SURPRIS DE ME REVOIR, SPOTT?...
29

TU NE DIS RIEN ?... TU AS PERDU TA LANGUE ?... JE TE TROUVAIS POURTANT PLUS LOQUACE AVEC MA FEMME ET MA FILLE...
MAIS RASSURE-TOI : JE NE SUIS ICI QUE POUR PAYER CE QU'ELLES TE DOIVENT... TIENS, ATTRAPE...
TU PEUX OUVRIR...
ALORS, QU'EST-CE QUE TU VOIS ?...
DE L'ARGENT... DES BILLETS...
... DE GROSSES COUPURES...
PRENDS-LES ! ELLES SONT À TOI...
ALLONS... TU N'AIMES PAS L'ARGENT, SPOTT ?...
SI... SI, BIEN SÛR...
CET ARGENT, TU L'AS MÉRITÉ... TU LE SERRES DANS TA MAIN... IL T'EST DÛ...
OUI... IL EST À MOI... À MOI !!!
30

TU SAIS, MAMAN, JE CROIS QUE NOUS NE VERRONS PLUS Mr SPOTT... PLUS JAMAIS...
QU'EST-CE QUI TE FAIT DIRE ÇA?...
UNE IMPRESSION. JE NE PEUX PAS T'EXPLIQUER... C'ÉTAIT COMME SI... COMME SI...
...PAPA AVAIT ÉTÉ LÀ ET QU'IL ÉTAIT TRÈS FÂCHÉ CONTRE Mr SPOTT...
MMM... SI TU ESSAYAIS DE DORMIR, MAINTENANT... TU AS L'AIR FATIGUÉE...
...FRAPPE DU PIED AU PLANCHER SI TU AS UN CAUCHEMAR... JE VIENDRAI VOIR...
OH! SANTIAG... SANTIAG...

NON!... JE NE PEUX PAS...
DAD...

STUDY HOTEL.
C'EST ICI...
STUDY HOTEL
JE ME DEMANDE QUI PEUT BIEN ME DONNER RENDEZ-VOUS DANS UNE RUINE PAREILLE...
CHAMBRE VINGT-SEPT...
27
HI ! CHAMARO... SOIS LE BIENVENU!
ASSIEDS-TOI... NOUS AVONS À CAUSER... TU POUSSERAS SUR LE BOUTON DU MICRO QUAND CE SERA À TOI DE PARLER...
TU NE DIS RIEN?. TU N'ES PAS ÉTONNÉ DE M'ENTENDRE À NOUVEAU?...
!!SANTIAS!

ÉCOUTE... JE... J'AI BESOIN DE TOI... DISONS... QUE JE PEUX PAS ME MONTRER POUR LE MOMENT... DU MOINS, PAS À N'IMPORTE QUI...
...CEUX QUI N'ONT PLUS QUE QUELQUES INSTANTS À VIVRE, OUI, CEUX-LÀ, IL M'ARRIVE DE LES RENCONTRER, DE LES TOUCHER MÊME, MAIS...
...MAIS... CE N'EST PAS FACILE, CHAMARO...
CHAMARO... ILS ONT RECOMMENCÉ ! HAMILTON ET SA FAMILLE... COMME IL Y A DEUX ANS... IL FAUT QUE TU FASSES REVENIR L'AGENT JONES... À TOUT PRIX !... C'EST ESSENTIEL...
SANTIAG... JE... JE NE COMPRENDS RIEN À CE QUI SE PASSE... J'AI L'IMPRESSION DE VIVRE UN CAUCHEMAR... QUAND... QUAND J'ENTENDS TA VOIX, C'EST COMME SI LA FOLIE PASSAIT DANS MA TÊTE... SANTIAG... CE... CE NE PEUT PAS ÊTRE TOI...
L'AGENT JONES, CHAMARO... L'AGENT JONES...
34

SALUT, PETE ! TU VAS BIEN ?...
TRÈS BIEN, JE VOUS REMERCIE, MISS ÉLÉONORA...
JE PASSAIS DANS LE COIN. JE ME SUIS DIT QUE TU DEVAIS AVOIR SOIF, AVEC CETTE CHALEUR... QU'EST-CE QUE TU EN PENSES ?...
JE PENSE QUE CE N'EST PAS UNE MAUVAISE IDÉE, MISS ÉLÉONORA...
SEULEMENT, J'SAIS PAS SI JE PEUX... LE BOSS, IL AIME PAS QU'ON BOIVE PENDANT LE SERVICE...
LE BOSS, C'EST MON PÈRE, PETE... TU L'AS DÉJÀ ENTENDU ME REPROCHER QUELQUE CHOSE ?... COMME, PAR EXEMPLE, DE M'OCCUPER DE SES EMPLOYÉS... ?
HI HI... NON, MISS ÉLÉONORA... ÇA, Y VOUS A TOUJOURS LAISSÉE FAIRE À VOTRE GUISE... HI HI HI...
MMMH... DIS-MOI, C'EST JAKE QUI GARDE MON FRÈRE, LÀ, DANS LA CABANE ?...
HEU... OUI... MAIS... C'EST PEUT-ÊTRE PAS PRUDENT...
JUSTE UNE MINUTE, PETE... JUSTE UNE MINUTE...
ALORS, JAKE ?... TU T'ENNUIES PAS TROP SANS MOI ?...
ÉLÉONORA !

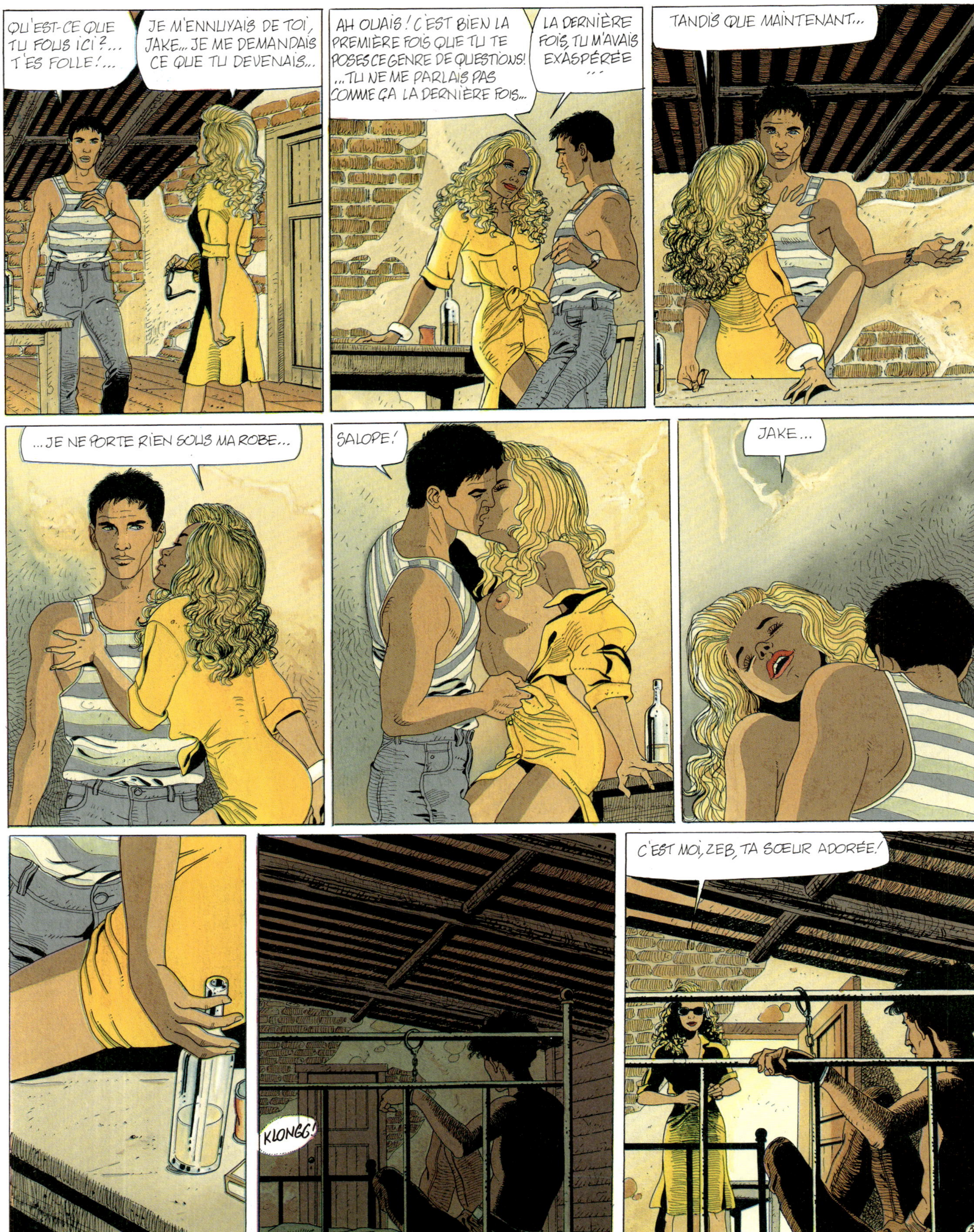
QU'EST-CE QUE TU FOUS ICI ?... T'ES FOLLE !...
JE M'ENNUYAIS DE TOI, JAKE... JE ME DEMANDAIS CE QUE TU DEVENAIS...
AH OUAIS ! C'EST BIEN LA PREMIÈRE FOIS QUE TU TE POSES CE GENRE DE QUESTIONS ! ...TU NE ME PARLAIS PAS COMME ÇA LA DERNIÈRE FOIS...
LA DERNIÈRE FOIS, TU M'AVAIS EXASPÉRÉE ...
TANDIS QUE MAINTENANT...
...JE NE PORTE RIEN SOUS MA ROBE...
SALOPE !
JAKE...
KLONGG !
C'EST MOI, ZEB, TA SOEUR ADORÉE !
36

VIENS, JE T'EMMÈNE... ON VA FAIRE UNE BALADE...
C'EST TOI QUI L'AS ARRANGÉ COMME CA ...?
MMMH... IL SE MONTRAIT UN PEU TROP PRESSANT...
ET L'AUTRE ?
OH, AVEC CE QU'IL A BU, IL NE NOUS DÉRANGERA PLUS...
OÙ ALLONS-NOUS ?...
DANS UN COIN OÙ PERSONNE NE POURRA TE TROUVER... EN ATTENDANT QUE NOTRE CHER PÈRE SE CALME UN PEU...
JUSTEMENT... TU N'AS PAS PEUR DE SES RÉACTIONS QUAND IL APPRENDRA CE QUE T'AS FAIT ?...
NE T'INQUIÈTE PAS... JE SAIS COMMENT M'Y PRENDRE POUR LE RENDRE TOUT DOUX...
T'ES UNE VRAIE SALOPE ÉLÉONORA...
C'EST LA DEUXIÈME FOIS QU'ON ME LE DIT AUJOURD'HUI... JE DOIS ÊTRE EN BEAUTÉ...

ON EN A ENCORE POUR LONGTEMPS ?... LE SOLEIL VA SE COUCHER ...
ARRÊTE DE RÂLER, TU VEUX !... PROFITE PLUTÔT DU MOMENT PRÉSENT... C'EST BEAU, NON ?...
HÉ... QU'EST-CE QUE C'EST, DEVANT ?...
3B

!!ATTENTION!!
BLAOW! BLAOW!
ÉLÉONORE!!
!?
DEBOUT ZEB... JE N'EN AI PAS ENCORE FINI AVEC TOI...
SANTIAG!!!

Y SONT ARRIVÉS, PATRON !... JE LES FAIS ENTRER ?...
UNE MINUTE... JE TERMINE.
... LE GRAND NETTOYAGE DE PRINTEMPS, Mr STEVENS ?...
EXCUSEZ-MOI... JE NE VOUS AVAIS PAS ENTENDUS... CONTENT DE VOUS REVOIR
... AGENT JONES.

VOUS AVEZ FAIT BON VOYAGE ?...
PAS TROP. IL ME SEMBLAIT QUE JE N'AURAIS JAMAIS DÛ REVENIR ICI...
C'EST CE QUI ÉTAIT CONVENU, JE SAIS. MAIS...
OH! NE VOUS TRACASSEZ PAS TROP. VOUS N'ÊTES PAS LE SEUL À M'AVOIR RAPPELÉE. VOTRE SHÉRIF ÉGALEMENT ME RÉCLAME...
SON APPEL A MÊME PRÉCÉDÉ LE VÔTRE... QUE SE PASSE-T-IL, Mr STEVENS ?... VOTRE FILS A ENCORE COMMIS QUELQUES BÊTISES ?...
DES BÊTISES !?... IL A TOUT BONNEMENT RECOMMENCÉ, OUI !... LUI ET SA PETITE BANDE. LES FLICS ONT RETROUVÉ DES CADAVRES AU FOND D'UNE MINE. LE MÊME PROCÉDÉ QU'IL Y A DEUX ANS... TORTURES, BRÛLURES...
IL Y A DEUX ANS, C'ÉTAIT LES ÉLECTIONS DANS LE COMTÉ ! UN COMTÉ QUI COMPTE BEAUCOUP D'INDIENS ! ET CEUX-CI, POUR LA PREMIÈRE FOIS, CONTESTAIENT SÉRIEUSEMENT VOTRE POUVOIR, VOTRE GESTION...
HEUREUSEMENT, ILS ONT FINI PAR TAIRE LEURS REVENDICATIONS... BIEN OBLIGÉS ! ILS AVAIENT D'AUTRES CHATS À FOUETTER ! ON LES ACCUSAIT DU MEURTRE RITUEL DE NOMBREUSES PERSONNES DE RACE BLANCHE...
PAS DE PREUVES RÉELLES, MAIS SUFFISAMMENT D'INDICES POUR LES OBLIGER À SE TENIR TRANQUILLES... VOUS ÉTIEZ PRESQUE DESTABILISÉ. VOUS AVEZ ÉTÉ RÉÉLU ! UN BEAU COUP DE POT, EN SOMME...!
Mr STEVENS, VOUS REPRÉSENTEZ POUR NOUS L'ORDRE FACE AU DÉSORDRE. C'EST BIEN POUR CELA QUE MON DÉPARTEMENT S'ÉTAIT DÉCIDÉ À VOUS AIDER. JE VOUS RAPPELLE QUE LA POLICE DU COMTÉ AVAIT DÉJÀ MENÉ SON ENQUÊTE... L'UN DE SES AGENTS, PLUS PARTICULIÈREMENT...

...UN NOMMÉ... COMMENT S'APPELAIT-IL DÉJA ?...
SANTIAG. C'EST LUI QUI NOUS AVAIT AMENÉ LE DOSSIER.
OUI, CE FAMEUX DOSSIER. QUI CONTENAIT DES PREUVES ACCABLANTES SUR VOTRE FAMILLE. ...ET QU'IL A FALLU DÉTRUIRE...
TOUT COMME IL A FALLU DÉTRUIRE LE MESSAGER QUI NOUS L'AVAIT APPORTÉ...
MON DÉPARTEMENT VOUS A TOUJOURS COUVERT JUSQU'À PRÉSENT. MAIS MAINTENANT, VOUS ME DITES QUE VOTRE FILS A RECOMMENCÉ... NON PLUS PAR OPPORTUNISME MAIS PAR PUR PLAISIR SADIQUE... COMMENT SUIS-JE CENSÉE RÉAGIR À CELA, Mr STEVENS ?...
ÉCOUTEZ... JE... JE L'AI ENFERMÉ... IL... IL S'AGIT DE GAGNER DU TEMPS... MON FILS M'A AFFIRMÉ QU'IL... QU'IL A LAISSÉ DERRIÈRE LUI DES TRACES INCULPANT À NOUVEAU DES INDIENS ...VOUS... VOUS POURRIEZ...
DRIING DRIINGG
TÉLÉPHONE POUR VOUS, PATRON.
!?
ALLÔ !... J'AVAIS DEMANDÉ QUE L'ON NE ME DÉRANGE PAS... OUI... JE...
QUOI !!!??
!! JE... JE N'Y COMPRENDS RIEN ! IL S'AGIT DE MON FILS... IL... IL M'ATTEND CETTE NUIT À L'ANCIENNE ÉCOLE DÉSAFFECTÉE ...!!
42

L'ANCIENNE ÉCOLE!!?
!??
PUBLIC SCHOOL
DOUCEMENT...
!!??
ZEB!!!
43

AGENT JONES! AGENT JONES!
VENEZ ! JE VEUX EN AVOIR LE COEUR NET...
MON FILS... IL... IL EST MORT, N'EST-CE PAS ?...
JE... JE VAIS LE DÉTACHER... VAUDRAIT MIEUX QUE VOUS VOUS ÉLOIGNIEZ, PATRON...
PAR ICI, AGENT JONES... PAR ICI...
CELA FAISAIT LONGTEMPS QUE JE VOUS ATTENDAIS... BIEN LONGTEMPS...
SAN... SANTIAG!!... C'EST... C'EST LUI !?...
GARDEZ VOTRE CALME, BLODGAST! CE N'EST PAS LE MOMENT DE PANIQUER...
UN COMPLÉMENT D'INFORMATIONS, AGENT JONES... VOUS VOUS RAPPELEZ... NOUS DEVIONS COOPÉRER... JE N'AI PAS OUBLIÉ, MOI...
CETTE FOIS-CI, TOUT EST VRAIMENT COMPLET... VOUS VERREZ...

VOUS NE L'OUVREZ PAS ?...
SCHLICK!
SCHLICK!
!?!?
WOUUHOUU
PAÏX, LE CHIEN... PAÏX...
45

A PARAÎTRE BIENTÔT : LE GARDIEN DE LA NUIT.

SOURCE ICONOGRAPHIQUE : VILLES MORTES ET VILLES FANTÔMES DE L'OUEST AMÉRICAIN. B. BLAISE. F. LACASSIN ED. OUEST-FRANCE.

Bret Contreras | Kellie Davis

STARK IST DAS NEUE SEXY

Das Trainingsbuch für einen knackigen Po, straffe Kurven und eine tolle Figur

riva

Bibliografische Information der Deutschen Nationalbibliothek:
Die Deutsche Nationalbibliothek verzeichnet diese Publikation in der Deutschen Nationalbibliografie; detaillierte bibliografische Daten sind im Internet über http://d-nb.de abrufbar.

Wichtiger Hinweis

Sämtliche Inhalte dieses Buches wurden – auf Basis von Quellen, die der Autor und der Verlag für vertrauenswürdig erachten – nach bestem Wissen und Gewissen recherchiert und sorgfältig geprüft. Trotzdem stellt dieses Buch keinen Ersatz für eine medizinische Beratung dar. Wenn Sie medizinischen Rat einholen wollen, konsultieren Sie bitte einen qualifizierten Arzt. Der Verlag und der Autor haften für keine nachteiligen Auswirkungen, die in einem direkten oder indirekten Zusammenhang mit den Informationen stehen, die in diesem Buch enthalten sind.

Für Fragen und Anregungen:
info@rivaverlag.de

1. Auflage 2016

Nymphenburger Straße 86
D-80636 München
Tel.: 089 651285-0
Fax: 089 652096

Übersetzung: Angela Letmathe
Satz und Redaktion: bookwise medienproduktion GmbH
Umschlaggestaltung: Stephanie Druckenbrod in Anlehnung an die Originalausgabe
Druck: CPI books GmbH, Leck
Printed in Germany

ISBN Print 978-3-86883-786-5
ISBN E-Book (PDF) 978-3-95971-050-3
ISBN E-Book (EPUB, Mobi) 978-3-95971-051-0

Weitere Informationen zum Verlag finden Sie unter
www.rivaverlag.de
Beachten Sie auch unsere weiteren Verlage unter
www.muenchner-verlagsgruppe.de.

Hinweis

Die Trainingsprogramme in diesem Buch orientieren sich an den Bedürfnissen von Frauen, dennoch können die Programme auch für Männer von Vorteil sein. Nicht nur Frauen haben mit schwachen und inaktiven Gesäßmuskeln zu kämpfen – Männern geht es nicht anders. Ich habe die im Buch genannten Übungen auch mit Männern ausprobiert, und unabhängig davon, ob sie ehemalige oder aktive Athleten waren, alle haben unglaubliche Verbesserungen hinsichtlich Kraft, Körperkomposition und Bewegungsmechanik erzielt.

Die üblichen Programme für Männer stärken die Gesäßmuskulatur nicht so, wie es eigentlich möglich wäre. Wenn Sie ein Mann sind und dieses Buch gekauft haben, geben Sie es erst an Ihre Lebensgefährtin weiter, wenn Sie die Übungen selbst ausprobiert haben. Ich denke, auch Männer sollten sich einmal mit diesen Programmen befassen. Im Grunde weichen sie nicht sehr stark von meinen üblichen Trainingsprogrammen ab.

Inhalt

Vorwort von Cassandra Forsythe

PhD, RD, CSCS, FMS

Seit 2008 mein Buch *The New Rules of Lifting for Women,* das ich zusammen mit Lou Shuler verfasst habe, erschienen ist, haben sich unzählige Frauen leidenschaftlich dem Krafttraining verschrieben und das Prinzip dahinter verstanden. Sie wissen längst, dass das Heben großer Gewichte unsere weiblichen Figuren nicht zu Männerkörpern deformiert.

Im Gegenteil, die Frauen von heute wissen genau, dass gerade das Krafttraining ihren Körper so aussehen lässt, wie sie es möchten – stark, schlank, sexy. Gewichtheben gibt uns das Gefühl von psychischer Stärke und physischer Kraft in Zeiten, in denen im Leben vielleicht sonst vieles nicht optimal läuft. Deshalb lassen Frauen heute oft freiwillig das Laufband hinter sich und gehen in den Kraftraum, der lange Zeit eine Tabuzone für Frauen war.

Mit *Stark ist das neue Sexy* muss Bret keine Überzeugungsarbeit mehr leisten. Vielmehr zeigt dieses Buch, wie Frauen Gewichte heben müssen, damit alle Muskeln voll zur Geltung kommen. Sie können mir glauben: Dieses Programm hat absolut nichts »Niedliches« oder »Zartes«!

Bret ist einer der intelligentesten Männer, die ich kenne. Er hat enorm viel Erfahrung und muss niemanden befragen, um notwendige Antworten zu bekommen, denn er kennt sie schon. Weil er die Fähigkeit besitzt, wissenschaftliche Erkenntnisse und praktische Informationen für den Alltagsgebrauch zu vereinen. Und das tut er stilvoll! Zugegeben, er ist ein Mann, aber er weiß sehr genau, was Frauen brauchen, um toll auszusehen und sich auch so zu fühlen. Bret versteht die Mechanismen des weiblichen Körpers so genau, wie sie wohl nur wenige Menschen jemals begreifen werden, und er kann diese Informationen perfekt zu Anweisungen und Erklärungen verarbeiten, die alle Frauen verstehen.

Bret hat Jahre damit verbracht, Frauen zu einem knackigen Po zu verhelfen und die von ihm dazu entwickelten Übungen (Beckenlift und Hüftbrücke) erfolgreich zu vermitteln. Und er ging noch einen Schritt weiter – er ließ seine Methoden wissenschaftlich mittels Elektromyografie (EMG) belegen. Man muss schon lange suchen, um einen erfolgreichen Trainer zu finden, der nicht nur redet, sondern sein Geld darauf verwendet, seine Worte wissenschaftlich zu untermauern. Bret tat das. Deshalb können Sie darauf vertrauen, dass seine Methoden funktionieren und es ihm nicht nur darum ging, endlich einmal ein Buch zu veröffentlichen.

Bret ist keineswegs ein Neuling. Mit seinen noch nicht einmal 40 Jahren hat er schon weit mehr gelernt und geleistet als viele andere. Er ist nicht nur ein Workaholic, er hat auch eine Art Helfersyndrom. Seine Erfahrung in Theorie und Praxis haben schon Hunderten, wenn nicht Tausenden Frauen zu einem perfekten Gesäß und einer beneidenswerten Figur verholfen. Die gute Nachricht: Mit diesem Buch kann das jede Frau erreichen!

Bret hat dieses Buch zusammen mit der reizenden, talentierten und außergewöhnlichen Autorin Kellie Davis geschrieben – allerdings nicht für superstarke, ultraschlanke, kinderlose, unverheiratete Frauen, sondern für ganz normale Durchschnittsfrauen. Sie können seine Tipps anwenden, Ihre Schwester kann es, Ihre Mutter, Ihre Nichte, einfach alle Frauen. Ich selbst arbeite auch mit diesem Programm, und ich liebe jede Sekunde dieser Arbeit. Warum? Zum einen, weil ich mich damit stark, fit und wunderschön fühle, zum anderen weil das Buch dank Brets Kompetenz und Kellies Authentizität leicht verständlich geschrieben ist.

Für mich persönlich war ein schönes Gesäß lange Zeit nur ein hübscher Traum. Ich war früher aktive Turnerin und habe immer die Frauen mit den wohlgeformten, muskulösen Körpern und den fantastischen, knackigen Hinterteilen sehr bewundert. Glücklicherweise hatte auch ich eine knackige Kehrseite, aber ohne Sport war das nicht der Po, den ich hätte zeigen wollen, besonders nicht im Bikini. Er war schlaff und hing herunter, und so setzte ich mir das Ziel, mein Gesäß knackig, schön und steinhart zu machen. Wie Bret suchte auch ich nach Möglichkeiten, mein Hinterteil rund und prall zu formen. Ich machte Squats, Beinpressen, Ausfallschritte, Kastensteigen, Beinbeugen, Kreuzheben. Ich trainierte meine Beine und mein Gesäß stärker als jeden anderen Körperteil, denn ich wollte unbedingt Erfolge erzielen. Das gelang mir auch, aber irgendwie noch nicht optimal. Erst als ich mit Hüftbrücken und Beckenlifts begann, sah meine Gesäßmuskulatur nach und nach so aus, wie ich es wollte. Der Erfolg war eindeutig diesen Übungen zu verdanken, denn in meinem früheren Training waren sie nicht enthalten.

Ich trainiere jetzt mit Bret (schließlich ist er der Experte in Sachen Gesäßmuskulatur), und nicht nur seine Methoden beeindrucken mich, sondern auch sein Coaching. Er ist ein wunderbarer Trainer, der genau weiß, wie es zu bewerkstelligen ist, dass Frauen sich Ziele setzen, sich selbst herausfordern, neue Höhen anstreben und natürlich den erträumten Körper (und das Gesäß) bekommen. Mit den in diesem Buch vorgestellten Programmen sind auch Sie auf dem besten Weg, dies alles zu erreichen.

Sie werden Ihre Gesäßmuskulatur fühlen wie niemals zuvor, und Sie werden an Ihrer Figur all die Veränderungen wahrnehmen, die Sie schon immer sehen wollten. Warum? Weil Sie letztendlich genau die Bereiche trainieren, die am meisten Aufmerksamkeit bekommen sollten. Glauben Sie mir, ich trainiere schon, solange ich denken kann, bin seit meinem 15. Lebensjahr im Fitnessstudio, und diese Programme hier im Buch sind wirklich die perfekten Ergänzungen zu *The New Rules of Lifting for Women*.

Bret und Kellie hatten, als sie dieses Werk schrieben, eine Vision. Die einzelnen Programme sollten nicht nur als Trainingspläne angesehen werden, die man mal für einen Monat durchexerziert, sondern als Trainingspläne für das ganze Leben. Es wird alles angesprochen und erklärt, was mit Training, Ernährung und gesundem Lebenswandel zu tun hat. Von Cellulite über den Beckenboden bis hin zur Schwangerschaft, Bret nimmt kein Blatt vor den Mund. Wir beide, Kellie und ich, haben Kinder zur Welt gebracht und wissen genau, wie wichtig Krafttraining für Schwangerschaft, Geburt und die Zeit danach ist. Sie werden hier auch lernen, wie gut das Training nicht nur für Ihren Körper, sondern auch für Ihre Seele ist. Sie tragen die Kraft, die Sie im Fitnessstudio ausbilden, in alle Bereiche Ihres Lebens, Ihrer Arbeit, Ihrer Ehe, Ihrer Rolle als Mutter und Ihrer privaten Freundschaften (all das mit einem perfekten Po, versteht sich.)

Sie werden anhand dieses Buches Methoden erlernen, die andere Bücher gar nicht erst versuchen zu erklären. Die Übungen für die Gesäßmuskulatur sind teilweise äußerst anspruchsvoll, weil sie darauf ausgelegt sind, Sie Ihr ganzes Leben lang zu begleiten, und weil Sie immer stärker werden und motiviert bleiben sollen.

Die Kernaussage hierbei ist, dass Sie sich selbst motivieren müssen. Sie müssen bereit sein, im Fitnessstudio Grunzlaute von sich zu geben, und ohne Zögern akzeptieren, dass Sie Schweißlachen auf dem Fußboden hinterlassen. Sie dürfen sich nicht zurückhalten, nur weil Ihnen jemand (ein Mann womöglich) zuschaut und sich wundert, wieso Sie mehr Gewicht stemmen, als er es je versuchen würde. Einige der stärksten Frauen, die ich kenne, sind gleichzeitig unglaublich kurvenreich, sexy, muskulös und dabei schlank und sehr weiblich. Das können Sie auch, sofern Sie bereit sind, sich diesem Programm voll und ganz zu verschreiben und sich allergrößte Mühe zu geben. Sie können es, und Sie werden es schaffen, denn Sie sind viel stärker, als Sie es für möglich halten!

So, wenn Sie also ein Gesäß möchten, das die Blicke von Frauen wie Männern auf sich zieht, mit dem Sie sich elegant und schwungvoll bewegen und sich so richtig wohl in Ihrer Haut fühlen, dann ist dieses Buch genau das richtige für Sie. Machen Sie Vorher-nachher-Fotos und Aufzeichnungen, um Fortschritte festzuhalten, denn Ihr Körper wird sich vor Ihren Augen verändern, und Sie werden sich die Verwandlung immer wieder anschauen wollen.

»Mit aller Kraft und für ein tolles Gesäß – leben Sie, lieben Sie, lachen Sie und arbeiten Sie an sich.«
Cassandra Forsythe, PhD, RD, CSCS, FMS

Cassandra Forsythe hat einen Doktortitel in Sportwissenschaften und Ernährung (PhD) und ist eingetragene Ernährungsberaterin (RD) sowie zertifiziert in vielen fachspezifischen Bereichen. So ist sie CSCS (Certified Strength und Conditioning Specialist, Spezialistin für Kraft- und Konditionstraining), CISSN (Certified Sports Nutritionist, Spezialistin für Sporternährung) und zertifiziert in FMS (Functional Movement Screen, computergesteuerte Bewegungsanalyse).

Sie hat zwei Bücher speziell für Frauen geschrieben: *The New Rules of Lifting for Women* und *Women's Health Perfect Body Diet*. Außerdem veröffentlicht sie regelmäßig Beiträge in namhaften Fachzeitschriften wie *Oxygen*, *Women's Health*, *Men's Health* und *Delta Sky Magazine*. Darüber hinaus ist sie beratendes Vorstandsmitglied beim Magazin *Women's Health*, bei *PrecisionNutrition.com* und *Livestrong.com*.

Cassandra betreibt in Connecticut ihr eigenes Fitnessstudio, Fitness Revolution Vernon, in dem schon Hunderte Frauen und Männer aus allen Teilen des Landes ihre Körper mit erprobten Übungen und ausgereiften Ernährungsmethoden erfolgreich transformiert haben. Mehr zu Cassandra unter: www.cassandraforsythe.com.

Vorbemerkungen von Kellie Davis

Genau betrachtet, bin ich mehr als schlampig aufgewachsen. Ich hatte diese Veranlagung für »schlaksig« und »spindeldürr«. Während meiner Kindheit tobte ich von morgens bis abends durch die Gegend und schlug mir in unserem Garten in Colorado meine knochigen Knie auf. Wenn ich nach Hause kam, stopfte ich mich mit Bergen von Obst und Keksen voll und verschwand wieder zu neuen Abenteuern.

So sahen in etwa die ersten 21 Jahre meines Leben aus – sorglos, spargeldürr und ohne jedes Gefühl für die Grundbedürfnisse meines Körpers hinsichtlich Fitness und Ernährung. Sicher, ich war sehr sportlich und nahezu immer in Bewegung. Ich trieb Sport bis zu meinem ersten Studienjahr am College und ging von meinem 14. Lebensjahr an ins Fitnessstudio. Nachdem ich jedoch meinen Bachelor gemacht und eine sitzende Tätigkeit aufgenommen hatte, bereitete mir mein nachlässiger Lebenswandel zunehmend Probleme. Nach der Geburt meiner Tochter nahm ich schnell wieder ab – aber nicht aus den richtigen Gründen. Der Stress als Mutter und die berufliche Umstellung ließen mir wenig Zeit, auf meine Bedürfnisse hinsichtlich Ernährung und Lebensqualität zu achten. Ich ging nach der Geburt selten ins Fitnessstudio, ich aß wenig und hungerte mich unbeabsichtigt wieder dünn.

Als meine Tochter zwei Jahre alt war, wurde ich wieder schwanger. Während dieser Zeit begann ich, einiges an Gewicht zuzunehmen, leugnete diesen Prozess aber vollkommen. Ich quetschte mich weiterhin in meine viel zu engen Jeans und kaschierte das überhängende Fett mit weiter Oberbekleidung. Bereits im dritten Monat der Schwangerschaft gab es keinen Zweifel mehr an meinem Zustand. Ich nahm kontinuierlich extrem viel Gewicht zu und kontrollierte das kaum. Sobald ich an meinem Arbeitsplatz angekommen war, aß ich schon zu Mittag und gönnte mir am Nachmittag ein zweites Mittagessen.

Unkontrollierte Fressanfälle und die übermäßige Gewichtszunahme gingen mit zahlreichen Schwangerschaftsproblemen einher. Unzählige Male musste ich ins Krankenhaus, und vom siebten Schwangerschaftsmonat an wurde mir strenge Bettruhe verordnet. Mir ist bis heute nicht klar, wie sich Bettruhe mit einem Beruf und einem durchs Haus sausenden Kleinkind vereinbaren lässt, aber immerhin saß ich zu Hause herum und tat nichts. Ich gab mein Bestes, aber ich war damit nicht sehr erfolgreich. Mein Körper konnte die Schwangerschaft nicht länger halten, und mein Sohn wurde vier Wochen zu früh an Heiligabend geboren.

Zu der Zeit wäre es mir nie in den Sinn gekommen, dass mein Lebenswandel irgendetwas mit den Schwangerschaftskomplikationen zu tun haben könnte. Ich machte die Natur für die Situation verantwortlich, während ich mit meinem Sohn auf der Intensivstation für Neugeborene lag. Ich dachte einfach, mein Körper sei nicht dafür geeignet, eine Schwangerschaft bis zum Ende auszutragen. Rückblickend weiß ich natürlich, dass das alles hätte vermieden werden können, wenn ich besser auf meinen Körper und seine Bedürfnisse geachtet hätte, wenn ich mich vernünftig ernährt und mir regelmäßig Bewegung verschafft hätte. Mein Sohn und ich durften die Klinik fünf Tage nach seiner Geburt verlassen – und etwa 25 Kilogramm Übergewicht nahm ich gleich noch mit.

Zum ersten Mal in meinem Leben war ich übergewichtig. Bislang war ich immer der dünne Typ gewesen, so ein Kind, bei dem alle nur den Kopf schütteln. Gewicht zunehmen war für mich sehr schwer. Und jetzt? Ich bin mir sicher, wäre zu der Zeit mein Körperfettindex ermittelt worden, hätte er Fettleibigkeit ergeben.

Nun, ich akzeptierte das zusätzliche Gewicht sehr schnell, anstatt etwas dagegen zu unternehmen. Nachdem ich meinem Körper sehr viel Zeit gelassen hatte, sich von der Geburt zu erholen, ging ich mehr oder weniger widerwillig ins Fitnessstudio, um es reichlich frustriert wieder zu verlassen.

Ich stand vor der Spiegelwand an der Hantelablage und war vollkommen mutlos. Ich konnte nicht schnell laufen wegen meiner schwachen Beckenbodenmuskulatur und mangelnder Ausdauer und konnte auch keine Gewichte heben, weil mir die Kraft fehlte. Zu der Zeit war ich total aus der Form geraten – ich hielt diesen Zustand für eine natürliche Folge meiner Mutterschaft und glaubte nur zu gern, was man mir gesagt hatte: Babys ruinieren deine Schönheit und deinen Körper!

Die Wende

Während der nächsten zwei Jahre verlor ich nach und nach das während der Schwangerschaft angesammelte Übergewicht, aber wie schon beim ersten Kind lag das vorrangig am Stress. Ich ernährte mich wie immer unzureichend, und mein einziger Sport bestand aus gelegentlichen Spaziergängen oder Toben mit den Kindern. Bekleidet sah ich ziemlich gut aus, ohne Klamotten war das schon etwas anderes. Der Wendepunkt kam, als ich beschloss, mich im Bikini zu fotografieren, um mit Fotos meine Fortschritte belegen zu können – oder das, was ich für Fortschritte hielt.

Als ich die Fotos auf meinem Computer betrachtete, brach ich in Tränen aus. Zum ersten Mal sah ich in aller Deutlichkeit das ganze Ausmaß der Katastrophe. Ich war vollkommen entsetzt, denn ich hatte mich bisher nur an meiner Konfektionsgröße orientiert. Nie hatte ich meinen Körper so gesehen. Die Haut am Gesäß hing schlaff herab, meine Oberschenkel waren völlig konturlos. Mein Gesäß war fett, es war nichts anderes zu sehen als Fett, das hinten und an den Seiten meiner Hüften herabhing.

Das änderte meine Sicht der Dinge vollständig. Die Fitnesszeitschriften, die ich mich jeden Monat zu lesen verpflichtet fühlte, waren voll mit schönen Frauen, die auch Mütter waren. Diese Frauen behaupteten, es wäre möglich, Kinder zu haben und trotzdem in Form zu bleiben. Also erfand ich keine faulen Ausreden mehr und trug mich im Fitnessstudio für Kurse ein. Ich entschied mich für zwei Abende Aerobic pro Woche und einmal Yoga und nahm sehr konsequent teil. Anfangs versteckte ich mich in den hinteren Reihen, weil ich kaum in der Lage war, das Aerobic-Training 20 Minuten lang durchzuhalten. Die Ausfallschritte für das Konditionstraining ließ ich aus, denn ich schaffte nicht einmal einen Ausfallschritt mit Körpergewicht aus dem Stand. Nach zwei Monaten war ich kräftiger und konnte mich im Raum weiter nach vorn zum Übungsleiter stellen.

Nach etwa vier Monaten in Richtung auf ein neues, fitteres Lebensgefühl setzte ich zum ersten Mal nach sechs Jahren wieder einen Fuß in den Kraftraum. Ich erinnere mich gut daran, wie ich ein kleines Bizepshöckerchen an meinem Arm erkennen konnte – was für ein wahnsinniger Motivationskick! Ich machte es mir zur Gewohnheit, in Gegenwart von anderen ständig irgendwelche Dinge vor meine Brust zu halten, um dabei demonstrativ die Arme beugen zu können. Absolut lächerlich, ich weiß! Aber zu dem Zeitpunkt fühlte ich mich sehr gut und war bemüht, neue Ziele zu erreichen. So eignete ich mir ständig über Fitnesszeitschriften und Websites neues Wissen an.

Die Latte höher legen

Nachdem ich nun Resultate erzielt hatte, die ich niemals für möglich gehalten hatte, wurde ich süchtig nach Fitnessaktivitäten – im positiven Sinn. Meine Figur war besser geworden, als sie vor der Geburt der Kinder war, und allmählich fühlte ich wieder diesen Drang, mich im Wettbewerb zu beweisen. Ich beschloss, meine physischen Fähigkeiten auf das nächste Niveau zu heben, weshalb ich an einem regionalen Figur- und Fitnesswettkampf teilnahm. Es dauerte keine drei Wochen, bis ich mich vollkommen in meinem Training verlor. Ich beteiligte mich an Online-Foren für Frauen, die auf Fitness fixiert waren – manche waren auch Wettkampfteilnehmerinnen –, und machte wunderbare Bekanntschaften.

Aber die Informationsvielfalt verwirrte mich. Frustriert und irritiert engagierte ich einen Personal Trainer. Ich nahm erfolgreich an einem Figurwettbewerb teil und wog weniger als zu Schulzeiten, aber ich war total erschöpft und übertrainiert durch die Methoden meines Coaches. Die Frauen in meinem Umfeld machten ihre Witze über mich, weil das doch völlig normal sei, aber ich spürte sehr wohl, dass es nicht gesund sein konnte.

So nahm ich weiterhin voller Begeisterung an Wettbewerben teil, aber mein Training machte ich nicht. Ich hatte inzwischen genug Selbstbewusstsein, um mich eigenständig vorzubereiten. Körperlich war ich dadurch etwas weniger erschöpft, seelisch war ich stabiler. Ich nahm nur etwa ein Kilogramm zu, weil ich die Mentalität des Übertrainings und der Unterernährung von meinem ehemaligen Coach stark verinnerlicht hatte.

Der »Glute Guy«

Derzeit ist die Website www.t-nation.com, die auch regelmäßig Brets Arbeiten veröffentlicht, wohl die verlässlichste Informationsquelle zum Thema Fitness. Nachdem ich einen Artikel von Bret gelesen hatte, kontaktierte ich ihn, denn er lebte ganz in der Nähe. Er war einverstanden, mit mir zu arbeiten und mich auf Wettbewerbe vorzubereiten. Allerdings war er der Meinung, dass ich trotz großartiger Konstitution wohl mehrere Jahre brauchen würde, um wirklich wettbewerbstaugliche Muskeln auszubilden.

Das deprimierte mich zutiefst, aber ich vertraute seinen Instinkten. Innerhalb von nur drei Wochen unserer Zusammenarbeit veränderte sich meine Konstitution vollständig. Ich wurde schlanker und entwickelte unglaubliche Muskeln. Ich hatte meine genetischen Begrenzungen immer auf dem Niveau von »spindeldürr« gesehen und geglaubt, deshalb keine starken Muskelpakete aufbauen zu können. Brets Programm belehrte mich eines Besseren. In den ersten sechs Wochen unserer Zusammenarbeit erreichte ich mehr als im gesamten vorangegangen Jahr.

Bret fertigte eine Zusammenstellung meiner Fortschritte an und schickte sie mir nach ungefähr vier Monaten Trainingszeit. Die Veränderungen überwältigten mich, als ich die Fotos meines Körpers sah. Aus dem schmächtigen Durchschnittskörper war ein von oben bis unten durchtrainiertes Muskelpaket geworden.

Das Tollste aber war meine enorme Kraftzunahme. Ich stemmte Hanteln auf dem Niveau professioneller Gewichtheber und brach kontinuierlich jeden Monat meine eigenen Rekorde. Mein Mann Josh war von meinen Ergebnissen so begeistert, dass er Bret ebenfalls engagierte und fast ein Jahr lang mit ihm arbeitete.

Bret ist seit vier Jahren für mich Coach, Mentor, Lehrer und Freund, und ich verdanke einen Großteil meiner Erfolge seinem Engagement. Er hat in mir die Fähigkeit gesehen, eine erstklassige Athletin zu werden. Seit ich mit Bret trainiere, habe ich dreimal an Figurwettbewerben teilgenommen, wobei ich einmal gewonnen und einmal den vierten Platz belegt habe. Im Studio schaffe ich bei Squats etwa das eineinhalbfache Körpergewicht, beim Kreuzheben fast das zweieinhalbfache Körpergewicht und bei Beckenlifts mehr als das zweieinhalbfache Körpergewicht. Bei Klimmzügen kann ich mittlerweile mit allen Männern im Studio mithalten.

Die Latte noch viel höher legen

Es ist schon lustig, denn als meine Reise vor fünf Jahren begann, habe ich nicht im Traum an solche Erfolge gedacht. Wir kommen vielleicht alle irgendwann einmal an einen Punkt, wo uns die Hoffnungslosigkeit unendlich müde gemacht hat. Entweder finden wir uns dann mit unserem Schicksal ab und geben auf, oder wir ergreifen Maßnahmen. Ich vermute, Sie befinden sich momentan irgendwo zwischen meinem Anfangszustand und meinem jetzigen. Wenn Sie den schlechteren Weg gegangen wären und sich aufgegeben hätten, würden Sie dieses Buch nicht in Händen halten. Sie wollen Maßnahmen ergreifen und suchen nach einer Möglichkeit, gesund und fit zu werden und Ihre Ziele zu erreichen.

Als ich in der schlechtesten Form meines Lebens nach langer Zeit wieder ein Fitnessstudio betrat, hatte ich nur ein Ziel vor Augen: Ich wollte besser aussehen. Es war ein

eher sinnloses Ziel, und mir fehlte die Überzeugung. Ich hatte nicht die geringste Ahnung, wohin mich das führen würde, und hätte ich mein Ziel nicht nach und nach genauer definiert, hätte ich wohl wieder aufgegeben. Doch je mehr Resultate ich sah, umso präziser wurden meine Ziele.

Ich möchte, dass Sie mit der gleichen Einstellung an die hier vorgestellten Programme herangehen. Beginnen Sie mit einem generellen Ziel, aber konkretisieren Sie es immer mehr. Machen Sie es zu Ihrem ganz persönlichen Programm! Wir wollen alle in Form kommen, Gewicht verlieren, Selbstvertrauen gewinnen, stärker werden und im Bikini toll aussehen. Diese Ziele sind aber nicht gerade sehr persönlich. Sie sollten Ihr Programm also für sich individuell zuschneiden. Werden Sie ganz egoistisch mit Ihren Zielen und tun Sie alles, um sie zu erreichen. Und am wichtigsten ist: Schauen Sie niemals zurück, wenn Sie spüren, dass Sie auf dem Weg in ein gesünderes, fitteres Leben vorankommen!

Vor Kurzem half ich einer Freundin bei einem Projekt und war in diesem Kontext quasi gezwungen, meine Vorher-nachher-Fotos hervorzukramen. Dabei entdeckte ich auch ein Foto von dem Tag, als ich mit meinem neugeborenen Sohn die Klinik verließ. Ich konnte kaum glauben, was ich da auf dem Foto sah. Nicht nur mein körperliches Erscheinungsbild, auch die mentale Ausstrahlung erschütterten mich. Ich konnte mir überhaupt nicht erklären, wie ich an diesen Punkt gelangen konnte, aber ich bin mir sicher, dass ich nie wieder dorthin zurückmöchte. Dafür war weniger das Körperliche ausschlaggebend, sondern vielmehr mein Selbstvertrauen und meine Emotionen.

Stark ist das neue Sexy handelt nicht nur von körperlichen Veränderungen, sondern auch von emotionalen. Wenn Ihre Kraft zunimmt, Sie jede Menge Fett abwerfen und traumhafte Kurven entwickeln, dann werden sich auch Ihre Sichtweisen und Emotionen völlig verändern. Wenn diese Veränderungen eintreten und Ihr Selbstvertrauen in ungeahnte Höhen schießt, besinnen Sie sich wieder auf Ihre Ziele. Sobald Sie sie erreicht haben, streben Sie nach neuen. Sie werden in allen Lebensbereichen Verbesserungen feststellen, wenn Sie auf Ihren Körper achten.

Es war eine große Ehre für mich und ein absolutes Privileg, mit Bret an diesem Projekt arbeiten zu dürfen. Er ist in den vergangenen vier Jahren eine enorme Bereicherung für mein Leben geworden. Ich fühle eine tiefe Verbundenheit mit diesem Buch, denn ich stehe mit ganzem Herzen zu den darin aufgezeigten Programmen. Ich habe niemals einen Menschen kennengelernt, der so leidenschaftlich und überzeugt seiner Arbeit nachgeht wie Bret. Diese Leidenschaft erkennt man in jedem einzelnen Kapitel, die alle darauf abzielen, Ihren Körper, Ihren Lebenswandel und Ihr Selbstbewusstsein zu verbessern. *Stark ist das neue Sexy* ist das Resultat von Brets Forschungen, seinen Feldversuchen und seinen praktischen Erkenntnissen aus den vergangenen 15 Jahren.

Ich kann Ihnen aus eigener Erfahrung versprechen, dass seine Programme funktionieren und die Resultate nahezu unglaublich sind. Ich gebe zu, es wird hart. Als ich das Zwölf-Wochen-Programm *Gesäßtraining für Fortgeschrittene* testete, schrieb ich Bret nach der ersten Woche eine E-Mail und fragte ihn, ob er mich umbringen wolle. Er gab mir den dringenden Rat, mich nicht zu stark zu fordern. Wenn ich Ihnen also auch einen Rat mit auf den Weg geben darf, dann den, sich nicht zu übernehmen. Das Programm als solches ist wirklich hart genug. Wenn Sie versuchen, bei jedem Training voll bis an Ihre Grenzen zu gehen, werden Sie Bret im Schlaf verfluchen. Arbeiten Sie alle Teile jeder einzelnen Phase schrittweise ab und trainieren Sie immer entsprechend Ihrer jeweiligen Kondition.

Wenn es zu hart ist, passen Sie das Workout Ihrem Fitnessniveau an. Verringern Sie Anzahl oder Intensität der Wiederholungen. Wenn Ihnen eine bestimmte Übung nicht gelingt oder Ihnen die Kraft dafür fehlt, können Sie im Übungskatalog eine Vielzahl von Ersatzübungen dafür finden.

Bret und ich haben Hunderte von Stunden voller Schweiß in dieses Buch investiert, weil wir wollen, dass Sie dem Programm vertrauen. Wir haben nichts unversucht gelassen, damit Sie es schaffen können, die von Ihnen gewünschten Resultate zu erzielen, egal, an welchem Punkt Sie heute stehen. Wenn Sie glauben, Sie können nicht mehr und wollen aufgeben, dann erinnern Sie sich an meine Geschichte (Sie können ja als kleine Motivationshilfe meine Vorher-nachher-Fotos immer wieder betrachten). Ich möchte aus ganz eigennützigen Gründen, dass Sie Erfolg haben. Ich will, dass Sie wissen, wie es ist, eine selbstbewusste, sexy Frau zu sein. Es ist das tollste Gefühl der Welt, wenn Sie in Ihr Fitnessstudio gehen, die Hantel nehmen und mehr Gewicht stemmen als der Typ, der da gerade neben Ihnen steht und dem das Gesicht herunterfällt. Sie können diese Frau sein, und dieses Buch wird Ihnen zeigen, wie das geht.

Kapitel 1:

Einführung

Gäbe es eine Rangliste der gängigsten Sprüche in der Fitnesswelt, dann stünde »Bauchmuskeln werden in der Küche gemacht« wohl ganz oben. Die richtige Ernährung sorgt tatsächlich sehr viel besser für einen deutlich sichtbaren Sixpack als endlose Core-Übungen. Wird man sein Fett im Bauchbereich los, kommen darunter schöne, glatte Muskeln zum Vorschein.

Nun, während das auf Bauchmuskeln ganz sicher zutrifft, gilt es nicht für die Gesäßmuskulatur. Wenn Sie schon einmal versucht haben, durch eine Diät einen großartigen Po zu bekommen, werden Sie festgestellt haben, dass Ihr Gesäß flach und wellig wird, statt knackig. Eine Diät ohne oder mit nur wenig Training ist keine gute Maßnahme zum Körperformen. Bauchmuskeln werden in der Küche gemacht, aber Gesäßmuskeln im Fitnessstudio.

Louie Simmons bringt als Coach Gewichtheber zu unglaublichen Höchstleistungen. Charles Glass hat einige der sensationellsten Bodybuilder trainiert, die die Welt je gesehen hat, Promi-Trainer wie Joe Stabl machen die Stars fit für den ganz großen Auftritt, und Mike Boyle gelingt es, enorm kraftvolle Leichtathleten auszubilden.Ich hingegen habe mich der Kunst der Gesäßmuskelgestaltung verschrieben und die besten Programme entwickelt, um eine formvollendete Rückseite zu kreieren und dabei starke, kraftvolle Muskeln auszubilden. Da ich mich diesem Thema schon so lange widme, kann ich sofort erkennen, ob eine Übung gute Resultate für den Po bringt oder nicht. Sind dafür mehrere Sätze Ausfallschritte mit Körpergewicht erforderlich? Nein!

Wann immer Sie ein Übungsprogramm beginnen, werden Sie Anfangserfolge erzielen. Wenn sich aber nach einigen Wochen die Resultate nicht mehr so deutlich zeigen, verlieren Sie die Lust. Wenn eine neue Kundin zu mir kommt, kann ich nach einer einzigen Wiederholung erkennen, ob sie ihre Gesäßmuskeln bei einer Übung richtig einsetzt oder nicht. Squats und Back Extensions z. B. können wunderbare Übungen für das Gesäß sein, aber nur unter bestimmten Bedingungen. Es dreht sich nicht nur darum, optimale Übungen für den Po zu finden und die Bewegungsabläufe korrekt auszuführen. Es geht darum, mit den besten Übungen für das Gesäß unglaublich stark zu werden, sie perfekt auszuführen und die Gesäßmuskeln stark zu aktivieren.

Ich habe viele Fitnessstudios auf der ganzen Welt besucht und festgestellt, dass das Training für Frauen hinsichtlich Kraft und Form für das Gesäß generell noch sehr viel Luft nach oben hat. Ich wünschte, ich könnte in jedes kommerzielle Studio gehen und den Frauen dort zeigen, wie sie mit den besten Übungen und den richtigen Programmen ein schönes Gesäß erzielen können. Ich würde ihnen beibringen, wie die Gesäßmuskeln mit der richtigen Frequenz und mit absoluter Präzision anzuspannen sind, damit sie optimal aktiviert werden.

Da ich aber leider nicht überall sein kann, bringt dieses Buch meine Übungen und Methoden in Ihr Wohnzimmer oder Fitnessstudio. Sie haben es zur Hand genommen, weil Sie Veränderungen Ihres Körpers erzielen wollen. Sie wollen kräftiger und leistungsstärker werden und schönere Formen entwickeln. Stellen Sie sich vor, dieses Buch ist ein individuelles Trainingsprogramm, und ich bin Ihr Personal Trainer. Ich habe mein gesamtes, in den vergangenen 15 Jahren gesammeltes Wissen in dieses Buch gesteckt. Sie können also getrost und voller Zuversicht damit in Ihr Studio oder Ihr Wohnzimmer gehen und es nutzen.

Mein Durchbruch

Es begann alles am 16. September 2009 und mit einem Artikel mit dem Titel *Dispelling the Glute Myth (Der falsche Mythos vom Gesäß)*, den ich auf t-nation.com, einer Fitness-Website für Männer, veröffentlichte. Von dem Augenblick an wurde aus dem unbekannten Personal Trainer aus Arizona eine Online-Fitness-Koryphäe. Ich war nicht mehr der Kraft- und Konditionstrainer mit der heimlichen

Po-Obsession. Meine Besessenheit wurde jetzt öffentlich. Es gab nun kein Zurück mehr, denn ich bekam den offiziellen Beinamen »Glute Guy«. Tatsächlich bietet mir der Status als »Glute Guy« unglaubliche Möglichkeiten, die ich andernfalls nicht gehabt hätte. In den vergangenen Jahren hatte ich die Ehre, bei zahlreichen bedeutenden Fachkonferenzen für Kraft- und Konditionssport auf der ganzen Welt sprechen zu dürfen. Mein Name erschien plötzlich unter Artikeln in den gleichen Zeitschriften, die ich als Teenager gelesen hatte, unter anderen in *Muscle Mag*, *Men's Fitness* und *Men's Health*. Außerdem hatte ich die Ehre, als Experte für eine Ausgabe zum Thema »Gesäß« des *Oxygen Magazine* zu fungieren. Darüber hinaus schreibe ich regelmäßig Features auf Websites wie t-nation.com und strengthcoach.com.

Dennoch war und ist der größte Erfolg meiner gesamten Karriere die unglaubliche Transformation der Körper meiner Klientinnen. Ich liebe es, mit Frauen zu arbeiten, und das liegt nicht nur an der Tatsache, dass ich ein Mann bin. Würde man professionelle Fitnesstrainer befragen, dann würden mir wohl die meisten darin zustimmen, dass die Arbeit mit Frauen erfolgversprechender ist, denn für gewöhnlich tun sie für ihre Ziele exakt, was man ihnen sagt. Genau aus diesem Grund habe ich dieses Buch für Frauen (für Sie!) geschrieben.

Nun interessiert es Sie vielleicht, wie aus dem Knaben, der die Wände seines Zimmers mit Bildern aus Bodybuilding-Zeitschriften tapezierte, der Typ geworden ist, der heute die knackigsten Hinterteile auf der ganzen Welt modelliert, stärkt und konzipiert. Diese Geschichte beginnt im Jahr 1992 mit meinem eigenen Po, oder besser gesagt mit dem nicht vorhandenen Po. Mein Bedürfnis, Frauen dabei zu helfen, perfekte Gesäßmuskulatur auszubilden, entwickelte sich, als ich feststellte, dass mein Körper über keinerlei Gesäßmuskeln verfügte.

Der schonungslose Blick auf die Geburtsstunde des »Glute Guy«

Die Bedeutung der Gesäßmuskeln erkannte ich schon in der Schule. In der Oberstufe beschloss ich, in die Fußballmannschaft meiner Schule einzusteigen, allerdings erst nach sehr viel gutem Zureden meiner Freunde, die schon länger dabei waren. Ich war beeindruckt von ihren Leistungen im Kraftraum. Meine Teamkollegen, die schon seit einigen Jahren dort trainierten, zeigten bei Squats und Power Cleans derart viel Kraft, dass ich mich an diese Übungen gar nicht erst herantraute. Ich war völlig untrainiert in Bezug auf Gewichtheben und hatte auch keinen Coach. So beschränkte ich mich auf Übungen, von denen ich wusste, dass ich sie bewältigte, wie Beinpressen, Liegestütze und Bizeps-Curls.

Allmählich verbesserte sich meine Konstitution, und ich fühlte mich recht wohl mit meinem neuen Körper, bis zu dem schicksalhaften Tag, an dem ich hinter meinem Kumpel Cameron herging. Ich begleitete gerade meine Angebetete zum Physikunterricht und schleppte ihre Bücher. Plötzlich lehnte sie sich an mich. Ich dachte schon, das wäre jetzt die perfekte Gelegenheit, mich mit ihr zu verabreden, aber innerhalb der nächsten paar Sekunden brach meine ganze Welt hoffnungslos zusammen. Was jetzt kommt, mag jedem ganz trivial erscheinen, aber ich war ein Schüler und äußerst empfindlich. Sie lehnte sich also ganz dicht an mich und flüsterte: »Camerons Hintern sieht so toll aus in diesen Jeans!«

Sein Hinterteil? Oh, Liebe meines Lebens! Und ich dachte, ich weiß alles über dich? Damals wäre mir nie in den Sinn gekommen, dass Mädchen sich auch für Hinterteile interessieren könnten. Ich denke mal, ich war damals nicht ganz auf der Höhe der Zeit. Demzufolge hatte ich bis dato nicht einen einzigen Gedanken an mein Hinterteil verschwendet. Bis genau zu diesem Moment! Es lag nicht etwa daran, dass Cameron eine besonders tolle Hose trug oder dass er ein schöneres Gesäß hatte als ich. Es lag einfach daran, dass ich überhaupt kein Gesäß hatte. *Nada, nothing, rien.* Bei einem Golfspiel zeigte sich eines Nachmittags das ganze Ausmaß des Desasters, als der Freund meiner Schwester glaubte, Kommentare zu meiner Rückseite abgeben zu müssen. Es platzte plötzlich aus ihm heraus: »Also Bret, bei dir geht der Rücken ja direkt in die Beine über. Du hast absolut keinen Hintern!«

Das war nun wirklich die Krönung! Nicht nur, dass die Mädchen sich mit den knackigen Hinterteilen der Jungs beschäftigten, jetzt bekam ich auch noch Kommentare dazu von den Jungs. Ich wurde irgendwie zum Musterbeispiel des »Gesäßlosen«, ein Thema, das schnell die Runde machte. Mit dem Rest meines angeschlagenen Egos entwickelte ich den Ehrgeiz, den bestmöglichen Po zu entwickeln. Mir war klar, dass ich genetisch nicht gerade optimale Voraussetzungen mitbrachte, aber daran sollte es nicht scheitern.

Ich fing also an, alles über Gesäßmuskulatur zu lesen, was ich erwischen konnte. Im Jahr 1995 schenkte mir mein Cousin und Trainingspartner zu Weihnachten das Buch *The Complete Guide to Butt and Legs*, auch als Dankeschön dafür, dass ich aus ihm während der vergangenen Trainingsjahre »Brian, die Bestie« gemacht hatte. Aus seiner Sicht gab es niemanden, der so besessen vom Gesäßmuskeltraining war wie ich.

Im Alter von 18 Jahren begann ich mit Squats, aber nicht mit solchen wie in diesem Buch. Nein! Mit amateurhaften, winzig kleinen Squats, die man bei untrainierten Gewichthebern häufig sieht. Ich packte 120 Kilogramm Eisen auf meine Hantel und ging etwa 15 Zentimeter in die Knie, bevor ich schnell wieder hoch kam. Nach einigen dieser sinnlosen Versuche zur Aktivierung der Gesäßmuskeln sprach mich ein kompakter Gewichtheber im Studio an und legte mir nahe, doch wie ein richtiger Mann in die Knie zu gehen. Ich begriff, dass ich solche Kommentare in einem Fitnessstudio akzeptieren musste. Ich musste zunächst weniger Gewicht auflegen und die Squats vernünftig lernen. Ich reduzierte also das Gewicht auf die Hälfte und machte Squats wie ein Mann.

Am nächsten Tag fühlte ich ein deutliches Brennen im unteren Körperbereich, deshalb setzte ich dieses Training fort. Meine Gesäßmuskeln wurden allmählich wahrnehmbar, wenn ich auch noch weit davon entfernt war, ein »Cameron« zu sein. Irgendwann fügte ich meinem Training noch Kreuzheben und Ausfallschritte hinzu. Je mehr Erfahrung ich im Gewichtheben sammelte und je stärker ich wurde, umso besser sahen meine Gesäßmuskeln aus. Doch trotz der enormen Arbeit, die ich in mein Training investierte, hatte ich nie das Gefühl, dass meine Gesäßmuskulatur während eines Satzes an ihre Grenze stieß. Vielmehr machten andere Muskeln viel früher schlapp als mein Gesäß, das eigentlich niemals überanstrengt wirkte.

Prioritäten setzen

Mit 22 Jahren hatte ich mein Studium abgeschlossen und bereitete mich auf mein Dasein als Mathematiklehrer vor. Neben meiner Arbeit war Sport immer sehr wichtig für mich; so machte ich eine Ausbildung zum zertifizierten Personal Trainer und alle meine Freunde und Familienmitglieder zu meinen ersten Klienten, denen ich meine Methoden zur Entwicklung von Körperkraft beibrachte.

Zu Hause druckte ich alle Artikel und Studien zum Thema Gesäßtraining aus. In meinen Regalen stapelte sich das Informationsmaterial, und ich gab mein Lehrergehalt komplett für Übungsgeräte aus (was allerdings keine nennenswerten Summen waren). Über die Jahre hatte ich nahezu die komplette Ausrüstung für ein Fitnessstudio angeschafft, was es mir umso leichter machte, hauptberuflich von Lehrer auf Personal Trainer umzusteigen.

Mit 28 Jahren ließ ich das Lehrerdasein hinter mir zugunsten von Open Lifts, einem Fitnessstudio, das ich in Scottsdale, Arizona, betrieb. Hier fand der überwiegende Teil meiner Experimente und Tests in Sachen Gesäß statt.

Entdeckung des Beckenlifts

An den Tag, an dem ich den Beckenlift erfand, erinnere ich mich noch, als wäre es gestern gewesen. Es war der 13. Oktober 2006. Ich saß zu Hause und sah mir den legendären Ultimate-Fight-Kampf zwischen Ken Shamrock und Tito Ortiz an. Ich wartete darauf, dass Shamrock Ortiz abwarf, aber er machte keinerlei Anstalten, durch einen Stoß mit der Hüfte unter Ortiz herauszukommen. Zu der Zeit war ich bereits zertifizierter Kraft- und Konditionstrainer, und die Situation bei diesem Boxkampf brachte mich zum Nachdenken. Warum zum Teufel machen diese Kämpfer keine Übungen, um größere Kräfte im Hüftbereich zu entwickeln? Das schien mir die einzige Möglichkeit zu sein, unter dem Gegner aus der im Kampfsport *full mount* genannten Position herauszukommen. Mein Gehirn arbeitete auf Hochtouren, und ich rannte in die Garage, um ein paar neue Ideen zu testen.

Nach dieser Nacht fing ich an, mit meinen Klienten im Fitnessstudio zu experimentieren. Ich führte Beckenlifts mit Körpergewicht ein, dann einbeinige Beckenlifts. Hier wurde vermutlich der Grundstein für die Beckenlifts und Hüftbrücken mit Gewichten gelegt, die Sie später in den Workouts finden. Meine Klienten kamen in Scharen zu

Erfolgsgeschichte einer Klientin

Ich trainierte schon seit mehreren Jahren mit Rachel, 24 Jahre, bevor ich den Beckenlift in mein Training integrierte. Ich verordnete ihr jede Woche Squats, Kreuzheben und Ausfallschritte. Sie war in der Lage, 20 Wiederholungen Full Squats mit 60 Kilogramm, 20 Wiederholungen im Kreuzheben mit 70 Kilogramm und 40 Ausfallschritte mit 15 Kilogramm zu absolvieren. Ihre Beine waren phänomenal, aber ihr Gesäß ließ zu wünschen übrig. Nachdem ich den Beckenlift in ihr Training integriert hatte, entwickelte sich ihr Po hinsichtlich Größe und Form sensationell. Nach nur einem Monat hatte sie einen schöneren Po als jemals zuvor. Natürlich, denn der Beckenlift fordert die Gesäßmuskeln sehr viel stärker als jede andere Übung.

diesen Übungen und meinten dann, sie hätten nie zuvor gefühlt, dass ihre Gesäßmuskulatur so hart arbeitet wie bei den Hüfthebeübungen, die ich ihnen zeigte.

Die Resultate waren durchweg positiv. Sogar Frauen, die niemals zuvor trainiert hatten, bildeten unglaublich starke Gesäßmuskeln aus. Frauen, die sich vorher ausschließlich auf Squats und Ausfallschritte verlassen hatten, stellten fest, dass sie mit Hüftbrücke und Beckenlift ein höheres Niveau erreichten. Sicher gibt es hinsichtlich des Gesäßes immer den genetischen Aspekt. Manche Frauenkörper reagierten sehr schnell auf Übungen, sodass auch schnell Ergebnisse zu sehen waren, während es bei anderen länger dauerte. Aber am Ende erarbeiteten sich immer alle Frauen einen starken, wohlgeformten Po.

Der Beweis

Ich wusste, dass meine Trainingsmethoden erfolgreich waren, denn schließlich kamen täglich Frauen zu mir, die glücklich mit ihrem neuen, schöneren Gesäß waren. Aber ich wollte genau wissen, warum das so gut funktionierte. Gegen Ende meines Mietvertrags für das Fitnessstudio entwickelte ich mich vom Trainer zum Autor und begann mit Vorbereitungen und Untersuchungen für mein E-Book. Ich mietete einen Elektromyografen (EMG), der elektrische Muskelaktivitäten erfasst, und begann abends in meinem Fitnessstudio damit zu arbeiten. Da meine ganze Leidenschaft für das Gesäß mit meinem eigenen, nicht vorhandenen Po begonnen hatte, war ich selbst mein bestes Versuchskaninchen und befestigte die Elektroden des Geräts an Pobacken, Quadrizeps, hinterer Oberschenkelmuskulatur und Adduktoren.

Ich war der bekloppte Wissenschaftler, der sich mit dem Selbststudium des Gesäßes beschäftigte und sich dafür nachts im Studio verkroch, um die effizientesten Maßnahmen zur Ausbildung starker und großer Pobacken zu erforschen. Ich verabredete mich sogar mit einem Anatomieprofessor, um Gelegenheit für anatomische Untersuchungen des Gesäßes am Körper eines Verstorbenen zu bekommen.

All diese Experimente haben sich bezahlt gemacht und führten zur Veröffentlichung meines E-Books *Advanced Techniques in Glutei Maximi Strengthening (Fortgeschrittene Techniken zur Stärkung des Gluteus maximus).* Ich erhielt viel Lob, sowohl von Krafttrainern als auch von professionellen Fitnesssportlern auf der ganzen Welt, und meine Methoden bewährten sich auch in anderen Bereichen, z.B. für Sprinter, für Patienten in Physiotherapien und für Leichtathleten. Zahlreiche Zeitschriften boten mir an, Artikel zu schreiben.

Meine Freunde und Kollegen waren der Ansicht, ich könne doch jetzt mit dem Erreichten zufrieden sein, aber ich zog es vor, meinen weltlichen Besitz zu verkaufen und auf die andere Seite der Erde zu gehen, um Sportwissenschaften an der Auckland University of Technology in Neuseeland zu studieren. Dort begegneten mir allergrößter Sachverstand und herausragende Trainingsmöglichkeiten bei Top-Wissenschaftlern, Forschern und Coaches, die mir halfen, meine Kenntnisse über den menschlichen Körper – und natürlich das Gesäß – weiter zu entwickeln.

Die »*Stark ist das neue Sexy*«-Methode

Dieses Buch ist der Höhepunkt meiner Forschungen und das Resultat aus 15 Jahren Arbeit. Über die Jahre hat sich das Design meiner Programme stark verändert, besonders in den vergangenen fünf Jahren habe ich Aspekte kreativer Kunst mit innovativer Wissenschaft verknüpft, um daraus das effektivste derzeit auf dem Markt zu findende Trainingssystem speziell für Frauen zu entwickeln.

Viele Frauen gehen an Krafttraining mit der gleichen grundsätzlichen Angst heran: Sie befürchten, große, voluminöse Muskeln fern jeder Weiblichkeit zu entwickeln. Doch keine Sorge: Meine Programme zeigen Ihnen, dass Ihr ganzes Erscheinungsbild mit zunehmender Kraft kurvenreicher und weiblicher wird. Meine Klientinnen beweisen immer wieder aufs Neue, dass die Programme funktionieren. Während ich mich in Neuseeland auf meine Doktorarbeit vorbereitete, trainierte ich zeitgleich Frauen am anderen Ende der Welt. Jede Einzelne von ihnen hat unglaubliche, ihr Leben verändernde Ergebnisse erzielt. Eine gewann sogar einen Fitnesswettbewerb, was sie trotz mehrfacher Teilnahme nie zuvor geschafft hatte. Eine andere transformierte ihren Körperbau komplett, mit so überraschenden Resultaten, dass sie auf Anhieb den ersten Wettbewerb, an dem sie teilnahm, gewann. Ihr neues Selbstbewusstsein verbesserte ihr ganzes Leben. Inzwischen bin ich zurück in Phoenix und trainiere weiterhin mit Frauen, die an Figur- und Bikini-Wettbewerben teilnehmen. Jede Frau erzielt hier kontinuierliche Verbesserungen hinsichtlich Kraft und Form der Gesäßmuskeln.

Meine Programme sind so effizient, weil sie keinen einheitlichen Trainingsansatz aufweisen, sondern individuell gestaltet werden. Es gibt keine Methode, mit der alle den gleichen Erfolg haben. Was für Sie gut ist, funktioniert möglicherweise bei einer anderen Frau gar nicht. Der Ansatz, den ich verfolge, ist die sogenannte Gießkannenmethode, in die alle Aspekte einfließen, die Ihnen individuell die bestmöglichen Resultate verschaffen. Vielleicht kommen Sie mit vielen Wiederholungen bei moderatem Gewicht zurecht, vielleicht ist es für Sie aber auch besser, wenige Wiederholungen mit viel Gewicht zu absolvieren. Eventuell hilft Ihnen in einem Monat eine bestimmte Methode sehr, im nächsten eine andere. Eine bestimmte Übung kann Ihnen ein Jahr lang unglaubliche Resultate bescheren, während Sie im Jahr darauf feststellen, dass eine andere Übung für Ihre Ziele nützlicher ist. Wenn Sie aber all Ihre Basiskompetenzen Monat für Monat trainieren, wird Ihr Körper bestens auf das gesamte Programm reagieren. Das ist meine Quintessenz.

Die Übungen in diesem Buch werden Ihnen zeigen, wie Sie Ihre Gesäßmuskulatur zum Brennen bringen. Vielleicht werden Sie sich erst einmal merkwürdig fühlen, aber nach ein paar Monaten werden Sie den ganzen Tag über jede Möglichkeit zum Anspannen und Zusammendrücken Ihrer Gesäßmuskeln nutzen.

Obwohl der ästhetische Gewinn meiner Trainingsstrategie allein schon alle Anstrengungen wert ist, lässt sich die unglaubliche Kraft und Energie, die Sie durch starke Gesäßmuskeln gewinnen, mit Veränderungen bei anderen Muskelgruppen nicht vergleichen. Die Gesäßmuskeln sind an nahezu allen Bewegungsabläufen beteiligt. Ich habe das selbst erlebt, als ich mit dem Training für den Po begann. Die alltäglichen Dinge des Lebens lassen sich mithilfe starker Gesäßmuskeln besser bewältigen. Das Laufen ist weniger strapaziös für die Knie, der Rücken ist nach einem langen Arbeitstag weniger angespannt, Möbelschieben geht viel leichter, und Sie bekommen den Alltag mit den Kindern besser hin. Die Gesäßmuskeln sind die stärksten Ihres Körpers. Versuchen Sie, dieses Potenzial voll auszuschöpfen.

Wie man an mein Programm herangeht

Dieses Buch ist voll von Informationen zum Krafttraining für Frauen. Jedes Kapitel kann einzeln gelesen werden, doch bauen Sie ruhig Ihre Kenntnisse hinsichtlich der Programme kontinuierlich auf. Sie können sich direkt mit den Workouts beschäftigen, aber ich würde Ihnen trotzdem raten, zunächst das ganze Buch von Anfang bis Ende zu lesen. Je mehr Sie über Krafttraining wissen, je mehr Sie verstehen, umso besser werden Sie arbeiten.

Ziel dieses Buches ist es, Ihnen einen möglichst umfangreichen Überblick über Trainingsmöglichkeiten für Frauen zu bieten, damit Sie den Weg zum Erreichen Ihres Ziels sicher finden. Das Buch bietet Ihnen ein solides Fundament für Krafttraining, auf dem Sie Ihr individuelles Fitnessprogramm aufbauen können, sodass es Bestandteil Ihres Alltags werden und ein Leben lang bleiben kann.

Die ersten Kapitel verraten Ihnen, warum Sie anders trainieren sollten als Männer. Sie müssen sich nicht daran halten, aber Ihr Körperbau ist grundsätzlich anders, und Sie können nicht so erfolgreich an Ihren Zielen arbeiten, wenn Sie sich an Programmen für Männer orientieren. Sie erhalten Informationen über zwei ganz entscheidende Muskelgruppen, die Ihre Lebensqualität verbessern, Sie lernen, wie und warum Muskeln wachsen, und Sie begreifen die Bedeutung von Bewegungsqualität.

Die Ganzkörper-Workouts dienen dazu, möglichst kraftvolle Muskeln und einen schlanken Körper in kürzester Zeit zu erzielen. Ihre Gesäßmuskeln werden bei jedem Training für bestmögliche Resultate mehrfach bearbeitet. Sie werden mit viel Gewicht wenige Wiederholungen machen und mit weniger Gewicht viele Wiederholungen. Ihre Gesäßmuskeln werden maximal aktiviert und sich unter der Last dehnen. Das Training wird sie außerdem im vollen Bewegungsradius in unterschiedliche Richtungen bei verschiedenen Winkeln beanspruchen. Es ist ein perfekt abgestimmtes Programm, das auf den Grundlagen des weiblichen Körperbaus beruht.

Dieses Buch bietet Ihnen auch einfache Ernährungsrichtlinien, die von der Arbeit des Ernährungsspezialisten Alan Aragon beeinflusst wurden. Seine Tipps sind leicht zu befolgen und sehr praktisch, unabhängig davon, welche Ziele Sie mit dem Programm verfolgen. Die Tipps sind auf die Workouts in diesem Buch abgestimmt und können Ihnen helfen, Ihre Ziele noch schneller zu erreichen.

Sie finden in diesem Buch vier Zwölf-Wochen-Programme sowie unzählige Alternativ- und Ergänzungsübungen im Übungskatalog. Ich stelle Ihnen mehr als 200 Übungen mit detaillierten Fotos vor, anhand derer Sie sehen, wie die Übungen ausgeführt werden.

Kellie begleitet Sie mit Rat und Tipps durch das gesamte Buch und erklärt, wie Sie mithilfe der vorgestellten Programme Ihre Ziele erreichen. Als Frau, die schon weitaus mehr durchgemacht hat, als man ahnen mag, liefert sie Ihnen Erkenntnisse von unschätzbarem Wert.

Mein guter Rat für Sie, bevor Sie beginnen, ist, alles in kleinen Schritten zu machen. Behalten Sie Ihr großes Ziel im Kopf, aber setzen Sie sich zunächst kleinere Etappenziele. Nach meiner Erfahrung verliert man leicht aus dem Blick, warum man die Reise eigentlich begonnen hat, wenn man immer nur das große, ehrgeizige Ziel vor Augen hat. Sie werden die angestrebten Resultate erreichen, ganz egal, wo Sie heute stehen. Lassen Sie einfach in Ihren Bemühungen niemals nach, und geben Sie sich selbst niemals auf.

Kapitel 2:

Die weibliche Anatomie

Neulich beobachtete ich im Fitnessstudio eine Frau, die mit ihrem Mann trainierte. Er unterwies sie in sechs Brustübungen, dann liefen die beiden eine halbe Stunde auf dem Laufband. Es kostet mich immer wieder allergrößte Mühe, in solchen Situationen stillschweigend zuzusehen, aber die traurige Realität ist, dass diese Workouts nur allzu üblich sind für Frauen, die mit einem männlichen Partner trainieren.

Man sollte allerdings diese Kritik gar nicht darauf beschränken. Ich sehe das eigentlich immer wieder, auch wenn Frauen allein trainieren. Sie gestalten ihre wöchentlichen Workouts wie typische Bodybuilder, indem sie jeden Trainingstag komplett nur einer Körperpartie widmen – dadurch werden die Gesäßmuskeln nur ein einziges Mal in der Woche beansprucht, wobei die besten Übungen noch nicht einmal enthalten sind. Wüssten Sie eine Antwort auf die Frage, warum eine Frau eine ganze Stunde in der Woche damit verbringen sollte, ihre Brust zu trainieren?

Natürlich möchten Sie eine feste, pralle Brust, aber wollen Sie denn Ihre Brustmuskulatur vergrößern? Ich denke, das kann nicht Ihr vordringliches Ziel sein, also warum wollen Sie Ihr Training darauf ausrichten? Ihre Workouts sollten so effizient und produktiv wie nur möglich sein, und ein »Brusttag« ist dafür nicht der geeignete Weg. Ebenso sinnlos sind Armtage, Beintage (üblicherweise auch noch ohne spezielle Übungen für den Po), Schultertage … Sie sehen, worauf ich hinauswill.

Leider arbeiten sehr viele Frauen so und verfehlen dadurch ihre Ziele. Das Arbeiten an einzelnen Körperbereichen ist sinnvoll, wenn man sehr dicht an den maximalen Wachstumsgrenzen seiner Muskeln trainiert und damit einzelne, schlechter ausgeprägte Partien optimieren möchte – wie z. B. hochkarätige Bodybuilder. Derartige Workouts fokussieren auch überwiegend Oberkörper, Quadrizeps und hintere Oberschenkelmuskulatur, wobei wenig an den Gesäßmuskeln gearbeitet wird. Bei meinen Programmen enthält jeder Trainingstag Übungen für das Gesäß, da die Bearbeitung dieses Muskelbereichs bei Frauen zum einen am schwierigsten und zum anderen am wichtigsten ist.

Frauen neigen dazu, auf exzessive Aerobic-Übungen zu setzen, um ihre Ziele zu erreichen. Diese Exzesse haben viele Gesichter, sie sind nicht auf endlose Kilometer auf dem Laufband beschränkt. Wenn Sie zum Gewichtheben ins Fitnessstudio gehen und erst nach zwei Stunden und 27 Übungen wieder auftauchen, dann haben Sie zu viel Kardiotraining gemacht.

Die Tatsache allein, dass Sie mit Gewichten trainieren, bedeutet nicht, dass Sie Krafttraining machen. Sie können hart *oder* lange trainieren, aber nicht beides. Ihr Trainingsprogramm muss ausgeklügelt sein, damit es auch effizient ist. Über einen langen Zeitraum mit großem Volumen zu trainieren ist kontraproduktiv für Ihre Ziele. Das Gleiche gilt für lange Workouts mit Kardioübungen. Wenn es Ihnen wirklich Spaß macht, unzählige Kilometer in der Woche zu rennen oder Ähnliches, dann brauchen Sie Methoden, die Ihre Muskeln schützen, Katabolismus vermeiden und auch den Muskelabbau durch Energiemangel verhindern.

Bei strategisch geplantem Krafttraining und kontrollierter Kalorienzufuhr werden Sie solche Probleme nicht haben. Je härter Sie trainieren, umso mehr müssen Sie zum Schutz Ihrer Muskeln essen. Die meisten Frauen, die lange Kardioeinheiten lieben, weil sie diesen Weg für den einzig gangbaren zur Fettverbrennung halten, ernähren ihren Körper unzureichend. Die verrückte Vorstellung, man müsse hungern, um den gewünschten Körper zu bekommen, ist in vielerlei Hinsicht falsch. Es gibt einen riesigen Unterschied zwischen Kalorienreduktion, um Gewicht zu verlieren, und Hungern. Leider ist das nur allzu oft eine Gratwanderung, und viele Frauen rutschen ab ins Hungern, ohne es wirklich zu bemerken. Zu diesem Thema erfahren Sie mehr in Kapitel fünf.

Äpfel oder Orangen?

Vergleicht man den Körperbau von Männern und Frauen, erkennt man schnell, warum die beiden Geschlechter nicht nach dem gleichen Trainingsprogramm arbeiten sollten. Was nicht bedeutet, dass Frauen andere Übungen machen oder weniger intensiv trainieren oder im Verhältnis zu Körperstruktur und -größe weniger Gewicht stemmen sollten. Diese Faktoren sind für Männer und Frauen gleich. Programme für Frauen sollten sich von denen für Männer aus Gründen der Anthropometrie und der Zielsetzung unterscheiden, denn die Körperformen sind völlig anders. Hinzu kommt, dass weibliche Vorstellungen vom idealen Körper anders sind als männliche. Aus diesen Gründen erfordert das optimale Training einer Frau eine andere Programmgestaltung – und zwar sowohl hinsichtlich des Trainingsablaufs, der Wahl der Übungen und ihrer Reihenfolge, als auch hinsichtlich Häufigkeit, Volumen, Intensität und Dichte.

Männer und Frauen reagieren auf Widerstandstraining weitestgehend gleich. Dennoch lassen sich signifikante und messbare Unterschiede in Bezug auf Muskelmasse, Kraft und Hormonniveaus feststellen. Die Kraftunterschiede sind überwiegend auf Körpergröße und -komposition zurückzuführen. Im Allgemeinen sind Männer größer, haben mehr Muskelmasse und sind schlanker.

Das Sexualhormon Testosteron bestimmt den Unterschied in Größe und Körperkomposition, aber diese hormongesteuerten Unterschiede zeigen sich überwiegend im oberen Körperbereich: Frauen sind in der Regel im Verhältnis zu ihrem Körpergewicht weniger kräftig, Männer aber weisen proportional zum Körpergewicht mehr Kraft im Oberkörper auf als Frauen. Vergleicht man jedoch Kraft pro Kilogramm fettfreier Masse (überwiegend Muskeln und Knochen), sind die Unterschiede nicht so offensichtlich. Berücksichtigt man darüber hinaus den Aufbau von Muskeln, wird das Geschlecht relativ unwichtig, was Frauen im Prinzip die gleichen Möglichkeiten zur Entwicklung von Kraft gibt.

Frauen können übrigens bei Beckenlifts ebenso stark werden wie Männer, mitunter sogar stärker. Ich kenne mehrere Frauen, die derzeit beim Beckenlift das Zweieinhalbfache ihres Körpergewichts heben! Das ist unvorstellbar, und ich kenne keinen Mann, der das vermag. Es ist ganz offensichtlich, dass Frauen hinsichtlich der Gesäßmuskulatur nicht hinter Männern zurückstehen, vorausgesetzt, sie trainieren in geeigneter Weise.

Üblicherweise neigen Männer dazu, sich im Krafttraining zu überschätzen. Sie laden sich bei vielen Übungen zu viel Gewicht auf, was zu Lasten einer korrekten Übungsausführung geht. Frauen tendieren hingegen dazu, sich im Fitnessstudio eher zu unterschätzen. Selbst wenn sie zu den Fortgeschrittenen gehören, sind sie unsicher hinsichtlich ihres Kraftniveaus. Meine Kollegen in der Branche machen oft ihre Witze darüber, dass Männer grundsätzlich bei manchen Übungen das Gewicht um zehn Prozent senken sollten, Frauen es aber generell um zehn Prozent erhöhen könnten.

> Shannon wog anfangs 57 Kilogramm, als sie mit mir zu trainieren begann. Allerdings zog sie schnell mit ihren Trainingspartnerinnen mit und wurde nach wenigen Monaten unglaublich stark – viel stärker als die anderen Frauen. Ich änderte ihr Programm und ließ sie jeweils nur einen ganz harten Satz bestimmter Übungen machen. Nach fünf Monaten zweimal wöchentlichen Trainings entwickelte sie Kräfte, die ich nicht für möglich gehalten hatte. Sie bewältigte im Beckenlift 175 Kilogramm mit zwei Wiederholungen, bei Back Extensions 45 Kilogramm mit zehn Wiederholungen und im Kreuzheben 15 Wiederholungen mit einer 90-Kilogramm-Kettlebell. Außerdem konnte sie im Zuge eines kleinen Beckenlift-Wettstreits durchaus mit mir mithalten. Es war einfach toll, sie in einem Bikini-Wettbewerb als superschlanke Athletin mit wunderbaren Gesäßrundungen zu betrachten.

Was Frauen wollen

Anders als Mel Gibson in einem Kinofilm bin ich nicht in der Lage zu hören, was Frauen denken. Aber hätte ich diese Fähigkeit, würde ich vermutlich im Fitnessstudio ständig Frauen hören, die zu sich selbst sagen: »Könnten meine Arme doch nur so stark werden wie mein Hals« oder »Wie bekomme ich denn bloß stärkere Brustmuskeln?«

Es ist einfach nicht realistisch, dass Sie die gewünschten Resultate erzielen, wenn Sie trainieren wie Ihr Mann oder Trainingspartner. Das wäre so, als würde man Orangensaat in den Boden stecken und erwarten, dass daraus ein Apfelbaum wächst. Wenn Sie Ihre Gesäßmuskulatur nicht regelmäßig mit den richtigen Übungen trainieren, wird sie nicht wachsen – so einfach ist das! Wenn Sie fünfmal in der Woche einzelne Körperpartien trainieren, je ein Workout für Brust, Schultern, Beine, Rücken und Arme, arbeiten Sie definitiv nicht oft genug an den richtigen Muskeln, um die erhofften Resultate zu sehen.

Sie haben einen großen Vorteil gegenüber Männern, und das ist Ihre kürzere Erholungszeit. Ob diese Tatsache mit einem niedrigeren Kraftniveau, einer niedrigeren

Muskelmasse oder einfach grundsätzlich mit der Fähigkeit, sich rascher zu erholen, zusammenhängt, sei dahingestellt. Frauen ermüden langsamer und erholen sich schneller als Männer. Das kommt Ihnen zugute, wenn Sie die gleichen Muskeln mehrmals in der Woche trainieren. Deshalb habe ich meine hier im Buch vorgestellten Programme darauf ausgelegt, alle Muskelgruppen wöchentlich mehrmals zu beanspruchen. Ihr Unterkörper, besonders Ihr Po, bekommt am meisten Aufmerksamkeit. Wenn Sie eines der Programme drei- bis viermal pro Woche absolvieren, bekommt Ihre Gesäßmuskulatur ausreichend Aufmerksamkeit und belohnt Sie mit schönen, großen, runden und knackigen Formen.

Nachdem ich die Programme für dieses Buch geschrieben hatte, entschied sich Kellie, das Zwölf-Wochen-Programm *Gesäßtraining für Fortgeschrittene* zu testen. Am Ende jeder Phase schickte sie mir die Resultate mit hilfreichem Feedback, damit ich das Programm vor der Veröffentlichung noch weiter perfektionieren konnte. Wir kommunizierten überwiegend per E-Mail, hatten aber die Gelegenheit, uns einmal zu treffen, als sie gerade mit der zweiten Phase des Programms begonnen hatte. Ich hatte sie fünf Monate lang nicht gesehen und konnte nicht glauben, wie ihr Körper sich seither verändert hatte. Ich vermute, sie hatte niemals zuvor besser ausgesehen, und die Resultate nach fünf Monaten mit dem Programm waren äußerst beeindruckend. Ihr Oberkörper war unglaublich schlank und feingliedrig, obwohl sie bemerkenswerte Muskeln hatte. Ihre Beine und Gesäßmuskulatur waren in perfektem Zustand, obwohl sie keinerlei Diät machte. Nicht nur ich nahm diese Veränderungen an ihr war. Jeder konnte sehen, wie schlank und wohlgeformt sie aussah.

Das Programm, mit dem sie arbeitete, war die Beta-Version, d. h., die Version, die Sie in diesem Buch kennenlernen, unterscheidet sich geringfügig. Die Vorlagen sind aber exakt die gleichen, sie hat also mit den gleichen Methoden gearbeitet, die Sie auf den folgenden Seiten kennenlernen. Ich denke, ihre Resultate sprechen für sich und zeigen, dass das Programm funktioniert, und zwar ganz unabhängig vom jeweiligen Trainingsniveau oder Körperzustand einer Frau.

Kellie ist in vielerlei Hinsicht eine ausgezeichnete Sportlerin, die den Erfolg stark forciert. Aber die Fortschritte, die sie in kürzester Zeit machte, haben mich doch völlig überwältigt. Sie war die erste erfahrene Testperson, die mit diesem Programm arbeitete. Inzwischen haben es auch Frauen in Neuseeland getestet, die ebenfalls wunderbare Ergebnisse erzielten, und derzeit setze ich es bei meinen Klientinnen in Phoenix ein. Die Resultate sind wirklich phänomenal.

Meine Programme arbeiten mit den effizientesten Trainingsmethoden, die individuell auf jede Frau zugeschnitten werden. Ergänzt werden sie durch einen Ernährungsplan, der die Fettverbrennung optimiert, um Ihnen die bestmögliche Strategie für die Gestaltung Ihres Körpers nach Ihren Wünschen an die Hand zu geben.

Kapitel 3:

Die wichtigen Muskeln, über die niemand spricht

Dieses Kapitel möchte ich zwei besonders wichtigen Muskelgruppen widmen, die eine entscheidende Rolle für Ihren Erfolg spielen. Die erste Gruppe ist die Gesäßmuskulatur – das hatten Sie sich vermutlich schon gedacht. Über die zweite Muskelgruppe allerdings wird mit Frauen nur selten gesprochen, wenn es um Krafttraining geht: über die Beckenbodenmuskulatur.

Muskeln brauchen Aufmerksamkeit

Brasilianische Modells sind bekannt für ihre knackigen Hinterteile, die oftmals für ein genetisches Geschenk gehalten werden. Das trifft aber nur bedingt zu, denn das Geheimnis ihrer absolut perfekten Pobacken ist schlicht ihr Gesäßmuskel-Workout. In Brasilien dreht sich schließlich nahezu alles um das Gesäß. Für diese Damen ist es nicht ungewöhnlich, 30 bis 60 Minuten ihrer jeweiligen Workouts ausschließlich auf das Formen ihrer Gesäßmuskeln zu verwenden. Kein Workout für den Oberkörper und die Bauchmuskeln, sondern nur Gesäßmuskeltraining.

Ich denke, sie liegen damit ganz richtig. Meiner Meinung nach sollten die meisten Frauen ausschließlich ihren Po trainieren, um den Wunschkörper zu gestalten. Sozusagen ein lebenslanges Gesäßmuskel-Spezialprogramm.

Leandro Carvahlo machte vor einigen Jahren das Brasilianische Gesäß-Lift-Workout populär, und seine signifikanten Bewegungen schienen tatsächlich der ultimative Weg zur Figurgestaltung zu sein – das Geheimnis seiner Supermodel-Klientel! Aber diese Bewegungsabläufe allein machen noch keine Superfigur. Häufigkeit und Ausmaß eines Gesäßmuskel-Workouts sind die wesentlichen Trainingsfaktoren. Sie machen den großen Unterschied, und daran scheitern die meisten Workout-Programme für Frauen. Wenn Sie sich jemals eines von Carvahlos Videos angesehen haben, wird Ihnen auffallen, dass alle Übungen ausschließlich mit Körpergewicht arbeiten. Das ist gut und schön, aber dem Brasilianischen Gesäß-Lift-Workout fehlen doch einige entscheidende Elemente in Bezug auf Gewicht (Intensität) und Kraft (progressive Belastung) – und nicht zu vergessen der Fokus auf die besten Übungen zur Aktivierung der Gesäßmuskulatur (Übungsauswahl).

Kraft kreiert Kurven, und wenn Sie ausschließlich mit Körpergewicht trainieren, können Sie nur bis an einen bestimmten Punkt kommen. Eine Hüftbrücke mit Körpergewicht z. B. wird Ihre Gesäßmuskulatur nur etwa zu 20 bis 30 Prozent der maximalen Möglichkeiten beanspruchen. Viele meiner fortgeschrittenen Klientinnen arbeiten bei der Hüftbrücke mit Langhanteln von über 100 Kilogramm (einige sogar mit über 140 Kilogramm), wodurch die Gesäßmuskulatur zu 100 Prozent gefordert wird. Aus diesem Grund sind Übungen mit Gewichten solchen mit Körpergewicht vorzuziehen, denn dieses zusätzliche Gewicht ist es, das die sexy Form der Pobacken ausmacht. Es ist unerlässlich, dass Sie Ihre Gesäßmuskulatur kontinuierlich stärker fordern, denn es ist diese Stimulation, die das Muskelwachstum anregt.

In diesem Buch werden alle für Ihr Workout notwendigen Elemente angesprochen. Sie bearbeiten Ihre Gesäßmuskeln mehrmals in der Woche mit Unterschieden in Volumen und Belastung, um ein superstarkes, kurvenreiches Gesäß auszubilden. Gesäßmuskelübungen regen den Stoffwechsel stark an, wodurch Ihr ganzer Körper schlanker wird, außerdem leisten Sie während der Ausführung Ihrem Oberkörper und Ihren Core-Muskeln zusätzlich großartige Dienste. Squats und Kreuzheben z. B. aktivieren unzählige Muskeln am Oberkörper und in der Körpermitte. Wenn Sie diese Übungen wählen, trainieren Sie also den Oberkörper und die Core-Muskeln gleich noch mit, aber eben auch Quadrizeps, ischiocrurale Muskulatur und Waden. Innerhalb der nächsten zwölf Wochen werden Sie nicht nur mehr Kraft und Muskulatur aufbauen, sondern dafür auch mit zwei wunderbaren Pobacken belohnt. Wie auch immer, diese Übungen sind eine gewinnbringende Kombination.

Der Beckenboden

Über den Beckenboden sprechen Frauen für gewöhnlich nur mit Ärzten – meist erst im Zusammenhang mit Beschwerden, die aus einer Beckenbodenschwäche resultieren. Dabei sollte dieses Thema viel häufiger im Fitnessbereich diskutiert werden. Der Grund, warum darüber nicht offener gesprochen wird, liegt darin, dass wir derzeit noch nicht genug über Beckenbodenfehlfunktionen wissen. Ich habe versucht, mir Wissen anzulesen, und auch mit Physiotherapeuten auf der ganzen Welt darüber gesprochen, aber es lässt sich nicht allzu viel in Erfahrung bringen. Ich denke, innerhalb der kommenden Jahre wird sich das ändern, aber bis man mehr weiß, gebe ich Ihnen hier die bestmöglichen Ratschläge, die man anhand der derzeitigen Informationslage zu dem Thema vermitteln kann.

Schwangerschaft, Geburt und Alterungsprozesse beeinträchtigen die Kraft des Beckenbodens. Meine Trainingsprogramme hier in diesem Buch fördern die Kräftigung der Skelettmuskulatur inklusive des Beckenbodens. Weiter hinten in diesem Kapitel erkläre ich Ihnen, warum es so wichtig ist, regelmäßig Übungen auszuführen, die die Kraft in dieser Muskelregion aufbauen und erhalten.

Die Gesäßmuskeln in ihrer natürlichen Umgebung

Jetzt aber ran an die Pomuskeln! Ich will mich nicht zu sehr in Erläuterungen verlieren, aber es ist wichtig, dass Sie die Physiologie der Gesäßmuskeln verstehen und erkennen, warum diese außergewöhnlichen und widerspenstigen Muskeln nicht wachsen werden, wenn Sie sie nicht dazu ermutigen. Sie lernen außerdem, warum die Muskeln für die Kraft und physische Gesundheit Ihres gesamten Körpers eine so entscheidende Bedeutung haben.

Lassen wir einmal den ästhetischen Aspekt der Gesäßmuskeln außer Acht und konzentrieren uns nur darauf, Leistungsfähigkeit und Funktion dieser Muskelgruppe zu verbessern. Wenn eine Sprinterin zu mir kommt, weil sie noch ein paar Sekunden schneller werden möchte, dann arbeite ich an ihren Gesäßmuskeln. Wenn ein Baseballwerfer zu mir kommt, weil er seine Leistungen verbessern möchte, dann konzentriert sich das Training auf die Stärkung seiner Gesäßmuskeln. Klienten mit Rückenschmerzen verordne ich ebenfalls kräftigende Übungen für den Po, und auch wer eine schlechte Körperhaltung, Fehlstellungen der Füße, einen Beckenschiefstand oder andere physische Einschränkungen hat, sollte seine Gesäßmuskeln stärken.

Die Gesäßmuskulatur spielt eine herausragende Rolle für die Beweglichkeit und Funktionalität des Körpers, aber es gibt einen ganz wesentlichen Aspekt, der Sie daran hindert, rundzulaufen wie eine gut geschmierte Maschine. Und das ist die Tatsache, dass Ihre Gesäßmuskeln sich abschalten. Das stimmt tatsächlich. Die Gesäßmuskeln hören einfach auf zu arbeiten, wenn sie nicht beansprucht werden. Dies fand der berühmte Physiotherapeut Vladimir Janda bereits vor Jahrzehnten heraus. Einige unserer Muskeln neigen stark dazu, bei Nichtbeanspruchung untätig zu sein, und die Gesäßmuskulatur ist geradezu meisterhaft darin. Ständiges Sitzen am Schreibtisch, stundenlanges Fernsehen oder Autofahren, all das veranlasst sie zu absoluter Untätigkeit.

Ein Kleinkind gilt als bestes Beispiel für wunderbare Gesäßaktivitäten. Sicher, Kleinkinder haben noch einen pummeligen, kleinen Po, aber gleichzeitig verfügen sie über wirklich tolle Gesäßmuskeln. Wenn Sie einmal die Gelegenheit haben, mit einem Kleinkind einen Tag zu verbringen, achten Sie darauf, wie sich so ein wunderbares kleines Wesen bewegt. Achten Sie darauf, wie es Dinge aufhebt! Dieser Zwerg macht vermutlich sehr viel bessere Squats als 90 Prozent der Leute in Ihrem Fitnessstudio. Beobachten Sie, wie sich das Kind beugt, bewegt und um Dinge herumspringt. Dieses kleine Energiebündel ist ständig in Bewegung und schöpft die Fähigkeiten seiner Gesäßmuskeln voll aus.

Unsere Pomuskeln würden ein Leben lang so kräftig bleiben, wenn wir uns immer wie Kleinkinder verhalten würden. Nun gut, auf die Tobsuchtsanfälle könnten wir verzichten, und wir müssten auch nicht immer alle möglichen Kleinteile in den Mund stecken. Doch der unbändige Drang zur Aktivität ist es, der die Gesäßmuskeln der Kleinen gesund und stark hält. Leider werden wir mit zunehmendem Alter immer bequemer, unser Aktivitätsdrang nimmt immer mehr ab. Videospiele, Computer und Fernsehgeräte füllen die Häuser dieser Welt, die Inaktivität macht sich in immer jüngeren Jahren bei uns breit. Je mehr wir zu sitzenden Tätigkeiten neigen, umso weniger gebrauchen wir unsere Gesäßmuskeln. Und die werden regelrecht faul, wenn man es ihnen gestattet. Sie stehen nicht etwa für sich selbst ein und rufen: »Hallo! Wir brauchen Bewegung!« Nein, sie gehen einfach in Frührente und stellen ihre Arbeit ein.

Daraus resultiert, dass andere Muskeln die Aufgaben der Gesäßmuskeln übernehmen und die Hauptlast ihrer Arbeit tragen müssen. Bedenkt man, dass die Gesäßmuskeln von Natur aus eigentlich die stärksten Muskeln im Körper mit entsprechenden vielschichtigen Aufgaben sind, ist es nachvollziehbar, dass die anderen Muskeln,

Donna ist sehr stark in Squats und verfügt von Natur aus über ausgeprägte Quadrizepse. Egal, ob sie Beckenlifts mit Körpergewicht oder mit 70 Kilogramm Zusatzgewicht machte, sie fühlte die Belastung stets nur in den Quadrizepsen. Ich verordnete ihr Beckenlifts mit den Füßen auf einer Bank. Dadurch werden die Quadrizepse aus der Hebung herausgenommen, und die Belastung liegt ausschließlich auf der ischiocruralen und der Gesäßmuskulatur. Obwohl diese Übung leichter war als der Beckenlift mit Hantel, konnte Donna zum ersten Mal ein Ziehen in ihren Gesäßmuskeln spüren. Sie war in der Lage, Squats mit 90 Kilogramm und Kreuzheben mit 160 Kilogramm zu bewältigen, aber wir blieben zunächst bei zwei Sätzen mit Körpergewicht und 30 Wiederholungen mit Fußerhöhung. Diese Übung erfüllte ihren Zweck und half ihr dabei, die Aktivierung der Gesäßmuskeln auch bei anderen Bewegungen des Unterkörpers besser zu spüren. Ihre Gesäßmuskeln festigten sich mit dieser Übung schon nach nur zwei Wochen.

die nicht dafür vorgesehen sind, durch die Überbeanspruchung einem enormen Verschleiß unterliegen.

Wenn sich die Gesäßmuskeln zur Ruhe legen, nutzen Sie andere Muskeln für Aufgaben, für die diese Muskeln gar nicht geschaffen sind. Der untere Rücken muss am häufigsten einspringen, ebenso die Oberschenkelmuskulatur sowie alle Muskeln rundherum. Verletzungen im unteren Rückenbereich ließen sich größtenteils vermeiden, wenn starke Gesäßmuskeln ihren Job machen würden.

Schon die kleinste Verletzung im unteren Rücken führt dazu, dass die Gesäßmuskeln ihre Tätigkeiten einstellen. Das liegt an unseren prähistorischen Überlebensinstinkten. Da das Gesäß die größte und stärkste Muskelgruppe in Ihrem Körper ist und das Gehirn immer darauf ausgelegt ist, schmerzende Körperteile zu schützen und zu schonen, ist es eine hervorragende Strategie des Gehirns, die Gesäßmuskeln abzuschalten, da deren Aktivität der Rehabilitation bei Verletzungen entgegenwirken würde. So veranlasst bereits eine kleine Verletzung – etwa ein angestoßener Zeh – Ihr Gehirn dazu, die Muskeln am Po zu deaktivieren. Das Gleiche lässt sich bei Verletzungen von Knöchel, Knie, Hüfte und unterem Rücken beobachten. Um diesen Verletzungen die Möglichkeit zur Heilung zu geben, wird die Gesäßmuskulatur auf Eis gelegt.

Während der verstauchte Zeh und andere Verletzungen schließlich wieder heilen und dann alles wieder funktioniert, werden die Gesäßmuskelaktivitäten nicht unbedingt wieder aufgenommen. Bevor Sie diese Muskeln nicht aktiv zur Arbeit in die Pflicht nehmen, sehen sie keinerlei Veranlassung, sich zu regen. Stellen Sie sich einen Löwen vor – den König der Tiere. Löwen sind kraftvolle, unerbittliche Jäger, aber wenn man sich Tierdokumentationen im Fernsehen anschaut, sieht man sie häufig den ganzen Tag lang träge herumliegen und dösen, bis es Zeit für die Jagd ist. Ihr Instinkt veranlasst sie dazu, ihre Energie für diese eine große Aufgabe zu sparen. Vergleicht man unsere Gesäßmuskulatur mit den Löwen, versteht man, wie sie von Natur aus funktionieren. Die Muskeln liegen faul in der Gegend herum, bis Sie sie für große Aufgaben aktivieren. Anders als die Löwen müssen Sie jedoch keine Energie sparen, um zu überleben (zumindest nicht in der heutigen Zeit des Nahrungsüberflusses). Je mehr und je häufiger Sie also Ihre Gesäßmuskeln zur Arbeit anregen, umso kraftvoller werden sie.

Er ist ein ganz ein Fauler!

Der Gluteus maximus – der Große Gesäßmuskel –ist ein absolutes Paradoxon. Er besteht zu einem großen Teil aus langsam zuckenden Muskelfasern, die langsamer Energie verbrennen und dadurch weniger schnell ermüden. Dennoch verhält der Muskel sich so, als verfügte er über schnell zuckende Muskelfasern, die kurze Kraftschübe für explosionsartige Bewegungen erzeugen. Das zeigt, dass der Gluteus maximus ein starrsinniger Muskel ist, der lieber weiterschlafen und die anderen Muskeln die Arbeit machen lassen würde.

Tägliche Aktivitäten wie Gehen, Treppensteigen, Erledigen von Hausarbeiten und Ähnliches können für die korrekte Funktion anderer Muskeln tatsächlich ausreichen, der Gluteus maximus jedoch braucht direkte, starke und explosionsartige Hüftbewegungen, um einwandfrei zu arbeiten. Wenn jemand z.B. Squats mit Körpergewicht macht, werden seine Quadrizepse gegebenenfalls zu 60 Prozent aktiviert, während die Gesäßmuskeln aber bestenfalls eine zehnprozentige Kontraktion aufweisen. Im Prinzip bleiben die Quadrizepse im normalen Alltagsleben aktiv und kräftig, aber die Gesäßmuskeln verfallen derweil in Tiefschlaf. Ich kann mir nicht vorstellen, dass es viele am Schreibtisch Arbeitende gibt, deren Alltag für ausreichende Muskelaktivierung im Hüftbereich sorgt. Viele Stunden täglich zu sitzen beeinträchtigt und schädigt die Gesäßmuskeln durch mehrere unterschiedliche Mechanismen. Zunächst einmal verkürzen sich die Hüftbeuger. Die Mobilität wird zunehmend eingeschränkt, man fühlt sich steif, hat vielleicht Schmerzen im unteren Rückenbereich, den Knien und natürlich in der Hüfte.

Wenn die Hüftbeuger sich (durch adaptive Verkürzung) verfestigen, beschließen die Gesäßmuskeln, sich als Folge der Verfestigung und zum Schutz der Hüfte abzuschalten. Die Hüftstreckung ist nicht mehr vollständig möglich, also kann die Gesäßmuskulatur nicht mehr optimal arbeiten. Hinzu kommt, dass die verkürzten Hüftbeuger die Energieverbrennung im Gesäß beeinträchtigen und zwar durch komplexe Prozesse, die »reziproke Muskelblockaden« genannt werden. Im Prinzip sagt die Gesäßmuskulatur: »Okay, Hüftbeuger, wenn ihr mich hier kurzhalten wollt, dann strafe ich euch mit Schweigen.« Tägliches langes Sitzen komprimiert den Gluteus maximus, beeinträchtigt sowohl die Blutzirkulation als auch die Nährstoffversorgung und überlagert neuromuskuläre Kräfte. Letztendlich blockieren frühere Verletzungen und Schmerzen die Gesäßmuskulatur und verhindern dadurch starke Kontraktionen.

Diverse Muskeln fühlen sich veranlasst, schwache Gesäßmuskeln zu kompensieren. Dazu gehören ischiocrurale Muskulatur, Adduktoren, Quadrizeps und Rückenstrecker. Stellen Sie sich vor, Sie betreiben ein Unternehmen und Ihr größter, stärkster Arbeiter, der bisher alles bewerkstelligt hat, lässt plötzlich alles schleifen und überlässt die Arbeit den anderen. Die anderen Arbeiter werden sehr viel schneller erschöpft sein, sie sind öfter krank, leiden unter Schmerzen und an Verletzungen. Vermutlich schaffen sie ihr tägliches Arbeitspensum irgendwann nicht mehr. Genauso verhält es sich mit Muskeln und Gewebe, die die Arbeit der Gesäßmuskeln übernehmen müssen.

Kombinieren Sie viele Stunden täglichen Sitzens mit einem Mangel an Bewegung, und schon fehlen Ihnen alle Zutaten für einen schönen Po. Diese Situation klingt wie die Leidensgeschichte deprimierter Muskulatur, die nicht richtig aktiviert wird und harte Zeiten durchmacht, weil ihr natürlicher Bewegungsradius aufgrund eingeschränkter Hüftbeweglichkeit nicht ausgeschöpft wird. In der Tat traurige Erkenntnisse! Viele Ärzte sprechen hier von »glutealer Amnesie«, um die schlafenden Gesäßmuskeln zu beschreiben, unter denen so viele Menschen leiden, die den ganzen Tag am Schreibtisch sitzen, und die nahezu jeden, der beruflich nicht körperlich aktiv ist, mit zunehmendem Alter ereilt. Schwache Gesäßmuskulatur wächst sich in unserer Gesellschaft quasi zu einer Pandemie aus, aber meine Programme hier im Buch werden dafür sorgen, dass Sie von diesem Schicksal verschont bleiben.

Die Gesäßmuskeln

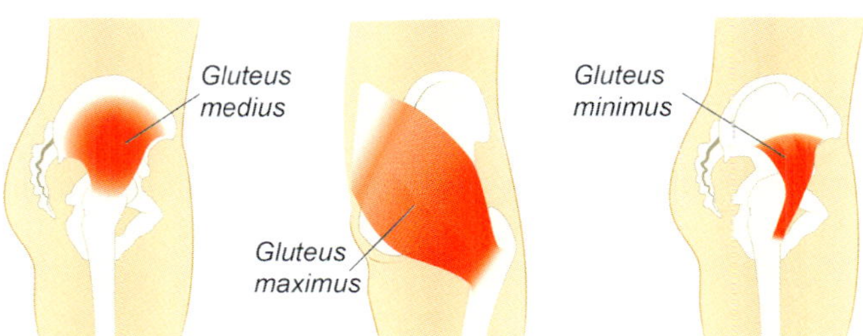

Was hat es mit den Pobacken wirklich auf sich?

Die Gesäßmuskulatur besteht aus drei Muskeln: Gluteus maximus, Gluteus medius und Gluteus minimus. Rein physiologisch ist der Gluteus maximus der stärkste Muskel im menschlichen Körper. Schon die Anordnung im Körper zeigt das. Die Gesäßmuskulatur ist mit dem Oberkörper, dem Core-Bereich und den Extremitäten des Unterkörpers über Becken, Kreuzbein, Steißbein und die Oberschenkel verbunden. Nicht zu vergessen mit dem Schienbein über das Iliotibialband und mit dem Latissimus, dem Großen Rückenmuskel, über das thoracolumbale Verbindungsgewebe. Die Gesäßmuskeln sind eine entscheidende Komponente für Bewegungsabläufe wie Laufen, Springen, Werfen, Schwingen, Schlagen, Drehen. Sie werden keinen hochklassigen Fußballspieler finden, der nicht wunderbar kräftige Gesäßmuskeln hat, denn sie stellen einen entscheidenden Faktor seiner Tätigkeit dar.

Gesäßmuskeln haben viele Aufgaben, um einwandfreie Beweglichkeit zu gewährleisten:

- Oberschenkel nach hinten bewegen (Hüftextension)
- Rumpfstreckung (Hüftextension)
- Oberschenkel seitwärts bewegen (Hüftabduktion)
- Rumpf- bzw. Beinrotation (Hüftaußenrotation)
- Kippung des Beckens nach hinten (posteriore Beckenkippung)

Mary hatte bei den Beckenlifts anfangs Schmerzen im unteren Rücken, deshalb hielt ich sie dazu an, den hinteren Beckenbereich bei der Übung zu kippen. Sie ist selbst Personal Trainer und sehr fit, deshalb konnte sie die Beckenlifts mit 50 Kilogramm beginnen. Nach zwei Wochen waren es 70 Kilogramm, und ihr Po war deutlich runder geworden, ohne dass sie an Gewicht zugenommen hatte. Sie hatte vorher schon einen fantastischen Po, aber die Beckenlifts brachten ihre Gesäßmuskulatur in kürzester Zeit auf ein neues Niveau. Ihre Trainingsgruppe konnte gar nicht glauben, wie schnell sie Fortschritte machte, und sie scherzten, dass sie jetzt wohl mit Implantaten ausgestattet sei.

- isometrische Stabilisierung der Hüfte bei den vier oben genannten Aktionen
- Verschiebungsausgleich (exzentrisch) bei Hüftbeugung, Adduktion, interner Rotation und Beckenkippung nach vorne (anteriore Beckenkippung)
- Vermeidung von Valguskollaps (Einfallen der Knie nach innen)
- Vermeidung übermäßiger Wirbelsäulenbelastung (Flexion, Hypertension)
- Vermeidung von hängenden Schultern, krummem Rücken und Hohlkreuz
- Vermeidung negativer Einwirkungen auf die Oberschenkelmuskeln, den Leistenbereich und das Iliosakralgelenk, die Rückenschmerzen, Iliotibialband-Syndrom (»Läuferknie«) und patellofemorale Schmerzen (ebenfalls im Knie) sowie Schleimbeutelentzündungen, Hüftschmerzen, Piriformis-Syndrom, Ischiasschmerzen und Leistenbrüche hervorrufen können
- Reduktion des Verletzungspotenzials in allen Körperregionen aufgrund der intensiven Verflechtung mit allen kinetischen Verbindungskomponenten

Ihre Gesäßmuskeln sind auch für viele Aspekte sportlicher Betätigung verantwortlich. Wenn Sie an Ihre Schul- und Studienzeit denken, dann hatten die schnellsten Läufer auch die knackigsten Hinterteile. Die tollsten Aufschläger beim Tennis, die höchsten Springer beim Basketball, die stärksten Gewichtheber, die härtesten Fußballspieler und die kräftigsten Kampfsportler waren mit beneidenswerten Rückseiten ausgestattet.

Guter Po, schlechter Po, hässlicher Po

Der menschliche Po kennt viele Formen und Größen. Die Stärke der Gesäßmuskeln entscheidet häufig über einen guten oder schlechten Po. Eines müssen Sie verstehen, bevor Sie Ihr Gesäßgestaltungsprojekt beginnen: Sie können Ihre genetischen Veranlagungen nicht ändern! Das bedeutet allerdings nicht, dass ein flacher Hosenboden immer flach bleiben muss. Allerdings können Sie – um es drastisch zu formulieren – nicht erwarten, dass aus einem kleinen Sitzkissen ein Sitzsack wird, nur weil Sie es aufpolstern.

Sie werden die Kraft, die Form und den Tonus ihrer Gesäßmuskulatur mit meinen Programmen auf jeden Fall verbessern, unabhängig davon, an welchem Punkt Sie mit der Arbeit beginnen. Dennoch können Sie immer nur so weit kommen, wie es Ihre Genetik zulässt. Ich trainierte eine Klientin, die einen flachen, hängenden Po hatte und dann ein kräftiges, formschönes Gesäß bekam, das andere neidisch machte.

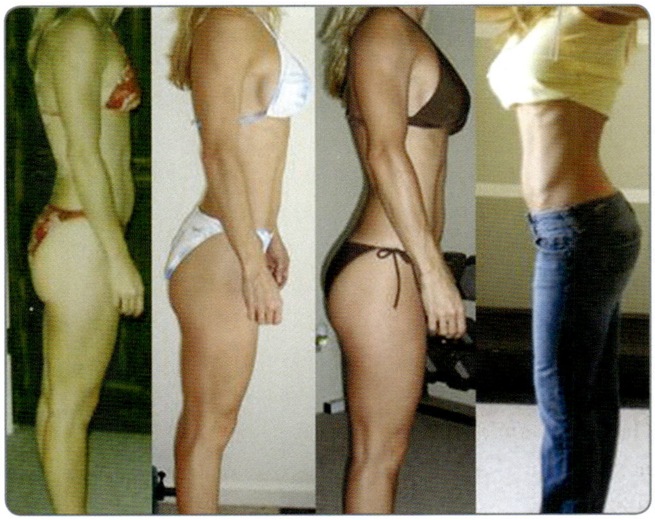

Ich hatte schon Klientinnen, deren Gesäß sich in kürzester Zeit von Kategorie »null« auf »Superstar« entwickelte. Es hängt viel davon ab, was für den jeweiligen Körper genetisch machbar ist. Andere Faktoren, wie z. B. der Prozentsatz an Muskelfasern vom Typ I oder Typ II, Alter, Hormonstatus, Somatotyp (Körper- und Figurtyp) und widerspenstige Körperbereiche – all das unterliegt nicht Ihrer Kontrolle.

Behalten Sie das im Hinterkopf. Dennoch können Sie herausragende Resultate erzielen, wenn Sie am Ball bleiben und meinen Vorgaben folgen. Wenn Sie aber von dem Programm abweichen, Ihre eigenen Regeln schaffen, Dinge verändern oder aufgeben, stehen Sie wieder bei null.

Schlechter Po versus guter Po – Showdown

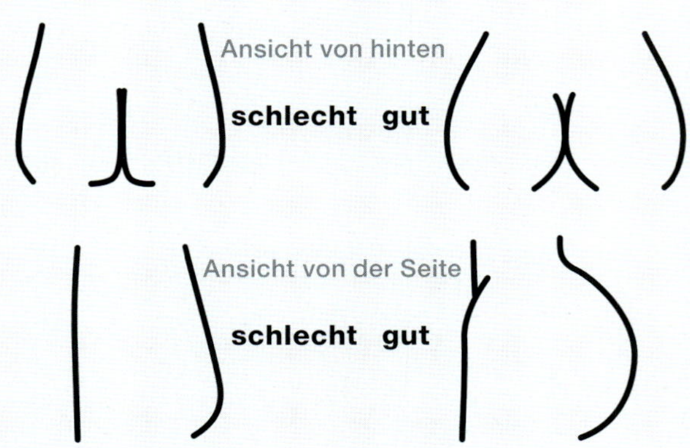

Meine Zeichnungen mögen etwas rudimentär sein, zeigen aber deutlich den Unterschied zwischen starken und schwachen Gesäßmuskeln. Das schlechte Gesäß, links, hat keine Struktur, keine Fülle und weist die sogenannten Gesäßfalten auf, d. h. übermäßige Faltenbildung an der Verbindung zwischen Gesäß und ischiocruraler Muskulatur. Das gute Gesäß, rechts im Bild, ist knackig, rund und formschön. Wären Sie jetzt schon eine meisterhafte Bildhauerin in Sachen Gesäß, dann wüssten Sie, dass Sie in manchen Bereichen etwas nachlegen, in anderen etwas nachlassen müssten, um die nötigen Veränderungen vom »Gluteus patheticus« zum »Gluteus magnificus« vorzunehmen. Die nächste logische Frage ist natürlich: »Wie komme ich mit meinem Po von links nach rechts?«

Der Unterschied zwischen einem guten und einem schlechten Gesäß wird von der Menge an Muskelmasse in dem Bereich bestimmt. Viele Frauen glauben, dass eine Gewichtsreduktion die Lösung ist, aber wenn sie dann abnehmen, stellen sie fest, dass ihr Po nicht besser aussieht, sondern möglicherweise sogar eher schlechter. Erinnern Sie sich bitte daran, dass Gesäßmuskeln im Fitnessstudio gemacht werden. Sie müssen diese Muskeln ausbilden und von allen Seiten traktieren, um ihren Po zu gestalten.

Wir haben nun geklärt, wie aus einem schlechten ein gutes Gesäß oder sogar ein »Super-Po« wird, aber was ist mit einem hässlichen Po? Es ist nicht so, dass Ihr Po physisch hässlich ist. Es liegt nur daran, dass Ihre Gesäßmuskulatur schon über einen sehr langen Zeitraum abgeschaltet ist. Das Gesäß verfügt nur noch über sehr schlechte Bewegungsqualitäten. In Kapitel 6 erläutere ich die Bedeutung von Bewegungsqualität ausführlich, deshalb übergehen Sie das Kapitel bitte nicht. Es ist sehr wichtig!

Hässlich ist ein Gesäß, wenn sich durch mangelnde Aktivität in dem Bereich Schmerzen, Verletzungen oder physische Symptome einstellen. Ich habe ständig mit Klientinnen zu tun, die mit den Folgen von Bewegungseinschränkungen durch zu schwache Gesäßmuskeln kämpfen. Diese Probleme sind weitaus häufiger, als man glauben mag, und professionelle Fitnesstrainer kennen sie zur Genüge. Diese mangelnde Beweglichkeit lässt sich nur in den Griff bekommen, wenn Sie sie aktiv angehen.

Kellies Tipp: *»Was rastet, das rostet!« Halten Sie Ihre Gesäßmuskeln auch an Ruhetagen aktiv, indem Sie morgens, bevor Sie in den Tag starten, wenigstens ein paar Sätze Hüftbrücken, Muschel in Seitlage und Hüftabduktionen machen. Sie werden einen Unterschied in der Härte Ihrer Muskeln spüren, und Ihr knackiger Po wird es Ihnen danken!*

Lisa war 25 Jahre alt und sah athletisch aus, als sie in meinem ehemaligen Fitnessstudio zu trainieren begann. Sie war der Meinung, ihre Gesäßmuskulatur hätte sich trotz zwölf Monaten mit Schnellkraft-, Maximalkraft- und Komplextraining sowie den besten Übungen für das Gesäß nicht wesentlich verbessert. Lisa verlor Körperfett und baute am ganzen Körper Muskeln auf, aber sie war immer etwas frustriert über die geringe Verbesserung am Po. Wir verglichen ihre Bilder zu Beginn des Trainings ein Jahr zuvor mit den aktuellen, und es war ganz offensichtlich, dass sich ihre Rückseite deutlich verbessert hatte. Ich versuchte, sie von ihren doch schon großen Fortschritten zu überzeugen, aber sie wollte den absolut perfekten Po.

Im Gegensatz dazu steht Alicia. Sie war ein 19-jähriges, dünnes Mädchen, das etwa zur gleichen Zeit wie Lisa zu mir kam. Sie trainierte zusammen mit ihrer Mutter, und ihr Gesäß entwickelte sich in kürzester Zeit von »nicht wirklich viel« zu »wirklich viel«. Es war atemberaubend. Eines Tages sagte ihre Mutter zu mir: »Ist es nicht unglaublich, wie wunderschön Alicias Po aussieht?« Wir sichteten Alicias Trainingstagebuch, um zu sehen, wie lange sie schon bei uns trainierte und wie viele Workouts sie gemacht hatte: Es waren sage und schreibe nur sechs Workouts innerhalb von zwei Wochen! Bis zum heutigen Tag ist mir nie wieder ein derart rasantes Resultat begegnet – ein beeindruckender Fall genetischer Reaktion auf das Training.

Diese beiden Beispiele machen deutlich, wie wichtig genetische Aspekte hinsichtlich des Gesäßmuskeltrainings sein können. Die beiden jungen Frauen erhielten die gleiche Stimulierung durch ihr Training, zeigten aber signifikant unterschiedliche Ergebnisse. Dennoch veranschaulichen diese Beispiele auch, dass jede (und jeder) Resultate sehen kann und wird. Lisa trainiert nicht mehr bei mir, aber sie nimmt mittlerweile mit einem wundervollen Gesäß an Figurwettbewerben teil. Alicia hingegen hat mit dem Training aufgehört. Überflüssig zu erwähnen, dass ihr Po seine wunderbare Form wieder verloren hat, obwohl sie die perfekten Gene hat, um ihn bewahren zu können.

Es ist sehr wichtig, hinsichtlich seiner Fähigkeiten ehrlich mit sich selbst zu sein. Wenn eine Übung zu schwierig ist, muss man sich nicht schämen, wenn man sie auf ein Niveau herunterfährt, mit dem man besser zurechtkommt. Nutzen Sie den Übungskatalog, um Alternativen zu suchen. Die Übungen sind nach Funktionsbereichen eingeteilt und so angeordnet, dass der Anspruch stufenweise steigt. Alternativübungen lassen sich schnell finden.

Das soll nicht heißen, dass die ursprüngliche Übung zu den Akten gelegt wird. Setzen Sie sich diese Übung als Etappenziel. Das Programm ist auf »progressive

Überlastung« ausgelegt, deshalb werden Sie schneller, als Sie glauben, ein immer höheres Niveau erreichen. Das bedeutet, Sie werden von Woche zu Woche mit Ihren Workouts starke Verbesserungen erzielen. Anstatt sich also durch zu schwierige Übungen hindurchzuquälen, müssen Sie in der Lage sein, Ihre Bewegungsqualität einzuschätzen und Ihr Workout leichter zu gestalten, bis Sie ein anspruchsvolleres Niveau bewältigen können.

Schwache Gesäßmuskulatur kann Ihr Knie bei Squats einbrechen lassen (Valguskollaps), Ihre Körperhaltung beeinträchtigen oder Ihren unteren Rücken schmerzen lassen. Machen Sie sich aber keine Sorgen: Jedes noch so schlechte Gesäß lässt sich reparieren. Am Ende meines Programms wird Ihre Gesäßmuskulatur ein Power-Paket sein. Ihre Rückenschmerzen werden möglicherweise verschwinden, schlechte Bewegungsgewohnheiten werden sich ändern, und Sie werden auf dem besten Weg in ein gesünderes, glücklicheres Leben sein – dank Ihres aktivierten, kräftigen und wohlgeformten Gesäßes.

Die Gesäßmuskeln befeuern

Einer der wichtigsten Faktoren in meinen Programmen ist die konsequente Aktivierung Ihres Gesäßes. Sie sollten Ihre Pobacken während Ihres gesamten Workouts anspannen, auch wenn Sie an anderen Körperbereichen arbeiten. Nach etwa zwei Monaten werden Sie bei jeder Übung spüren, wie Ihre Gesäßmuskeln arbeiten. An freien Tagen sollten Sie sich ebenfalls zehn Minuten Zeit zur Aktivierung der Gesäßmuskeln nehmen. Absolvieren Sie dann einfach einige der Übungen zu Hause.

Es kommt sehr oft vor, dass jemand zwar tolle Gluteus-Übungen macht, die Muskeln aber während der Bewegungen nicht optimal einsetzt. Sie können z. B. Squats und Ausfallschritte ausführen, aber dabei überwiegend mit Quadrizeps und Rückenstrecker arbeiten. Oder Sie absolvieren Kreuzheben und Hüftbrücken, indem hauptsächlich Rückenstrecker und ischiocrurale Muskulatur arbeiten. Wenn Sie lernen, die Gesäßmuskeln adäquat zu aktivieren, und es Ihnen gelingt, starke Kontraktionen in ihnen zu spüren, werden Sie diese Muskeln auch konkret in alle Bewegungsabläufe des Unterkörpers integrieren.

Vielleicht haben Sie sich meine Videos auf YouTube angesehen mit all den starken Frauen, die bei den Übungen für das Gesäß schwere Gewichte bewegen. Diese Athletinnen haben natürlich nicht so angefangen. Die meisten meiner Klientinnen beginnen mit Squats und Hüftbrücken. Ich habe hart daran gearbeitet, ihnen beizubringen, dass sie sich zum Einleiten eines Squats mit der Rückseite der Oberschenkel »nach hinten absetzen«, ihre Knie über den Zehen haben, die Mechanik von Lumbalbereich und Becken optimal nutzen, ihre Füße vernünftig in Stellung bringen und ihre Pobacken aktivieren. Erst wenn das alles funktioniert, wird Gewicht aufgelegt. Nach etwa sechs Wochen kontinuierlichen Trainings können meine Klientinnen nahezu immer Erfolge vorweisen. Sie spüren, wie gut ihre Gesäßmuskeln arbeiten, und sind stolz darauf, schon ein Kraftniveau erreicht zu haben, das sie sich vorher nie zugetraut hätten.

Wenn ich Seminare für Coaches gebe, lasse ich die Teilnehmer immer einen Test machen, bei dem ich die Aktivierung der Gesäßmuskeln prüfe. Der Test umfasst Übungen am Boden in der Rückenlage, in der Bauchlage, im Vierfüßlerstand und in der Seitlage. Etwa ein Drittel der Teilnehmer gibt jeweils auf, wegen massiver Krämpfe in der ischiocruralen Muskulatur, was meine Theorie bestätigt, dass die meisten Leute nicht wissen, wie sie ihre Gesäßmuskeln in geeigneter Weise aktivieren können.

Bevor Sie also mit meinem Trainingsprogramm beginnen, müssen Sie lernen, Ihre Gesäßmuskulatur aus den unterschiedlichsten Positionen zu aktivieren. Ich hatte Klientinnen, die ihre Muskeln aus der einen Position befeuern konnten wie der Teufel, aus einer anderen aber nicht. Sogar Kellie, meine Mona Lisa, kämpfte über alle Maßen damit, die Gesäßmuskulatur aus Positionen mit geraden Beinen zu aktivieren, etwa bei Unterarmstütz, Liegestütz und Back Extension. Andererseits konnte sie ihre Gesäßmuskulatur unglaublich hart während Bewegungen mit gebeugten Beinen, wie Squats und Hüftbrücken anspannen. Es erfordert viel Arbeit und viel Geduld, bis Sie in der Lage sein werden, Ihre Gesäßmuskeln aus allen Positionen zu aktivieren, aber die hier gezeigten Übungen helfen Ihnen auf den richtigen Weg.

Seien Sie nicht zu streng mit sich, wenn Sie die Testübungen noch nicht korrekt ausführen können. Den meisten fällt das anfangs schwer. Mit der Zeit werden Sie sie bewältigen und das starke, beneidenswerte Gesäß bekommen, das Sie sich wünschen.

Kellies Anmerkung Muskelgröße vs. Muskelkraft – meine Version von David und Goliath

Vor einiger Zeit trainierte ich mit Brets Programm und arbeitete gerade an Hüftbrücken mit Gewichten. Es war eine Gruppe professioneller Bodybuilder im Raum, die mehr fachsimpelten als trainierten. Meine Hüftbrücken erregten offenbar die Aufmerksamkeit von einem der Männer, einem Anwärter für die »Top Ten Mr Olympia«. Er kam zu mir herüber und fragte, ob er meine Übung ausprobieren dürfte. Ich warnte ihn und erklärte, dass sie nicht so einfach sei, wie sie aussehe, und dass es einige Zeit dauern würde, bis man dieses Gewicht tragen könne. Dabei waren es ja nur magere 160 Kilogramm. Klar, mit meinen lächerlichen 58 Kilogramm Lebendgewicht war ich natürlich kein Vergleich zu diesem Kraftprotz.

Er kroch unter die Hantel, kaum in der Lage, sie über seine massigen Oberschenkel zu wuchten, und lag da wie gefangen. Er war nicht imstande, die Hantel mit seiner Hüfte vom Boden hochzuheben, weil seine Gesäßmuskeln nicht stark genug waren. Vermutlich verbringt er jede Woche mehr Zeit im Fitnessstudio als ich in einem ganzen Monat, aber all dieses Training ließ sich nicht in Hüftkraft umsetzen. Tatsächlich trainieren sehr viele Bodybuilder ihre Gesäßmuskeln nur unzureichend, was bei Wettbewerben auch zu sehen ist.

20 Minuten nach seiner schmählichen Niederlage kam er wieder zu mir und vermutete, ich hätte wohl diverse »Tricks« eingesetzt, um dieses Gewicht bewältigen zu können. Dabei gab es keine Tricks. Diese Kraft entsteht allein durch konsequentes Training, ein optimiertes Programm und das Wissen um die korrekte Aktivierung der Gesäßmuskeln, die in der Folge kontinuierlich an Kraft und Größe zunehmen.

Testübungen

Legen Sie sich auf eine Matte und führen Sie diese sechs Übungen jeweils 60 Sekunden lang aus. Bei einbeinigen Übungen wird nach 30 Sekunden die Seite gewechselt.

Hüftabduktion in Seitlage – Aus der gestreckten Seitlage das obere Bein mithilfe der oberen Gesäßmuskulatur anheben. Bei der Bewegung nicht vor- oder zurücklehnen. Die Hand auf die obere Pobacke legen, um die angespannten Gesäßmuskeln bei der Bewegung fühlen zu können.

Muschel in Seitlage – Aus der Seitlage die Beine anziehen, die Hüfte 45 Grad beugen, Fersen aneinander. Den Gluteus maximus anspannen, um das obere Bein anzuheben. Die Wirbelsäule bleibt gerade, nicht drehen oder wippen. Sie fühlen die Kontraktion in der Gesäßmuskulatur.

Hüftbrücke mit beiden Beinen – Aus der Rückenlage die Fersen in den Boden stemmen, die Hüfte heben und voll durchstrecken, um Gesäßmuskeln, Rückenstrecker und ischiocrurale Muskulatur zu spüren. Die Hauptarbeit übernimmt die Gesäßmuskulatur. Die Lendenwirbelsäule nicht überstrecken, Becken nicht nach vorne kippen, die Bewegung erfolgt aus der Hüfte.

Hüftstreckung mit gebeugtem Bein – Aus dem Vierfüßlerstand ein Bein gebeugt anheben. Die Bewegung kommt überwiegend aus der Hüfte, möglichst nicht aus der Wirbelsäule und dem Becken. Die Gesäßmuskulatur arbeitet, nicht der untere Rücken und auch nicht die rückseitige Oberschenkelmuskulatur.

Fliegender Hund – Aus dem Vierfüßlerstand den rechten Arm und das linke Bein strecken und gleichzeitig heben. Absetzen, gegenläufig wiederholen (linker Arm, rechtes Bein). Beim Heben der Gliedmaßen halten Sie die Körpermitte stabil, die Wirbelsäule bleibt möglichst neutral und wird nicht verdreht.

Einbeinige Hüftbrücke – Aus der Rückenlage ein Bein anziehen, dann die Hüfte heben. Das nicht arbeitende Bein wird mit angehoben. Es kann gestreckt oder gebeugt sein. Den unteren Rücken nicht überstrecken, das Becken nicht kippen. Die Gesäßmuskulatur voll anspannen und damit den Körper heben. Unterer Rücken und Kreuzbeinregion dürfen nicht schmerzen.

Wie fühlen Sie sich jetzt? Wenn Ihre Pobacken ordentlich brennen, ist das prima. Wenn sich die Gesäßmuskeln verkrampft haben und Sie sich vor Schmerzen krümmen, ist das fantastisch! Das bedeutet nämlich, dass Ihre Pobacken sehr genau wissen, wie sie während der Bewegung arbeiten müssen. Damit sind Sie auf dem besten Weg zu einem starken und knackigen Gesäß.

Wenn jedoch Ihre ischiocrurale Muskulatur oder der untere Rücken verspannt ist, sollten Sie diese Übungen täglich machen, bis Sie spüren, dass Ihre Gesäßmuskeln arbeiten. Stellen Sie sich Ihre rückwärtigen Muskelstränge als einen kontinuierlichen Fluss elektrischer Strömung von Ihrem Gehirn vor, der sich in drei Wasserfälle verzweigt – in die Rückenstrecker, die Gesäßmuskeln und die ischiocrurale Muskulatur. Die meisten Menschen dirigieren zu viel elektrische Energie in die Rückenstrecker und die ischiocrurale Muskulatur und zu wenig in die Gesäßmuskeln. Wenn Sie mit meinem Programm begonnen haben, werden Sie Ihr Gehirn dazu anleiten, mehr Energie in die Gesäßmuskeln zu dirigieren. Sie werden sozusagen Ihre Motoreinstellungen optimieren.

Verspüren Sie bei diesen Bewegungen Schmerzen, ist das ein schlechtes Zeichen. Viele Leute mit schwacher Gesäßmuskulatur leiden z. B. unter Schmerzen im unteren Rücken wenn sie die einbeinige Hüftbrücke testen. Machen Sie bitte niemals eine Übung, die Ihnen Schmerzen bereitet. Wenn es wehtut, hören Sie sofort auf! Es finden sich immer alternative Bewegungen, die keine Schmerzen verursachen. Wenn Sie kräftiger geworden sind, können Sie zu anspruchsvolleren Übungen übergehen, aber zunächst müssen Sie Ihre Gesäßmuskeln kräftigen, damit Sie das Kreuzbein fest und Wirbelsäule und Becken unter Kontrolle halten können.

Die hier gezeigten Übungen sind immer ein guter Einstieg für Anfänger mit Defiziten im Bereich der Gesäßmuskulatur. Investieren Sie ein- oder zweimal täglich zehn Minuten in diese Aktivierungsübungen, und Sie werden in kürzester Zeit Ihre Pomuskeln kontrollieren und beherrschen.

Kellies Tipp: *Ich versuche immer, verschiedene Übungen zur Aktivierung der Gesäßmuskeln in meinen Alltag einzubauen. Beim Kochen mache ich Beinheben zur Seite oder Kickbacks. Morgens führe ich einbeinige Hüftbrücken auf meinem Bett aus. Ich spanne grundsätzlich bei allen Übungen meine Gesäßmuskulatur an, auch bei Druck- und Zugbewegungen für den Oberkörper. Machen auch Sie dies, und nach wenigen Tagen werden Sie eine spürbare Grundfestigkeit in Ihrer Gesäßmuskulatur bemerken.*

Zeit, ans Eingemachte zu gehen

Ich weiß nicht genau, ob es die Angelegenheit als solche ist oder der Ort, wo die Angelegenheit zum Tragen kommt, aber ich höre sehr selten professionelle Fitnesstrainer über die Kraft des Beckenbodens diskutieren. Ich gebe auch selbst zu, dass ich in den vergangenen 15 Jahren Hunderte Frauen trainiert habe, aber keine einzige Klientin hat mich jemals etwas zur Beckenbodenmuskulatur gefragt.

Ich dachte zunächst, es läge daran, dass ich ein Mann bin, aber meine weiblichen Kollegen sagen das Gleiche. Ich spreche diesen Aspekt bei meinen Klientinnen immer an, wenn es um die Core-Stabilität geht. Für gewöhnlich

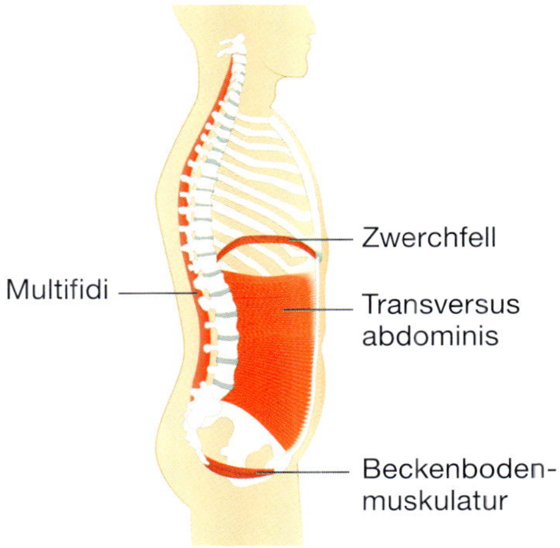

geht die Diskussion nicht darüber hinaus, aber hier an dieser Stelle möchte ich das Thema nun doch ein wenig vertiefen, weil dadurch vielleicht einige dieser schwer anzusprechenden Fragen geklärt werden.

Mit Core-Muskulatur sind größere Muskelgruppen im Rumpf gemeint, wie der Gerade Bauchmuskel, die Innere und der Äußere schräge Bauchmuskel, der Rückenstrecker sowie kleinere Muskeln wie der Quere Bauchmuskel, die Multifidi-Muskeln, das Zwerchfell und die Beckenbodenmuskulatur. Diese gesamte Core-Muskulatur stellt eine Art Korsett für den unteren Rücken und die Hüfte dar, wobei sich die Beckenbodenmuskeln wie eine Hängematte vom Steißbein zum Schambein spannen.

Die Beckenbodenmuskulatur (Musculus pubococcygeus oder kurz PC-Muskel) besteht aus unterschiedlich tief gelagerten Muskelschichten, die für die optimale Anordnung der Beckenorgane verantwortlich sind. Eine geschwächte Beckenbodenmuskulatur kann verschiedene Probleme verursachen, darunter Inkontinenz von Urin und Stuhl, unzureichende Wehentätigkeit bei Geburt und Entbindung, nachlassende sexuelle Gefühlsintensität, unzureichende Vaginalbefeuchtung während der Menopause und Gebärmuttersenkung.

Geschätzte 200 Millionen Frauen weltweit leiden an Harninkontinenz aufgrund geschwächter Beckenbodenmuskulatur. Ein Drittel aller Frauen leidet nach der Geburt unter Stressinkontinenz, d.h. ungewolltem Urinabgang bei körperlichen Aktivitäten wie Lachen, Springen, Niesen oder Sport. Mütter und auch Frauen in der Menopause berichten von Schwierigkeiten beim Sex aufgrund eines Mangels an Scheidenflüssigkeit als Resultat zu schwacher Beckenbodenmuskulatur. Die Folge sind Schmerzen beim Sex und Probleme beim Orgasmus.

Dies sind schwierige Probleme, über die man nur ungern spricht, besonders nicht mit einem Fitnesstrainer. Also leiden unzählige Frauen jahrelang schweigend an diesen Symptomen. Die optimale Lösung der Probleme ist ein ganzheitlicher Ansatz. Ärzte und Fitnesstrainer sind sich darüber einig, dass ein konsequentes Training der Beckenbodenmuskulatur vor diesen Beeinträchtigungen schützen und sie gegebenenfalls auch beheben kann. Vielleicht lassen sich mit Beckenbodenübungen nicht alle Beschwerden beseitigen, aber sie sind ein Schritt in die richtige Richtung. Starke Beckenbodenmuskeln haben sich Untersuchungen zufolge bei 86 Prozent der betroffenen Frauen als hilfreich erwiesen.

Dies ist ein Grund, weshalb zahlreiche Aspekte berücksichtigt werden müssen, um optimale Resultate zu erreichen. Der andere ist, dass ein schlechtes Verhältnis zwischen der Länge der Beckenbodenmuskulatur und ihrer Spannung häufig durch eine verspannte und schwache Umgebungsmuskulatur im Beckenbereich entsteht, die ebenso häufig von Triggerpunkten (punktuellen Verhärtungen) in der Muskulatur (sogenannten Knoten) und einem falschen Atemrhythmus begleitet wird.

Flexibilisierung

Manchmal kann der Beckenboden zu fest werden, wenn die Muskeln um das Becken – etwa Adduktoren, Hüftbeuger und Bauchmuskeln – zu unbeweglich sind. Regelmäßiges Dehnen und Kräftigen dieser Muskeln (durch Ausnutzung des gesamten Bewegungsradius) kann helfen, weil sie dadurch verlängert werden und die Stimulierung beseitigt wird, die für die Verfestigung des Beckenbodens verantwortlich ist.

Andererseits glauben manche Physiotherapeuten, dass eine Instabilität des Beckenbodens auch durch schwache Gesäßmuskeln verursacht werden kann, die eigentlich für den rückwärtigen Zug am Kreuzbein verantwortlich sind und so die »Hängematte« gespannt halten sollen. Durch Kräftigung der Gesäßmuskeln wird die »Hängematte« straff gezogen, sodass sie nicht durchhängt. Nun kann die Beckenbodenmuskulatur einwandfrei arbeiten, weil die volle Muskellänge zur Verfügung steht. Diese Theorie muss erst noch bewiesen werden, dennoch greifen meine Trainingsprogramme diesen Aspekt auf.

Triggerpunkttherapie

Kontraktionsübungen nach Kegel können helfen, wenn die Beckenbodenmuskulatur zu schlaff ist, aber bei vielen Frauen sind die Muskeln des Beckenbodens chronisch zu kurz und rufen ständig Verkrampfungen hervor. In diesem Fall würden Kegel-Übungen das Problem eher verschlimmern als lösen. Viele Frauen haben Triggerpunkte in ihrer Beckenbodenmuskulatur, wogegen nach Ansicht vieler Therapeuten die sogenannte myofasziale Selbstentspannung (self-myofascial release, SMR) helfen kann, eine Art Selbstmassage. Man findet die Triggerpunkte möglicherweise an der Innenseite der Oberschenkel, den unteren Bauchmuskeln, den oberen Gesäßmuskeln oder auch direkt in der Beckenbodenmuskulatur. Eine Anwendungsmethode von SMR wäre dann, einen Tennisball auf den Boden zu legen und sich in geeigneter Weise daraufzusetzen, sodass der Ball direkt unterhalb des Perineums zwischen Anus und Vagina positioniert ist.

Bei derartigen Beckenbodenproblemen sollten Sie diese Position täglich für fünf Minuten einnehmen, damit sich die Beckenbodenmuskulatur entspannen kann. Das kann anfangs schmerzhaft und unbequem sein, aber Sie werden sich daran gewöhnen.

Zwerchfellatmung

Eine fehlerhafte Atmung kann ebenfalls mit einer Fehlfunktion der Beckenbodenmuskulatur zusammenhängen. Zwerchfell und Beckenboden sind das obere und untere Ende des stabilisierenden »Zylinders« für die Körpermitte, und beide Enden müssen einwandfrei funktionieren, um eine optimale Biomechanik zu erzielen. Sie sollten also sicherstellen, dass Sie mit dem Zwerchfell atmen, um diese Funktionen zu gewährleisten.

Hier ein paar Tipps, wie Sie auf Ihre Atmung achten können:

1. Setzen oder legen Sie sich bequem hin. Tragen Sie lockere Kleidung.
2. Legen Sie jetzt eine Hand auf Ihre Brust, die andere auf Ihren Bauch.
3. Jetzt langsam durch die Nase einatmen, für insgesamt etwa vier Sekunden.
4. Beim Einatmen sollte sich der Bauch heben, was Sie unter Ihrer Hand fühlen können. Die Bauchdecke hebt sich für zwei Sekunden, dann hebt sich die Brust für zwei Sekunden.
5. Das Ausatmen erfolgt mit Lippenbremse, d. h. mit gespitzten Lippen, und in umgekehrter Reihenfolge – zuerst atmen Sie über die Brust, dann über den Bauch aus. Vergewissern Sie sich, dass die Zeit für das Ausatmen länger ist als die für das Einatmen.

Wenn Sie in geeigneter Weise atmen und die Beckenbodenmuskulatur durch die Triggerpunkttherapie entspannen, wird Ihr Beckenboden eher zum »Lernen« bereit sein. Sie können dann die Beckenbodenmuskulatur mit Kegel-Kontraktionsübungen auf einwandfreie Funktion »umprogrammieren«.

Beckenbodenübungen

Beckenbodenübungen zusammen mit Ihrem Programm aus diesem Buch werden die Blutzirkulation anregen und die Muskeln kräftigen, wodurch sich die Funktion der Beckenbodenmuskulatur verbessert und die Organe im Beckenbereich unterstützt werden.

Im Folgenden nur einige Aspekte dazu, wie die Stärkung der Beckenbodenmuskulatur Ihre Lebensqualität verbessern kann:

- Die Übungen kräftigen die Muskeln im Bereich des Rektums und der Harnröhre und helfen so, Harn- und Stuhlinkontinenz zu vermeiden.
- Beckenbodenübungen helfen werdenden Müttern während Schwangerschaft und Geburt und außerdem bei der anschließenden Heilung sowohl bei vaginaler als auch bei Kaiserschnittentbindung.
- Die verbesserte Durchblutung durch die Übungen sorgt für mehr Vaginalflüssigkeit, wodurch Probleme beim Geschlechtsverkehr vermieden werden können.
- Ein fester Beckenboden ermöglicht es, auch die Innenwände der Vagina bei Kontraktionen anzuspannen. Es werden mehr Nervenenden stimuliert, was die Erregung beim Geschlechtsverkehr in diesem Bereich intensiviert.
- Die Übungen helfen, das Risiko eines Prolaps von Organen (Vagina, Uterus) zu reduzieren.

Tägliche Übungen für den Beckenboden sind allerdings nur die halbe Miete. Experten haben herausgefunden, dass es auch Frauen, die ernsthaft versuchen, diese Übungen in ihren Alltag zu integrieren, häufig nicht gelingt, die Beckenbodenmuskulatur in geeigneter Weise zu aktivieren. Physiotherapeuten in Kliniken, deren Schwerpunkt auf der Behandlung von Inkontinenz liegt, sind speziell dafür ausgebildet, Beckenbodenschwäche zu behandeln. Sie arbeiten mit Biofeedback-Monitoren, anhand deren sie den Frauen helfen, die Übungen für die Beckenbodenmuskulatur zu verstehen und richtig auszuführen.

Es muss zwar nicht jede Frau in eine Inkontinenz-Klinik gehen, um ihre Beckenbodenmuskulatur zu aktivieren, aber Sie sollten schon verstanden haben, wie diese Übungen funktionieren, damit Sie Resultate erzielen. Studien weisen auf eine erschreckend große Zahl von Frauen hin, die nicht einmal wissen, wie sie ihre Beckenbodenmuskulatur willentlich aktivieren. Viele aktivieren fälschlicherweise dann die Gesäßmuskeln oder andere Muskeln. Auch unter den Frauen, die wissen, wie sie die Beckenbodenmuskulatur willentlich aktivieren, gibt es sehr viele, die es einfach falsch machen, indem sie die Muskeln »herausdrücken«. Eine saubere Kontraktion dieser Muskeln involviert aber eher eine »einziehende« Bewegung. Da diese Bewegungen relativ schwierig sind, ist es um so wichtiger, die Muskelkontraktion regelmäßig zu üben, damit sie später automatisch abläuft.

Kellies Tipp: *Für die Übungen zur Stärkung der Beckenbodenmuskulatur kann man sich leicht begeistern, aber meist sind sie auch ebenso schnell wieder vergessen. Die meisten Frauen absolvieren die Übungen einige Tage konsequent, vergessen sie aber spätestens nach einer Woche wieder völlig. Lassen Sie das nicht zu! Stellen Sie sich dreimal täglich einen Wecker, um sich gezielt an diese Übungen zu erinnern. Es ist wie mit dem Fitnessstudio: Je öfter Sie Ihre Übungen machen, umso besser fühlen Sie sich.*

Obwohl Krafttraining – besonders die Programme in diesem Buch – eine der besten Methoden ist, um Ihre gesamte Körperkraft zu verbessern, werden Ihre Beckenbodenmuskeln nur dann stärker werden, wenn Sie Ganzkörpertraining machen. Auf jeden Fall werden die Möglichkeiten zur Core-Stabilisierung, die viele meiner Übungen bieten, das Zwerchfell, den Beckenboden, die Queren Bauchmuskeln und die Multifidi zur Zusammenarbeit als Zylinder motivieren, um intraabdominalen Druck zu erzeugen. Dieser entsteht, wenn man einatmet und die Luft einen tiefen Atemzug lang anhält, um schwere Gewichte zu heben. Eine starke Core-Region stellt bei dieser Aktion einen natürlichen »Schutzgürtel« dar, der die Wirbelsäule vor Schaden bewahrt. Aber wie Ihre Pobacken gehören auch Ihre Beckenbodenmuskeln zu denjenigen, die spezielle Übungen zur Aktivierung benötigen, um sich überhaupt zu rühren – und dies gilt nicht nur für Frauen. Auch Männer können ihre Beckenbodenmuskeln mit bestimmten Übungen kräftigen. Tatsächlich sind derartige Übungen ausgesprochen wichtig für Männer, die an der Prostata operiert wurden.

Wer unter Funktionsstörungen des Beckenbodens leidet, sollte dreimal täglich zehn sauber ausgeführte Kontraktionen der Beckenbodenmuskulatur durchführen. Das dauert nicht lange und kann bei nahezu allen täglichen Routinen erledigt werden. Anfangs muss man sich vielleicht etwas mehr auf die Übungen konzentrieren, aber nach einiger Zeit werden Sie Ihnen leichtfallen.

Hier einige Tipps, um sicherzugehen, dass Sie Ihre Beckenbodenmuskeln während der Kegel-Übungen korrekt anregen und optimal von der Übung profitieren:

- Entwerfen Sie ein mentales Bild und konzentrieren Sie sich darauf. Ein Kollege empfahl, sich eine Situation vorzustellen, in der man auf gar keinen Fall pupsen oder in die Hose machen möchte. Stellen Sie sich also vor, Sie hätten einen Termin beim Bundespräsidenten. Wenn das nicht funktioniert, stellen Sie sich vor, dass Sie Ihr Steißbein zum Schambein ziehen oder dass Ihr Beckenboden von Ihrer Unterwäsche abprallt. Das mag merkwürdig klingen, aber Sie müssen sich eine Situation vorstellen, die Ihr Gehirn dazu veranlasst, sich auf die Übungen zu konzentrieren.
- Die meisten Frauen machen die Kegel-Kontraktionsübungen am liebsten in Rückenlage mit angestellten Füßen (wie die Grundposition für den Beckenlift). Sie können sie aber auch im Sitzen oder Stehen machen.
- Wenn Sie diese Übungen machen, sollte das niemand bemerken oder sehen, d. h., Ihre Gesäß- und Bauchmuskeln bewegen sich nicht. Sie wollen ja Ihre Beckenbodenmuskeln vollkommen isoliert bewegen.
- Versuchen Sie, bei den Übungen nicht die Luft anzuhalten. Vielleicht denken Sie anfangs, dies sei unmöglich, weil Sie viel zu konzentriert sind, um darauf zu achten. Aber nach einer Weile werden Sie sich an einen normalen Atemrhythmus gewöhnen.
- Entspannen Sie vollkommen zwischen den einzelnen Kontraktionen. Sie können jeweils dazwischen eine kleine Auszeit von zehn Sekunden nehmen.
- Denken Sie daran, dass die Qualität der Übungen wichtiger ist als die Quantität. Einige wenige gute Kontraktionen pro Übungseinheit sind besser als zehn mittelmäßige. Je stärker Ihre Beckenbodenmuskeln werden, umso intensiver werden die Kontraktionen. Bleiben Sie am Ball in dem Bewusstsein, dass Ihnen Kreuzheben, Squats und Hüftbrücken dann viel leichter fallen werden.

Kapitel 4:

Die Gestaltung Ihres Gesäßes

Ein entscheidender Grund für das Scheitern eines Trainings- oder Ernährungsprogramms ist die Erwartungshaltung. Wenn man ein Programm beginnt, hat man ein bestimmtes Resultat vor Augen, das in einer bestimmten Zeitspanne erreicht werden soll. Nach einigen Wochen Arbeit in Richtung auf das Ziel, stellt man fest, dass sich die gewünschten Resultate nicht einstellen. Oft wird nun das gesamte Programm hingeworfen, anstatt ein wenig zu experimentieren, wie es besser funktionieren könnte.

Sie müssen verstehen, dass Sie – selbst wenn Sie mit dem gleichen Trainingsprogramm arbeiten wie andere Frauen – niemals exakt die gleichen Resultate erzielen. Wenn Sie sich an die Vorgaben halten, werden Sie mit diesen Übungen Erfolg haben, aber es hat noch kein Wissenschaftler Erfolgsprogramme entwickelt, die für jeden Menschen gleichermaßen gelten. Ebenso wie Ihre Größe, Ihre Haar-, Augen- und Hautfarbe, so ist auch die Reaktion Ihres Körpers auf ein Übungsprogramm einzigartig.

Um mit einem Trainings- oder Ernährungsprogramm Erfolg zu haben, müssen Sie Ihre eigenen Bedürfnisse erkennen und mit Ihrem Körper im Einklang sein. Ich verspreche Ihnen, dass Sie nach Beendigung des ersten zwölfwöchigen Programms aus diesem Buch schlanker, kräftiger und selbstbewusster sein werden. Nur bitte vergessen Sie nie, dass viele Faktoren, wie z. B. Genetik, Alter, Lebenswandel, Körperstruktur, Stoffwechsel, Anfangskonstitution und allgemeiner Gesundheitszustand, eine Rolle spielen.

Wenn eine neue Klientin zu mir kommt, verordne ich ihr das an dem Tag für ihre Bedürfnisse und Ziele beste Programm. Mit der Zeit können sich ihre Bedürfnisse ändern. Eventuell spricht ihr Körper im ersten Monat ganz toll auf das Programm an, während ihre Entwicklung im Folgemonat stagniert. Noch einen Monat später funktioniert das gleiche Programm vielleicht wieder so optimal, dass ich es lasse, wie es ist.

Da ich nicht Ihr Trainer sein kann, verlasse ich mich darauf, dass Sie diese Veränderungen selbst wahrnehmen und lernen, Ihr Programm entsprechend anzupassen. Denken Sie immer daran, dass Ihr Körper eine neue Stimulation schnell aufgreifen kann. Das gibt Ihnen die Möglichkeit, mit Ihren Workouts zu experimentieren, um bestmögliche Resultate zu erzielen.

Gießkannenprinzip versus zielgerichteter Ansatz

Im Alltag arbeiten wir meist eher nach der zielgerichteten Methode als nach dem Gießkannenprinzip. Wir orientieren uns an einer einzigen Aufgabe, die wir erst beenden, bevor wir mit einer neuen beginnen. Arbeiten wir nach dem Gießkannenprinzip, neigen wir zu häufigem Hin und Her, wobei dann manche Projekte auf der Strecke bleiben.

Obwohl ich eher punktuell arbeite, wähle ich ein Programm, das ein weites Spektrum abdeckt, und habe dabei trotzdem die gleichen Ziele im Hinterkopf – Sie schlanker und stärker zu machen. Strebt man nur ein Ziel an, baut man die Zielsetzungen pyramidenartig aufeinander auf und arbeitet sie nacheinander ab. Als Übungsanfänger würden Sie z. B. in der Einführungsphase mit Stabilisierungs- und Ausdauerübungen beginnen, dann mit einer Krafttrainingsphase fortfahren und schließlich Monate später eine Phase mit Power-Training anhängen.

Ihr Körper ist jedoch normalerweise relativ schnell bereit für die großen Stressfaktoren (wie Hebeübungen, die mit Kraft und Tempo arbeiten), bei der zielorientierten Methode arbeiten Sie aber erst nach langer Zeit mit einem derartigen Anspruch. Was wäre, wenn ich Ihnen sagen würde: »Wir gehen auf Nummer sicher, deshalb bauen wir die Beckenlifts erst in der 24. Woche in Ihr Programm ein«? Vermutlich würden Sie meine Kompetenz als Trainer erheblich anzweifeln und auch keine kontinuierlichen, sondern bestenfalls stufenweise Erfolge erkennen. Das ist nicht das, was Sie sich von diesem Programm erwarten, und auch nicht das, was ich mir für Sie wünsche.

Das Gießkannenprinzip ermöglicht es Ihnen, jedes Bedürfnis sofort anzugehen. Es stellt sich nicht die Frage, welche Übung für einen speziellen Muskel die beste ist oder welche Wiederholungszahl die optimale für das Muskelwachstum ist. Diese Dinge konnten Wissenschaftler bisher ohnehin noch nicht eindeutig klären

Übungen ergänzen und variieren, Wiederholungsmenge und Intensitäten verändern – all das sorgt für Abwechslung. Außerdem ist häufiges Trainieren ebenso wichtig. Man entwickelt Fähigkeiten für viele unterschiedliche Techniken und lernt, was für den eigenen Körper optimal ist. Dabei sollte man nie vergessen, dass sich die Bedürfnisse und Fähigkeiten des Körpers hin und wieder ändern.

Die Vorlagen, die für unser Programm verwendet werden, orientieren sich an diesen Bedürfnissen. Sie ermöglichen Ihnen, Stabilität, Ausdauer, Kraft und Leistung gleichzeitig zu verbessern. Dadurch werden Sie in kürzester Zeit stärker, schlanker und formschöner werden.

Muskelwachstum (Hypertrophie)

Jetzt kommt der »wissenschaftliche« Teil des Buches. Als ich die Programme für dieses Buch entwickelte, versuchte ich, das enorme Wissen zu integrieren, das mir mein Freund Brad Schoenfeld vermittelte, der in vielen Kreisen als *der* Hypertrophie-Spezialist schlechthin gilt. Vermutlich gibt es niemanden, der mehr von Muskelwachstum versteht als Brad.

Muskeln wachsen hauptsächlich durch drei Arten der Stimulation. Obwohl sehr viele Mechanismen und physiologische Vorgänge zum Muskelwachstum (auch Hypertrophie genannt) beitragen, fallen sie alle in diese drei Kategorien:

1. Muskeltraumatisierung
2. metabolischer Stress
3. Muskelspannung durch mechanische Belastung

Muskeltraumatisierung

Krafttraining verletzt das Muskelgewebe. Diese Verletzung ist nachteilig, wenn ein Muskel dabei stark verlängert (exzentrisch) wird, wie es häufig beim Absenken von Gewichten der Fall ist, wenn der Muskel extrem gedehnt wird. Hierbei wird die gesamte Muskelzelle geschädigt. Zellkomponenten an der Außenstruktur, die kontraktilen Elemente, die für die Muskelkontraktionen zuständig sind, und die Komponenten an der Innenseite der Muskelzelle – sie alle bekommen mikroskopisch kleine Risse, ebenso wie das die Zelle umgebende Stützgewebe.

Wenn Zellmembranen reißen, tritt Calcium aus, und der natürliche Flüssigkeitshaushalt der Zelle wird gestört. Darauf reagiert der Körper genauso wie auf eine Infektion. Er setzt weiße Blutkörperchen frei, die bis zu dem beschädigten Gewebe vordringen. Weitere biochemische Prozesse setzen Makrophagen und Lymphozyten frei, mit deren Hilfe der zelluläre Schaden behoben und die Zellstruktur aufrechterhalten wird. Verschiedene Proteine und Wachstumsfaktoren werden erzeugt und aktivieren Myoblasten und Satellitenzellen (Zellen, die normalerweise inaktiv außen an den Muskelzellen hängen, aber im Ernstfall ihren Zellkern zur Verfügung stellen). Die Muskelzelle kann so mehr Zellmaterial erzeugen und sich verdicken: Der Muskel wächst.

Eine derartige Muskeltraumatisierung begünstigt also Hypertrophie. Das bedeutet aber nicht, dass wir jetzt ständig bemüht sein sollten, bei unseren Workouts möglichst viel Schaden zu verursachen. Sie wollen Ihre Muskeln stimulieren, nicht zerstören. Die meisten Gewichtheber lieben es, an den Tagen nach einem Workout Muskelkater zu verspüren, aber dieser Schmerz ist nicht von Vorteil, denn er ist doch hinderlich, wenn man persönliche Rekorde aufstellen und Kraft aufbauen will.

Meine Programme beinhalten die besten Übungen und Methoden, um Muskeltraumatisierung hervorzurufen. Die Bewegungsabläufe schöpfen den jeweils maximal möglichen Bewegungsradius aus und dehnen die Muskeln aktiv. Übungen, die maximale Dehnung der Gesäßmuskulatur bei hoher Belastung erfordern – Squats, Ausfallschritte und Bulgarische Split Squats –, eignen sich bestens zur Muskeltraumatisierung. Wie ich aber schon sagte: Übertreiben Sie es nicht! Wenn Sie am Tag nach einem Workout nicht mehr aus dem Sessel kommen oder sich fühlen, als hätte Sie ein Pferd getreten, dann trainieren Sie zu hart. Moderater Muskelkater ist wunderbar, solange Sie beständig stärker werden und Ihre eigenen Rekorde brechen. Sicher keine Rekorde werden Sie aufstellen, wenn Sie sich vor lauter Muskelkater nur durch die Gegend schleppen. Die Workouts meiner fortgeschrittenen Klientinnen weisen oft eine große Volumendichte auf und involvieren große Gewichte, die physisch sehr anspruchsvoll sind. Aber ich baue sie über die Zeit schrittweise auf, um übermäßigen Muskelkater zu vermeiden.

Die Programme in diesem Buch bieten sehr viele Varianten, sodass Sie Ihren Körper immer wieder überraschen können. Dieses Phänomen wird als *repeated bout effect* (übungsinduzierter Wiederholungseffekt) bezeichnet. Damit schützen sich die Muskeln vor kontinuierlicher Schädigung durch immer gleiche Stimulation. Es bedeutet, dass der Körper, nachdem Sie eine Übung zum ersten

Mal gemacht haben, vermutlich einen heftigen Muskelkater entwickeln wird; beim nächsten oder spätestens übernächsten Mal aber werden Sie nach derselben Übung keinen Muskelkater mehr bekommen, weil sich Ihr Körper darauf eingestellt hat. Wenn Sie also Ihr Übungsprogramm immer wieder umstellen und die Übungen quasi nach einem Rotationsprinzip ausführen, können Sie ein optimales Niveau der Muskeltraumatisierung ohne Beeinträchtigung Ihrer Kraft erzielen, da Sie immer wieder große Bewegungen wie Squats, Ausfallschritte, Hüftbeugen und Brückenbewegungen ausführen. Auch die vielen einbeinigen Übungen in diesem Buch führen nachweislich zu mehr Muskelkater in den Pobacken, was (theoretisch) ein guter Indikator für die Muskeltraumatisierung ist.

Metabolischer Stress

Während des Krafttrainings unterliegen die Muskelzellen erheblichen Veränderungen im Stoffwechsel. Manche Wissenschaftler vermuten sogar, dass diese Stoffwechselaktivierung für die Hypertrophie von größerer Bedeutung ist als große Kraftentwicklung durch Spannung, obwohl Brad und ich immer noch in der mechanischen Belastung den ausschlaggebenden Faktor sehen. Metabolischer Stress liefert allerdings eine Erklärung dafür, warum Bodybuilder stärkeren Muskelzuwachs erzielen als Gewichtheber, obwohl die Gewichtheber ihren Muskeln regelmäßig größere absolute Tensionen zumuten.

Training mit hoher Wiederholungszahl und kurzen Erholungspausen führt aufgrund zahlreicher Faktoren zu einer höheren Stoffwechselbeanspruchung. Das beruht in erster Linie auf der anaeroben Glykolyse zur Energiegewinnung, die zu einer erhöhten Produktion von Metaboliten inklusive Laktat, Wasserstoffionen, anorganischen Phosphaten und Kreatin führt. Zweitens verursacht die erhöhte Tension über einen längeren Zeitraum zunehmende Mangeldurchblutung (Ischämie), Veränderungen im Hormonmilieu und Zellschwellung. Ich erläutere dies kurz:

Steht bei den Workouts metabolischer Stress im Fokus, sperren die Übungen die Muskeln und entziehen ihnen Sauerstoff (Hypoxie), was wiederum wegen diverser Mechanismen zu Hypertrophie führt, u. a. durch zunehmende Aktivität der Satellitenzellen. Die Übungen heben die anabolen Hormonniveaus an, wodurch theoretisch intensivere Hypertrophie erfolgt. Die bearbeiteten Muskeln werden letztendlich aufgepumpt. Die Muskelkraft nimmt aufgrund unterschiedlicher Mechanismen wie der Expansion der Muskeln durch die als Bedrohung für die strukturelle Integrität der Zellen empfundene Beanspruchung zu.

Meine Programme beinhalten die bestmöglichen Methoden für maximale Stoffwechselaktivität. Zuerst führen wir Übungen ein, die die Muskeln aufpumpen und ein spürbares Brennen verursachen. Bei korrekter Ausführung von Beckenlifts und Back Extensions wird Sie das starke Brennen und Pumpen Ihrer Gesäßmuskeln umhauen. Dann arbeiten wir immer wieder mit mittleren und hohen Wiederholungszahlen und führen viele Gesäßübungen mit unterschiedlichen Ansatzwinkeln und Richtungen ein, erhöhen dadurch die Zeitspanne, während der die Muskeln unter Spannung stehen, was wiederum metabolischen Stress erzeugt. Darüber hinaus setzen wir spezielle Techniken ein, die die Wirksamkeit der Workouts erhöhen, z. B. das Rest/Pause-Training, das das Workout verlängert, weil mehr Wiederholungen möglich sind, während die konstante Anspannung maximale Zellschwellung (Sie fühlen Ihre Muskeln!) und Ischämie (Mangeldurchblutung und -sauerstoffversorgung) bewirkt.

Des Weiteren sind die Programme so angelegt, dass die Reaktion der anabolischen Hormone maximiert werden kann, wodurch sich Moleküle wie Testosteron, Wachstumshormone und IGF-1 (das extrem hypertrophiefördernd wirkt) anhäufen und Mechanismen auslösen, die Ihre Körperkomposition verbessern. Wir bewegen uns also auf dem moderaten Weg, absolvieren Übungen fast bis zum Muskelversagen und trainieren mit ausreichender Intensität, sodass Sie das Fitnessstudio nach maximal einer Stunde schon wieder verlassen.

Muskelspannung durch mechanische Belastung

Diese Methode habe ich an das Ende der Erläuterungen gesetzt, weil ich sie für den wichtigsten Faktor des Muskelwachstums halte. Mechanische Tension entsteht, wenn ein Muskel sich entweder zusammenzieht oder ausdehnt. Kombinieren Sie Kontraktion und Dehnung, indem Sie intensive exzentrische und konzentrische Muskelaktivitäten bewirken, dann erzielen Sie optimale Resultate. Mechanische Tension führt zu verstärkter Hypertrophie durch zahlreiche unterschiedliche Mechanismen, u. a. verstärkte Wachstumsfaktoren und intensiver Zytokinausstoß, Aktivierung der Satellitenzellen sowie die Aktivierung des Proteins mTOR (der Königsweg zur Hypertrophie).

Einsetzende Hypertrophie ist umso effektiver, je größer die Muskelspannung ist. Dieser Anstieg erfordert wiederum zunehmende Nervenreize, die dann ihrerseits wieder die Hypertrophie intensivieren. Training mit intensiver Anspannung bei geringer Wiederholungszahl liefert im Vergleich zu dem von Bodybuildern bevorzugten Training mit moderater Anspannung und moderaten Wiederholungszahlen keine besseren Ergebnisse. Daraus resultiert, dass offensichtlich die Dauer der Anspannung ein wesentlicher Faktor ist.

Es besteht ein Zusammenhang zwischen Elektromyografie und Muskelaktivierung, Muskelkraft, mechanischer Tension und Hypertrophie. Je höher die gemessenen Werte, umso größer die Hypertrophie. Meine Programme beinhalten viele Übungen, die die größtmögliche Tension auf die Muskeln ausüben und optimale Aktivierung bewirken. In der Tat arbeiten wir auch mit Übungen, die den Bewegungsradius nur teilweise nutzen, um größere Belastungen einsetzen zu können und so eine (theoretisch) größere Muskelspannung zu erzielen, denn der Gluteus maximus kann an der Hüfte im Endbereich von Hüftextensionen bessere Hebelwirkungen (oder Drehkräfte) erzielen und stärkere Nervenreize erhalten als bei Hüftextensionen im gebeugten Bereich. Mit anderen Worten: Ihre Gesäßmuskeln werden härter befeuert, wenn sie gedrückt werden (Brückenübungen und Beckenlifts), als wenn sie gedehnt werden (Good Mornings und Squats). Aus diesem Grund sind Übungen wie Beckenlifts mit Langhantel großartige Gesäßformer, weil sie in einer stabilen Position mit kurzem Bewegungsradius im Endbereich der Extensionsbewegung der Hüfte durchgeführt werden. In diesem Bereich werden möglichst viele Muskelfasern aktiviert, während das Gewicht der Langhantel direkt über der Hüfte zentriert ist, was die Gesäßmuskulatur zwingt, den größten Teil der Arbeit zu übernehmen.

Konsens zur Muskelhypertrophie

Ganz eindeutig wird maximale Hypertrophie durch eine geeignete und gut abgestimmte Kombination aus diesen drei grundlegenden Mechanismen erreicht. Darum arbeiten wir mit dem Gießkannenprinzip. Ein weit verbreiteter Fehler ist allerdings, mit zu viel Gewicht zu schnell an den Punkt zu gehen, wo die Übung nicht mehr einwandfrei ausgeführt werden kann. Dadurch wird die Muskelaktivität nicht gesteigert. Im Gegenteil: Es entstehen Energielecks, also Energiemängel, die eher den Gelenken Stress bereiten als den Muskeln. Das sehe ich ständig im Fitnessstudio und kann mich nur wundern. Wenn Anspannung und Aktivierung Muskelgröße und -kraft fördern, warum sollte man diesen Teil dann auslassen? Ich hoffe, Sie verstehen mich und meiden große Gewichte, bevor Sie gelernt haben, damit ordnungsgemäß umzugehen und Ihre Muskeln zu aktivieren, besonders die der Pobacken. Die Programme in diesem Buch beginnen grundsätzlich mit dem Erlernen richtiger Bewegungsabläufe, die Sie beherrschen sollten, bevor Sie überhaupt an große Gewichte denken.

Wenn Ihre Kraft zunimmt, sollten Sie auch auf eine absolut korrekte Ausführung der Übungen achten. Sobald Sie mit Gewichten arbeiten und Ihre Haltung bei der Ausführung einbricht, verringern Sie bitte unbedingt das Gewicht auf ein geeignetes Niveau, auf dem Sie ihre Muskeln so arbeiten fühlen, wie es sein soll. Nur so werden Sie stärker – und Kraftzunahme ist die entscheidende Komponente für das Formen der Muskulatur.

> Falls Sie Hilfe brauchen, können Sie sich auf meinem YouTube-Kanal viele Videos ansehen, die diverse Übungen genau beschreiben. Diese finden Sie über die YouTube-Suche unter BretContreras1.

Sie glauben mir nicht? Wir kennen vermutlich alle eine Person, die seit Jahr und Tag begeistert ins Fitnessstudio läuft. Als wir diese Person kennenlernten, beneideten wir sie um ihren Körperbau. Mit der Zeit aber kamen wir zu der Ansicht, dass sie wohl »ganz gut aussieht«. Das liegt daran, dass sie heute noch genauso aussieht wie vor drei Jahren. Sie hebt seit jeher die gleichen Gewichte und macht stets die gleichen Übungen. Aber je kompetenter Sie selbst beim Training werden, umso weniger attraktiv empfinden Sie die Workouts dieser Person, denn Sie haben das wahre Geheimnis für großartige Ergebnisse entdeckt: mit der Zeit Kraft aufzubauen durch Steigerung der Intensität und Variation des Programms.

Kontinuierliche Workouts mit immer gleichen Gewichten können vielleicht dabei helfen, schlanker zu werden, aber Ihre Muskeln und Körperform werden Sie damit nicht verändern. Diese fiktive Person aus dem Fitnessstudio hat vermutlich einen kleinen, flachen Po und dünne, schlaffe Arme. Muskeln dagegen füllen Sie aus und geben Ihnen diese schönen Kurven, die Sie immer schon wollten. Die fiktive Person wird das mit ihrer Vorgehensweise niemals erreichen. Sich Gedanken über die Wiederholungszahl zu machen ist gut, aber ich möchte, dass Sie sich mit Kraftsteigerung beschäftigen, mehr Gewicht bei Ihren Hebeübungen auflegen und persönliche Rekorde aufstellen.

Das mag Ihnen vielleicht nicht als besonders erstrebenswert erscheinen, aber wenn Sie zum ersten Mal eine unglaubliche Leistung erbracht haben, wie Ausfallschritte im Gehen mit Gewicht, Squats mit großem Gewicht und vielen Wiederholungen oder zehn Wiederholungen Kreuzheben mit Körpergewicht auf der Langhantel, dann werden Sie begeistert sein.

Um mit Tension richtig arbeiten zu können, müssen Sie zuerst lernen, Ihre Muskeln zu aktivieren. Derzeit bedienen sich Wissenschaftler der Elektromyografie (EMG), um Muskelkraft beurteilen zu können. Die Messungen sind nicht exakt – besonders nicht bei dynamischen Bewegungen oder wenn die Muskeln ermüden –, dennoch ist es eine praktikable Methode, um einzuschätzen, wie hart ein Muskel bei einer bestimmten Übung arbeiten muss. Meine EMG-Experimente, die ich einige Jahre lang durchführte, zeigten mir, dass unterschiedliche Übungen auch verschiedene Bereiche des Gesäßes ansprechen.

Im Grunde kennt niemand die beste Methode für optimale Hypertrophie; die Ergebnisse beim Muskelwachstum variieren in Abhängigkeit von der Situation und der Person. Diese Überlegungen haben mich dazu bewogen, meine Programme so zu gestalten, dass sie individuell zugeschnitten werden können. Ich wollte alle Aspekte der Muskelhypertrophie aufgreifen, um die Programme mit Übungen auszustatten, die so viel Körperspannung aufbauen wie möglich und das Gesäß entsprechend aktivieren.

Sie werden alle Strategien einsetzen, um den metabolischen Stress zu erhöhen, wie hohe Wiederholungsrate, Training mit hoher Übungsdichte, Rest/Pause-Technik und Methoden für konstante Tension. Sie werden Übungen ausführen, die Muskeltraumatisierungen aufgrund von extremer Dehnungsbelastung bewirken, wie z. B. Ausfallschritte nach hinten, und Sie werden Ihre Gesäßmuskulatur sowohl mit integrierten Mehrgelenks- als auch mit zielgerichteten Einzelgelenksbewegungen traktieren. Ihre Gesäßmuskeln werden aus unterschiedlichen Winkeln und Richtungen Widerstand erfahren und dabei auch noch unterschiedliche Bewegungsradien akzeptieren müssen. Hinzu kommen unterschiedliche Wiederholungsraten, um die ineinandergreifende Wirkung von Spannung, Stress und Traumatisierung zu variieren, während gleichzeitig viele Widerstandsarten genutzt werden, um immer neue Stimulationen zu ermöglichen und jede Gewöhnung zu unterbinden. Auf den Punkt gebracht: Ihre Gesäßmuskulatur wird gar keine andere Wahl haben, als kräftiger und muskulöser zu werden.

Die Tabelle hier im Anschluss zeigt die Durchschnittswerte für die maximale Aktivierung, die mit den verschiedenen gängigen Übungen zur Stärkung der Gesäßmuskulatur erreicht werden kann:

Elektromyografische Durchschnittswerte für den Gluteus maximus

Übung	obere Gesäß-muskulatur, max.	mittlere Gesäß-muskulatur, max.	untere Gesäß-muskulatur, max.
Hüftbrücke, KG (KG = mit Körpergewicht)	29,1	13,1	17,3
einbeinige Hüftbrücke, KG	53,9	24,8	45,2
Hüftabduktion in Seitlage, KG	54,9	7,2	5,4
Muschel in Seitlage, KG	70,6	8,2	6,7
Squat, KG	27,8	7,0	30,5
Ausfallschritt nach hinten, KG	36,4	9,5	43,3
Bulgarischer Split Squat, KG	32,3	14,7	56,7
einbeiniger Box Squat, KG	54,4	17,7	37,2
hoher Kastensteiger, KG	72,0	15,4	37,0
Back Extension, KG	34,0	12,1	29,6
Reverse Hyperextension, KG	66,9	27,2	51,7
45-Grad-Hyperextension, KG	43,9	13,9	31,7
Beckenlift, KG	39,6	17,9	47,5
einbeiniger Beckenlift, KG	66,9	27,5	60,8
Full Squat, Langhantel	59,0	25,4	71,1
Kreuzheben, Langhantel	81,5	37,0	85,6
Beckenlift, Langhantel	134,0	62,6	72,9
Hüftabduktion im Sitzen mit Band	93,9	24,5	24,2
Hüftrotation am Kabelzug	83,9	55,7	51,7

Die große Angst vor Muskelpaketen

Ich weiß genau, was Sie jetzt denken. Das ganze Gerede über Muskelaufbau und Kraftentwicklung hat schon immer die meisten Frauen abgeschreckt und in die Aerobic-Kurse zurückgetrieben, weil sie nicht breit und klobig werden wollten. Wenn Sie auf natürliche Weise trainieren, ohne Anabolika oder Hormone, brauchen Sie überhaupt keine Angst zu haben, dass Sie irgendwann aussehen wie Arnold Schwarzenegger. Physiologisch gesehen, wird Ihnen die Ausbildung von Muskeln sehr viel schwerer fallen als Männern, weil Ihr Körper weniger Testosteron bildet. Obwohl Sie über ein geringes Testosteronniveau verfügen und Krafttraining den Anabolismus fördert, wird es Ihnen nicht gelingen, das Muskelwachstum so zu forcieren, dass Sie die Ärmel Ihres Shirts aufschneiden müssen.

Alan Aragon, ein Fachmann für Körperkomposition, fand heraus, dass das durchschnittliche Muskelwachstum in Kilogramm pro Jahr mit der Zeit geringer und nach vier Jahren mit angemessenem Training äußerst niedrig wird. Wohlgemerkt bei angemessenem Training! Jemand, der vier Jahre lang mittelmäßig oder unzureichend trainiert, baut möglicherweise überhaupt keine Muskeln auf.

Folgt man diesem Modell, wird eine Frau durchschnittlich vielleicht im ersten Jahr mit angemessenem Krafttraining und optimaler Ernährung etwa fünf Kilogramm an schlanker Muskelmasse zunehmen. Im zweiten Jahr zwei bis drei Kilogramm, im dritten Jahr ein bis zwei Kilogramm und im vierten Jahr weniger als ein Kilogramm schlanke Muskelmasse. Damit ist das optimale Potenzial ausgeschöpft, wird aber von Faktoren wie Alter, Lebenswandel, Ernährung und genetischer Veranlagung noch eingeschränkt und daher meist nie erreicht. Auch hier sind angemessenes Training und die richtige Mischung persönlicher Faktoren ausschlaggebend. Viele Menschen trainieren jahrelang ohne jeden Fortschritt, weil ihre Programme nicht in geeigneter Weise auf sie zugeschnitten sind oder nicht korrekt ausgeführt werden.

Wenn Sie jetzt bei der Vorstellung, in einem Jahr fünf Kilogramm mehr zu wiegen, in Panik geraten, haben Sie nicht bedacht, wie viel Fett Sie zeitgleich abnehmen. Muskeln bewirken eine effiziente Stoffwechseltätigkeit im Körper, d. h., je mehr Muskeln Sie haben, umso mehr Fett verbrennen Sie, und kontinuierliches Krafttraining stellt sicher, dass der Stoffwechsel auf Hochtouren läuft.

Vielleicht gewinnen Sie in einem Jahr fünf oder sechs Kilogramm Muskelmasse, aber Sie können zeitgleich das Doppelte an Fett verbrennen. Je härter und gezielter Sie arbeiten, umso mehr Fett verlieren Sie – während Sie gleichzeitig schöne, runde Muskeln ausbilden, die Ihren Körper neu modellieren. Um es auf den Punkt zu bringen: Sie werden keine übermäßig riesigen Pobacken ausbilden.

Theoretisch kann ein Gesäß tatsächlich zu groß werden. Gelegentlich habe ich Klientinnen, die in dem Bereich außergewöhnlich starke Muskeln entwickeln. Trotzdem, ich habe über die Jahre sehr viele Frauen trainiert, und es war keine einzige dabei, deren Gesäß zu groß wurde (und das, obwohl ich wirklich einige der allerschönsten Hinterteile gestaltet habe, die die Welt je gesehen hat). Wenn die Klientinnen abnehmen, wird das besonders deutlich. Ich hatte noch niemals eine Klientin, deren Körperfettniveau rückläufig war und die sich dann bei mir beschwerte, dass ihre Pobacken zu üppig wären.

Im Gegenteil, die meisten würden ihr Gesäß gern noch mehr modellieren, obwohl wir schon alles tun, um schöne Hinterteile zu gestalten und zu erhalten. Machen Sie sich also keine Gedanken. Es ist mein Streben, und es gelingt mir auch immer, meine Klientinnen mit den Hüft- und Gesäßübungen sehr viel stärker zu machen. Je stärker der Po, umso schöner der Po.

Erfolgsgeschichte: Kim, 24 und zweifache Mutter, kam zu mir mit der Sorge, dass ihr Po größer werden würde. Sie weigerte sich, irgendeine harte Übung für das Gesäß zu machen. Ich gab mir alle Mühe, sie von den Unterschieden zwischen Muskelmasse und Fettmasse im Bereich des Gesäßes zu überzeugen. Doch sie ging davon aus, dass zunehmende Gesäßmuskulatur bedeutet, einen breiten, ausladenden Po zu bekommen. Das Gegenteil war der Fall. Als sie mit dem Training begann, wurde ihr Po schön rund und knackig. Doch sie wollte das nicht wahrhaben. Wochenlang hielt sie sich beim Training zurück. Ich zwang sie dazu, härter zu arbeiten und mehr Wiederholungen zu machen. Es entbrannte ein geistiger Wettstreit zwischen uns, indem ich ihr stets erläuterte, dass mein Programm funktioniert, und sie das stets bestritt.

Eines Tages legte sie plötzlich ohne mein Zutun einen enormen persönlichen Rekord bei den Beckenlifts vor. Ich fragte sie: »Was ist denn jetzt los, Kim? Wochenlang hast du gemeutert, weil du dir Ziele setzen und eigene Rekorde aufstellen solltest, und jetzt auf einmal brichst du einen Rekord nach dem anderen? Du bekommst Komplimente wegen deiner Figur, oder?« Sie lachte schallend und wurde rot wie eine Tomate. Offensichtlich hatte man ihr in der Arbeit den Spitznamen »Knackarsch« verpasst.

Wenn es mit den Komplimenten erst einmal losgeht, weiß ich genau, dass ich eine Klientin nicht mehr zu noch härterem Krafttraining anhalten muss.

Richtungswechsel

Die meisten Fitnessprogramme bieten Übungen, die in den gleichen Grundrichtungen ansetzen. Wenn ein Programm mit Squats, Ausfallschritten, Bankdrücken, Lat-Ziehen und Crunches arbeitet, führen Sie nur Bewegungen nach oben, unten, vorn und hinten aus. Das ist ja ganz schön, aber was ist mit Bewegungen von rechts nach links oder Rotationsbewegungen?

Diese Richtungen werden Kraftvektoren genannt, und während Ihres Programms sollten mehrere dieser Vektoren angesprochen werden. Dadurch trainieren Sie alle denkbaren Muskelfunktionen und aktivieren die Muskeln jeweils für die Bewegungen, für die sie gedacht sind.

Der Gluteus maximus soll die Hüfte dehnen, beugen und strecken, das Becken kippen und für ein- und auswärtige Hüftrotation sorgen. Um alle Funktionen der Gesäßmuskeln zu trainieren, müssen Sie Übungen in Ihr Programm integrieren, die den Rumpf, die Hüfte und das Becken vor- und zurückbewegen; Übungen, die die Oberschenkel von einer Seite zur anderen bewegen, und Übungen, die die Hüfte lateral und medial drehen.

Mit anderen Worten: Sie brauchen Übungen, die Ihre Hüfte auf und ab (Squat und Kreuzheben), vorwärts und rückwärts (Beckenlift und Back Extension) und von einer Seite zur anderen (Hüftabduktion in Seitlage und stehend mit Widerstandsband) bewegen. Darüber hinaus ergänzen Sie noch Übungen, die die Hüfte vor- und zurückdrehen (Hüftrotation am Kabelzug) und das Becken vor- und zurückkippen (Unterarmstütz und Amerikanischer Beckenlift).

Wenn Sie ausschließlich Squats und Ausfallschritte absolvieren, kommen Sie nicht weit. Mithilfe meiner Programme bearbeiten Sie all diese Kraftvektoren jede Woche. Nach dieser Methode trainieren Sie Ihren Körper in allen wesentlichen Ebenen, um die Gesäßmuskulatur aus allen Richtungen und im vollen Bewegungsrahmen zu beanspruchen und mögliche Verletzungen zu vermeiden, die aus einem Mangel an Kraft und Kondition im Gesäß resultieren können.

Bewegungsqualität geht über Bewegungsquantität

Zu geringe Bewegungsqualität ist eine Pandemie in unserer Gesellschaft. Gehen Sie einmal in ein Einkaufszentrum und beobachten Sie die Leute um sich herum. Achten Sie darauf, wie sie gehen, wie sie sich setzen und wieder aufstehen, wie ihre Körperhaltung im Sitzen oder Stehen aussieht: vornübergebeugt, kippelig, steif, als Folge der beruflichen Tätigkeit (stundenlanges Sitzen) und eines ungesunden Lebenswandels (viele Stunden vor dem Fernseher oder Computer).

Bewegungen werden von drei Faktoren bestimmt: Mobilität, Stabilität und Ausführungskontrolle. Sie haben vielleicht einen dieser Faktoren im Griff, aber Probleme mit den beiden anderen. Der bekannte Physiotherapeut Gray Cook erläuterte diesen Aspekt schon vor Jahren. So verfügt z. B. eine Person durchaus über eine ausreichende Beweglichkeit in der Kniemuskulatur, um Kreuzheben sauber absolvieren zu können. Sobald aber Gewicht hinzukommt, wird die Ausführung schlechter. Diese Person hat kein Mobilitätsproblem, sondern eines mit Stabilität und Ablaufkontrolle. Probleme, die im Bereich dieser Faktoren liegen, lassen sich korrigieren, deshalb sollten entsprechende Maßnahmen wie Übungen mit der Hartschaumrolle, Stretching, Mobilitätstraining und Aktivierungsübungen immer Teil Ihres Workouts sein, bis Ihre Ablaufkontrolle einwandfrei funktioniert und Sie diese Übungen nicht mehr benötigen.

Viele dieser Korrekturübungen lassen sich ganz einfach in das Warm-up integrieren, dann erreicht man mit kleinem Aufwand schon eine optimale Vorbereitung. Die Körpertemperatur muss vor der Arbeit mit großen Gewichten erhöht werden (was ja der generelle Zweck eines Warm-ups ist), aber warum soll man dies durch Fahren auf einem Ergometer oder durch Rennen auf einem Laufband erreichen? Derartige Aktivitäten belasten Ihre Gelenke nicht in ihrem vollen Bewegungsradius, wodurch die Körperflüssigkeiten auch nicht optimal in Schwung kommen. Übungen, die Fehlfunktionen korrigieren, können Gewebe erwärmen, das Nervensystem vorbereiten und schlafende Muskeln aktivieren – zeitgleich mit einer guten Positionierung, bei der die Gelenke ihren vollen Bewegungsbereich ausnutzen. Diese Strategie steht hinter unserem dynamischen Warm-up, das ich über die Jahre mithilfe sehr bekannter Krafttrainer wie Mike Boyle und Mark Verstegen entwickelt habe.

Mobilität

Grundsätzlich verlieren die meisten Menschen ihre Beweglichkeit in den immer gleichen Körperregionen – der Hüfte, den Knöcheln und der Brustwirbelsäule (oberer Rücken). Die Hüfte braucht Bewegung in viele Richtungen, inklusive Rotationsbewegungen nach außen und innen, Flexion, Extension, Abduktion und Adduktion. Durch langes Sitzen werden die Hüftbeuger verkürzt, weil ihr Bewegungsradius nicht mehr genügend in Anspruch genommen wird. Wenn Sie die Beweglichkeit Ihrer Hüfte verlieren, können Sie Hebeübungen mit schwererem Gewicht nicht mehr korrekt ausführen.

Geringe Mobilität in den Fußgelenken, besonders im Bereich der Dorsalflexion des Fußgelenks (Aufwärtsbewegung des Fußes in Richtung Schienbein), wird Probleme bei Squats und Ausfallschritten verursachen. Wenn Ihre Fußgelenke in der Beweglichkeit eingeschränkt sind, können Sie Squats nicht mit dem ganzen Bewegungsradius ausführen, und Ihr unterer Rücken wird die fehlende Beweglichkeit der Fußgelenke kompensieren. Mit anderen Worten, Sie werden eine stark vorgebeugte Position mit gerundetem Rücken einnehmen.

Das scheint zunächst ein eher harmloses Problem zu sein, aber mangelnde Dorsalflexion der Fußgelenke kann zu Beschwerden in Füßen, Knien, Hüfte, im unteren Rücken und eventuell sogar in den Schultern führen. Die häufigste Ursache für dieses Flexibilitätsdefizit ist Ihr Gastrocnemius-Soleus-Komplex — also die Wadenmuskulatur. Wenn Ihre Wadenmuskeln sehr fest sind, lässt die Mobilität der Fußgelenke nach. Glücklicherweise lässt sich das leicht reparieren. Feste Gelenkkapseln, Narbengewebe und frühere Verletzungen können ebenfalls die Beweglichkeit einschränken.

Bei Squats oder Hebeübungen mit viel Gewicht müssen Sie den Oberkörper aufrecht und gerade halten. Gelingt Ihnen dies nicht, leiden Sie möglicherweise an einer eingeschränkten Mobilität der Brustwirbelsäule, die auch wieder durch zu langes Sitzen verursacht wird. Schmerzen im unteren Rücken und im Nacken, Entzündungen der Rotatorenmanschette und die Unfähigkeit, Drehbewegungen auszuführen, lassen sich ebenso der mangelnden Mobilität der Brustwirbelsäule zuordnen. Diese ist außerdem verantwortlich für das fortwährende Einsinken der Schultern, das wir bei so vielen Menschen sehen. Bestimmt haben Sie sich jetzt in diesem Moment etwas aufrechter hingesetzt, nicht wahr?

Die Fähigkeit, den unteren Rücken zu dehnen, zu drehen und seitlich zu beugen, ist kostbar und leider etwas, um dessen Erhaltung man sich mit zunehmenden Alter immer mehr bemühen muss. Viele Menschen kompensieren diese Einschränkungen mit der Lendenwirbelsäule beim Heben, Beugen und Drehen, wodurch es häufig zu Schmerzen und Verletzungen im unteren Rückenbereich kommt (mitunter auch zum Hexenschuss!). Kurz zusammengefasst, lässt sich also sagen: Wenn Sie bei den unterschiedlichsten Bewegungen nicht mit Ihrer Hüfte und Ihrer Brustwirbelsäule arbeiten, wird es Ihr unterer Rücken ausbaden müssen.

Stabilität

Der Core-Bereich des Körpers (Lumbopelvic-Hip-Complex, LPHC) umfasst die Lendenwirbelsäule (unterer Rücken), das Becken und die Hüfte. Dieser Bereich beeinflusst die unteren und oberen Extremitäten stark, und viele Knochen, Muskeln und Gelenke können durch eine Fehlfunktion des LPHC beeinträchtigt werden. Liegt eine Fehlfunktion der Extremitäten vor, kann diese wiederum den LPHC beeinflussen.

Nehmen wir eine schlechte Dorsalflexion im Fußgelenk als Beispiel. Wenn Sie bei tiefen Squats nicht in der Lage sind, das Gelenk ausreichend zu biegen, können Sie als Alternative nur den unteren Rücken runden; Sie werden möglicherweise auf die Zehen gehen und Ihr Gewicht nach vorne verlagern. Damit setzen Sie Ihre Lendenwirbelsäule erheblich unter Stress.

Wenn Sie beim Kreuzheben keine adäquate Hüftbeugung ausführen können, werden Sie beim Heben der Hantel ebenfalls die Wirbelsäule beugen. Gerade wenn Sie stärker werden (und die Gewichte schwerer), ist das eine ausgesprochen ungesunde Methode. Meine Experimente mit der Elektromyografie haben gezeigt, dass der Gluteus maximus die Energieverbrennung verringert, wenn Sie sich beim Squat zu weit vorbeugen oder den Rücken beim Kreuzheben zu stark einrollen.

Fazit: Die Gesäßmuskeln entwickeln sich nicht. Eine schlechte Form resultiert grundsätzlich aus einem Mangel an Mobilität. Vielleicht sind Sie aber in der Lage, den vollen Bewegungsradius auszuschöpfen, doch Ihr Körper hindert Sie daran, weil Ihnen die Stabilität fehlt, nicht die Flexibilität. Der Körper ist schlau und wird notfalls gegen Sie arbeiten, um Verletzungen zu vermeiden. Kraft wird die Flexibilität bei Übungen immer unterstützen. Yogis wirken, als wären ihre Körper enorm beweglich, aber sie verfügen auch über enorme Stabilität, die es ihnen möglich macht, die Bewegungsabläufe korrekt auszuführen.

Squats im vollen Bewegungsumfang auszuführen ist nicht ganz einfach. Man kann das oft bei Bodybuildern im Fitnessstudio beobachten, die ihre Hantel zwar mit ordentlich viel Gewicht beladen, dann aber ihre Squats bestenfalls bis zur Hälfte ausführen. Nach Jahren des Praktizierens dieser Technik sind viele von ihnen sicher gar nicht mehr in der Lage, Full Squats auszuführen, selbst wenn sie es wollten. Nicht nur jahrelanges Bodybuilding, sondern auch andere Faktoren der Lebensführung, wie der lange Tag auf dem Bürostuhl und die vielen Stunden vor dem Fernseher, sind dafür verantwortlich.

Beim Kreuzheben die schwere Hantel vom Boden zu heben erfordert ein hohes Maß an Core-Stabilität und Flexibilität der ischiocruralen Muskulatur. Die meisten Verletzungen des Rückens im Kraftraum resultieren aus Unfällen beim Kreuzheben. Fehlt Ihnen Core-Stabilität, runden Sie Ihren Rücken, um den Kraftmangel zu kompensieren, und setzen ihn dadurch einem großen Risiko aus.

Bei einbeinigen Übungen brauchen Lendenwirbelsäule, Becken, und Hüfte ebenfalls sehr viel Rotationsstabilität. Wenn ich erstmals eine einbeinige Übung in das Programm einer Klientin integriere, ist das anfangs oft ein totales Desaster. Denken Sie sich nichts: Ich konnte das ursprünglich auch nicht! Derartige Übungen sind sehr anspruchsvoll und selbst für erfahrene Gewichtheber zunächst eine große Herausforderung. Aber wenn Sie sie richtig ausführen, werden Sie schnell Stabilität aufbauen, und Ihr Knie wird bei diesen Übungen sauber über dem mittleren Zeh stehen, sodass keine Schmerzen entstehen.

Ausführungskontrolle

Für die Ausführungskontrolle fügt Ihr Gehirn alle Informationen zusammen – Stabilität und Mobilität werden harmonisch eingesetzt. Häufig resultiert eine schlechte Ausführungskontrolle aus mangelndem Wissen über die richtige Technik. Back Extensions sind ein gutes Beispiel. Vielleicht überbeanspruchen die Leute ihren unteren Rücken oder die Rückenstrecker bei dieser Übung so oft, weil der Name dieser Übung missverständlich ist. Wenn man weiß, dass die korrekte Ausführung dieser Übung unbedingt die Gesäßmuskulatur und die Hüftgelenke beanspruchen sollte (und nicht die Wirbelsäule), wird die Ausführungskontrolle meist besser. Hat man aber schwache Gesäßmuskeln, wird man dazu neigen, den Kraftmangel mit dem Rückenstrecker zu kompensieren.

Ein weiteres Problem mit dieser Übung kann eine mangelnde Beweglichkeit der ischiocruralen Muskulatur sein, erst mit zunehmender Mobilität und Kraft im Gesäß wird die Übung effizienter. Viele Trainer glauben, dass schlechte Körperformen grundsätzlich aus einem Mangel an Kraft und Flexibilität eines Muskels resultieren, doch mitunter liegt die Lösung auch im wiederholten Einstudieren eines Ablaufmusters, bis es zum Automatismus wird. Vermutlich sind Tausende von Wiederholungen notwendig, um ein im Nervensystem gespeichertes Ablaufschema zu erstellen. Es ist also nicht nur so, dass Übung den Meister macht, sondern in erster Linie meisterliches Üben.

Natürlich ist es immer einfacher, eine Bewegung von Anfang an richtig zu machen, als später ein falsches Ablaufschema zu korrigieren. Also nehmen Sie sich grundsätzlich die Zeit, auf die sauberen, korrekten Ausführungen aller Übungen zu achten.

Mobilität und Flexibilität, Stabilität und Kraft sowie Ausführungskontrolle arbeiten bei allen grundlegenden Bewegungsabläufen zusammen. Neue Klientinnen haben normalerweise in all diesen Bereichen Defizite, erzielen aber sehr schnell Resultate und verbessern ihre Form, weil sie zeitgleich an allen Komponenten arbeiten. Ihre Core-Muskulatur wird stärker, dadurch erhält das Gehirn die Information, dass es in Ordnung ist, den Bewegungsradius bei Übungen auszuweiten. Demzufolge bleibt das Becken jetzt stabil, als Resultat der verbesserten Core-Stabilität. Wenn die Hüftstrecker gestärkt werden, nimmt die Mobilität zu, und Bewegungen fühlen sich koordiniert und natürlich an, was wiederum die Chance für eine weitere Zunahme von Kraft und Flexibilität bietet.

Probleme angehen

Das Kapitel über das Warm-up (ab Seite 76) zeigt eine wunderbare Zusammenstellung von Übungen, inklusive myofaszialer Selbstentspannung, statischer Dehnübungen sowie Mobilitäts- und Aktivierungsübungen. Sie sollten dieses Warm-up für jedes Ihrer Workouts nutzen. Krafttraining wird Ihre Stabilität, Mobilität und Ausführungskontrolle entscheidend verbessern, und die Warm-up-Techniken arbeiten an der Gewebequalität und bereiten Ihren Körper auf das Training vor. Selbst wenn Ihre Bewegungsabläufe derzeit schon gut funktionieren, sollten Sie trotzdem nicht auf das Warm-up verzichten. Ein paar Minuten eines Workouts, die man auf die Aktivierung bestimmter Muskeln und die Kontrolle der Gelenke durch Ausnutzung des gesamten Bewegungsradius verwendet, sind bestens genutzte Zeit, denn sie bewahren Ihren Körper davor, mit zunehmendem Alter abzuschalten und an Funktionalität einzubüßen.

Kapitel 5:

Grundlegendes zur Ernährung

Ich bin immer wieder überrascht, wie komplex das Thema »Essen« in unserer Gesellschaft geworden ist und wie wenig wir von Nahrung verstehen. Viele Zusammenhänge zwischen Ernährung und Gesundheit sind immer noch ungeklärt, dennoch sollten wir ein grundsätzliches Verständnis davon haben.

Kochen und Essen waren immer grundlegende Dinge. Unsere Großeltern aßen das, was in ihrem Garten wuchs, und sie aßen, weil sie daraus die Energie für den Tag bekamen. Sie machten sich keine Gedanken über die biochemische Zusammensetzung der Nahrung. Glauben Sie, dass Ihre Großmutter wusste, welche Nahrungsmittel die meisten Antioxidantien enthielt oder ob die Kohlenhydrate langsam oder schnell verdaulich waren? Sie kochte einfach, was frisch war und zur jeweiligen Jahreszeit zur Verfügung stand.

Mit Aufkommen der Ernährungswissenschaft lernten wir, warum einige Nahrungsmittel gut für uns sind und welche Vorteile bestimmte Nährstoffe bieten. Aber die Nahrungsmittelindustrie lernte auch, wie man Nahrung manipuliert, damit sie gesünder aussieht, während sie gleichzeitig billiger und länger haltbar wird. Und so gaukelt uns selbst Nahrung mit geringem Nährwert vor, sie sei gut für uns. Getreide kann heute jeglicher natürlicher Nährstoffe beraubt und gleichzeitig vollgepumpt werden mit synthetischen Ersatzstoffen, die die natürlichen Nährstoffe ersetzen sollen. Es ergibt sich dann ein mit allem Möglichen angereichertes Nahrungsmittel, das angeblich gesund sein soll, aber in Wirklichkeit überhaupt keinen gesundheitlichen Wert hat.

Der Lebensmittelmarkt ist voll von derartigen Produkten. Sie können Junk-Food kaufen, auf dessen Etikett »organisch«, »naturrein« und »Vollwertnahrung« steht. Wenn eingeschweißte, vorgefertigte Nahrung mit derartigen Zertifizierungen ausgestattet wird, bedeutet das gleichzeitig eine Abwertung wirklich gesunder Nahrungsmittel. Kein Wunder also, dass wir alle verwirrt sind. Eine Tüte Kartoffelchips sollte nicht ein ähnliches Gesundheitszertifikat erhalten wie ein frisch vom Baum gepflückter Apfel, aber genau das ist der Fall.

Bevor Sie mit Ihrem Ernährungsplan beginnen, sollten Sie einige Missverständnisse aus Ihrem Kopf bekommen. Weder Fett noch Kohlenhydrate sind schlecht für Sie. Nichts von beidem macht uns dick. Die exzessive Aufnahme von Kalorien ist es, die uns dick macht und unsere Gesundheit beeinträchtigt. Ebenso wenig, wie es das perfekte Workout für jedermann gibt, gibt es die perfekte Diät, die für jeden geeignet ist. Es gibt nur Anhaltspunkte, die Sie auf den richtigen Weg bringen können. Darum geht es in diesem Kapitel, aber bedenken Sie bitte, dass Sie natürlich Ihre Ernährung selbst nach Ihren Bedürfnissen gestalten und anpassen können. Eines ist sicher: Ob Sie nun ihre Ernährung nach »viele Kohlenhydrate/wenig Fett«, »viel Fett/wenig Kohlenhydrate« oder »mäßig Kohlenhydrate/mäßig Fett« ausrichten, sie sollte aus wirklich nahrhaften Lebensmitteln bestehen.

Nehmen Sie auch von der Vorstellung Abstand, sich dünn zu hungern. Sie müssen jeden Tag die richtige Menge an Kalorien über die richtige Nahrung zu sich nehmen, um den gewünschten Körper zu bekommen – mit vollen, runden, athletischen Muskeln, nicht mit weichen, kaum sichtbaren Muskeln und hartnäckigen Fettschichten auf den Knochen. Durch Hungern würden Sie aber immer wieder dort landen.

Warum Sie essen müssen

Ihre Ziele bestimmen, wie viele Kalorien Sie täglich zu sich nehmen müssen. Ist Gewichtsreduktion Ihr Ziel, müssen Sie ein Kaloriendefizit herstellen – also weniger Kalorien aufnehmen. Wollen Sie Gewicht aufbauen, brauchen Sie einen Kalorienüberschuss – also müssen Sie mehr essen als eigentlich notwendig. Wollen Sie Ihr Gewicht halten, aber Ihre Körperkomposition verbessern, müssen Sie die Kalorienzufuhr konstant halten. Ob Sie Gewicht halten, abnehmen oder Muskeln aufbauen wollen, mit allem streben Sie nach einer Verbesserung der Körperkomposition. Diese hängt von zwei Aspekten ab: von Fettmasse und fettfreier Masse. Fettmasse ist die Summe Ihres gesamten Körperfetts, während fettfreie Masse alles Übrige umfasst, also Muskeln, Knochen, Organe, Blut, andere Gewebearten und Wasser.

Normalerweise ist das Ziel einer Änderung der Körperkomposition eine langsame Reduktion der Fettmasse. Es ist sehr viel einfacher, den Körperfettanteil durch Verlust von Fettmasse zu reduzieren als durch Muskelaufbau. Nicht nur weil Fettreduktion größere Auswirkungen auf den Prozentsatz an Körperfett hat, sondern weil es leichter ist, Fett zu verlieren, als Muskeln aufzubauen. Es kann bis zu fünfmal so lange dauern, drei Kilogramm Muskelmasse aufzubauen, als drei Kilogramm Fett zu verbrennen.

Wenn Sie Ihr Idealgewicht erreichen, ist es an der Zeit, weitere Muskeln an den richtigen Stellen aufzubauen und dabei weiter Fett abzubauen. Das ist der Punkt, an dem es kompliziert wird, denn dieser Prozess braucht Zeit. Also seien Sie geduldig!

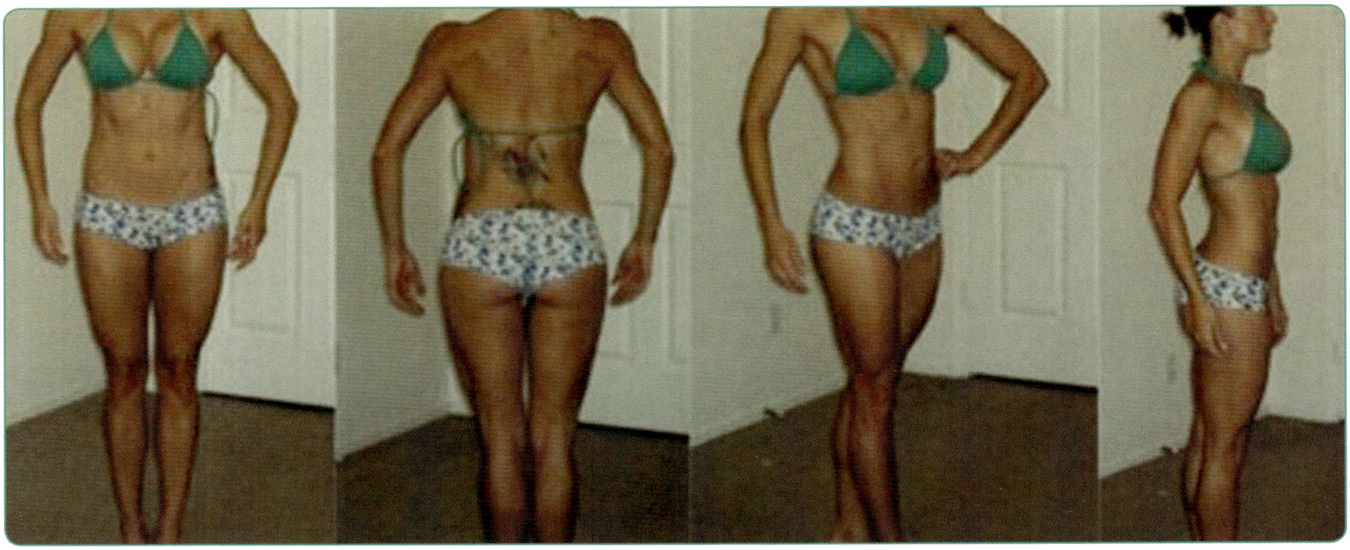

Kellie, als sie zur ersten Beratung zu mir kam

Als Kellie erstmals als Klientin zu mir kam, hatte sie ihr Idealgewicht. Wir arbeiteten mehrere Monate daran, schlanke Muskelmasse aufzubauen, während Fett reduziert wurde. Die Resultate waren unglaublich, und innerhalb von 18 Monaten entwickelte sie fast vier Kilogramm zusätzliche schlanke Muskelmasse, während ihr Gewicht konstant blieb. Das bedeutet, dass sie etwa vier Kilogramm Fettmasse verloren hat. Hier ist zu erwähnen, dass Kellie zuvor schon allein erhebliche Resultate hinsichtlich Gewichtsreduktion erzielt hatte. Nachdem sie das Training mit mir begonnen hatte, verwendete sie sehr viel Zeit auf die Modulation ihres Körpers, ohne ihr Gewicht zu verändern. Auch in den kommenden Jahren wird ihr Fokus weiterhin darauf ruhen – sie bemüht sich ständig, Kraft, Muskelreife und Muskelqualität zu verbessern.

Kellie, 18 Monate nach dem ersten Termin

Erfolgsgeschichte: Briana kam zwei Monate vor ihrer Hochzeit zu mir. Während der ersten Übungsstunde drohte sie mir mit Mord und Totschlag, falls ihr Hochzeitskleid geändert werden müsste. Sie hatte große Angst, irgendwie klobig zu werden, und war deshalb skeptisch, große Gewichte zu stemmen.

Doch sie erwies sich als exzellente Klientin. Sie tat, was ich ihr sagte, erschien immer zu den vereinbarten Terminen und gab alles. Zwei Monate später hatte sich ihr Gewicht kein bisschen verändert. Sie war 1, 74 Meter groß, wog 60 Kilogramm, sah aber wesentlich besser aus. Ihr Erscheinungsbild hatte sich dramatisch verändert, sie strahlte vor Schönheit. Als sie ihr Hochzeitskleid anprobierte, stellte sie fest, dass sie an der Taille fünf, um die Hüften zweieinhalb und an jedem Oberschenkel ebenfalls zweieinhalb Zentimeter verloren hatte. Ihr Körperfettanteil sank von 30 auf 25 %. Sie hatte etwa drei Kilogramm an Muskelmasse gewonnen und gleichzeitig drei Kilogramm Fett verloren. Ihr Gesäß sah toll aus, und bei ihrer Hochzeit gratulierten ihr alle zu ihrem großartigen Aussehen. Das Kleid betonte ihre neuen Kurven, und sie sorgte dafür, dass die Fotografen das auch ausreichend zu sehen bekamen.

Diese Geschichte zeigt, wie es möglich ist, Muskeln aufzubauen, den Körper zu formen und zu verbessern und gleichzeitig Fett und Gesamtvolumen zu verringern – ohne das Gewicht auf der Waage zu verändern.

Große Auswahl an Nahrungsmitteln

Nahrungsmittel lassen sich in drei Hauptnährstoffgruppen einteilen (Proteine, Kohlenhydrate und Fette) sowie Vitamine, Mineralien und andere Nährstoffe, die in kleinen Mengen enthalten sind. Gegenüber allen Hauptnährstoffen gibt es diverse Vorbehalte, dennoch sind alle drei Gruppen auf ihre Weise wichtig und notwendig.

Ich werde hier nicht in die ewige Debatte einsteigen, ob Sie viel, mittelmäßig viel, wenig oder keine Kohlenhydrate, Fette oder Proteine essen sollten. Wie bei den Übungen gibt es auch hinsichtlich Ernährung unendlich viele Methoden und Erkenntnisse. Ich möchte Ihnen hier nur ein paar Richtwerte an die Hand geben, die Ihnen helfen werden, Ihren täglichen Nahrungs- und Nährstoffbedarf zu ermitteln, um Ihre Ziele hinsichtlich Körperbau und -kraft zu erreichen. Inwieweit Sie mit den täglichen Nährstoffmengen herumexperimentieren, bleibt vollkommen Ihnen überlassen. Ich biete hier allgemeingültige Richtlinien und Ideen, um Sie auf den richtigen Weg zu bringen.

Bevor wir uns damit beschäftigen, wie viel Sie täglich essen sollten, hier eine kurze Beschreibung der Hauptnährstoffgruppen und ein Überblick darüber, was diese im Körper bewirken.

Proteine

Proteine existieren in allen lebenden Zellen des Körpers. Sie werden kontinuierlich aufgebrochen und ersetzt. Einige sind nicht essenziell, d.h., sie werden vom Körper selbst hergestellt. Andere sind essenziell und werden aus der Nahrung aufgenommen. Proteine finden sich in pflanzlichen und tierischen Nahrungsmitteln. Tierische Proteine sind vollständige Proteine, denn sie liefern alle essenziellen Aminosäuren, die der Mensch benötigt. Pflanzliche Proteine gelten als unvollständige Proteine, da sie von einer oder mehreren der essenziellen Aminosäuren nur sehr wenig beinhalten. Vegetarier müssen deshalb weitaus mehr pflanzliche Proteine essen und eine breitere Palette an Nahrungsmitteln zur Verfügung haben, um die Nahrungsbedürfnisse ihres Körpers zu befriedigen.

Proteine sind in Fleisch, Fisch, Wild, Eiern, Nüssen, Tofu, Hülsenfrüchten, Milchprodukten und Pflanzen (in kleinen Mengen) enthalten. Viele Erwachsene nehmen nicht genug Proteine zu sich. Das liegt daran, dass wir zu viele und zu oft weiterverarbeitete und eingeschweißte Produkte essen. Ernährung mit gesunder, unbehandelter Nahrung hilft uns sicherzustellen, dass wir ausreichende Proteinmengen zu uns nehmen, weil die meisten gesunden Naturprodukte sowohl essenzielle als auch nicht essenzielle Aminosäuren enthalten.

Bei Proteinquellen sind vier Hauptfaktoren entscheidend: Verdaulichkeit, Qualität, Aminosäurenprofile und vorhandene (oder nicht vorhandene) weitere Nährstoffe. Verdaulichkeit sagt aus, wie gut das Protein zersetzt und in den Blutkreislauf absorbiert wird. Je verdaulicher, umso leichter kann der Körper die Nährstoffe aufnehmen. Die Qualität des Proteins gilt als Maßstab dafür, wie gut es in Ihrem Körper verarbeitet wird. Neben der Verdaulichkeit spielen die Aminosäurenprofile eine entscheidende Rolle. Aminosäuren sind die Bausteine des Proteins. Es gibt 18 bis 22 Aminosäuren, und jede kommt in unterschiedlichen Mengen in Ihren Nahrungsquellen vor. Die Aminosäurenprofile können beeinflussen, wie Ihr Körper Protein verwendet. Neben den Aminosäuren enthalten die Proteinquellen weitere Nährstoffe. Ihr Vorhandensein oder Nichtvorhandensein spielt ebenfalls eine entscheidende Rolle für die Ernährung. Das Fleisch grasgefütterter Rinder z.B. und fetter Fisch liefern viele Omega-3-Fettsäuren, während andere Proteinquellen diese nicht aufweisen.

Die beste Proteinversorgung erzielt man, indem man Art und Menge der Proteine variiert, also die Proteinquellen wechselt. Je abwechslungsreicher Sie Ihre Ernährung gestalten, umso sicherer können Sie sein, die richtigen Nährstoffe in der richtigen Menge zu sich zu nehmen.

Fette

Ebenso wie Proteine und Kohlenhydrate sind auch nicht alle Nahrungsfette gleich. Im Wesentlichen unterscheidet man Triglyceride (TG) und Cholesterin. Bitte nicht verwechseln mit Triglyceriden und Cholesterin im Blut! Das sind zwei völlig verschiedene Dinge. Es existieren auch andere Nahrungsfette in kleinen Mengen, aber diese beiden bestimmen den Hauptfettanteil in den Nahrungsmitteln, weshalb wir uns auf sie konzentrieren.

Die Verwirrung in Bezug auf Nahrungsfette ist entstanden, weil Blutfette und Nahrungsfette in einen Topf geworfen wurden, und zwar in den späten 1970er- und frühen 1980er-Jahren, als Butter von den Tischen verbannt und das Gelbe der Eier in den Müll geworfen wurde. Im Gegensatz dazu steht das Cholesterin, das unser Körper selbst in der Leber produziert – möglicherweise weit mehr, als die meisten Menschen täglich essen –, und der Körper entscheidet normalerweise, wie viel Cholesterin er noch zusätzlich aus der Nahrung aufnehmen muss.

Triglyceride aus der Nahrung haben einen größeren Effekt auf den Cholesterinspiegel im Blut als das mit der Nahrung aufgenommene Cholesterin. Noch entscheidender ist die Art der Nahrungstriglyceride, die Sie essen. TG bestehen aus drei Fettsäureketten, die an ein Glyzerin-Molekül gebunden sind. Die Kettenlänge, der Sättigungsgrad und die chemische Struktur unterscheiden die verschiedenen Fette voneinander. Spricht man über Fett in der Nahrung, sind meist die unterschiedlichen TG-Arten gemeint.

TG werden in vier Hauptkategorien unterteilt:

- Transfettsäuren (TFS), vereinfacht Transfette
- gesättigte Fettsäuren
- einfach ungesättigte Fettsäuren
- mehrfach ungesättigte Fettsäuren

Transfette haben seit einigen Jahren einen überaus schlechten Ruf, den sie wohl auch weitestgehend verdienen. Bei diesen Fettsäuren handelt es sich vorrangig um Pflanzenöle oder künstliche Fette, die industriell verarbeiteten Lebensmitteln zur Verlängerung der Haltbarkeit beigefügt werden. Manche Transfette kommen auch in der Natur in kleinen Mengen vor, der Löwenanteil entsteht aber in den Fabriken. Vermeiden Sie industriell verarbeitete Lebensmittel, denen Transfette zugefügt wurden.

Gesättigte Fettsäuren sind ein anderes Kapitel. Eine ganze Weile wurden diese TG für die beständig ansteigende Rate an nicht übertragbaren Erkrankungen verantwortlich gemacht. In den vergangenen Jahren kamen allerdings zunehmend Gegenargumente auf, die betonen, dass gesättigte Fettsäuren keinerlei gesundheitliche Risiken bergen. Wie so oft scheint hier die Wahrheit in der Mitte zu liegen. Gesättigte Fettsäuren können Gesundheitsrisiken darstellen, was aber vorrangig von Art und Menge abhängt sowie von der Menge der aufgenommenen Kohlenhydrate und Kalorien, den sportlichen Aktivitäten und den bereits erwähnten genetischen Vorbedingungen.

Gesättigte Fettsäuren (vorrangig in tierischen Fetten, aber auch in Kokosnuss- und Palmkernöl) werden entsprechend ihrer Reaktionen im menschlichen Körper in verschiedene Kategorien unterteilt. Manche wirken sich negativ aus, andere weniger schlecht. Für die meisten lässt sich sagen, dass schlanke Menschen, die viel Vollwertkost essen und täglich sportliche Übungen machen, keine Probleme haben werden, wenn sie viel davon zu sich nehmen. Bei übergewichtigen, inaktiven, gestressten und/oder schlecht ernährten Menschen können gesättigte Fettsäuren einigen Schaden im Körper anrichten. Die allgemeinen Umstände spielen eine wesentliche Rolle, deshalb kann ich auch keine weiteren Angaben machen, ob diese Fette gut, schlecht oder neutral sind.

Einfach ungesättigte Fettsäuren sind weitgehend neutral. Die beste Quelle dafür ist Natives Olivenöl, extra, das Sie bevorzugt für Ihre Ernährung verwenden sollten. Wenn Sie den Geschmack von Oliven nicht mögen, ist Distelöl mit hohem Ölsäureanteil eine gute Alternative. Mehrfach ungesättigte Fettsäuren sind bekannt als Omega-3- und Omega-6-Fettsäuren. Alpha-Linolensäure (ALA) ist Omega-3 (w-3), während Linolsäure (LA) Omega-6 (w-6) ist. Wenn Sie viel von diesen beiden Fettsäuren aufnehmen, können Sie auf jedes andere TG verzichten, vorausgesetzt, Ihr Körper ist in der Lage, die Transformation von ALA zu EPA (Eicosapentaensäure) und EPA zu DHA (Docosahexaensäure) in geeigneter Weise umzusetzen. Sicher, manche gesättigten Fettsäuren sind hilfreich für die Verarbeitung von Cholesterin, welches wiederum für die Hormonproduktion benötigt wird, aber wirklich gebraucht werden diese Fettsäuren im Körper nicht.

Der Stoffwechsel von ALA und LA ist unglaublich kompliziert. Ich werde Ihnen die Details hier ersparen. Eine wichtige Sache ist, dass die moderne Ernährung dazu neigt, mehr w-6 als w-3 zu beinhalten. Hinsichtlich der Stoffwechselprozesse, die mit diesen beiden Fettsäuren verbunden sind, kann zu wenig w-3 in Kombination mit zu viel w-6 zu einem Problem werden.

In unserer Gesellschaft wird generell mehr w-6 als w-3 gegessen, was nach Aussage von Wissenschaftlern gesundheitliche Probleme verursachen kann. Um die Versorgung mit ausreichend Omega-3-Fettsäuren zu gewährleisten, empfehle ich Ihnen mindestens 500 mg EPA/DHA täglich zu sich zu nehmen. Wenn Sie täglich fetten Fisch und Biofleisch in größeren Mengen essen, könnte es sein, dass Sie genügend dieser Nährstoffe aufnehmen. Wenn nicht, nehmen Sie zwei Fischölkapseln täglich, damit sind die 500 mg erreicht.

Kohlenhydrate

Kohlenhydrate sind chemische Verbindungen, die Kohlenstoff, Wasserstoff und Sauerstoff enthalten. Man unterscheidet Monosaccharide (Einfachzucker), Disaccharide (Zweifachzucker), Oligosaccharide (Mehrfachzucker, Ketten aus zwei bis zehn Molekülen) und Polysaccharide (Vielfachzucker, lange Molekülketten). Über Sinn und Zweck der Kohlenhydrate wird seit Ewigkeiten diskutiert, und diesbezügliche Ernährungsempfehlungen gibt es überall. Wie bei den anderen Hauptnährstoffen möchte ich keine Meinung äußern, sondern nur informieren. Ihre Nahrungsbedürfnisse basieren auf vielen Faktoren in Bezug auf Kohlenhydrate, aber eines ist sicher: Es gibt keinen physiologischen Bedarf für Kohlenhydrate in der Ernährung.

Bei allen lebenswichtigen Nährstoffen, wie der essenziellen Aminosäuren, stellt sich immer die Frage, ob der Körper diese Stoffe selbst herstellen kann oder ob sie unbedingt mit der Nahrung aufgenommen werden müssen. Obwohl Ihr Gehirn und andere Organe durch Glukose förmlich aufblühen und auch das Gewebe Glukose in kleinen Mengen braucht, ist Ihr Körper in der Lage, diesen Bedarf eigenständig abzudecken. Glukose kann im Körper aus Laktat und Pyruvat (während des Glukosestoffwechsels), Glyzerin (während des Fettstoffwechsels) und Aminosäuren (während des Proteinstoffwechsels) hergestellt werden. Ergo: Wenn Sie keine Kohlenhydrate konsumieren, wird Ihr Körper die erforderliche Glukose eigenständig aus Fetten und Proteinen herstellen.

Ob die für die Glukoseherstellung notwendigen Aminosäuren von Proteinen aus Ihrer Nahrung oder Ihrem Muskelgewebe stammen, liegt ausschließlich daran, ob Sie ausreichend essen oder hungern. Solange die Proteinzufuhr hoch ist, brauchen Sie sich keine Gedanken um mögliche Muskeltraumatisierung zu machen.

Eine Empfehlung zur täglichen Aufnahme von Kohlenhydraten kann ich nicht geben, denn sie hängt von Ihren eigenen Bedürfnissen, Ihrer Aktivität und zahlreichen anderen Faktoren ab. Ich kenne viele Leute, die sich mit sehr wenig oder ganz ohne Kohlenhydrate ernähren, aber ebenso viele, die ohne Kohlenhydrate anscheinend überhaupt nicht funktionieren können.

Meine Ernährungsempfehlungen liegen bezüglich der Kohlenhydratzufuhr in einem mittleren Bereich. Beginnen Sie einfach nach Plan und justieren Sie ihn, wenn nötig. Orientieren Sie sich an Ihrem Energieniveau. Wenn Sie eine Mahlzeit mit Kohlenhydraten essen und sofort anfangen zu gähnen, sollten Sie lieber eine Ernährungsform mit mehr Fett und weniger Kohlenhydraten wählen. Wenn Sie andererseits sehr wenig Kohlenhydrate essen und sich den ganzen Tag über schlapp und müde fühlen, müsste vielleicht die Menge an Kohlenhydraten erhöht und Fett reduziert werden. Experimentieren Sie mit der Ernährung, aber seien Sie vorsichtig mit Schummeleien bei den Kalorien. Nehmen Sie sich für diese Einstellungen zu Beginn des Programms vier Wochen Zeit.

Frauen benötigen meist etwas länger, um einzuschätzen, ob eine Diät funktioniert, weil sie über den Monat Hormonschwankungen ausgesetzt sind. Wenn Sie nach vier Wochen keinerlei Veränderungen sehen, nehmen Sie kleine Justierungen bei der Aufnahme von Kohlenhydraten und Fett vor. Die Proteinzufuhr sollte von Beginn an sehr genau gewählt werden, um ausreichend Energie für Fortschritte im Fitnessstudio zu liefern.

Die Hauptnährstoffmenge festlegen

Nun ist es an der Zeit zu entscheiden, was Sie täglich essen möchten. Die meisten Diäten basieren auf minimalistischer Nahrungsaufnahme, wodurch man schon nach wenigen Wochen die Nase davon voll hat. Derartige Diäten führen dazu, dass Essen Ihr Leben kontrolliert. Je weniger Wahlmöglichkeiten Sie haben, umso mehr denken Sie daran. Nahrungsentzug führt zur Besessenheit von Nahrung, doch Sie sollten ein gesundes Verhältnis zur Nahrung haben. Essen ist unser Lebenselixier und eine äußerst angenehme Tätigkeit – eine der wenigen täglichen Gelegenheiten, sich zurückzulehnen, sich zu entspannen und sich um seine eigenen Bedürfnisse zu kümmern. Genießen Sie diese Zeit und machen Sie das Beste daraus.

Genau genommen, sind die drastischen Diäten und Übungsvorschriften, die sich viele Sportler antun, auf lange Sicht eher schädlich als gut. Ich habe sehr viele Frauen trainiert, die ihrem Körper ununterbrochen geschadet haben und am Ende einen trägen Stoffwechsel, Funktionsstörungen der Schilddrüse und andere Probleme aufwiesen. Das sollte nicht sein. Wählen Sie also Ihre Nahrung sorgfältig aus den drei Hauptnährstoffgruppen und teilen Sie genau ein, wie viel Gramm jedes Nährstoffs Sie auf der Basis der Kalorien essen müssen, um Ihre Ziele zu erreichen.

Protein*

Hähnchenbrust, Hähnchenhack, dunkles Hähnchenfleisch, Hähnchen aus der Dose, frischer Thunfisch, Dosenthunfisch, Putenhack, Putenbrust, dunkles Putenfleisch, mageres Rindfleisch, Steak, Ziegenfleisch, Lamm, weißfleischiger Fisch, Lachs, Lachs in Dosen, Schwein, Schinken, Wildschwein, Reh, Bison, Eier, Molkenprotein, Hanfprotein, Tofu, Straußenfleisch u. a.

* *Joghurt, Hüttenkäse und Milch sind ebenfalls Proteinquellen.*

Fett

Olivenöl, Butter, Rapsöl, Nussöle, Avocado, Nüsse, Nussbutter, Kokosnussöl, Käse, Vollmilch, Sahne, Sämereien, Laban, Kefir, Skyr, Hüttenkäse

Kohlenhydrate

Beeren, Apfel, Aprikose, Pfirsich, Melone, Kirsche, Banane, Birne, Weintraube, Mango, Ananas, Feige, sonstige Früchte, getrocknete Früchte, Karotte, Süßkartoffel, Winterkürbis, Naturreis, Weißer Reis, Getreideschrot, Kartoffel, Hafer, Kürbis

Diese Listen dienen nur als grober Überblick. Bedenken Sie, dass auch ballaststoffhaltiges, faseriges und stärkefreies Gemüse für die tägliche Ernährung wichtig ist, sich aber keiner der drei Gruppen zuordnen lässt. Es ist sinnvoll, 200 bis 300 Gramm Gemüse täglich zu essen, aber seien Sie vorsichtig mit der Hypothese, von diesen Gemüsesorten könne man beliebig viel essen. Das geht in die falsche Richtung. Kalorienfreie Nahrung gibt es nicht. Essen Sie viel Gemüse, aber wenn Sie nur noch Gemüseplatten konsumieren und sich daran überessen, ist das nicht von Vorteil. Auch beim Kochen von Gemüse oder der Verarbeitung zu Salat sollten Sie nicht zu großzügig mit Öl und Dressing sein und die entsprechenden Kalorien berücksichtigen. Unterschätzen Sie diese Dinge nicht, ich hatte schon Klientinnen, die keine Fortschritte mehr machten, nur weil sie zu viel Öl an ihrem Essen hatten.

Ballaststoffreiche Gemüse

alle Blattgemüse (Salate, Spinat, Grünkohl, Rauke, Löwenzahn, Senfkohl, Gemüsekohl, usw.)
alle Paprikasorten
Artischocke
Spargel
alle Sprossenarten (Alfalfa, Rosenkohl, Bohnensprossen, usw.)
Brokkoli
Gurke
Knoblauch
alle Zwiebelsorten
grüne Bohnen
Tomate
Zucchini
Kürbis
Karotte

Darf man manchmal Dinge essen, die eigentlich nicht gut sind? Sicher, gelegentlich, aber Sie sollten die Kalorien und den Kohlenhydrat- und Fettanteil erfassen. Sparen Sie an diesen Dingen. Essen Sie sie höchstens zwei-, dreimal die Woche in kleinen Mengen. Sie sollen ja nicht die Lust am Essen verlieren, aber wenn Sie keinen Bedarf an Leckereien verspüren, können Sie gern auf diese zusätzlichen Kalorien verzichten.

Kellies Tipp: *Essen Sie täglich viel Obst und Gemüse in allen Farben. Essen Sie häufig Eier und frisches Fleisch und ausreichend gesunde Fette. Nahrung ist Ihr bester Freund bei der Gestaltung des Körpers. Verzichten Sie nicht auf wertvolle Nährstoffe.*

Wenn Sie sich alles versagen, was Sie gern essen, wird Sie das immer wieder mit Heißhunger an den Kühlschrank treiben. Integrieren Sie Leckereien in Ihre Ernährung, aber tun Sie das mit Bedacht. Junk-Food schmeckt toll, hat aber eine große Kaloriendichte. Ein einziger Donut kann bis zu 500 Kalorien haben. Das entspricht einem ganzen Teller voll Gemüse, Kartoffeln und Huhn. Überlegen Sie sich, was Ihrem Körper besser gefallen würde. Essen Sie stets bewusst. Wenn Sie eine Leckerei zum Nachtisch essen möchten, berücksichtigen Sie das schon bei Ihrem Hauptgang und füllen Sie entsprechend weniger Kohlenhydrate und Fette auf Ihren Teller. Machen Sie diese kleinen Zugeständnisse an Ihre Ernährung, dann bleiben Sie auf dem richtigen Weg, um größere Alltagssünden zu vermeiden.

Wie viele Kalorien brauchen Sie?

Während manche Frauen ein gutes Bewusstsein für ihre Kalorienaufnahme haben, brauchen andere bestimmte Vorgaben, um ihre Ziele zu erreichen. Wenn Sie es leid sind, Kalorien zu zählen, Lebensmittel abzuwiegen und darauf zu achten, was Sie essen, dann überspringen Sie diesen Abschnitt einfach. Wenn Sie aber Tipps und Anregungen zur Kontrolle der Nahrungsaufnahme möchten, dann bleiben Sie hier am Ball.

Bedenken Sie immer, dass jeder Körper einzigartig ist und eventuell Anpassungen für die nachstehenden Formeln erforderlich sind. Die Harris-Benedict-Formel ist eine ausgezeichnete Methode zur Erfassung des täglichen Kalorienbedarfs. Mit dieser Formel wird der Grundumsatz (BMR oder Basalstoffwechselrate; nicht zu verwechseln mit dem BMI!) erfasst. Der Grundumsatz ist die Anzahl an Kalorien, die Ihr Körper täglich braucht, um die Grundfunktionen wie Gewebereparaturen, Blutzirkulation, Gehirnaktivitäten, Verdauung usw. zu bewältigen. Die Kalorien, die für Sport und andere Alltagstätigkeiten erforderlich sind, kommen hinzu.

Kalorienbedarf BMR + Kalorienbedarf Aktivitäten = täglicher Kalorienbedarf

Schritt 1: BMR (Basalstoffwechselrate) berechnen

Diese Formel ist speziell für Frauen:

655 + Gewicht in Kilogramm x 9,6 + Größe in Zentimeter x 1,8 – Alter x 4,7

Beispiel:
Gewicht: 60 kg x 9,6 = 576
Größe: 165 cm x 1,8 = 297
Alter: 35 Jahre x 4,7 = 164,5
BMR = (655 + 576 + 297) – 164,5 = 1363,5 Kalorien

Als ehemaligem Mathematiklehrer fällt es mir leicht, diese Rechnungen durchzuführen, aber Sie können diese Aufgabe auch von einem Online-Rechner erledigen lassen: http://de.fitness.com/tools/bmr/

Schritt 2: Kalorienverbrauch für tägliche Aktivitäten berechnen

Der nächste Schritt ist nun herauszufinden, wie viel Sie sich bewegen und wie viele Kalorien Sie für diese Bewegungen benötigen. Hier werden die Dinge etwas schwierig, weil bekanntermaßen niemand gerne zugibt, wie träge er eigentlich ist. Ein großer Anteil meiner täglichen Arbeit besteht aus Lesen und Schreiben, d.h., ich sitze viele Stunden am Schreibtisch und bewege ausschließlich die Finger auf der Tastatur. Das ist nicht optimal, aber den meisten von uns geht das wohl so. Sitzende Tätigkeiten sind in der Berufswelt weit verbreitet.

Ein bisschen mogeln. Wenn Sie nicht mit dieser komplizierten Formel herumrechnen möchten, können Sie ein bisschen mogeln. Multiplizieren Sie einfach Ihr derzeitiges Gewicht mit 30, um Ihr Gewicht zu halten. Dieser Einschätzung liegt zugrunde, dass Sie jeden Tag rund 30 Kalorien pro Kilogramm Körpergewicht bei einer Stunde körperlicher Aktivität verbrennen. Wenn Sie Gewicht reduzieren möchten, wählen Sie einen geringeren Multiplikator (etwa 25), um mehr Kalorien zu verbrennen, als Ihr Körper aufnimmt.

Wenn Sie eines der Trainingsprogramme aus diesem Buch in Ihren wöchentlichen Alltag aufnehmen, schaffen Sie einen guten Gegenpol für die sitzende Tätigkeit. Je öfter Sie also das Workout betreiben, umso besser werden Sie sich fühlen. Mit der Harris-Benedict-Formel lässt sich berechnen, wie viele Kalorien Sie pro Tag in Abhängigkeit von der Intensität Ihrer Aktivitäten verbrennen.

Zur Bestimmung Ihres täglichen Gesamtbedarfs an Kalorien multiplizieren Sie Ihren BMR mit einem der folgenden Aktivitätsfaktoren:

- sitzende Tätigkeit (wenige Aktivitäten/kein Sport, kommt mit unserem Trainingsprogramm nicht infrage): BMR x 1,2
- leichte Aktivität (leichte Übungen/Sport 1–3 Tage/Woche): BMR x 1,375
- mittelmäßige Aktivität (mittelschwere Übungen/Sport 3–5 Tage/Woche): BMR x 1,55
- hohe Aktivität (schwere Übungen/Sport 5–7 Tage/Woche): BMR x 1,725
- sehr hohe Aktivität (sehr schwere Übungen und körperliche Berufstätigkeit oder zweimaliges tägliches Training): BMR x 1,9

Zurzeit gehören Sie vielleicht noch in eine der ersten beiden Kategorien, weil Sie noch nicht mit einem meiner Programme begonnen haben und auch sonst nicht intensiv Sport treiben. Dennoch bitte ich Sie, Ihren Kalorienbedarf anhand der Arbeit mit diesem Programm zu kalkulieren. Meinen Klientinnen empfehle ich meist den Faktor für mittelmäßige Aktivität, wenn sie eine sitzende Tätigkeit ausüben. Wenn ich Leistungssportlerinnen mit Schreibtischtätigkeit trainiere, wähle ich den Faktor für hohe Aktivität, professionelle Athletinnen fallen während der Trainingssaison in die Kategorie mit sehr hoher Aktivität.

Legen wir die BMR-Berechnung aus dem Beispiel oben (Frau, 35 Jahre, 60 Kilogramm Gewicht, 165 Zentimeter groß) und nehmen einmal an, sie fällt in die Kategorie »mittelmäßige Aktivität«, dann berechnet sich ihr täglicher Kalorienbedarf zur Gewichtserhaltung wie folgt:

1363 Kalorien x 1,55 = 2100 Kalorien pro Tag

Ich denke, es ist umständlich, das Aktivitätsniveau nach der Harrison-Benedict-Formel zu bestimmen. Am besten Sie nehmen Ihr Körpergewicht (gerundet) und multiplizieren der Einfachheit halber mit dem Faktor 30. In unserem Beispiel käme folgendes Ergebnis heraus:

60 kg x 30 Kalorien = 1800 Kalorien pro Tag

Mir erscheint letztere Formel geeigneter, obgleich sie etwas rudimentär ist. Die Kalkulation der Kalorien ist verhältnismäßig korrekt, denn sie beruht eher auf einer Einschätzung des täglichen Kalorienbedarfs als auf der Beurteilung des Aktivitätsniveaus, das ja sehr variieren kann, in Abhängigkeit von der Dauer der Übungen und deren Schwierigkeitsgrad.

Kaloriendefizit zur Fettreduktion berechnen

Ein Kaloriendefizit lässt sich im Prinzip leicht kalkulieren, wenn Sie die tägliche Kalorienzufuhr um einen bestimmten Betrag verringern. Ziehen Sie z. B. von Ihrem berechneten Bedarf für einen normalen Tag 500 Kalorien ab. Das funktioniert allerdings nicht immer, denn möglicherweise ist Ihre derzeitige Kalorienaufnahme ohnehin schon zu hoch oder zu niedrig. Nehmen wir nochmals das oben erwähnte Beispiel. Angenommen, die Frau nimmt täglich 2500 Kalorien zu sich und reduziert jetzt um 500 Kalorien, so ist ihre Kalorienzufuhr insgesamt immer noch zu hoch, als dass durch die Reduktion ein bemerkenswertes Defizit entstehen würde.

Aus diesem Grund wünschen Sie sich vielleicht ein größeres Kaloriendefizit, was sich erreichen lässt, indem Sie Ihr aktuelles Körpergewicht mit 25 multiplizieren.

Nehmen wir einmal an, die Frau aus unserem Beispiel mit einer Körpergröße von 165 Zentimetern würde 70 Kilogramm wiegen und möchte gerne zehn Kilogramm Fettmasse reduzieren. Um das korrekte Kaloriendefizit zu ermitteln, müsste sie also folgendermaßen rechnen:

70 kg x 25 Kalorien = 1705 Kalorien pro Tag

Warnung zum Thema Hunger: Wenn Sie stärker werden und Gewicht verlieren, wird Ihr Hungergefühl zunehmen. Gegen dieses Gefühl müssen Sie ankämpfen und diszipliniert bleiben, damit sich Ihr Gewicht in die gewünschte Richtung entwickelt. Das zunehmende Hungergefühl ist eine Meldung Ihres Körpers, die Ihnen sagen soll, dass Brennstoffe fehlen. Nehmen Sie dieses Zeichen nicht zum Anlass, nachlässig mit der Kalkulation der Mahlzeiten zu werden. Nehmen Sie es lieber als Zeichen, dass Sie Ihren Zielen näherkommen. Sie können sicher sein, dass das Hungergefühl verschwindet, sobald Ihr Stoffwechsel sich einpendelt. Das kann Wochen dauern, möglicherweise auch länger, aber der Hunger wird verschwinden.

Die Hauptnährstoffmenge berechnen

Legen Sie nun die Quellen für diese Kalorien fest. Nach den Atwater-Faktoren enthalten Proteine und Kohlenhydrate vier Kalorien pro Gramm, während Fette neun Kalorien pro Gramm enthalten. Diese Werte wurden schon vor etwa einem Jahrhundert anhand von Kalorienkalkulationen von großen Mengen Nahrungsmitteln erfasst. Diese Zahlen sind natürlich nicht absolut, liefern aber einen guten Ausgangswert für die Erstellung eines Ernährungsplans. Wenn Sie eine Formel für den Bedarf an Hauptnährstoffen möchten, orientieren Sie sich an Folgendem:

Protein = Essen Sie 1,6 bis 2 g pro Kilogramm Körpergewicht

(Bei strenger Diät zur Gewichtsreduktion können zwei bis drei oder mehr Gramm Protein gegessen werden, im Gegensatz zur Gewichtszunahme oder bei Gewichtserhaltung. Manche Frauen neigen zur Verstopfung wenn sie viel Protein zu sich nehmen. Versuchen Sie in diesem Fall, ergänzend mehr faserhaltige, ballaststoffreiche Gemüsesorten zu essen.)

Fett = Essen Sie 0,6 bis 1,0 Gramm pro Kilogramm und Magermasse

Kohlenhydrate = Subtrahieren Sie die Summe aus den täglichen Mengen Protein und Fett von Ihrer berechneten Gesamtkalorienmenge. Diesen Wert dividieren Sie durch vier und erhalten damit die Kohlenhydratmenge in Gramm.

Bleiben wir bei dem genannten Beispiel unserer Klientin, die 60 Kilogramm wiegt und täglich 1800 Kalorien benötigt, um ihr Gewicht zu halten. Ihre Ernährung würde dann folgendermaßen aussehen:

Gesamtkalorienzahl = 1800 Kalorien/Tag
Protein = 60 kg = 120 g/Tag oder 480 Kalorien/Tag
Fett = 60 kg = 60 g/Tag oder 540 Kalorien/Tag
Kohlenhydrate = (Gesamtkalorienzahl minus Protein-Kalorien minus Fett-Kalorien) dividiert durch 4

(1800–480–540) : 4 = 780 : 4 = 195 g pro Tag oder 780 Kalorien pro Tag

Die Klientin sollte also 120 Gramm Protein, 60 Gramm Fett und 195 Gramm Kohlenhydrate täglich essen.

Berücksichtigen Sie bitte auch, wie viele Kalorien Sie täglich verbrennen. Den Kalorienverbrauch zu ermitteln kann niemals exakt funktionieren, weil Sie an manchen Tagen mehr, an anderen weniger Kalorien verbrennen, je nachdem, wie aktiv Sie sind. Halten Sie sich also strikt an die Berechnungen, aber lassen Sie sich auch gelegentlich ein bisschen Spielraum nach oben oder unten.

Wie viel Gramm an Fett, Protein und Kohlenhydrate sind worin?

Mit diesen Vorgaben sollten Sie jetzt den Plan für Ihre Mahlzeiten zusammenstellen. Das ist immer ein wenig schwierig, deshalb hier eine Liste mit Anhaltspunkten für gängige Nahrungsmittel:

Proteinquelle (Protein in Gramm)

Hähnchenbrust (120 g) – 30 g
1 Hähnchenschenkel – 10 g
1 großes Ei – 6 g
Rindertatar (120 g) – 26 g
Steak (120 g) – 28 g
Ziegenfleisch (120 g) – 29 g
Lamm (120 g) – 30 g
Fischfilet (120 g) – 24 g
Thunfisch (120 g) – 26 g
Schweinelende (120 g) – 29 g
Schinken (90 g) – 19 g
Vollmilch (200 ml) – 6,8 g
Hüttenkäse (100 g) – 12,3 g
Vollmilchjoghurt, natur (200 g) – 7 g
Tofu, fest (100 g) – 16,1 g

Fettquelle (Gramm pro Portion)

1 EL Olivenöl – 14 g
1 EL Kokosnussöl – 14 g
100 g Avocado – 23,5 g
2 EL Erdnussbutter – 16 g
2 EL Mandelbutter – 18 g
30 g Cashew-Kerne, roh – 12 g
1 EL Butter – 11 g
1 großes Eigelb – 5 g
30 g Cheddarkäse – 9 g
100 g Hüttenkäse, Magerstufe – 2,4 g
100 g Hüttenkäse – 3,9 g
200 ml Vollmilch – 7 g
200 g Vollmilchjoghurt, natur – 7 g

Kohlenhydratquelle (Kohlenhydrate in g)

1 mittelgroßer frischer Apfel – 21 g
1 mittelgroße frische Banane – 26,7 g
3 mittelgroße frische Aprikosen – 11,8 g
100 g frische Heidelbeeren – 7,4 g
100 g Cantaloupe-Melone – 8,4 g
100 g frische Kirschen – 13 g
1 kleine Feige – 8 g
½ mittelgroße Grapefruit – 17 g
100 g frische Weintrauben – 15,8 g
1 mittelgroße frische Mango – 35,2 g
1 mittelgroße Orange – 15,6 g
1 mittelgroße frische Birne – 25,1 g
100 g frische Wassermelone – 8,3 g
100 g Bohnen (schwarze Bohnen, Kidneys, Kichererbsen, usw.) – 15–21 g
100 g gekochte Linsen – 20 g
2 mittelgroße Rote Beete – 16,3 g
30 g Yambohnen – 2,5 g
1 kleine gebackene Kartoffel – 29,3 g
1 mittelgroße Süsskartoffel – 31,6 g
100 g frischer Kürbis – 4,6 g
100 g Hokkaido-Kürbis – 12,6 g
100 g Butternut-Kürbis – 8,3 g
100 g gekochte Gerste – 25,4 g
100 g gekochte Nudeln – 32,6 g
100 g gekochter Naturreis – 23 g
100 g gekochter Basmatireis – 23,1 g
100 g gekochter Wildreis – 70 g
100 g Haferflocken – 58,7 g
1 Scheibe Vollkornbrot – 16 g
100 g Hüttenkäse – 1,6 g
200 ml Vollmilch – 9,4 g
200 g Vollmilchjoghurt, natur – 8,2 g

Wenn Sie Ihren Ernährungsplan zusammenstellen, legen Sie zunächst fest, wie viele Mahlzeiten Sie am Tag essen möchten. Wichtig ist nur, dass Sie sich an die vorgegebenen Kalorienmengen halten. Für die Qualität der Stoffwechselrate ist die Verteilung der täglichen Kalorienmenge auf die Mahlzeiten irrelevant.

Vielleicht möchten Sie Ihre Mahlzeiten zeitlich um Ihre Workouts herumlegen, um ausreichend Energie zu haben. Das bedeutet zwar nicht, dass Sie unbedingt direkt vor oder nach dem Training essen müssen, aber es ist schon gut, etwa drei Stunden vor und eine Stunde nach dem Workout eine Mahlzeit einzuplanen. Wenn Sie morgens ohne Frühstück trainieren möchten, sollten Sie sich anschließend ausreichend Proteine und Kohlenhydrate zuführen, um die Regeneration des Körpers zu unterstützen.

Nehmen wir an, Sie brauchen 130 Gramm Protein täglich. Sie möchten vier Mahlzeiten essen und teilen sich die Nährstoffe folgendermaßen ein:

Mahlzeit 1: 3 ganze Eier = 18 g Protein

Mahlzeit 2: 180 g Hähnchenbrust, 200 ml Vollmilch = 52 g Protein

Mahlzeit 3: 100 g Hüttenkäse = 12,3 g Protein

Mahlzeit 4: 130 g Thunfisch, 250 g Naturjoghurt = 48 g Protein

Die Planung liegt hier minimal über der vorgesehenen Menge. Das ist völlig in Ordnung, denn am nächsten Tag liegen Sie vielleicht ein wenig unter der zulässigen Tagesmenge. Kalorienzählen ist niemals eine exakte Wissenschaft. Bleiben Sie im vorgesehenen Rahmen, dann ist alles gut.

Nehmen wir weiter an, Ihr täglicher Fettbedarf liegt bei 65 Gramm. (Ziel: 65 Gramm, aktuelle Menge: 64,9 Gramm):

Mahlzeit 1: 3 Eigelb, 1 EL Olivenöl zum Kochen = 29 g Fett

Mahlzeit 2: 200 ml Vollmilch = 7 g Fett

Mahlzeit 3: 2 EL Erdnussbutter, 100 g Hüttenkäse = 19,9 g Fett

Mahlzeit 4: 250 g Naturjoghurt = 9 g Fett

Für die Kohlenhydrate haben Sie 160 Gramm vorgesehen (Ziel: 160 Gramm, aktuelle Menge: 159,5 Gramm):

Mahlzeit 1: 1 frische Mango = 35,2 g Kohlenhydrate

Mahlzeit 2: 1 mittelgroße Süsskartoffel, 200 ml Vollmilch = 41 g Kohlenhydrate

Mahlzeit 3: 1 mittelgroße Banane, 100 g Hüttenkäse = 28,3 g Kohlenhydrate

Mahlzeit 4: 50 g gekochter Wildreis, 50 g gekochte Linsen, 250 g Naturjoghurt = 55 g Kohlenhydrate

Um den Plan zu vervollständigen, müssen Sie jetzt nur noch 200 bis 300 Gramm ballaststoffreiches Gemüse in die Tagesmengen integrieren. Ein kompletter Tagesplan könnte somit folgendermaßen aussehen:

Mahlzeit 1: 3 ganze Eier, 1 EL Olivenöl zum Kochen, 100 g Pilze, 100 g Spinat, 1 frische Mango

Mahlzeit 2: 180 g Hähnchenbrust, 200 ml Vollmilch, 1 mittelgroße Süsskartoffel, 100 g gemischtes Gemüse mit Paprika oder Peperoni, Zwiebeln und Tomaten

Mahlzeit 3: 100 g Hüttenkäse, 1 mittelgroße Banane, in Scheiben, mit 2 EL Erdnussbutter

Mahlzeit 4: 180 g Thunfisch, 250 g Joghurt, 50 g gekochter Wildreis, 50 g Linsen

Jede Mahlzeit kann natürlich an Ihren persönlichen Geschmack angepasst werden. Der hier vorgestellte Plan soll nur ein Beispiel für ein Tagesmenü sein, wie ihn die Trainingsprogramme in diesem Buch vorsehen. Wenn Sie nur drei tägliche Mahlzeiten (mit kleinen Naschereien) essen möchten, dann halten Sie sich trotzdem für die ersten vier Wochen an die Vollwertnahrung des Plans. Wenn Sie mit diesem Plan beginnen und nach Vorgabe essen, vermeiden Sie Naschereien und zusätzliche Mahlzeiten für die ersten vier Wochen, bis sich Ihr Körper an die Veränderungen gewöhnt und die richtige Balance zwischen Kohlenhydraten und Fetten gefunden hat. Sobald Sie ein gutes Gefühl für die Bedürfnisse Ihres Körpers entwickelt haben und konsequent auf das Erreichen Ihrer Ziele hinarbeiten, können Sie damit beginnen, zusätzliche Mahlzeiten nach Ihrer eigenen, nun geschulten Einschätzung hinzuzufügen. Wenn Sie das Gefühl haben, zu irgendeiner Zeit Ihrer Diät aus dem Ruder zu laufen, gehen Sie wieder zurück zum ursprünglichen Plan ohne Extras.

Nahrungsergänzungsmittel

Ich bin kein großer Befürworter von Ergänzungsmitteln für Sportler und empfehle nur ganz wenige. Wenn ich zu dem Thema gefragt werde, erläutere ich die Möglichkeiten, nehme aber keinerlei Einfluss auf meine Klientinnen. Während Sie eines der Programme absolvieren, empfehle ich nur Fischölkapseln, Vitamin D_3 und ein hochwertiges Multivitaminpräparat. Sie können zusätzlich Molkenprotein nehmen. Es hilft dabei, den täglichen Proteinbedarf zu erzielen, ohne zu viele Kalorien zu futtern.

Wenn Sie nicht zweimal pro Woche frischen Fisch essen mögen, empfehle ich Ihnen, täglich mindestens 1200 Milligramm gutes Fischöl (Kapseln) zu sich zu nehmen.

Ich rate Ihnen dringend, einmal am Tag ein qualitativ hochwertiges Multivitamin- und Mineralstoffpräparat einzunehmen, auch wenn Ihr Ernährungsplan Obst und Gemüse in ausreichender Menge vorsieht. Die Qualität des Bodens, auf dem unsere Nahrung wächst, hat über die Jahre immer mehr nachgelassen und liefert den Pflanzen nicht mehr so viele Vitamine und Mineralien wie früher.

Wenn Sie die Sonne meiden, empfehle ich Ihnen außerdem die Einnahme von mindestens 800 IE (Internationale Einheit) Vitamin D_3 täglich, ergänzend zu Ihrem Multivitaminpräparat. Alles, was in diesem Buch nicht erwähnt wird, ist zum Erreichen Ihrer Ziele auch nicht erforderlich. Sie können ganz ohne zusätzliche Fettverbrenner, Aminosäuren, Glutamin, Kreatin und all die anderen kostenintensiven Produkte eine tolle Figur bekommen.

Ein Ernährungsprotokoll führen

Auch wenn es mühsam ist, Ihre Fortschritte zu dokumentieren, empfehle ich Ihnen, dies zumindest während der ersten vier Trainingswochen zu tun. Ihre Ernährung hängt direkt mit Ihren Fortschritten hinsichtlich Kraftaufbau und Fettverlust zusammen. Nehmen Sie zu wenig Kalorien zu sich oder zu wenig von den richtigen Kalorien, werden Sie das während des Trainings merken und es auf der Waage sehen. Notieren Sie, was Sie gegessen haben an Tagen, an denen Sie sich voller Energie fühlen, und erst recht an solchen, an denen Sie sich schlapp fühlen. Der Schlüssel zum Erfolg liegt darin, sich über die Arbeitsweise seines Körpers bewusst zu werden.

Alle mit ins Boot nehmen

Wenn Sie sich für einen gesünderen Lebenswandel entscheiden, werden Sie in Ihrem Freundeskreis und in Ihrer Familie unterschiedliche Reaktionen ernten. Die meisten werden positiver Natur sein, aber es wird auch Empfehlungen, Meinungen und Bemerkungen geben, die alles, was Sie erreichen möchten, in Bausch und Bogen verdammen. Sie können sich mit der Kritik auseinandersetzen oder sie ignorieren, aber bitte übernehmen Sie nicht die Ansichten der Kritiker. Mit der Zeit wird jeder sehen, dass Ihr neuer Lebensstil Wunder wirkt in Bezug auf Ihre Energie, Ihren Körperbau, Ihre Gesundheit, Ihr Selbstbewusstsein und Ihr Aussehen. Bald wird man Sie staunend um Rat fragen.

Auch Ihre Küche wird im Zuge dieses Programms viele Veränderungen erfahren, also bereiten Sie Ihre Familie darauf vor, bevor Sie alle Lieblingsnaschereien aus dem Vorratsraum verbannen. Besprechen Sie den wöchentlichen Menüplan, beziehen Sie Ihren Partner und Ihre Kinder ein, wenn die Einkaufsliste erstellt wird, und suchen Sie gemeinsam nach gesunden Alternativen für Ihre Lieblings-Snacks und -mahlzeiten. Sie tun Ihren Kindern etwas Gutes, wenn Sie sie zum Einkaufen schicken. Geben Sie ihnen die Einkaufsliste und lassen Sie sie wichtige Entscheidungen bezüglich des Einkaufs eigenständig fällen. Sie sollten sie auch in die Zubereitung der Mahlzeiten einbeziehen, besonders wenn es um die Pausenbrote für die Schule geht. Je mehr Ihre Familie in Ihren neuen Lebenswandel integriert wird, umso mehr wird sie Sie unterstützen.

Gesunde Verdauung

Vermutlich werden Sie nicht weiter über die Arbeit Ihrer Verdauungsorgane nachdenken, nichtsdestotrotz ist eine gesunde Verdauung überaus wichtig, damit Sie Ihre Ziele hinsichtlich Fitness und Gesundheit erreichen können. Wir werden alle mit einem absolut sterilen Verdauungstrakt geboren, in dem sich mit der Zeit Mikroben ansiedeln und ein komplexes ökologisches System erschaffen. Bestimmte Komponenten in Ihrer Ernährung oder Ihrem Lebenswandel können eine ungesunde Balance bewirken, die Ihre Verdauung verrückt spielen lässt. Viele daraus resultierende Symptome werden Sie gar nicht mit Ihrer Verdauung in Verbindung bringen – Symptome wie Unfähigkeit zur Gewichtsreduktion, zum Muskelaufbau oder einfach morgens mit einem guten (oder schlechten) Gefühl aufzuwachen. Ihre Verdauung spielt eine entscheidende Rolle für Ihr tägliches Wohlbefinden.

Ich kenne Frauen, die jahrelang unter Verdauungsbeschwerden gelitten haben und daraus nur lernten, dass es eben Tage gibt, an denen es ihnen weniger gutgeht als an anderen. Sobald diese Frauen lernten, wie sehr ihre Ernährung die Befindlichkeiten ihres Körpers beeinflusst, begannen sie systematisch, mögliche Schwachpunkte ihrer Ernährung zu beseitigen. Wenn sie dann ihre kritischen Nahrungsaspekte gefunden hatten, setzte innerhalb weniger Tage die Heilung ein. Auch fanden die meisten Frauen, die solche ernährungsbedingten Schwachpunkte gefunden und beseitigt hatten, schnell heraus, dass sie jetzt endlich und relativ schnell Gewicht reduzieren konnten. Bestimmte Nahrungsmittel, die die Verdauung beeinträchtigen oder als Allergene gelten, können Fettansammlungen und Wassereinlagerungen begünstigen.

Experimentieren Sie mit Ihrer Ernährung, wenn Sie Symptome verspüren, die Ihr tägliches Leben beeinträchtigen. Das erste Nahrungsmittel, das Sie eliminieren sollten, ist raffinierter Zucker. Dann Getreide, inklusive aller Mehle, Weizen, Gerste, Hafer, und alle Gluten-Quellen. Bringt das keinen Erfolg, sind die Milchprodukte dran. Achten Sie darauf, immer nur eine Nahrungsmittelgruppe zu streichen, damit Sie einen Zusammenhang zwischen Ihrem Befinden und der Ernährung registrieren können. Wenn Sie eine Gruppe ersetzen und keine bemerkenswerte Verbesserung spüren, wechseln Sie zur nächsten Nahrungsgruppe, die möglicherweise die Ursache der Probleme sein kann.

Wenn der Schuldige in Ihrer Ernährung gefunden und für einige Wochen aus Ihrem System eliminiert wurde, nehmen Sie ihn versuchsweise gezielt in eine Mahlzeit wieder auf. Die meisten Menschen mit einer entsprechenden Lebensmittelintoleranz stellen fest, dass die Symptome unverzüglich zurückkommen. Wenn das geschieht, sollten Sie sich bemühen, diese Nahrung grundsätzlich aus Ihrem Plan zu verbannen. Sie werden dadurch gesünder und kommen Ihren Fitnesszielen näher.

Die Verdauung ist ein wesentlicher Faktor, der oft außer Acht gelassen wird, wenn es um einen schönen Körperbau und das Idealgewicht geht. Sie verantwortet die Verteilung von Nährstoffen im Blut, in den Organen und im Gewebe und sorgt so für gesunde Körperfunktionen. Eine schlechte Verdauung kann das Hauptkriterium sein, wenn Ihr Körper nicht ausreichend mit Nährstoffen versorgt wird, um seine Aufgaben ordnungsgemäß wahrzunehmen.

Sie sollten sich bewusst machen, wie gut oder schlecht Ihr Verdauungsapparat funktioniert. Ihre Muskeln, Ihr Körperbau, Ihr ganzer Körper hängen davon ab. Wenn Sie unter Symptomen wie Gasentwicklung, Blähungen, Verstopfung, Durchfall, Bauchschmerzen oder -krämpfen leiden, ist es wichtig, dass Sie lernen, mit diesen Problemen umzugehen, da die Nährstoffversorgung Ihres Körpers direkt damit zusammenhängt. Ignorieren Sie derartige Symptome nicht, denn sie können in der Zukunft zu größeren gesundheitlichen Problemen führen. Die ganze Symptomatik würde den Rahmen dieses Buches sprengen, aber ich rate Ihnen dringend: Wenn Sie mit derartigen Problemen kämpfen und diese sich auch nicht durch Ausschluss möglicher Ernährungsfaktoren bessern lassen, suchen Sie sich einen Ernährungsfachmann in Ihrer Nähe, damit die Wurzel des Übels gefunden wird. Ihre Psyche und Ihr Körper werden es Ihnen danken. Ob Sie nun mögliche Reizstoffe aus Ihrer Ernährung verbannen müssen oder nicht, Sie sollten auf jeden Fall zwei wichtige Nahrungsergänzungsmittel in Ihre tägliche Ernährung aufnehmen.

Verdauungsenzyme

Enzyme spielen bei allen Verdauungsprozessen eine Rolle. Wenn Sie also unter einem oder mehreren der oben genannten Symptome leiden, könnte es Ihnen helfen, wenn Sie zu den Mahlzeiten zusätzliche Verdauungsenzyme zu sich nehmen. Wenn Sie allerdings an Magengeschwüren oder Ähnlichem leiden, sollten Sie zunächst einen Arzt konsultieren.

Für die Wahl eines Verdauungsenzyms stehen Ihnen drei Hauptvarianten zur Verfügung. Da ist zunächst das Betainhydrochlorid, eine Kombination aus einer vitaminähnlichen Substanz namens Betain und Chlorwasserstoffsäure. Das Produkt wird mitunter verschrieben, wenn die Salzsäureproduktion im Magen zu gering ist oder auch bei Sodbrennen. Die zweite Variante ist ein Multi-Enzym-Präparat, das die enzymatischen Vorgänge während des Verdauungsprozesses unterstützt. Die dritte Möglichkeit ist eine Einzelenzymtherapie, bei der bestimmte Proteine, Zucker oder andere Makromoleküle gebunden werden. Diese Variante empfiehlt sich, wenn Sie wissen, dass ein einzelnes Nahrungsmittel wie Milch für Ihre Beschwerden verantwortlich ist. Am besten konsultieren Sie einen Gesundheits- oder Ernährungsberater, um die richtige Kombination an Verdauungsenzymen zu finden.

Probiotika

Ergänzend zu den Verdauungsenzymen sollten Sie in Betracht ziehen, ein hochwertiges Probiotikum in Ihren Ernährungsplan aufzunehmen. Wissenschaftler sind zu dem Ergebnis gekommen, dass Probiotika die unterstützenden Bakterien (Flora) im Darm fördern. Ballaststoffreiche Ernährung ist eine Variante, für eine gesunde Darmflora zu sorgen, ein Probiotikum ist eine zweite. Probiotika zeigen nahezu immer Resultate, da sie geschädigte Darmbakterien unterstützen und für eine intakte Darmflora sorgen.

Eine gesunde Darmflora ermöglicht

- die Verdauung bestimmter Proteine und Kohlenhydrate aufgrund besserer Absorption,
- eine verbesserte Absorption bestimmter Mineralien, wie Calcium, Magnesium und Eisen,
- die Regulation der Fetteinlagerung,
- die Vermeidung von Gasbildung, Blähungen und anderen Verdauungsproblemen,
- die Aufbereitung der Vitamine K und B,
- die Verwertung von Nährstoffen, die sonst Nährboden für bakterielle Invasoren wären,
- die Absonderung von Säuren für die Vernichtung schlechter Bakterienstämme,
- die Stärkung der Darmwände, wodurch gefährliche Pathogene und Allergene blockiert werden.
- die Zunahme von T-Zellen, die natürliche Antibiotika/Antimykotika zur Stimulation des Immunsystems produzieren,
- die Verstoffwechselung und das Recycling von Hormonen.

Eine gesunde, ballaststoffreiche Ernährung hilft beim Aufbau einer gesunden Darmflora. Essen Sie täglich mindestens 300 Gramm ballaststoffreiches Gemüse, inklusive Früchten, Hülsenfrüchten, Sämereien und Vollkornprodukten (wenn Sie sie vertragen). Auch fermentierte und kultivierte Nahrungsmittel wie Joghurt, Kefir, Miso und Sauerkraut können helfen, schlechte Bakterien in Schach zu halten. Selbst eingelegte Gurken sind hilfreich. Schränken Sie den Verbrauch an raffiniertem Zucker und Mehlen sowie Alkohol drastisch ein, denn schlechte Bakterien lieben diese Produkte.

Acht einfache Ernährungsregeln fürs Leben

Wenn Sie dieses Kapitel gelesen haben und jetzt davor zurückschrecken, Kalorien zu zählen und die Aufnahme der Hauptnährstoffe zu überwachen, dann empfiehlt es sich, in der Zeit, in der Sie Ihr Trainingsprogramm absolvieren, wenigstens die acht einfachen Regeln aus dem Buch *In Defense of Food* von Michael Pollan zu berücksichtigen.

Viele Frauen halten sich strikt an Ernährungsvorgaben, wenn sie mit dem Training beginnen. Sie erzielen großartige Resultate, aber dann werden sie mit der Ernährung nachlässig. Sie fangen an, jeden Tag so etwas wie einen »kalorienarmen Brownie« oder ähnliche Dinge zu essen, die angeblich gesund sind. Der gesunde Menschenverstand sagt ihnen zwar, dass solche Dinge vermieden werden sollten, denn ein »gesunder Brownie« wäre ja wohl zu schön, um wahr zu sein. In diesen Fällen bleiben die Erfolge dann meist aus, ohne dass die Frauen den Zusammenhang erkennen können.

Regel 1: Kaufen Sie, wenn vermeidbar, nicht im Supermarkt ein.
Das Beste, was Sie für Ihre Ernährung tun können, ist der Einkauf auf dem Wochenmarkt. Die örtlichen Landwirte bauen saisonale Produkte an, lassen ihr Vieh mitunter auf die Weiden, wo es grasen kann und Auslauf hat. Regionale Produkte sind saisonabhängig und dadurch immer frisch, zudem unterstützt Ihr Einkauf die heimische Landwirtschaft.

Regel 2: Essen Sie weniger und hören Sie auf zu essen, bevor Sie sich vollgestopft fühlen.
Studien mit Tieren haben gezeigt, dass weniger essen den Alterungsprozess verlangsamt, und manche Wissenschaftler glauben, dass darin ein entscheidender Weg zur Krebsprävention liegt. Es muss nicht unbedingt immer alles aufgegessen werden, was auf dem Teller liegt.

Regel 3: Essen Sie leicht verderbliche Nahrungsmittel.
Die Aufschrift »Lange Haltbarkeitsdauer« auf Lebensmittelverpackungen sollte für Ihren Haushalt tabu sein. Pilze und Bakterien ernähren sich von natürlichen Lebensmitteln und »prügeln« sich normalerweise darum. Der Grund, warum Lebensmittel lange haltbar sind, liegt darin, dass diese kleinen, schlauen Mikroben sie nicht haben wollen. Wenn also Lebensmittel nicht einmal für Pilze und Bakterien gut genug sind, wollen Sie sie dann essen?

Regel 4: Essen Sie natürlich gesüßte Produkte.
Verzichten Sie auf Lebensmittel die gezuckert werden müssen, damit sie süß schmecken. Die Natur bietet uns eine Vielzahl von Nahrungsmitteln, die ausreichend süß sind und deshalb Ihre erste Wahl sein sollten, wenn Sie Ihren Bedarf nach Süßem stillen möchten.

Regel 5: Essen Sie Nahrung, die von Menschen zubereitet wurde.
Ob Sie zu Hause kochen oder essen gehen – es ist immer besser, wenn das Essen von Hand zubereitet wird, als wenn es in irgendeiner Form vorgefertigt wurde. Das gilt auch für Restaurantketten. Viele dieser Restaurants würzen das Essen mit viel Salz, Zucker und anderen Zusätzen, um den Geschmack zu verbessern. Essen Sie nur in örtlichen Restaurants, die für gute Qualität bekannt sind.

Regel 6: Verzichten Sie auf einen Nachschlag.
Sie sollten wissen, wie viel Sie jeweils zu den Mahlzeiten essen sollten, und diese Menge dann gleich auf Ihren Teller legen. Nehmen Sie keinen Nachschlag. Wenn Sie Ihren Teller ein zweites Mal beladen, essen Sie meist mehr als erforderlich. Wenn Ihr Bauch Ihnen sagt, dass es genug ist, dann hören Sie auf zu essen.

Regel 7: Du bist, was dein Essen isst.
Essen Sie Fleisch von Tieren, die artgerecht gehalten und gesund ernährt wurden. Das Fleisch von Tieren aus Freilandhaltung, die Grünfutter gefressen haben, enthält viele Omega-3-Fettsäuren und viele Nährstoffe, außerdem haben die Tiere ein besseres Leben. Die gleiche Regel gilt auch für alle landwirtschaftlichen Produkte. Lokale Produkte können gewährleisten, auf gesundem Boden angebaut und nicht mit Chemikalien verseucht worden zu sein, nur um den Reifungsprozess zu beschleunigen.

Regel 8: Vermeiden Sie Lebensmittel, die als besonders gesund deklariert werden.
Wenn lang und breit erläutert wird, warum Sie ein bestimmtes Produkt unbedingt essen sollten, dann essen Sie es nicht! Hören Sie immer auf Ihren Instinkt, denn Sie allein wissen, was gut für Sie ist und was nicht. Das Gleiche gilt für Produkte mit den Bezeichnungen »leicht«, »fettarm« und/oder »angereichert«, die nichts anderes besagen, als dass diese Produkte keinerlei Nährwert haben.

Kapitel 6:

Auf die Bewegungsqualität kommt es an!

Ich bin immer wieder entsetzt, was ich heutzutage in Fitnessstudios sehe. Ich erwarte nicht von jedem, dass er perfekte Bewegungsabläufe für Squats und Kreuzheben vorlegt, was ich aber wirklich schlimm finde, ist, wenn professionelle Trainer ihre Schützlinge dazu anweisen, unangebracht hohes Gewicht mit sehr schlechter Technik zu heben. Und das kommt leider häufiger vor, als man denkt.

Ich kann es gar nicht oft genug betonen: Es ist überaus wichtig, sich die Zeit zu nehmen, bestimmte, technisch saubere Bewegungsmuster für komplexe Übungen wie Squats, Ausfallschritte, Hüftbeugen und Brückenübungen zu entwickeln. Vielleicht finden Sie heraus, dass Sie in Bezug auf Ihre Mobilität, Stabilität und/oder motorische Kontrolle eingeschränkt sind und diesbezüglich zunächst Verbesserungen erreichen müssen, bevor Sie Ihren Körper mit Gewichten belasten können. Ein Grundsatz sollte immer für Sie gelten: Bevor Sie mit einer Hantel arbeiten, müssen Sie die Übungen zunächst mit Körpergewicht einwandfrei bewältigen.

Die eigenen Bewegungsmuster analysieren

Bewegungsmuster sind die Grundlage für den Kraftaufbau, deshalb ist eine technisch saubere Ausführung unerlässlich für Ihren Erfolg mit einem der Trainingsprogramme aus diesem Buch und auch darüber hinaus. Meine Klientinnen müssen bei ihrer ersten Vorstellung bei mir gleich eine Menge Übungen absolvieren, damit ich ihre Bewegungskompetenz einschätzen kann. Es ist von großer Bedeutung zu wissen, wie sie sich bewegen, wo ihre Schwachpunkte liegen und wo man mit dem Training beginnen sollte, um schwache Bereiche zu kräftigen und Fehlfunktionen zu korrigieren, während natürlich mit der Zeit Kraftsteigerung und Formverbesserung angestrebt sind, um ernsthafte Verletzungen zu vermeiden.

Wenn Sie sich nicht sicher sind, ob Sie Übungsabläufe korrekt ausführen, suchen Sie sich doch in Ihrer Nähe einen zertifizierten Experten für Functional Movement Screen (FMS) , um Ihre Mobilität, Stabilität und Ausführungskontrolle bei grundlegenden Bewegungsabläufen testen zu lassen.

Bitte keinen übertriebenen Ehrgeiz, wenn Sie mit einem meiner Trainingsprogramme beginnen! Setzen Sie sich nicht über Ihre Grenzen hinweg. Wenn Sie sich bei den Übungen einschränken müssen, mag das wie ein Rückschritt erscheinen, aber tatsächlich werden Sie langfristig nur stärker und kompetenter, wenn Sie sich Ihre Schwächen ein- und zugestehen und sie korrigieren, bevor Sie sich an schwere Gewichte wagen.

Eine solche Einschätzung kann z. B. ergeben, dass Sie Ihre Squats auf Körpergewicht oder Goblet Squats herunterfahren müssen, um Ihre Stabilität zu verbessern. Wenn die Dorsalflexion Ihrer Fußgelenke schlecht ist, müssen Sie vielleicht zunächst bei Box Squats bleiben, um Ihre Mobilität zu fördern. Squats erscheinen uns als einfache, natürliche Bewegung, aber eine perfekte Kniebeuge erfordert schon einiges. Die Knie müssen genau über den Zehen stehen, die Wirbelsäule muss aufrecht sein und bleiben, das Becken muss eine vorgeneigte Haltung bewahren, der Körper muss über den Füßen zentriert sein, und die Belastung muss optimal auf Hüfte und Knie verteilt werden. Für halbe Squats mögen diese Kriterien noch leicht zu erfüllen sein, aber für eine vollständige Kniebeuge, bei der das Gesäß bis auf Schienbeinhöhe abgesenkt wird, ist das schon ein anderes Thema.

Darüber hinaus haben viele Frauen Schwierigkeiten mit der optimalen Haltung beim Unterarmstütz und Liegestütz. Viele meiner weiblichen Klientinnen führen vor allem die Liegestütze falsch aus. Ich arbeite dann mit einer hoch gelegten Stange, die nach und nach abgesenkt wird, bis die korrekte Körperposition erreicht ist.

Krista, eine ehemalige Leistungssportlerin, kam ein paar Jahre nachdem sie ihren Sport aufgegeben hatte, in mein Studio in Arizona. Sie hatte eine großartige Figur, litt aber an dem schlimmsten Valguskollaps, der mir je begegnet ist. Ich stelle mir einen »Valguskollaps« vor wie das Abbrennen einer Kerze. Schwache Gesäßmuskeln und Hüftrotatoren schaffen es nicht, bei Beugetätigkeiten des Knies die Körperposition einwandfrei zu halten. Dadurch adduzieren die Oberschenkelknochen und drehen sich einwärts, das Becken sinkt gegenläufig, die Füße drehen sich ebenfalls einwärts. Es entsteht eine X-Bein-Stellung (besonders bei einbeinigen Squats). Im Grunde sackt der gesamte untere Körperbereich bei der Bewegung zusammen.

Ich filmte Krista während ihrer Übungen, und anschließend analysierten wir gemeinsam das Video. So konnte sie sofort sehen, was sie tat, und umgehend Verbesserungen vornehmen. Ich zeigte ihr, wie ihre Knie beim Beugen einsackten und wo ihr bei den einbeinigen Bewegungen die Symmetrie fehlte. Sie war es gewohnt, mit der Langhantel zu arbeiten, aber ich verwies sie auf eine Kurzhantel für Goblet Squats und Squats zwischen zwei Bänken. Ich legte meine Hände an die Außenseiten ihrer Knie, sodass sie sich darauf konzentrieren konnte, sie während der Bewegungen außen zu halten. Das verbesserte ihre Ausführungskontrolle enorm.

Außerdem wickelte ich ein Gummiband um ihre Knie und ließ sie Hüftabduktion im Sitzen mit Widerstandsband sowie Gehen im gekreuzten Band, Seitstütz und Anti-Rotationsübungen ausführen, um ihr das »Gefühl« für den Gebrauch ihrer oberen Gesäßmuskeln zu vermitteln. Sie machte jede Woche Squats mit Körpergewicht und dem Gummiband um ihre Knie, um durch die Beugebewegung Kraft und Stabilität der Hüftabduktoren und der Außenrotatoren zu verbessern. Diese Strategie in Verbindung mit zahlreichen weiteren Bewegungsabläufen für den Unterkörper bewirkten sehr schnell Verbesserungen, sodass sie ständig ihre eigenen Rekorde brechen und Gewichte zulegen konnte.

Krista kümmerte sich sehr gut um ihren Körper. Mit meinen korrigierenden Übungen war sie innerhalb von acht Wochen in der Lage, bei Squats statt 45 Kilogramm 70 Kilogramm zu bewältigen. Dann war ich völlig überwältigt, als sie beim Kreuzheben statt 40 Kilogramm unglaubliche 120 Kilogramm schaffte. Nachdem wir ihre Technik perfektioniert hatten, konnte sie sogar noch bessere Leistungen erbringen. Die Moral von der Geschichte? Vernachlässigen Sie niemals die perfekte Übungsausführung zugunsten eines persönlichen Rekords!

Aerobic-Übungen

Meine Trainingsprogramme enthalten keine speziellen kardiovaskulären Übungen. Sie werden bemerken, dass Ihre Herz-Kreislauf-Funktionen gestärkt und Ihre Ausdauer verbessert werden, auch ohne dass Sie im Fitnessstudio spezielle Kardiogeräte nutzen. Wenn Sie aber an Aerobic Spaß haben oder der Meinung sind Ihre Gewichtsreduktion könnte von den Fett verbrennenden Effekten der Kardioübungen profitieren, dann fügen Sie Ihrem Wochenprogramm ruhig solche Übungen hinzu.

Zwei- bis dreimal die Woche 30 Minuten sollten genügen. Gehen Sie nicht darüber hinaus. Auch wenn Sie Kardioeinheiten integrieren, müssen Sie weiterhin auf eine angemessene Ernährung achten. Zusätzliche Übungen sind keine Entschuldigung für nachlässiges Essen. Während eines moderaten, 30-minütigen Workouts auf dem Crosstrainer z. B. verbraucht eine Frau, die 60 Kilogramm wiegt, ca. 210 Kalorien. Ein Blaubeer-Donut hat etwa 500. Kein wirklich guter Deal, oder?

Richten Sie Ihr Training nach Ihren Zielen aus. Sprinter z. B. sollten ihre Priorität beim Sprinten sehen und das Krafttraining anschließend absolvieren. Sie, mit den von Ihnen gewählten Zielen, sollten Ihre Priorität auf das Krafttraining setzen. Je stärker Sie werden, umso besser wird Ihr Körper aussehen.

Wenn Sie Aerobic-Übungen in Ihre Workouts aufnehmen, sollte Ihr Krafttrainingprogramm die höhere Priorität haben (es sei denn, Sie trainieren um des Sportes willen). Wenn Sie also Ihren Trainingsplan festlegen, stellen Sie das Krafttraining an den Anfang Ihres Workouts. Danach können Sie bis zu dreimal die Woche auch ein 20-minütiges Lauftraining ergänzen. Laufen Sie entweder unmittelbar im Anschluss an Ihr Kraft-Workout oder an den Tagen, an denen Sie keines absolvieren. So gewährleisten Sie den maximalen Erfolg des Krafttrainings, während das Aerobic-Training zweitrangig ist und Sie es aus reinem Spaß an der Bewegung betreiben.

Wenn Sie nur abends ins Fitnessstudio gehen können und morgens nur Zeit für einen winzigen Spaziergang haben, dann streichen Sie diesen Spaziergang nicht, nur um sich genau an die Vorgaben zu halten. Ich möchte, dass Sie das Beste aus Ihrem Krafttrainingprogramm machen und es an Ihre Bedürfnisse anpassen.

Ergänzende Aktivitäten zum Krafttraining-programm:

Walking	Ballsport
Kardioübungen	Hügellauf
Komplexübungen	Schlittenziehen
Intervallzirkel	Step-Aerobic
Seilspringen	Spinning
Jogging	Schwimmen
Pilates	Tabata-Training
plyometrische Übungen	Yoga
Fahrradfahren	Sprinten

Kardiotraining formt Ihre Figur nicht, Krafttraining schon. Zu viel Kardio hindert Sie daran, kräftiger zu werden. Ich kann es nur immer wieder betonen. Wenn Sie rundere Pobacken möchten, müssen Sie sie aufbauen, um langfristig in der Lage zu sein, größere Gewichte zu bewältigen. Je stärker Ihr Gesäß, umso schöner ist es. Kraft gestaltet die Form, während die Ernährungsgewohnheiten zur Fettreduktion beitragen. Wenn Sie ein Trainingsneuling sind, empfehle ich Ihnen als zusätzliche Aktivität Walking auf einem schrägen Laufband für 15 bis 20 Minuten dreimal in der Woche. Wenn Sie schon an das Heben von Gewichten gewöhnt sind, können Sie Ihren Wochenplan um zwei 15-minütige Hügelläufe erweitern. Das könnte Ihre Ausdauer fördern, ohne die Erholungsphase nach dem Krafttraining zu beeinträchtigen.

Noch einmal sei gesagt: Diese zusätzlichen Aktivitäten sind nicht erforderlich, um mit einem meiner Programme Erfolg zu haben, doch Kardiotraining kann Sie gegebenenfalls schneller an Ihre Ziele bringen. Aber bitte nicht übertreiben! »Mehr« bedeutet nicht zwangsläufig »besser«.

Es ist wichtig, jeden Tag darauf zu achten, wie Ihr Körper sich (an)fühlt. Wenn Sie aufwachen und Muskelkater oder Unwohlsein verspüren, versuchen Sie einzuschätzen, welche der Aktivitäten vom Vortag dafür verantwortlich sind. Liegt es daran, dass eine bestimmte Bewegung neu war, oder möchte Ihr Körper Ihnen sagen, dass Sie ein wenig herunterfahren sollen? Wenn Sie zu verspannt oder übersäuert sind, sollten Sie Justierungen am Programm vornehmen. Um sicherzustellen, dass Ihr Körper sich ausreichend erholt und um das Verletzungsrisiko zu minimieren, legen Sie einen freien Tag in der Woche als Erholungstag fest – sogar professionelle Athleten haben einen freien Tag. Vorausgesetzt Sie halten Ihr Gewicht, werden Beckenlifts, Squats und Kreuzheben Sie mit der Zeit stärker machen, womit Sie weit mehr für die Entwicklung einer Top-Figur tun als mit endlosen Laufkilometern.

Übertraining und Überschätzung

Krafttraining ist das Wichtigste für die Körpergestaltung. Es formt und kräftigt die Muskeln und verbrennt Fett. Darüber hinaus bringt es Ihnen gesundheitliche Vorteile, wie z. B. bessere Knochendichte, kardiovaskuläre Gesundheit und bessere Bewegungsökonomie, um nur einige zu nennen. Dennoch ist der Grat zwischen nützlichen Übungen und zu vielen Übungen schmal. Zu den größten Fitnessmythen gehört die Vorstellung, dass man im Fitnessstudio wohnen und stundenlang ununterbrochen trainieren muss, wenn man deutliche Resultate erzielen will. Weit gefehlt! Training rund um die Uhr ist nicht notwendig und nicht einmal förderlich für das Muskelwachstum oder Veränderungen der Körperkomposition.

Ich hatte schon unzählige Klientinnen, die gleich bei unserem ersten Treffen riefen: »Ich will nicht mein ganzes Leben mit Workouts zubringen!« Diesem Statement folgt meist: »Ich habe weder die Zeit noch die Energie, mein Leben im Fitnessstudio zu verbringen.« Ich kann Ihnen versichern, dass mit Ausnahme von Hochleistungssportlern, die ihren Lebensunterhalt damit verdienen, ständig in Top-Form zu sein, niemand diese Zeit hat. Sie nicht, ich nicht und keine meiner Klientinnen. In Gegenteil, meine Klientinnen können ihren Körper mit nur wenigen wöchentlichen Stunden im Fitnessstudio oder Training zu Hause modellieren. Und Sie können das auch.

Ich werde Ihnen hier ein Geheimnis verraten, das die Fitnessindustrie gerne verschweigt. Die meisten meiner Kollegen werden Ihnen die Wahrheit sagen, weil sie wirklich an Ihre Gesundheit denken, aber der überwiegende Teil der Fitnessindustrie führt Sie ganz bewusst in die Irre, indem sie Sie glauben macht, dass Sie Ihre Ziele keineswegs erreichen können, wenn Sie nicht Ihre gesamte Freizeit auf Ernährung und Workouts verwenden. Sie werden keine besseren Resultate erzielen, wenn Sie zusätzliche Übungen, zusätzliche Trainingszeit oder -tage in Ihr Programm aufnehmen. Sie werden auch nicht den Körper bekommen, den Sie möchten, indem Sie zusätzliches Kardiotraining in Ihr wöchentliches Programm integrieren oder sehr viel weniger essen, als es in diesem Buch empfohlen wird.

Tatsächlich werden Sie sich schlecht fühlen, wenn Sie diese Dinge tun, und auch so aussehen, weil sich Ihr Körper gegen Sie wendet. Unser Körper löst Überlebensmechanismen aus, wenn wir unter großem Stress stehen. Fortwährend zu viel zu trainieren und zu wenig zu essen bedeutet Dauerstress für den Körper, wodurch rund um die Uhr Stresssignale ausgesandt werden. Möglicherweise werden die Stresshormone übersteuern und Ihrem

Immunsystem verheerende Schäden zuführen. Dann werden Sie erschöpft, müde, gereizt und deprimiert sein, statt motiviert und stark. Wenn all diese Katastrophen in Ihrem Inneren vor sich gehen, können Sie sich ja vorstellen, wie sich Ihr Äußeres gestaltet.

Bitte folgen Sie meinem Rat und tappen Sie niemals in diese Falle. Nicht zu viel Training, nicht zu wenig Nahrung! Tun Sie das sich und Ihrem Körper nicht an. Essen Sie auch nicht zu viel, weil Sie der Meinung sind, all diese neuen Übungen kompensieren die zusätzlichen Kalorien. Wenn Sie dem Trainingsplan genauestens folgen, sowohl hinsichtlich der Ernährung als auch bei den Vorgaben für die Workouts, werden Sie den schönsten Körper bekommen, den Sie je hatten. Wenn Sie beschließen, Ihre Resultate zu manipulieren, indem Sie die Vorgaben ändern – wovon ich Ihnen tunlichst abraten möchte–, dann schicken Sie mir bitte keine bitterböse E-Mail, wenn die Dinge den Bach runtergehen.

Sie müssen sich an die Einstellung »Weniger ist mehr« halten und immer die folgenden drei Sätze im Hinterkopf haben:

- Seien Sie bereit, hart zu trainieren.
- Trainieren Sie durchdacht, nicht lange.
- Essen Sie, um Ihren Körper zu versorgen.

Was ist das Beste für Ihre Ziele?

Wenn Sie Ihrem Trainingsprogramm kardiovaskuläre Übungen hinzufügen, ist es trotzdem wichtig, die Struktur des Plans zu wahren. Obwohl viele neuere Trends die These vertreten, Muskelirritation wäre die beste Methode für schnelle Resultate, kann ich mich dieser Meinung nicht anschließen. Überlegen Sie, wie normalerweise der Lernprozess für etwas Neues abläuft. Wenn z. B. ein Kind Fahrradfahren lernt, wird das nicht funktionieren, wenn es nur alle vier Wochen einmal aufsteigt. Jeden Tag nach der Schule muss es immer wieder die Füße auf die Pedalen stellen und mit Papa oder Mama hinaus in den Garten oder auf die Straße gehen. Es fällt hin, stößt sich die Knie auf, weint vielleicht ein bisschen. Letztendlich aber steigt es aufs Rad, bis es geschafft ist. Jetzt kann das Kind geradeaus fahren, die Straße hinunter – leider hat es noch keine Ahnung, wie das mit dem Bremsen geht. Wenn auch das funktioniert, kommt das Kurvenfahren.

Nach Stunden, Tagen oder Wochen kontinuierlichen Übens kann das Kind dann endlich zusammen mit den Nachbarskindern durch die Gegend sausen, als wäre es dafür geboren. Ebenso ist es mit dem Fitnesstraining. Die Übungen wirken anfangs gefährlich, lästig oder auch völlig unmachbar. Manche Bewegung erscheint Ihnen geradezu dämlich oder unangebracht. Mir ist das einige Male so ergangen mit ein paar Übungen, die ich allerdings über die Jahre sehr schätzen gelernt habe. Der einzige Weg, an den Übungen in diesem Buch zu wachsen, ist, sie dauerhaft in die Workouts zu integrieren und dadurch immer mehr an Form und Stärke zu gewinnen.

Manche der Übungen sind Ihnen vielleicht schon vertraut und Sie können sie technisch sauber ausführen. Von anderen haben Sie eventuell bereits gehört, Sie hatten aber nie den Mut oder die Lust, sie auszuprobieren. Wieder andere sind möglicherweise völlig neu für Sie. Glauben Sie mir, alle sind es wert, mit der Zeit in Ihren Trainingsplan aufgenommen zu werden. Während der einzelnen Phasen Ihres Programms werden stets die gleichen Übungen gemacht. Wenn Sie eine Übung des Programms aus welchem Grund auch immer nicht machen können oder wollen, wählen Sie eine Ersatzübung aus dem Übungskatalog aus. Bleiben Sie dann aber für die Dauer der entsprechenden Phase bei dieser Übung.

Das ist sehr wichtig, denn Ihr neuromuskuläres System muss neue Übungen erst einmal integrieren. Es mag Ihnen nicht auffallen, aber Ihr Gehirn muss außerordentlich viel mit Ihren Muskeln kommunizieren, um die Abläufe während einer Übung zu koordinieren. Wenn derartige Übungen neu für Sie sind, wird die Kommunikation für Ihr Gehirn eine umso größere Herausforderung. Je mehr Ihnen die Übungen vertraut sind, umso leichter fallen Ihrem Gehirn die Kommunikation mit den Muskeln und die Bewerkstelligung der Bewegungsabläufe. Je leichter die Kommunikation, umso besser sind Sie auf eine Hebeübung vorbereitet. Mit jedem Folgetraining wird Ihr Körper besser in der Lage sein, eine Übung zu bewältigen und neue Herausforderungen anzunehmen, sodass Sie mit der Zeit Ihre Kraft kontinuierlich steigern können. Diesen Prozess nennt man »progressive Überlastung«. Durch dieses Überlastungsprinzip wird Muskelwachstum erzielt. Bei jedem Workout werden entweder die Ruhepausen zwischen den Sätzen immer weiter verkürzt, oder man trainiert mit immer mehr Wiederholungen bzw. Sätzen oder höheren Gewichten.

Wenn z. B. Ihr Workout Squats vorsieht, Sie diese aber nur alle vier Wochen machen, muss Ihr Gehirn die Bewegung immer wieder neu koordinieren. Wenn Sie aber Squats jeweils bei einem Workout pro Woche vier Wochen lang machen, wird Ihre Koordination deutlich besser, was einen kraftvolleren Squat als Ergebnis hat. Bedenken Sie, dass es Tausende von Wiederholungen braucht, damit Ihr

Gehirn ein motorisches Engramm, eine Art »Gedächtnisspur« erstellt, um Bewegungsabläufe zu automatisieren.

Nachdem Sie alle Trainingsphasen (eins bis drei) vollständig durchlaufen haben, dürfen Sie neue Techniken ausprobieren, mit den Übungen experimentieren und zusätzliche Workouts aus dem Übungskatalog erproben. Ich biete Ihnen mit diesem Buch eine Vorlage, die Sie Ihr ganzes Leben lang verwenden können, und stelle Ihnen dafür eine breite Palette an Übungen zur Verfügung. Wenn Sie das Gefühl haben, Sie führen alle großen Hebeübungen (Squats, Kreuzheben, Ausfallschritte, Beckenlifts, Druck- und Zugbewegungen) einwandfrei aus, dann können Sie Ihre Ablaufroutine auf einer regelmäßigen Basis variieren. Je fortgeschrittener Sie sind, umso mehr Varianten können Sie einbringen und eine häufige Übungsrotation einführen. Sie haben die grundlegenden Bewegungsabläufe bewältigt und können immer koordiniert und stark bleiben, weil sich alle Übungen für den unteren Körperbereich ähneln. Squats, Kreuzheben, Beckenlifts oder Back Extensions sind zwar sehr unterschiedliche Übungen hinsichtlich der Ausführung, beinhalten aber alle die Hüftextension. Solange Ihre Bewegungen also aussehen wie perfekte Squats (ein- oder beidbeinig), perfektes Kreuzheben und perfekte Beckenlifts, ist alles gut. Die Philosophie dahinter nennt sich »gleich, aber anders«. So kann z.B. eine Klientin in einer Woche Beckenlifts, Full Squats und 45-Grad-Hyperextensions ausführen und in der nächsten Woche Langhantel-Hüftbrücken, Front Squats und Sumo-Kreuzheben. Das passt, weil sie die gleichen grundsätzlichen Bewegungsmuster verwendet und nur geringfügige Veränderungen vornimmt, um der Langeweile vorzubeugen.

Diesen Richtlinien sollten Sie auch folgen, wenn Sie Kardioaktivitäten in Ihren Wochenplan integrieren. Sie können samstags Fußball spielen und dienstags an einem Spinningkurs teilnehmen, weil Sie im Prinzip mit den gleichen Bewegungsabläufen arbeiten und so jedes Mal Ihre Koordination verbessern. Machen Sie montags Zumba und mittwochs Kickboxen, in der folgenden Woche stattdessen aber lieber Jogging und Freeclimbing, dann werden Sie davon vermutlich nicht viel haben. Einheitlichkeit der Bewegungen ist der Schlüssel zum Erfolg. Ohne Systematik stolpern Sie zwischen all den Sportarten herum und können eigentlich nichts gut. Möglicherweise werden Sie ständig unter Muskelkater leiden, weil Ihr Körper nicht auf diese Aktivitäten vorbereitet ist.

Mit der Zeit können Sie Ihr Kardiotraining wöchentlich wechseln, aber bleiben Sie anfangs zumindest bei ähnlich gearteten Bewegungsabläufen und steigern Sie sich langsam, um starken Muskelkater zu vermeiden.

Nochmals möchte ich Ihnen nahelegen, einen Wochenplan zu erstellen und dabei sorgfältig darauf zu achten, wie viel und wie oft Sie trainieren. Wenn Sie an einer örtlichen Volleyballmeisterschaft teilnehmen, dafür zweimal wöchentlich eine Stunde trainieren und am Wochenende eine Stunde ein Spiel bestreiten, stellen Sie sicher, dass das in Ihre Planung passt. Mit dieser Vorgabe können Sie jedenfalls nicht noch fünfmal die Woche Krafttraining machen, weil Sie dann Ihre Ruhephasen vollkommen vernachlässigen. In dem Fall sollten Sie Ihr Krafttraining auf zwei oder drei Einheiten reduzieren, bis Ihr Körper sich an die zusätzliche Belastung gewöhnt hat oder die Volleyballsaison vorbei ist. Vermeiden Sie Übertraining, denn aus dieser Falle kommt man nur schlecht wieder heraus.

Plötzlicher Entwicklungsstillstand

Zu Beginn des Krafttrainings, wenn alles neu für Sie ist, werden Sie große Erfolge erzielen. Das ist nahezu bei jedem so. Wenn Sie feststellen, dass Sie kontinuierlich immer größere Gewichte heben können, während Ihr Körperfettanteil ständig sinkt, ist die Motivation riesig. Während der ersten Monate wird es für Sie selbstverständlich werden, jede Woche einige Wiederholungen mehr mit dem gleichen Gewicht oder die gleiche Wiederholungszahl mit höherem Gewicht zu bewältigen. Mit der Zeit wird es schwieriger, persönliche Rekorde zu brechen und mehr Wiederholungen oder zusätzliche Kilogramm bei einer Übung zu schaffen.

Dies widerfährt sehr vielen meiner Langzeit-Klientinnen. Ich stelle immer wieder fest, dass sie nicht mehr registrieren können, wie sehr ihre Kraft zunimmt, weil sie ohnehin schon außergewöhnlich stark sind.

Um Ihnen diese Aussichten etwas rosiger zu gestalten, möchte ich einige Dinge ins rechte Licht rücken. Wenn Sie jede Woche zwei Kilogramm mehr heben könnten, würden Sie jährlich über 100 Kilogramm zulegen. Selbst wenn es nur zwei Kilogramm pro Monat wären, kämen Sie noch auf zusätzliche 24 Kilogramm pro Jahr. Glücklicherweise geschieht das nicht Jahr um Jahr. Man könnte es auch andersherum betrachten: Wenn Sie Ihre Wiederholungszahl kontinuierlich jede Woche um eine erhöhen könnten, wären das 52 Wiederholungen pro Übung und Jahr (bei konstantem Gewicht) mehr. Selbst bei nur einer Wiederholung mehr pro Monat wären es bei gleichem Gewicht noch zwölf zusätzliche Wiederholungen jährlich. Zusätzlich wohlgemerkt! Selbst wenn Sie momentan nur eine Wiederholung mit 60 Kilogramm bewältigen, würden Sie in einem Jahr 13 schaffen. Das wird auf Dauer nicht funktionieren, schon gar nicht nach vielen Trainingsjahren mit ohnehin schon viel Gewicht und vielen Wiederholungen.

Wenn Sie etwa sechs Monate trainiert haben, werden Sie die meisten Anfangserfolge erzielt haben. Sie werden sich dann sehr anstrengen müssen, um noch größere Ziele zu erreichen – und das ist gut so. Es ist wichtig zu wissen, dass sogar erfahrene Gewichtheber das ganze Jahr über hammerhart trainieren und dabei nur mittelmäßige Kraftverbesserungen erzielen. Es kann also durchaus passieren, dass man zwölf Monate lang trainiert und vielleicht nur sieben Kilogramm mehr beim Bankdrücken und 15 bei Squats und Kreuzheben bewältigt. Lassen Sie sich von solchen Leistungsplateaus nicht entmutigen, denn das passiert auch den allerbesten Sportlern. Außerdem müssen Sie bedenken, dass Sie bereits am Limit arbeiten, was eine ganz große Leistung ist.

Dummerweise wird nicht nur Ihre Kraftsteigerung ein Plateau erreichen, sondern auch Ihr Gewicht. Um Frustration zu vermeiden, müssen Sie verstehen, dass Verbesserungen weder beim Krafttraining noch beim Gewicht oder in der Körperkomposition linear erfolgen. Es gibt immer wieder Zeiten mit großen Fortschritten, die aber leider auch immer wieder von Zeiten der Stagnation unterbrochen sind.

Kellies Tipp: *Wenn ein Plateau zu lange dauert, überprüfen Sie Ihre Ernährung. Stellen Sie sicher, dass Sie genug Kalorien essen und dass es die richtigen Kalorien sind. Wenn Sie bei Ihrer Ernährung nachlässig werden, wird Ihr Körper durch schwindende Energie und schlechte Leistungen darauf hinweisen.*

Ich habe mit vielen Frauen trainiert, die im ersten Monat zehn Kilogramm Gewicht verloren haben und dann in den folgenden elf Monaten nur noch fünf, was aber übers Jahr stolze 15 Kilogramm sind. Natürlich sahen diese Frauen unglaublich athletisch und fit aus, denn sie ersetzten Fettmasse durch fettfreie Masse, während sie mit meinem Programm arbeiteten. Konzentrieren Sie sich immer mehr an Ihrer Körperkomposition als an Ihrer Waage. Ich empfehle Ihnen jeden Monat ein Foto von sich im Bikini zu machen, am gleichen Ort, mit gleicher Belichtung und Kamerapositionierung, denn Fotos sind meist aussagekräftiger als jede Zahl auf der Waage.

Vorschläge für den Umgang mit Plateaus:

- Achten Sie intensiv auf Ihre Ernährung (die richtige Menge von der richtigen Nahrung). Auch wenn Ihre Kraftzunahme stagniert, geht Ihr Körperbau in die richtige Richtung.
- Setzen Sie sich neue Kraftziele, wie mehr Wiederholungen oder neue Übungen. Machen Sie sich z. B. daran, 100 Nonstop-Ausfallschritte im Gehen zu schaffen oder einen Satz von 20-mal Kreuzheben mit 60 Kilogramm.
- Verringern Sie für eine Woche Ihr Niveau, d. h., schrauben Sie die Intensität Ihres Workouts etwas zurück und lassen Sie es langsamer angehen. Sie gönnen Ihrem Körper damit zusätzliche Erholung, wodurch das Kraftniveau gehalten und gefestigt wird. Machen Sie in dieser Situation Ihre Workouts mit 50 bis 80 Prozent Ihrer üblichen Intensität. Vom Kopf her ist es nicht einfach, einen Satz früher zu beenden, als es von der Kraft her notwendig ist, z. B. einen Satz Bankdrücken mit 40 Kilogramm Gewicht nach fünf Wiederholungen zu beenden, wenn sonst zehn üblich sind. Dennoch kann ein derartiges einwöchiges Training neue Erfolge auslösen, weil es für optimale Erholung und hormonelle Selbstregulierung sorgt. Für manche Frauen ist diese Methode optimal, für andere wieder nicht. Es gibt mehrere Wege, eine Rücknahme der Belastung geschickt umzusetzen, wie etwa nur einen oder zwei Sätze statt drei oder vier zu absolvieren und dabei die Intensität hoch zu halten, aber das Volumen zu reduzieren. Das Wichtigste ist auf jeden Fall, nicht nachzulassen oder aufzugeben.

Übungen modifizieren

Wenn Ihr Fitnessstudio gut besucht ist oder nur über begrenztes Equipment verfügt, können Sie möglicherweise Ihr Trainingsprogramm nicht exakt so ausführen, wie vorgesehen. Lassen Sie sich davon nicht entmutigen, denn mein Buch bietet Ihnen sehr viele Alternativübungen. Am besten, Sie notieren sich für alle Kategorien der großen Hebeübungen (die ersten vier Übungen in Ihrem Workout) eine dieser Alternativen, die Sie dann ausführen können, falls irgend etwas oder irgend jemand Sie davon abhält, die eigentliche Übung zu absolvieren. So können Sie immer sicher sein, ein optimales Workout zu machen.

Wenn am Rack für Squats eine endlose Warteschlange steht, führen Sie als Ersatz für Box Squats eben Goblet Squats oder Bulgarische Split Squats aus. Wenn Sie kein geeignetes Gerät finden, um 45-Grad-Hyperextensions zu machen, ersetzen Sie diese Übung durch Reverse Hyperextensions auf dem Gymnastikball und halten die Endposition für drei Sekunden, um den Schwierigkeitsgrad zu erhöhen. Bleiben Sie flexibel für Änderungen und Varianten, dann werden Sie immer mit Ihren Workouts zufrieden sein.

Genauso sollten Sie bei Übungen vorgehen, die Sie aus körperlichen Gründen nicht oder noch nicht machen können. Wenn Ihnen körperliche Einschränkungen bestimmte Workouts unmöglich machen, suchen Sie sich im Übungskatalog eine Alternative, die vom Niveau und Ihren Möglichkeiten her besser passt. Schreiben Sie sich diese Übung auf, bevor Sie in Ihr Fitnessstudio gehen, damit Sie mit der Übung schon vertraut sind und sie gegebenenfalls gleich in Ihr Programm einbauen können. Im Zweifelsfall können Sie auch das Buch mitnehmen, dann haben Sie die Informationen zur Hand. Je besser Sie sich vorbereiten, umso erfolgreicher werden Sie sein.

Ein Trainingsprogramm für Schwangere

Sportliche Übungen während der Schwangerschaft sind wunderbar für Sie und Ihr Baby. Die Planung eines entsprechenden Übungsprogramms kann allerdings abschreckend sein. Um die Gesundheit und Sicherheit Ihres sich verändernden Körpers und des wachsenden Babys zu gewährleisten, müssen Sie genau wissen, welche Übungen zum jeweiligen Schwangerschaftszeitpunkt geeignet sind und welche nicht. Meine Programme bieten Ihnen zahlreiche Übungen, die Sie während der Schwangerschaft in Ihren Tagesablauf integrieren können. Natürlich versteht es sich von selbst, dass Sie mit Ihrem Arzt abklären müssen, ob von medizinischer Seite die Voraussetzungen für ein Übungsprogramm überhaupt gegeben sind. Wenn nichts dagegen spricht, können drei wöchentliche Tage Widerstandstraining ein großartiger Beitrag zu einer gesunden Schwangerschaft und Geburt sein.

Vorteile des Krafttrainings während der Schwangerschaft

Eine Auswertung von wissenschaftlichen Forschungsergebnissen ist hier etwas schwierig, weil viele Studien nicht präzise abgrenzen zwischen aerobischen und anaerobischen Aktivitäten. Dennoch wird klar, dass Krafttraining sowohl den allgemeinen Gesundheitszustand während der Schwangerschaft verbessert, als auch hilfreich ist in der Zeit nach der Geburt. Im Folgenden finden Sie einige Aspekte, die sich mit einem angepassten Trainingsprogramm während der Schwangerschaft positiv beeinflussen lassen:

- **Gewichtsmanagement:** Frauen im gebärfähigen Alter (25 bis 34 Jahre) nehmen häufig stark an Gewicht zu. Durch regelmäßiges Krafttraining während der Schwangerschaft kann jedoch starkes Übergewicht vermieden werden. Es ist erwiesen, dass Frauen, die während der Schwangerschaft regelmäßig ein Krafttrainingsprogramm beibehalten, im Durchschnitt etwa 20 Prozent weniger Gewicht zunehmen als Frauen, die darauf verzichten.
- **Schwangerschaftskomplikationen und Befindlichkeitsstörungen:** Widerstandstraining während der Schwangerschaft verringert offensichtlich das Risiko für Komplikationen wie Schmerzen im Bereich des unteren Rückens, Präeklampsie und Depressionen.
- **Entwicklung des Fötus:** Bis vor nicht allzu langer Zeit sollten Frauen grundsätzlich während der Schwangerschaft Krafttraining meiden, weil es angeblich der Entwicklung des Fötus schaden würde. Dieser Mythos wurde glücklicherweise als solcher enttarnt. Es hat sich gezeigt, dass kontrolliertes Training ausschließlich positiven Einfluss auf die Entwicklung des Babys hat.
- **Wehentätigkeit:** Auch auf die Wehentätigkeit wirkt sich Widerstandstraining während der Schwangerschaft positiv aus. Studien haben ergeben, dass durch Training gestärkte Frauen kürzere aktive Wehenphasen aufweisen und seltener operativ entbunden werden müssen.
- **Risiko einer Fehlgeburt:** Lange Zeit hatten Frauen Angst, dass Krafttraining das Risiko einer Fehlgeburt erhöhen würde, aber auch hier haben Studien keinerlei Einfluss von Krafttraining auf ein solches Risiko ergeben.

Richtlinien für Schwangere

Sicherheit hat natürlich immer oberste Priorität, wenn Sie während der Schwangerschaft ein Trainingsprogramm absolvieren wollen. Sie sollten versuchen, ein bestimmtes Fitnessniveau zu halten, anstatt Fitness zu verbessern. Ihr Ziel sollte vorrangig sein, gesund zu bleiben, persönliche Rekorde müssen Sie während der Schwangerschaft wirklich nicht erzielen (es sei denn, Sie sind Neueinsteiger und sehr unfit). Wenn das Baby da ist und Sie die Zustimmung Ihres Arztes für die Rückkehr ins Fitnessstudio haben, können Sie es etwas härter angehen. Während der Schwangerschaft ist übertriebener Ehrgeiz aber völlig fehl am Platz.

Das soll nicht heißen, dass Sie während dieser Zeit nicht anspruchsvoll trainieren dürfen, aber Sicherheit hat immer Vorrang. Ihre Gelenke werden schwächer sein als sonst, und nach dem ersten Schwangerschaftsdrittel kann sich Ihre Balance etwas verschieben. Lassen Sie sich Zeit, sich an diese Veränderungen zu gewöhnen.

Krafttraining während der Schwangerschaft sollte den gesamten Körper kräftigen, inklusive der Core-Muskulatur, dabei ist unbedingt auf ausreichende Ruhephasen zwischen den Workouts zu achten. Der Trainingsplan ist so angelegt, dass Sie die Möglichkeit haben, an drei Tagen in der Woche zu trainieren, während die Tage zwischen zwei Workouts jeweils frei sind. Wenn Krafttraining für Sie völlig neu ist, empfehle ich Ihnen nur je einen Satz pro Übung während der ersten paar Workouts. Wenn Sie sich an das Training gewöhnt haben, können Sie auf drei Sätze pro Übung bei jedem Workout steigern.

Wie schon erwähnt, werden Ihre Gelenke während der Schwangerschaft etwas lockerer und weicher sein, deshalb sollten Sie die Wiederholungszahl pro Satz auf zehn oder mehr erhöhen. Das lässt sich am besten erreichen, wenn Sie sich mit der Intensität an weniger als 70 Prozent Ihres Wiederholungsmaximums orientieren. Während des ersten Schwangerschaftsdrittels werden Sie vielleicht an Symptomen wie Übelkeit, Erbrechen, Müdigkeit, Kopfschmerzen und/oder Schwindelgefühl leiden. Es ist sehr wichtig, Ihren Fitnessplan sorgfältig zu gestalten, um derartige Symptome nicht noch zu provozieren.

Während des letzten Schwangerschaftsdrittels sollten Sie sich in mancherlei Hinsicht zurücknehmen, um den Veränderungen Ihres Körpers gerecht zu werden. Hören Sie einfach auf Ihren Körper und passen Sie Ihr Training seinem »Biofeedback« an. Wenn sich irgend etwas nicht gut anfühlt, dann lassen Sie es sein. Es gibt genug Alternativen bei den Übungen, mit denen Sie sich dann wohler fühlen. Vermeiden Sie Übungen, bei denen Sie auf dem Rücken liegen müssen, weil diese Position möglicherweise den venösen Blutrückfluss zum Uterus blockiert. Auch sollten Sie in diesem Zustand Übungen mit starker Vorwärtsflexion der Hüfte und/oder der Taille vermeiden. Derartige Übungen können während der Schwangerschaft enormen Stress für den unteren Rücken bedeuten und Schwindelgefühle sowie Sodbrennen verursachen. Bei einem Satz Beckenlifts mit Körpergewicht oder Sumo Squats habe ich keine Bedenken, da viele Frauen immer wieder betonen, dass diese Übungen während der Schwangerschaft sehr guttun.

Workouts während der Schwangerschaft

Während des ersten Schwangerschaftsdrittels können Sie mit dem Zwölf-Wochen-Programm *Gesäßtraining für Anfänger* in abgewandelter Form arbeiten. Wie schon erwähnt, empfehle ich Ihnen, das Programm auf nur einen Satz pro Übung zu reduzieren, wenn Krafttraining für Sie neu ist. Ersetzen Sie außerdem die Beckenlifts mit Langhantel durch solche mit Körpergewicht während der Wochen neun bis zwölf für Workout A.

Während des zweiten und dritten Schwangerschaftsdrittels wechseln Sie zum Zwölf-Wochen-Programm *Super-Po mit Eigengewichttraining*, oder ersetzen Sie verschiedene Übungen im Zwölf-Wochen-Programm *Gesäßtraining für Anfänger* unter Verwendung des Übungskatalogs. Ich empfehle, bei den Übungen auf Anfängerniveau zu bleiben und mehr Wiederholungen zu machen, anstatt mit mehr Gewicht und weniger Wiederholungen zu arbeiten. Grundsätzlich gilt natürlich: Sobald Sie sich mit einer Übung nicht wohlfühlen oder sich merkwürdige Symptome zeigen, hören Sie sofort mit der Übung auf.

Kapitel 7:

Meine Damen, darf ich vorstellen: Ihre Programme!

Ich habe in diesem Buch drei Workouts für unterschiedliche Fitnesslevels vorbereitet. Darüber hinaus bietet der Übungskatalog viele Ersatzübungen, die Sie als Alternative zu den vorgefertigten Workouts verwenden können oder wenn Sie Ihr ganz persönliches Programm entwerfen. Ob Sie das Programm für Anfänger, für Fortgeschrittene, das Training mit Körpergewicht oder die ausschließlich auf das Gesäß abzielenden Übungen wählen, Sie werden jeweils immer mit demselben Basisentwurf arbeiten. Diesen habe ich auf der Grundlage jahrelanger Forschung, EMG-Tests und Feldforschung mit Klientinnen und Athletinnen entwickelt. Ich habe beobachtet, dass Frauen großartige Erfolge erzielen, wenn sie mit diesem Format arbeiten, unabhängig von ihren jeweiligen Zielen. Sie können diese Vorgaben als lebenslange Basis für all Ihre Workouts verwenden. Wenn Sie eines oder zwei der zwölfwöchigen Programme durchlaufen haben, können Sie damit beginnen, eigene Workouts auf der gleichen Basis zu entwerfen. Im Übungsteil finden Sie Blankovorlagen, die Sie entsprechend Ihrer eigenen Wahl ausfüllen können.

Bevor ich jetzt detailliert in die Programme eintauche, möchte ich noch ein paar Regeln einführen, damit Sie verstehen, wie und warum die Programme so funktionieren, wie sie sind, und nicht anders. Noch einmal deutlich gesagt: Die Vorlagen sind nur die Basis meiner Trainingsmethode. Wie Sie damit arbeiten, wird den Erfolg Ihres Programms bestimmen.

Wie oft und wann?

Vier Trainingstage pro Woche sind optimal, dabei zweimal Workout A und jeweils einmal Workout B und C:

Tag eins:	Workout A
Tag zwei:	Workout B
Tag drei:	aktive Pause
Tag vier:	Workout A
Tag fünf:	Workout C
Tag sechs:	aktive Pause
Tag sieben:	Pause

Es kann natürlich sein, dass Sie persönlich die besten Resultate mit drei oder eher fünf wöchentlichen Trainingstagen erzielen. Vielleicht ermöglicht Ihnen Ihr Alltag aber auch nur zwei wöchentliche Workouts. Ein guter Richtwert ist es, zwischen zwei- und fünfmal in der Woche nach diesem Programm zu trainieren. Beherzigen Sie bitte auch meinen Rat, nicht an sechs oder sieben Tagen pro Woche Krafttraining zu machen, denn dann werden Sie auf Dauer keine Resultate erzielen. Wenn Sie nur zwei Krafttrainingseinheiten pro Woche schaffen, bauen Sie so weit möglich noch andere Sportaktivitäten in Ihren Wochenplan ein. Über die Jahre habe ich mit Hunderten Frauen trainiert. Alle hatten ihren eigenen Tagesablauf und Lebensstil, um die ich die Workouts drappierte, und alle erzielten gigantische Resultate, wenn sie sich an meinen Plan hielten. Auch Sie haben die Chance zu großen Erfolgen, aber Sie müssen die Workouts in Ihren Tagesablauf integrieren und dürfen sie nicht ersatzlos streichen, wenn Sie zu viel anderes zu tun haben. Wenn Sie Zeit fürs Fernsehen haben, für Computerspiele, zum Lesen oder für Treffen mit Freunden, dann haben Sie auch Zeit für Workouts. Diese sollten eine hohe Priorität haben.

Lassen Sie es langsam angehen

Was denken Sie, wie ergeht es Ihren Muskeln, wenn sie plötzlich mit einem Krafttrainingsprogramm konfrontiert werden, das anders ist als alles, was sie bisher je getan haben? Ganz richtig: Sie sind hoffnungslos überfordert und lassen Sie dies in Form eines Muskelkaters spüren.

Die Menschen neigen zu Herausforderungen und Übertreibungen. Egal, ob es um materielle Güter geht, um viel zu mächtige Ernährung oder um einen anstrengenden Lebenswandel – wir neigen dazu, unser Leben in vielfacher Hinsicht überzustrapazieren. In Bezug auf Training bedeutet das schlechte körperliche Vorbereitung, aus der unerträglicher Muskelkater, Frustration und möglicherweise sogar Verletzungen resultieren. Ich muss mich immer sehr zurückhalten, wenn ich höre, wie jemand berichtet, er oder sie habe wahnsinnigen Muskelkater durch das Training vom Vorabend. Ich spreche hier von Muskelkater der Kategorie, dass man am Folgetag weder Treppen steigen noch sitzen kann. Das ist kein Fortschritt! Wenn Ihre Workouts Sie unbeweglich machen, wie wollen Sie dann am nächsten Tag leistungsfähig sein?

Sie werden nur dann Erfolg haben, wenn Sie dieses Programm schrittweise in Ihr Leben integrieren. Dadurch hat Ihr Körper die Chance, sich an die neuen Anstrengungen zu gewöhnen, wodurch er schnell die erforderlichen Kapazitäten ausbilden kann. Deshalb habe ich die Programme in diesem Buch auf dem Prinzip der progressiven Überlastung aufgebaut.

Wenn Krafttraining für Sie völlig neu ist, machen Sie von jeder Übung am ersten Tag einen Satz mit moderater Intensität, und dann lassen Sie es dabei bewenden. Nichts ist falsch daran, es langsam angehen zu lassen. Sie werden dann spüren, wie Ihr Körper mit den Bewegungen umgeht, sodass Sie einschätzen können, wie stark Sie ihn bei den folgenden Workouts herausfordern können. Wichtig ist, dass Sie mit der Zeit wesentlich stärker werden, und Kraftsteigerung erfordert keinesfalls übermäßige Schmerzen an den Tagen nach einem Workout.

Wenn ich das Training mit einer neuen Klientin beginne, ist es mein Ziel, sie innerhalb von sieben Monaten unglaublich stark und fit zu machen, während sie bei allen Übungen perfekte Ausführung an den Tag legt. Ich habe Frauen mit wahnsinnigem Kraftzuwachs erlebt, die niemals übermäßig stark unter Muskelkater litten. Natürlich ist ein spürbares Maß an Muskelkater unvermeidlich und liegt in der Natur des Trainings. Ich bin der Erste, der zugibt, dass er erst zufrieden ist, wenn er nach einem neuen Programm ein bisschen Muskelkater bekommt. Es soll mich darin bestätigen, dass ich meine Muskeln trainiert habe. Häufiges Training reduziert Muskelkater aber, und nach der ersten Trainingswoche wird es Ihnen besser gehen. Ich betone es nochmals: Zu viel Muskelkater kann und wird gegen Sie arbeiten, also vermeiden Sie das.

Die Intensität anpassen

An Tagen, an denen Sie sich erschöpft, ausgelaugt oder schwach fühlen, sollten Sie zunächst ausprobieren, wie Ihr Befinden nach dem Warm-up ist. Mitunter fühlen Sie sich danach deutlich besser, sodass Sie doch noch ein produktives Training absolvieren können. An anderen Tagen kann es sein, dass Sie sich auch nach einem sorgfältigen Warm-up nicht fit fühlen. In diesem Fall sollten Sie Ihr Training so einstellen, dass die Dinge nicht noch schlimmer werden. Kommen Sie nicht auf die Ohne-Schweiß-kein-Preis-Idee. Das funktioniert vielleicht beim Bundeswehr-Drill, aber nicht mit meinem Trainingsprinzip.

Wenn Sie stärker werden, bringen Sie Ihren Körper zu neuen Höchstleistungen. Sie können vielleicht zwei ganze Monate lang jede Woche neue Rekorde brechen, dann aber wird Ihr Körper irgendwann eine Auszeit einfordern. Erinnern Sie sich daran, dass der Kraftanstieg nicht linear Woche für Woche über Jahre verläuft, sondern fluktuiert. Ihre Kraft wird zu manchen Zeiten schnell zunehmen, zu anderen Zeiten wieder stagnieren. Ihr Energieniveau hängt von vielen Faktoren ab, z. B. von Workouts der vergangenen Tage, Schlafqualität, Nahrungsaufnahme, Stressniveau, Hormonen und der Gesundheit Ihres Immunsystems.

Hören Sie auf Ihren Körper und nehmen Sie adäquate Anpassungen vor. Wenn Ihr unterer Rücken sich verspannt anfühlt, vermeiden Sie Kreuzheben und Good Mornings. Wählen Sie alternativ einbeinige Beckenlifts, Ausfallschritte im Gehen, Back Extensions mit vielen Wiederholungen und/oder Hüftabduktionen im Sitzen. Wenn Ihre Adduktoren schmerzen und sich anfühlen, als würden sie jeden Moment reißen, vermeiden Sie einbeinige Übungen und tiefe Squats. Weichen Sie auf Hüftbrücken mit Langhantel, hohe Box Squats, Hebeübungen im Rack und/oder Hüftabduktionen im Stehen mit Band aus.

Wenn Sie sich insgesamt total erschöpft fühlen, reduzieren Sie für ein, zwei Tage die Intensität Ihres Trainings. Kommen Sie gar nicht erst auf die Idee, an irgendwelche Rekorde zu denken, sondern konzentrieren Sie sich stattdessen auf die einwandfreie Übungsausführung. Ein paar Tage später werden Sie schon wieder mit neuer Kraft ans Werk gehen, starke Hebeübungen absolvieren und vielleicht sogar trotz des vorhergehenden Einbruchs eine Kraftsteigerung registrieren. Der wichtigste Aspekt beim Absolvieren meiner Programme ist die mittel- bis langfristige Kraftsteigerung. Diese kann allerdings nicht gelingen, wenn Sie andauernd verletzt, übersäuert oder total erschöpft und völlig am Ende sind. Trainieren Sie daher intelligent und hören Sie stets auf Ihren Körper.

Das Workout – eine runde Sache

Anstatt jetzt näher darauf einzugehen, warum ich nichts davon halte, wenn Frauen Isolationsübungen zur Transformation ihres Körpers machen, erläutere ich hier lieber die Vorteile des Ganzkörpertrainings:

- **Häufigeres Training für alle Muskelgruppen:** Beim Ganzkörper-Workout werden alle Hauptmuskelgruppen mehrmals in der Woche beansprucht. Je mehr Sie Ihre Muskeln stimulieren, umso mehr werden sie wachsen. Es ist unerlässlich, dass Sie Ihre Gesäßmuskeln mehrmals in der Woche beanspruchen, um sie optimal zu formen. Aktivieren Sie Ihre Gesäßmuskeln jedes Mal und bringen Sie sie bis zum Ende des Programms bei jeder Bewegung zum Brennen.
- **Größerer Kalorienverbrauch:** Da bei einem Ganzkörper-Workout die Menge der angesteuerten Muskelmasse sehr groß ist, verbrennen Sie mehr Kalorien. Das bedeutet, Sie brauchen nicht zu hungern, Sie können das Kardiotraining weglassen, wenn Sie möchten, und Sie werden ohne Fettzunahme Muskeln aufbauen. Schöne Vorstellung, dass Sie möglicherweise Fett verlieren, während Sie welches essen, oder?
- **Größere Hormonstimulation:** Wenn Sie viele Muskeln gleichzeitig aktivieren, erhöhen Sie für kurze Zeit die anabole Hormonkonzentration im Blut. Obwohl das bei Männern eine intensivere Wirkung hat als bei Frauen, kann dieser kurze Anstieg schon das langfristige Muskelwachstum verbessern.

Beim Training Prioritäten setzen

Sie werden immer mit den Übungen für die größtmögliche Gesäßstimulation beginnen, also mit den Brückenbewegungen. Widmen Sie diesen Übungen Ihre ganze Aufmerksamkeit, denn sie haben den größten Anteil an der Verbesserung Ihrer Kraft in der Gesäßmuskulatur. Wenn Ihre Gesäßmuskeln beim Beckenlift mit Langhantel so stark kontrahieren, dass Sie Krämpfe bekommen, freuen Sie sich, denn das ist ein gutes Zeichen: Zweifellos aktivieren Sie Ihre Gesäßmuskulatur mit dem ganzen zur Verfügung stehenden Potenzial. Bemühen Sie sich, die jeweilige Übung kurz vor Einsetzen der Krämpfe zu beenden, um Verletzungen zu vermeiden. Sie werden mit der Zeit herausfinden, wo die Grenze ist.

Ich kann schon jetzt Ihre Frage hören: »Aber Bret, sollte ich nicht Squats und Kreuzheben zuerst machen?« Es stimmt schon, dass sich die Beanspruchung der Gesäßmuskulatur vor Squats oder Kreuzheben negativ auf das Leistungsniveau bei diesen Hebeübungen auswirken kann, aber denken Sie daran, dass dieses Programm auf ästhetischen (den Körperbau betreffenden) Zielen beruht, nicht auf Krafttraining für Gewichtheber. Manche Klientinnen empfinden es als leistungsmindernd hinsichtlich Squats oder Kreuzheben, wenn sie vor diesen Übungen Hüftbrücken und Beckenlifts absolviert haben, andere wieder nicht. Machen Sie sich nichts daraus, denn Sie versuchen doch schließlich, Ihr Gesäß zu Bestleistungen herauszufordern und in Form zu bringen. So Sie denn unbedingt Ihre Kraft mit Squats oder Kreuzheben demonstrieren möchten, machen Sie jeweils eine Wiederholung von diesen vor Ihrem eigentlichen Workout und stellen damit vielleicht sogar einen neuen persönlichen Rekord auf. Wenn Sie nach anstrengenden Brückenübungen für Squats und Kreuzheben nicht mehr so stark sind wie sonst, führen Sie diese Übungen eben mit weniger Gewicht aus.

Das bringt mich auf einen anderen wichtigen Aspekt. Warum sollte es sinnvoll sein, wenn eine Frau ihre Gesäßmuskulatur nur an einem Tag in der Woche trainiert? Nach meinen Erfahrungen mit unzähligen Frauen kann ich mit Fug und Recht behaupten, dass mehrmaliges Training pro Woche sehr viel größere Erfolge bringt, denn die Gesäßmuskulatur braucht permanente Stimulation. Wenn Sie mit meinem Programm durch sind, werden Sie sich Ihre alten Trainingsabläufe anschauen und feststellen, dass sie nicht zur Stimulation Ihrer Gesäßmuskeln taugen.

Das Programm ist auf optimale Stimulation und Übungsvielfalt ausgelegt, um das Einschleichen alter Gewohnheiten zu vermeiden. Sie müssen die Übungen aber nicht auf Biegen und Brechen variieren. Die Bewegungsmuster folgen ohnehin einem bestimmten Konzept, nur die Übungen können Sie verändern. Bei jedem Workout differieren gewisse Faktoren wie die Anzahl der Wiederholungen, bilaterale oder unilaterale Bewegungen. An einem Tag machen Sie z. B. wenige Wiederholungen bei Squats und Kreuzheben, am nächsten Tag sind viele Wiederholungen bei Ausfallschritten und einbeinigen Back Extensions vorgesehen. Obwohl die Bewegungsabläufe jeweils gleich sind (Squat, Ausfallschritt, Hüftbeugen), erfordern sie dennoch unterschiedliche Bewegungsradien. Sie werden integrative und zielgerichtete Bewegungen ausführen und mit unterschiedlichen Haltungen, Griffweiten, Fußstellungen, Erhöhungen, Bewegungsradien, Belastungsverteilungen und Zubehörarten experimentieren. Dennoch werden Sie aber immer Lifts, Squats, Ausfallschritte und Zugbewegungen machen. Für den Oberkörper sind an manchen Tagen vertikale, an anderen horizontale Drückübungen, dann wiederum vertikale, horizontale oder diagonale Zugübungen angesagt.

Übungsplan für das Ganzkörper-Workout

Dies ist der Ablauf für jeden Trainingstag

1. **Übung für die Gesäßmuskulatur:**
   2–4 Sätze, 5–20 Wdh. (S. 193)
2. **Horizontale oder vertikale Zugübung:**
   2–4 Sätze, 5–20 Wdh. (S. 264 und 280)
3. **Übung für den Quadrizeps:**
   2–4 Sätze, 5–20 Wdh. (S. 209)
4. **Horizontale oder vertikale Druckübung:**
   2–4 Sätze, 5–20 Wdh. (S. 272 und 287)
5. **Übung für die Hüfte, für die Hüfte mit gestreckten Beinen oder für die ischiocrurale Muskulatur:**
   2–4 Sätze, 5–20 Wdh. (S. 231, 248, 259)
6. **Unterstützende Übung für das Gesäß:**
   1–2 Sätze, 10–30 Wdh. (S. 204)
7. **Lineare Core-Übung:**
   1–2 Sätze, 10–20 Wdh. oder 30–60 Sekunden (S. 292)
8. **Laterale Core-Übung oder Rotationsübung:**
   1–2 Sätze, 10–20 Wdh. oder 30–60 Sekunden (S. 300)

Übungsplan für das Workout nur für die Gesäßmuskeln

Dieser Ablauf ist fein austariert, und viele Frauen ziehen ihn dem Ganzkörper-Workout vor, weil sie kein Interesse daran haben, am Oberkörper ebenfalls Muskelmasse aufzubauen.

1. **Übung für die Gesäßmuskulatur:**
   2–4 Sätze, 5–20 Wdh. (Seite 193)
2. **Übung für den Quadrizeps:**
   2–4 Sätze, 5–20 Wdh. (Seite 209)
3. **Übung für die Hüfte, für die Hüfte mit gestreckten Beinen oder für die ischiocrurale Muskulatur:**
   2–4 Sätze, 5–20 Wdh. (Seiten 231, 248, 259)
4. **Unterstützende Übung für das Gesäß:**
   1–2 Sätze, 10–30 Wdh. (Seite 204)

Gesäßmuskeln unter Dauerbeschuss

Ja, ich komme jetzt zum wiederholten Mal auf diesen Punkt, aber er ist so wichtig für Ihren Erfolg, weshalb ich hier erneut daran erinnern möchte. Während des gesamten Workouts sollten Sie bei jeder Übung für den unteren Körperbereich immer Ihren Fokus auf die maximale Aktivierung Ihrer Gesäßmuskeln richten. Es kann sein, dass Sie Ihren Po zu Beginn des Programms nicht besonders spüren, sondern eher den unteren Rücken, die ischiocrurale Muskulatur und den Quadrizeps. Das dürfen Sie nicht zulassen. Konzentrieren Sie sich auf die Gesäßmuskeln und zwingen Sie sie, so aktiv wie nur irgend möglich bei den Übungen mitzuwirken. Je mehr Sie Ihren Po bei den Bewegungen anspannen, umso mehr Nervenimpulse schicken Sie in den Bereich dieser Muskelfasern. Nach mehreren Trainingseinheiten werden Sie dann den berühmten »Aha-Effekt« erleben, wenn Sie merken, wie die Muskeln zu arbeiten beginnen. Ihre Muskelkontraktionen werden sich kraftvoller anfühlen, und andere Muskeln werden die anfangs schwächlichen Gesäßmuskeln weniger unterstützen müssen.

Innerhalb von zwei Monaten nach Programmbeginn werden Sie spüren, dass Ihre Gesäßmuskulatur bei allen Gesäßübungen inklusive Squats, Kreuzheben, Back Extensions, Ausfallschritten, Good Mornings und Beckenlifts intensiv arbeitet. Denken Sie an meine Worte: Sie werden fühlen, wie sich die Gesäßmuskeln stark zusammenziehen, um Ihren Körper bei Back Extensions, Good Mornings und beim Kreuzheben aufzurichten. Sie spüren die Kraft Ihrer Gesäßmuskulatur bei Squats und Ausfallschritten. Die Muskeln werden bei Hüftbrücken mit Langhantel und bei Beckenlifts intensiv brennen – und das ist optimal für das Funktionieren der Übungen. Ich möchte, dass Sie während Ihrer Workouts ständig intensiv an Ihre Gesäßmuskeln denken, und nicht nur dabei, sondern auch bei allen anderen Aktivitäten Ihres Alltags. Es erscheint vielleicht blödsinnig, ständig die Gesäßmuskeln im Kopf zu haben, aber es macht einen Riesenunterschied. Schon bald werden Sie nicht einmal mehr den Hund ausführen, ohne bei jedem Schritt Ihre Gesäßmuskeln massiv anzuspannen – es entwickelt sich zu einem Automatismus. Je mehr Sie anspannen, umso besser wird die Gesäßmuskulatur aussehen und umso zufriedener werden Sie sein.

Ausrüstung: Im Folgenden finden Sie eine Liste der Ausrüstungsgegenstände, mit denen in diesem Buch gearbeitet wird. Diese können Sie z. B. über www.perform-better.de beziehen. Folgendes Zubehör empfehle ich Ihnen, sich anzuschaffen, und zwar in drei Etappen:

Erste Etappe

Matten/Mattenmaterial zum Auslegen

Olympia-Hantelstange (Pendlay-Hantelstange)

Rack oder Ständer für Langhantel

Vollgummi-Hantelscheiben (Bumper Plates)

Airex-Pad oder Hampton-Thick-Schutzpad für Langhantel (Hantelpolster für Beckenlifts und Hüftbrücken)

Aerobic-Step und acht Erhöhungen (für optimale Höhe bei Beckenlifts mit beid- und auch einbeiniger Erhöhung)

elastische Widerstandsbänder

schwere Kettlebell (zum Schwingen)

TRX-Einheit

verstellbare Bank/Multibank

Gymnastikball

Reckstange

Kreidebehälter und Kreide

Zweite Etappe

Power-Rack/Plattform mit Zubehör für Klimmzüge, verstellbare Griffe für Dips, Step-up-Zubehör und Squat-Box

duale Kabelzugmaschine mit Zubehör für Lat-Ziehen inklusive Seil, Einzelgriffen und D-Griff

Power-Hantelstange für große Gewichte

Hantelscheiben

Kurzhanteln und Rack

Cook-Hantel (Langhantel mit Ösen zur Verwendung am Kabelzug)

Hexagon-Hantelstange

Bauchmuskelroller (Ab-Wheel)

Hebelmaschine für Kreuzheben (erleichtert das Ablegen der Gewichte)

Dritte Etappe

Wettkampfbank für Bankdrücken

verstellbare Bank für Schrägbankdrücken

Bank für Military Press im Sitzen

GHD-Maschine (Glute-Ham Developer)

45-Grad-Schrägbank für Hyperextensions

Maschine für Reverse Hyperextensions

Landmine-Gerät

Bloß keine Panik, wenn Sie nicht zu all diesen Ausrüstungsgegenständen Zugang haben. Ob Sie letztendlich zu Hause nur mit Körpergewicht trainieren oder in ein gut ausgestattetes Fitnessstudio gehen, spielt keine große Rolle. Meine Prgramme funktionieren überall. Ich möchte Sie nur auf alle Möglichkeiten vorbereiten, die mit den Programmen machbar sind.

Über die Jahre habe ich die Lust daran verloren, in öffentlichen Fitnessstudios zu trainieren. Wenn Sie bei sich zu Hause Platz haben und ein bisschen Geld investieren können, würde ich Ihnen dringend empfehlen, nach und nach Ihr eigenes Fitnessstudio einzurichten. Das kann ganz allmählich erfolgen. Sie hätten dann das optimale Equipment parat, könnten Ihre eigene Musik hören und trainieren, wann immer Sie wollen, ohne darauf warten zu müssen, dass ein Gerät oder Zubehör frei wird. All das sind unschätzbare Vorteile.

Ja, ich bin ein bisschen verrückt!

Wenn Sie sich die Übungsvorlage ansehen, mag Sie Ihnen sehr einfach erscheinen, tatsächlich hat die Planung dieser Programme aber sehr viel Zeit und sorgfältigste Überlegungen erfordert. Die Programme enthalten eine ausgewogenen Menge an Zug- und Druckübungen, bearbeiten Vorder- und Rückseite, Ober- und Unterkörper, Core und Peripherie Ihres Körpers mit horizontalen, vertikalen und allen anderen symmetrischen Bewegungen. Für eine optimale Körperhaltung sowie zur Vermeidung von Schmerzen oder Verletzungen ist das sehr wichtig, denn Sie sollen ja langfristig produktiv trainieren können.

Die Vorlage gewährleistet, dass Sie nicht »quadrizepslastig« werden, d. h. bevorzugt die Muskulatur um die Kniegelenke beanspruchen, was zu unausgewogenen Kraftverhältnissen führt. Mit anderen Worten, die Muskulatur der Vorderseite Ihres Unterkörpers soll nicht stärker werden als die Rückseite Ihres Unterkörpers. Dies geschieht jedoch bei vielen Frauen, weil sie Übungen wählen, die eher die Beine bearbeiten als die Gesäßmuskeln. Dazu gehören Übungen an Beinstreckmaschinen und alle Arten von Beinpressen, denn an diesen Geräten arbeiten Sie vornehmlich im Sitzen. Sie werden bemerken, dass meine Programme keine derartigen Übungen enthalten und das aus gutem Grund. Die Übungen in diesem Buch sind weitaus besser auf Ihre Gesäßmuskulatur zugeschnitten und werden viel bessere Resultate zeigen. Ich halte tatsächlich Hüftübungen, die den Gesäßmuskeln sehr viel Arbeit abverlangen, für so überaus wichtig, dass ich in meinen Programmen doppelt so viele derartige Übungen (Beckenlifts und Rumänisches Kreuzheben) eingebaut habe wie Übungen für den Quadrizeps (Squats und Ausfallschritte).

Achten Sie bei der Arbeit für den Oberkörper darauf, über die Woche verteilt vertikale und horizontale Zug- und Druckübungen auszubalancieren. Wenn Sie sich an die Programme halten und viermal pro Woche trainieren, absolvieren Sie in dieser Hinsicht ein ausgewogenes Training. Haben Sie eine ungerade Zahl an wöchentlichen Trainingstagen, tendieren Sie bitte mehr zu horizontalen Übungen (bei drei Workouts zweimal horizontal, einmal vertikal, bei fünf Workouts dreimal horizontal, zweimal vertikal). Dadurch gewährleisten Sie die Balance zwischen Kraft und Stabilität in den Schultergelenken. In den Programmen ist das alles beinhaltet; wenn Sie sie immer als Referenz für Ihre eigenen Workouts verwenden, sind Sie auf der sicheren Seite.

Jetzt schütteln Sie vermutlich den Kopf und wundern sich, wieso ich Ihnen das alles erzähle. Ja, ich offenbare hier meine geheimsten Geheimnisse, sodass Sie sich selbst ein Erfolg versprechendes Programm zusammenstellen können, sobald Sie einige der von mir vorgeschlagenen Programme durchgearbeitet haben. Ich habe mich nicht all die Jahre über bis zum Abwinken mit Forschungen abgemüht, um meine Erkenntnisse jetzt für mich zu behalten. Ich möchte Sie in die Lage versetzen, eigene Workouts zu entwerfen, die ausgereift, wirksam und Ihren Bedürfnissen angepasst sind und mit denen Sie dann selbstbewusst in jedes Fitnessstudio marschieren können. Ich denke manchmal, Trainer neigen dazu, ihren Klientinnen die Kraft zu nehmen, wenn sie als ständige Krücke zur Verfügung stehen. Ich möchte, dass Sie sich absolut in der Lage fühlen, Ihr Kraftpotenzial voll auszuschöpfen, mit nur ein klein wenig Unterstützung von mir und meinem Buch.

Sie wollen verreisen?

Wenn Sie in Urlaub fahren, müssen Sie nicht zwangsläufig Ihr Training unterbrechen. Viele Hotels verfügen über Fitnesseinrichtungen, Sie können wandern oder andere Aktivitäten wahrnehmen, während Sie sich abseits Ihres Alltags erholen. Manchmal lässt es sich aber doch nicht vermeiden, auf Training zu verzichten. Das ist in Ordnung, und vielleicht nimmt Ihre Kraft während der Auszeit sogar zu. Um sich auf die Unterbrechung des Trainings vorzubereiten, können Sie die Methode des »geplanten Übertrainings« ausprobieren. Dazu steigern Sie während der letzten Workouts vor Ihrem Urlaub das Volumen (Anzahl der Sätze und Wiederholungen), ebenso die Intensität (wie hart ist das Training?). Sie werden danach sehr müde sein, aber die zusätzliche Erholung während der Ferien lässt Sie voller Vorfreude in den Trainingsalltag zurückkehren. Machen Sie einfach nur ein oder zwei zusätzliche Sätze, fügen Sie ein oder zwei zusätzliche Übungen ein, oder gestalten Sie die einzelnen Sätze etwas härter als üblich. Danach genießen Sie die freie Zeit in dem Bewusstsein, dass Ihre Gesäßmuskeln wachsen, während Sie sich entspannen und Spaß haben.

Wenn Sie während des Urlaubs trainieren möchten, nehmen Sie dieses Buch mit und machen Sie Workouts aus dem Zwölf-Wochen-Programm *Super-Po mit Eigengewichttraining*. Sie können mit der ersten Woche des Programms beginnen oder mit der Woche, die Sie zu Hause zuletzt während Ihres laufenden Programms absolviert haben. Wenn Sie z. B. zu Hause bei Woche fünf waren, starten Sie das *Supergesäß*-Programm im Urlaub ebenfalls mit Woche fünf.

Bleiben Sie am Ball, aber sorgen Sie für Abwechslung

Wenn Sie mit der Zeit Ihren Körper besser kennenlernen, nehmen Sie bitte Justierungen des Protokolls vor. Jeder von uns hat eine individuelle Physiologie und Anatomie, deshalb sollten unsere Trainingsprogramme auch individuell sein. Die Workouts, die ich Ihnen vorstelle, sind ein guter Ausgangspunkt, aber Sie sollen lernen, Ihr Programm auf Ihre Bedürfnisse zuzuschneiden, in Abhängigkeit von den Reaktionen Ihres Körpers auf die Übungen. Vielleicht möchten Sie mehr oder weniger Sätze von bestimmten Übungsgruppen machen, oder Sie bevorzugen für manche Übungen mehr oder weniger Wiederholungen. Eventuell reagiert Ihr Körper auch besser, wenn Sie die Reihenfolge der Übungen verändern. Haben Sie keine Angst zu experimentieren. Dafür sollten Sie aber zunächst mindestens ein Programm aus diesem Buch ausprobieren und danach auch nicht zu weit vom Originalformat abweichen, denn es ist wichtig, nach einer erprobten und sicheren Methode vorzugehen.

Darüber hinaus sollte Ihnen Ihr Training Spaß machen. Einstellung und Psychologie spielen eine große Rolle für Ihren Erfolg. Wenn Sie meinen, eine Übung sei zwar ideal, Sie aber jedes Mal voller Horror davor zurückschrecken, weil sie Ihnen gar nicht zusagt, müssen Sie lernen, Kompromisse einzugehen. Schließen Sie einen Handel mit sich selbst ab. Wenn Sie eine Übung nicht mögen, beschränken Sie sich auf einen Satz davon, unter der Voraussetzung, dass Sie dabei Ihren letzten Rekord brechen. Wenn z.B. Ausfallschritte im Gehen mit Kurzhantel absolut scheußlich für Sie sind, versuchen Sie den Rekord der vergangenen Woche nur um ein paar wenige Wiederholungen im ersten Satz zu verbessern. Wenn es Ihnen gelingt, beenden Sie damit die Übung für den Tag. Es ist weitaus wichtiger, die Übung korrekt und mit geeigneter Intensität durchzuführen, als sich halbherzig durchzumogeln.

Ich persönlich habe eine grauenhafte Abneigung gegen viele Wiederholungen von Squats und Kreuzheben. Diese Methoden mögen ja die besten hypertrophischen Übungen sein, aber für mich sind sie der blanke Horror. Ich entledige mich dieser Übungen möglichst schnell, indem ich größere Gewichte nehme und dafür Sätze mit weniger Wiederholungen wähle. Danach mache ich dann viele Wiederholungen von Übungen, die ich liebe, wie Beckenlifts, Back Extensions und hohe Kastensteiger. Ich mache nicht gerne viele Sätze von einbeinigen Übungen, und wann immer ich vier Sätze Ausfallschritte, einbeinige RDLs (Rumänisches Kreuzheben) oder einbeinige Beckenlifts absolvieren soll, muss ich mich sehr zusammenreißen, um nicht einfach abzuhauen. Da ich aber weiß, dass diese Übungen für mein Programm wichtig sind, mache ich zumindest je einen Satz. Das wird ein harter Satz mit großer Intensität, weil ich dann keinen weiteren davon machen muss.

Lebenslanges Training: Dieses Buch wurde mit einer langfristigen Vision geschrieben. Es geht hier nicht um einen routinemäßigen Ablauf für ein paar Monate. Das Buch ist als Trainingsmethode für Ihr ganzes Leben gedacht. Ich habe einige Übungen für äußerst fortgeschrittene Workouts integriert, denn obwohl Sie sicher derzeit noch nicht ausreichend stark für diese Bewegungen sind, werden Sie, wenn Sie diesem Programm treu bleiben, ständig an Kraft zunehmen und sich selbst herausfordern. Die meisten Bücher zum Thema Krafttraining bieten Übungen für extrem weit Fortgeschrittene, weil sie eben nicht für jeden gedacht sind. Ich möchte Ihnen aber Programme für Ihr ganzes Leben an die Hand geben, deshalb muss es auch Übungen für absolut maximale Gesäßausbildung enthalten. Über die Jahre suchen Sie sich vielleicht ein besser ausgestattetes Fitnessstudio, oder Sie richten sich ein eigenes ein und erreichen Kraftniveaus, die höher liegen, als Sie es je für möglich gehalten haben.

Jeden Tag stärker werden

Momentan sind Sie vermutlich noch ein Neuling hinsichtlich Krafttraining. Vielleicht sind Sie überhaupt nicht dazu in der Lage, auch nur einen einzigen Ausfallschritt oder einen Squat mit Körpergewicht zu absolvieren, aber das ist völlig in Ordnung. Das bedeutet schließlich nur, dass Ihre Gesäßmuskeln noch ganz viel Entfaltungsspielraum haben. Alle Frauen, deren tolle Figur Sie vielleicht heute bewundern, haben einmal so angefangen, und auch deren Resultate haben sich ganz sicher nicht über Nacht ergeben. Vergessen Sie alle Versprechen für sofortige, traumhafte Erfolge, denn so etwas gibt es nicht. Folgen Sie diesem Programm langfristig, dann werden Sie fit für Ihr ganzes Leben. Es braucht nur einige Zeit.

Viele meiner Klientinnen führen Squats, Ausfallschritte, Beckenlifts und 45-Grad-Hyperextensions zunächst ausschließlich mit Körpergewicht aus. Innerhalb weniger Monate sind sie schon in der Lage, Squats und Beckenlifts mit Langhantel und zusätzlichem Gewicht zu machen, schwere Kurzhanteln bei Ausfallschritten und Back Extensions einzusetzen und darüber hinaus noch weitaus schwierigere Übungen zu absolvieren.

Alle sechs Monate werden Sie sich wesentlich stärker fühlen als zuvor. Wie ich aber schon erwähnte, erfolgen die Verbesserungen nicht linear. In den ersten sechs Monaten werden Sie vermutlich einen riesigen Kraftzuwachs erfahren, aber die Zunahme wird auf Dauer etwas rückläufig sein. Ich bin z.B. an einem Punkt angelangt, wo es für mich sehr schwierig ist, meine Leistung bei Beckenlifts, Squats oder Kreuzheben noch um fünf Kilogramm zu verbessern. Als Anfänger gelang mir das jede Woche. Es hängt davon ab, wie lange Sie schon Krafttraining machen. Wenn ich von Krafttraining spreche, meine ich das Heben eines beträchtlichen Gewichts. Wenn Sie bisher an Aerobic-Kursen im Fitnessstudio teilgenommen oder über die letzten zehn Jahre immer die gleichen fünf Kilogramm gehoben haben, dann werden Sie mit diesem Programm sehr schnell erhebliche Kraftzunahmen erleben.

Erfolg durch Supersatz-Paare

Supersatz-Paare bestehen aus zwei nicht konkurrierenden Übungen, wie z.B. einer Übung für den Unterkörper und einer für den Oberkörper. Supersätze werden genutzt, um die Übungsleistung pro Zeiteinheit zu erhöhen. Die Erholungszeit wird dabei gleichzeitig reduziert, wodurch der Stoffwechsel gezwungen ist, mehr Fett zu verbrennen. Alle Zwölf-Wochen-Programme in diesem Buch enthalten Supersatz-Paare, die durch A1/A2 bzw. B1/B2 gekennzeichnet sind. Das bedeutet, Sie machen einen Satz von Übung A1 und sofort hinterher einen Satz von Übung A2. Nach beiden Sätzen machen Sie eine Pause von ein bis zwei Minuten und fahren fort, bis alle Sätze dieser beiden Übungen fertig sind.

Fitnessstudios sind mitunter sehr voll, deshalb wäre es sehr egoistisch, gleichzeitig zwei Ausrüstungsgegenstände zu blockieren. Supersatz-Paare sind also nicht immer machbar. In diesem Fall müssen Sie alternativ die Einzelsätze der Übungen zügig nacheinander machen. Beachten Sie dabei, dass jeweils für Ober- und Unterkörper die gleiche Anzahl Sätze erforderlich sind. In allen hier vorgestellten Zwölf-Wochen-Programmen ist das so vorgesehen; bedenken Sie das bitte, wenn Sie eigene Workouts zusammenstellen. Auch ist zu berücksichtigen, dass Supersatz-Paare nur für die ersten beiden Übungen gewählt werden sollen. Wenn Sie Ihr gesamtes Workout so aufbauen, übernehmen Sie sich, wodurch Ihre Gesäßmuskeln nicht mehr das gesamte Programm bewältigen können und ausweichen.

Pause zwischen den Sätzen

Machen Sie bei Übungen, die viele große Muskelgruppen beanspruchen (z.B. Squats, Kreuzheben), bis zu zwei Minuten Pause zwischen den Sätzen. Bei Ein-Gelenk-Übungen oder solchen, die weniger Energie erfordern (z.B. Hüftabduktion im Sitzen mit Widerstandsband oder Reverse Hyperextensions mit Körpergewicht) reichen 30 Sekunden Pause. Bei Supersatz-Paaren sollte die Pause zwischen den Sätzen ein bis zwei Minuten lang sein. Orientieren Sie sich an Ihrer Armbanduhr oder einer Wanduhr. Es kommt nicht auf die Sekunde an, aber Sie sollten Ihre Pausenzeiten kontrollieren.

Ich möchte nur einen schönen Po!

Ich hatte schon mehrfach Klientinnen, die es vorzogen, ausschließlich Ihren Unterkörper zu trainieren. Wenn auch Sie dies anstreben, werden Sie sicherlich das nur auf das Gesäß abzielende Programm bevorzugen. Genau für diesen Zweck habe ich das Zwölf-Wochen-Programm *Extra-Challenge für den Po* entworfen, damit Sie drei Monate lang Ihre Gesäßmuskulatur ununterbrochen befeuern können. Sie werden merken, dass die Workouts keine Supersatz-Paare enthalten, weil die jeweiligen Übungen in Konkurrenz zueinander stehen, wodurch der Kraftaufbau beeinträchtigt würde. Wenn Sie dieses Programm wählen, dann bleiben Sie dabei und versuchen Sie keine Supersatz-Paare.

Kellies Tipp: *Wenn Sie sich für das Programm* Extra-Challenge für den Po *entscheiden, werden Sie durch die komplexen Bewegungsabläufe auch den Oberkörper trainieren, ohne dort Muskeln aufzubauen. Das kann für die Symmetrie Ihrer Kurven von Vorteil sein.*

Ich erwarte natürlich nicht, dass sich alle Frauen für diesen Plan entscheiden. Nach meiner Erfahrung lieben Frauen Übungen für den Oberkörper und sind total begeistert, wenn es Ihnen gelingt, einen Liegestütz oder Klimmzug mit Kammgriff, perfekter Ausführung und vollem Bewegungsradius auszuführen. Trotzdem möchte ich betonen, dass diese Programmvariante für die meisten Frauen die beste Wahl ist. Als ich mein Studio gründete, bat ich meine Klientinnen, aus einer Vielzahl von Bildern weiblicher Körper ihre Idealvorstellung für ihren eigenen Körper auszuwählen. Die meisten wählten den Körper von Jessica Biel in einem Fotoshooting für das *GQ*-Männermagazin vom Juli 2007. (Ich kann es ihnen ja gar nicht übelnehmen, denn Jessica sieht auf diesen Bildern unglaublich toll aus).

Wenn Frauen schlank werden, sehen Oberkörper und Bauchmuskeln muskulös und straff aus. Ein Frauenarm kann mit nur sehr wenig Körperfett beeindruckend aussehen. Das Geheimnis eines schönen Oberkörpers ist, durch Ernährung und Training schlank zu werden, und Training mit hoher Intensität eignet sich hervorragend, um das Körperfettniveau zu senken.

Wenn Sie jemals viele Wiederholungen von Beckenlifts mit Langhantel, Squats oder Kreuzheben mit viel Gewicht, Ausfallschritten im Gehen oder Back Extensions mit Kurzhanteln gemacht haben, wissen Sie, wie unglaublich stoffwechselintensiv derartige Übungen sind und wie sehr sie Ihren Puls beschleunigen. Deshalb sind die Übungen für die Gesäßmuskulatur nicht nur das Geheimnis für den perfekten Po, sondern auch für einen schönen Oberkörper und Core-Bereich. Starkes Widerstandstraining bringt den Stoffwechsel mehr in Schwung als jede andere Trainingsform.

Natürlich schaffe ich es nicht, dass alle meine Klientinnen aussehen wie Jessica Biel, aber ich weiß, dass sie mithilfe meiner Trainingsprogramme diesem Idealbild sehr nahe kommen können, wobei das Spezialprogramm für die Gesäßmuskeln die effizienteste Variante von allen ist. Jessica Biel hat insgesamt eine unglaublich tolle Figur, inklusive Beine, Po, Arme, Rücken und Schultern. Denken

Sie an meine Worte: Wenn Sie mit den Übungen für das Gesäß in diesem Programm unglaublich stark werden, während Sie Ihr Gewicht auf das Idealmaß reduzieren, wird Ihr gesamter Körper fantastisch aussehen. Ihr Gesäß wird traumhafte Formen annehmen, Ihre Beine werden fest, Ihr Oberkörper schlank, und Ihre Körpermitte wird viel besser aussehen. Nichtsdestotrotz wollen die meisten Frauen auch ihren Oberkörper formen und spezielle Core-Übungen machen, und das ist auch völlig in Ordnung.

Der »Sixpack-Wahn« ist ungesund

Bauchmuskeltraining sollte in Ihrem Vokabular nicht vorkommen, und Sie sollten auf keinen Fall mehrmals in der Woche eine halbe Stunde in Ihrem Fitnessstudio mit einem Kurs für die Bauchmuskeln verbringen. Vielleicht möchten Sie ja erreichen, dass Ihre Bauchmuskeln fest sind und wenig Bauchfett aufweisen, aber diese Kurse sind auf keinen Fall geeignet, um derartige Verbesserungen zu erzielen. Denken Sie daran, dass Krafttraining nicht nur Ihre Muskelkraft steigert, sondern auch das Wachstum Ihrer Muskeln bestimmt. Je mehr Sie also Ihre Bauchmuskeln trainieren, umso größer werden sie.

Ihre Taille wird dadurch umfangreicher, Ihr Bauchfett aber dennoch nicht weniger. Bauchfett lässt sich nur durch verringerte Kalorienzufuhr und intensivierte Kalorienverbrennung reduzieren. Ihr Körper wird nicht in einem bestimmten Bereich automatisch Fett abbauen, nur weil Sie dort die Muskeln trainieren. Fettverbrennung ist ein Teil des ganzheitlichen Stoffwechselprozesses, und bei Frauen verläuft dieser Prozess häufig von oben nach unten. Ihr Bauch wird also eine der ersten Regionen sein, in denen Ihr Körper mit der Fettverbrennung beginnt, aber das passiert nicht durch übertriebenes Bauchmuskeltraining. Der Mythos von derartiger »punktueller Reduktion« wurde von der Wissenschaft als Irrglaube entlarvt. Sie können keinen Körperteil speziell trainieren in der Hoffnung, dadurch in diesem Bereich die Fettreduktion zu beschleunigen. Das funktioniert nicht.

Kellies Bekenntnis: *Ich habe eine sehr schmale Taille und jahrelang täglich Bauchmuskelübungen gemacht. Zu Schulzeiten absolvierte ich 200 bis 300 Crunches an fünf Tagen in der Woche. Über die Jahre habe ich gelernt, dass mich das von der begehrten X-Form wegführte, deshalb mache ich nur noch zwei Bauchmuskelübungen in der Woche. Das hat einen riesigen Unterschied für die Kontur meiner Taille erbracht.*

Die Programme in diesem Buch beinhalten in jedem Workout Core-Übungen – zu finden jeweils am Ende der Trainingseinheit. Sie absolvieren jeweils zwei Übungen, die unterschiedliche Core-Bereiche ansprechen. Mehr brauchen Sie nicht für eine schöne, kurvenreiche Taille. Alles, was Sie darüber hinaus für die Taille tun, wird eher zusätzliche Zentimeter schaffen als reduzieren. Darüber hinaus wird der Core-Bereich durch schwere Komplexübungen ausreichend stimuliert. Wollen Sie wirklich einen signifikanten Zuwachs der geraden und seitlichen Bauchmuskeln? Denken Sie darüber nach. Zu viel Bauchmuskeltraining führt zu einer kastenförmigen, jungenhaften Figur, unabhängig von der Länge Ihres Rumpfes.

Kein angenehmer Nebeneffekt

Meine erste Klientin hatte die Angewohnheit, sich bei der Ausführung bestimmter Übungen merkwürdig zu drehen und zu winden. Ich wies sie zurecht und erklärte ihr, dass sie ihren Körper fest anspannen müsse. Eines Tages nahm sie allen Mut zusammen, um mir den Grund für ihr Verhalten zu erklären. Sie wand und drehte sich, weil sie bei den Übungen Orgasmen hatte. Davon hatte ich bis dato noch niemals gehört, begriff aber das Problem. Sie erläuterte, dass sie sich mit dieser Situation nicht wohlfühlte und sie auch für unangebracht hielt.

Neuere Untersuchungen lassen vermuten, dass etwa 15 Prozent aller Frauen bei bestimmten Übungen Orgasmen erfahren, obwohl ich diese Schätzung für zu hoch gegriffen halte. Die wissenschaftliche Bezeichnung dafür ist »anstrengungsinduzierter Orgasmus«, im Fitnessbereich wird dieses Phänomen als »Coregasmus« bezeichnet. Das ist allerdings nicht neu, der Sexualforscher Albert Kinsley hat darüber schon 1953 geschrieben. In 51 Prozent aller Fälle ereignet sich dieses Phänomen bei Übungen, die die unteren Bauchmuskeln beanspruchen, wie z. B. beim Beinheben im Captain's Chair (Knieheben am Holm) oder während reverser Crunches oder anderen Bauchmuskelübungen. Meist geschieht der Coregasmus nach etwa 15 Wiederholungen.

Frauen, denen dieses Phänomen widerfährt, haben keineswegs bei den Übungen sexuelle Gedanken, sondern sind verunsichert und beschämt. Falls Ihnen Derartiges passiert, schämen Sie sich nicht. Sie können versuchen, den Satz vorzeitig abzubrechen, wenn Sie merken, dass Sie da etwas überkommt, oder Sie sparen sich »problematische Übungen« für zu Hause auf. Sie können sich auch einfach dafür entscheiden, den Dingen ihren Lauf zu lassen, es muss ja nicht unbedingt jemand bemerken.

Wenn Sie das erste zwölfwöchige Programm absolviert haben, wird Ihr Core-Bereich durch Komplex- und Körpergewichtübungen stark werden. Sie können direkte Bauchmuskelübungen durch andere Übungen ersetzen, die die Kraft des Core-Bereichs fördern. Hüftrotationen mit Widerstandsband z. B. bearbeiten direkt die seitlichen Bauchmuskeln, strengen aber auch die Gesäßmuskulatur unglaublich an, wenn Sie lernen, sie korrekt auszuführen.

Die Suche nach der perfekten Übung

In der Fitnessindustrie begegnet man unzähligen wichtigen Vermarktungsstrategen – »Gurus«, wenn Sie so wollen. Das sind Trainer, die bereit sind, ihre »großen Geheimnisse« für viel Geld preiszugeben. In Bezug auf das Gesäßtraining gibt es eine ganze Wissenschaft zur Gestaltung eines schönen Gesäßes. Diese als Trainer getarnten Marketing-Genies präsentieren eine Unzahl von magischen Übungen, die versprechen, Ihnen sofort ein sensationelles Hinterteil zu verschaffen.

Dennoch haben solche Trainer die Vorgänge bei der Hypertrophie der Gesäßmuskeln nicht verstanden und lassen Beweise für ihre eigenen Theorien vermissen. Über die Jahre habe ich wirklich alles kennengelernt. Pilates und Yoga »entwickeln lange, schlanke Muskeln«. Glücklicherweise tun sie das nicht! Könnte man Muskeln deutlich verlängern, könnten sie ihre stabilisierende Funktion für die Gelenke gar nicht mehr erfüllen. Abgesehen davon, erlauben viele Übungsformen keine progressive Überlastung. Kardio-Kickboxen und Spinning bringen die Gesäßmuskulatur zum Brennen, aber Ausdauerathleten haben nicht solche Pobacken wie Kraftsportler, also scheint die Gesäßgestaltung nicht ideal zu sein. Sprints und Plyometrie-Übungen eignen sich gut für die Pobacken, schöpfen aber nicht das ganze Potenzial der Gesäßmuskeln aus. Außerdem nutzen sie einige der Schlüsselmechanismen der Hypertrophie nicht optimal. Kettlebells ermöglichen ein effizientes Workout für das Gesäß, aber mit Langhanteln lässt sich die Bearbeitung dieser Muskeln noch besser ausführen. So lässt sich die Liste endlos fortsetzen.

Interessant, amüsant:
Ein einfacher Squat mit Körpergewicht aktiviert bei Frauen normalerweise 60 Prozent des 1-RM *(One Repetition Maximum)* des Quadrizeps und nur zehn Prozent des 1-RM der Gesäßmuskeln. Deshalb spüren die meisten Frauen Squats nur im Quadrizeps.

Bodybuilder sind Meister der Muskelentwicklung und Körperfettreduktion. Wenn etwas funktioniert, finden sie es heraus. All diese Übungsformen sind sicher dazu angetan, die Gesäßmuskeln von Menschen mit überwiegend sitzender Tätigkeit deutlich zu verbessern, und sie sind auf jeden Fall besser, als gar nichts zu tun. Trotzdem sind sie nicht besser als schlichtes Widerstandstraining. Übungen mit Körpergewicht, Kurzhantel, Langhantel, Gymnastikball und Kettlebell, exzentrisch wie konzentrisch, mit unterschiedlichen Wiederholungszahlen durchzuführen nutzt die drei Hauptmechanismen der Hypertrophie optimal: Muskeltraumatisierung, Stoffwechselbeanspruchung und mechanische Tension.

Konzentrieren Sie sich also darauf, Ihren Körper mit den besten Übungen für die Gesäßmuskeln zu stärken, dann wird die perfekte Modulation Ihres Gesäßes funktionieren.

Hinsichtlich der Fettreduktion kann Ihr Körper mithilfe Ihres Trainings nur begrenzt Resultate erzielen. Die meisten Anfänger können während des Trainings nur fünf bis zehn Kalorien pro Minute verbrennen. Fortgeschrittene kommen vielleicht auf 15 Kalorien pro Minute, vielleicht auf 20 bei sehr kurzen Trainingsintervallen. Dann wäre die gesamte Trainingszeit aber kürzer. Wir können also sagen, ein durchschnittlicher Trainierender verbrennt 600 Kalorien bei einem einstündigen Workout. Wie man sieht, ist das nicht besonders beeindruckend. Hier kommt die Ernährung als Retter in der Not ins Spiel.

Selbstverständlich erzeugt ein hochintensives Intervalltraining einen gewissen Nachbrenneffekt, bei dem Ihr Körper noch lange nach Trainingsende Kalorien verbrennt, aber Gewichtheben bietet den gleichen Effekt. Tatsächlich kann intensives Widerstandstraining gegenüber Intervall-Sprints in Bezug auf den Kalorienverbrauch durchaus ergiebiger sein. Nach meiner Erfahrung ist es doch sehr viel einfacher, täglich einige Kalorien wegzulassen, anstatt tagein, tagaus Kardiotraining zu betreiben. Der Vorteil (in der Tat hat es eine Menge Vorteile, wenn man sich nicht zum Sklaven eines Laufbands macht) ist, dass Sie auch noch Zeit sparen und Ihren Muskeln Gelegenheit geben, sich zu erholen und stärker zu werden. Bessere Erholung und stärkere Muskeln sind wiederum gleichzusetzen mit erfolgreichen wöchentlichen Trainingseinheiten. Ich hoffe, Sie können erkennen, dass Widerstandstraining der richtige Weg zu optimalen physischen Verbesserungen ist.

Fakten zu Cellulite

Ungefähr 98 Prozent aller Frauen entwickeln irgendwann nach der Pubertät Cellulite, meist am Gesäß und an den Oberschenkeln – und zwar unabhängig vom Body-Mass-Index (BMI). Es handelt sich um einen »architektonischen Fehler«, der durch Dellen in der Haut gekennzeichnet ist und durch Hernien aus subkutanem Fett im fibrösen Bindegewebe entsteht. Bisher gibt es keine absolut sichere Erklärung für die Entstehung von Cellulite.

Cellulite hat allerdings definitiv eine genetische Komponente und tritt bei Frauen sehr viel häufiger auf als bei Männern. Auch neigen hellhäutige Frauen deutlich mehr zu Cellulite als Asiatinnen. Darüber hinaus kann eine extrem kohlenhydrathaltige Ernährung Hyperinsulinämie (hohe Insulinkonzentration im Blut) hervorrufen und Lipogenese (Anlage und Aufbau von Depotfett) fördern. Ein überwiegend sitzender Lebenswandel beeinträchtigt die Durchblutung und verursacht Veränderungen in für Cellulite anfälligen Bereichen. Während der Schwangerschaft wird Cellulite oft noch verschlimmert, und zwar durch Auslagerung von Prolaktin und Insulin ins Gewebe, was wiederum Lipogenese und Flüssigkeitseinlagerungen fördert. Manchmal hilft eine Gewichtsreduktion, aber nicht immer. Es gibt unzählige Behandlungsmethoden, von äußerem Einwirken mit Cremes bis zu invasiven Verfahren, aber keine dieser Methoden ist generell erfolgreich.

So wie ich das sehe, sollten Sie sich, da 98 Prozent aller Frauen an Cellulite leiden, nicht gerade als Minderheit fühlen, falls auch Sie betroffen sind. Meine Traningsprogramme helfen bei der Rückbildung von Fettzellen und der Ausgestaltung einer sexy Figur, deshalb wird vermutlich niemand ein bisschen Cellulite wahrnehmen, wenn es einen wundervollen Po und schicke Oberschenkel zu bestaunen gibt. Geben Sie Ihr Bestes mit geeigneten Übungen, guter Ernährung und gesundem Lebensstil, und machen Sie sich keine Gedanken, wenn dann eben immer noch ein bisschen Cellulite übrig bleibt.

Zu klärende Punkte vor dem Start

Es gibt zwei Aspekte, die Sie hinsichtlich Ernährung und Übungen immer im Hinterkopf haben sollten:

1. Es braucht eine gewisse Zeit, um den perfekten Körper zu gestalten.
2. Achten Sie stets auf Ihren Körper, denn Sie brauchen ihn Ihr Leben lang.

Sie können jede Menge Ernährungsratschläge finden, die sofortige und drastische Resultate versprechen, die aber nicht von Dauer sind und langfristig Ihre Gesundheit nicht unterstützen. Viele Athleten gehen in Bezug auf die Ernährung an ihre Grenzen, um sich auf Wettbewerbe vorzubereiten. Derartige Extreme werden mehr und mehr zum Mainstream und setzen sich in den Köpfen von Frauen fest. Sicher, Kampfsportler können über Nacht fünf bis zehn Kilogramm an Gewicht verlieren, um den Einschreibebedingungen für Wettbewerbe gerecht zu werden, und Bodybuilder können innerhalb weniger Tage den Flüssigkeitsgehalt ihres Körpers reduzieren, damit Ihre Muskelstränge auf der Bühne besser zur Geltung kommen. Aber sind das Praktiken, die Sie übernehmen wollen? Normalerweise wohl nicht. Außerdem können solche Techniken, wenn sie nicht unter sorgfältiger Beobachtung durchgeführt werden, dem Körper auch erheblichen Schaden zufügen. Abgesehen davon sind diese Methoden keine Dauerlösungen. Wollen Sie langfristige Resultate, die Ihre Gesundheit und Ihren Körperbau mit der Zeit verbessern, vermeiden Sie drastische Maßnahmen. Wenn Sie nach einer »schnellen Lösung« für irgendein Problem suchen, dann klappen Sie dieses Buch zu und verschenken Sie es weiter. Wenn Sie mit einem meiner Trainingsprogramme beginnen, brauchen Resultate nun einmal Zeit, wie auch bei jedem anderen seriösen Programm.

Natürlich werden Sie unglaubliche Veränderungen innerhalb der ersten Trainingswochen bemerken. Aber anders als bei den meisten Trenddiäten wird das nicht das Endresultat sein. Tatsächlich hoffe ich, dass es niemals ein Endresultat geben wird und Sie stattdessen jeden Monat nach immer mehr Kraft, schlankeren Muskeln und neuen Herausforderungen streben werden – und zwar nicht nur für heute, sondern für den Rest Ihres Lebens. Einige der tollsten E-Mails und Briefe erhalte ich von früheren Klientinnen, die ich seit Jahren nicht mehr trainiere. Sie erzählen mir, dass sie nach zwei, vier oder sogar sechs Jahren immer noch meinen Methoden folgen. Sie haben große Resultate erzielt und tun das immer wieder, sie brechen persönliche Rekorde und sehen um Jahre jünger aus als ihre Mitstreiterinnen und fühlen sich auch so.

Mein Ziel ist es, Sie stärker zu machen, besonders im Bereich Ihres Gesäßes. Ich möchte auch, dass Sie lernen, Ihre Muskeln in geeigneter Weise einzusetzen, Ihren Körper mit den richtigen Nährstoffen zu versorgen und Ihre Körperkomposition zu verbessern. Diese Ziele lassen sich nur Hand in Hand erreichen. Ein Faktor ohne die anderen wird nichts bewirken. Ihr Körper wird sich nicht verändern, wenn Sie sich nicht richtig ernähren oder Hebeübungen nicht korrekt ausführen.

Die Waage – ein wichtiges Thema

Ich bin ein großer Verfechter wöchentlichen Wiegens, denn dadurch bleibt man ehrlich. Meine Klientinnen wissen genau, dass sie beim ersten Workout der Woche (meist direkt nach dem Wochenende) bei mir auf die Waage müssen, und die angezeigte Zahl verrät mir ihre Geheimnisse. Aber darüber können Sie natürlich selbst entscheiden. Ihr Gewicht kann schwanken in Abhängigkeit von vielen Faktoren wie Tageszeit, Flüssigkeitszufuhr an dem Tag, Kohlenhydrataufnahme und Zyklusphase. Auch schwankt Ihr Gewicht in Abhängigkeit von Gewebezu- oder abnahme (inklusive Fett und Muskeln).

Wenn Sie sich zu Hause wöchentlich wiegen, werden Sie Ihr Gewicht unter Kontrolle behalten. Wenn Sie Ihre Waage wegwerfen und sich nur auf die Passform Ihrer Kleidung verlassen, können Sie sich erheblich verschätzen. Wenn z. B. Ihre Jeans an den Oberschenkeln zu spannen beginnen, könnten Sie denken, Sie würden gar keine Resultate erreichen. Ich möchte aber nicht, dass dieses Buch bei Ihnen im Mülleimer landet. Es kann durchaus sein, dass Ihre Jeans spannen, weil Sie am Gesäß oder den Oberschenkeln Muskeln aufbauen, aber gleichzeitig haben Sie vielleicht ein paar Pfunde an Gewicht verloren. Die Waage würde Ihnen dann sagen: »Hey, cool! Du hast zwei Kilo abgenommen! Gut gemacht!« Also unterschätzen Sie bitte die Macht der Waage nicht!

Wenn Sie völlig auf das Wiegen verzichten, wird es zudem schwieriger, Ihren Kalorienbedarf zu kalkulieren. Erinnern Sie sich bitte daran, dass dieser anhand Ihres Körpergewichts und Ihrer Ziele berechnet wird. Jessica Biel z. B. ist 1,73 Meter groß und wiegt etwa 55 Kilogramm. Wenn es Ihr erklärtes Ziel ist, die Maße von Jessica Biel zu bekommen, sollten Sie wissen, wie weit Sie noch davon entfernt sind. Dann ist vielleicht zunächst Gewichtsreduktion Ihr erstes Ziel auf dem Weg zum idealen Körper. Wenn Sie Ihr Idealgewicht erreicht haben, ist Ihr nächstes Ziel, sich weiterhin bewusst zu ernähren, während Sie an der Veränderung Ihrer Körperkomposition (Muskelaufbau und Fettabbau) arbeiten. Wie wollen Sie denn wissen, welches Gewicht es zu halten gilt, wenn Sie es gar nicht kennen? Nutzen Sie Ihre Waage regelmäßig und mit Sorgfalt, aber überbewerten Sie sie nicht. Wiegen Sie sich nicht nach jeder Mahlzeit, aber zu Beginn oder am Ende jeder Woche. Eventuell nehmen Sie sogar ein paar Pfunde während dieses Programms zu, vielleicht sogar gleich zu Anfang, aber wenn Sie sich genau an die Vorgaben gehalten haben, ist das fettfreie Masse.

Noch ein Wort zur Körperkomposition. Wenn Sie versuchen, Ihr Idealgewicht zu erreichen, besteht die Chance, dass Sie das innerhalb einiger Monate schaffen, je nachdem, wie weit Sie davon entfernt sind. Das ist aber nur die halbe Schlacht! Die anderen 50 Prozent auf dem Weg zum perfekten Körper wird Sie Jahre kosten, aber das ist gerade der Spaß am Krafttraining. Körpertransformation für eine schöne Figur ist harte Arbeit, und die meisten Menschen haben nicht den Mumm und den Willen dazu, ihr ganzes Potenzial auszuschöpfen. Das macht diese Dinge ja gerade so beeindruckend und beneidenswert.

Der Schlüssel liegt hier in Konsequenz und Beharrlichkeit. Muskeln nehmen 20 Prozent weniger Platz ein als Fett, deshalb ist es gut möglich, dass sich Ihre Maße verändern, während das Gewicht gleich bleibt. Ich erlebe das ständig bei meinen Klientinnen. Nach kurzer Zeit prahlen sie damit, dass sie sich neue Kleidung kaufen müssen, weil die alte nicht mehr passt, obwohl sich das Gewicht auf der Waage nicht verändert hat.

Die Waage erzählt also nicht die ganze Wahrheit. Messen Sie Taille, Hüfte, Oberschenkel und Gesäß mindestens einmal im Monat, um Veränderungen wahrzunehmen. Nach einer Weile wird sich auf der Waage nichts mehr tun, dennoch werden sich bei den Messungen dramatische Veränderungen feststellen lassen.

Letztendlich wird Ihnen sicher ein vielfältiges Feedback zuteil werden, das Ihnen zeigt, welche Fortschritte Sie machen. Es ist also wichtig, auf das Körpergewicht zu achten, auf die Abmessungen des Körpers, auf die Passform der Kleidung, auf Ihr Spiegelbild, Ihre Kraft bei den großen Hebeübungen und nicht auch zuletzt darauf, wie Sie sich fühlen.

Kapitel 8:

Workouts individuell perfektionieren

Das Führen eines Trainingstagebuchs unterscheidet den kompetenten Kraftsportler von einem Gelegenheitssportler, der ab und an im Fitnessstudio ein paar Übungen absolviert. Die Entwicklung Ihrer Workouts zu kontrollieren stellt sicher, dass Sie Fortschritte mit dem Programm machen. Sie bleiben motiviert und verfolgen konsequent Ihre Ziele. Meine Trainingsprogramme fokussieren progressive Überlastung, wobei Sie über den Verlauf von vier Wochen das Gewicht oder die Wiederholungszahl für jede Übung Ihres Workouts erhöhen. In diesem Sinn ist es einfach zweckmäßiger, alles aufzuschreiben, anstatt bei jedem Workout zu überlegen, was man beim letzten Mal gemacht hat.

Am Ende jedes zwölfwöchigen Programms finden Sie eine Blankoseite, in die Sie alle Informationen zu Ihren Workouts eintragen können. Fotokopieren Sie sich diese Seite und nehmen Sie sie mit in Ihr Fitnessstudio, oder schreiben Sie einfach die Ergebnisse Ihrer Workouts in ein Notizheft. Sie müssen nicht Unsummen in ein tolles Workout-Buch investieren. Ein einfacher College-Block oder ein Heft reichen völlig aus. Noch erfolgreicher können Sie vorgehen, wenn Sie sowohl Ihre Workouts als auch Ihre tägliche Ernährung in einem Notizbuch festhalten.

Schreiben Sie das Datum in Ihr Trainingstagebuch und überlegen Sie, ob Sie auch das gegenwärtige Gewicht (immer auf der gleichen Waage!) aufschreiben wollen. Unter das Datum kommen die Namen der jeweiligen Übungen sowie die Belastung (Gewichte) und die bei jedem Satz absolvierte Anzahl an Wiederholungen. Die Blanko-Workout-Listen, die ich zum Fotokopieren vorgesehen habe, enthalten alle vorgegebenen Informationen.

Wenn eine neue Workout-Woche anfängt, vergleichen Sie für die einzelnen Übungen Ihre vorherigen Ergebnisse. Wenn Sie zuletzt 16 Back Extensions mit Körpergewicht gemacht haben, versuchen Sie dieses Mal 18. Das Gewicht wird nicht zwangsläufig in jeder Woche erhöht, aber Sie machen Fortschritte, indem Sie die Wiederholungszahl erhöhen oder bei bestimmten Übungen das Gewicht innerhalb eines vorgegebenen Rahmens erhöhen. Ich rate Ihnen, auch Notizen zu den jeweiligen Workouts hinsichtlich Ihres Empfindens zu machen, ob etwas zu schwer oder zu leicht, ob eine bestimmte Technik gut oder schlecht ist, usw.

Auf der rechten Seite finden Sie ein Beispiel für einen Eintrag im Trainingstagebuch für ein Workout. Die Abkürzung »KG« steht für »Körpergewicht«.

Persönliche Ziele festlegen

Kraft hängt zu einem hohen Maß von natürlichen und genetischen Voraussetzungen ab, wie Ihrem Körperbau (Somatotyp), der proportionalen Verteilung Ihrer Körperlänge auf einzelne Bereiche (Anthropometrie), Aspekten der Sehnenverflechtung, Zusammensetzung der Muskelfasertypen (Typ-II-Fasern sind länger als Typ-I-Fasern) und den natürlichen Hormonniveaus. Manche Hebeübungen werden Ihnen leichtfallen, während Sie mit anderen immer wieder kämpfen werden.

Lassen Sie sich gern von den Erfolgen anderer inspirieren, aber bleiben Sie sachlich, wenn Sie Ihre eigenen Ziele festsetzen. Fühlen Sie sich nicht als Versager, nur weil Sie nicht die Kraft für Klimmzüge mit Kammgriff haben, und werfen Sie nicht das Handtuch, wenn Sie keine fünf wechselseitigen Ausfallschritte nacheinander absolvieren können. Sie werden diese Aufgaben irgendwann bewältigen, aber es braucht Zeit. An irgendeiner Stelle müssen Sie schließlich anfangen, und zwar genau da, wo auch die stärksten Frauen vor nicht allzu langer Zeit begonnen haben.

Untersuchungsberichte der Gesundheitsbehörden aus den Jahren 2003 bis 2006 besagen, dass 64 Prozent der Frauen über 20 in den Vereinigten Staaten einen Body-

Anfänger-Workout A: Trainingstagebuch Woche 5–8

Datum: 15. Nov. Gewicht: 61 kg

Übung	Satz 1	Satz 2	Satz 3
A1: Beckenlift 3 Sätze, 10–20 Wdh.	Gewicht KG Wdh. 13	Gewicht KG Wdh. 12	Gewicht KG Wdh. 10
A2: Rudern im Sitzen 3 Sätze, 8–12 Wdh.	Gewicht 20 kg Wdh. 10	Gewicht 20 kg Wdh. 9	Gewicht 20 kg Wdh. 8
B1: Goblet Squat 3 Sätze, 10–20 Wdh.	Gewicht 10 kg zu leicht Wdh. 20	Gewicht 13 kg Wdh. 18	Gewicht 13 kg Wdh. 16
B2: Bankdrücken mit Langhantel 3 Sätze, 8–12 Wdh.	Gewicht Hantel (20 kg) Wdh 8	Gewicht Hantel (20 kg) Wdh. 8	Gewicht Hantel (20 kg) Wdh. 8
Rumänisches Kreuzheben mit Langhantel 3 Sätze, 8–12 Wdh.	Gewicht 32 kg Wdh. 15	Gewicht 32 kg Wdh. 15	Gewicht 32 kg Rücken gerundet Wdh. 15
Hüftabduktion in Seitlage 1 Satz, 15–30 Wdh. (jede Seite)	Wdh. links 20 Wdh. rechts 20		
Unterarmstütz 1 Satz, 20–60 Sekunden	Sekunden 35		
Seitstütz 1 Satz, 20–60 Sekunden (jede Seite)	Sekunden links 30 Sekunden rechts 30		
Notizen:	fühlte mich in dieser Woche viel stärker	aß 3 Std. vor dem Training	muss an der Ausführung beim Kreuzheben arbeiten

Mass-Index über 25 aufweisen, was als Übergewicht oder Fettleibigkeit einzustufen ist. Diese erschreckende Zahl kann ein wenig geschönt werden durch die Frauen, die sehr ausgeprägte Muskeln aufweisen, aber ich denke, das sind in dieser Statistik nicht besonders viele. Von den verbleibenden 36 Prozent der Frauen mit normalem Gewicht macht vielleicht ein Drittel geeignetes Krafttraining. Das bedeutet, dass insgesamt nur etwa zehn Prozent aller Frauen mit Ihnen im Wettbewerb bezüglich Krafttraining stehen. Und grob geschätzt, verfügen nur etwa fünf Prozent aller Frauen über so viel Oberkörperzugkraft, dass sie einen Klimmzug mit Kammgriff aus dem Hang ohne Hilfe ausführen können. Wenn Sie derzeit noch nicht an diesem Ziel angekommen sind, machen Sie sich bewusst, dass die Arbeit an der Übung Sie auf ein höheres Niveau bringt als die überwiegende Mehrheit aller Frauen.

Manche Frauen bestimmen ihren Anspruch an weibliche Kraft anhand dessen, was sie im Fitnessstudio bei fortgeschrittenen Gewichthebern sehen. Ich empfehle Ihnen aber, sich eher an der unten stehenden Tabelle zu orientieren, die Sie wieder auf den Boden der Tatsachen bringen kann. Vor etlichen Jahren hatte ich einmal mehr als 30 Klientinnen, die ich Woche für Woche trainierte. Meine heutigen starken »Power-Frauen« sind vermutlich der Ansicht, dass die Werte »zu leicht« sind, aber ich glaube, sie sind schon ganz realistisch, wenn man sich am Prozentsatz der Krafttraining betreibenden Frauen an der Gesamtbevölkerung orientiert.

Wie schon zuvor erwähnt, spielt Anthropometrie eine wesentliche Rolle für die Kraftentwicklung. Bei Frauen mit langen Oberschenkelknochen z. B. ist es gar nicht ungewöhnlich, wenn sie Front Squats gerade einmal mit Langhantel ohne Last schaffen, aber Kreuzheben mit über 60 Kilogramm. Die meisten Frauen schaffen mehr Gewicht bei Beckenlifts als bei Squats und mehr beim Kreuzheben als bei Beckenlifts. Eine Frau mit schmalem Oberkörper und wohlproportionierten Beinen wird vielleicht niemals in der Lage sein, Klimmzüge mit Kammgriff zu machen, egal, wie schlank und stark sie wird. Reverse Hyperextensions mit Körpergewicht wären für diese Frau eine exzellente Übung, da sie durch das Verhältnis Oberkörpergewicht zu Unterkörpergewicht echt herausfordernd wird. Dagegen kann vermutlich eine Frau von diesem Körpertyp 45-Grad-Hyperextensions ganz einfach absolvieren und muss eine Kurzhantel nehmen, damit es irgendwie anstrengend wird.

Ein weiterer wichtiger Faktor in Bezug auf Kraft ist der Bewegungsradius – bei vielen Übungen der einzige legitime Maßstab für den Kraftaufwand. Manche Frauen schaffen zehn Wiederholungen von einem Viertel-Squat mit 45 Kilogramm Zusatzgewicht, sind aber nicht in der Lage, eine einzige Wiederholung eines halben oder vollen Squats zu machen. Genauso ist es, wenn manche Frauen drei partielle Klimmzüge mit Kammgriff locker schaffen, aber keinen einzigen, wenn sie versuchen, aus dem vollen Hang zu beginnen und am oberen Ende des Brustbeins zu

Übersicht: Kraftpotenzial von Frauen

Übung	Anfänger	mittel	fortgeschritten	Elite
Back Squat	KG x 10 Wdh.	20 kg x 10 Wdh.	40–60 kg x 10 Wdh.	60–100 kg x 10 Wdh.
Ausfallschritte im Gehen, Kurzhantel	KG x 10 Wdh.	9 kg x 10 Wdh.	13–18 kg x 10 Wdh.	18–27 kg x 10 Wdh.
Liegestütz	0	1–8 Wdh.	8–20 Wdh.	20–40 Wdh.
Bankdrücken	0	20 kg x 10 Wdh.	30–38 kg x 10 Wdh.	38–60 kg x 10 Wdh.
Bankdrücken, Kurzhantel	9 kg x 10 Wdh.	9 kg x 10 Wdh.	11–16 kg x 10 Wdh.	16–23 kg x 10 Wdh.
Schrägbankdrücken	0	20 kg x 10 Wdh.	30–38 kg x 10 Wdh.	38–52 kg x 10 Wdh.
Schrägbankdrücken, Kurzhantel	7 kg x 10 Wdh.	9 kg x 10 Wdh.	11–16 kg x 10 Wdh.	16–23 kg x 10 Wdh.
Military Press	0	20 kg x 5 Wdh.	20–30 kg x 10 Wdh.	30–40 kg x 10 Wdh.
Military Press, Kurzhantel	4,5 kg x 10 Wdh.	7 kg x 10 Wdh.	9–11 kg x 10 Wdh.	11–16 kg x 10 Wdh.
Kreuzheben	20 kg x 10 Wdh.	30 kg x 10 Wdh.	40–85 kg x 10 Wdh.	85–125 kg x 10 Wdh.
Beckenlift	KG x 20 Wdh.	20–40 kg x 10 Wdh.	40–85 kg x 10 Wdh.	85–125 kg x 10 Wdh.
45-Grad-Hyperextension, Kurzhantel	KG x 20 Wdh.	4,5–9 kg x 10 Wdh.	9–23 kg x 10 Wdh.	23–45 kg x 10 Wdh.
Klimmzug mit Kammgriff	0	1–3 exzentrische Wdh.	1–8 Wdh.	8–15 Wdh.
einarmiges Rudern	9 kg x 10 Wdh.	11 kg x 10 Wdh.	13–18 kg x 10 Wdh.	18–27 kg x 10 Wdh.

enden. Ich habe unzählige Frauen erlebt, die an bestimmten Übungen scheitern, sobald der volle Bewegungsradius gefordert ist.

Normalerweise können Frauen, selbst wenn sie schon früher Krafttraining gemacht haben, keine Full Squats mit Langhantel absolvieren, wenn sie in mein Studio kommen. Als Anfängerin sollten Sie mit Körpergewichtübungen starten und ein gewisses Niveau an Mobilität, Stabilität und Ausführungskontrolle sicherstellen – arbeiten Sie mit kleinen Fortschritten. Schaffen Sie zunächst eine Grundlage, indem Sie Flexibilität erlangen, Ihre Gesäßmuskulatur in geeigneter Weise aktivieren und lernen, wie Sie Ihren Core-Bereich stabilisieren. Darüber hinaus sollten Sie Ihre Schultermuskulatur gezielt trainieren, damit Sie die Übungen in korrekter Form ausüben können. Steigern Sie allmählich Ihre Fähigkeit, den Bewegungsradius auszunutzen, verbessern Sie Ihre Bewegungsabläufe, steigern Sie die Wiederholungszahl und den Widerstand und variieren Sie die Übungen, bevor Sie sich an die Herausforderung ganz großer Hebeübungen wagen. Machen Sie z. B. Goblet Squats – eine gute, mittelschwere Übung, die die Kluft zwischen Squats mit Körpergewicht und mit Langhantel überbrückt. Hüftbrücken mit Langhantel gehen den Beckenlifts mit Langhantel immer voraus, und Hebeübungen aus dem Rack sind vor dem Kreuzheben an der Reihe.

Kurzhanteln sind für die Oberkörperarbeit häufig die Übergangslösung zwischen Übungen mit Körpergewicht und mit Langhantel. Nutzen Sie Bänder als Unterstützung bei Klimmzügen mit Kammgriff. Vergrößern Sie den Winkel beim Rudern am Kabelzug und bei Liegestützen, um sie einfacher zu gestalten. All diese Aspekte finden Sie später auch in meinen zwölfwöchigen Programmen, aber es ist gut, schon einmal darüber nachzudenken.

Kellies Anmerkung: *Sie dürfen gern vor Stolz platzen, wenn Sie bei einer der links aufgelisteten Übungen auf dem Niveau »Fortgeschritten« oder gar »Elite« angekommen sind, denn das ist das Resultat harter, konsequenter Arbeit über einen längeren Zeitraum. Beachten Sie, dass der Bereich »Elite« sehr weit gefasst ist. Wenn Sie in dieser Kategorie sind, setzen Sie sich das obere Ende als nächstes Ziel bei den Übungen. Hoffentlich verhilft Ihnen diese Tabelle zu einer geeigneten Perspektive für Ihren Kraftaufbau. Ich persönlich bin sehr stark bei den Übungen für den Unterkörper, aber in Bezug auf den Oberkörper komme ich nicht recht über »fortgeschritten« hinaus. Ich bleibe aber am Ball und setze mir stets neue Ziele.*

Fortschritt ist, was Fortschritte macht

Wenn Sie mit dem Zwölf-Wochen-Programm *Gesäßtraining für Anfänger* starten, ist es gut, im Anschluss daran das Zwölf-Wochen-Programm *Gesäßtraining für Fortgeschrittene* zu absolvieren. Dabei kann allerdings einiges noch zu anspruchsvoll für Ihre derzeitige Kraft sein, dann suchen Sie sich bitte Alternativen aus dem Übungskatalog als Ersatz. Behalten Sie trotzdem die ersetzten Übungen als künftige Ziele im Kopf.

Auf der nächsten Seite finden Sie eine Tabelle, die Ihnen hilft, Ihre Fortschritte zu dokumentieren und zu kontrollieren. Bei jeder Übung haben Sie Platz für drei Einträge. Der erste Eintrag ist das Maximalgewicht, das Sie einmal (1 RM = One Rep Maximum), aber kein zweites Mal heben können. Der zweite Eintrag gibt das Maximalgewicht an, das Sie mit mittlerer Wiederholungszahl (z. B. 10 RM) heben können, und beim dritten Eintrag versuchen Sie, Ihr Körpergewicht zu heben, und tragen ein, wie oft Sie das schaffen.

Ich empfehle Ihnen, an diesen Rekorden in sehr kleinen Schritten zu arbeiten, nachdem Sie sich an die Workouts gewöhnt haben. Geben Sie sich etwas Zeit, bevor Sie sich daran machen, persönliche Rekorde zu setzen. Verwenden Sie dann die Rekorde als Mittel, Ihren Fortschritt voranzutreiben, sozusagen als Brennstoff, um sich selbst anzuheizen. Sie werden verblüfft sein, wie weit Sie kommen. Zwischen Ihrem ersten Versuch und denen in zwei Monaten werden Welten liegen!

Beachten Sie, dass einige der hier angeführten Übungen nicht in Ihrem Programm enthalten sind. Sie können diese Blätter gerne später nutzen, wenn Sie diese Übungen in Ihr Workout integriert haben, denn wenn Sie die Übungen nur einmal ausprobieren, ist das nicht besonders aussagekräftig. Wie Sie in dem Beispiel sehen, sind nicht alle Felder ausgefüllt, da sich manche Übungen nicht für geringe Wiederholungszahlen eignen. Es verhilft Ihnen zu größeren Erfolgen, wenn Sie Ihre Bestleistungen bei all diesen Hebeübungen in den unterschiedlichen Wiederholungsbereichen kennen, denn Sie haben dadurch mehr Möglichkeiten, persönliche Rekorde zu erzielen und mit progressiver Überlastung zu arbeiten.

Tabelle für Fortgeschrittene

Übung	wenige Wdh. (Beispiel 1 RM)	mittelviele Wdh. (Beispiel 10 RM)	viele Wdh. (Beispiel max Wdh., Körpergewicht)
Squat auf Podesten, Kurzhantel			
Goblet Squat			
Front Squat, Langhantel			
Full Squat, Langhantel			
Zercher Squat, Langhantel			
tiefer Box Squat (25 cm hoch), Langhantel			
mitteltiefer Box Squat (30 cm hoch), Langhantel			
Kreuzheben, Langhantel			
Sumo-Kreuzheben, Langhantel			
Amerikanisches Kreuzheben, Langhantel			
Good Morning, Langhantel			
Hüftbrücke, Langhantel			
Beckenlift, Langhantel			
Back Extension, Kurzhantel			
45-Grad-Hyperextensions, Kurzhantel			
Bulgarischer Split Squat, Langhantel			
Bulgarischer Split Squat, Kurzhantel			
Ausfallschritte im Gehen, Langhantel			
Ausfallschritte im Gehen, Kurzhantel			
hoher Kastensteiger, Kurzhantel (75 cm hoch)			
Pistol Squat, KG			
einbeiniges Rumänisches Kreuzheben, Kurzhantel			
einbeiniger Beckenlift, KG			
einbeinige Back Extension, Hände am Hinterkopf verschränkt			

Beispiel: Krista

Übung	wenige Wdh. (Beispiel 1 RM)	mittelviele Wdh. (Beispiel 10 RM)	viele Wdh. (Beispiel max Wdh., Körpergewicht)
Squat auf Podesten, Kurzhantel		30 kg x 10 Wdh.	
Goblet Squat			20 kg x 20 Wdh.
Front Squat, Langhantel	60 kg x 1 Wdh.	40 kg x 10 Wdh.	30 kg x 30 Wdh.
Full Squat, Langhantel	70 kg x 1 Wdh.	50 kg x 10 Wdh.	40 kg x 20 Wdh.
Zercher Squat, Langhantel	70 kg x 1 Wdh.	50 kg x 10 Wdh.	
tiefer Box Squat (25 cm hoch), Langhantel	50 kg x 1 Wdh.	40 kg x 10 Wdh.	
mitteltiefer Box Squat (30 cm hoch), Langhantel	70 kg x 1 Wdh.	50 kg x 10 Wdh.	
Kreuzheben, Langhantel	115 kg x 1 Wdh.	90 kg x 5 Wdh.	60 kg x 30 Wdh.
Sumo-Kreuzheben, Langhantel	125 kg x 1 Wdh.	100 kg x 5 Wdh.	60 kg x 40 Wdh.
Amerikanisches Kreuzheben, Langhantel			40 kg x 25 Wdh.
Good Morning, Langhantel		40 kg x 10 Wdh.	30 kg x 30 Wdh.
Hüftbrücke, Langhantel		100 kg x 10 Wdh.	60 kg x 40 Wdh.
Beckenlift, Langhantel	80 kg x 5 Wdh.	60 kg x 20 Wdh.	40 kg x 40 Wdh.
Back Extension, Kurzhantel		25 kg x 10 Wdh.	KG x 200 Wdh.
45-Grad-Hyperextensions, Kurzhantel		30 kg x 10 Wdh.	KG x 200 Wdh.
Bulgarischer Split Squat, Langhantel		20 kg x 10 Wdh.	KG x 70 Wdh.
Bulgarischer Split Squat, Kurzhantel		10 kg x 10 Wdh.	
Ausfallschritte im Gehen, Langhantel		30 kg x 10 Wdh.	KG x 100 Wdh.
Ausfallschritte im Gehen, Kurzhantel		15 kg x 15 Wdh.	
hoher Kastensteiger, Kurzhantel (75 cm hoch)		5 kg x 8 Wdh.	KG x 15 Wdh.
Pistol Squat, KG	KG x 3 Wdh.		
einbeiniges Rumänisches Kreuzheben, Kurzhantel		15 kg x 10 Wdh.	
einbeiniger Beckenlift, KG			KG x 25 Wdh
einbeinige Back Extension, Hände am Hinterkopf verschränkt			KG x 25 Wdh.

Tabelle für Anfänger

Übung	Maximum Wdh.
tiefer Box Squat (30 cm Höhe), KG	
Beckenlift, KG	
Rumänisches Kreuzheben, Langhantel (20 kg)	
niedriger Kastensteiger (30 cm Höhe), KG	
45-Grad-Hyperextensions, KG	
Ausfallschritte im Gehen, KG	
einbeinige Hüftbrücke, KG	

Beispiel: Katherine

Übung	Maximum Wdh.
tiefer Box Squat (30 cm Höhe), KG	KG x 16 Wdh.
Beckenlift, KG	KG x 18 Wdh.
Rumänisches Kreuzheben, Langhantel (20 kg)	20 x 20 Wdh.
niedriger Kastensteiger (30 cm Höhe), KG	KG x 12 Wdh.
45-Grad-Hyperextension, KG	KG x 20 Wdh.
Ausfallschritte im Gehen, KG	KG x 10 Wdh.
einbeinige Hüftbrücke, KG	KG x 8 Wdh.

Kapitel 9

Das Warm-up

Über die Jahre habe ich gelernt, dass Warm-up für jeden etwas anderes bedeutet. Frauen sind wie immer auch hier flexibler als Männer, weshalb Stretching nicht zwangsläufig immer Bestandteil ihres Warm-ups ist (abgesehen davon, ist Krafttraining für die Flexibilitätssteigerung ebenso effektiv wie Stretching). Wer eine bessere Kondition hat, benötigt vielleicht kein intensives Warm-up vor dem Sprinten oder vor anderen sportlichen Aktivitäten. Andere können keine einzige Hebeübung vornehmen, ohne sich vorher intensivst aufzuwärmen.

Ich habe Warm-ups für alle vier Workouts entworfen, damit Sie sich gut auf die Übungsabläufe vorbereiten können. Wenn Krafttraining oder jedes andere Training für Sie völlig neu ist, sollten Sie sich an diese Vorgaben halten. Wenn Sie Ihre eigenen Warm-up-Routinen haben, dann arbeiten Sie damit. Wie auch immer, das Warm-up mit den hier vorgegebenen Abläufen für die ersten vier Wochen Ihres Programms wird sicherstellen, dass Ihre Muskeln auf die anstehenden Belastungen vorbereitet sind. Vermutlich unterscheiden sich diese Übungen stark von dem, was Sie kennen, und ich möchte auf keinen Fall, dass Sie sich schon in den ersten Wochen Ihres Programms Verletzungen zuziehen.

Die meisten Workout-Programme arbeiten mit einem Standard-Warm-up, das in etwa folgendermaßen aussieht: zehn Minuten auf dem Ergometer mit moderater Geschwindigkeit, fünf Minuten statische Dehnung und ein Satz (oder zwei) spezielles Warm-up für die erste Übung des Workouts. Das Problem mit dieser Warm-up-Routine ist, dass sie nicht all Ihren Bedürfnissen vor dem Training gerecht wird. Ein Warm-up verfolgt mehrere Ziele, zu denen die Erhöhung der Gewebetemperatur, die Aktivierung des Nervensystems und die Beschleunigung des Blutflusses gehören sollten.

Mein Warm-up geht allerdings über diese Standards hinaus, indem es sich an den durch Beruf und Lebensumstände bedingten Problemen orientiert. Was passiert, wenn Sie den ganzen Tag an Ihrem Schreibtisch sitzen? Sie vernachlässigen die Auslastung Ihrer Gelenke. Ihre Muskeln begeben sich in den Schlummermodus, weil sie denken, sie werden nicht gebraucht. Manche Muskeln verkürzen sich zudem schnell.

Für die Programme hier in diesem Buch sollten Sie ein dynamisches Warm-up machen, denn es wird Ihren Vorbedingungen und Bedürfnissen (Temperaturerhöhung und Blutzirkulationssteigerung) gerecht, während es gleichzeitig Ihr Nervensystem aktiviert und Ihre Gelenke auf das Workout vorbereitet. Machen Sie also immer vor den Workouts das 10- bis 15-minütige Warm-up, das im Folgenden vorgestellt wird.

Warm-up für Workouts A und C

Schaumstoffrolle/Medizinball

Rückenstrecker, Iliotibialband, Quadrizeps, ischiocrurale Muskulatur, Adduktoren, Gesäßmuskeln, Waden, Latissimus

S. 178

Rückenstrecker

S. 176

Quadrizeps

S. 177

Iliotibialband

S. 176

Hüftbeuger

S. 176

ischiocrurale Muskulatur

S. 177

Adduktoren

S. 174

Gesäßmuskeln

S. 175

Waden

S. 178

Latissimus

Statische Dehnübungen

ischiocrurale Muskulatur, Hüftbeuger, Adduktoren

S. 179

ischiocrurale Muskulatur, einbeinig

S. 184

Hüftbeuger

S. 181

Adduktoren, gebeugt

S. 181

Adduktoren, im Stand

Aktivierung

S. 191

Hüftabduktion in Seitlage

S. 189

Fliegender Hund

S. 294

Unterarmstütz

S. 185

YTWL

Mobilität

S. 221

Ausfallschritt

S. 187

Mobilisierung der Fußgelenke

S. 186

Brustextension und -rotation im Vierfüßlerstand

S. 182

Squat mit Rotation der Hüfte

Warm-up für Workout B

Selbstmassage mit Stab

S. 174
Iliotibialband

S. 174
Quadrizeps

S. 174
Waden

S. 174
Schienbeinmuskel

Selbstmassage mit Golfball oder Medizinball

S. 174
Plantarfaszie

S. 174
obere Gesäßmuskulatur

Statische Dehnübungen

S. 179
Quadrizeps

Hüftaußenrotatoren

S. 180
Latissimus

S. 180
Brustmuskeln

Aktivierung

S. 191

Muschel in Seitlage

S. 192

Hüftbrücke

S. 303

Seitstütz

S. 190

Liegestütz Plus

S. 182

Armgleiten an der Wand

Mobilität

S. 184

Kniehochziehen im Gehen

S. 191

Superman

S. 183

Squat aus der Hüftbeuge

S. 188

Hüftinnenrotation, Gymnastikball

Kardiotraining

In einer idealen Welt würden Sie Ihre Kardioeinheiten an den Tagen erledigen, an denen Sie kein Krafttraining machen. Der perfekte Wochenplan sähe dann folgendermaßen aus:

Montag: Workout A
Dienstag: Workout B
Mittwoch: Kardio oder HIIT-Workout A
Donnerstag: Workout C
Freitag: Workout A
Samstag: Kardio oder HIIT-Workout B
Sonntag: frei

Nehmen wir an, Sie führen das Krafttraining nur an drei Tagen pro Woche aus, dann sieht Ihr Wochenplan folgendermaßen aus:

Montag: Workout A
Dienstag: Kardio oder HIIT-Workout A
Mittwoch: Workout B
Donnerstag: Kardio oder HIIT-Workout B
Freitag: Workout C
Samstag: Kardio oder HIIT-Workout C
Sonntag: frei

Jetzt sehen Sie sich das entweder an und nicken zustimmend, oder Sie verdrehen die Augen und sagen: »Ja, klar, Bret. Als hätte ich nichts anderes zu tun!« Wenn Sie nicht in der von mir vorgesehenen idealen Welt leben: keine Panik! Dieses Programm wurde dafür entwickelt, sich an Ihrem Lebensstil zu orientieren, und ich weiß, dass Sie andere Dinge zu tun haben, als an sechs Tagen in der Woche zu trainieren.

Der wichtigste Teil des Programms ist das Krafttraining. Dennoch kann ein gutes Kardiotraining ein- oder zweimal in der Woche Ihre Fettverbrennung beschleunigen. Ich möchte Ihnen aber dringend dazu raten, Ihre Kardioeinheiten immer im Anschluss an das Krafttraining zu absolvieren, niemals davor. Kardio-Workouts sollten auch nicht Bestandteil Ihres Warm-ups sein. Sie müssen Ihre Energiereserven für das Krafttraining aufsparen, um die größtmöglichen Vorteile aus dem Programm zu ziehen. Wenn Sie abends trainieren, machen Sie Ihre Kardioeinheiten am nächsten Tag. Ausnahme sind Kardioeinheiten von geringer Intensität. Sie können z. B. am Morgen Ihres Trainingstags einen erfrischenden Spaziergang machen oder auch am Abend davor.

Ich empfehle Ihnen, pro Woche zwei hochintensive Kardioeinheiten zusammen mit dem Krafttraining zu absolvieren. Das können Hügelläufe, HIIT (High Intensity Interval Training), Tabatas, ein Kurs in Kickboxen oder jede andere Übungsart sein, die für Beschleunigung und Verlangsamung des Pulsschlags sorgt. Ich denke, das ist für Ihre Gesundheit und Ihr Selbstbewusstsein von Vorteil. Aber bitte nicht übertreiben!

Diese Aktivitäten bearbeiten Ihre Gesäßmuskulatur allerdings nicht in der gleichen Weise wie hartes Widerstandstraining. Dieses eignet sich am besten dazu, Ihre Gesäßmuskeln munter zu machen. Beim HIIT effizienter zu werden kann Sie vielleicht etwas schlanker machen und auch die Gesäßmuskulatur etwas verbessern, wenn Sie sich darauf beschränken, aber das ist nicht besser als eine geeignete Kombination aus optimaler Ernährung und progressivem Krafttraining. Fühlen Sie sich also nicht verpflichtet, Kardiotraining oder HIIT zu machen, wenn Sie es lieber nicht täten. Andererseits sollten Sie nicht darauf verzichten, wenn Sie Spaß daran haben oder Sie sich damit besser fühlen. Ein Programm, das Ihnen Freude bereitet, wird sehr wahrscheinlich bessere Resultate bringen.

Kapitel 10:

Das Zwölf-Wochen-Programm *Gesäßtraining für Anfänger*

Wenn Krafttraining für Sie völlig neu ist, Sie einige Zeit mit Workouts ausgesetzt haben oder Sie mit Ihrem aktuellen Trainingsplan keine Fortschritte mehr machen, dann ist dieses Programm der richtige Einstieg für Sie. Falls Sie nicht bereits den überwiegenden Teil der Übungen in diesem Buch kennen und längerfristig ausgeführt haben, sollten Sie hiermit beginnen.

Wenn Sie dieses Programm beginnen, werden Sie bald feststellen, ob es das Richtige ist oder ob Sie vielleicht doch gleich das Zwölf-Wochen-Programm *Gesäßtraining für Fortgeschrittene* ausprobieren sollten. Ich vermute aber, Sie werden überrascht sein, wie anspruchsvoll dieses Anfängerprogramm ist – auch wenn Sie im Prinzip schon fortgeschrittenes Krafttraining betrieben haben. Möglicherweise sind viele der vorgestellten Übungen neu für Sie oder werden auf neue Weise präsentiert. Vielleicht arbeiten Sie derzeit nur einmal pro Woche an jeder Muskelgruppe, oder Sie haben bisher noch nicht Ihre Gesäßmuskeln in der hier gezeigten Weise in den Fokus gerückt. Wenn Sie sich nicht sicher sind, womit Sie beginnen sollen, versuchen Sie das Anfänger-Programm eine Woche lang und beurteilen Sie dann, wie Sie sich fühlen. Wenn Sie nach den Workouts nach Hause schlendern, als kämen Sie von einem erfrischenden Spaziergang im Park, stellen Sie sich bitte mit dem Programm für Fortgeschrittene einer anderen Herausforderung. Wenn Sie aber doch etwas Erschöpfung und leichten Muskelkater verspüren, bleiben Sie weitere elf Wochen bei diesem Programm. Sie werden enorm davon profitieren, denn Sie lernen, wie Sie die Übungen perfekt ausführen und mit welchen Techniken zu arbeiten ist.

Eine der größten Herausforderungen dieses zwölfwöchigen Programms liegt darin, qualitativ hochwertige Bewegungsabläufe durchzuführen. Wie schon in Kapitel 4 erläutert, geht es hier nicht nur darum, sich zu bewegen, sondern es geht darum, sich richtig zu bewegen. Jeder kann eine beachtliche Menge Gewicht auf eine Hantel laden und diese dann heben. Die Erfolge Ihrer Muskelentwicklung und der Fortschritt beim Kraftaufbau hängen überwiegend davon ab, welche motorische Kompetenz Sie an den Tag legen. Das bedeutet, jede einzelne Hebeübung oder Hebekomponente wird mit absolut perfekter Haltung ausgeführt. Ich möchte Ihre Zusage, dass Sie, während Sie die die Programme in diesem Buch durcharbeiten, sofort das Gewicht ablegen und eine Pause machen, wenn Ihre Ausführung qualitativ nachlässt.

Ich kann gar nicht oft genug betonen, wie wichtig das für Ihren Erfolg ist. Wenn Ihre Körperhaltung einzubrechen beginnt, schränken Sie normalerweise den Bewegungsradius ein und kompensieren den Kraftmangel mit nicht zuständigen Muskelgruppen. Sie haben keine Energie mehr, und Ihr Körper gibt in verschiedenen Gelenken nach. Letztendlich riskieren Sie Verletzungen. Während der zwölf Wochen, die Sie mit diesem Programm verbringen, werden Sie lernen, wie Ihre Muskeln bei jeder einzelnen Bewegung arbeiten. Achten Sie darauf, wie sie sich anfühlen. Spannen Sie Ihre Muskeln bei konzentrischen Bewegungen an (Muskelverkürzung, um Spannung aufzubauen). Dehnen Sie sie bei exzentrischen Bewegungen (aktive Muskelverlängerung). Sie sollten die Spannung in Ihren Muskeln immer spüren, sowohl bei allen Aufwärts- als auch bei allen Abwärtsbewegungen.

Bei jeder Übung sollten Sie sich speziell auf die Aktivierung Ihrer Gesäßmuskeln konzentrieren. Das mag anfangs unmöglich erscheinen. Bleiben Sie trotzdem am Ball und bemühen Sie sich, dann werden Sie irgendwann bei den Hüftbewegungen spüren, wie die Gesäßmuskeln arbeiten. Ja wirklich, jedes Mal, wenn Sie eine komplexe Bewegung mit Ihrem Unterkörper machen, sollte Ihre Gesäßmuskulatur aktiviert sein. Ich weiß von Kellie und vielen anderen fortgeschrittenen Frauen, dass sich bei jeder Hebeübung die Gesäßmuskulatur automatisch einschaltet. Kellie aktiviert sie sogar beim Bankdrücken, bei Klimmzügen, Military Presses, Curls mit Langhantel, Trizepsdrücken mit Seil und allen Übungen, die nicht im

Sitzen ausgeführt werden. Ich möchte, dass Sie das auch bewerkstelligen. Berücksichtigen Sie aber, dass es dafür Zeit braucht und anfangs viel Korrektur und Kontrolle.

In diesem zwölfwöchigen Programm gebe ich Ihnen Hinweise, wie viele Wiederholungen Sie für jeden Übungssatz anstreben sollten. Das ist aber nur ein Ziel, dass Sie im Hinterkopf haben sollten. Mir ist es weitaus lieber, Sie absolvieren fünf qualitativ hochwertige Wiederholungen mit perfekter Ausführung, als dass Sie sich 20 Wiederholungen von mittlerer Qualität abringen, von denen vielleicht nur ein paar wenige zu Beginn des Satzes wirklich perfekt sind. Falls Sie einen Satz einer Übung mit 20 Wiederholungen bewältigen, ohne auch nur mit der Wimper zu zucken, haben Sie möglicherweise ein zu geringes Gewicht gewählt. Der einzige Weg, die gewünschte Körperform zu bekommen, führt über die Herausforderung, bei jedem Training kontinuierlich jeden Monat eigene Rekorde zu brechen und neue Ziele zu setzen.

Viele meiner Klientinnen haben beim ersten Training mit mir plötzlich 30 Wiederholungen mit einem bestimmten Gewicht bewältigt, obwohl sie zuvor immer nur zehn schafften. Das gelang ihnen nur deshalb, weil ich sie dazu motivierte, ihre Sätze so hart wie nur irgend möglich anzusetzen (natürlich ohne dass die Ausführung darunter leidet, versteht sich!)

Bevor Sie anfangen, sollten Sie das passende Gewicht für die geplanten Sätze einer Übung herausfinden. Dazu wählen Sie das Maximalgewicht, mit dem Sie glauben, zehn Wiederholungen maximal (10 RM) zu schaffen. Mit perfekter Ausführung! Das Gewicht muss also schwer genug sein, damit Sie zehn Wiederholungen mit perfekter Ausführung schaffen, aber definitiv keine elfte. Schaffen Sie nur fünf, haben Sie das Gewicht zu schwer gewählt. Bleibt die Ausführung auch nach mehr als zehn Wiederholungen perfekt, ist das Gewicht zu leicht. Wenn Sie »Ihr« Gewicht gefunden haben, schreiben Sie es in Ihr Fitnesstagebuch und beginnen Sie mit der Arbeit. Von einer Übung zur anderen wird dieser Wert natürlich schwanken. Die Aktivierungsübungen in diesem Programm z. B. zielen auf die Stimulierung schlafender Muskeln ab, sodass Sie sie in alle Bewegungabläufe einbauen können. Glauben Sie mir, selbst diese leicht erscheinenden Übungen werden für Ihre Muskeln eine große Herausforderung sein und Ihren Stoffwechsel stark strapazieren. Deshalb denken Sie gar nicht erst daran, bei diesen Übungen Gewicht hinzuzufügen. Lassen Sie Ihre Gesäßmuskeln korrekt arbeiten, dann werden Sie sofort spüren, wie sie brennen. Genau genommen wünsche ich mir, dass Sie nach jedem Satz losrennen möchten, um sich in einen Eiskübel zu stürzen.

Das Zwölf-Wochen-Programm
Gesäßtraining für Anfänger

- Ziel dieser Übungseinheiten ist, Bewegungsabläufe perfekt auszuführen. Denken Sie immer an die Qualität, nicht an die Quantität. Fünf perfekte Wiederholungen sind besser als 20 durchschnittliche.
- Sie führen Bewegungsabläufe und -muster ein, die Ihr Körper möglicherweise automatisiert, also vergewissern Sie sich an diesem wichtigen Punkt, dass Sie die richtige Vorstellung von der perfekten Ausführung dieser Übung haben.
- Machen Sie sich keine Gedanken um die vorgegebenen Wiederholungszahlen. Wenn Sie nur sechs wirklich gute Wiederholungen schaffen, ist das in Ordnung. Hören Sie dann auf. Der Satz ist zu Ende, wenn Sie die Wiederholungen nicht mehr perfekt ausführen können. Wenn Ihre Ausführung jedoch perfekt ist und bleibt, können Sie durchaus zusätzliche Wiederholungen machen.
- Wenn Sie einarmige oder einbeinige Übungen machen, fangen Sie immer mit der schwächeren Körperseite an, damit Sie die Anzahl an Wiederholungen auf die stärkere Seite übertragen können. Mit der Zeit wird Ihre Kraft zunehmen, dann werden sich auch solche Unausgewogenheiten nach und nach ausgleichen.

Wochen 1–4: Workout A (1. Tag der Workout-Woche)

Datum: ____________ Gewicht: ____________

Übungsgeräte für Wochen 1–4:

- *Matte*
- *flache Hantelbank*
- *Kurzhanteln*
- *Kasten (flache Hantelbank oder Aerobic-Step eignen sich, wenn kein Kasten zur Verfügung steht)*
- *Kabelzugmaschine (siehe Alternativen im Übungskatalog, wenn keine Maschine zur Verfügung steht)*
- *verstellbarer Rückentrainer (siehe Alternativen im Übungskatalog, wenn keine Maschine zur Verfügung steht)*

S. 192

A1: Hüftbrücke
3 Sätze, 10–20 Wdh.

S. 264

A2: einarmiges Rudern, Kurzhantel
3 Sätze, 8–12 Wdh. (jede Seite)

S. 210

B1: Box Squat
3 Sätze, 10–20 Wdh.

S. 276

B2: Bankdrücken, Kurzhanteln
3 Sätze, 8–12 Wdh.

S. 233

Rumänisches Kreuzheben, Kurzhanteln
3 Sätze, 10–20 Wdh.

S. 191

Hüftabduktion in Seitlage
1 Satz, 15–30 Wdh. (jede Seite)

S. 294

Unterarmstütz
1 Satz, 20–120 Sekunden

S. 302

Seitstütz auf Knien
1 Satz, 20–60 Sekunden (jede Seite)

Wochen 1–4: Workout B (3. Tag der Workout-Woche)

Datum: ____________   Gewicht: ____________

S. 195

A1: einbeinige Hüftbrücke mit Fußerhöhung
3 Sätze, 10–20 Wdh. (jede Seite)

S. 280

A2: Lat-Ziehen zur Brust
3 Sätze, 8–12 Wdh.

S. 226

B1: Kastensteiger
3 Sätze, 10–20 Wdh. (jede Seite)

S. 288

B2: Überkopfdrücken im Stehen, Kurzhanteln
3 Sätze, 8–12 Wdh.

S. 250

45-Grad-Hyperextension
3 Sätze, 10–20 Wdh.

S. 191

Muschel in Seitlage
1 Satz, 15–30 Wdh. (jede Seite)

S. 292

Crunch
1 Satz, 15–30 Wdh.

S. 300

Seiten-Crunch
1 Satz, 15–30 Wdh. (jede Seite)

Wochen 1–4: Workout C (5. Tag der Workout-Woche)

Datum: ____________________ Gewicht: ____________________

S. 196

A1: Marschieren in der Brücke mit Schultererhöhung
3 Sätze, 60 Sekunden (mit den Beinen abwechselnd »marschieren«)

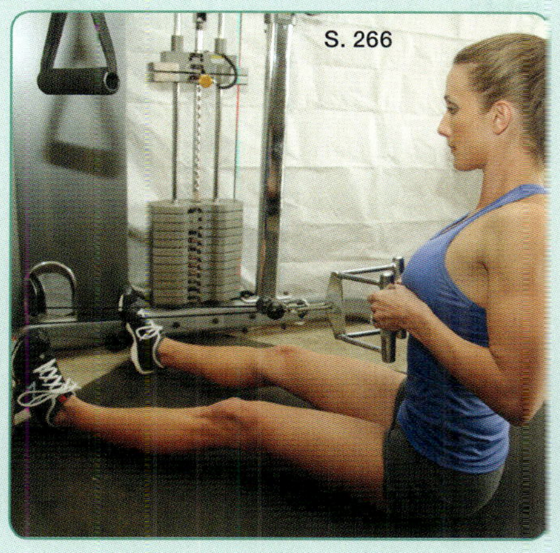
S. 266

A2: Rudern im Sitzen, Kabelzug
3 Sätze, 8–12 Wdh.

S. 211

B1: Squat
3 Sätze, 10–20 Wdh.

S. 277

B2: Schrägbankdrücken, Kurzhanteln
3 Sätze, 8–12 Wdh.

S. 188

einbeiniges Rumänisches Kreuzheben, gestreckt
3 Sätze, 10–20 Wdh. (jede Seite)

S. 205

Gehen im gekreuzten Band (leichte Spannung)
1 Satz, 10–20 Schritte (jede Seite)

S. 295

RKC-Unterarmstütz
1 Satz, 10–30 Sekunden

S. 305

Horizontalrotation mit Seil
1 Satz, 10 Wdh. (jede Seite)

Wochen 5–8: Workout A (mindestens zweimal wöchentlich)

Datum: ____________ Gewicht: ____________

Übungsgeräte für Wochen 5–8:

- *Matte*
- *Kabelzugmaschine*
- *Klimmzugstange/Türreck*
- *Kasten (flache Hantelbank oder Aerobic-Step eignen sich, wenn kein Kasten zur Verfügung steht)*
- *flache Hantelbank*
- *Langhantel (ggf. Gewichte und Clips)*
- *Kurzhanteln*
- *Tisch oder höhenverstellbarer Rückentrainer für Reverse Hyper-extensions*
- *Gymnastikball*
- *Kettlebell*

S. 194

A1: Beckenlift
3 Sätze, 10–20 Wdh.

S. 265

A2: einarmiges Rudern im Stehen, Kabelzug
3 Sätze, 8–12 Wdh. (jede Seite)

S. 227

B1: Kombi Kastensteiger/ Ausfallschritt nach hinten
3 Sätze, 10–20 Wdh.

S. 278

B2: Bankdrücken, Langhantel
3 Sätze, 8–12 Wdh.

S. 233

Rumänisches Kreuzheben, Langhantel
3 Sätze, 10–20 Wdh.

S. 191

Hüftabduktion in Seitlage
1 Satz, 15–30 Wdh. (jede Seite)

S. 296

RKC-Unterarmstütz mit Fußerhöhung
1 Satz, 20–60 Sekunden

S. 303

Seitstütz
1 Satz, 20–60 Sekunden (jede Seite)

Wochen 5–8: Workout B (mindestens einmal wöchentlich)

Datum: ____________ Gewicht: ____________

S. 196

A1: einbeinige Hüftbrücke
3 Sätze, 10–20 Wdh. (jede Seite)

S. 282

A2: Klimmzug mit Kammgriff, negativ (oder Untergriff-Lat-Ziehen)
3 Sätze, 3 Wdh.

S. 222

B1: Ausfallschritte im Gehen
3 Sätze, 10–20 Wdh.
(20–40 Schritte insgesamt)

S. 288

B2: Überkopfdrücken im Stehen, Kurzhanteln
3 Sätze, 8–12 Wdh.

S. 256

Reverse Hyperextension
3 Sätze, 10–20 Wdh.

S. 191

Muschel in Seitlage
1 Satz, 15–30 Wdh. (jede Seite)

S. 293

Crunch, Gymnastikball
1 Satz, 15–30 Wdh.

S. 301

Seiten-Crunch, Gymnastikball
1 Satz, 15–30 Wdh.

Wochen 5–8: Workout C (mindestens einmal wöchentlich)

Datum: ____________ Gewicht: ____________

S. 194

A1: Beckenlift (mit Pause)
3 Sätze, 10–20 Wdh. (oben jeweils 3 Sekunden halten)

S. 268

A2: Rudern in Rückenlage, Schlingentrainer
3 Sätze, 8–12 Wdh.

S. 212

B1: Goblet Squat, Kurzhantel
3 Sätze, 10–20 Wdh.

S. 279

B2: Bankdrücken mit engem Griff, Langhantel
3 Sätze, 8–12 Wdh.

S. 246

Russischer Kettlebell-Swing
3 Sätze, 10–20 Wdh.

S. 205

Gehen im gekreuzten Band (moderate Spannung)
1 Satz, 15–30 Schritte (jede Seite)

S. 294

Sit-up mit gestreckten Beinen
1 Satz, 15–30 Wdh.

S. 304

Anti-Rotations-Halteübung mit Widerstandsband
1 Satz, 10–20 Sekunden (jede Seite)

Wochen 9–12: Workout A (mindestens zweimal wöchentlich)

Datum: ____________________ Gewicht: ____________________

Übungsgeräte für Wochen 9–12:

- *Matte*
- *Langhantel*
- *Gewichte und Clips für Langhantel*
- *Schutzpad für Langhantel, dick*
- *Kurzhanteln*
- *Kasten (flache Hantelbank oder Aerobic-Step eignen sich, wenn kein Kasten zur Verfügung steht)*
- *Gymnastikball*
- *Kabelzugmaschine*
- *Klimmzugstange*
- *Squat-Rack*
- *flache Hantelbank*
- *elastisches Widerstandsband*

S. 199

A1: Beckenlift, Langhantel
3 Sätze, 10–20 Wdh.

S. 270

A2: vorgebeugtes Rudern, Kurzhanteln
3 Sätze, 8–12 Wdh.

S. 214

B1: Box Squat, Langhantel
3 Sätze, 10–20 Wdh.

S. 274

B2: Liegestütz
3 Sätze, 3–10 Wdh.

S. 237

Amerikanisches Kreuzheben, Langhantel
3 Sätze, 10–20 Wdh.

S. 191

Hüftabduktion in Seitlage
1 Satz 15–30 Wdh. (jede Seite)

S. 293

Crunch mit Kurzhantel, Gymnastikball
1 Satz, 15–30 Wdh.

S. 307

Horizontalrotation mit Cook Bar im Kniestand
1 Satz, 10–15 Wdh. (jede Seite)

Wochen 9–12: Workout B (mindestens einmal wöchentlich)

Datum: ____________ Gewicht: ____________

S. 197

A1: einbeiniger Beckenlift
3 Sätze, 10–20 Wdh. (jede Seite)

S. 282

A2: Klimmzug mit Bandunterstützung, Parallelgriff
3 Sätze, 1–5 Wdh.

S. 223

B1: Bulgarischer Split Squat
3 Sätze, 10–20 Wdh. (jede Seite)

S. 289

B2: einarmiges Überkopfdrücken, Kurzhantel
3 Sätze, 8–12 Wdh.

S. 245

Good Morning, Langhantel
3 Sätze, 10–20 Wdh.

S. 205

Gehen im gekreuzten Band (moderate Spannung)
1 Satz, 15–30 Schritte (jede Seite)

S. 296

RKC-Unterarmstütz mit Fußerhöhung
1 Satz, 60–120 Sekunden

S. 301

Seitbeuge, Kurzhantel
1 Satz, 15–30 Wdh.
(jede Seite)

Wochen 9–12: Workout C (mindestens einmal wöchentlich)

Datum: ____________ Gewicht: ____________

S. 199

A1: Beckenlift (mit Pause), Langhantel 3 Sätze, 8–15 Wdh. (oben jeweils 3 Sekunden halten)

S. 265

A2: Rudern auf der Schrägbank, Kurzhanteln
3 Sätze, 8–10 Wdh.

S. 215

B1: Parallel Squat, Langhantel
3 Sätze, 10–20 Wdh.

S. 279

B2: Schrägbankdrücken, Langhantel
3 Sätze, 3–10 Wdh.

S. 253

Back Extension
3 Sätze, 10–30 Wdh.

S. 191

Muschel in Seitlage
1 Satz, 15–30 Wdh. (jede Seite)

S. 297

Beinheben aus dem Hang
1 Satz, 10–20 Wdh.

S. 305

Horizontalrotation mit Seil
1 Satz, 10–15 Wdh. (jede Seite)

Gesäßtraining für Anfänger, Workout A: Wochen 1–4

Name: ______________ Datum: ______________ Gewicht: ______________

Übung	Satz 1	Satz 2	Satz 3
A1: Hüftbrücke 3 Sätze, 10–20 Wdh.	Gewicht Wdh.	Gewicht Wdh.	Gewicht Wdh.
A2: einarmiges Rudern, Kurzhantel 3 Sätze, 8–12 Wdh. (jede Seite)	Gewicht Wdh.	Gewicht Wdh.	Gewicht Wdh.
B1: Box Squat 3 Sätze, 10–20 Wdh.	Gewicht Wdh.	Gewicht Wdh.	Gewicht Wdh.
B2: Bankdrücken, Kurzhanteln 3 Sätze, 8–12 Wdh.	Gewicht Wdh.	Gewicht Wdh.	Gewicht Wdh.
Rumänisches Kreuzheben, Kurzhanteln 3 Sätze, 10–20 Wdh.	Gewicht Wdh.	Gewicht Wdh.	Gewicht Wdh.
Hüftabduktion in Seitlage 1 Satz, 15–30 Wdh. (jede Seite)	Gewicht Wdh.		
Unterarmstütz 1 Satz, 20–120 Sekunden	Sekunden		
Seitstütz auf Knien 1 Satz, 20–60 Sekunden	Sekunden		
Anmerkungen:			

Beachte: Absolvieren Sie einen Satz A1, dann sofort einen Satz A2. Dann 30–90 Sekunden Pause. So weitermachen, bis alle Sätze A1/A2 fertig sind. Mit B1 und B2 ebenso verfahren.

Gesäßtraining für Anfänger, Workout B: Wochen 1–4

Name: ______________ Datum: ______________ Gewicht: ______________

Übung	Satz 1	Satz 2	Satz 3
A1: einbeinige Hüftbrücke mit Fußerhöhung 3 Sätze, 10–20 Wdh. (jede Seite)	Gewicht Wdh.	Gewicht Wdh.	Gewicht Wdh.
A2: Lat-Ziehen zur Brust 3 Sätze, 8–12 Wdh. (jeweils)	Gewicht Wdh.	Gewicht Wdh.	Gewicht Wdh.
B1: Kastensteiger 3 Sätze, 10–20 Wdh. (jede Seite)	Wdh. links Wdh. rechts	Wdh. links Wdh. rechts	Wdh. links Wdh. rechts
B2: Überkopfdrücken im Stehen, Kurzhanteln 3 Sätze, 8–12 Wdh.	Gewicht Wdh.	Gewicht Wdh.	Gewicht Wdh.
45-Grad-Hyperextension 3 Sätze, 10–20 Wdh.	Gewicht Wdh.	Gewicht Wdh.	Gewicht Wdh.
Muschel in Seitlage 1 Satz, 15–30 Wdh. (jede Seite)	Wdh. links Wdh. rechts		
Crunch 1 Satz, 15–30 Wdh.	Wdh.		
Seiten-Crunch 1 Satz, 15–30 Wdh. (jede Seite)	Wdh. links Wdh. rechts		
Anmerkungen:			

Beachte: Absolvieren Sie einen Satz A1, dann sofort einen Satz A2. Dann 30–90 Sekunden Pause. So weitermachen, bis alle Sätze A1/A2 fertig sind. Mit B1 und B2 ebenso verfahren.

Gesäßtraining für Anfänger, Workout C: Wochen 1–4

Name: ____________________ Datum: ____________ Gewicht: ____________

Übung	Satz 1	Satz 2	Satz 3
A1: Marschieren in der Brücke mit Schultererhöhung 3 Sätze, 60 Sekunden	Gewicht Wdh.	Gewicht Wdh.	Gewicht Wdh.
A2: Rudern im Sitzen, Kabelzug 3 Sätze, 8–12 Wdh.	Gewicht Wdh.	Gewicht Wdh.	Gewicht Wdh.
B1: Squat 3 Sätze, 10–20 Wdh.	Wdh. links Wdh. rechts	Wdh. links Wdh. rechts	Wdh. links Wdh. rechts
B2: Schrägbankdrücken, Kurzhanteln 3 Sätze, 8–12 Wdh.	Gewicht Wdh.	Gewicht Wdh.	Gewicht Wdh.
einbeiniges Rumänisches Kreuzheben, gestreckt 3 Sätze, 10–20 Wdh. (jede Seite)	Gewicht Wdh.	Gewicht Wdh.	Gewicht Wdh.
Gehen im gekreuzten Band (leichte Spannung) 1 Satz, 10–20 Schritte (jede Seite)	Wdh. links Wdh. rechts		
RKC-Unterarmstütz 1 Satz, 10–30 Sekunden	Wdh.		
Horizontalrotation mit Seil 1 Satz, 10 Wdh. (jede Seite)	Wdh. links Wdh. rechts		
Anmerkungen:			

Beachte: Absolvieren Sie einen Satz A1, dann sofort einen Satz A2. Dann 30–90 Sekunden Pause. So weitermachen, bis alle Sätze A1/A2 fertig sind. Mit B1 und B2 ebenso verfahren.

Gesäßtraining für Anfänger, Workout A: Wochen 5–8

Name: ____________ Datum: ____________ Gewicht: ____________

Übung	Satz 1	Satz 2	Satz 3
A1: Beckenlift 3 Sätze, 10–20 Wdh.	Gewicht Wdh.	Gewicht Wdh.	Gewicht Wdh.
A2: einarmiges Rudern im Stehen, Kabelzug 3 Sätze, 8–12 Wdh. (jede Seite)	Gewicht Wdh.	Gewicht Wdh.	Gewicht Wdh.
B1: Kombi Kastensteiger/ Ausfallschritt nach hinten 3 Sätze, 10–20 Wdh.	Gewicht Wdh.	Gewicht Wdh.	Gewicht Wdh.
B2: Bankdrücken, Langhantel 3 Sätze, 8–12 Wdh.	Gewicht Wdh.	Gewicht Wdh.	Gewicht Wdh.
Rumänisches Kreuzheben, Langhantel 3 Sätze, 10–20 Wdh	Gewicht Wdh.	Gewicht Wdh.	Gewicht Wdh.
Hüftabduktion in Seitlage 1 Satz, 15–30 Wdh. (jede Seite)	Wdh. links Wdh. rechts		
RKC-Unterarmstütz mit Fußerhöhung 1 Satz, 20–60 Sekunden	Sekunden		
Seitstütz 1 Satz, 20–60 Sekunden (jede Seite)	Sekunden links Sekunden rechts		
Anmerkungen:			

Beachte: Absolvieren Sie einen Satz A1, dann sofort einen Satz A2. Dann 30–90 Sekunden Pause. So weitermachen, bis alle Sätze A1/A2 fertig sind. Mit B1 und B2 ebenso verfahren.

Gesäßtraining für Anfänger, Workout B: Wochen 5–8

Name: ______________________ Datum: ______________ Gewicht: ______________

Übung	Satz 1	Satz 2	Satz 3
A1: einbeinige Hüftbrücke 3 Sätze, 10–20 Wdh. (jede Seite)	Gewicht Wdh.	Gewicht Wdh.	Gewicht Wdh.
A2: Klimmzug mit Kammgriff, negativ 3 Sätze, 3 Wdh.	Gewicht Wdh.	Gewicht Wdh.	Gewicht Wdh.
B1: Ausfallschritte im Gehen 3 Sätze, 10–20 Wdh. (20–40 Schritte insgesamt)	Gewicht Wdh.	Gewicht Wdh.	Gewicht Wdh.
B2: Überkopfdrücken im Stehen, Kurzhanteln 3 Sätze, 8–12 Wdh.	Gewicht Wdh.	Gewicht Wdh.	Gewicht Wdh.
Reverse Hyperextension 3 Sätze, 10–20 Wdh.	Gewicht Wdh.	Gewicht Wdh.	Gewicht Wdh.
Muschel in Seitlage 1 Satz, 15–30 Wdh. (jede Seite)	Wdh. links Wdh. rechts		
Crunch, Gymnastikball 1 Satz, 15–30 Wdh.	Wdh.		
Seiten-Crunch, Gymnastikball 1 Satz, 15–30 Wdh. (jede Seite)	Wdh. links Wdh. rechts		
Anmerkungen:			

Beachte: Absolvieren Sie einen Satz A1, dann sofort einen Satz A2. Dann 30–90 Sekunden Pause. So weitermachen, bis alle Sätze A1/A2 fertig sind. Mit B1 und B2 ebenso verfahren.

Gesäßtraining für Anfänger, Workout C: Wochen 5–8

Name: ______________________ Datum: ______________ Gewicht: ______________

Übung	Satz 1	Satz 2	Satz 3
A1: Beckenlift (mit Pause) 3 Sätze, 10–20 Wdh. (oben jeweils 3 Sekunden halten)	Gewicht Wdh.	Gewicht Wdh.	Gewicht Wdh.
A2: Rudern in Rückenlage, Schlingentrainer 3 Sätze, 8–12 Wdh.	Gewicht Wdh.	Gewicht Wdh.	Gewicht Wdh.
B1: Goblet Squat, Kurzhantel 3 Sätze, 10–20 Wdh	Gewicht Wdh.	Gewicht Wdh.	Gewicht Wdh.
B2: Bankdrücken mit engem Griff, Langhantel 3 Sätze, 8–12 Wdh.	Gewicht Wdh.	Gewicht Wdh.	Gewicht Wdh.
Russischer Kettlebell-Swing, Kettlebell 3 Sätze, 10–20 Wdh.	Gewicht Wdh.	Gewicht Wdh.	Gewicht Wdh.
Gehen im gekreuzten Band (moderate Spannung) 1 Satz, 15–30 Wdh. (jede Seite)	Wdh. links Wdh. rechts		
Sit-up mit gestreckten Beinen 1 Satz, 15–30 Wdh.	Sekunden		
Anti-Rotations-Halteübung mit Widerstandsband 1 Satz, 10–20 Sekunden (jede Seite)	Sekunden links Sekunden rechts		
Anmerkungen:			

Beachte: Absolvieren Sie einen Satz A1, dann sofort einen Satz A2. Dann 30–90 Sekunden Pause. So weitermachen, bis alle Sätze A1/A2 fertig sind. Mit B1 und B2 ebenso verfahren.

Gesäßtraining für Anfänger, Workout A: Wochen 9–12

Name: ____________ Datum: ____________ Gewicht: ____________

Übung	Satz 1	Satz 2	Satz 3
A1: Beckenlift, Langhantel 3 Sätze, 10–20 Wdh.	Gewicht Wdh.	Gewicht Wdh.	Gewicht Wdh.
A2: vorgebeugtes Rudern, Kurzhanteln 3 Sätze, 8–12 Wdh.	Gewicht Wdh.	Gewicht Wdh.	Gewicht Wdh.
B1: Box Squat, Langhantel 3 Sätze, 10–20 Wdh.	Gewicht Wdh.	Gewicht Wdh.	Gewicht Wdh.
B2: Liegestütz 3 Sätze, 3–10 Wdh.	Gewicht Wdh.	Gewicht Wdh.	Gewicht Wdh.
Amerikanisches Kreuzheben, Langhantel 3 Sätze, 10–20 Wdh.	Gewicht Wdh.	Gewicht Wdh.	Gewicht Wdh.
Hüftabduktion in Seitlage 1 Satz, 15–30 Wdh. (jede Seite)	Wdh. links Wdh. rechts		
Crunch mit Kurzhantel, Gymnastikball 1 Satz, 15–30 Wdh.	Wdh.		
Horizontalrotation mit Cook Bar im Kniestand 1 Satz, 10–15 Wdh. (jede Seite)	Wdh. links Wdh. rechts		
Anmerkungen:			

Beachte: Absolvieren Sie einen Satz A1, dann sofort einen Satz A2. Dann 30–90 Sekunden Pause. So weitermachen, bis alle Sätze A1/A2 fertig sind. Mit B1 und B2 ebenso verfahren.

Gesäßtraining für Anfänger, Workout B: Wochen 9–12

Name: Datum: Gewicht:

Übung	Satz 1	Satz 2	Satz 3
A1: einbeiniger Beckenlift 3 Sätze, 10–20 Wdh. (jede Seite)	Gewicht Wdh.	Gewicht Wdh.	Gewicht Wdh.
A2: Klimmzug mit Bandunterstützung, Parallelgriff 3 Sätze, 1–5 Wdh.	Gewicht Wdh.	Gewicht Wdh.	Gewicht Wdh.
B1: Bulgarischer Split Squat 3 Sätze, 10–20 Wdh. (jede Seite)	Gewicht Wdh.	Gewicht Wdh.	Gewicht Wdh.
B2: einarmiges Überkopfdrücken, Kurzhantel 3 Sätze, 8–12 Wdh.	Gewicht Wdh.	Gewicht Wdh.	Gewicht Wdh.
Good Morning, Langhantel 3 Sätze, 10–20 Wdh.	Gewicht Wdh.	Gewicht Wdh.	Gewicht Wdh.
Gehen im gekreuzten Band (moderate Spannung) 1 Satz, 15–30 Schritte (jede Seite)	Wdh.		
RKC-Unterarmstütz mit Fußerhöhung 1 Satz, 60–120 Sek.	Wdh.		
Seitbeuge, Kurzhantel 1 Satz, 15–30 Wdh. (jede Seite)	Wdh. links Wdh. rechts		
Anmerkungen:			

Beachte: Absolvieren Sie einen Satz A1, dann sofort einen Satz A2. Dann 30–90 Sekunden Pause. So weiter machen, bis alle Sätze A1/A2 fertig sind. Mit B1 und B2 ebenso verfahren.

Gesäßtraining für Anfänger, Workout C: Wochen 9–12

Name: ______________________ Datum: ______________ Gewicht: ______________

Übung	Satz 1	Satz 2	Satz 3
A1: Beckenlift (mit Pause), Langhantel 3 Sätze, 8–15 Wdh. (oben jeweils 3 Sekunden halten)	Gewicht Wdh.	Gewicht Wdh.	Gewicht Wdh.
A2: Rudern auf der Schrägbank, Kurzhanteln 3 Sätze, 8–10 Wdh.	Gewicht Wdh.	Gewicht Wdh.	Gewicht Wdh.
B1: Parallel Squat, Langhantel 3 Sätze, 10–20 Wdh.	Gewicht Wdh.	Gewicht Wdh.	Gewicht Wdh.
B2: Schrägbankdrücken, Langhantel 3 Sätze, 3–10 Wdh.	Gewicht Wdh.	Gewicht Wdh.	Gewicht Wdh.
Back Extension 3 Sätze, 10–30 Wdh.	Gewicht Wdh.	Gewicht Wdh.	Gewicht Wdh.
Muschel in Seitlage 1 Satz, 15–30 Wdh. (jede Seite)	Gewicht Wdh.		
Beinheben aus dem Hang 1 Satz, 10–20 Wdh.	Wdh.		
Horizontalrotation mit Seil 1 Satz, 10–15 Wdh. (jede Seite)	Wdh. links Wdh. rechts		
Anmerkungen:			

Beachte: Absolvieren Sie einen Satz A1, dann sofort einen Satz A2. Dann 30–90 Sekunden Pause. So weitermachen, bis alle Sätze A1/A2 fertig sind. Mit B1 und B2 ebenso verfahren.

Kapitel 11:

Das Zwölf-Wochen-Programm *Gesäßtraining für Fortgeschrittene*

Für dieses Programm brauchen Sie schon eine wirklich gute Kraftbasis und ein sehr gutes Verständnis davon, wie Krafttraining funktioniert.

Ich empfehle Ihnen dringend, dieses Programm erst dann in Angriff zu nehmen, wenn Sie folgende Übungen zum größten Teil bewältigen:

1. 50 Beckenlifts ohne Pause
2. 1 Klimmzug mit Kammgriff aus dem Hang
3. 5 Liegestütze mit vollem Bewegungsradius (ohne Durchhängen in der Hüfte)
4. 20 Bulgarische Split Squats ohne Pause
5. 30 Back Extensions ohne Pause
6. 10 × Kreuzheben mit 60 Kilogramm Gewicht

Als »progressive Überlastung« bezeichnet man die allmähliche Zunahme der Trainingsintensität über einen bestimmten Zeitabschnitt. Das ist der beste Weg zur Kraftsteigerung, zur Ausbildung von Magermasse und zur Verbesserung der Ausdauer, denn Woche für Woche zwingen Sie Ihren Körper aus seiner Komfortzone. Progressive Überlastung steigert schrittweise den Stress auf die Muskeln, wodurch sie sich immer wieder anpassen müssen. Beachten Sie, dass ich »schrittweise« Steigerung sagte. Die Veränderungen müssen zum richtigen Zeitpunkt geschehen, sonst wirken sie sich nicht positiv aus. Zu wenig Veränderung der Intensität zwingt Ihre Muskeln zu keinerlei Anpassung. Wenn Sie Ihre Workouts von heute an ein Jahr lang mit der gleichen Intensität betreiben, werden sich Ihre Muskeln weder von der Form noch vom Aussehen her verändern (es sei denn, Sie verlieren signifikant viel Körperfett). Steigern Sie die Intensität zu stark oder zu schnell, wird die Ausführung der Übungen darunter leiden. Zudem werden Sie ständig erheblichen Muskelkater haben und möglicherweise sogar Verletzungen davontragen.

Vergessen Sie nicht, dass Anspannung der Schlüssel zur Gestaltung der Muskulatur ist. Sie müssen Ihre Bemühungen mit der Zeit steigern, um mehr Spannung auf die Muskeln auszuüben. Stellen Sie sich vor, wie groß die Anspannung der Gesäßmuskulatur bei einem Beckenlift mit 100 Kilogramm Zusatzgewicht im Vergleich zu einem mit Körpergewicht ist. Darin liegt der Schlüssel für knackige Pobacken!

Der beste Weg, eine kontrollierte Überlastung Ihres neuromuskulären Systems zu erzielen, ist die wöchentliche Gewichtssteigerung. Ich möchte, dass Sie dies zumindest für eine der Haupthebeübungen bei Ihren Workouts versuchen. Obwohl es natürlich ideal wäre, wenn Sie das Gewicht bei allen Übungen kontinuierlich steigern würden, wird das mit zunehmender Kraft immer weniger der Fall sein.

Manch ein Profi-Gewichtheber ist hochzufrieden, wenn es ihm gelingt, sich über ein Jahr bei größeren Hebeübungen wie Squats, Kreuzheben und Bankdrücken noch um zehn Kilogramm zu verbessern. Wenn Sie keine zweite Hebeübung mit Gewichtssteigerung schaffen, steigern Sie bei dieser Übung die Wiederholungszahl, oder verkürzen Sie die Pause zwischen den Sätzen.

Noch einmal: Progressive Überlastung heißt

- Gewichtssteigerung für jede Hebeübung um zwei bis fünf Kilogramm pro Woche, bei konstanter Wiederholungszahl,
- Steigerung der Wiederholungszahl für jede Hebeübung wöchentlich um ein bis zwei bei konstantem Gewicht oder
- Verkürzung der Pausen zwischen zwei Sätzen um etwa 30 Sekunden bei gleichem Gewicht und konstanter Wiederholungszahl.

Denken Sie daran, dass die erste Variante grundsätzlich die beste ist, sich aber nicht jede Woche umsetzen lässt. Hören Sie auf Ihren Körper und bemühen Sie sich nach Kräften. Werfen Sie nie die perfekte Ausführung zugunsten eines persönlichen Rekords über Bord. Es wird viele Wochen geben, in denen Ihnen für bestimmte Hebeübungen kein persönlicher Rekord gelingt. Dennoch finden sich jede Woche viele Möglichkeiten, Rekorde aufzustellen. Anfangs wird das sogar sehr häufig der Fall sein.

Sie sollten den Fokus auf progressive Überlastung setzen und jeweils für die ersten drei Wochen der Phasen I, II und III Rekorde anstreben. Ich empfehle Ihnen, jeweils gegen Ende der Phase III etwas nachzulassen, denn Ihre Muskeln sollten jetzt etwas ausruhen. Um die Entlastung zu erreichen, gehen Sie einfach auf die erste Woche der jeweiligen Phase I zurück und arbeiten mit den dort eingesetzten Gewichten. Oder Sie reduzieren die Intensität um 20 bis 25 Prozent oder absolvieren nur einen Satz pro Übung. Es gibt zahlreiche Wege, die Belastung etwas zurückzunehmen, die Schwierigkeit liegt nur darin, noch genauso viel minimale Stimulation zu bewirken, dass der Körper sich in Richtung Ihrer Ziele weiterentwickelt und trotzdem optimale Erholung erfährt, um auf die harte Arbeit der folgenden Wochen vorbereitet zu sein.

Am Ende dieses Kapitels finden Sie wieder einige Vordrucke, die Sie kopieren und in Ihrem Fitnessstudio verwenden können. Lassen Sie uns hier am Beispiel der Übung Box Squat die Vorgehensweise für einen Monat durchgehen. Angenommen, in Woche 1 sind Sie in der Lage, drei Sätze Box Squats à fünf Wiederholungen mit einer 30 Kilogramm schweren Langhantel zu absolvieren. In der nächsten Woche versuchen Sie dann drei Sätze à sechs Wiederholungen mit gleichem Gewicht, oder Sie wählen acht Wiederholungen im ersten Satz, dann je fünf im zweiten und dritten Satz. Zum Schluss können Sie noch zwei bis drei Kilogramm hinzufügen und versuchen, damit drei Sätze à fünf Wiederholungen zu schaffen. Nehmen wir an, Sie haben letzteren Weg gewählt, schaffen das angestrebte Gewicht, je fünf Wiederholungen in Satz eins und zwei, im dritten Satz aber nur drei. Sie könnten dann in der dritten Woche beim gleichen Gewicht bleiben und versuchen, nun die drei Sätze mit je fünf Wiederholungen zu schaffen. Für die vierte Woche beschließen Sie, etwas zurückzugehen, und wählen drei Sätze à fünf Wiederholungen, mit 25 bis 27 Kilogramm, konzentrieren sich dabei aber auf die absolut perfekte Ausführung. Derartige kleine Sprünge summieren sich mit der Zeit und sorgen langfristig für enorme Fortschritte.

Denken Sie immer daran, die Details Ihrer Workouts hinsichtlich Gewicht und Intensität aufzuschreiben. Wenn Sie sich nur auf Ihr Gedächtnis verlassen, könnten die Ergebnisse unpräzise sein. Sie haben so schon genug Dinge im Kopf, also vereinfachen Sie Ihre Workouts und arbeiten Sie mit den hier bereitgestellten Vorlagen.

Das Zwölf-Wochen-Programm
Gesäßtraining für Fortgeschrittene

- Ziel dieser Workouts ist die progressive Gewichtssteigerung ohne Abstriche bei der perfekten Ausführung.
- Erhöhen Sie zunächst die Wiederholungszahl bis zu einer bestimmten Menge, dann erhöhen Sie die Belastung. Bleiben Sie z. B. bei 30 Kilogramm Gewicht, bis Sie damit zwölf Wiederholungen schaffen, dann steigern Sie auf 32 bis 34 Kilogramm und üben damit wieder, bis Sie zwölf Wiederholungen schaffen, usw.

Wochen 1–4: Workout A (1. Tag der Workout-Woche)

Datum:_______________ Gewicht:_______________

Erforderliche Übungsgeräte:

- *Matte*
- *Langhantel mit Gewichten und Rack*
- *Knieschutz-Pad*
- *flache Hantelbank*
- *Kurzhanteln*
- *elastisches Widerstandsband*
- *Klimmzugstange*
- *Rückentrainer (siehe Alternativen im Übungskatalog, wenn keine Maschine zur Verfügung steht)*
- *Kabelzugmaschine mit Fußmanschette (siehe Alternativen im Übungskatalog, wenn keine Maschine verfügbar ist)*
- *Kettlebell, leicht*

S. 198

A1: Hüftbrücke, Langhantel
3 Sätze, 20 Wdh.

S. 264

A2: einarmiges Rudern, Kurzhantel
3 Sätze, 8 Wdh. (jede Seite)

S. 214

B1: Box Squat, Langhantel
3 Sätze, 5 Wdh.

S. 277

B2: Schrägbankdrücken, Kurzhanteln
3 Sätze, 8 Wdh.

S. 237

Amerikanisches Kreuzheben, Langhantel
3 Sätze, 5 Wdh.

S. 207

Hüftabduktion im Stehen, Kabelzug
1 Satz, 20 Wdh. (jede Seite)

S. 295

RKC-Unterarmstütz
1 Satz, 60 Sekunden

S. 303

Seitstütz
1 Satz, 60 Sekunden (jede Seite)

Wochen 1–4: Workout B (3. Tag der Workout-Woche)

Datum:_______________ Gewicht:_______________

S. 197

A1: Einbeiniger Beckenlift
3 Sätze, 8–20 Wdh. (jede Seite)

S. 282

A2: Klimmzug mit Kammgriff
3 Sätze, 5 Wdh.

S. 229

B1: hoher Kastensteiger, Kurzhanteln
3 Sätze, 10 Wdh. (jede Seite)

S. 290

B2: Military Press, Langhantel
3 Sätze, 8 Wdh.

S. 252

Einbeinige 45-Grad-Hyperextension, Hände am Hinterkopf verschränkt
2 Sätze, 12 Wdh., (jede Seite)

S. 204

Hüftabduktion im Sitzen, Widerstandsband
1 Satz, 20 Wdh.

S. 294

Sit-up mit gestreckten Beinen
1 Satz, 20 Wdh.

S. 301

45-Grad-Seitbeuge
1 Satz, 20 Wdh. (jede Seite)

Wochen 1–4: Workout C (5. Tag der Workout-Woche)

Datum:_______________ Gewicht:_______________

A1: Beckenlift, Langhantel
3 Sätze, 20 Wdh.

A2: einarmiges Rudern im Stehen, Kabelzug
3 Sätze, 8 Wdh. (jede Seite)

B1: Goblet Squat, Kurzhantel
3 Sätze, 5 Wdh.

B2: einarmiges Bankdrücken, Kurzhantel
3 Sätze, 8 Wdh. (jede Seite)

Kabeldurchzug im Stehen mit gestreckten Beinen
3 Sätze, 8–12 Wdh.

Hüftheben in Seitlage
1 Satz, 10 Wdh. (jede Seite)

Turkish Get-up, Kettlebell
1 Satz, 5 Wdh. (jede Seite)

Horizontalrotation mit Cook Bar im Kniestand
1 Satz, 8–12 Wdh. (jede Seite)

Wochen 5–8: Workout A (1. Tag der Workout-Woche)

Datum:_______________ Gewicht:_______________

Erforderliche Übungsgeräte:

- *Matte*
- *Langhantel mit Gewichten*
- *Pad*
- *Kurzhanteln*
- *Bauchmuskelroller*
- *zwei flache Bänke oder eine flache Bank und einen Kasten*
- *Klimmzugstange/Hochreck*
- *Rückentrainer (siehe Alternativen im Übungskatalog, wenn keine Maschine zur Verfügung steht)*
- *elastisches Widerstandsband*
- *Kabelzugmaschine (siehe Alternativen im Übungskatalog, wenn keine Maschine zur Verfügung steht)*

S. 199

A1: Beckenlift, Langhantel
3 Sätze, 3–8 Wdh.

S. 266

A2: Rudern im Sitzen, Kabelzug
3 Sätze, 8 Wdh.

S. 217

B1: Full Squat, Langhantel
3 Sätze, 5 Wdh.

S. 278

B2: Bankdrücken, Langhantel
3 Sätze, 3–8 Wdh.

S. 245

Good Morning, Langhantel
3 Sätze, 8–12 Wdh.

S. 207

Hüftabduktion im Stehen, Widerstandsband
1 Satz, 10–30 Wdh. (jede Seite)

S. 297

Bauchmuskelrollen
1 Satz, 8–20 Sekunden

S. 301

Seitbeuge, Kurzhantel
1 Satz, 10–20 Wdh. (jede Seite)

Wochen 5–8: Workout B (3. Tag der Workout-Woche)

Datum:_______________ Gewicht:_______________

A1: einbeiniger Beckenlift, doppelte Erhöhung (Füße und Schultern)
3 Sätze, 8–20 Wdh. (jede Seite)

A2: Klimmzug mit Parallelgriff
3 Sätze, 3–8 Wdh.

B1: Ausfallschritte im Gehen, Kurzhanteln 3 Sätze, 10 Wdh. (20 Schritte insgesamt)

B2: Push Press, Langhantel
3 Sätze, 6 Wdh.

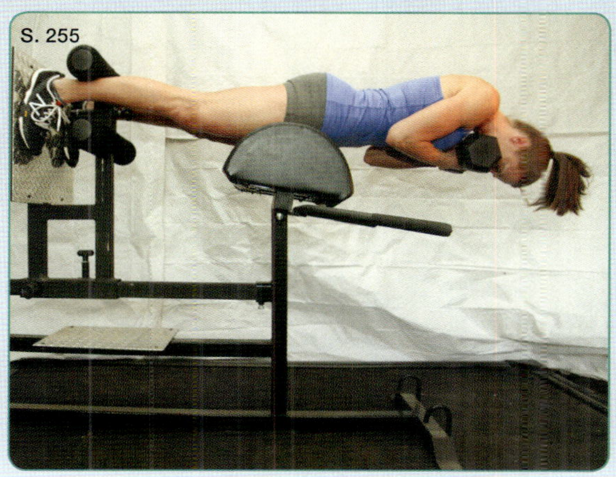

Back Extension, Kurzhantel
2 Sätze, 20 Wdh.

Hüftabduktion im Sitzen, Widerstandsband
1 Satz, 10–30 Wdh.

Beinheben aus dem Hang
1 Satz, 8–20 Wdh.

Landmine, Langhantel
1 Satz, 8–12 Wdh. (jede Seite)

Wochen 5–8: Workout C (5. Tag der Workout-Woche)

Datum:_______________ Gewicht:_______________

S. 199

A1: Beckenlift (mit Pause), Langhantel 3 Sätze, 10–20 Wdh. (oben jeweils 3 Sekunden halten)

S. 281

A2: Lat-Ziehen mit D-Griff
3 Sätze, 8 Wdh.

S. 230

B1: Skater Squat
3 Sätze, 8 Wdh. (jede Seite)

S. 274

B2: Liegestütz mit engem Griff
3 Sätze, 5–15 Wdh.

S. 242

einbeiniges Rumänisches Kreuzheben, Langhantel
3 Sätze, 8–12 Wdh.

S. 207

Hüftheben in Seitlage
1 Satz, 10–30 Wdh. (jede Seite)

S. 294

Sit-up mit gestreckten Beinen
1 Satz, 10–20 Wdh.

S. 301

45-Grad-Seitbeuge
1 Satz, 10–20 Wdh. (jede Seite)

Wochen 9–12: Workout A (1. Tag der Workout-Woche)

Datum:________________ Gewicht:________________

Erforderliche Übungsgeräte:

- *Langhantel mit Gewichten*
- *Langhantel-Schutzpad*
- *elastisches Widerstandsband*
- *Kurzhanteln*
- *Gymnastikball*
- *Klimmzugstange/Hochreck*
- *Rack für Schrägbank*
- *Smith-Maschine oder Hantelablage für Langhantel*
- *flache Bank*
- *Trainingspads (oder 2 Handtücher auf glattem Boden)*
- *Kabelzugmaschine*
- *Balance-Pad oder Matte*
- *verstellbarer Rückentrainer*

S. 199

A1: Beckenlift (mit Pause), Langhantel 3 Sätze, 10 Wdh. (6 Wdh. am Stück, Pause, 1 Wdh., Pause, usw.

S. 268

A2: Rudern in Rückenlage, Schlingentrainer
3 Sätze, 6–12 Wdh.

S. 219

B1: Zercher Squat, Langhantel
3 Sätze, 5–10 Wdh.

S. 275

B2: Liegestütz mit Fußerhöhung
3 Sätze, 5–20 Wdh.

S. 239

Sumo-Kreuzheben, Langhantel
3 Sätze, 6–12 Wdh.

S. 205

Gehen im gekreuzten Band (starke Spannung)
1 Satz, 20 Schritte pro Seite

S. 293

Crunch mit Kurzhantel, Gymnastikball
1 Satz, 20 Wdh.

S. 304

Anti-Rotations-Halteübung mit Widerstandsband
1 Satz, 15 Sek. (jede Seite)

Wochen 9–12: Workout B (3. Tag der Workout-Woche)

Datum:_______________ Gewicht:_______________

A1: Beckenlift (konstante Spannung), Langhantel
3 Sätze, 20–30 Wdh. (ohne Pause)

A2: Klimmzug mit Parallelgriff, zusätzliches Gewicht
3 Sätze, 1–3 Wdh.

B1: Bulgarischer Split Squat, Kurzhanteln
3 Sätze, 10 Wdh. (jede Seite)

B2: Schrägbankdrücken, Langhantel
3 Sätze, 6–10 Wdh.

gleitender Bein-Curl
2 Sätze, 6–15 Wdh.

Hüftrotation am Kabelzug
1 Satz, 8–15 Wdh.

Körpersäge
1 Satz, 8–15 Wdh.

Horizontalrotation mit Cook Bar im Kniestand
1 Satz, 8–12 Wdh. (jede Seite)

Wochen 9–12: Workout C (5. Tag der Workout-Woche)

Datum:________________ Gewicht:________________

S. 200

A1: Amerikanischer Beckenlift
3 Sätze, 5 Wdh. (viel Gewicht)

S. 265

A2: Rudern auf der Schrägbank, Kurzhanteln
3 Sätze, 6–12 Wdh.

S. 227

B1: Kombi Kastensteiger/Ausfallschritt nach hinten, Kurzhanteln
3 Sätze, 8–15 Wdh. (jede Seite)

S. 289

B2: einarmiges Überkopfdrücken, Kurzhantel
3 Sätze, 8–15 Wdh.

S. 252

einbeinige Back Extension, Hände am Hinterkopf verschränkt
3 Sätze, 8–15 Wdh. (jede Seite)

S. 207

Hüftheben in Seitlage
1 Satz, 10–30 Wdh. (jede Seite)

S. 297

Beinheben aus dem Hang
1 Satz, 8–20 Wdh.

S. 302

Landmine, Langhantel
1 Satz, 8–12 Wdh. (jede Seite)

Gesäßtraining für Fortgeschrittene, Workout A: Wochen 1–4

Name:________________________________ Datum:_______________ Gewicht:_______________

Übung	Satz 1	Satz 2	Satz 3
A1: Hüftbrücke, Langhantel 3 Sätze, 20 Wdh.	Gewicht Wdh.	Gewicht Wdh.	Gewicht Wdh.
A2: einarmiges Rudern, Kurzhantel 3 Sätze, 8 Wdh. (jede Seite)	Gewicht Wdh.	Gewicht Wdh.	Gewicht Wdh.
B1: Box Squat, Langhantel 3 Sätze, 5 Wdh.	Gewicht Wdh.	Gewicht Wdh.	Gewicht Wdh.
B2: Schrägbankdrücken, Kurzhanteln 3 Sätze, 8 Wdh.	Gewicht Wdh.	Gewicht Wdh.	Gewicht Wdh.
Amerikanisches Kreuzheben, Langhantel 3 Sätze, 5 Wdh.	Gewicht Wdh.	Gewicht Wdh.	Gewicht Wdh.
Hüftabduktion im Stehen, Kabelzug 1 Satz, 20 Wdh. (jede Seite)	Gewicht Wdh.		
RKC-Unterarmstütz 1 Satz, 60 Sek.	Sekunden		
Seitstütz 1 Satz, 60 Sek. (jede Seite)	Sekunden		
Anmerkungen:			

Beachte: Absolvieren Sie einen Satz A1, dann sofort einen Satz A2. Dann 30–90 Sekunden Pause. So weitermachen, bis alle Sätze A1/A2 fertig sind. Mit B1 und B2 ebenso verfahren.

Gesäßtraining für Fortgeschrittene, Workout B: Wochen 1–4

Name:________________________________ Datum:_______________ Gewicht:_______________

Übung	Satz 1	Satz 2	Satz 3
A1: Einbeiniger Beckenlift 3 Sätze, 8–20 Wdh. (jede Seite)	Gewicht Wdh.	Gewicht Wdh.	Gewicht Wdh.
A2: Klimmzug mit Kammgriff 3 Sätze, 5 Wdh.	Gewicht Wdh.	Gewicht Wdh.	Gewicht Wdh.
B1: hoher Kastensteiger, Kurzhanteln 3 Sätze, 10 Wdh. (jede Seite)	Wdh. links Wdh. rechts	Wdh. links Wdh. rechts	Wdh. links Wdh. rechts
B2: Military Press, Langhantel 3 Sätze, 8 Wdh.	Gewicht Wdh.	Gewicht Wdh.	Gewicht Wdh.
Einbeinige 45-Grad-Hyperextension, Hände am Hinterkopf verschränkt 2 Sätze, 12 Wdh. (jede Seite)	Gewicht Wdh.	Gewicht Wdh.	
Hüftabduktion im Sitzen, Widerstandsband 1 Satz, 20 Wdh.	Wdh. links Wdh. rechts		
Sit-up mit gestreckten Beinen 1 Satz, 20 Wdh.	Sekunden		
45-Grad-Seitbeuge 1 Satz, 20 Wdh. (jede Seite)	Sekunden		
Anmerkungen:			

Beachte: Absolvieren Sie einen Satz A1, dann sofort einen Satz A2. Dann 30–90 Sekunden Pause. So weitermachen, bis alle Sätze A1/A2 fertig sind. Mit B1 und B2 ebenso verfahren.

Gesäßtraining für Fortgeschrittene, Workout C: Wochen 1–4

Name:______________________________ Datum:______________ Gewicht:______________

Übung	Satz 1	Satz 2	Satz 3
A1: Beckenlift, Langhantel 3 Sätze, 20 Wdh.	Gewicht Wdh.	Gewicht Wdh.	Gewicht Wdh.
A2: einarmiges Rudern im Stehen, Kabelzug 3 Sätze, 8 Wdh. (jede Seite)	Gewicht Wdh.	Gewicht Wdh.	Gewicht Wdh.
B1: Goblet Squat, Kurzhantel 3 Sätze, 5 Wdh.	Gewicht Wdh.	Gewicht Wdh.	Gewicht Wdh.
B2: einarmiges Bankdrücken, Kurzhantel 3 Sätze, 8 Wdh. (jede Seite)	Gewicht Wdh.	Gewicht Wdh.	Gewicht Wdh.
Kabeldurchzug im Stehen mit gestreckten Beinen 3 Sätze, 8–12 Wdh.	Gewicht Wdh.	Gewicht Wdh.	Gewicht Wdh.
Hüftheben in Seitlage 1 Satz, 10 Wdh. (jede Seite)	Gewicht Wdh.		
Turkish Get-up, Kettlebell 1 Satz, 5 Wdh. (jede Seite)	Sekunden		
Horizontalrotation mit Cook Bar im Kniestand 1 Satz, 8–12 Wdh. (jede Seite)	Sekunden		
Anmerkungen:			

Beachte: Absolvieren Sie einen Satz A1, dann sofort einen Satz A2. Dann 30–90 Sekunden Pause. So weitermachen, bis alle Sätze A1/A2 fertig sind. Mit B1 und B2 ebenso verfahren.

Gesäßtraining für Fortgeschrittene, Workout A: Wochen 5–8

Name:________________________________ Datum:________________ Gewicht:________________

Übung	Satz 1	Satz 2	Satz 3
A1: Beckenlift, Langhantel 3 Sätze, 3–8 Wdh.	Gewicht Wdh.	Gewicht Wdh.	Gewicht Wdh.
A2: Rudern im Sitzen, Kabelzug 3 Sätze, 8 Wdh.	Gewicht Wdh.	Gewicht Wdh.	Gewicht Wdh.
B1: Full Squat, Langhantel 3 Sätze, 5 Wdh.	Wdh. links Wdh. rechts	Wdh. links Wdh. rechts	Wdh. links Wdh. rechts
B2: Bankdrücken, Langhantel 3 Sätze, 3–8 Wdh.	Gewicht Wdh.	Gewicht Wdh.	Gewicht Wdh.
Good Morning, Langhantel 3 Sätze, 8–12 Wdh.	Gewicht Wdh.	Gewicht Wdh.	Gewicht Wdh.
Hüftabduktion im Stehen, Widerstandsband 1 Satz, 10–30 Wdh. (jede Seite)	Gewicht Wdh.		
Bauchmuskelrollen 1 Satz, 8–20 Wdh.	Wdh.		
Seitbeuge, Kurzhantel 1 Satz, 10–20 (jede Seite)	Wdh.		
Anmerkungen:			

Beachte: Absolvieren Sie einen Satz A1, dann sofort einen Satz A2. Dann 30–90 Sekunden Pause. So weitermachen, bis alle Sätze A1/A2 fertig sind. Mit B1 und B2 ebenso verfahren.

Gesäßtraining für Fortgeschrittene, Workout B: Wochen 5–8

Name:_______________ Datum:_______________ Gewicht:_______________

Übung	Satz 1	Satz 2	Satz 3
A1: einbeiniger Beckenlift, doppelte Erhöhung (Füße und Schultern) 3 Sätze, 8–20 Wdh. (jede Seite)	Gewicht Wdh.	Gewicht Wdh.	Gewicht Wdh.
A2: Klimmzug mit Parallelgriff 3 Sätze, 3–8 Wdh.	Gewicht Wdh.	Gewicht Wdh.	Gewicht Wdh.
B1: Ausfallschritte im Gehen, Kurzhanteln 3 Sätze, 10 Wdh. (20 Schritte insgesamt)	Gewicht Wdh.	Gewicht Wdh.	Gewicht Wdh.
B2: Push Press, Langhantel 3 Sätze, 6 Wdh.	Gewicht Wdh.	Gewicht Wdh.	Gewicht Wdh.
Back Extension, Kurzhantel 2 Sätze, 20 Wdh.	Gewicht Wdh.	Gewicht Wdh.	
Hüftabduktion im Sitzen, Widerstandsband 1 Satz, 10–30 Wdh.	Gewicht Wdh.		
Beinheben aus dem Hang 1 Satz, 8–20 Wdh.	Wdh.		
Landmine, Langhantel 1 Satz, 8–12 Wdh. (jede Seite)	Wdh.		
Anmerkungen:			

Beachte: Absolvieren Sie einen Satz A1, dann sofort einen Satz A2. Dann 30–90 Sekunden Pause. So weitermachen, bis alle Sätze A1/A2 fertig sind. Mit B1 und B2 ebenso verfahren.

Gesäßtraining für Fortgeschrittene, Workout C: Wochen 5–8

Name:______________________________ Datum:______________ Gewicht:______________

Übung	Satz 1	Satz 2	Satz 3
A1: **Beckenlift (mit Pause), Langhantel** 3 Sätze, 10–20 Wdh. (oben jeweils 3 Sekunden halten)	Gewicht Wdh.	Gewicht Wdh.	Gewicht Wdh.
A2: **Lat-Ziehen mit D-Griff** 3 Sätze, 8 Wdh.	Gewicht Wdh.	Gewicht Wdh.	Gewicht Wdh.
B1: **Skater Squat** 3 Sätze, 8 Wdh. (jede Seite)	Wdh. links Wdh. rechts	Wdh. links Wdh. rechts	Wdh. links Wdh. rechts
B2: **Liegestütz mit engem Griff** 3 Sätze, 5–15 Wdh.	Gewicht Wdh.	Gewicht Wdh.	Gewicht Wdh.
einbeiniges Rumänisches Kreuzheben, Langhantel 3 Sätze, 8–12 Wdh. (jede Seite)	Gewicht Wdh.	Gewicht Wdh.	Gewicht Wdh.
Hüftheben in Seitlage 1 Satz, 10–30 Wdh. (jede Seite)	Gewicht Wdh.		
Sit-up mit gestreckten Beinen 1 Satz, 10–20 Wdh.	Wdh.		
45-Grad-Seitbeuge 1 Satz, 10–20 Wdh. (jede Seite)	Wdh.		
Anmerkungen:			

Beachte: Absolvieren Sie einen Satz A1, dann sofort einen Satz A2. Dann 30–90 Sekunden Pause. So weitermachen, bis alle Sätze A1/A2 fertig sind. Mit B1 und B2 ebenso verfahren.

Gesäßtraining für Fortgeschrittene, Workout A: Wochen 9–12

Name:________________________________ Datum:_______________ Gewicht:_______________

Übung	Satz 1	Satz 2	Satz 3
A1: Beckenlift (mit Pause), Langhantel 3 Sätze, 10 Wdh. (6 Wdh. am Stück, Pause, 1 Wdh., Pause, 1 Wdh. usw.	Gewicht Wdh.	Gewicht Wdh.	Gewicht Wdh.
A2: Rudern in Rückenlage, Schlingentrainer 3 Sätze, 6–12 Wdh.	Gewicht Wdh.	Gewicht Wdh.	Gewicht Wdh.
B1: Zercher Squat, Langhantel 3 Sätze, 5–10 Wdh.	Gewicht Wdh.	Gewicht Wdh.	Gewicht Wdh.
B2: Liegestütz mit Fußerhöhung 3 Sätze, 5–20 Wdh.	Gewicht Wdh.	Gewicht Wdh.	Gewicht Wdh.
Sumo-Kreuzheben, Langhantel 3 Sätze, 6–12 Wdh.	Gewicht Wdh.	Gewicht Wdh.	Gewicht Wdh.
Gehen im gekreuzten Band (starke Spannung) 1 Satz, 20 Schritte pro Seite+	Gewicht Wdh.		
Crunch mit Kurzhantel, Gymnastikball 1 Satz, 20 Wdh.	Wdh.		
Anti-Rotations-Halteübung mit Widerstandsband 1 Satz, 15 Sek. (jede Seite)	Sekunden		
Anmerkungen:			

Beachte: Absolvieren Sie einen Satz A1, dann sofort einen Satz A2. Dann 30–90 Sekunden Pause. So weitermachen, bis alle Sätze A1/A2 fertig sind. Mit B1 und B2 ebenso verfahren.

Gesäßtraining für Fortgeschrittene, Workout B: Wochen 9–12

Name:________________________________ Datum:______________ Gewicht:______________

Übung	Satz 1	Satz 2	Satz 3
A1: Beckenlift (konstante Spannung), Langhantel 3 Sätze, 20–30 Wdh. (ohne Pause)	Gewicht Wdh.	Gewicht Wdh.	Gewicht Wdh.
A2: Klimmzug mit Parallelgriff, zusätzliches Gewicht 3 Sätze, 1–3 Wdh.	Gewicht Wdh.	Gewicht Wdh.	Gewicht Wdh.
B1: Bulgarischer Split Squat, Kurzhanteln 3 Sätze, 10 Wdh. (jede Seite)	Wdh. links Wdh. rechts	Wdh. links Wdh. rechts	Wdh. links Wdh. rechts
B2: Schrägbankdrücken, Langhantel 3 Sätze, 6–10 Wdh.	Gewicht Wdh.	Gewicht Wdh.	Gewicht Wdh.
gleitender Bein-Curl 2 Sätze, 6–15 Wdh.	Gewicht Wdh.	Gewicht Wdh.	
Hüftrotation am Kabelzug 1 Satz, 8–15 Wdh.	Gewicht Wdh.		
Körpersäge 1 Satz, 8–15 Wdh.	Wdh.		
Horizontalrotation mit Cook Bar im Kniestand 1 Satz, 8–12 Wdh. (jede Seite)	Wdh.		
Anmerkungen:			

Beachte: Absolvieren Sie einen Satz A1, dann sofort einen Satz A2. Dann 30–90 Sekunden Pause. So weitermachen, bis alle Sätze A1/A2 fertig sind. Mit B1 und B2 ebenso verfahren.

Gesäßtraining für Fortgeschrittene, Workout C: Wochen 9–12

Name:______________________________ Datum:______________ Gewicht:______________

Übung	Satz 1	Satz 2	Satz 3
A1: Amerikanischer Beckenlift 3 Sätze, 5 Wdh. (viel Gewicht)	Gewicht Wdh.	Gewicht Wdh.	Gewicht Wdh.
A2: Rudern auf der Schrägbank, Kurzhanteln 3 Sätze, 6–12 Wdh.	Gewicht Wdh.	Gewicht Wdh.	Gewicht Wdh.
B1: Kombi Kastensteiger/Ausfallschritt nach hinten, Kurzhanteln 3 Sätze, 8–15 Wdh. (jede Seite)	Gewicht Wdh.	Gewicht Wdh.	Gewicht Wdh.
B2: einarmiges Überkopfdrücken, Kurzhantel 3 Sätze, 8–15 Wdh. (jede Seite)	Gewicht Wdh.	Gewicht Wdh.	Gewicht Wdh.
einbeinige Back Extension, Hände am Hinterkopf verschränkt 3 Sätze, 8–15 Wdh. (jede Seite)	Gewicht Wdh.	Gewicht Wdh.	Gewicht Wdh.
Hüftheben in Seitlage 1 Satz, 10–30 Wdh. (jede Seite)	Gewicht Wdh.		
Beinheben aus dem Hang 1 Satz, 8–20 Wdh.	Wdh.		
Landmine, Langhantel 1 Satz, 8–12 Wdh. (jede Seite)	Wdh.		
Anmerkungen:			

Beachte: Absolvieren Sie einen Satz A1, dann sofort einen Satz A2. Dann 30–90 Sekunden Pause. So weitermachen, bis alle Sätze A1/A2 fertig sind. Mit B1 und B2 ebenso verfahren.

Kapitel 12:

Das Zwölf-Wochen-Programm *Super-Po mit Eigengewichttraining* (für zu Hause)

Vielleicht möchten Sie nicht ins Fitnessstudio gehen, sondern lieber zu Hause trainieren – dann ist dieses auch für Anfänger geeignete Programm genau richtig für Sie. Ebenso können Sie auch andere Programme an Tagen, an denen Sie nicht ins Studio gehen, durch diese Workouts erweitern. Wählen Sie einfach das entsprechende Workout aus der gleichen Phase und vom entsprechenden Tag.

Um das Programm für diese zwölf Wochen absolvieren zu können, müssen Sie sich etwas Zubehör anschaffen, das sich aber leicht verstauen lässt.

- Matte
- Gymnastikball
- Valslide-Trainingspads (alternativ: Handtücher)
- Klimmzugstange/Türreck
- PVC-Stab oder ähnlicher Stab (alternativ: Besenstiel)

Außerdem benötigen Sie ein paar Elemente als Erhöhung. Seien Sie kreativ. Arbeiten Sie mit kleinen Tischchen, mit Stühlen, einer Bettkante, Wänden und allem anderen, was geeignete Erhöhung möglich macht. Ich möchte Ihnen außerdem nahelegen, sich ein Schlingentrainingssystem anzuschaffen, mit dem Sie generell viele Übungen aus diesem Buch zu Hause machen können. Das Programm *Super-Po mit Eigengewichttraining* gibt einige Workouts mit verschiedenen Ruderbewegungen vor, die Sie zwar mit anderen Dingen improvisieren können, aber mit einem Schlingentrainer lassen sich die Vorteile dieser Übungen besser ausschöpfen.

Wie schon oft erwähnt, müssen die Bewegungen einwandfrei ausgeführt werden, denn sie sind für die Programme wichtiger als alles andere. Es ist relativ einfach, viele Wiederholungen dieser Übungen zu schaffen, aber wenn die Ausführung falsch oder mit schlechten Bewegungsabläufen erfolgt, werden Sie keine großen Erfolge erzielen. Ihre erste und Ihre letzte Wiederholung müssen qualitativ vollkommen identisch sein und auch so aussehen. Wenn die Haltung einzubrechen droht, machen Sie eine Pause. Auch wenn Sie nicht die richtigen Muskeln fühlen, unterbrechen Sie die Übung, bis Sie wieder korrekt arbeiten können.

Im Übungskatalog demonstriere ich einige der häufigsten Fehler, die bei gängigen Übungen gemacht werden, und erkläre, wie sie vermieden und korrigiert werden können. Bedenken Sie aber, dass auch solche Korrekturen Zeit brauchen. Sie werden die Übungen nicht über Nacht perfekt beherrschen, deshalb habe ich spezielle Vorgehensweisen für dieses Programm gewählt.

Achten Sie sorgfältig darauf, wie sich Ihre Muskeln während der Übungen anfühlen. Wenn sie sich nicht so anfühlen, als würden sie hart arbeiten, machen Sie die Übung falsch. Übungen mit Körpergewicht werden häufig stark unterschätzt. Anfänger profitieren von diesen Workouts weitaus mehr als vom Training mit Gewichten im Fitnessstudio. Bei vielen Übungen mit Körpergewicht wird ein hoher Prozentsatz des Gewichts für die Belastung eingesetzt. Tatsächlich werden die Muskeln dabei mehr belastet als bei typischen Lang- oder Kurzhantelübungen für Anfänger. Ein Anfänger wird vermutlich sehr leichte Kurzhanteln für Schrägbankdrücken, einarmiges Rudern oder Rumänisches Kreuzheben verwenden. Bleibt man bei den vorgesehenen Varianten für Liegestütze, Rudern in Rückenlage und Beckenlifts, ist die Beanspruchung der Brust- und Schultermuskeln, des Latissimus und der Hüftstrecker bei Bewegungsabläufen mit Körpergewicht weitaus höher als mit Kurzhanteln. Wenn Sie also bei diesem Programm wirklich hart arbeiten, werden Sie unglaubliche Veränderungen Ihrer Konstitution bewirken, ohne auch nur ein einziges Gewicht zu heben.

Wochen 1–4: Workout A (1. Tag der Workout-Woche)

Datum:_______________ Gewicht:_______________

Vorgaben:

- *Ziel ist, zunächst die Bewegungsabläufe zu bewerkstelligen.*
- *Wenn die Koordination funktioniert und Sie die richtigen Muskeln bei der Arbeit fühlen, können die Wiederholungszahlen erhöht und die Übungen dadurch anspruchsvoller gestaltet werden.*

Erforderliche Übungsgeräte:

- *Matte*
- *Schlingentrainer oder zwei Stühle*
- *Tisch oder ähnliche Erhöhung*
- *Gymnastikball*
- *Klimmzugstange/Hochreck*

S. 192

A1: Hüftbrücke
3 Sätze, 10–20 Wdh.

S. 268

A2: Rudern in Rückenlage, modifiziert
3 Sätze, 8–12 Wdh.

S. 210

B1: Box Squat
3 Sätze, 10–20 Wdh.

S. 272

B2: Liegestütz mit Rumpferhöhung
3 Sätze, 8–12 Wdh.

S. 185

Hüftbeuge mit Stab
3 Sätze, 10–20 Wdh.

S. 191

Hüftabduktion in Seitlage
1 Satz, 10–30 Wdh. (jede Seite)

S. 294

Unterarmstütz
1 Satz, 30–120 Sekunden

S. 302

Seitstütz auf Knien
1 Satz, 20–60 Sekunden (jede Seite)

Wochen 1–4: Workout B (3. Tag der Workout-Woche)

Datum:______________ Gewicht:______________

S. 195

A1: Einbeinige Hüftbrücke mit Fußerhöhung
3 Sätze, 10–20 Wdh. (jede Seite)

S. 282

A2: Klimmzug mit Kammgriff (negativ)
3 Sätze, 1–3 Wdh.

S. 226

B1: Kastensteiger
3 Sätze, 10–20 Wdh. (jede Seite)

S. 273

B2: Liegestütz auf Knien
3 Sätze, 5–15 Wdh.

S. 249

Back Extension, Gymnastikball
3 Sätze, 10–20 Wdh.

S. 191

Muschel in Seitlage
1 Satz, 20–30 Wdh. (jede Seite)

S. 292

Crunch
1 Satz, 20–30 Wdh.

S. 300

Seiten-Crunch
1 Satz, 20–30 Wdh. (jede Seite)

Wochen 1–4: Workout C (5. Tag der Workout-Woche)

Datum:_______________ Gewicht:_______________

A1: Marschieren in der Brücke mit Schultererhöhung
3 Sätze, 30–60 Sekunden (mit den Beinen abwechselnd »marschieren«)

A2: Rudern in Rückenlage, Schlingentrainer
3 Sätze, 8–12 Wdh.

B1: Box Squat
3 Sätze, 10–20 Wdh.

B2: Liegestütz, negativ
3 Sätze, 3–5 Wdh.

Hüftbeuge mit Stab
3 Sätze, 10–20 Wdh.

Hüftabduktion in Seitlage
1 Satz, 10–30 Wdh. (jede Seite)

Sit-up mit gestreckten Beinen
1 Satz, 15–30 Wdh.

Seiten-Crunch, Gymnastikball
1 Satz, 15–30 Wdh. (jede Seite)

Wochen 5–8: Workout A (1. Tag der Workout-Woche)

Datum:_______________ Gewicht:_______________

Erforderliche Übungsgeräte:

- *Matte*
- *Schlingentrainer oder zwei Stühle*
- *Tisch oder ähnliche Erhöhung*
- *Gymnastikball*
- *Klimmzugstange/Hochreck*

S. 194

A1: Beckenlift
3 Sätze, 10–30 Wdh.

S. 268

A2: Rudern in Rückenlage (Winkel Körper/Boden kleiner als im Vormonat) 3 Sätze, 8–12 Wdh.

S. 211

B1: Full Squat
3 Sätze, 10–30 Wdh.

S. 274

B2: Liegestütz
3 Sätze, 1 Wdh.
(strikt pro Satz nur 1 Wdh.!)

S. 188

einbeiniges Rumänisches Kreuzheben, gestreckt
3 Sätze, 10–20 Wdh. (jede Seite)

S. 191

Hüftabduktion in Seitlage
1 Satz, 20–30 Wdh. (jede Seite)

S. 295

RKC-Unterarmstütz
1 Satz, 20–60 Sekunden

S. 303

Seitstütz
1 Satz, 20–60 Sekunden (jede Seite)

Wochen 5–8: Workout B (3. Tag der Workout-Woche)

Datum:_______________ Gewicht:_______________

A1: einbeinige Hüftbrücke
3 Sätze, 10–20 Wdh. (jede Seite)

A2: Klimmzug mit Kammgriff
3 Sätze, 1 Wdh.
(strikt pro Satz nur 1 Wdh.!)

B1: Ausfallschritte im Gehen
3 Sätze, 10–20 Wdh.
(20–40 Schritte insgesamt)

B2: Liegestütz auf Knien mit engem Griff
3 Sätze, 6–20 Wdh.

Reverse Hyperextension
3 Sätze, 10–30 Wdh.

Muschel in Seitlage
1 Satz, 10–30 Wdh. (jede Seite)

Crunch, Gymnastikball
1 Satz, 10–30 Wdh.

Seiten-Crunch, Gymnastikball
1 Satz, 10–30 Wdh. (jede Seite)

Wochen 5–8: Workout C (5. Tag der Workout-Woche)

Datum:_______________ Gewicht:_______________

S. 194

A1: Beckenlift
3 Sätze, 10–30 Wdh.

S. 268

A2: Rudern in Rückenlage (Oberkörper/Boden im spitzen Winkel)
3 Sätze, 8–12 Wdh.

S. 227

B1: hoher Kastensteiger
3 Sätze, 10–20 Wdh. (jede Seite)

S. 272

B2: Liegestütz mit Rumpferhöhung
3 Sätze, 8–12 Wdh

S. 253

Back Extension
3 Sätze, 20–30 Wdh.

S. 207

Hüftheben in Seitlage
1 Satz, 10–20 Wdh. (jede Seite)

S. 296

RKC-Unterarmstütz mit Fußerhöhung
1 Satz, 60–120 Sek.

S. 301

Seiten-Crunch, Gymnastikball
1 Satz, 10–20 Wdh. (jede Seite)

Wochen 9–12: Workout A (1. Tag der Workout-Woche)

Datum:________________ Gewicht:________________

Erforderliche Übungsgeräte:

- *Matte*
- *Tisch oder ähnliche Erhöhung*
- *Schlingentrainer oder zwei Stühle*
- *Gymnastikball*
- *Klimmzugstange/Hochreck*
- *Valslides, Gleitpads oder Handtuch auf glattem Boden*

S. 197

A1: einbeiniger Beckenlift
3 Sätze, 8–20 Wdh. (jede Seite)

S. 282

A2: Klimmzug mit Kammgriff
3 Sätze, 3–10 Wdh.

S. 227

B1: Kombi Kastensteiger/ Ausfallschritt nach hinten
3 Sätze, 10–15 Wdh. (jede Seite)

S. 274

B2: Liegestütz
3 Sätze, 5–10 Wdh.

S. 249

Back Extension, Gymnastikball
3 Sätze, 8–20 Wdh.

S. 206

doppelte Hüftabduktion
1 Satz, 6 Wdh. (jede Seite – sehr langsam und kontrolliert)

S. 293

Crunch, Gymnastikball
1 Satz, 10–30 Wdh.

S. 303

Seitstütz mit Abduktion
1 Satz, 20–60 Sekunden (jede Seite)

Wochen 9–12: Workout B (3. Tag der Workout-Woche)

Datum:_______________ Gewicht:_______________

S. 203

A1: einbeiniger Beckenlift mit doppelter Erhöhung
3 Sätze, 6–20 Wdh. (jede Seite)

S. 269

A2: Rudern in Rückenlage mit Fußerhöhung
3 Sätze, 6–12 Wdh.

S. 223

B1: Bulgarischer Split Squat
3 Sätze, 5–30 Wdh. (jede Seite)

S. 291

B2: Liegestütz mit Fußerhöhung, Oberkörper senkrecht
3 Sätze, 6–20 Wdh.

S. 260

Bein-Curl mit Gleitpads
2 Sätze, 10–20 Wdh.

S. 206

doppelte Hüftabduktion im Stehen 1 Satz, 6 Wdh. (jede Seite – langsam und kontrolliert)

S. 295

RKC-Unterarmstütz
1 Satz, 30–60 Sek.

S. 303

Seitstütz mit Abduktion und Fußerhöhung
1 Satz, 20–60 Sekunden (jede Seite)

Wochen 9–12: Workout C (5. Tag der Workout-Woche)

Datum:______________ Gewicht:______________

S. 197

A1: einbeiniger Beckenlift (mit Pause) 3 Sätze, 5–15 Wdh. (jede Seite, oben jeweils 3 Sekunden halten)

S. 284

A2: Klimmzug
3 Sätze, 3–10 Wdh.

S. 227

B1: hoher Kastensteiger
3 Sätze, 10–15 Wdh. (jede Seite)

S. 274

B2: Liegestütz mit engem Griff
3 Sätze, 3–8 Wdh.

S. 261

Russischer Bein-Curl
3 Sätze, 3–5 Wdh.

S. 207

Hüftheben in Seitlage
1 Satz, 10–20 Wdh. (jede Seite)

S. 296

Körpersäge
1 Satz, 10–15 Wdh.

S. 303

Seitstütz mit Abduktion und Fußerhöhung
1 Satz, 20–60 Sekunden (jede Seite)

Super-Po mit Eigengewichttraining, Workout A: Wochen 1–4

Name:________________________________ Datum:________________ Gewicht:________________

Übung	Satz 1	Satz 2	Satz 3
A1: Hüftbrücke 3 Sätze, 10–20 Wdh.	Gewicht Wdh.	Gewicht Wdh.	Gewicht Wdh.
A2: Rudern in Rückenlage, modifiziert 3 Sätze, 8–12 Wdh.	Gewicht Wdh.	Gewicht Wdh.	Gewicht Wdh.
B1: Box Squat 3 Sätze, 10–20 Wdh.	Wdh. links Wdh. rechts	Wdh. links Wdh. rechts	Wdh. links Wdh. rechts
B2: Liegestütz mit Rumpferhöhung 3 Sätze, 8–12 Wdh.	Gewicht Wdh.	Gewicht Wdh.	Gewicht Wdh.
Hüftbeuge mit Stab 3 Sätze, 10–20 Wdh.	Gewicht Wdh.	Gewicht Wdh.	Gewicht Wdh.
Hüftabduktion in Seitlage 1 Satz, 10–30 Wdh. (jede Seite)	Wdh. links Wdh. rechts		
Unterarmstütz 1 Satz, 30–120 Sekunden	Sekunden		
Seitstütz auf Knien 1 Satz, 20–60 Sekunden (jede Seite)	Sekunden links Sekunden rechts		
Anmerkungen:			

Beachte: Absolvieren Sie einen Satz A1, dann sofort einen Satz A2. Dann 30–90 Sekunden Pause. So weitermachen, bis alle Sätze A1/A2 fertig sind. Mit B1 und B2 ebenso verfahren.

Super-Po mit Eigengewichttraining, Workout B: Wochen 1–4

Name:____________________ Datum:____________ Gewicht:____________

Übung	Satz 1	Satz 2	Satz 3
A1: einbeinige Hüftbrücke mit Fußerhöhung 3 Sätze, 10–20 Wdh. (jede Seite)	Gewicht Wdh.	Gewicht Wdh.	Gewicht Wdh.
A2: A2: Klimmzug mit Kammgriff (negativ) 3 Sätze, 1–3 Wdh.	Gewicht Wdh.	Gewicht Wdh.	Gewicht Wdh.
B1: Kastensteiger 3 Sätze, 10–20 Wdh. (jede Seite)	Wdh. links Wdh. rechts	Wdh. links Wdh. rechts	Wdh. links Wdh. rechts
B2: Liegestütz auf Knien 3 Sätze, 5–15 Wdh.	Gewicht Wdh.	Gewicht Wdh.	Gewicht Wdh.
Back Extension, Gymnastikball 3 Sätze, 10–20 Wdh.	Gewicht Wdh.	Gewicht Wdh.	Gewicht Wdh.
Muschel in Seitlage 1 Satz, 20–30 Wdh. (jede Seite)	Wdh. links Wdh. rechts		
Crunch 1 Satz, 20–30 Wdh.	Wdh.		
Seiten-Crunch 1 Satz, 20–30 Wdh. (jede Seite)	Wdh. links Wdh. rechts		
Anmerkungen:			

Beachte: Absolvieren Sie einen Satz A1, dann sofort einen Satz A2. Dann 30–90 Sekunden Pause. So weitermachen, bis alle Sätze A1/A2 fertig sind. Mit B1 und B2 ebenso verfahren.

Super-Po mit Eigengewichttraining, Workout C: Wochen 1–4

Name:______________________________ Datum:______________ Gewicht:______________

Übung	Satz 1	Satz 2	Satz 3
A1: Marschieren in der Brücke mit Schultererhöhung 3 Sätze, 30–60 Sekunden (mit den Beinen abwechselnd »marschieren«)	Gewicht Wdh.	Gewicht Wdh.	Gewicht Wdh.
A2: Rudern in Rückenlage 3 Sätze, 8–12 Wdh.	Gewicht Wdh.	Gewicht Wdh.	Gewicht Wdh.
B1: Box Squat 3 Sätze, 10–20 Wdh.	Wdh. links Wdh. rechts	Wdh. links Wdh. rechts	Wdh. links Wdh. rechts
B2: Liegestütz, negativ 3 Sätze, 3–5 Wdh.	Gewicht Wdh.	Gewicht Wdh.	Gewicht Wdh.
Hüftbeuge mit Stab 3 Sätze, 10–20 Wdh.	Gewicht Wdh.	Gewicht Wdh.	Gewicht Wdh.
Hüftabduktion in Seitlage 1 Satz, 10–30 Wdh. (jede Seite)	Wdh. links Wdh. rechts		
Sit-up mit gestreckten Beinen 1 Satz, 15–30 Wdh.	Wdh.		
Seiten-Crunch, Gymnastikball 1 Satz, 15–30 Wdh. (jede Seite)	Wdh. links Wdh. rechts		
Anmerkungen:			

Beachte: Absolvieren Sie einen Satz A1, dann sofort einen Satz A2. Dann 30–90 Sekunden Pause. So weitermachen, bis alle Sätze A1/A2 fertig sind. Mit B1 und B2 ebenso verfahren.

Super-Po mit Eigengewichttraining, Workout A: Wochen 5–8

Name:______________________________ Datum:______________ Gewicht:______________

Übung	Satz 1	Satz 2	Satz 3
A1: Beckenlift 3 Sätze, 10–30 Wdh.	Gewicht Wdh.	Gewicht Wdh.	Gewicht Wdh.
A2: Rudern in Rückenlage (Winkel Körper/Boden kleiner als im Vormonat) 3 Sätze, 8–12 Wdh.	Gewicht Wdh.	Gewicht Wdh.	Gewicht Wdh.
B1: Full Squat 3 Sätze, 10–30 Wdh.	Wdh. links Wdh. rechts	Wdh. links Wdh. rechts	Wdh. links Wdh. rechts
B2: Liegestütz 3 Sätze, 1 Wdh. (strikt pro Satz nur 1 Wdh.!)	Gewicht Wdh.	Gewicht Wdh.	Gewicht Wdh.
einbeiniges Rumänisches Kreuzheben, gestreckt 3 Sätze, 10–20 Wdh.	Gewicht Wdh.	Gewicht Wdh.	Gewicht Wdh.
Hüftabduktion in Seitlage 1 Satz, 20–30 Wdh. (jede Seite)	Wdh. links Wdh. rechts		
RKC-Unterarmstütz 1 Satz, 20–60 Sekunden	Sekunden		
Seitstütz 1 Satz, 20–60 Sekunden (jede Seite)	Sekunden links Sekunden rechts		
Anmerkungen:			

Beachte: Absolvieren Sie einen Satz A1, dann sofort einen Satz A2. Dann 30–90 Sekunden Pause. So weitermachen, bis alle Sätze A1/A2 fertig sind. Mit B1 und B2 ebenso verfahren.

Super-Po mit Eigengewichttraining, Workout B: Wochen 5–8

Name:________________________________ Datum:________________ Gewicht:________________

Übung	Satz 1	Satz 2	Satz 3
A1: einbeinige Hüftbrücke 3 Sätze, 10–20 Wdh. (jede Seite)	Gewicht Wdh.	Gewicht Wdh.	Gewicht Wdh.
A2: Klimmzug mit Kammgriff 3 Sätze, 1 Wdh. (strikt pro Satz nur 1 Wdh.!)	Gewicht Wdh.	Gewicht Wdh.	Gewicht Wdh.
B1: Ausfallschritte im Gehen 3 Sätze, 10–20 Wdh. (20–40 Schritte insgesamt)	Wdh. links Wdh. rechts	Wdh. links Wdh. rechts	Wdh. links Wdh. rechts
B2: Liegestütz auf Knien mit engem Griff 3 Sätze, 6–20 Wdh.	Gewicht Wdh.	Gewicht Wdh.	Gewicht Wdh.
Reverse Hyperextension 3 Sätze, 10–30 Wdh.	Gewicht Wdh.	Gewicht Wdh.	Gewicht Wdh.
Muschel in Seitlage 1 Satz, 10–30 Wdh. (jede Seite)	Wdh. links Wdh. rechts		
Crunch, Gymnastikball 1 Satz, 10–30 Wdh.	Wdh.		
Seiten-Crunch, Gymnastikball 1 Satz, 10–30 Wdh. (jede Seite)	Wdh. links Wdh. rechts		
Anmerkungen:			

Beachte: Absolvieren Sie einen Satz A1, dann sofort einen Satz A2. Dann 30–90 Sekunden Pause. So weitermachen, bis alle Sätze A1/A2 fertig sind. Mit B1 und B2 ebenso verfahren.

Super-Po mit Eigengewichttraining, Workout C: Wochen 5–8

Name:_______________ Datum:_______________ Gewicht:_______________

Übung	Satz 1	Satz 2	Satz 3
A1: Beckenlift 3 Sätze, 10–30 Wdh.	Gewicht Wdh.	Gewicht Wdh.	Gewicht Wdh.
A2: Rudern in Rückenlage (Oberkörper/Boden im spitzen Winkel) 3 Sätze, 8–12 Wdh.	Gewicht Wdh.	Gewicht Wdh.	Gewicht Wdh.
B1: hoher Kastensteiger 3 Sätze, 10–20 Wdh. (jede Seite)	Wdh. links Wdh. rechts	Wdh. links Wdh. rechts	Wdh. links Wdh. rechts
B2: Liegestütz mit Rumpferhöhung 3 Sätze, 8–12 Wdh.	Gewicht Wdh.	Gewicht Wdh.	Gewicht Wdh.
Back Extension 3 Sätze, 20–30 Wdh.	Gewicht Wdh.	Gewicht Wdh.	Gewicht Wdh.
Hüftheben in Seitlage 1 Satz, 10–20 Wdh. (jede Seite)	Wdh. links Wdh. rechts		
RKC-Unterarmstütz mit Fußerhöhung 1 Satz, 60–120 Sek.	Wdh.		
Seiten-Crunch, Gymnastikball 1 Satz, 10–20 Wdh. (jede Seite)	Wdh. links Wdh. rechts		
Anmerkungen:			

Beachte: Absolvieren Sie einen Satz A1, dann sofort einen Satz A2. Dann 30–90 Sekunden Pause. So weitermachen, bis alle Sätze A1/A2 fertig sind. Mit B1 und B2 ebenso verfahren.

Super-Po mit Eigengewichttraining, Workout A: Wochen 9–12

Name:______________________ Datum:______________ Gewicht:______________

Übung	Satz 1	Satz 2	Satz 3
A1: einbeiniger Beckenlift 3 Sätze, 8–20 Wdh. (jede Seite)	Gewicht Wdh.	Gewicht Wdh.	Gewicht Wdh.
A2: Klimmzug mit Kammgriff 3 Sätze, 3–10 Wdh.	Gewicht Wdh.	Gewicht Wdh.	Gewicht Wdh.
B1: Kombi Kastensteiger/Ausfallschritt nach hinten 3 Sätze, 10–15 Wdh. (jede Seite)	Wdh. links Wdh. rechts	Wdh. links Wdh. rechts	Wdh. links Wdh. rechts
B2: Liegestütz 3 Sätze, 5–10 Wdh.	Gewicht Wdh.	Gewicht Wdh.	Gewicht Wdh.
Back Extension, Gymnastikball 3 Sätze, 8–20 Wdh.	Gewicht Wdh.	Gewicht Wdh.	Gewicht Wdh.
doppelte Hüftabduktion im Vierfüßlerstand mit einseitigem Absenken 1 Satz, 6 Wdh. (jede Seite – sehr langsam und kontrolliert)	Wdh. links Wdh. rechts		
Crunch, Gymnastikball 1 Satz, 10–30 Wdh.	Wdh.		
Seitstütz mit Abduktion 1 Satz, 20–60 Sekunden (jede Seite)	Sekunden links Sekunden rechts		
Anmerkungen:			

Beachte: Absolvieren Sie einen Satz A1, dann sofort einen Satz A2. Dann 30–90 Sekunden Pause. So weitermachen, bis alle Sätze A1/A2 fertig sind. Mit B1 und B2 ebenso verfahren.

Super-Po mit Eigengewichttraining, Workout B: Wochen 9–12

Name:_______________________________ Datum:_______________ Gewicht:_______________

Übung	Satz 1	Satz 2	Satz 3
A1: einbeiniger Beckenlift mit doppelter Erhöhung (Schultern und Füße) 3 Sätze, 6–20 Wdh. (jede Seite)	Gewicht Wdh.	Gewicht Wdh.	Gewicht Wdh.
A2: Rudern in Rückenlage mit Fußerhöhung 3 Sätze, 6–12 Wdh.	Gewicht Wdh.	Gewicht Wdh.	Gewicht Wdh.
B1: Bulgarischer Split Squat 3 Sätze, 5–30 Wdh. (jede Seite)	Wdh. links Wdh. rechts	Wdh. links Wdh. rechts	Wdh. links Wdh. rechts
B2: Liegestütz mit Fußerhöhung, Oberkörper senkrecht 3 Sätze, 6–20 Wdh.	Gewicht Wdh.	Gewicht Wdh.	Gewicht Wdh.
Bein-Curl mit Gleitpads 2 Sätze, 10–20 Wdh.	Gewicht Wdh.	Gewicht Wdh.	
doppelte Hüftabduktion im Stehen 1 Satz, 6 Wdh. (jede Seite – langsam und kontrolliert)	Wdh. links Wdh. rechts		
RKC-Unterarmstütz 1 Satz, 30–60 Sek.	Wdh.		
Seitstütz mit Abduktion und Fußerhöhung 1 Satz, 20–60 Sekunden (jede Seite)	Sekunden links Sekunden rechts		
Anmerkungen:			

Beachte: Absolvieren Sie einen Satz A1, dann sofort einen Satz A2. Dann 30–90 Sekunden Pause. So weitermachen, bis alle Sätze A1/A2 fertig sind. Mit B1 und B2 ebenso verfahren.

Super-Po mit Eigengewichttraining, Workout C: Wochen 9–12

Name:______________________ Datum:______________ Gewicht:______________

Übung	Satz 1	Satz 2	Satz 3
A1: einbeiniger Beckenlift (mit Pause) 3 Sätze, 5–15 Wdh. (jede Seite, oben jeweils 3 Sekunden halten)	Gewicht Wdh.	Gewicht Wdh.	Gewicht Wdh.
A2: Klimmzug 3 Sätze, 3–10 Wdh.	Gewicht Wdh.	Gewicht Wdh.	Gewicht Wdh.
B1: hoher Kastensteiger 3 Sätze, 10–15 Wdh. (jede Seite)	Wdh. links Wdh. rechts	Wdh. links Wdh. rechts	Wdh. links Wdh. rechts
B2: Liegestütz mit engem Griff 3 Sätze, 3–8 Wdh.	Gewicht Wdh.	Gewicht Wdh.	Gewicht Wdh.
Russischer Bein-Curl 3 Sätze, 3–5 Wdh.	Gewicht Wdh.	Gewicht Wdh.	Gewicht Wdh.
Hüftheben in Seitlage 1 Satz, 10–20 Wdh. (jede Seite)	Wdh. links Wdh. rechts		
Körpersäge 1 Satz, 10–15 Wdh.	Wdh.		
Seitstütz mit Abduktion und Fußerhöhung 1 Satz, 20–60 Sek. (jede Seite)	Sekunden links Sekunden rechts		
Anmerkungen:			

Beachte: Absolvieren Sie einen Satz A1, dann sofort einen Satz A2. Dann 30–90 Sekunden Pause. So weitermachen, bis alle Sätze A1/A2 fertig sind. Mit B1 und B2 ebenso verfahren.

Kapitel 13:

Das Zwölf-Wochen-Programm *Extra-Challenge für den Po* (nur untere Körperhälfte)

Ich hatte schon viele Klientinnen, die ausschließlich an der Form und Kraft ihres Gesäßes arbeiten wollten, während sie mit dem Rest ihres Körpers völlig zufrieden waren. Falls es Ihnen auch so geht, ist dieses Programm genau das richtige für Sie.

Wenn Sie sich diesen Trainingsplan ansehen, werden Sie vermutlich von seiner Einfachheit irritiert sein. Sobald Sie aber Ihre Pobacken richtig aktivieren, merken Sie, dass dieses Programm über alle Maßen herausfordernd ist. Jedes Workout besteht aus vier Übungen, die sich voll und ganz auf das Gesäß konzentrieren. Wiederholungszahlen und Intensität variieren. Im Gegensatz zu den bisherigen Programmen gibt es keine Supersatz-Paare. Es ist sehr wichtig, zwischen den Sätzen dieses Programms auszuruhen, um sicherzustellen, dass Ihre Gesäßmuskulatur bei jeder einzelnen Übung und jedem Satz wirklich hart arbeitet.

Das Programm konzentriert sich auf die größten Muskeln Ihres Körpers über die gesamte Dauer des Workouts, weshalb Sie damit nicht nur einen wunderbaren Po gestalten, sondern Ihren Körper auch in einen Fettverbrennungsofen verwandeln. Parallel zum Wachstum Ihrer Gesäßmuskulatur werden Sie eine beachtliche Fettreduktion erfahren. Obwohl ich ein Freund von Ganzkörper-Workouts bin, halte ich dieses Programm für das allerbeste Workout für Frauen, weil Sie damit unglaubliche Resultate erzielen können, ohne unendliche Stunden im Fitnessstudio verbringen zu müssen. Der Haken dabei ist nur, dass Ihre Ernährung punktgenau auf das Programm zugeschnitten sein muss, damit es funktioniert.

Die Bewegungsabläufe sind bei dem Programm ausschlaggebend für den Erfolg. Lesen Sie sich die Informationen zur Gesäßmuskelaktivierung und den Bewegungsabläufen sorgfältig durch, sodass Sie die Zeit im Fitnessstudio optimal nutzen können. Auch hierzu zeigt der Übungskatalog häufige Fehler und deren Korrektur auf. Gehen Sie alle möglichen Fehler durch und überprüfen Sie, welche davon vermutlich auch Sie machen. Je korrekter Sie die Bewegungen ausführen, umso intensiver können Sie die Muskeln aktivieren und umso bessere Resultate werden Sie mit diesen Workouts erzielen.

Wochen 1–4: Workout A

(1. Tag der Workout-Woche)

Datum:______________ Gewicht:____________

Vorgaben:

- Wichtigstes Ziel ist es natürlich, die Bewegungsabläufe korrekt zu meistern.
- Wenn Sie die Abläufe koordiniert haben und die richtigen Muskeln zur rechten Zeit fühlen, können Sie die Wiederholungszahl steigern und sich größeren Herausforderungen stellen.

Erforderliche Übungsgeräte:

- *Matte*
- *verstellbarer Rückentrainer oder Gymnastikball*
- *Kurzhanteln*
- *Langhantel mit Gewichten*
- *Langhantel-Schutzpad*

Beckenlift
3 Sätze, 20 Wdh.

Full Squat
3 Sätze, 20 Wdh.

Back Extension
3 Sätze, 20 Wdh.

Muschel in Seitlage
1 Satz, 30 Wdh. (jede Seite)

Wochen 1–4: Workout B

(3. Tag der Workout-Woche)

Datum:______________ Gewicht:__________

einbeinige Hüftbrücke
3 Sätze, 20 Wdh.
(jede Seite)

S. 196

Ausfallschritte im Gehen
3 Sätze, 10–20 Wdh.
(jede Seite)

S. 222

Reverse Hyperextension
3 Sätze, 20 Wdh.

S. 256

Hüftabduktion in Seitlage
1 Satz, 30 Wdh.
(jede Seite)

S. 191

Wochen 1–4: Workout C

(5. Tag der Workout-Woche)

Datum:______________ Gewicht:__________

S. 198

Hüftbrücke, Langhantel
3 Sätze, 10 Wdh.

S. 212

Goblet Full Squat, Kurzhantel
3 Sätze, 10 Wdh.

S. 233

Rumänisches Kreuzheben, Kurzhanteln
3 Sätze, 10 Wdh.

S. 208

Hüftrotation am Kabelzug
1 Satz, 10 Wdh.
(jede Seite)

Wochen 5–8: Workout A

(1. Tag der Workout-Woche)

Datum:______________ Gewicht:____________

Erforderliche Übungsgeräte:

- *Matte*
- *Langhantel mit Gewichten*
- *Kurzhanteln*
- *Kabelzugmaschine mit Fußmanschette*
- *elastisches Widerstandsband*

Beckenlift, Langhantel
3 Sätze, 8–12 Wdh.

S. 199

Front Squat, Langhantel
3 Sätze, 8–12 Wdh.

S. 218

Rumänisches Kreuzheben, Langhantel
3 Sätze, 8–12 Wdh.

S. 233

Hüftabduktion im Sitzen, Widerstandsband
1 Satz, 30 Wdh.

S. 204

Wochen 5–8: Workout B

(3. Tag der Workout-Woche)

Datum:______________ Gewicht:____________

S. 197

einbeiniger Beckenlift
3 Sätze, 8–12 Wdh.
(jede Seite)

S. 230

Skater Squat
3 Sätze, 8–12 Wdh.
(jede Seite)

S. 236

einbeiniges Rumänisches Kreuzheben, Kurzhanteln
3 Sätze, 8–12 Wdh.
(jede Seite)

S. 207

Hüftabduktion im Stehen, Kabelzug
1 Satz, 30 Wdh.
(jede Seite)

Wochen 5–8: Workout C

(5. Tag der Workout-Woche)

Datum:______________ Gewicht:__________

Hüftbrücke, Langhantel
3 Sätze, 10 Wdh.

S. 198

Zercher Squat, Langhantel
3 Sätze, 10 Wdh.

S. 219

Back Extension, Kurzhantel
3 Sätze, 10 Wdh.

S. 255

Hüftheben in Seitlage
1 Satz, 12 Wdh.
(jede Seite)

S. 207

Wochen 9–12: Workout A

(1. Tag der Workout-Woche)

Datum:______________ Gewicht:__________

Übungsgeräte für Wochen 9–12:

- *Matte*
- *Kurzhanteln, Kettlebell*
- *Bank, Plyometrie-Box oder Stepper, hohe Box*
- *Langhantel mit Gewichten*
- *Kabelzugmaschine mit Cook Bar (Hantelstange mit Ösen an beiden Enden)*
- *verstellbarer Rückentrainer*
- *Widerstandsband*

S. 200

Amerikanischer Beckenlift (konstante Spannung), Langhantel
3 Sätze, 20 Wdh.
(ohne Pause)

S. 224

Bulgarischer Split Squat, Kurzhanteln
3 Sätze, 12 Wdh.
(jede Seite)

S. 237

Amerikanisches Kreuzheben, Langhantel
3 Sätze, 8 Wdh.

S. 307

Horizontalrotation Cook Bar im Kniestand
1 Satz, 15 Wdh.
(jede Seite)

Wochen 9–12: Workout B

(3. Tag der Workout-Woche)

Datum:________________ Gewicht:________________

S. 203

einbeiniger Beckenlift mit doppelter Erhöhung (Fuß und Schultern; mit Pause)
3 Sätze, 6 Wdh.
(jede Seite, oben jeweils 3 Sekunden halten)

S. 214

Hoher Box Squat, Langhantel
3 Sätze, 6 Wdh.

S. 251

Einbeinige 45-Grad-Hyper-extension
3 Sätze, 12 Wdh.
(jede Seite)

S. 208

Hüftrotation am Kabelzug
1 Satz, 15 Wdh.
(jede Seite)

Wochen 9–12: Workout C

(5. Tag der Workout-Woche)

Datum:________________ Gewicht:________________

S. 199

Beckenlift (mit Pause), Langhantel
3 Sätze, 10 Wdh.
(6 Wdh., Pause, 1 Wdh., Pause usw.)

S. 229

Hoher Kastensteiger, Kurzhanteln
3 Sätze, 3 Wdh.
(jede Seite)

S. 246

Russischer Kettlebell-Swing
3 Sätze, 20 Wdh.

S. 207

Hüftheben in Seitlage
1 Satz, 15 Wdh.
(jede Seite)

Extra-Challenge für den Po, Workout A: Wochen 1–4

Name:______________________________ Datum:_______________ Gewicht:_______________

Übung	Satz 1	Satz 2	Satz 3
Beckenlift 3 Sätze, 20 Wdh.	Gewicht Wdh.	Gewicht Wdh.	Gewicht Wdh.
Full Squat 3 Sätze, 20 Wdh.	Gewicht Wdh.	Gewicht Wdh.	Gewicht Wdh.
Back Extension 3 Sätze, 20 Wdh.	Wdh. links Wdh. rechts	Wdh. links Wdh. rechts	Wdh. links Wdh. rechts
Muschel in Seitlage 1 Satz, 30 Wdh. (jede Seite)	Gewicht Wdh.		
Anmerkungen:			

Extra-Challenge für den Po, Workout B: Wochen 1–4

Name:________________________ Datum:______________ Gewicht:______________

Übung	Satz 1	Satz 2	Satz 3
einbeinige Hüftbrücke 3 Sätze, 20 Wdh. (jede Seite)	Gewicht Wdh.	Gewicht Wdh.	Gewicht Wdh.
Ausfallschritte im Gehen 3 Sätze, 10–20 Wdh. (jede Seite)	Gewicht Wdh.	Gewicht Wdh.	Gewicht Wdh.
Reverse Hyperextension 3 Sätze, 20 Wdh.	Wdh. links Wdh. rechts	Wdh. links Wdh. rechts	Wdh. links Wdh. rechts
Hüftabduktion in Seitlage 1 Satz, 30 Wdh. (jede Seite)	Gewicht Wdh.		
Anmerkungen:			

Extra-Challenge für den Po, Workout C: Wochen 1–4

Name:_______________ Datum:_______________ Gewicht:_______________

Übung	Satz 1	Satz 2	Satz 3
Hüftbrücke, Langhantel 3 Sätze, 10 Wdh.	Gewicht Wdh.	Gewicht Wdh.	Gewicht Wdh.
Goblet Full Squat, Kurzhantel 3 Sätze, 10 Wdh.	Gewicht Wdh.	Gewicht Wdh.	Gewicht Wdh.
Rumänisches Kreuzheben, Kurzhanteln 3 Sätze, 10 Wdh.	Wdh. links Wdh. rechts	Wdh. links Wdh. rechts	Wdh. links Wdh. rechts
Hüftrotation am Kabelzug 1 Satz, 10 Wdh. (jede Seite)	Gewicht Wdh.		
Anmerkungen:			

Extra-Challenge für den Po, Workout A: Wochen 5–8

Name:________________________ Datum:________________ Gewicht:________________

Übung	Satz 1	Satz 2	Satz 3
Beckenlift, Langhantel 3 Sätze, 8–12 Wdh.	Gewicht Wdh.	Gewicht Wdh.	Gewicht Wdh.
Front Squat, Langhantel 3 Sätze, 8–12 Wdh.	Gewicht Wdh.	Gewicht Wdh.	Gewicht Wdh.
Rumänisches Kreuzheben, Langhantel 3 Sätze, 8–12 Wdh.	Wdh. links Wdh. rechts	Wdh. links Wdh. rechts	Wdh. links Wdh. rechts
Hüftabduktion im Sitzen, Widerstandsband 1 Satz, 30 Wdh.	Gewicht Wdh.		
Anmerkungen:			

Extra-Challenge für den Po, Workout B: Wochen 5–8

Name:______________________ Datum:______________ Gewicht:______________

Übung	Satz 1	Satz 2	Satz 3
einbeiniger Beckenlift 3 Sätze, 8–12 Wdh. (jede Seite)	Gewicht Wdh.	Gewicht Wdh.	Gewicht Wdh.
Skater Squat 3 Sätze, 8–12 Wdh. (jede Seite)	Gewicht Wdh.	Gewicht Wdh.	Gewicht Wdh.
einbeiniges Rumänisches Kreuzheben, Kurzhanteln 3 Sätze, 8–12 Wdh. (jede Seite)	Wdh. links Wdh. rechts	Wdh. links Wdh. rechts	Wdh. links Wdh. rechts
Hüftabduktion im Stehen, Kabelzug 1 Satz, 30 Wdh. (jede Seite)	Gewicht Wdh.		
Anmerkungen:			

Extra-Challenge für den Po, Workout C: Wochen 5–8

Name:________________ Datum:________________ Gewicht:________________

Übung	Satz 1	Satz 2	Satz 3
Hüftbrücke, Langhantel 3 Sätze, 10 Wdh.	Gewicht Wdh	Gewicht Wdh.	Gewicht Wdh.
Zercher Squat, Langhantel 3 Sätze, 10 Wdh.	Gewicht Wdh.	Gewicht Wdh.	Gewicht Wdh.
Back Extension, Kurzhantel 3 Sätze, 10 Wdh.	Wdh. links Wdh. rechts	Wdh. links Wdh. rechts	Wdh. links Wdh. rechts
Hüftheben in Seitlage 1 Satz, 12 Wdh. (jede Seite)	Gewicht Wdh.		
Anmerkungen:			

Extra-Challenge für den Po, Workout A: Wochen 9–12

Name:________________________ Datum:______________ Gewicht:______________

Übung	Satz 1	Satz 2	Satz 3
Amerikanischer Beckenlift (konstante Spannung), Langhantel 3 Sätze, 20 Wdh. (ohne Pause)	Gewicht Wdh.	Gewicht Wdh.	Gewicht Wdh.
Bulgarischer Split Squat, Kurzhanteln 3 Sätze, 12 Wdh. (jede Seite)	Gewicht Wdh.	Gewicht Wdh.	Gewicht Wdh.
Amerikanisches Kreuzheben, Langhantel 3 Sätze, 8 Wdh.	Wdh. links Wdh. rechts	Wdh. links Wdh. rechts	Wdh. links Wdh. rechts
Horizontalrotation mit Cook Bar im Kniestand 1 Satz, 15 Wdh. (jede Seite)	Gewicht Wdh.		
Anmerkungen:			

Extra-Challenge für den Po, Workout B: Wochen 9–12

Name:______________________________ Datum:_______________ Gewicht:_______________

Übung	Satz 1	Satz 2	Satz 3
einbeiniger Beckenlift mit doppelter Erhöhung (Fuß und Schultern; mit Pause) 3 Sätze, 6 Wdh. (jede Seite, oben jeweils 3 Sekunden halten)	Gewicht Wdh.	Gewicht Wdh.	Gewicht Wdh.
hoher Box Squat, Langhantel 3 Sätze, 6 Wdh.	Gewicht Wdh.	Gewicht Wdh.	Gewicht Wdh.
einbeinige 45-Grad-Hyperextension 3 Sätze, 12 Wdh. (jede Seite)	Wdh. links Wdh. rechts	Wdh. links Wdh. rechts	Wdh. links Wdh. rechts
Hüftrotation am Kabelzug 1 Satz, 15 Wdh. (jede Seite)	Gewicht Wdh.		
Anmerkungen:			

Extra-Challenge für den Po, Workout C: Wochen 9–12

Name:_______________ Datum:_______________ Gewicht:_______________

Übung	Satz 1	Satz 2	Satz 3
Beckenlift, Langhantel (mit Pause) 3 Sätze, 10 Wdh. (6 Wdh., Pause, 1 Wdh., Pause, 1 Wdh., usw.)	Gewicht Wdh.	Gewicht Wdh.	Gewicht Wdh.
hoher Kastensteiger, Kurzhanteln 3 Sätze, 8 Wdh. (jede Seite)	Gewicht Wdh.	Gewicht Wdh.	Gewicht Wdh.
Russischer Kettlebell-Swing 3 Sätze, 20 Wdh.	Wdh. links Wdh. rechts	Wdh. links Wdh. rechts	Wdh. links Wdh. rechts
Hüftheben in Seitlage 1 Satz, 15 Wdh. (jede Seite)	Gewicht Wdh.		
Anmerkungen:			

Kapitel 14:

Ein Leben lang stark und sexy

Jetzt, da Sie mit einem meiner Programme beginnen wollen, müssen Sie die Übungen in Ihren Alltag integrieren. Eines der größten Probleme für Frauen ist, die Zeit für das Workout zu finden. Der große Vorteil meiner Programme liegt aber letztlich darin, dass sie gar nicht unendlich viel Zeit in Anspruch nehmen. Mit nur drei Stunden in der Woche können Sie schon erstaunliche Erfolge erzielen. Sie haben etwa 72 Stunden in der Woche zur Verfügung, in denen Sie weder schlafen noch arbeiten, davon sind drei Stunden doch ein verschwindend kleiner Teil.

Okay, es ist natürlich Unsinn zu glauben, Sie hätten in diesen 72 Stunden nichts zu tun. Tatsächlich haben Sie vermutlich mitunter das Gefühl, dass Ihnen sogar die Zeit zum Atmen fehlt. Am Ende eines hektischen Tages möchten Sie sicher nur mit einem guten Buch oder vor Ihrer Lieblingsfernsehsendung auf dem Sofa sitzen. Vielleicht haben Sie nicht einmal dafür Zeit, weil Sie abends schwimmen gehen, Klavier spielen lernen, Handball spielen, zum Elternabend gehen oder sonstige familiäre Verpflichtungen wahrnehmen. Dennoch sollten Sie sich ein paar Stunden für Ihre Übungen reservieren. Wenn Sie sich diesen Luxus nicht gönnen, werden Sie langfristig für Workouts immer zu müde sein. Dieser Energiemangel wird tatsächlich von fehlender körperlicher Aktivität ausgelöst. Der einzige Weg aus diesem Teufelskreis sind Aktivität und Bewegung.

Vielleicht halten Sie es für egoistisch, sich Zeit für ein paar Workouts zu nehmen, weil Sie Ihre Kinder dann zu Hause lassen oder in der Kinderbetreuung des Fitnessstudios abgeben? Die Wäsche wird vielleicht nicht fertig, der Abwasch steht abends eine Stunde länger herum, vielleicht gibt es an Workout-Abenden sogar nur ein Resteessen statt einer ausgewogenen Vollkostmahlzeit? Ich gebe Ihnen Brief und Siegel darauf, dass das niemanden stören wird, außer Sie selbst. Ins Fitnessstudio zu gehen ist nicht egoistisch. Diese Auszeit vom Alltag zugunsten Ihres Körpers verbessert Ihre Lebensqualität. Ihrer Gesundheit zuliebe sollten Sie mindestens drei Stunden wöchentlich in Übungen investieren. Meine Klientinnen sagen mir immer wieder, dass sie mehr Energie haben, weniger Heißhunger, bessere Laune, besseren Sex, ein besseres Verhältnis zu ihrer Familie und sehr viel mehr Selbstvertrauen. Genau genommen übertreffen diese Erfolge sogar noch die Verbesserungen hinsichtlich Körperform, Kraft und Gesundheit.

Drei Stunden in der Woche reichen schon aus, damit Sie große Verbesserungen sehen. Meiner Ansicht nach handelt es sich hier um einen Gewinn für alle Beteiligten. Ihr Partner wird sich freuen, wenn Sie umgänglicher und liebevoller sind und Sie wieder mehr Interesse am Sex zeigen. Ihre Kinder werden begeistert sein, wenn Sie mehr Energie für Spiele aufbringen und mehr Lebensfreude zeigen. Ihr Chef wird Ihnen dankbar sein, wenn Sie konzentrierter und aktiver bei der Arbeit sind. Ihre Freunde werden froh sein, weil Sie eine Bereicherung sind. Alle haben so viel zu gewinnen, wenn Sie einen gesünderen Lebenswandel führen – und natürlich ganz besonders Sie selbst.

Ich empfehle Ihnen, drei bis sechs Stunden wöchentlich in die Workouts zu investieren, je nach Ihren Zielen. Meine Wettkampfathletinnen trainieren mehr, aber normale Klientinnen, die vorrangig ihre Körperform verändern wollen, erzielen mit drei bis sechs Stunden wirkliche Fortschritte. Wenn Sie diese Zeit für unzureichend halten, haben Sie vermutlich mit jemandem gesprochen, der sich zum Sklaven seines Fitnessstudios gemacht hat, weil er oder sie glaubt, nur so könne man Resultate erzielen. Glauben Sie mir, das ist kontraproduktiv. Zu viel Zeit beim Training raubt Ihnen Ihre Energie, bringt Ihren Hormonhaushalt durcheinander und arbeitet letztendlich gegen Sie.

Meine Programme sind sehr flexibel und können leicht an Ihre Bedürfnisse angepasst werden. Wenn Sie nur zweimal in der Woche trainieren können, dann tun Sie das. Wenn Sie für das Workout nur jeweils 30 Minuten an fünf Tagen pro Woche erübrigen können, arbeiten Sie diese Zeit in Ihren Wochenplan ein. Die Programme haben keine vorgegebenen Zeitangaben. Der wichtigste Aspekt ist, dass Sie mehrmals in der Woche Krafttraining machen und dabei die Übungen für die Gesäßmuskulatur mit ganzer Power durchziehen.

Kellies Tipp: *Nachdem ich an meinem zweiten Figur-Wettbewerb teilgenommen hatte, nahm ich mir die Zeit für eine Selbsteinschätzung. Ich hatte aus den meiner Meinung nach richtigen Gründen angefangen, an Wettbewerben teilzunehmen, aber ich bemerkte, dass ich meine Ziele auf dem falschen Weg erreichte. Ich war übertrainiert, ich aß zu wenig, ich war völlig besessen von Nahrung. Mein »ideales Ich« und mein »reales Ich« kamen sich ständig in die Quere, und ich wusste, ich war auf einem Weg, der mich weiter denn je von meinen Zielen – optimale Gesundheit und Wohlbefinden – entfernte. Ich musste damit aufhören, mich von meiner Vorstellung von einem fitten Lebenswandel kontrollieren zu lassen. Auf diesem Weg kam ich zu meiner persönlichen Philosophie, der ich bis heute folge:*

- *Mein Körper ist Resultat und Belohnung für meine harte Arbeit, aber ich arbeite nicht, um den ultimativ vollendeten Körper zu bekommen.*
- *Ich liebe meinen Körper. Ich esse, um ihn zu ernähren, zu formen, sein Gewebe zu reparieren, die Vitalfunktionen meiner Organe zu verbessern, Energie für den Tag zu haben und meine Lebensdauer zu verlängern. Ich esse nicht, um meinem Körper Kraft zu entziehen, ihn falsch zu ernähren, aus Besessenheit oder um meinem Körper zu schaden.*
- *Training ist Bestandteil meines Lebens und meiner Person. Ich gehe ins Fitnessstudio als Teil meiner täglichen Aktivitäten. Ich stecke mein Leben nicht in ein Korsett, damit es dem Fitnessplan gerecht wird.*

Nachdem ich meine Prioritäten von »perfektes Aussehen« in Richtung »bestmögliche Gesundheit und Wohlbefinden« verschoben hatte, änderte sich alles. Meine Energie nahm zu, weil ich mich gesund und ausreichend ernährte. Meine Kraft nahm zu, weil ich mich qualitativ besser ernährte. Zeitgleich veränderte sich meine Körperkonstitution, weil ich stärker und meine Ernährung besser wurden.

Wenn ich Ihnen etwas raten darf: Sie müssen eine symbiotische Beziehung aufbauen zu allem, was mit diesem Programm zu tun hat, dann werden Sie optimale Ergebnisse erzielen. Natürlich wollen Sie einen tollen Po, einen schlankeren Körper und eine wohlgeformte Taille. Aber wenn Sie sich nur darauf konzentrieren, dann werden Sie besessen davon. Konzentrieren Sie sich auf die richtigen Dinge – ein starkes Immunsystem, einen ausgeglichene Hormonhaushalt, mehr Vertrauen und Selbstvertrauen, weniger gesundheitliche Probleme. Dann wird sich alles andere von selbst ergeben.

Nur Ihre eigenen Zweifel, Ängste und selbst gesetzten Grenzen halten Sie noch vom Erfolg ab. Viele Frauen haben mit ein- oder zweimaligem Training in der Woche begonnen, um sich zunächst einmal mit den Workouts vertraut zu machen. Dann, nach wenigen Trainingsmonaten, kamen sie schon drei- oder viermal wöchentlich. Kurze Zeit später waren sie dann plötzlich dabei, sich für Wettkämpfe vorzubereiten oder Interesse am Powerlifting zu zeigen. Sie hatten plötzlich Lust auf immer größere Herausforderungen, denn sie legten ihre eigene Messlatte mit jedem persönlichen Rekord immer höher.

Krafttraining hat eine nicht unerhebliche Ehrgeiz fördernde Wirkung. Wenn Squats, Beckenlifts und Kreuzheben jede Woche besser werden, entdecken Sie ganz automatisch Ihr großes Potenzial – während Sie nebenbei Ihre wunderbaren Kurven pflegen.

Die Familie und Ihre neue Lebensart

Sie können Ihrer Familie einen unschätzbaren Dienst erweisen, indem Sie sie an Ihrem neuen Lebenswandel teilhaben lassen. Das bedeutet nicht, dass alle einem meiner Trainingsprogramme folgen müssen (obwohl das natürlich gigantisch wäre!). Dennoch empfiehlt es sich, Ihre neuen täglichen Fitness- und Ernährungspraktiken in Ihre familiären Rituale zu integrieren. Das ist leichter gesagt als getan. Menschen sind normalerweise »Gewohnheitstiere«, und Ihre Familie von Veränderungen zu überzeugen kann schwierig werden. Hier ein paar Tipps, die Ihnen auf den Weg helfen:

Ernährung

Nehmen Sie Ihrer Familie nicht die Lieblingsspeisen weg, aber ermutigen Sie sie dazu, Neues auszuprobieren: Wenn Ihr Mann oder Partner Bier und Pizza beim Fußballschauen im Fernsehen liebt, sollten Sie daraus nicht Wasser mit Zitrone und Grünfutter mit Hühnchen machen. Nehmen Sie ihm nichts weg, sondern bringen Sie ihm gesündere Alternativen nahe. Er wird sehr viel schneller ins Boot springen, wenn er glaubt, das wäre seine eigene Idee. Ach so, und wenn er sich dann plötzlich für Lachs und Brokkoli statt für Rippchen und Pommes entscheidet, verkneifen Sie sich das: »Hab ich es nicht gesagt?« Lassen Sie ihn in dem Glauben, er wäre selbst darauf gekommen.

Lassen Sie Ihre Kinder mit Spaß teilhaben: Vielleicht fallen Ihre Kinder aus allen Wolken, wenn von einem Tag auf den anderen plötzlich grüne Bohnen und Fisch auf dem Tisch stehen. Möglicherweise werden sie gutes Essen besser zu schätzen wissen, wenn Sie sie von Anfang an in die Zubereitung der Mahlzeiten einbeziehen. Nehmen Sie sie mit zum Einkaufen und lassen Sie sie Produkte auswählen. Beteiligen Sie sie an der Wahl und Zubereitung der täglichen Mahlzeiten. Sie können auch mit Kochbüchern für Kinder arbeiten. Wenn Kinder den Salat selbst zubereiten, Reis kochen, Hühnchen würzen und Ähnliches mehr, wird es ihnen auch Spaß machen, die Früchte ihrer Arbeit zu genießen.

Bestellen Sie zuerst, dann werden die anderen nachziehen: Wenn Sie mit Freunden zum Essen ausgehen, werden die anderen nachziehen, wenn Sie zuerst bestellen. Suchen Sie sich etwas Gesundes aus, bevor jemand anderer an Ihrem Tisch vorprescht. Wenn Ihre Freunde mitbekommen, was Sie essen möchten, wählen sie vermutlich auch eher Lachssalat als Cheeseburger.

Fitness

Wählen Sie Aktivitäten, die Sie gemeinsam machen können: Wenn Ihr Partner dem Fitnessstudio nichts abgewinnen kann, finden Sie etwas, das Sie beide mögen. Mountainbiking, Joggen, Kajak fahren oder andere Outdoor-Aktivitäten eignen sich hervorragend als gemeinsamer Fitnessspaß. Falls Ihr Fitnessstudio Alternativen zu Gewichtheben und Aerobic-Kursen bietet, hat er vielleicht doch einmal Lust, etwas auszuprobieren. Viele Studios bieten Basketball- oder Tennisplätze oder einen Pool zum Schwimmen an. Wenn Ihr Partner erst einmal sieht, wie sich Ihr Körper verändert, ist die Wahrscheinlichkeit ohnehin groß, dass er sich für Ihr Programm interessieren wird. Ich habe schon viele Frauen trainiert, deren Partner selbst ins Training einstiegen, nachdem sie gesehen hatten, wie ihre Partnerinnen beim Squat und Kreuzheben ihr eigenes Körpergewicht stemmten.

Raus und mit den Kindern spielen: Bitte sitzen Sie nicht im Park auf der Bank, während Ihre Kinder spielen! Toben Sie mit ihnen! Spielen Sie Fangen, schaukeln Sie, oder hangeln Sie sich am Klettergerüst entlang. Das sind nicht nur tolle Übungen, sie sind auch gut für Ihr »inneres Kind«. Spielen senkt Ihren Stresspegel und fördert zudem die Mutter-Kind-Bindung. Wenn Ihre Kinder schon Teenager sind, mögen sie vielleicht mit ins Studio gehen. Sowohl Kellie als auch ich waren schon im Alter von 15 Jahren Mitglied im Fitnessstudio.

Laden Sie Ihre Freunde zum Mitmachen ein: Treffen Sie sich mit Ihren Freunden im Fitnessstudio. Wenn sie kein Interesse an Krafttraining haben, können Sie ja zusammen Kurse belegen. Selbst Strand- oder Parkspaziergänge sind großartige Möglichkeiten, Ihre Freunde für Fitness zu mobilisieren. Vielleicht schenken Sie Ihren Freunden auch dieses Buch, damit sie inspiriert werden, mit Krafttraining zu beginnen. Wenn sie Ihre Erfolge mit dem Programm sehen, werden sie Sie sowieso sehr bald nach Ihrem Geheimnis fragen.

Gründen Sie eine Fitnessgemeinschaft für Frauen: Die Entwicklung im Bereich Frauenfitness ist schon erstaunlich. Überall auf der Welt schließen sich Frauen zusammen und tauschen sich über Krafttraining und Fitness aus. Warum machen Sie nicht mit? Online-Gruppen über soziale Medien und Foren sind eine tolle Möglichkeit, Gleichgesinnte und damit neue Freunde zu finden.

Wenn sich wieder schlechte Gewohnheiten einschleichen

Meine Programme zwingen Sie, Ihre Komfortzone zu verlassen. Nach einigen Wochen werden Sie die positiven Auswirkungen auf Ihr Leben spüren. Sie werden schlechte Gewohnheiten los und ersetzen sie durch gesunde. Dennoch kann es vorkommen, dass diese schlechten Gewohnheiten sich in Ihr Leben zurückschleichen. Wenn ein Stressfaktor auftaucht, greifen Sie vermutlich auf alte Gewohnheiten zurück. Dann lassen Sie vielleicht ein Workout aus und bleiben lieber zu Hause. Vielleicht greifen Sie in der Situation auch lieber zur Eiscreme als zur Karotte. Wir alle machen das von Zeit zu Zeit, aber wenn Sie in der Lage sind, solche Rückschritte wahrzunehmen, sind Sie auch in der Lage, sie im Keim zu ersticken.

Denken Sie immer daran, dass morgen ein neuer Tag ist. Wenn Sie etwas gegessen haben, das Ihr Ernährungsplan nicht vorsieht, wenn Sie ein Workout nicht gemacht haben oder an einem Tag weniger intensiv trainiert haben, dann lassen Sie sich davon nicht entmutigen. Wir brauchen alle gelegentlich eine Auszeit, und kleine »Entgleisungen« werden Ihren Erfolg nicht schmälern. Vielleicht helfen sie Ihnen sogar. Nur wenn derartige kleine Rückfälle zur Regel werden, sollten Sie in sich gehen und Ihre Gründe intensiv hinterfragen. Ob Sie nun nur für einen Tag abgerutscht sind, für eine Woche oder noch länger, lassen Sie sich davon Ihre Erfolge nicht ruinieren. Stehen Sie auf, schütteln Sie den Blues aus den Gliedern und machen Sie dort weiter, wo Sie aufgehört haben.

Bewahren Sie sich Ihre Motivation, seien Sie selbst Ihr größter Kritiker, Fürsprecher und Beobachter. Wenn alles den Bach hinunterzugehen droht, wenden Sie sich an einen Freund oder eine Freundin oder eine andere Ihnen nahestehende Person.

Mit Kritik umgehen

Die meisten Menschen werden Sie sicher bei Ihren Bemühungen um Fitness unterstützen, aber es wird auch immer wieder Leute geben, die Sie von Ihren Absichten abzubringen versuchen. Ob Bürohengst oder Fitnessfanatiker (der Ihnen gleich zwei lilafarbene Kurzhanteln reicht), überall werden Ihnen Menschen begegnen, die Sie mit mehr oder weniger guten Ratschlägen drangsalieren. Nichts kann Ihre gute Laune so ruinieren, wie eine blöde Bemerkung. Wenn das geschieht, fragen Sie sich bitte, ob die Meinung dieser Person wichtiger ist als Ihr Erfolg. Versuchen Sie, solche Bemerkungen nicht persönlich zu nehmen.

Sie sind damit nicht allein, deshalb hier einige der Kommentare, die sich meine Klientinnen und Kolleginnen seit Jahren immer wieder anhören:

»Ein Keks wird dich schon nicht umbringen.«

»Warum nimmst du das alles so ernst?«

»Ich kann gar nicht glauben, dass du dich so ernährst und so hart trainierst, nur für einen Wettbewerb.«

»Du hast ja so viel Glück mit deiner guten Figur!«

»Du bist so diszipliniert. Wie machst du das bloß?«

»Du hast ja gar kein Leben mehr!«

»Du bist ja so furchtbar mager. Ist alles in Ordnung?«

»Wenn du weiterhin so trainierst, wirst du noch aussehen wie ein Mann.«

»Ich kann es gar nicht abwarten, bis deine Diät vorbei ist und du wieder normal wirst.«

»Wie kannst du dich nur so ernähren? Vermisst du denn gar nichts, was richtig gut schmeckt?«

»Es ist nicht gesund, sich immer so zu ernähren.«

»Wenn du mit dem Training aufhörst, werden die Muskeln sowieso zu Fett.«

»So viel Fett zu essen wird deine Arterien verstopfen.«

»Deine Organe werden noch versagen wegen der vielen Vitamine.«

»Du hast schon gar keinen Busen mehr.«

»Ich mache mir Sorgen um dich. Du isst kaum etwas.«

»Also ich möchte mein Leben genießen und nicht andauernd auf alles verzichten.«

»Warum läufst du nicht, so wie andere Frauen auch?«

»Du bist doch völlig besessen!«

»Ein Tag ohne Fitnessstudio bringt dich fast um, oder?«

Wie viele dieser Aussagen sind positiv und förderlich? Genau: keine. Aber die Frauen, die sich das anhören mussten, ließen sich dadurch nicht verunsichern, denn sonst wären sie nicht die Power-Frauen geworden, die sie heute sind. Ich rate Ihnen, harte Kritik als Treibstoff für noch härteres Training anzusehen. Es kann nicht Ihr Streben sein, den Standardvorstellungen anderer zu entsprechen. Schaffen Sie Ihre eigenen Standards und erlauben Sie anderen niemals, Sie von Ihren Zielen abzubringen.

Vergessen Sie auch nicht, gelegentlich ein bisschen »ungesund« zu leben, wenn Sie möchten. Wenn Sie z. B. auf eine Party, einen Ball oder ins Kino gehen, dann nehmen Sie sich ruhig eine Nachspeise, einen Hotdog oder Popcorn – solange Sie die Kalorien und Hauptnährstoffe in Ihre Tagesmenge einrechnen. Wenn Sie abends etwas vorhaben, essen Sie eben tagsüber entsprechend weniger Kalorien, Fette und Kohlenhydrate. Das »Extra-Futter« können Sie dann ein-, zweimal als »freie« wöchentliche Mahlzeiten verbuchen. Tun Sie das aber nur, wenn Sie es möchten, nicht, um den Erwartungen anderer zu entsprechen.

Das neue Ich lieben

Das Programm bewirkt eine unglaubliche Transformation, sowohl innerlich als auch äußerlich. Sie entwickeln enorme Kraft, die man eigentlich bei Frauen für ausgeschlossen hält. Sie werfen haufenweise Fett ab, während Sie schlanke Muskelmasse aufbauen. Ihr Körper bildet vom Kopf bis zu den Zehen Kurven aus und verleiht Ihnen eine unglaublich beneidenswerte Figur. Sie entwickeln gigantische Energie und sind bester Stimmung. Sie schlafen besser, haben besseren Sex und die Beziehungen zu Ihren liebsten Menschen werden intensiver. Und das ist nur das Tüpfelchen auf dem i!

Denn was in Ihrem Inneren passiert, wenn Sie das Krafttrainingsprogramm in Ihren wöchentlichen Alltag integrieren, ist wahrlich nicht zu unterschätzen. Sie werden bemerken, dass Schmerzen und Beschwerden zurückgehen. Ihr Herz, Ihr Gehirn, Ihr Stoffwechsel, alles wird besser arbeiten. Sie werden jünger aussehen und sich auch so fühlen. Und plötzlich können Sie Aufgaben bewältigen, die Ihnen immer zu schwer erschienen (wie z. B. etwas heben, das genauso schwer ist wie Sie selbst). Das Programm wird außerdem Ihr Selbstwertgefühl verbessern und Ihr seelisches Gleichgewicht stärken. Wir bemerken häufig gar nicht, wie sehr unser Erscheinungsbild bestimmt, wie wir uns fühlen. Aber je stärker Sie werden, umso selbstbewusster werden Sie auch. Ich habe unzählige Klientinnen, die mir das immer wieder bestätigen.

Ihre Trainingsfortschritte sind nur durch Ihr eigenes Denken begrenzt. Wenn Sie mit dem Programm beginnen, um besser in Form zu kommen, werden Sie schnell bemerken, dass eine andere Kleidergröße nur ein erster Erfolg sein kann. Hören Sie also niemals auf, nach größeren Zielen zu streben. Viele der Frauen, die Sie heute um ihre Fitness beneiden, haben genau da angefangen, wo Sie jetzt stehen. Tatsächlich ist der Ausgangspunkt für viele der Kampf mit dem Gewicht. Sie können Ihr Leben zum Positiven verändern, wenn Sie daran glauben, dass alles möglich ist.

Sie sollten sich selbst das Versprechen geben, kontinuierlich an der Verbesserung Ihrer Gesundheit zu arbeiten. Zu Beginn Ihrer Reise mit dem Krafttrainingsprogramm haben Sie vielleicht nur oberflächliche Absichten (macht nichts, das geht uns allen so). Entweder wollen Sie fünf Kilogramm Gewicht verlieren oder zwei Kleidergrößen, oder Sie wollen letztendlich nur einen knackigen Po. Das ist alles in Ordnung. Nichts spricht dagegen, einen schöneren Körper haben zu wollen. Kellie und ich haben auch mit genau diesem Ziel begonnen. Vergewissern Sie sich immer, dass Ihre Ziele konkret und klar definiert sind.

Nur einfach zu sagen, dass Sie Gewicht verlieren wollen, ist nicht genug. Wie viel Gewicht? In welchem Zeitraum? Beginnen Sie mit kleinen Zielen und bauen Sie dann darauf auf. Wenn Sie das erste Ziel erreicht haben, bleiben Sie dran. Ich hoffe, wenn Sie den Körper haben, den Sie wollen, werden Sie nach athletischen Wundern streben. Meine Freundin Nia Shanks, eine professionelle Fitnesstrainerin und Gewichtheberin, arbeitet derzeit daran, ihr dreifaches Körpergewicht beim Kreuzheben zu schaffen (ich denke, wenn dieses Buch veröffentlicht wird, wird sie es geschafft haben). Das ist nicht eben eine kleine Leistung, und viele Männer kommen nicht einmal annäherungsweise so weit. Wenn Sie mit Nia über Krafttraining sprechen, wird sie ihr Aussehen mit keinem Wort erwähnen. Sie ist schlank, eine absolute Power-Frau mit perfekten Muskeln. Ihr Körper bewahrt dieses Aussehen, weil sie kontinuierlich nach neuen athletischen Zielen strebt. Nachdem man mit dem Krafttraining und vernünftiger Ernährung begonnen und sich daran gewöhnt hat, ist die Körperform dann irgendwann zwar schön, aber zweitrangig.

Schlusswort von Kellie: *Bret und ich, wir fühlen uns beide geehrt, dass Sie sich mit den Programmen beschäftigen. Wir sind wirklich davon überzeugt, dass Sie Erfolg haben werden, wenn Sie sich das Übungsmaterial dieser Seiten zu Herzen nehmen.*

Während wir an diesem Buch schrieben, haben wir viel experimentiert. Sie werden auf dem Weg zu einer attraktiveren und lebhafteren Persönlichkeit viele kleine und große Erfolge haben, vielleicht auch Rückschritte erleben. Denken Sie daran, jede erfolgreiche Veränderung zu feiern, sei es der Verzicht auf Junkfood, zu lernen, Ihren Körper zu lieben, oder der erste Gang ins Fitnessstudio.

Wir Frauen verwenden so unendlich viel Zeit darauf, uns Gedanken darüber zu machen, was wir alles noch schaffen müssen, dass wir vergessen, was wir schon geschafft haben. Geben Sie sich die Chance zu sehen, wie wunderbar Sie sind, sei es, weil Sie zwei Kilogramm Gewicht verloren haben oder weil Sie drei Kilogramm mehr Gewicht auf der Hantel schaffen. Begreifen Sie, wie toll auch kleine Erfolge sind, und nehmen Sie sie als Ansporn für größere. Weder Bret noch ich wären heute da, wo wir sind, wenn wir nicht unsere Erfolge feiern würden. Wir möchten, dass Sie das auch erleben. Bleiben Sie stark. Bleiben Sie schön. Bleiben Sie sich selbst treu.

Glossar

Dieses Glossar liefert Begriffe und Konzepte, die Sie kennen sollten. Wenn Sie diese Definitionen und Methoden verstehen, können Sie Ihr Trainingsprogramm besser gestalten, die Übungen sorgfältiger ausführen und so optimale Resultate erzielen.

Adaptive Verkürzung. Befindet sich ein Muskel über längere Zeit in einer verkürzten Position, wird er stark geschwächt. Permanentes Sitzen bringt die Hüftmuskulatur in eine verkürzte Position, daraus resultiert mit der Zeit eine dauerhafte Reduktion der Länge. Derart »feste« Hüftbeuger sind für eine optimale Funktion des Großen Gesäßmuskels, des Gluteus maximus, nicht förderlich.

Aktive Insuffizienz. Wenn ein biartikularer Muskel, der zwei Gelenke bewegt, einseitig verkürzt ist, verringert sich die Spannung, die er zu erzeugen in der Lage ist, weil die Muskellänge nur noch suboptimal ist. Mit diesem Prinzip arbeitet der Beckenlift, bei dem die ischiocrurale Muskulatur an der Oberschenkelrückseite durch die Beugung des Knies verkürzt wird und dadurch keine optimale Kraft entwickeln kann. Der Gluteus maximus muss übernehmen, um die (durch die Position) geschwächten Oberschenkelmuskeln zu unterstützen. Auf diese Weise erfährt der Große Gesäßmuskel ein effektives Training.

Aktivierung. Muskelaktivierung kann mithilfe der Elektromyografie (siehe dort) bestimmt werden. Einige Muskeln sind schneller zur Energieverbrennung bereit als andere; die Gesäßmuskeln gehören zu den eher trägen Muskelgruppen, die sich bei Menschen mit überwiegend sitzender Tätigkeit sogar einfach abschalten. Deshalb sollten Aktivierungsübungen in das Workout integriert sein, sogenannte Low-load-Übungen (Übungen mit geringer Belastung), um die Gesäßmuskeln »umzuerziehen«, damit sie bei Bewegung ausreichend Energie verbrennen.

Ausdauer. Hohe Wiederholungszahlen in Kombination mit einem »dichten Workout« (siehe dort) sorgen für muskuläre Ausdauer und Durchhaltevermögen.

Ausführungskontrolle. Die Bewegungsabläufe in unserem Körper sind äußerst komplex, und unsere Bewegungsmuster hängen von Gewohnheiten, Flexibilität, Mobilität, Stabilität, Koordination und Effizienz ab. Die meisten Menschen heben Gegenstände vom Boden auf, indem Sie die Fußgelenke, die Knie, die Hüfte und die Wirbelsäule beugen. Das ist ein sehr aufwendiger Ansatz für eine Bewegung. Beim Krafttraining richten wir unser Interesse auf die sichersten und effektivsten Bewegungsstrategien. Deshalb soll beim Kreuzheben mit schweren Gewichten die Wirbelsäule möglichst in neutraler Position gehalten werden und die Beugebewegung weitestgehend aus der Hüfte erfolgen. Das erfordert große Kraft in den Gesäß- und Oberschenkelmuskeln und außerdem enorme Stabilität in Lendenwirbelsäule und Becken. Wenn diese Methode auch nicht unbedingt effizienter hinsichtlich der aufgebrachten Energie ist, weil sie tatsächlich mehr Energie erfordert (den Rücken zu runden erfordert eine geringere Muskelaktivierung, weil der Bandapparat der Wirbelsäule passive Kraft durch Dehnung bereitstellt), so ist sie doch weitaus sicherer und außerdem effektiver hinsichtlich des Muskelaufbaus. Die Steigerung von Flexibilität, Mobilität, Kraft und Stabilität erfordert die Integration dieser Qualitäten in die motorische Programmierung, weshalb es absolut wichtig ist, immer auf eine perfekte Übungsausführung zu achten.

Biofeedback. Der Körper sendet Signale, die zeigen, wie er zur gegebenen Zeit funktioniert. Ihr psychologischer Zustand, wie stark Sie unter Stress stehen, wie viel Schlaf Sie bekommen, was Sie essen und wie müde Sie von vorangegangenen Workouts sind, das alles definiert Ihre »Bereitschaft« für das Workout. An manchen Tagen werden Sie bereit für ein sehr effizientes Training sein, an manchen weniger und an anderen gar nicht.

Dauerbelastungsmethode. Sie leistet beim Beckenlift mit Gewicht gute Dienste. Die Vorgehensweise ist wie folgt: Zunächst kleinere Gewichte auf die Hantel laden – höchstens zehn Kilogramm. Dadurch lässt sich eine Pause und damit eine Unterbrechung der Körperspannung am unteren Bewegungsende vermeiden. Jetzt mit dem Satz beginnen. Man arbeitet bei den Bewegungen schnell, führt die Hüfte gleichmäßig auf und ab und nutzt dabei den Bewegungsspielraum vollständig aus. Es sollten relativ viele Wiederholungen gemacht werden, etwa 20. Nach rund 15 Wiederholungen werden die Muskeln sicherlich stark brennen, aber man fügt noch fünf weitere Wiederholungen hinzu, sodass 20 Nonstop-Wiederholungen erreicht werden, ohne dass die Spannung in der Gesäßmuskulatur jemals nachlässt.

Dichtes Workout. Wenn Sie sehr viele Übungen in ein Workout packen und nur wenige, kurze Pausen integrieren, spricht man von einem »dichten« Workout. Nach meiner Erfahrung können Frauen dichte Trainingseinheiten viel besser ertragen als Männer. Sie sind imstande, sich bei einem Satz sehr anzustrengen und dann ohne lange Pause gleich die nächste Übung oder einen weiteren Satz anzuschließen. Dichte Workouts sind wichtig, vergessen Sie aber trotzdem nicht, dass Widerstandstraining nicht zu einem Dauerzirkeltraining ausarten sollte. Der Körper braucht Erholung zwischen den einzelnen Sätzen, um maximale Kraft zu entwickeln.

Dynamik. Dynamik ist ein anderes Wort für Bewegung. Im Gegensatz dazu stehen statische Übungen, bei denen eine Position bewegungslos gehalten wird. Ein Sit-up ist z. B. eine dynamische Bewegung zum Training der Bauchmuskulatur, ein Unterarmstütz eine statische. Einige Übungen erfordern sowohl dynamische als auch statische Muskelaktivitäten. Liegestütze oder Klimmzüge erfordern dynamische Bewegungen in Schulter und Schulterblatt und zeitgleich eine statische Lenden- und Beckenaktion.

Elektromyografie. Die Elektromyografie (abgekürzt: EMG) misst die Intensität der auf die Muskeln wirkenden Nervenreize. Durch meine EMG-Experimente habe ich gelernt, welche Übungen speziell die Gesäßmuskeln aktivieren. Allgemein gilt, je größer die Aktivierung, umso größer die aktive Anspannung der Muskeln.

Energielecks. Wenn der Körper bei einer Übung die korrekte Position nicht mehr aufrechterhalten kann, werden bestimmte Muskeln ihre Stabilisierungsaufgabe für die Gelenke nicht mehr wahrnehmen können und aufgrund des Kraftmangels zu exzentrischer Kontraktion oder aktiver Verlängerung gezwungen sein. Beispiele dafür: wenn die Knie beim Squat nach innen einknicken (obere Gesäßmuskulatur stabilisiert nicht und weicht auf exzentrische Kontraktionen aus) oder wenn der untere Rücken sich beim Kreuzheben rundet (der Rückenstrecker kann nicht stabilisieren und weicht ebenfalls auf exzentrische Kontraktionen aus).

Exzentrische Kontraktion. Eine exzentrische Aktion erfordert die Kontraktion eines Muskels, während er verlängert wird. Geht man z. B. aus dem Stand in einen tiefen Squat, übt man den exzentrischen Bewegungsanteil aus, da sich Gesäßmuskeln und Quadrizeps zusammenziehen und der sie verlängernden Kraft einen Widerstand entgegensetzen.

Flexibilität. Flexibilität bezieht sich auf die Muskeln, besonders auf ihre Dehnfähigkeit. Um beispielsweise Kreuzheben korrekt auszuführen, muss die ischiocrurale Muskulatur über eine ausreichende Flexibilität verfügen.

Frequenz. Die Trainingsfrequenz bezieht sich auf die Trainingshäufigkeit, also darauf, an wie vielen Wochentagen Sie Ihr Workout absolvieren oder wie oft Sie einen bestimmten Bewegungsablauf machen oder eine Muskelgruppe trainieren. Die Gesäßmuskulatur kann eine weitaus größere Frequenz verkraften, als man annehmen würde. Für mich ist es ideal, die Gesäßmuskulatur drei- bis fünfmal in der Woche zu trainieren, doch auch viermal pro Woche ist schon optimal.

Gebrauch/Nichtgebrauch der Muskulatur. Der Spruch »Wer rastet, der rostet« lässt sich durchaus auf menschliche Bewegungsabläufe übertragen, denn viele Menschen verzichten ihr Leben lang darauf, ihre Gesäßmuskulatur ausreichend zu aktivieren. Sie stehen auf, laufen ein wenig herum, sitzen fast den ganzen Tag, laufen wieder ein bisschen herum und gehen wieder ins Bett. Bei diesem Tagesablauf werden die Gesäßmuskeln zu keiner Zeit mit mehr als 30 Prozent ihrer maximalen Kapazität beansprucht. Deshalb schalten sie sich nach und nach ab und schrumpfen. Wenn es zehn Jahre Fehlverhalten gebraucht hat, um jede Kraft der Pobacken zu verlieren, ist sie nicht innerhalb einer Woche zurückzubekommen.

Gehirn-Muskel-Verbindung. Gute Trainingsresultate hängen zu einem großen Teil davon ab, ob eine intensive Verbindung zwischen Gehirn und angesprochenem Muskel hergestellt werden kann, also quasi eine unsichtbare

Verbindung zwischen Körper und Geist. Wenn Sie wollen, dass Ihre Gesäßmuskulatur besser aussieht, müssen Sie lernen, sie auf Abruf maximal zu aktivieren und das während jeder Art von Bewegung. Wenn Sie alle geeigneten Übungen ausführen, aber den Gluteus maximus nicht aktivieren, wird sich an Ihrer Gesäßform absolut nichts ändern. Jede Übung erfordert Strategien, um maximale Gesäßaktivierung und -spannung zu erreichen.

Gluteale Amnesie. Als Folge unserer überwiegend sitzenden Lebensweise hat sich unsere Gesäßmuskulatur weitgehend »abgeschaltet«. Diese Entwicklung nennt man »gluteale Amnesie« – wir haben verlernt, unsere Gesäßmuskeln richtig anzuspannen.

Hüftabduktion. Der Gluteus maximus hat viele Funktionen, eine davon ist die Abduktion bzw. das Strecken der Hüfte zur Seite. Die Hüftabduktion erfordert die Aktivierung der oberen Bereiche des Gluteus maximus, um adäquat ausgeführt werden zu können (der Gluteus medius ist ebenfalls stark beteiligt). Bei Übungen zur Hüftabduktion werden der mittlere und untere Bereich des Gluteus maximus nicht besonders aktiviert. Beispielübungen sind Hüftabduktion in Seitlage oder Hüftabduktion am Kabelzug. Auch ein Seitstütz erfordert zur Aufrechterhaltung der Hüftabduktion eine isometrische Kontraktion im oberen Bereich der Gesäßmuskeln (damit keine exzentrische Hüftadduktion stattfindet). Gehen erfordert die gleichen Mechanismen, damit nicht bei jedem Schritt die belastete Hüfte absackt.

Hüftaußenrotation. Eine stark unterschätzte Funktion des Gluteus maximus ist die Hüftaußenrotation, die die Hüftdrehung nach außen beinhaltet (auch laterale Rotation genannt). Der Gluteus maximus ist bei dieser Bewegung hoch aktiv, und Übungen wie Hüftrotation am Kabelzug – und auch viele Bewegungen beim Breitensport wie Werfen, Schwingen und Schlagbewegungen – erfordern erhebliche Aktivitäten der Gesäßmuskeln für adäquate Bewegungsabläufe. Der Gluteus maximus ist zu hervorragenden Hebelfunktionen in der Lage, die die Hüfte bei Außenrotationen unterstützen. Leider nehmen Gewichtheber meist keine Übungen für die Hüftaußenrotation in ihre Programme auf. Die Muschel in Seitlage ist eine gute Anfängerübung zum Trainieren der Hüftaußenrotation.

Hüftextension. Die häufigste Bewegung des Gluteus maximus ist die Hüftextension, also das Vor- und Zurückbewegen der Hüfte oder des Beins. Alle Hüftextensionsübungen wie Squats, Ausfallschritte, Kreuzheben und Beckenlifts sind übliche Bewegungsabläufe zur Stärkung der Gesäßmuskeln. Auch beim Sprinten und Springen ist Hüftextension erforderlich. Die Kraft für die Hüftextension ist in den unteren Beugebereichen der Hüfte größer (z. B. in der unteren Endstellung des Squats), weil die Adduktoren in diesem Bereich stark beteiligt sind und der Gluteus maximus zur Kraftverstärkung beiträgt. Er wird aktiviert (aktive Beteiligung) und dehnt sich beachtlich (passive Beteiligung). Dennoch hat der Gluteus maximus eigentlich die bessere Hebelwirkung auf die Hüftgelenke im Endbereich der Hüftextension (z. B. am oberen Ende des Beckenlifts) und erfährt auch in diesem Bereich maximale neurale Aktivierung. Für eine optimale Gesäßformung ist daher eine Vielzahl von Hüftextensionsübungen erforderlich.

Hüfthyperextension. Wenn die Streckung der Hüfte über die neutrale Position hinausgeht, spricht man von Hyperextension. Das ist im Prinzip eine ganz normale Bewegung, die z. B. beim Gehen abläuft. Leider ist vielen Menschen in unserer modernen Welt die Mobilität für ausreichende Hüfthyperextension verloren gegangen, weil ihre Hüftbeuger durch zu viel Sitzen verkürzt sind. Deshalb ist es wichtig, Dehnübungen und Mobilitätstraining für die Hüftbeuger ins Warm-up zu integrieren. Der Gluteus maximus bietet ausgezeichnete Hebelqualität für Hüfthyperextension und ist in diesem Bereich hoch aktiv. Die Gesäßmuskeln müssen bei Hüftbrücken, Beckenlifts und Back Extensions besonders fest angespannt werden, um einen großen Bewegungsradius zu erzielen.

Hypertrophie. Muskelhypertrophie ist ein Synonym für Muskelwachstum. Dieser Aspekt wurde intensiv erforscht, und mehr hierzu lesen Sie weiter vorne im Buch. Es gibt unterschiedliche Arten von Hypertrophie. Die sogenannte sarkomerische oder myofibrilläre Hypertrophie fördert das Wachstum der Kontraktionselemente, die für die Kraftsteigerung zuständig sind. Die sarkoplasmatische Hypertrophie dagegen fördert das Wachstum der anderen Muskelkomponenten wie Sarkoplasmen und Organellen innerhalb der Zellen, die die Kontraktionselemente während der Bewegungen versorgen. Um maximale Körperform und -kurven zu erreichen, sind beide Arten der Hypertrophie erforderlich. Zur Optimierung der Hypertrophie kann das »Gießkannenprinzip« verwendet werden, also ideale Muskeltraumatisierung, Aufpumpen der Muskeln, hohe Muskelspannung während vieler Übungen mit großer Wiederholungszahl und unterschiedlichen Methoden.

Intensität. Es gibt zwei Arten von Intensität, die der Belastung und die der Anstrengung. Intensität der Belastung bezieht sich auf die Menge an Gewicht, die in Bezug auf die maximale Kraft eingesetzt wird. Wenn das One-Rep-Maximum (maximal eine Wiederholung) bei 60 Kilogramm liegt, und man arbeitet mit 57 Kilogramm pro Satz, dann ist die Belastungsintensität sehr hoch. Die Intensität der Anstrengung bezieht sich darauf, wie hart ein Satz oder ein Workout gestaltet wird. Wird bei jedem Satz bis zum Muskelversagen wiederholt, ist die Anstrengungsintensität sehr hoch.

Iso-Hold-Methode. Für den Beckenlift mit Langhantel eignet sich diese Methode ganz besonders gut. Die Langhantel wird bis zur vollständigen Extension gehoben und in der oberen Endposition für eine bestimmte Zeit (z. B. 30 Sekunden) gehalten. Der untere Rücken und das Becken müssen dabei absolut neutral bleiben. Die Gesäßmuskeln drücken die Hüfte nach oben und verhindern das Absacken des Beckens. Die Füße stehen fest und stabil auf dem Boden.

Isometrische Kontraktion. Eine isometrische Aktion erfordert, dass sich die Muskeln gerade mit so viel Kraft zusammenziehen, wie nötig ist, um den Muskel auf einer konstanten Länge zu halten. Isometrische Übungen werden auch als »statisches Halten« bezeichnet, weil in den Gelenken keinerlei Bewegung erfolgt. Ein Beispiel für eine isometrische Kontraktion ist die Iso-Hold-Methode (siehe dort).

Kompensation. Wenn Kraft, Stabilität oder Mobilität für eine bestimmte Bewegung nicht ausreichen, wird der Körper versuchen, den Ablauf mithilfe anderer Gelenke oder Muskeln auszugleichen. Diese Kompensation ist aus der Sicht des Überlebens eine gute Sache (z. B. wenn man unter einem schweren Gewicht eingeklemmt ist), aber vom Standpunkt der Sicherheit aus ist sie eher schlecht. Wenn z. B. die Flexibilität der ischiocruralen Muskulatur (und dadurch die Fähigkeit der Hüfte zur Extension) eingeschränkt ist und man Kreuzheben mit schweren Gewichten versucht, dann wird der Körper sich zwangsläufig an der Lendenwirbelsäule runden, um den Flexibilitätsmangel der Oberschenkel zu »kompensieren«. Nur so gelangt man in eine Position, in der man die Hantel heben kann. Dadurch wird der untere Rücken einem erheblichen Risiko ausgesetzt, weshalb die korrekte Ausführung einer Übung mit optimaler Mobilität, Stabilität und Ausführungskontrolle oberste Priorität hat.

Konzentrische Kontraktion. Eine konzentrische Aktion erfordert, dass sich der Muskel mit ausreichender Kraft zusammenzieht, also verkürzt. Beim Aufrichten aus dem tiefen Squat übt man z. B. den konzentrischen Teil einer Bewegung aus, da Gesäßmuskulatur und Quadrizeps vom gedehnten Zustand in den Normalzustand zurückgehen.

Leistung. Leistung kann als Produkt aus Kraft und Geschwindigkeit oder als Arbeit pro Zeiteinheit definiert werden. Leistungsverbesserung erzielt man durch Steigerung des Kraftniveaus bei gleicher Geschwindigkeit, durch Erhöhung der Geschwindigkeit bei gleich bleibendem Kraftaufwand, durch Erhöhung der Arbeitsmenge pro Zeiteinheit oder durch Verkürzung der für einen bestimmten Arbeitsaufwand eingesetzten Zeit. Leistung ist Ihre Fähigkeit zu »explodieren«. Widerstandstraining kann Ihre Leistung verbessern, indem die Geschwindigkeit erhöht wird, mit der Sie Kraft entwickeln, indem die Koordination und die Bewegungseffizienz gesteigert werden oder indem der neurale Output (Verringerung hemmender und Steigerung fördernder neuraler Mechanismen) optimiert wird. Aus diesem Grund ist das Training der Gesäßmuskulatur so gut für dramatische Verbesserungen Ihrer Leistung.

LPH-Komplex (Lumbopelvic-Hip Complex, LPH). Der LPH-Komplex umfasst die Lendenwirbelsäule (unterer Rücken), das Becken und die Hüfte. Er ist ein faszinierendes Konstrukt für die Koordination von Bewegungsabläufen. Zahlreiche Übungen zielen auf Strategien zur Beteiligung der Gesäßmuskeln an diesen komplexen Vorgängen ab sowie auf Sicherheit der Bewegungen. Beim Kreuzheben z. B. sollte im unteren Bewegungsbereich eine ganz leichte Lendenwirbelsäulenüberstreckung und eine leichte Beckenvorneigung erfolgen. Im oberen Bewegungsbereich hingegen auch eine leichte Lendenwirbelsäulenbeugung und eine leichte Beckenneigung nach hinten. Dieses Thema wird kontrovers diskutiert, aber diese Vorgehensweise delegiert mehr Belastung an die starke Gesäßmuskulatur und schont die Wirbelsäule. Da Lendenwirbelsäule und Becken unmittelbar zusammenarbeiten, sind die Überstreckung der Lendenwirbelsäule und eine Beckenvor- bzw. -rückneigung immer direkt aneinandergekoppelt.

Lumbale Flexion. Wenn man bei einer Übung den unteren Rücken rund macht, wird die Lendenwirbelsäule gebeugt. Dies ist nicht zu verwechseln mit der Gegenbewegung, der Überstreckung der Lendenwirbelsäule.

Während der meisten Bewegungen der Gesäßmuskeln sollte sich die Wirbelsäule in neutraler Stellung befinden, wobei die Bewegungen allein aus der Hüfte heraus geführt werden. Das Becken wird sich etwas bewegen, doch die Wirbelsäule sollte sich beim Widerstandstraining nicht wesentlich bewegen, denn sonst droht die Gefahr einer Verletzung. Bei der Beugung der Lendenwirbelsäule unter großer Belastung werden die Bandscheiben bei zu großem Bewegungsradius einem extremen Risiko ausgesetzt. Wenn z. B. beim Kreuzheben mit schwerem Gewicht die natürliche Lordose im unteren Rücken nicht gehalten werden kann, ist das über alle Maßen gefährlich.

Lumbale Hyperextension. Wenn der untere Rücken über die normale Lordose hinaus ins Hohlkreuz gebogen wird, spricht man von Überstreckung. Diese ist die Gegenbewegung zur Lendenwirbelsäulenbeugung. Anhaltende Überstreckung ist sehr gefährlich für die Wirbelsäule. Bei bestimmten Bewegungen des Unterkörpers sind Hüfthyperextensionen vorteilhaft, aber diese dürfen niemals mit einer Überstreckung der Lendenwirbelsäule einhergehen, da sie ein erhebliches Risiko für den hinteren Wirbelsäulenbereich darstellen. Es könnte z. B. langfristig problematisch sein, die Wirbelsäule bei Back Extensions zu überstrecken. Deshalb soll die Rotationsbewegung über die Hüfte, also per Hüftextension, erfolgen, nicht aber über den unteren Rücken per Lendenwirbelsäulenüberstreckung.

Metabolischer Stress. Wird ein Muskel trainiert, entsteht metabolischer Stress (Belastung des Stoffwechsels). Im Körper laufen zahlreiche metabolische Prozesse ab. Die Konzentration an biochemischen Substanzen wie Calcium, Laktaten, IGF-1 und Zytokinen nimmt in den Muskeln zu, sie schwellen an, Sauerstoffmangel entsteht. All diese Mechanismen können Muskelwachstum bewirken, deshalb ist es wichtig, eher auf Bodybuilding-Methoden zurückzugreifen als auf Powerlifting-Methoden. Höhere Wiederholungszahlen, kürzere Pausenzeiten und fortgeschrittene Methoden wie die Dauerbelastungs- oder die Rest/Pause-Methode (siehe dort) intensiveren den metabolischen Stress.

Mobilität. Im Gegensatz zur Flexibilität, die ausschließlich die Muskeln betrifft, ist Mobilität der Bewegungsradius, der während dynamischer Bewegungen erreicht wird. Das erfordert Muskelkontraktionen und involviert häufig das Zusammenspiel mehrerer Gelenke. Man kann sich z. B. auf den Rücken legen und ein Bein gestreckt anheben, um den Bewegungsradius bei passiver Hüftflexion zu beurteilen. Dies wäre ein guter Indikator für die Flexibilität der ischiocruralen Muskulatur. Oder man macht Rumänisches Kreuzheben, um den Bewegungsradius bei aktiver Hüftflexion zu ermitteln, was wiederum ein guter Indikator für die Mobilität der Hüftbeugung wäre. Den Grad an Mobilität zu erhöhen erfordert Ganzkörperkoordination und stabile Gelenke. Deshalb ist es so schwierig, Übungen über den vollen Bewegungsradius zu kontrollieren und professionelle Trainingsmethoden anzuwenden.

Muskelspannung. Der wichtigste Aspekt der Hypertrophie (und damit der Gesäßgestaltung) ist die Muskelspannung bzw. die mechanische Tension. Je mehr Spannung ausgeübt wird, umso besser. Man unterscheidet aktive Spannung durch Muskelkontraktion und passive Spannung durch Muskeldehnung. Dynamische Übungen kombinieren diese beiden Spannungsarten und erzeugen so maximale Hypertrophie. Übungen, die sowohl maximale Spannung auf den Muskel ausüben und ihn gleichzeitig über einen längeren Zeitraum beanspruchen, erzielen optimale Resultate. Manche Übungen eignen sich besser für maximale Muskelaktivierung, andere für maximale Muskeldehnung, deshalb ist es wichtig, eine Vielzahl von Übungen zu absolvieren.

Muskeltraumatisierung. Widerstandstraining verursacht mikroskopisch kleine Risse in den Muskelfasern. Unzählige Mechanismen zwingen die Muskeln dazu, diese kleinen Schäden durch Wachstum zu kompensieren. Die Muskeln sollen natürlich nicht zerstört werden, und auch ein dauerhafter, erheblicher Muskelkater ist nicht erstrebenswert. Ein bisschen Muskelkater allerdings ist gut, vermittelt er doch, dass man in geeigneter Weise gearbeitet hat: Die Muskelfasern wurden gedehnt, und ein ausgewogenes Übungsprogramm wurde absolviert. Zu viel Muskelkater beeinträchtigt die Erholung der Muskeln, außerdem kann man keine persönlichen Rekorde aufstellen und keine progressive Überlastung der Muskeln erreichen.

Nervenreizung. Nicht alle Fortschritte beruhen auf Muskelhypertrophie. Das neuromuskuläre System besteht aus zwei Komponenten – dem Nervensystem und dem Muskelsystem. Die Muskeln wachsen stärker und verbessern die Figur, aber wenn man weiter trainiert, wird auch die Fähigkeit zur Muskelaktivierung dramatisch verbessert. Mit der Zeit ist man in der Lage, die Gesäßmuskulatur willentlich zur absoluten Maximalkontraktion zusammenzupressen. Viele Leute können ihre Gesäßmuskeln aus gewissen Positionen heraus gut aktivieren, haben aber nicht die Fähigkeit, dies aus jeder beliebigen Position heraus zu tun und auch nicht bei allen Bewegungen. Wohlgeformte Gesäßrundungen erfordern optimale Muskelaktivierung bei allen Bewegungsabläufen, die die Kontraktion der Gesäßmuskeln erfordern. Deshalb ist es so wichtig, Aktivierungsübungen zu machen und bei jeder Wiederholung auf die absolut fehlerfreie Ausführung zu achten.

Neutrale Wirbelsäule. Das Konzept einer neutralen Wirbelsäule bzw. neutralen Beckenposition ist etwas nebulös, weil die Wirbelsäule aus vielen Segmenten besteht, deren Position von der Anatomie, von ehemaligen Verletzungen, vom Kraftniveau und von der Bewegungskontrolle abhängt. Viele Menschen leben mit Hohlkreuz oder Rundrücken, was beides nicht optimal ist. Im Idealfall würde der untere Rückenbereich eine relativ neutrale Position einnehmen. Unabhängig von den Vorbedingungen soll beim Widerstandstraining auf Sicherheit geachtet werden. Werden die Core-Muskeln kontrahiert, erzeugen sie beachtliche Kompressionskräfte auf die Wirbelsäule. In relativ neutraler Position kann sie diese Kräfte bewältigen. Wird sie aber nach vorne gebeugt oder nach hinten gedehnt, kann die Kompression sehr schädlich sein. Je größer die Flexion oder Extension, umso größer ist in diesem Fall das Potenzial für eine Schädigung. Es ist also erforderlich, die Bewegungen bei Übungen für die Gesäßmuskeln aus den Hüfte zu bewältigen und nicht aus der Wirbelsäule.

Pause-Methode. Diese ist eine fortgeschrittene Methode für Beckenlifts mit Langhantel. Auch für andere Übungen wie Back Extensions, Full Squats oder Ausfallschritte nach hinten mit Defizit lässt sie sich nutzen. Es geht darum, die anstrengendste und schwierigste Position des Bewegungsablaufs für einen vorgegebenen Zeitabschnitt zu halten (z.B. drei bis fünf Sekunden). Bei Beckenlift und Back Extension ist diese Position die obere Endposition, bei Full Squat und Ausfallschritt nach hinten ist die untere Endpostion des Bewegungsradius zu halten.

Progressive Überlastung. Um beim Krafttraining Erfolge zu erzielen, müssen Sie kontinuierlich immer mehr tun – ein Prinzip, das man als progressive Überlastung bezeichnet. Es gibt viele Möglichkeiten, diese mit der Zeit zu erreichen: Erhöhung der Gewichte (bei gleicher Wiederholungszahl), mehr Wiederholungen (bei konstantem Gewicht), Formverbesserung, Erhöhung der Ausführungsgeschwindigkeit, Verkürzung der Pausenzeit zwischen den Sätzen (bei konstanter Belastung), Ausdehnung des Bewegungsradius (bei gleichem Gewicht und gleicher Wiederholungszahl) sind nur einige der möglichen Maßnahmen. Allerdings darf man keinen dieser »Fortschritte« durch einen Mangel an Ausführungsgenauigkeit erzielen. Progressive Überlastung erfordert ein langfristig arbeitendes, solides Programm.

Rest/Pause-Methode. Die Rest/Pause-Methode ist eine weitere, sehr fortgeschrittene Methode bei der Ausführung von Beckenlifts mit Langhantel, die sich auch für Kreuzheben eignet. Man arbeitet dabei mit hohem Gewicht und führt so viele Wiederholungen aus wie möglich (vielleicht sechs), dann erholt man sich eine bestimmte Zeit lang (etwa zehn Sekunden), macht einen zweiten Satz mit ein paar Wiederholungen mehr (etwa zwei), wieder eine Zeit lang erholen (etwa 20 Sekunden), wieder ein Satz mit mehr Wiederholungen (z.B. noch mal zwei mehr). Auf diese Weise weitet man die Sätze aus und erhöht deren Effizienz.

Reziproke Hemmung. Wenn ein Muskel verkürzt oder verfestigt ist, wird er durch ein neurologisches Phänomen seinen Gegenspieler (Antagonist) beeinträchtigen. Einige Muskelgruppen weisen reziproke Beziehungen auf (z.B. Gluteus maximus und Hüftbeuger). Exzessives Sitzen wirkt sich nachteilig auf die Gesäßmuskulatur aus, weil dadurch die Hüftbeuger verkürzt werden, was wiederum die Kontraktionen der Gesäßmuskulatur beeinträchtigt und somit auch die optimale Hüftstreckung. Dehnübungen, Mobilitätstraining und Kraftübungen mit vollem Bewegungsradius für die Hüfte können dem entgegenwirken.

Selbstregulation. An Tagen, an denen Sie sich ausgelaugt und schwach fühlen, sollten Sie eine Selbstregulation vornehmen und Ihr Workout dem Biofeedback anpassen. Hören Sie auf Ihren Körper! Natürlich sollten Sie immer mit einem konkreten Plan ins Fitnessstudio gehen, aber dieser Plan ist nicht in Stein gemeißelt. Es wird immer Tage geben, an denen Sie vor Ort nachlegen oder nachlassen, abhängig von Ihrer Befindlichkeit. Persönliche Rekorde auf Kosten der einwandfreien Körperhaltung sollten nicht forciert werden. Wenn man sich einer Aufgabe nicht gewachsen fühlt, muss sie leichter gestaltet werden.

Stabilität. Selbst bei guter Flexibilität der Muskulatur kann die Mobilität eingeschränkt sein, weil den Gelenken die Stabilität fehlt. Mit anderen Worten, der Körper verweigert den Muskeln, sich ausreichend zu dehnen, weil durch die Instabilität der Gelenke Ängste ausgelöst werden.

Das ist ein wunderbarer natürlicher Schutzmechanismus, weil das Nervensystem verhindert, dass Verletzungen auftreten. Die Mobilität wird also häufig nicht durch mangelnde Flexibilität eingeschränkt, sondern durch unzureichende Gelenkstabilität. Es kann durchaus sein, dass gute passive Flexibilität in den Oberschenkeln vorhanden ist, es aber dennoch nicht möglich ist, beim Kreuzheben den gesamten Bewegungsradius auszunutzen, weil im Lumbalbereich des Beckens die Stabilität fehlt. Die Core-Stabilität erlaubt in dem Fall nicht, tief genug nach unten zu gehen. Optimale Bewegungen erfordern ausreichende Muskelflexibilität und Gelenkstabilität. Aus diesem Grund sind Übungen für die Core-Stabilität so wichtig, ebenso wie sauber ausgeführte Techniken beim Krafttraining. Abgesehen davon gibt es unterschiedliche Arten von Stabilität, wie z.B. Ganzkörperbalance/Tiefenwahrnehmung und dynamische Gelenkstabilität.

Stärke. Stärke ist die Fähigkeit, Kraft zu erzeugen. Generell gilt, Kraft ist das Produkt aus Masse und Beschleunigung. Wenn Sie also ein großes Gewicht mit Muskelaktivität beschleunigen können, haben Sie Kraft, die formgebend wirkt! Wenn Sie ein beeindruckendes Gesäß möchten, müssen Sie nur langfristig Ihre Gesäßmuskeln durch progressive Überlastung kräftigen und persönliche Rekorde brechen.

Statisch. Statisch ist ein anderes Wort für isometrisch und bedeutet hier, eine bewegungslose Position dauerhaft zu halten. Der Unterarmstütz ist ein Beispiel für eine statische Übung, weil dabei keinerlei Bewegung der Gelenke erfolgt. Bei bestimmten Bewegungen arbeiten einige Muskeln statisch und andere dynamisch. So unterstützt z.B. die obere und untere Trapezmuskulatur zusammen mit dem Serratus anterior die Rotation der Schulterblätter beim Liegestütz, indem es die saubere Bewegung des Schultergelenks ermöglicht.

Synergistische Dominanz. Fehlt einem bestimmten Muskel die Kraft für eine Belastung, springen andere Muskeln (Synergisten) kompensierend ein und übernehmen die geforderten Bewegungen. Weist ein Körper »gluteale Amnesie« auf, und man versucht sich an Kreuzheben oder Sprinten, muss die ischiocrurale Muskulatur bei der Hüftextension doppelt hart arbeiten, da die Gesäßmuskeln nicht in der Lage sind, die erforderliche Kraft aufzubringen. Daraus erklärt sich, warum schwache Gesäßmuskeln bei der Hüftextension zu Muskelüberlastung und Verletzungen der Synergisten (wie ischiocrurale und Leistenmuskulatur) führen können. Gewichtheber müssen sich bei Brückenbewegungen stark auf die Aktivierung ihrer Gesäßmuskulatur konzentrieren, weil die ischiocrurale Muskulatur die Bewegung dominiert – was oft zu Verkrampfungen führt. Eine starke Gesäßmuskulatur verhindert synergistische Dominanz der Oberschenkelmuskeln, der Leistenbeuge, der Hüftaußenrotatoren und vieler anderer Muskeln.

Transversalabduktion der Hüfte. Diese Bewegung der Hüfte ist eine interessante Gelenkaktion. Sie findet statt, wenn eine Beugung nach vorne erfolgt (wie bei Squats), und erfordert eine Auswärtsbewegung der Oberschenkel in Relation zur Hüfte. Hüftabduktionen mit Band im Sitzen trainieren diese Bewegung dynamisch, statisch wird der Bewegungsablauf bei Squats trainiert. Während die Hüfte gedehnt wird, arbeiten die Gesäßmuskeln und die tiefen Hüftaußenrotatoren daran, die Knie gerade zu halten, um einen Valguskollaps zu vermeiden.

Übungsprogression. Fällt eine bestimmte Bewegung zu leicht, sollte man den Schwierigkeitsgrad erhöhen, um die Muskeln kontinuierlich herauszufordern. Dazu erhöht man entweder das Gewicht oder die Wiederholungszahl oder aber nutzt eine Übungsprogression, die eine größere Herausforderung darstellt. Man kann z.B. den Bewegungsradius beim Kreuzheben oder bei Ausfallschritten nach hinten erhöhen, indem man diese Übungen von einer Stufe aus absolviert, also ein Defizit erzeugt, oder man vergrößert die Hebelwirkung einer Übung, indem man die Arme bei Back Extensions bis über den Kopf führt oder bei den Übungen mit dem Bauchmuskelroller die Ausgangsposition von den Knien auf die Füße verlagert.

Übungsregression. Wenn eine Übung eine zu große Herausforderung darstellt und deshalb nicht sauber ausgeführt werden kann, muss man das Übungsniveau reduzieren, um die Bewegungsabläufe zu vereinfachen. Man sollte unbedingt zunächst einen Squat mit Körpergewicht schaffen, bevor man sich eine Hantel auf den Rücken legt. Man muss den *hip hinge* beherrschen – das korrekte Vorbeugen aus der Hüfte –, bevor man beim Kreuzheben mit der Hantel arbeitet. Man muss Beckenlifts mit Körpergewicht bewältigen, bevor die Langhantel ins Spiel kommt. Regression erzielt man, indem man den Bewegungsradius verkleinert, weniger Gewicht verwendet oder die Hebelarme verkürzt.

Valguskollaps. Ein Valguskollaps ist in unserer Alltagswelt ein gängiges Phänomen. Ob beim Springen, Landen oder in der Hocke, die Knie neigen dazu, nach innen auszuweichen. Der Valguskollaps resultiert aus einer schwachen Gesäßmuskulatur. Es ist überaus wichtig, die Knie bei Übungen über dem mittleren Zeh zu justieren, da ein Valguskollaps unweigerlich zu Kniebeschwerden führt, wenn die Haltung nicht kontrolliert wird.

Volumen. Das Volumen wird bestimmt von der Anzahl der Sätze und Wiederholungen bei einer Übung. Workouts mit hohem Volumen erfordern ein Vielzahl von Übungen mit zahlreichen Sätzen und Wiederholungen. Man kann lange trainieren oder hart, aber nicht beides. Wichtig für das Training ist die Entwicklung einer guten Volumenbalance.

Vorgekipptes Becken. Die Mehrheit der Bevölkerung lebt mit APT *(anterior pelvic tilt)*, einer nach vorn gekippten Beckenhaltung (Hohlkreuz). Das bedeutet, der obere Teil des Beckens wird nach vorn geschoben, während der untere Teil nach hinten ausweicht. Daraus können sich Probleme für die Arbeit der Gesäßmuskeln ergeben. Einige Teilbewegungen von Übungen, wie z.B. der untere Teil beim Kreuzheben, sollten mit leicht vorgekipptem Becken durchgeführt werden. Es ist nicht einfach, die Körperhaltung zu modifizieren, aber geeignetes Krafttraining mit einwandfreier Ausführung ist ein großes Stimulanz für diesbezügliche Verbesserungen.

Zurückgekipptes Becken. Eine weitere wichtige Funktion des Gluteus maximus ist das häufig übersehene Zurückkippen des Beckens *(posterior pelvic tilt, PPT)*. Bei manchen Übungen möchte man aktiv das Becken nach hinten kippen – z.B. beim Unterarmstütz und Amerikanischen Kreuzheben. Manchmal setzt man den Kippmechanismus des Beckens auch ein, um Energielecks im Beckenbereich oder ein exzentrisch vorgekipptes Becken zu verhindern. Es wird sozusagen gegengesteuert. Mitunter will man aber auch das Zurückkippen des Beckens verhindern, indem man die für die Kippbewegung nach vorn zuständigen Muskeln, z.B. den Rückenstrecker, aktiviert. Ein Beispiel dafür ist die untere Endposition des Full Squat, bei dem das Becken nach hinten kippen möchte, was mit einer Flexion in der Lumbalregion verbunden wäre. In der unteren Position des Squats oder des Kreuzhebens wäre das absolut fatal. Wie das vorgekippte Becken ist auch ein zurückgekipptes Becken eine weit verbreitete falsche Körperhaltung, die aus einer Flexion der Lendenwirbelsäule resultiert. Diese Haltung ist durch einen Flachrücken gekennzeichnet, der beim rückwärtigen Kippen des oberen Beckenbereichs entsteht, während das Becken im unteren Bereich nach vorn geschoben wird. Eine solche Fehlhaltung zu korrigieren ist schwierig, aber geeignetes Krafttraining mit gezielten Übungen kann viel bewirken.

Bewegungen von Gelenken

Abduktion. Laterale Bewegung von der Körpermitte weg, z.B. das Bein zur Seite abspreizen bei gerader Hüfte.

Adduktion. Nach innen, auf die Körpermitte zu gerichtete Bewegung des Körpers, z.B. das Bein heranziehen bei gerader Hüfte.

Außenrotation (= laterale Rotation). Rotationsbewegungen um die Längsachse eines Knochens von der Körpermitte weg, z.B. den Oberarm nach außen drehen.

Extension. Gelenkstreckung als Resultat einer Winkelvergrößerung. Beispiel: den Oberschenkel nach hinten bewegen.

Flexion. Ein Gelenk beugen resultiert aus einer Winkelverkleinerung, z.B. den Unterschenkel nach oben Richtung Oberschenkel anziehen.

Innenrotation (= mediale Rotation). Rotationsbewegungen um die Längsachse eines Knochens in Richtung auf die Körpermitte, z.B. den Oberarm nach innen drehen.

Transversale Abduktion (= transversale Extension). Laterale Bewegung von der Körpermitte weg, z.B. den Oberschenkel mit gebeugter Hüfte auswärts drehen.

Transversale Adduktion (= transversale Flexion). Mediale Bewegung in horizontaler Ebene in Richtung Körpermitte, z B. den Oberarm zur Brust bewegen, mit nach außen zeigenden Ellenbogen.

DIE ÜBUNGEN

Myofasziale Selbstentspannung (SMR)

Die myofasziale Selbstentspannung – die Arbeit an den Weichgeweben im Körper – ist mittlerweile ein wichtiger Bestandteil von Übungsprogrammen geworden. Diese Praktik beschränkt sich allerdings nicht auf die Verwendung von Hartschaumrollen. Auch Tennis-, Golf- und Lacrossebälle sowie PVC-Stangen eignen sich als weitere Materialien, mit denen sich das Gewebe bearbeiten lässt.

Man kann sich die myofasziale Selbstentspannung als »Massage für Arme« vorstellen. Unser Alltagsleben beansprucht die Muskeln erheblich, sogar im Sitzen und im Schlaf. Nach einem anstrengenden Workout fühlen sich die Muskeln häufig angespannt und geschwollen an, nach einem Tag am Schreibtisch sind sie verspannt und schmerzen. Mitunter wachen Sie vielleicht morgens auf und können den Kopf kaum bewegen. Hier kommt nun die myofasziale Selbstentspannung« (*self-myofascial release*, SMR) ins Spiel – sie kann mitunter all diese Beschwerden innerhalb weniger Minuten lindern. Wenn Sie nicht ständig einen versierten Physiotherapeuten oder Masseur zur Hand haben, sollten Sie sich zumindest eines der Hilfsmittel für die Eigenmassage zulegen. Warum?

Es ist gängige Theorie, dass Anhaftungen, Verklebungen und Narbengewebe auf der Muskulatur als Folge des Krafttrainings entstehen und dass SMR hilft, dieses »verklebte«, fest sitzende Gewebe zu lösen. Vielleicht fallen Ihnen Gewebebereiche auf, die durch das Krafttraining knotig und empfindlich werden. Es bilden sich sogenannte Triggerpunkte, also hyperaktive, feste Muskelbereiche, die minimale Verkrampfungen hervorrufen mit möglicherweise verheerenden Auswirkungen auf die umgebenden Körperbereiche. So können Triggerpunkte im Bereich der oberen Gesäßmuskulatur Schmerzen und Einschränkungen der Bewegungsabläufe verursachen. SMR kann Triggerpunkte lindern und die natürlichen Muskelfunktionen wiederherstellen. Des Weiteren scheint die bei SMR auf die Muskeln ausgeübte Spannung die mechanischen Rezeptoren zwischen Muskeln und Sehnen dazu zu veranlassen, hemmende Signale auszusenden, und so die Entspannung und Dehnung zu erleichtern.

Obwohl diese Theorie nicht wissenschaftlich belegt ist, können wir die unzähligen Gewichtheber, die auf die positive Wirkung von myofaszialer Selbstentspannung schwören, nicht ignorieren. Das Rollen mit einer Schaumstoffrolle ist eine exzellente Methode, um Qualität und Tonus der Muskeln zu verbessern. So wie das Widerstandstraining Muskeln ausbildet, sorgt die myofasziale Selbstentspannung dafür, sie geschmeidig und weich zu halten. Ein entspannter Muskel sollte sich anfühlen wie Wasser, nicht wie ein Sack voller Murmeln. Man kann also die SMR-Techniken durchaus als eine günstige und zweckmäßige Alternative zu täglichen Massagetherapien sehen.

SMR mit Medizinball – Brust und vorderer Schulterbereich

1. Auf den Boden legen oder gegen eine Wand stellen, mit dem Gesicht nach unten bzw. Richtung Wand. Einen Medizin-, Tennis- oder Lacrosseball auf Brusthöhe positionieren.
2. Die Brustmuskelpartie auf den Ball drücken, dabei das Körpergewicht mit Armen und Unterkörper abstützen.
3. In kreisförmigen Bewegungen den Ball im oberen Brustbereich von einer Schulter zur anderen rollen.
4. An empfindlichen Stellen für einige Sekunden verharren.

SMR mit Medizinball – obere Gesäßmuskulatur

1. Auf den Boden setzen und einen Medizin-, Tennis- oder Lacrosseball unter einer Hüfte positionieren.
2. Hände hinter dem Körper abstützen, Füße am Boden.
3. Im Bereich der Hüfte vor- und zurückrollen, dabei die Gesäßmuskeln aus unterschiedlichen Winkeln bearbeiten.
4. Im Allgemeinen finden Frauen bei dieser Übung viele Triggerpunkte. An solchen Stellen den Ball jeweils ein paar Sekunden halten.

SMR mit Golfball – Fuß (Plantarfaszie)

1. Im Sitzen oder Stehen einen Golf-, Tennis- oder Lacrosseball vor den Füßen auf den Boden legen.
2. Im Sitzen die Hände hinter dem Körper abstützen, eine Fußsohle (barfuß) auf den Ball setzen.
3. Den Ball entlang der gesamten Fußsohle vor- und zurückrollen, dabei den Druck auf den Ball kontinuierlich steigern.

SMR mit Stab – Schienbeinmuskeln, Waden, Quadrizeps Iliotibialband

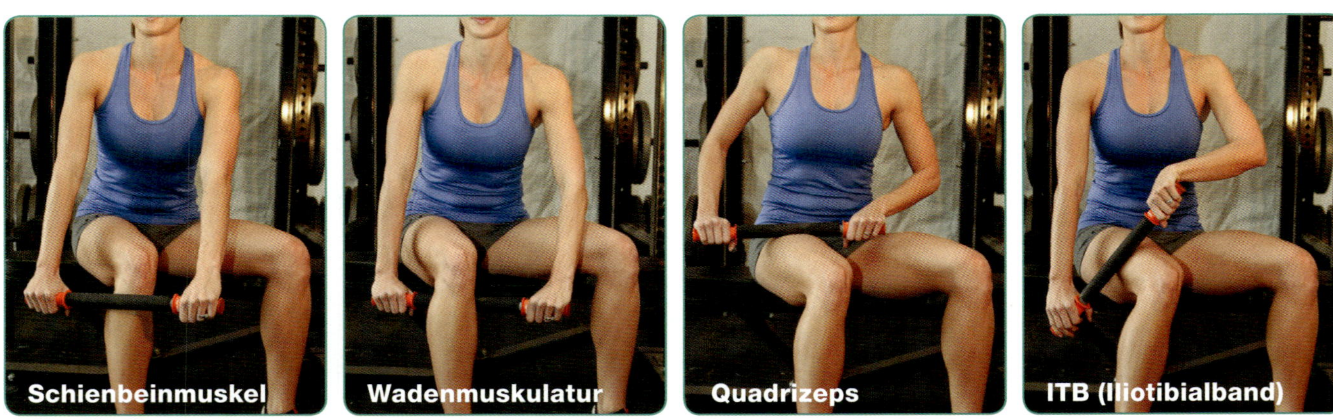

Für diese Behandlung schaffen Sie sich am besten einen speziellen Stab für die Muskelmassage an, den es von unterschiedlichen Herstellern gibt. Die hier vorgestellten Übungen arbeiten alle mit der gleichen Bewegung an unterschiedlichen Muskeln.

1. Auf eine Bank setzen, den Massagestab beidseitig mit den Händen greifen und am Schienbein positionieren.
2. Mit dem Stab am Unterschenkel rechts und links am Schienbein auf und ab rollen.
3. Die gleiche Vorgehensweise für die Wadenmuskeln sowie für die vorderen und seitlichen Oberschenkelpartien wiederholen.
4. Den Stab über die gesamte Muskellänge rollen. Für die Oberschenkelaußenseite z. B. an der Hüfte beginnen und bis zum Kniegelenk rollen.

SMR mit Schaumstoffrolle

Schaumstoffrollen sind ein überaus nützliches Hilfsmittel, sowohl zu Hause als auch im Fitnessstudio. Sie lassen sich leicht transportieren, auch wenn Bälle und Stäbe vielleicht weniger Platz in der Sporttasche einnehmen. Es gibt aber auch Schaumstoffrollen in kleinen Größen.

Die Rollen sind in unterschiedlichen Härtegraden erhältlich. Probieren Sie aus, welche Qualität und Dichte Ihnen am besten zusagt. Weichere Schaumstoffrollen eignen sich für Anfänger mit sensiblen Muskeln. Die dichteren und härteren Schaumstoffrollen sind eher für Fortgeschrittene, die eine neue Intensität brauchen.

Denken Sie immer daran, dass Sie bei diesen Übungen keine übermäßigen Schmerzen empfinden sollten. Leichter Schmerz ist gut, aber bitte nicht zu viel. Gehen Sie nach dem Grundsatz vor: Was sich grenzwertig anfühlt, ist grenzwertig. Mit Schaumstoffrollen kann man wunderbare Workouts gestalten, da man dabei immer auch mit Körpergewicht arbeitet. Beginnen Sie die Übungen sehr vorsichtig und steigern Sie jede Woche Druck und Intensität. Sie müssen auch nicht stundenlang auf der Rolle herumrollen. Fünf- bis zehnmal pro Muskel ist völlig ausreichend.

SMR mit Schaumstoffrolle — Waden

1. Auf dem Boden sitzen, Beine ausstrecken und die Fußgelenke auf der Schaumstoffrolle positionieren.
2. Hände hinter dem Körper abstützen, das Gesäß vom Boden abheben.
3. Knie durchdrücken und von den Fußgelenken bis zum Kniegelenk auf- und abwärts rollen.
4. Zunehmend Druck ausüben. Durch Ein- und Auswärtsdrehen der Füße die mittleren, äußeren und inneren Partien der Waden massieren.
5. Um noch mehr Druck zu erzielen, ein Bein auf das andere legen und zunächst das untere Bein massieren. Dann Seite wechseln.

einbeinig

SMR mit Schaumstoffrolle
Ischiocrurale Muskulatur

1. Auf die Schaumstoffrolle setzen, Hände hinter dem Körper abstützen, Beine ausstrecken.
2. Rückwärts rollen, das Gesäß über dem Boden halten, bis die Rolle am oberen Ende des Knies angekommen ist.
3. Um den Druck zu erhöhen, ein Bein über das andere legen und nur auf dem unteren Bein rollen. Dann Seite wechseln.

SMR mit Schaumstoffrolle
Quadrizeps

1. Die Schaumstoffrolle unter die Oberschenkel legen.
2. Körper mit den Händen am Boden abstützen, Füße vom Boden abheben.
3. Vorwärts rollen, dabei die Schaumstoffrolle vom unteren Ende der Oberschenkel bis zur Hüfte bewegen.
4. Zur Druckerhöhung, ein Bein über das andere legen und auf dem unteren Bein rollen. Dann Seite wechseln.

SMR mit Schaumstoffrolle
Iliotibialband

1. Auf der Seite liegen, die Schaumstoffrolle unter den unteren Oberschenkel positionieren.
2. Unteren Ellenbogen aufstützen, mit der anderen Hand am Boden abstützen.
3. Füße vom Boden heben, Druck aufbauen und über die Außenseite des unteren Oberschenkels rollen.
4. Ggf. nach der halben Muskellänge neu positionieren.
5. Das Gewebe um das Iliotibialband ist häufig knotig und schmerzt bei dieser Übung mitunter stark. Lassen Sie daher die Übung langsam und vorsichtig angehen und intensivieren Sie sie erst mit der Zeit.

SMR mit Schaumstoffrolle
Adduktoren

1. Mit dem Gesicht nach unten auf den Boden legen, Schaumstoffrolle parallel neben dem Körper.
2. Ein Bein über die Rolle legen, sodass die Oberschenkelinnenseite auf der Rolle liegt.
3. Den Oberkörper mit den Händen am Boden abstützen.
4. Druck durch Ablegen des Oberschenkels auf der Rolle aufbauen, dann an der Oberschenkelinnenseite auf und ab rollen. Anschließend Seite wechseln.

SMR mit Schaumstoffrolle
Rückenstrecker (Erector spinae)

1. Auf die Schaumstoffrolle setzen, die Füße auf dem Boden abstellen, die Hände hinter dem Kopf oder die Arme vor der Brust verschränken.
2. Vorwärts rollen durch Gehen mit den Füßen nach vorne.
3. Die Schaumstoffrolle sollte über die Lendenwirbelsäule und den mittleren Rückenbereich bis hoch zu den Schulterblättern und dem oberen Rücken rollen.
4. Beim Rollen jeweils auf eine Seite neigen, um den Druck zu erhöhen.

SMR mit Schaumstoffrolle
Seitlicher Rücken (Latissimus)

1. Auf die Seite legen, die Schaumstoffrolle unter die Rippen platzieren, den unteren Arm anwinkeln, um den Kopf zu stützen.
2. Den Körper mit dem oberen Arm unterstützen, Füße und Gesäß sind am Boden.
3. Mit der Rolle an der Seite des oberen Rückenbereichs auf und ab rollen.
4. Den gewinkelten Arm drehen, um die Rückenmuskeln zu dehnen. Seite wechseln.

Statische Dehnübungen

So wie die myofasziale Selbstentspannung den Tonus und die Textur der Muskelfasern verbessert, optimieren statische Dehnübungen die Toleranz der Muskulatur gegenüber Dehnung. Wir kennen alle Dehnübungen aus dem Schulsport, deshalb werden Ihnen viele der hier gezeigten Übungen vermutlich bekannt vorkommen.

Ischiocrurale Muskeln, einbeinig

1. Fuß des gestreckten Beins auf eine Bank stellen.
2. Hände an die Hüften legen, Wirbelsäule in neutraler Position halten. Oberkörper gerade vorbeugen, bis ein Ziehen in den hinteren Oberschenkelmuskeln des hoch gestellten Beins zu spüren ist.

Ischiocrurale Muskeln, beidbeinig

1. Unteren Rücken in leichtem Hohlkreuz halten, vorbeugen, gleichzeitig das Gesäß nach hinten bringen.
2. Das Gesäß so weit absenken, wie die Spannung in den Oberschenkeln zu spüren ist, dann eine Weile halten.

Quadrizeps

1. Auf einem Bein stehen, mit einer Hand festhalten, um Körper und Balance zu unterstützen.
2. Die Ferse des unbelasteten Beins zum Gesäß führen, dabei den Fuß mit der freien Hand fassen.
3. Den Fuß gegen das Gesäß drücken, Gesäßmuskeln voll anspannen, die aufrechte Position beibehalten.
4. Die Dehnung sollte vorrangig im Rectus femoris (Mitte oben) zu spüren sein.

Dehnung der Brust, einarmig (Pectoralis major und minor)

1. Mit etwas Abstand mit dem Rücken zu einer geeigneten Haltevorrichtung stellen.
2. Die Haltevorrichtung auf Kopfhöhe greifen.
3. Ziehen, bis Spannung in den Brustmuskeln zu spüren ist. Seite wechseln.

Dehnung des Rückens, einarmig (Latissimus dorsi)

1. Mit einem Arm über Kopf eine geeignete Haltevorrichtung greifen.
2. Die Füße bleiben am Boden stehen, durch Bewegung des Oberkörpers den ausgestreckten Arm dehnen.
3. Die Dehnung sollte im Latissimus zu spüren sein.

Dehnung des Rückens, beidarmig

1. Mit dem Gesicht nach vorn vor eine Haltevorrichtung stellen, mit beiden Händen festhalten.
2. Zurücklehnen, bis die Schulterblätter und die oberen Rückenmuskeln gedehnt werden, besonders der mittlere Bereich des Trapezius und die Rautenmuskeln.

Dehnung der Waden, einbeinig

1. Einen Fuß auf eine geeignete Erhöhung stellen, den anderen Fuß hinter dem Sprunggelenk des Standbeins anlegen.
2. Die Haltevorrichtung als Stütze verwenden und die Ferse des Standbeins absenken, dabei vollkommen gerade stehen und so eine intensive Dehnung der Wade erzeugen.

Dehnung der Adduktoren im Stand

1. Breitbeinig aufstellen, Zehen zeigen nach vorn.
2. Langsam in die Grätsche sinken, aufrechte Position bewahren, Hände an die Hüften legen. Den Körper absenken, bis die Spannung in den Adduktoren deutlich zu spüren ist.

Dehnung der Adduktoren, gebeugt

1. Breitbeinig aufstellen, Zehen zeigen nach vorn.
2. Vorbeugen, den Oberkörper parallel zum Boden bringen, mit den Armen abstützen.
3. Langsam in die Grätsche sinken, bis die Spannung in den Adduktoren deutlich zu spüren ist.

Rückenmuskulatur

1. Auf eine Matte knien, Knie hüftbreit auseinander.
2. Vorbeugen, Oberkörper auf den Oberschenkeln und Stirn auf dem Boden ablegen.
3. Arme entlang den Seiten nach hinten ausstrecken. Die Dehnung sollte in der oberen Rückenmuskulatur zu spüren sein.

Bauchmuskulatur

1. Bäuchlings auf den Boden legen, Hände und Schultern sind in der unteren Liegestützposition.
2. Die Hüfte bleibt am Boden, Füße strecken. Oberkörper langsam und so weit, wie es angenehm ist, nach oben drücken.
3. Die Dehnung sollte in den Bauchmuskeln spürbar sein.

Mobilität

Für Kinder ist Mobilität etwas Selbstverständliches. Alles funktioniert einfach. Kinder gehen in eine tiefe Kniebeuge, um etwas aufzuheben oder unter einem Zaun hindurch zu krabbeln. Sie kriechen beim Versteckspiel ohne Probleme in kleinste Löcher. Für Erwachsene ist das meist undenkbar. Mobilität bezeichnet gelenkabhängige Bewegungen, und demzufolge verbessert gezieltes Mobilitätstraining die Beweglichkeit der Fußgelenke, der Hüfte und der Brustwirbelsäule. Das Thema Mobilität wurde in Kapitel 4 detailliert behandelt, Sie können die entsprechenden Informationen dort nachschlagen.

Oberschenkelschaukel (Rectus femoris)

1. Aus einer einseitig knienden Position den hinteren Fuß auf einen Stuhl oder eine Bank legen.
2. Oberschenkel nach hinten schieben, sodass das Gesäß die Ferse berührt. Dabei den Oberkörper aufrecht halten, die Gesäßmuskeln anspannen.
3. Oberschenkel nach vorn schieben, das Knie über das vordere Fußgelenk bringen, Gesäß wieder von der Ferse lösen. Seite wechseln.

Squat mit Rotation in der Hüfte

1. Grätsche im Stand, Füße ausgedreht, Arme auf Schulterhöhe gerade nach vorne gestreckt.
2. Nach rechts einen Ausfallschritt machen, aber weniger den Körper zur Seite drehen, als vielmehr durch Innenrotation des gestreckten Beins in die Hüftdehnung gehen.
3. Zurück in die Ausgangsposition, zur anderen Seite wiederholen.

Armgleiten an der Wand

1. Aufrecht mit dem Rücken gegen eine Wand stellen.
2. Arme in Y-Position über den Kopf strecken, Achselhöhlen zeigen nach vorn.
3. Den Kontakt zur Wand aufrechterhalten, Handgelenke nicht winkeln. Die Arme an der Wand, so weit wie es geht, nach unten in eine W-Position gleiten lassen, ohne von der Wand abzukommen.

Diese Übung verbessert die Mobilität der Schultern.

Ausfallschritt mit Rotation

1. Eine sehr tiefe halbseitig kniende Position einnehmen, dabei das vordere Knie über dem Fußgelenk ausrichten.
2. Oberkörper vorwärts einwärts rotieren, dabei die linke Hand an den rechten Fuß führen. Handfläche zeigt nach innen.
3. Jetzt den linken Arm auf- und auswärts führen, der Kopf dreht sich mit, der Brustkorb dehnt sich. Seite wechseln.

Squat aus der Hüftbeuge

1. Im Stand die Füße hüftbreit auseinanderstellen. Nach vorne beugen und die Zehen fassen, den Rücken dabei so gerade wie möglich halten.
2. In den tiefen Squat gehen, dabei die Knie weit öffnen, den Oberkörper senkrecht halten.
3. Gesäß nach oben heben, dabei die Zehen nach Möglichkeit festhalten. Die Dehnung sollte in den hinteren Oberschenkelmuskeln zu fühlen sein.

Kniehochziehen im Gehen

1. Mit dem rechten Fuß einen Schritt vorwärtsgehen.
2. Das linke Knie bis zur Brust hochziehen, dabei den rechten Fuß auf den Ballen heben.
3. Aufrecht stehen, das linke Knie mit den Händen umfassen und an die Brust ziehen. Zeitgleich die Gesäßmuskeln anspannen.
4. Im Gehen die Seite wechseln und fortfahren.

Diese Übung verbessert die Flexibilität und Mobilität der Hüftbeuger.

Hüftbeuger

1. Mit einem Bein eine kniende Position einnehmen, die Hände hinter dem Kopf verschränken.
2. Etwas nach vorne lehnen, dabei das vordere Knie über das Fußgelenk schieben, bis eine deutliche Dehnung im vorderen Bereich der hinteren Hüfte zu spüren ist.
3. Gesäßmuskeln anspannen, der Oberkörper bleibt während der gesamten Übung aufrecht.

Diese Übung verbessert die Flexibilität und Mobilität der Hüftbeuger.

Hüftbeuge mit Stab

1. Schulterbreiter Stand.
2. Den Stab vertikal auf den Rücken legen, das obere Ende im Nacken mit einer Hand fassen, das andere am unteren Rücken mit der anderen Hand.
3. Aus der Hüfte vorbeugen, dabei die Knie leicht beugen.
4. Das Gesäß nach hinten schieben, dabei die Hüfte bewegen, nicht die Wirbelsäule.
5. Der Stab hat während der gesamten Bewegung Kontakt zum Kopf, dem mittleren Rücken und den oberen Gesäßmuskeln.
6. Zwischen den Sätzen die Position der Hände wechseln.

Die Übung trainiert das Nach-hinten-schieben des Gesäßes und die Bewegung der Hüfte bei stabiler Wirbelsäule.

YTWL-Übung

1. Bäuchlings auf eine Bank legen, die Beine ausstrecken – sie unterstützen den Körper –, die Füße aufstellen.
2. Arme vor dem Körper nach unten strecken, Handflächen nach innen.
3. Arme über den Kopf in Y-Position heben, Handflächen bleiben einwärts gedreht, Daumen zeigen nach oben. Arme wieder senken. 10 Wdh.
4. Zurück in die Ausgangsposition. Arme gerade zu den Seiten in T-Position ausstrecken. Handflächen nach unten. 10 Wdh.

5. Aus der Ausgangsposition die Ellenbogen am oberen Ende der Bank beugen. In dieser Position die Arme seitlich heben, dabei die Schulterblätter zusammenziehen. Die Ellenbogen befinden sich in dieser W-Position auf Schulterhöhe. 10 Wdh.
6. Vom oberen Ende dieser Position die Schultern nach oben drehen, sodass sich die Oberarme senken, bis sie parallel zum Körper stehen und die L-Position bilden. 10 Wdh.

Diese Übung aktiviert den mittleren und unteren Bereich des Trapezmuskels, die hinteren Deltamuskeln und die Schulteraußenrotatoren.

Brustextension und -rotation im Vierfüßlerstand

1. Im Vierfüßlerstand die Arme gerade unter die Schultern und die Knie auf Hüftbreite bringen, den Rücken flach halten.
2. Die linke Hand an den Hinterkopf legen, den Ellenbogen einwärts rotieren.
3. Den oberen Rücken dehnen und durch die Auswärtsbewegung des Ellenbogens drehen.
4. 6 Wdh., Seite wechseln.

Mobilisierung der Fußgelenke mit Stock

1. Eine einseitig kniende Position einnehmen, den Stock vertikal vor den Zehen aufstellen
2. Jetzt in Richtung Stock nach vorne lehnen, wobei das Knie Richtung Stock geschoben wird.
3. Zurück in die Ausgangsposition gehen. Auf der anderen Seite wiederholen.

Kreuzheben an der Wand

1. Rückwärts im hüftbreiten Stand vor eine Wand stellen, Abstand ca. 30–40 cm.
2. Hände an die Hüften legen, das Gesäß nach hinten schieben und aus der Hüfte nach vorne beugen, bis das Gesäß die Wand berührt. Dabei die hinteren Oberschenkelmuskeln dehnen.
3. Zurück in die Ausgangsposition, 6–8 Wdh.

Kreuzheben am Rack

1. Rückwärts im hüftbreiten Stand vor ein Rack stellen, Abstand ca. 30–40 cm.
2. Hände an die Hüften legen, das Gesäß nach hinten schieben und aus der Hüfte nach vorne beugen, bis das Gesäß das Rack berührt.
3. Knie leicht gebeugt und entspannt halten, die Bewegung erfolgt überwiegend in der Hüfte.
4. Zurück in die Ausgangsposition, 6–8 Wdh.

Hüftinnenrotation

1. Auf einen Gymnastikball legen, die Füße stehen fest auf dem Boden, die Arme sind vor der Brust verschränkt.
2. Mit den Füßen nach außen gehen, während die Knie weiterhin gerade nach vorne zeigen (X-Bein-Stellung).
3. Die Knie fallen nach innen, was z. B. beim Squat unbedingt zu vermeiden ist.
4. Auf dem Ball nach vorne rollen, dabei das Gesäß Richtung Boden bringen, diesen aber nicht berühren.
5. In die Ausgangsposition zurückrollen, 6–8 Wdh.

Einbeiniges Rumänisches Kreuzheben, gestreckt

1. Mit leicht gebeugtem Knie auf dem rechten Fuß stehen.
2. Das Gesäß nach hinten schieben und aus der Hüfte nach vorne beugen. Beim Beugen beide Arme nach vorne ausstrecken, das linke Bein nach hinten strecken. Es entsteht eine gerade Linie von den Fingerspitzen bis zu den Zehen des linken Fußes.
3. 6–8 Wdh., Bein wechseln.

Aktivierung

Diese Übungen bereiten Ihre Muskeln auf die Belastung während des Workouts vor. Stellen Sie sich vor, Sie würden einen Kuchen backen, ohne den Backofen vorzuheizen. Die Backzeit wäre länger und das Ergebnis vermutlich unbefriedigend. Genau wie dieses Vorheizen für das Gelingen des Kuchens sorgt, bereiten Aktivierungsübungen Ihren Körper auf das Workout vor.

Aktivierungsübungen sind auf Muskeln ausgerichtet, die sich regelrecht »abschalten«, sobald sie falsch, unzureichend oder neurologisch nicht einwandfrei beansprucht werden. Der Alltag fordert ständig eine Aktivierung von Quadrizeps und Waden, während der Gluteus maximus z. B. im Tagesverlauf kaum übermäßig stark beansprucht wird. Wenn Sie regelmäßig Aktivierungsübungen machen, vermeiden Sie das »Abschalten« von Muskeln und animieren sie, im Alltag konstant zu arbeiten.

Achten Sie bei diesen Aktivierungsübungen vor allem auf die Qualität der Ausführung, nicht auf die Quantität. Eine starke Frau ist vielleicht in der Lage, 100 Nonstop-Beckenlifts mit Körpergewicht zu absolvieren, schafft aber vielleicht nur zehn Wiederholungen, wenn es darum geht, die Gesäßmuskulatur stark zu aktivieren und dabei den Einsatz von Rückenstrecker und ischiocruraler Muskulatur zu minimieren.

Fliegender Hund

1. Im Vierfüßlerstand die Knie auf Hüftbreite bringen, den Rücken flach halten.
2. Den rechten Arm und das linke Bein in Verlängerung zum Rücken heben.
3. Möglichst nicht seitlich schwanken oder verdrehen.
4. Den Core-Bereich nur durch Hüft- und Schulterbewegungen stabilisieren.
5. Zurück in der Ausgangsposition die Seite wechseln: Nun gehen linker Arm und rechtes Bein nach oben.
6. Auf jeder Seite 6–8 Wdh.

Diese Übung aktiviert den Gluteus maximus.

Hydrant

1. Im Vierfüßlerstand die Arme gerade unter die Schultern und die Knie auf Hüftbreite bringen, den Rücken flach halten.
2. Das linke Bein mit gebeugtem Knie so weit seitlich heben, wie es möglich ist, ohne Schultern und Becken aus der Position zu bringen.
3. Zurück in die Ausgangsposition. 6–8 Wdh., dann das andere Bein heben.

Diese Übung aktiviert die Hüftaußenrotatoren und den oberen Bereich der Gesäßmuskeln.

Hüftstrecken im Vierfüßlerstand

1. Im Vierfüßlerstand die Arme gerade unter die Schultern und die Knie auf Hüftbreite bringen, den Rücken flach halten.
2. Das rechte Bein mit gebeugtem Knie nach oben in Richtung Decke anheben.
3. Das Bein nur so hoch heben, wie die Ausrichtung der Wirbelsäule unverändert bleibt und der untere Rücken nicht überstreckt wird.
4. Zurück in die Ausgangsposition, 6–8 Wdh., Bein wechseln.

Diese Übung aktiviert den Gluteus maximus.

Liegestütz Plus

1. Liegestützposition einnehmen, die Hände sind schulterbreit voneinander entfernt.
2. Core-Bereich und Gesäß anspannen, Körper vom Kopf bis zu den Fußgelenken in eine gerade Linie bringen.
3. Die Arme bleiben gestreckt, dabei die Brust einsinken lassen und die Schulterblätter zusammenziehen.
4. Aus dieser Position den Rücken zur Decke wölben, dabei die Schulterblätter auseinanderziehen.
5. Zurück in die Ausgangsposition. 6–8 Wdh.

Diese Übung aktiviert den Serrator anterior.

Hüftabduktion in Seitlage

1. Seitlage, Beine gestreckt, Füße in neutraler Position.
2. Kopf auf dem unteren Arm abstützen, oberen Arm locker auf der Hüfte ablegen.
3. Das obere Bein anheben, bis Spannung seitlich im Gesäß zu spüren ist. Die Knie bleiben gerade, die Hüfte neutral. Nicht mit der Hüfte vor- oder zurückrollen.
4. Zurück in die Ausgangsposition. Mehrfach wiederholen, dann Seite wechseln.

Diese Übung aktiviert den oberen Bereich der Gesäßmuskeln.

Muschel in Seitlage

1. In der Seitlage die Knie im 90-Grad-Winkel und die Hüfte im 135-Grad-Winkel beugen.
2. Den Kopf auf dem unteren Arm abstützen, die Hand des oberen Arms auf der Hüfte ablegen.
3. Die Fersen aufeinanderlegen und das obere Knie mit einer Drehbewegung der Hüfte nach oben führen.
4. Der untere Rücken darf weder verschoben noch verdreht werden, bewegt wird allein das obere Bein.
5. Zurück in die Ausgangsposition, 6–8 Wdh., dann Seite wechseln.

Diese Übung aktiviert die Hüftaußenrotatoren und den oberen Bereich der Gesäßmuskeln.

Superman

1. Bäuchlings auf den Boden legen.
2. Arme vollständig nach vorne ausstrecken, die Achselhöhlen zeigen zum Boden.
3. Gleichzeitig Arme, Beine und Brust vom Boden heben. Die Spannung einen Moment halten.
4. Beim Abheben vom Boden die Gesäßmuskeln stark anspannen.
5. 6–8 Wdh.

Diese Übung aktiviert den Gluteus maximus und die Rückenstrecker.

Beckenkippen in erhöhter Rückenlage

1. Auf einer Bank oder einem Kasten eine Tischposition einnehmen, d. h., die Schultern auf die Bank legen, die Füße am Boden, Knie 90 Grad angewinkelt, Hüfte und Knie auf einer Linie.
2. Die Schultern bleiben auf der Bank, während das Gesäß abgesenkt, der Rücken leicht überstreckt und das Becken nach hinten gekippt wird.
3. Hüfte und Becken durch Anspannen der Gesäßmuskeln und Vorkippen des Beckens wieder in die Ausgangsposition bringen. Die Bewegung des Beckens soll vollkommen rhythmisch sein.
4. 8–12 Wdh.

Diese Übung aktiviert den Gluteus maximus, obwohl seine Hauptaufgabe hier im Kippen des Beckens liegt; eine Bewegung, die bei vielen Menschen schlecht ausgeprägt ist.

Hüftbrücke mit Körpergewicht

1. In Rückenlage die Füße aufstellen und die Arme an den Seiten ablegen.
2. Füße in den Boden stemmen, die Hüfte so hoch wie möglich heben, ohne den Rücken zu überstrecken. Die Belastung sollte weitestgehend in den Gesäßmuskeln spürbar sein.
3. In der Endposition bilden Knie, Hüfte und Schultern ein gerade Linie.
4. 8–12 Wdh.

Diese Übung aktiviert den Gluteus maximus.

Übungen für die Gesäßmuskulatur

Diese Übungen sind ausschlaggebend für einen wohlgeformten Po. Wenn Sie die Knie beugen, die hinteren Oberschenkelmuskeln entspannen und so die Kraft begrenzen, die diese Muskeln während der Hüftstreckung aufbringen, muss der Gluteus maximus die Arbeit machen! Lesen Sie dazu im Glossar unter »Aktive Insuffizienz«.

Übungen für das Gesäß erfordern eine Hüftstreckung mit gebeugten Knien. Anders als bei Übungen für den Quadrizeps, die die Gesäßmuskeln überwiegend in der Position mit gebeugter Hüfte stärken, kräftigen diese Übungen das Gesäß über den gesamten Bewegungsradius – besonders wenn die Hüfte in voller Streckung gehalten werden. Mit anderen Worten: Sie bieten dem Gesäß das »gesamte Kraftpotenzial«.

In der Endposition der Übungen wird maximale Spannung auf die Gesäßmuskeln ausgeübt, deshalb ist auch die Aktivierung maximal, da in diesem Bereich der Nervenreiz auf die Gesäßmuskeln am größten ist. Diese haben dabei die optimale Hebelkraft, um die Oberschenkel nach hinten zu ziehen (also die Hüfte zu strecken). Frauen lieben die Übungskategorie meist sehr, weil sie spüren, dass die Muskeln im vollen Ausmaß arbeiten.

Ein weiterer Vorteil dieser speziellen Übungen für das Gesäß liegt in der enormen Stabilität der beidbeinigen Varianten, die es möglich macht, sehr große Gewichte zu heben und so erhebliche Muskelspannung zu erzeugen. Die einbeinigen Varianten haben den Vorteil, dass sie quasi überall absolviert werden können, weil sie bei korrekter Ausführung nur mit Körpergewicht schon eine wirkliche Herausforderung darstellen. Das Widerstandstraining mit dieser Bewegungskategorie kann für sich allein ein wunderbares Workout sein.

Übungen für die Gesäßmuskulatur lassen sich in unzähligen Varianten und Techniken für sehr Fortgeschrittene ausweiten. Im Glossar (ab Seite 164) finden Sie dazu Hinweise unter Dauerbelastungsmethode, Iso-Hold-Methode, Pause-Methode und Rest/Pause-Methode.

Ich werde häufig gefragt, ob Hüftbrücke mit Langhantel oder Beckenlift mit Langhantel denn nun die bessere Übung für das Gesäßtraining ist. Da der Beckenlift den größeren Bewegungsradius für die Hüfte bietet, steht er ganz oben auf der Hitliste, aber die Hüftbrücke mit Langhantel ist ebenfalls bestens geeignet zur Gesäßaktivierung, weil größere Gewichte möglich sind. Ich halte es daher für vorteilhaft, beide Übungen im Programm zu haben. Beckenlifts sollten häufiger gemacht werden, aber hin und wieder sollte der Gluteus maximus durch Hüftbrücken mit großem Gewicht intensiv aktiviert werden. Ein ausgewogenes Programm enthält beide Übungen, um effizient an einem schönen Po zu arbeiten.

Vergessen Sie nie das Motto meiner Programme: Je stärker der Po, umso schöner ist er. Je mehr Kraft Sie bei Beckenlifts und Hüftbrücken mit Langhantel aufbringen können, umso besser wird Ihr Gesäß aussehen. Für Squats und Kreuzheben lässt sich das nicht grundsätzlich sagen, da Sie in Abhängigkeit von Ihren Zielen an einen Punkt kommen können, wo Squats die Quadrizepse zu stark ausbilden und Kreuzheben den Rücken zu sehr ausprägt. Was nicht heißt, dass Sie diese Übungen meiden sollen. Es passiert sehr selten, dass Frauen zu starke Muskeln entwickeln, schon gar nicht, wenn sie überwiegend mit Körpergewicht arbeiten. Dennoch kann es vorkommen. Im Verlauf eines Jahres mit hartem Training haben schon manche Frauen ein so hohes Kraftniveau erreicht, dass sie in der Lage waren, 85 Kilogramm bei Full Squats und 125 Kilogramm beim Kreuzheben zu bewältigen. Ihre Körper sahen umwerfend aus – diese Frauen hatten kein Gramm überflüssiges Fett am Körper. Ein gutes, langfristiges Ziel für Beckenlifts sind zehn Wiederholungen mit 100 Kilogramm Gewicht.

Gesäßübungen können bei Rückenschmerzen Wunder bewirken. Ihr Körper lernt, sich bei Hüftextensionen auf die Gesäßmuskeln zu verlassen und nicht auf den unteren Rücken oder die Oberschenkel. Die Hüfte ohne Mitwirkung der Wirbelsäule bewegen zu können ist ausschlaggebend zur Vermeidung von Rückenschmerzen.

Darüber hinaus sind Gesäßübungen sehr wichtig für fast jede Sportart. Ein gut entwickelter Muskel hat viel mehr Potenzial zur Kraftentwicklung, denn Muskelgröße und -kraft hängen unmittelbar zusammen. Da Leistung dem Produkt aus Kraft und Geschwindigkeit entspricht, können starke Gesäßmuskeln die Leistung durch bessere Kraftentwicklung (bei gleicher Geschwindigkeit) optimieren. Zudem verbessern Gesäßübungen die Kraft in der Endposition bei Hüftextension. Dieser Muskelbereich ist wichtig beim Sprinten, denn hier wird die Kraft erzeugt, die den Körper nach vorne katapultiert. Geschwindigkeit und Beschleunigung sind in vielen Sportarten relevant, weshalb gerade Gesäßübungen wichtig für den Erfolg sind.

Hüftbrücke mit Fußerhöhung

Diese Variante der Hüftbrücke erhöht den Bewegungsradius, aber durch die gewinkelte Körperposition im oberen Bewegungsbereich ist das eingesetzte Körpergewicht geringer. Eine sehr effektive Methode, die Aktivierung von den Quadrizepsen auf die Gesäßmuskeln zu verlagern. Wenn man fühlt, dass die Quadrizepse die Arbeit übernehmen, sollte man zweimal pro Woche je zwei Sätze mit 30 Wiederholungen dieser Übung absolvieren.

Beanspruchte Muskeln: Gesäßmuskeln, ischiocrurale Muskulatur

Tipps:

- *Die Fersen auf die Bank drücken, die Zehen zeigen zur Decke.*
- *Die Bewegung aus den Gesäßmuskeln steuern, nicht aus dem unteren Rücken.*
- *Den Abstand von der Bank so wählen, dass der Winkel Knie/Oberschenkel etwas unter 90 Grad liegt.*
- *Den Rücken gerade halten, die Lendenwirbelsäule nicht überstrecken oder einbrechen lassen.*

Übungsablauf:

1. Auf dem Rücken vor einer Bank auf den Boden legen.
2. Beide Fersen auf die Bank setzen, die Zehen zeigen zur Decke.
3. So positionieren, dass der Winkel zwischen Unter- und Oberschenkeln etwas unter 90 Grad liegt. Die Hüfte zur Decke heben, die Fersen in die Bank drücken, bis der Rücken von den Schultern bis zu den Knien eine Linie bildet.
4. Die Hüfte wieder senken und in die Ausgangsposition zurückkehren.

Beckenlift

Der Beckenlift arbeitet mit Erhöhung der Schultern. Im Vergleich zur Hüftbrücke, die ohne Schultererhöhung arbeitet, vergrößert diese Übung den Bewegungsradius der Hüfte, wodurch die Gesäßmuskeln stärker gefordert sind und die Quadrizepse die Stabilisierung übernehmen.

Beanspruchte Muskeln: Gesäßmuskeln, Quadrizeps

Tipps:

- *Die Bewegung über die Fersen einleiten, die Zehen bleiben auf dem Boden.*
- *Das Gewicht mit den Gesäßmuskeln heben, nicht mit den Muskeln des unteren Rückens oder mit der ischiocruralen Muskulatur. Man fühlt diese Muskeln zwar in gewissem Maße, aber sie sollten die Arbeit der Gesäßmuskeln nicht übernehmen.*
- *Fließend auf und ab bewegen.*
- *Den Rücken gerade halten, die Lendenwirbelsäule nicht überstrecken oder einbrechen lassen.*

Übungsablauf:

1. Rückwärts gegen eine Bank setzen, die Füße flach auf den Boden stellen.
2. Die Fersen in den Boden stemmen, die Schultern auf die Bank schieben, die Hüfte mit der Gesäßmuskulatur anheben, bis sie mit den Schultern und den Knien einen 90-Grad-Winkel bilden.
3. Zurück in die Ausgangsposition.

Beckenlift, doppelte Erhöhung (Füße und Schultern)

Hier werden Intensität und Bewegungsradius gesteigert. Die Gesäßmuskeln sind stark gefordert, und auch die Aktivierung der ischiocruralen Muskulatur wird intensiviert, da die Hüfte gestreckt und die Knie stabilisiert werden müssen.

Beanspruchte Muskeln:

ischiocrurale Muskulatur

Tipps:

- *Die Bewegung über die Fersen einleiten, die Zehen aufstellen.*
- *Das Gewicht mit den Gesäßmuskeln heben, nicht mit den Muskeln des unteren Rückens oder mit der ischiocruralen Muskulatur. Man fühlt diese Muskeln zwar in gewissem Maße, aber sie sollten die Arbeit der Gesäßmuskeln nicht übernehmen.*
- *Fließend auf und ab bewegen.*
- *Den Rücken gerade halten, die Lendenwirbelsäule nicht überstrecken oder einbrechen lassen.*
- *Am oberen Bewegungsende ist der Körper parallel zum Boden.*

Übungsablauf:

1. Rückwärts gegen eine Bank setzen, die Fersen beider Füße auf ein Podest stellen, das etwa 40 cm vom Gesäß entfernt steht.
2. Fersen auf das Podest stemmen, die Schultern auf die Bank schieben. Die Hüfte mit den Gesäßmuskeln anheben, bis sie mit den Knien einen 90-Grad-Winkel bilden und der Körper parallel zum Boden ist.
3. Zurück in die Ausgangsposition.

Einbeinige Hüftbrücke mit Fußerhöhung

Dies ist eine einfachere Variante der Brückenübungen, aber dennoch wert, ins Programm aufgenommen zu werden, da die Hüfte einen großen Bewegungsradius durchlaufen und die ischiocrurale Muskulatur stark beansprucht wird.

Beanspruchte Muskeln: **Gesäßmuskeln, ischiocrurale Muskulatur**

Tipps:

- *Die Bewegung über die Fersen einleiten, die Zehen zeigen zur Decke.*
- *Das Gewicht mit den Gesäßmuskeln heben, nicht mit den Muskeln des unteren Rückens.*
- *So positionieren, dass der Winkel zwischen Unter- und Oberschenkel unter 90 Grad liegt.*
- *Den Rücken gerade halten, die Lendenwirbelsäule nicht überstrecken oder einbrechen lassen.*

Übungsablauf:

1. Auf dem Rücken vor einer Bank auf den Boden legen.
2. Die rechte Ferse auf die Bank setzen, die Zehen zeigen zur Decke. Der linke Fuß bleibt am Boden.
3. So positionieren, dass der Winkel zwischen Unter- und Oberschenkel etwas unter 90 Grad liegt.
4. Den linken Fuß leicht vom Boden abheben, Bein in Richtung Brust anziehen.
5. Hüfte zur Decke heben, rechte Ferse in die Bank drücken, bis der Rücken von den Schultern bis zum rechten Knie eine Linie bildet.
6. Die Hüfte wieder senken und in die Ausgangsposition zurückkehren. So viele Wiederholungen, wie vorgesehen, dann das Bein wechseln.

Einbeinige Hüftbrücke

Dies ist eine großartige Aktivierungsübung für die Gesäßmuskeln, die ohne jedes Zubehör auskommt. Ihr Schwierigkeitsgrad wird häufig unterschätzt. Wenn sie korrekt ausgeführt wird, ist sie erstaunlich anspruchsvoll. Da sie wirklich überall absolviert werden kann, mache auch ich gelegentlich einige Sätze à 20 Wiederholungen, um meiner Gesäßmuskulatur ein einfaches, aber effizientes Workout zu spendieren.

Beanspruchte Muskeln:
Gesäßmuskeln

Tipps:

- *Die Fersen in den Boden drücken, die Zehen nicht belasten.*
- *Den Rücken nicht überstrecken, die Rückenmuskeln werden nicht beansprucht.*
- *Die Übung soll in den Gesäßmuskeln zu spüren sein, nicht in der ischiocruralen Muskulatur. Das kann einige Übung erfordern.*
- *Hüfte und Schultern auf einer Linie halten, nicht von einer Seite zur anderen schwanken.*
- *Am oberen Bewegungsende kurz halten.*

Übungsablauf:

1. Auf den Rücken legen, Beine gebeugt, Füße flach am Boden, Arme entlang dem Körper ausgestreckt.
2. Knie gebeugt halten, das linke Bein heben und zur Brust heranziehen.
3. Die Hüfte nach oben in die Brückenposition stoßen, dabei die rechte Ferse in den Boden stemmen.
4. Zurück in die Ausgangsposition und so oft wiederholen wie vorgesehen. Bein wechseln.

Marschieren in der Brücke mit Schultererhöhung

Das Marschieren in der Brücke hebt mehr die Schultern als die Füße und ist durch die wechselseitig einbeinige Arbeit sehr intensiv. Die Hüfte wird in der oberen Position enorm gestärkt und stabilisiert.

Beanspruchte Muskeln: **Gesäßmuskeln, Quadrizeps**

Tipps:

- *Die Fersen in den Boden drücken, die Knie sind über den Zehen ausgerichtet.*
- *Das Gewicht mit den Gesäßmuskeln heben, nicht mit den Muskeln des unteren Rückens oder der ischiocruralen Muskulatur. Man fühlt diese Muskeln zwar in gewissem Maße, aber sie sollten die Arbeit der Gesäßmuskeln nicht übernehmen.*
- *Den Rücken gerade halten, die Lendenwirbelsäule nicht überstrecken oder einbrechen lassen.*

Übungsablauf:

1. Rückwärts gegen eine Bank setzen, die Füße flach auf den Boden stellen.
2. Die Fersen in den Boden stemmen, die Schultern auf die Bank schieben, die Hüfte mit den Gesäßmuskeln anheben, bis sie mit den Knien einen 90-Grad-Winkel bilden.
3. In der oberen Position bleiben, das linke Bein anheben und zur Brust ziehen. Zwei Sekunden halten.
4. Zurück in die Ausgangsposition, jetzt das rechte Bein anheben und zur Brust ziehen. Zwei Sekunden halten.
5. So oft wiederholen wie vorgesehen.

Einbeiniger Beckenlift

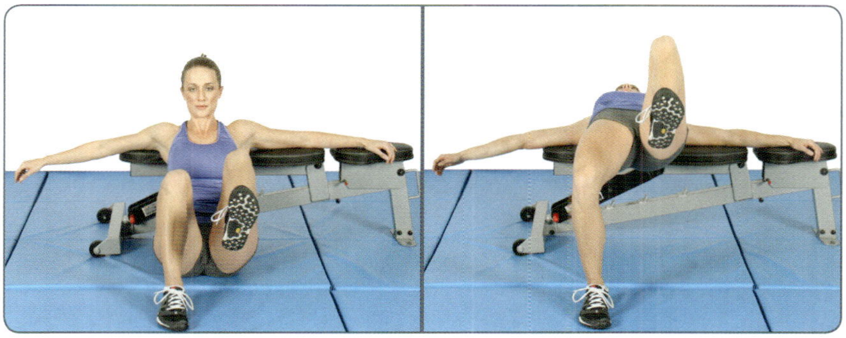

Diese Übung wird durch die gleichzeitige Beinarbeit intensiviert. Der Bewegungsradius der Hüfte beim Durchlaufen der gesamten Übung wird erhöht, was die Gesäßmuskeln enorm fordert und die Stabilisierungsfunktion des Quadrizeps stark aktiviert.

Beanspruchte Muskeln: Gesäßmuskeln, ischiocrurale Muskulatur

Tipps:

- *Die Bewegung über die Fersen einleiten, die Zehen zeigen zur Decke.*
- *Das Gewicht mit den Gesäßmuskeln heben, nicht mit den Muskeln des unteren Rückens.*
- *So positionieren, dass der Winkel zwischen Unter- und Oberschenkel etwas unter 90 Grad liegt.*
- *Den Rücken gerade halten, die Lendenwirbelsäule nicht überstrecken oder einbrechen lassen.*
- *Am oberen Bewegungsende ist der Körper parallel zum Boden.*

Übungsablauf:

1. Rückwärts gegen eine Bank setzen, die Füße flach auf den Boden stellen.
2. Den linken Fuß vom Boden heben, das Knie zur Brust ziehen.
3. Die rechte Ferse in den Boden stemmen, die Schultern auf die Bank schieben, die Hüfte mit den Gesäßmuskeln anheben, bis sie mit den Knien einen 90-Grad-Winkel bilden.
4. Die Hüfte wieder absenken und in die Ausgangsposition zurückkehren.
5. So oft wiederholen wie vorgesehen. Bein wechseln.

Hüftbrücke mit Langhantel

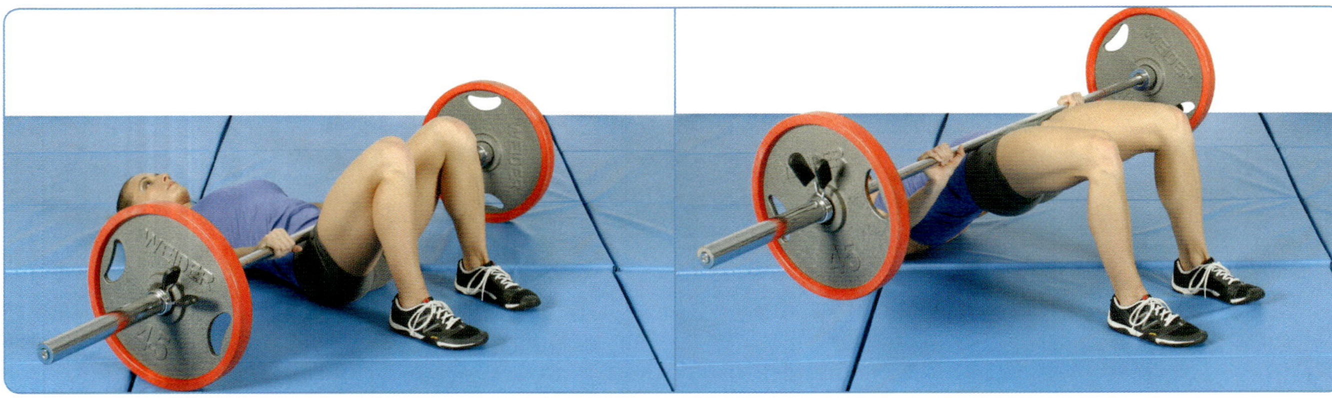

Die Hüftbrücke mit Langhantel ist eine Weiterentwicklung der gleichen Übung mit Körpergewicht (siehe Seite 192). Durch das Gewicht wird die Gesäßmuskulatur trotz des kürzeren Bewegungsradius stärker gefordert. Die Übung ermöglicht extrem große Gewichte bei stabiler Position. Viele empfinden diese Übung als leichter gegenüber dem Beckenlift mit Langhantel, weil die Aktivierung der Gesäßmuskulatur einfacher ist.

Beanspruchte Muskeln: **Gesäßmuskulatur**

Tipps:

- *Die Fersen in den Boden stemmen. Das ist mitunter leichter, wenn man dabei die Zehen vom Boden abhebt.*
- *Das Gewicht mit den Gesäßmuskeln heben, nicht mit den Muskeln des unteren Rückens oder der ischiocruralen Muskulatur. Man fühlt diese Muskeln zwar in gewissem Maße, aber sie sollten die Arbeit der Gesäßmuskeln nicht übernehmen.*
- *Den Rücken gerade halten, die Lendenwirbelsäule nicht überstrecken oder einbrechen lassen.*
- *Am oberen Bewegungsende kurz halten.*

Übungsablauf:

1. Mit gestreckten Beinen auf eine Matte setzen. Die beladene Langhantel liegt direkt vor den Füßen.
2. Die Hantel über die Beine bis zum Becken rollen.
3. Hinlegen, Knie beugen, Füße nahe am Gesäß aufstellen.
4. Die Hantel mit beiden Händen direkt auf der Hüfte positionieren und festhalten.
5. Die Fersen in den Boden stemmen, die Hüfte vom Boden heben, bis oberer Rücken, Hüfte und Knie eine gerade Linie bilden.
6. Die Hüfte absenken und in die Ausgangsposition zurückkehren.

Beckenlift mit Langhantel

Beanspruchte Muskeln:

Gesäßmuskeln, Quadrizeps

Tipps:

- *Die Bewegung über die Fersen steuern, die Zehen bleiben am Boden, die Knie direkt über den Zehen.*
- *Das Gewicht mit den Gesäßmuskeln heben, nicht mit den Muskeln des unteren Rückens oder der ischiocruralen Muskulatur. Man fühlt diese Muskeln zwar in gewissem Maße, aber sie sollten die Arbeit der Gesäßmuskeln nicht übernehmen.*
- *Fließend auf und ab bewegen.*
- *Den Rücken gerade halten, die Lendenwirbelsäule nicht überstrecken oder einbrechen lassen.*
- *Am oberen Bewegungsende ist der Körper parallel zum Boden.*
- *Am oberen Bewegungsende kurz halten.*

Der Beckenlift ist die beste aller Übungen zur Gesäßbildung. Die Knie sind gebeugt, sodass die Arbeit der ischiocruralen Muskulatur stark eingeschränkt ist und die Gesäßmuskeln umso härter feuern müssen. Die Spannung auf die Gesäßmuskeln muss, anders als bei herkömmlichen Gesäßübungen, während der gesamten Bewegung aufrechterhalten werden. Diese konstante Spannung bewirkt ein intensives Brennen in den Pobacken, woran deutlich zu erkennen ist, dass die Muskeln arbeiten. Die Muskelaktivierung ist höchst effizient, da die Kraftanforderungen an die Gesäßmuskeln enorm hoch sind, was eine maximale neurale Aktivierung des Gluteus maximus bewirkt.

Die Hüfte bewegt sich durch einen großen Bewegungsradius, und die Gesäßmuskulatur entwickelt enorme Kräfte aus der mit dieser Übung verbundenen Stabilität heraus. Da der Core-Bereich, anders als bei anderen Bewegungen, keinen begrenzenden Faktor darstellt, zwingt der Beckenlift den Gluteus maximus dazu, »seine Arbeit« in vollem Umfang selbst zu verrichten. Mehr Kraft in den Gesäßmuskeln zeigt sich nicht nur in der Optik. Sie wird auch die Hebelwirkung und Energie während vieler Übungen verbessern sowie positiven Einfluss auf den ganzen Körper haben.

Übungsablauf:

1. Auf den Boden setzen und den oberen Rücken gegen eine Bank lehnen (etwa auf Höhe der Schulterblätter). Dabei sicherstellen, dass die Bank fest steht und nicht wegrutschen kann.
2. Langhantel auf der Hüfte positionieren (etwa auf Höhe des Schambeins). Hantel mit beiden Händen greifen und während der gesamten Bewegung in Position halten. Eventuell mit Langhantel-Schutzpad arbeiten, um den Druck auf den Unterkörper zu verringern.
3. Wenn mit sehr großen Gewichtsscheiben gearbeitet wird, kann die Hantel einfach über die Beine bis zur Hüfte hochgerollt werden.
4. Hüfte und Knie sind gebeugt. Die Füße dicht an das Gesäß ziehen und flach auf den Boden stellen.
5. Sicherstellen, dass sich der Rücken wie ein fest montiertes »Scharnier« an der Bank bewegt. Er darf während der Bewegung nicht hin und her rutschen. Auch die Langhantel darf nicht verrutschen.
6. Tief einatmen, jetzt die Hüfte heben, die Fersen fest in den Boden stemmen und die Knie konstant über den mittleren Zehen halten.
7. Wenn sich die Hüfte hebt, will sich die Lendenwirbelsäule überstrecken, und das Becken will nach vorn kippen. Beides ist unbedingt zu vermeiden.
8. Sicherstellen, dass die Gesäßmuskulatur die Hüfte anhebt, sodass die Bewegung keinesfalls aus der Wirbelsäule kommt. Außerdem müssen die Gesäßmuskeln das Becken am Vorkippen hindern.
9. Hüfte so hoch wie möglich heben, während die Wirbelsäule immer in neutraler Position bleibt.
10. In der Seitenansicht sollte man sehen, dass die Hüfte in der oberen Endposition voll gedehnt (oder geringfügig überdehnt) ist, Ober- und Unterschenkel sollten einen rechten Winkel bilden und die Füße fest auf dem Boden stehen.
11. Kontrolliert absenken und in die Ausgangsposition zurückkehren.

Amerikanischer Beckenlift

Bei dieser Variante des Beckenlifts mit Langhantel wird der Drehpunkt auf der Bank verändert, wodurch mehr Gewicht möglich ist. Gleichzeitig wird weniger Druck auf den Rücken ausgeübt und so das Gesäß noch mehr beansprucht. Diese Übung führt zwangsläufig zum Zurückkippen des Beckens und zur Hüftextension, wodurch die Aktivierung des Gesäßes intensiviert wird, weil die Gesäßmuskeln sehr viele Aufgaben übernehmen müssen. Vielleicht ist der Amerikanische Beckenlift die beste Übung zur Gesäßaktivierung, aber ich persönlich ziehe meist die Standardausführung vor, weil sie durch die fixierte Position der Schultern leichter umzusetzen ist.

Beanspruchte Muskeln: **Gesäßmuskeln, Quadrizeps**

Tipps:

- *Die Bewegung über die Fersen steuern, die Zehen bleiben am Boden, die Knie direkt über den Zehen.*
- *Das Gewicht mit den Gesäßmuskeln heben, nicht mit den Muskeln des unteren Rückens oder der ischiocruralen Muskulatur. Man fühlt diese Muskeln zwar in gewissem Maße, aber sie sollten die Arbeit der Gesäßmuskeln nicht übernehmen.*
- *Fließend auf und ab bewegen.*
- *Den Rücken gerade halten, die Lendenwirbelsäule nicht überstrecken oder einbrechen lassen. Am oberen Bewegungsende sollte das Becken sogar eher etwas nach hinten gekippt werden, um die Gesäßmuskeln noch mehr zum Arbeiten zu zwingen.*
- *Am oberen Bewegungsende ist der Körper parallel zum Boden.*

Übungsablauf:

1. Gerade vor eine Bank auf den Boden setzen, die Beine sind nach vorne gestreckt, die Hantel ist über den Schienbeinen.
2. Die Langhantel zur Hüfte hochrollen, die Beine anwinkeln und die Füße in geeignetem Winkel aufstellen.
3. Die Hantel mit beiden Händen greifen und während der gesamten Bewegung in Position halten. Wenn mit sehr großen Gewichtsscheiben gearbeitet wird, kann die Hantel einfach über die Beine bis zur Hüfte gerollt werden.
4. Den Oberkörper bis auf Höhe des mittleren Rückens auf die Bank schieben, die Ellenbogen liegen auf der Bank, die Hände halten konstant die Hantel.
5. Die Fersen in den Boden stemmen, und die Hüfte durch Anspannen der Gesäßmuskeln heben.
6. Am oberen Bewegungsende befindet sich die Hüfte mit den Schultern auf einer Linie, die Knie sind im 90-Grad-Winkel gebeugt.
7. Hüfte vorsichtig absenken, ohne dass die Hantel den Boden berührt. So oft wiederholen wie vorgesehen.

Fehler beim Beckenlift und wie sie vermieden werden

Überstreckung des unteren Rückens: Hier überstreckt Kellie die Lendenwirbelsäule (Hyperextension). Diese Überstreckung geht mit einem vorgekippten Becken einher, wobei der vordere Teil des Beckens nach unten geneigt wird und der hintere Teil nach oben gezogen. Das lässt sich in der Abbildung nicht so deutlich erkennen, weil der Brustbereich nicht neutral, sondern ebenso gewölbt ist wie die Lendenwirbelsäule. Das passiert, wenn die Gesäßmuskeln schwach sind und man versucht, fehlende Hüftbewegungen mit der Lendenwirbelsäule auszugleichen. Man löst das Problem, indem man Gewicht reduziert und lernt, die Wirbelsäule in einer neutralen Position stabil zu halten. Die Bewegung ist nur aus dem Hüftgelenk zu führen, wobei die Gesäßmuskeln die Hüfte nach oben stoßen und das Kippen des Beckens verhindern.

Falsche Ausrichtung des Nackens: In dieser Abbildung sieht man, dass Kellie ihren Nacken nicht vernünftig ausgerichtet, sondern die Halswirbelsäule gebeugt hat. Hals bzw. Nacken müssen während der gesamten Übung eine Linie mit der Wirbelsäule bilden.

Unzureichende Hüftextension: Hier führt Kellie die Hüftextension nicht vollständig durch. Das passiert, wenn mit zu viel Gewicht gearbeitet wird, obwohl die Kraft für den gesamten Bewegungsradius noch nicht ausreicht. Es ist sehr wichtig, bei jeder Wiederholung die volle Hüftextension zu erreichen, da nur dann die Gesäßmuskeln optimal aktiviert werden. Die Lösung ist eine Reduktion des Gewichts.

Die Fersen anheben: Kellie hebt die Fersen an und steht auf den Zehen. Das ist typisch, wenn die Quadrizepse die Arbeit des Gesäßes übernehmen. Die Füße müssen vollständig auf dem Boden stehen bleiben, die Fersen werden in den Boden gestemmt. Langfristig wird sich das ganz normal anfühlen.

Einbeinige Hüftextension mit Pendel

Diese Übung hält die Gesäßmuskeln konstant unter Spannung und erfordert erhebliche Stabilität im Core-Bereich, damit der Rumpf nicht hin und her schwingt oder sich verdreht. Leider verfügen nur wenige Fitnessstudios über eine geeignete Maschine, doch wenn man Zugang zu einem solchen Gerät hat, sollte man diese Übung unbedingt machen. Sie ist äußerst effizient für die Gesäßmuskulatur.

Beanspruchte Muskeln: Gesäßmuskeln, ischiocrurale Muskulatur, Rumpfmuskulatur

Tipps:

- *Die Ausrichtung des Rumpfes stets konstant halten, ohne nach rechts oder links zu schwingen oder den Körper zu verdrehen.*
- *Den Druck aus der Mitte des Fußes erzeugen.*
- *An den Seitenholmen festhalten. Das gibt Stabilität.*
- *Den Core-Bereich fest anspannen.*

Übungsablauf:

1. In der Maschine in den Vierfüßlerstand gehen. Die Hände auf den Seitenholmen positionieren.
2. Den rechten Fuß mittig an das Pendel setzen.
3. Das Gewicht mit dem Bein nach hinten oben schieben, bis Oberschenkel und Rumpf in einer Linie ausgerichtet sind. Das Knie bleibt stets gebeugt.
4. Am oberen Bewegungsende die Gesäßmuskeln stark anspannen.
5. In die Ausgangsposition zurückkehren, wiederholen. Bein wechseln.

Einbeiniger Beckenlift mit doppelter Erhöhung (Fuß und Schulter)

Bei dieser Übung werden die Schultern und ein Fuß erhöht. Dadurch steigern sich die Intensität und der Bewegungsradius, während ein Bein arbeitet. Die Rotationsstabilität der Hüfte wird verbessert, und die Gesäßmuskeln werden effizient bearbeitet. Auch die ischiocrurale Muskulatur muss hart arbeiten, weil sie bei dieser Bewegung gleich zwei Dinge zu bewerkstelligen hat: die Hüfte dehnen und das Knie stabilisieren. Diese Variante des Beckenlifts ist die schwierigste. Erfahrene Trainierende können diese Übung auch ohne Fitnessstudio ausführen, indem sie mit einer Couch und einem Stuhl arbeiten. Es muss nur sichergestellt werden, dass das Mobiliar während der Übung nicht verrutscht.

Beanspruchte Muskeln: Gesäßmuskulatur, ischiocrurale Muskulatur

Tipps:

- *Die Bewegung über die Ferse steuern.*
- *Das Gewicht mit den Gesäßmuskeln heben, nicht mit den Muskeln des unteren Rückens oder der ischiocruralen Muskulatur. Man fühlt diese Muskeln zwar in gewissem Maße, aber sie sollten die Arbeit der Gesäßmuskeln nicht übernehmen.*
- *Fließend auf und ab bewegen.*
- *Den Rücken gerade halten, die Lendenwirbelsäule nicht überstrecken oder einbrechen lassen.*
- *Am oberen Bewegungsende ist der Körper parallel zum Boden.*

Übungsablauf:

1. Rückwärts gegen eine Bank setzen, Füße am Boden.
2. Den rechten Fuß auf ein Podest setzen, das in einem Abstand von ca. 40 cm zum Gesäß aufgestellt ist.
3. Den linken Fuß vom Boden heben und das Bein Richtung Brust ziehen.
4. Die Ferse des Standbeins in den Boden stemmen, die Schultern auf die Bank schieben, die Hüfte mit den Gesäßmuskeln anheben, bis sie mit dem Knie des Standbeins einen 90-Grad-Winkel bilden.
5. In die Ausgangsposition zurückkehren.
6. So viele Wiederholungen machen wie vorgesehen. Bein wechseln.

Unterstützende Übungen für das Gesäß

Diese Übungskategorie ist äußerst wichtig, wird aber oft übersehen, wenn es um das Formen des Gesäßes geht. Viele Programme konzentrieren sich vornehmlich auf Übungen zur Hüftextension, wie die hier im Buch dargestellten Übungen für Quadrizeps, Hüfte und Gesäß. Für die Aktivierung der Gesäßmuskeln ist es zwar sehr wichtig, die Hüftextension in den Mittelpunkt zu stellen, aber die folgenden unterstützenden Übungen sollten keinesfalls außer Acht gelassen werden.

Zu den unterstützenden Übungen für das Gesäß gehören Hüftabduktion, transversale Hüftabduktion und Hüftaußenrotation (siehe Glossar). Während die Bewegungen der Hüftabduktion den oberen Bereich der Gesäßmuskulatur aktivieren, kräftigen die Übungen für die Hüftaußenrotation vorrangig den Gluteus maximus und das gesamte Gesäß. Der Gluteus maximus ist zu ausgezeichneter Hebelarbeit für die Hüftaußenrotation fähig, und man sollte spüren können, wenn das Gesäß die Hüfte bei derartigen Übungen dreht.

Jede der Übungen in dieser Kategorie kräftigt neben den Außenrotatoren auch den Gluteus medius und den Gluteus minimus. Diese Muskeln sind äußerst wichtig für die Ausführung von korrekten funktionalen Bewegungen im Lumbalbereich.

Immer wenn Sie laufen, arbeitet Ihre Hüfte während des Auftretens als Abduktor (oder besser noch als »Anti-Adduktor«). Da Sie sich dabei in einer einbeinigen Position befinden, würde Ihr Körper normalerweise einwärts ausweichen, aber der Gluteus medius und der obere Bereich des Gluteus maximus verhindern das.

Darüber hinaus verlassen Sie sich jedes Mal, wenn Sie sich drehen, sich von einer Seite zur anderen bewegen, etwas schwingen oder werfen, auf diese lateralen und rotierenden Bewegungen der Hüfte. Letztendlich sind die Abduktoren und Rotatoren der Hüfte quasi permanent damit beschäftigt, die Knie vor dem Einbrechen zu bewahren – bei Squats wie auch beim Gehen, Treppensteigen, Springen und Landen. Diese Übungskategorie umfasst nur wenige, aber dennoch überaus wichtige Übungen.

Hüftabduktion im Sitzen mit Widerstandsband

Diese Übung bearbeitet die obere Gesäßmuskulatur aus einer sitzenden Position mit gebeugter Hüfte. Sie stärkt die Hüfte und sorgt damit auch für stabile Knie bei intensiven Beugebewegungen. Die korrekte Ausführung der Übung ist nicht einfach. Sie erzeugt außerdem ein erhebliches Brennen in den Gesäßmuskeln.

Beanspruchte Muskeln: **Obere Gesäßmuskeln**

Tipps:

- *Die Knie sind etwas mehr als hüftbreit auseinander, in x-beiniger Position. Knie und Füße bewegen sich in gleicher Ausrichtung.*
- *Alternativ kann auch in o-beiniger Position begonnen werden, die Knie zeigen über die Füße hinaus nach außen.*
- *Die Kontraktion einen Moment halten, dann wieder in die Ausgangsposition gehen.*

Übungsablauf:

1. Auf eine Bank oder einen Stuhl setzen, direkt unterhalb der Knie ein elastisches Band um die Beine winden. Ist das Band zu lang, zweimal um die Beine legen.
2. Füße weiter als hüftbreit auseinanderstellen, Knie nach innen beugen.
3. Gerade sitzen, jetzt die Knie mit angespannten Gesäßmuskeln nach außen bewegen.
4. Zurück in die Ausgangsposition, wiederholen.

Gehen im gekreuzten Band

Das Gehen im gekreuzten Band kräftigt die obere Gesäßmuskulatur in einer stehenden Position. Diese Übung ist bei meinen Klientinnen sehr beliebt für die Aktivierung der Gesäßmuskeln.

Beanspruchte Muskeln:

obere Gesäßmuskeln

Tipps:

- *Das gleichzeitige Arbeiten beider Hüften ist deutlich zu spüren.*
- *Aufrecht stehen. Kleine Schritte machen, Füße nur wenig vom Boden abheben.*
- *Beide Beine möglichst gestreckt halten, besonders das Standbein.*

Übungsablauf:

1. Mit den Füßen auf das elastische Band stellen.
2. Das Band vor den Knien kreuzen.
3. Mit beiden Händen das Band zu den Hüften hochziehen, dabei die Ellenbogen beugen. Das Band bildet jetzt ein X.
4. Aufrecht stehen, stabile Spannung im Band erzeugen.
5. Mit möglichst gestreckten Beinen kleine Schritte nach rechts machen. So oft wiederholen wie vorgesehen.
6. Zur linken Seite wiederholen.

Hüftabduktion im Stehen, Kabelzug

Diese Übung konzentriert sich auf die oberen Gesäßmuskeln und kräftigt beide Hüftabduktoren gleichzeitig. Das Standbein arbeitet isometrisch, während das freie Bein dynamisch den vollen Bewegungsradius ausschöpft. Eine sehr anspruchsvolle Übung, deren Effizienz häufig unterschätzt wird.

Beanspruchte Muskeln:

obere Gesäßmuskeln

Tipps:

- *Beim Anheben des Beins den Oberkörper nicht zur Seite neigen.*
- *Die aufrechte Position sauber halten, nur das Bein anheben, dabei die Pobacken anspannen.*
- *Diese Übung ist im Standbein deutlich zu spüren. Es kann schnell ermüden, deshalb ggf. durch leichtes Beugen des Knies die Belastung verringern.*

Übungsablauf

1. Im Stand die linke Seite zur Kabelzugmaschine drehen. Die Gelenkmanschette um den rechten Knöchel legen. Angemessenes Gewicht einstellen.
2. An der Kabelzugmaschine festhalten, das rechte Bein vor das linke bewegen.
3. Körper aufrecht halten, das rechte Bein zur Seite und leicht nach hinten heben, bis eine Kontraktion in den oberen Gesäßmuskeln entsteht.
4. Zurück in die Ausgangsposition. So oft wiederholen wie vorgesehen. Seite wechseln.

Doppelte Hüftabduktion im Vierfüßlerstand mit einseitigem Absenken

Diese Übung ist einzigartig für die Hüfte. Sie kräftigt die oberen Gesäßmuskeln in einer gebeugten Hüftposition, was für jede Art von Squats und Hüftbeugen im Alltag unerlässlich ist. Es braucht einiges Training, um diese Übung einwandfrei auszuführen, aber Sie werden die Übung lieben, da sie einen weitaus größeren Bewegungsradius nutzt als die normale Hydrant-Übung.

Beanspruchte Muskeln: Gesäßmuskeln, ischiocrurale Muskulatur, Core-Bereich

Tipps:

- *Die Konzentration liegt darauf, die Hüfte so weit wie möglich nach außen zu schieben.*
- *Gesamte Übung in einer fließenden Bewegung ausführen.*

Übungsablauf:

1. Im Vierfüßlerstand sind die Knie direkt unter den Hüften und die Arme direkt unter den Schultern.
2. Die Hüfte nach rechts schieben, bis die Beine leicht schräg gestellt sind, dabei den Oberkörper nicht verdrehen. Das linke Bein vom Boden heben.
3. Die Hüfte noch weiter nach rechts schieben, während das linke Bein bis auf Hüfthöhe zur Seite angehoben wird. Die Anspannung der oberen Gesäßmuskeln wird deutlich zu spüren sein, wenn das linke Bein hochgeht.
4. Das Standbein wieder in die Gerade bringen und das linke Bein senken.
5. So oft wiederholen wie vorgesehen. Bein wechseln.

Doppelte Hüftabduktion im Stehen

Die doppelte Hüftabduktion im Stehen ist ebenfalls eine einzigartige Bewegung der Hüfte, die die obere Gesäßmuskulatur kräftigt und Balance und Koordination verbessert. Die Bewegung ist weitaus schwieriger, als sie aussieht. Es ist hilfreich, sich anfangs irgendwo festzuhalten, bis der Übungsablauf funktioniert.

Beanspruchte Muskeln: Gesäßmuskeln, ischiocrurale Muskulatur, Core-Bereich

Tipps:

- *In der oberen Endposition der Bewegung kurz halten, Vollspannung auf die Gesäßmuskeln!*
- *Die Übung in einer fließenden Bewegung ausführen.*

Übungsablauf:

1. Aus der Hüfte leicht beugen, auf dem rechten Bein stehen.
2. Das rechte Knie gebeugt halten, das linke Bein mit ebenfalls gebeugtem Knie vom Boden heben.
3. Aus leicht gebeugter Position das Gewicht auf die rechte Hüfte verlagern, wobei die Hüfte sich leicht einwärts neigen darf.
4. Das linke Bein auf Hüfthöhe anheben. Dann das Gewicht nach links verschieben, wodurch die Hüfte wieder aufgerichtet wird.
5. Bein wieder senken. So oft wiederholen wie vorgesehen. Seite wechseln.

Hüftheben in Seitlage

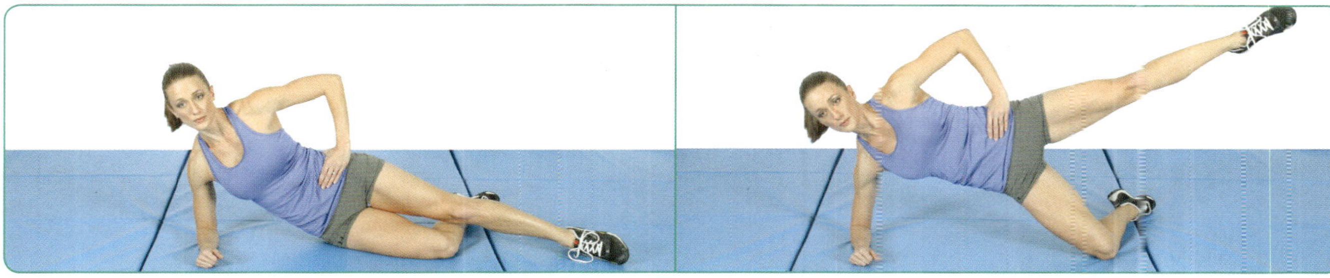

Die Übung bearbeitet die obere Gesäßmuskulatur im Liegen. Sie sollten die Hüftabduktion in Seitlage sowie den Seitstütz beherrschen, bevor Sie sich an diese Übung machen – sie ist anspruchsvoll.

Beanspruchte Muskeln: **oberer Gesäßmuskelbereich**

Tipps:

- *Die Ausrichtung der Wirbelsäule konstant halten, ohne vor- oder zurückzuschwingen.*
- *Die Übung in fließender Bewegung ausführen.*
- *Beide Hüften werden während der Übung gleichzeitig bearbeitet.*

Übungsablauf:

1. Auf der rechten Seite liegen, das Gewicht auf dem Ellenbogen abstützen. Den Arm unterhalb der Schulter positionieren.
2. Das rechte Bein anwinkeln, das linke Bein liegt gestreckt auf dem rechten.
3. Wirbelsäule ausrichten, nicht beugen oder überstrecken.
4. Das obere Bein Richtung Decke anheben. Es kann gestreckt bleiben oder angewinkelt werden.
5. Jetzt die rechte Hüfte nach oben schieben, das linke Bein bleibt angehoben.
6. Wieder absenken. So oft wiederholen wie vorgesehen. Seite wechseln.

Hüftabduktion im Stehen mit Widerstandsband

Diese Übung fordert die obere Gesäßmuskulatur und kräftigt beide Hüftabduktoren gleichzeitig. Das Standbein arbeitet isometrisch, das freie Bein dynamisch über den ganzen Bewegungsradius. Üben Sie zunächst die Variante mit dem Kabelzug, bevor Sie sich an diese Übung wagen, denn diese Variante stellt höhere Anforderungen.

Beanspruchte Muskeln: **oberer Gesäßmuskelbereich**

Tipps:

- *Der Knöchel kann mit einem Handtuch gepolstert werden, damit das Band nicht verrutscht.*
- *Beim Anheben des Beins nicht zur Seite neigen.*
- *Die aufrechte Position sauber halten, nur das Bein anheben, dabei die Pobacken anspannen.*
- *Das Standbein kann schnell ermüden, deshalb ggf. durch leichtes Beugen des Knies die Belastung verringern.*

Übungsablauf:

1. Ein Widerstandsband am Rack und am rechten Knöchel befestigen und im Stand die linke Seite zum Rack drehen.
2. Am Rack festhalten und das Band auf Spannung bringen.
3. Das linke Bein etwas nach hinten setzen, einen Schritt vom Rack wegtreten, um die Spannung auf das Band zu erhöhen.
4. Körper ausgerichtet halten, das rechte Bein nach oben und leicht nach hinten bewegen, bis die Kontraktion in den oberen Gesäßmuskeln zu spüren ist.
5. Zurück in die Ausgangsposition. So oft wiederholen wie vorgesehen. Seite wechseln.

Hüftrotation am Kabelzug

Die Hüftrotation am Kabelzug formt und stärkt die Hüftmuskeln, die für Rotationsbewegungen zuständig sind, besonders den Gluteus maximus, der für diese Art Übung die beste Hebelwirkung erzeugen kann. Diese Übung ist schwierig und eine große Herausforderung. Wenn Sie sie richtig ausführen, wird die Gesäßmuskulatur enorm beansprucht, und Sie werden sich bei Rotationsbewegungen stärker und voller Energie fühlen.

Beanspruchte Muskeln: Gesäßmuskeln, schräge Bauchmuskeln

Tipps:

- *Bei der Rotationsbewegung dreht die vordere Hüfte nach innen, die hintere nach außen.*
- *Die Arme nach vorne ausstrecken, um während der gesamten Bewegung intensive Hebelkraft aufzubringen. Die Kabelspannung sollte konstant und hoch sein.*
- *Die Drehung erfolgt allein aus der Hüfte, der Core-Bereich bleibt neutral.*
- *Die Gesäßmuskeln während der Rotation anspannen und die Spannung bis zum Ende der Bewegung halten. Anschließend zurück in die Ausgangsposition.*

Übungsablauf:

1. Aus der Grundhaltung den Griff der Kabelzugmaschine mit beiden Händen fassen, Arme ausstrecken.
2. Diagonal zum Kabel stellen, Spannung auf das Kabel bringen, indem man sich etwas außerhalb der Maschine positioniert.
3. Die Arme bleiben gestreckt, die Hüfte wird geschwenkt und der Körper gedreht, sodass das Kabel an der Endposition der Bewegung weitestmöglich vom Körper entfernt ist.
4. Zurück in die Ausgangsposition. So oft wiederholen wie vorgesehen. Dann die Seite wechseln.

Übungen für den Quadrizeps

Diese Übungen für den Quadrizeps sind zum größten Teil Squats mit einem oder beiden Beinen. Die Kniegelenke arbeiten in einem beachtlichen Bewegungsradius, und auch die Hüfte wird beträchtlich gebeugt, wodurch das Gesäß gedehnt wird. Werden die Knie gebeugt, entspannt sich die ischiocrurale Muskulatur, wodurch die Hüfte tiefer sinkt und einen größeren Bewegungsradius nutzen kann. Deshalb eignen sich Quadrizepsübungen bestens zur Dehnung der Gesäßmuskulatur unter großer Belastung, sind allerdings auch häufig für enormen Muskelkater verantwortlich. Wenn Sie jemals eine Pause bei Full Squats oder Ausfallschritten im Gehen mit Gewicht gemacht haben, dann wissen Sie genau, was für ein Muskelkater Ihnen blüht, wenn Sie wieder in diese Übungen einsteigen. Ausfallschritte im Gehen sind dafür wohl prädestinierter als jede andere Übung für die Gesäßmuskeln. Besonders der exzentrische (absenkende) Bewegungsanteil dieser Übung ist verantwortlich für den Muskelkater, deshalb ist es wichtig die Gesäßmuskeln extrem anzuspannen und bei den Squats die Bewegung aus der Hüfte abzusenken.

Wer diese Art von Übungen zum ersten Mal macht, vermeidet meist das intensive Absenken in der Hüfte. Das Gewicht wird nach vorne geschoben und die Knie werden gebeugt, anstatt die Oberschenkelrückseite nach hinten »abzusetzen« und die Belastung in der Hüfte aufzufangen. Auch bei Ausfallschritten wird das tiefe Absenken häufig vermieden. Die Liste der Kompensationsmöglichkeiten ist endlos lang, aber Sie werden hart arbeiten, um diesen Fallen zu entgehen, nicht wahr? Sie werden lernen, die Fersen in den Boden zu stemmen, und unmittelbar fühlen, wie die Hüfte die für diese Bewegungen notwendige Kraft aufbringt.

Quadrizepsübungen konzentrieren sich sowohl auf die Aktivierung als auch auf den Bewegungsradius – sie beanspruchen die Adduktoren enorm. Schöne Oberschenkel stehen bei Frauen meist ganz oben auf der Dringlichkeitsliste, und diese Übungen verhelfen Ihnen dazu.

Das Kraftniveau bei den Quadrizepsübungen wird stark von der Anthropometrie bestimmt, d. h., Sie können Squats und Ausfallschritte entweder gut bewältigen, oder sie fallen Ihnen sehr schwer. Machen Sie sich nichts daraus, wenn Ihre Squats nie besonders eindrucksvoll sind, manche Menschen sind dafür einfach nicht geschaffen. Trotzdem sollten Sie hart daran arbeiten, auch wenn es Ihnen nicht leichtfällt.

Machen Sie nicht den Fehler und halten Muskelkater für unerlässlich für das Muskelwachstum. Erinnern Sie sich daran, dass etwas Muskelkater gut ist, zu viel aber nur Ihren Kraftzielen im Weg steht. Es ist nicht erstrebenswert, Ihre Muskeln so zu traktieren, dass Sie anschließend eine Woche lang im Schneckentempo durch die Gegend schleichen. Wenn Sie Ihre Muskeln oft mit einer Vielzahl von Bewegungen beschäftigen, werden Sie das bestmögliche Wachstum erreichen.

Die Bewegungsabläufe sind bei Quadrizepsübungen besonders wichtig, um Schmerzen im Knie zu vermeiden. Bei korrekter Ausführung werden die Übungen die Quadrizepse stärken, der Hüfte vermitteln, wie sie am Bewegungsablauf teilnehmen soll, und die Belastung der Knie drastisch reduzieren, indem Sie die Knie optimal direkt über den Füßen positionieren.

Wie die speziellen Übungen für das Gesäß sind auch die Quadrizepsübungen äußerst vorteilhaft für den Po. Die Quadrizepse sind für viele sportliche Aktionen enorm wichtig, z. B. für Laufen und Springen. Quadrizepsbewegungen liefern dem Gesäß Kraft für tiefe Bewegungen, um das Gewicht beispielsweise bei der Landung nach einem Sprung abzufedern. Squats stehen definitiv ganz oben auf der Liste der Übungen für den Unterkörper. Sie erfordern eine gute Core-Stabilität der Rückenmuskeln, enorme Kraft in den Quadrizepsen, gute Hüftstärke in der tiefen Position und eine perfekte Mobilität in den Gelenken des Unterkörpers. Dennoch sind Squats, wie auch Ausfallschritte, nicht dafür geeignet, die Gesäßmuskeln so sehr zu aktivieren wie z. B. Kreuzheben oder Beckenlifts. Für optimale Resultate ist es deshalb wichtig, eine Vielzahl unterschiedlicher Bewegungsabläufe für das Gesäß zu absolvieren.

Hoher Box Squat

Der hohe Box Squat ist eine ausgezeichnete Variante, bei der man lernt, wie man sich nach hinten absetzt und sich während des Squats auf die Hüfte verlässt. Für jeden, der Knieprobleme und Schwierigkeiten beim traditionellen Squat hat, ist diese Variante eine wunderbare Alternative. Je höher der Kasten, umso leichter ist die Ausführung, deshalb sollte zunächst die Variante mit hohem Kasten bewältigt werden, bevor man sich mit der tieferen Position beschäftigt.

Beanspruchte Muskeln:

Quadrizeps, Gesäßmuskeln

Tipps:

- *Den Oberkörper möglichst senkrecht halten, um die natürliche Biegung im unteren Rücken zu gewährleisten.*
- *Die Knie ausdrehen, um sie direkt über den Zehen zu positionieren.*
- *Gewicht auf die Fersen bringen.*
- *Weit nach hinten absetzen, dabei die Unterschenkel möglichst senkrecht halten, damit die Knie nicht nach vorne kippen.*

Übungsablauf:

1. Breitbeinig rückwärts vor einer Bank oder einem Kasten (in Kniehöhe) stehen. Meist wird es vorgezogen, die Zehen bis zu einem 30- bis 45-Grad-Winkel auszudrehen, aber das ist individuell verschieden.
2. Die Arme vor dem Oberkörper verschränken, die Hände auf die Schultern legen.
3. Tief einatmen, das Gesäß nach hinten unten schieben, die Unterschenkel möglichst senkrecht halten, damit die Knie nicht nach vorne geschoben werden. Das erfordert ein starkes Vorbeugen des Rumpfes.
4. Den Squat bis auf die Bank absenken, die Knie auswärts drehen. Kurze Pause auf der Bank, ohne die neutrale Position der Wirbelsäule aufzugeben.
5. Beim Aufstehen die Gesäßmuskulatur intensiv anspannen und zurück in die Ausgangsposition.

Box Squat

Beim Box Squat lernt man, wie man sich nach hinten absetzt und sich während des Squats auf die Hüfte verlässt. Bei Knieproblemen und Schwierigkeiten beim traditionellen Squat ist diese Variante eine wunderbare Option.

Beanspruchte Muskeln: **Quadrizeps, Gesäßmuskeln**

Tipps:

- *Den Oberkörper möglichst senkrecht halten, um die natürliche Biegung im unteren Rücken zu gewährleisten.*
- *Die Knie ausdrehen, um sie direkt über den Zehen zu positionieren.*
- *Gewicht auf die Fersen bringen.*
- *Das Gesäß weit nach hinten schieben.*

Übungsablauf:

1. Breitbeinig rückwärts vor einer Bank oder einem Kasten (Kniehöhe) stehen. Meist wird es vorgezogen, die Zehen bis zu einem 30- bis 45-Grad-Winkel auszudrehen, aber das ist individuell verschieden.
2. Die Arme vor dem Oberkörper verschränken, die Hände auf die Schultern legen.
3. Tief einatmen, das Gesäß nach hinten unten schieben, die Unterschenkel möglichst senkrecht halten, damit die Knie nicht nach vorne geschoben werden. Das erfordert ein starkes Vorbeugen des Rumpfes.
4. Den Squat bis auf die Bank absenken, die Knie auswärts drehen. Kurze Pause auf der Bank, ohne die neutrale Position der Wirbelsäule aufzugeben.
5. Beim Aufstehen die Gesäßmuskulatur intensiv anspannen und zurück in die Ausgangsposition.

Tiefer Box Squat

Beim tiefen Box Squat lernt man, sich sehr weit abzusenken. Er baut Kraft auf und trainiert die optimale Haltung in der unteren Position. Während man sich beim hohen Box Squat nach hinten absetzt, ohne die Knie nach vorne zu schieben, dürfen hier die Knie etwas nach vorne gehen, um die Last gleichmäßig auf Hüfte und Knie zu verteilen. Auch wird bei dieser Variante mit schulterbreitem Stand gearbeitet, während der hohe Box Squat im breiten Stand trainiert wird.

Beanspruchte Muskeln:
Quadrizeps, Gesäßmuskeln

Tipps:

- *Oberkörper möglichst senkrecht halten, um die natürliche Biegung im unteren Rücken zu gewährleisten.*
- *Die Knie ausdrehen, um sie direkt über den Zehen zu positionieren.*
- *Gewicht auf die Fersen bringen.*
- *Beim Hochkommen Gesäßmuskulatur intensiv anspannen.*

Übungsablauf:

1. Breitbeinig rückwärts vor einer Bank oder einem Kasten (Kniehöhe) stehen. Meist wird es vorgezogen, die Zehen bis zu einem 30- bis 45-Grad-Winkel auszudrehen, aber das ist individuell verschieden.
2. Die Arme vor dem Oberkörper verschränken, die Hände auf die Schultern legen.
3. Tief einatmen, das Gesäß nach hinten unten schieben, dabei bleibt der Rumpf weitestgehend aufrecht.
4. Den Squat bis auf die Bank absenken, die Knie auswärts drehen. Kurze Pause auf der Bank, ohne die neutrale Position der Wirbelsäule aufzugeben.
5. Beim Aufstehen Gesäßmuskulatur intensiv anspannen und zurück in die Ausgangsposition.

Full Squat

Der Squat ist ein grundlegender Bewegungsablauf und muss bewältigt werden, bevor zusätzliches Gewicht eingesetzt wird. Es ist unerlässlich zu lernen, wie die Belastung zwischen Hüfte und Knien verteilt wird, um optimale Ausführung und Sicherheit für die Gelenke zu gewährleisten.

Beanspruchte Muskeln: **Quadrizeps, Gesäßmuskeln**

Tipps:

- *Oberkörper gerade halten, Kinn zur Brust ziehen, damit der Hals mit dem Rest der Wirbelsäule auf einer Linie ist.*
- *Die Hüfte zwischen den Knien gerade absenken, dabei die Knie nach außen drücken und über den Füßen ausrichten. Die Knie gehen dabei über die Zehen hinaus, dürfen aber nicht nach innen einbrechen.*
- *Den Rumpf möglichst aufrecht halten. Wirbelsäule nicht einrunden.*
- *Beim Absenken die natürliche Biegung im unteren Rücken halten. Nicht das Becken nach hinten kippen.*
- *Fersen fest in den Boden stemmen.*

Übungsablauf:

1. Schulterbreiter Stand. Füße in bequeme Position ausdrehen oder gerade nach vorne weisen lassen. Meist wird ein 30-Grad-Winkel gewählt.
2. Aufrecht stehen, Arme vor der Brust kreuzen.
3. Das Gesäß nach hinten unten schieben, dabei die Hüfte beugen.
4. Die Bewegung beginnt aus der Hüfte, die Knie folgen.
5. So langsam wie möglich absenken, dabei den Rücken nicht runden. Die Tiefe ist individuell verschieden, angestrebt ist das Absenken bis sich die Hüftgelenke unterhalb der Knie befinden.
6. Während der gesamten Bewegung werden die Knie nach außen gedrückt, und der Rumpf wird möglichst aufrecht gehalten.
7. Zurück in die Ausgangsposition.

Goblet Squat mit Kurzhantel

Dieser Squat ist eine wunderbare Übung für Anfänger und etwas Fortgeschrittene. Das zusätzliche Gewicht zunächst vor der Brust zu halten ist der nächste Schritt in der Progression, wenn man den Squat mit Körpergewicht bereits beherrscht.

Beanspruchte Muskeln: Quadrizeps, Gesäßmuskeln

Tipps:

- *Körper gerade halten, Kinn zur Brust ziehen, damit der Hals mit dem Rest der Wirbelsäule auf einer Linie ist.*
- *Beim Absenken die Arme dicht am Körper halten.*
- *Gerade absenken, die Knie über den Zehen halten.*
- *Beim Absenken die natürliche Biegung im unteren Rücken halten. Nicht das Becken nach hinten kippen.*
- *Beim Hochkommen die Pobacken intensiv anspannen.*

Übungsablauf:

1. Schulterbreiter Stand. Die Füße in eine bequeme Position ausdrehen oder gerade nach vorne weisen lassen. Meist wird ein etwa 30-Grad-Winkel gewählt.
2. Aufrecht stehen, die Kurzhantel mit beiden Händen halten.
3. Gerade absenken, dabei die Knie über den Zehen halten, der Oberkörper ist aufrecht, der Rumpf nicht vorgebeugt.
4. In den Squat absenken, bis sich die Hüftgelenke unterhalb der Knie befinden, die Knie während der gesamten Bewegung nach außen drücken.
5. Ständig die Fersen in den Boden stemmen und die Knie nach außen schieben, damit sie nicht nach innen wegbrechen.
6. Zurück in die Ausgangsposition.

Goblet Squat mit Kettlebell

Dieser Squat ist eine wunderbare Übung für Anfänger und etwas Fortgeschrittene. Das zusätzliche Gewicht zunächst vor der Brust zu halten ist der nächste Schritt in der Progression, wenn man den Squat mit Körpergewicht bereits beherrscht.

Beanspruchte Muskeln: Quadrizeps, Gesäßmuskeln

Tipps:

- *Körper gerade halten, Kinn zur Brust ziehen, damit der Hals mit dem Rest der Wirbelsäule auf einer Linie ist.*
- *Beim Absenken die Arme dicht am Körper halten.*
- *Gerade absenken, die Knie über den Zehen halten.*
- *Beim Absenken die natürliche Biegung im unteren Rücken halten. Nicht das Becken nach hinten kippen.*
- *Beim Hochkommen die Pobacken intensiv anspannen.*

Übungsablauf:

1. Schulterbreiter Stand. Die Füße in eine bequeme Position ausdrehen oder gerade nach vorne weisen lassen. Meist wird ein etwa 30-Grad-Winkel gewählt.
2. Aufrecht stehen, die Kettlebell mit beiden Händen halten, den Griff dabei bis unter das Kinn ziehen.
3. Gerade absenken, dabei die Knie über den Zehen halten, der Oberkörper ist aufrecht, der Rumpf nicht vorgebeugt.
4. In den Squat absenken, bis sich die Hüftgelenke unterhalb der Knie befinden, die Knie während der gesamten Bewegung nach außen drücken.
5. Ständig die Fersen in den Boden stemmen und die Knie nach außen schieben, damit sie nicht nach innen wegbrechen.
6. Zurück in die Ausgangsposition.

Squat mit Kurzhantel auf Podesten

Diese Übung ist ein Grundelement meines Programms für Frauen. Eine ausgezeichnete Squat-Variante, die die Hüfte durch einen großen Bewegungsradius führt und die Gesäßmuskeln hervorragend dehnt. Bestens geeignet für Anfänger, die lernen, mit zusätzlichem Gewicht zu arbeiten.

Übungsablauf:

1. Schulterbreiter Stand. Die Füße in eine bequeme Position ausdrehen oder gerade nach vorne weisen lassen. Meist wird ein etwa 30-Grad-Winkel gewählt.
2. Aufrecht auf den Podesten stehen, Kurzhantel (oder Kettlebell) mit beiden Händen und nach unten gestreckten Armen fassen.
3. Gerade absenken, die Knie über den Zehen halten, der Oberkörper ist nur leicht gebeugt.
4. Absenken in den Squat, bis sich die Hüfte unterhalb der Knie befindet, Knie während der gesamten Bewegung nach außen drücken.
5. Ständig die Fersen in den Boden stemmen und die Knie nach außen schieben, damit sie nicht nach innen wegbrechen.
6. Zurück in die Ausgangsposition.

Beanspruchte Muskeln: Quadrizeps, Gesäßmuskeln

Tipps:

- *Oberkörper gerade halten, Kinn zur Brust ziehen, damit der Hals mit dem Rest der Wirbelsäule auf einer Linie ist.*
- *Beim Absenken die Arme dicht am Körper halten.*
- *Gerade absenken, dabei die Knie über den Zehen halten.*
- *Beim Absenken die natürliche Biegung im unteren Rücken halten. Nicht das Becken nach hinten kippen.*
- *Beim Hochkommen die Pobacken intensiv anspannen.*

Full Squat mit Kurzhanteln

Beim Full Squat mit Kurzhanteln haben viele Frauen zunächst Probleme, aber bei korrekter Ausführung ist diese Variante äußerst effektiv.

Übungsablauf:

1. Schulterbreiter Stand. Die Füße in eine bequeme Position ausdrehen oder gerade nach vorne weisen lassen. Meist wird ein etwa 30-Grad-Winkel gewählt.
2. In jede Hand eine Kurzhantel nehmen, die Handflächen zeigen nach innen.
3. Das Gesäß nach hinten unten schieben, dabei die Hüfte beugen. Die Bewegung beginnt in der Hüfte, die Knie folgen.
4. Absenken in den Squat, bis sich die Hüfte unterhalb der Knie befinden, Knie während der gesamten Bewegung nach außen drücken.
5. Ständig die Fersen in den Boden stemmen und die Knie nach außen schieben, damit sie nicht nach innen wegbrechen.
6. Zurück in die Ausgangsposition.

Beanspruchte Muskeln: Quadrizeps, Gesäßmuskeln

Tipps:

- *Bitte nicht vergessen, dass es sich hier um einen Squat handelt, nicht um Kreuzheben. Die Knie werden gebeugt, die Bewegung ist im Quadrizeps zu spüren.*
- *Den Oberkörper im hüftbreiten Stand aufrecht halten.*
- *Beim Absenken die Arme mit den Kurzhanteln senkrecht und gestreckt neben den Beinen halten.*
- *Beim Aufstehen den Rumpf möglichst aufrecht halten.*
- *Knie nicht einbrechen lassen.*

Halber Squat mit Langhantel

Der halbe Squat mit Langhantel ist eine gute Alternative, wenn man aufgrund von Verletzung oder mangelnder Mobilität nicht in der Lage ist, den Squat in voller Tiefe auszuführen. Außerdem sind bei dieser Variante größere Gewichte möglich, was gelegentlich von Vorteil ist. Viele Sportler und Trainer bevorzugen diese Variante des Squats, dennoch denke ich, dass der Full Squat vorgezogen werden sollte, sobald die Ausführung gelingt.

Beanspruchte Muskeln: Quadrizeps, Gesäßmuskeln

Tipps:

- *Weit nach hinten unten absetzen.*
- *Das Gewicht mit der Hüfte tragen. Die Gesäßmuskeln unterstützen die Bewegung, die Quadrizepse nicht.*

Übungsablauf:

1. Stand etwas mehr als schulterbreit.
2. Langhantel auf dem oberen Rücken positionieren. Wichtig ist eine bequeme Position, die Hantel darf nicht verrutschen.
3. Tief einatmen und in den Squat absenken.
4. Das Gesäß nach hinten unten absenken, bis die Oberschenkel mit dem Boden einen 110-Grad-Winkel bilden. (Sind die Oberschenkel parallel zum Boden, haben Sie sich zu tief abgesenkt.)
5. Beim Hochkommen die Gesäßmuskulatur intensiv anspannen.
6. Zurück in die Ausgangsposition.

Hoher Box Squat mit Langhantel

Beim hohen Box Squat lernt man, wie man sich nach hinten setzt und sich während des Squats auf die Hüfte verlässt. Bei Knieproblemen und Schwierigkeiten beim traditionellen Squat ist diese Variante eine wunderbare Option.

Beanspruchte Muskeln: Quadrizeps, Gesäßmuskeln

Tipps:

- *Oberkörper möglichst senkrecht halten, um die natürliche Biegung im unteren Rücken zu gewährleisten.*
- *Knie ausdrehen, um sie direkt über den Zehen zu positionieren.*
- *Gewicht auf die Fersen bringen.*
- *Weit nach hinten unten absetzen, dabei die Unterschenkel möglichst senkrecht halten, damit die Knie nicht nach vorne kippen.*
- *Beim Hochkommen die Gesäßmuskulatur intensiv anspannen.*

Übungsablauf:

1. Breitbeinig rückwärts vor einer Bank (Kniehöhe) stehen. Meist wird es vorgezogen, die Zehen bis zu einem 30-bis 45-Grad-Winkel auszudrehen, aber das ist individuell verschieden.
2. Langhantel auf dem oberen Rücken positionieren. Wichtig ist eine bequeme Position, die Hantel darf nicht verrutschen.
3. Tief einatmen, das Gesäß nach hinten unten absenken, die Unterschenkel möglichst senkrecht halten, damit die Knie nicht nach vorne geschoben werden. Das erfordert ein starkes Vorbeugen des Rumpfes.
4. Den Squat bis auf die Bank absenken, die Knie auswärts drehen. Kurze Pause auf der Bank, ohne die neutrale Position der Wirbelsäule aufzugeben.
5. Beim Hochkommen die Gesäßmuskulatur intensiv anspannen.
6. Zurück in die Ausgangsposition.

Parallel Squat mit Langhantel

Hier ist der Bewegungsradius geringer als beim Full Squat, die Übung eignet sich daher für Menschen mit schwachen Gelenken oder mangelnder Hüftmobilität.

Beanspruchte Muskeln: Quadrizeps, Gesäßmuskeln

Tipps:

- *Oberkörper gerade halten, Kinn zur Brust ziehen, damit der Hals mit dem Rest der Wirbelsäule auf einer Linie ist.*
- *Weit nach hinten unten absetzen. Das Gewicht auf die Hüfte verlagern.*
- *Rumpf möglichst aufrecht halten. Wirbelsäule nicht einrunden. Fersen in den Boden stemmen.*

Übungsablauf:

1. Etwas mehr also schulterbreiter Stand. Meist wird es vorgezogen, die Zehen bis zu einem 30-Grad-Winkel auszudrehen, aber das ist individuell verschieden.
2. Langhantel auf dem oberen Rücken positionieren. Wichtig ist eine bequeme Position, die Hantel darf nicht verrutschen.
3. Tief einatmen, das Gesäß nach hinten unten schieben.
4. Den Squat absenken, bis die Oberschenkel parallel zum Boden positioniert sind, dabei die Knie über den Zehen ausrichten.
5. Beim Hochkommen die Gesäßmuskulatur intensiv anspannen und zurück in die Ausgangsposition gehen.

Sumo Squat mit Langhantel

Diese Squat-Variante wird häufig von Gewichthebern eingesetzt. Sie aktiviert die Gesäßmuskeln mehr als die Varianten im engeren Stand. Mit zunehmender Professionalität ermöglicht sie außerdem größere Gewichte. Der Sumo Squat mit Langhantel wird genauso ausgeführt wie der Box Squat, nur ohne Kasten.

Beanspruchte Muskeln: Quadrizeps, Gesäßmuskeln, Adduktoren

Tipps:

- *Oberkörper möglichst senkrecht halten, um die natürliche Biegung im unteren Rücken zu gewährleisten.*
- *Knie ausdrehen, um sie direkt über den Zehen zu positionieren.*
- *Gewicht auf die Fersen bringen.*
- *Weit nach hinten unten absetzen, dabei die Unterschenkel möglichst senkrecht halten, damit die Knie nicht nach vorne kippen.*

Übungsablauf:

1. Breitbeinig stehen. Meist wird es vorgezogen, die Zehen bis zu einem 30- bis 45-Grad-Winkel auszudrehen, aber das ist individuell verschieden.
2. Langhantel auf dem oberen Rücken positionieren. Wichtig ist eine bequeme Position, die Hantel darf nicht verrutschen.
3. Tief einatmen, das Gesäß nach hinten unten schieben.
4. So tief absenken, bis die Hüfte knapp über Kniehöhe positioniert ist.
5. Beim Hochkommen die Gesäßmuskulatur intensiv anspannen und zurück in die Ausgangsposition gehen.

Tiefer Box Squat mit Langhantel

Beim tiefen Box Squat lernt man, sich sehr weit abzusenken. Er baut Kraft auf und trainiert die optimale Haltung in der unteren Position. Während man sich beim hohen Box Squat nach hinten absetzt, ohne die Knie nach vorne zu schieben, dürfen hier die Knie etwas nach vorne gehen, um die Last gleichmäßig auf Hüfte und Knie zu verteilen. Auch wird bei dieser Variante mit schulterbreitem Stand gearbeitet, während der hohe Box Squat im breiten Stand trainiert wird.

Beanspruchte Muskeln: Quadrizeps, Gesäßmuskeln

Tipps:

- *Den Oberkörper möglichst senkrecht halten, um die natürliche Biegung im unteren Rücken zu gewährleisten.*
- *Knie ausdrehen, um sie direkt über den Zehen zu positionieren.*
- *Gewicht auf die Fersen bringen.*
- *Rumpf aufrecht halten.*
- *Beim Hochkommen die Gesäßmuskulatur intensiv anspannen.*

Übungsablauf:

1. Rückwärts vor einer Bank oder einem Kasten (etwas niedriger als Kniehöhe) stehen, Beine schulterbreit auseinander. Meist wird es vorgezogen, die Zehen bis zu einem 30- bis 45-Grad-Winkel auszudrehen, aber das ist individuell verschieden.
2. Langhantel auf dem oberen Rücken positionieren. Wichtig ist eine bequeme Position, die Hantel darf nicht verrutschen.
3. Tief einatmen und das Gesäß nach hinten unten schieben, dabei bleibt der Rumpf weitestgehend aufrecht.
4. Squat bis auf die Bank absenken, die Knie auswärts drehen. Kurze Pause auf der Bank, ohne die neutrale Position der Wirbelsäule aufzugeben.
5. Beim Hochkommen die Gesäßmuskulatur intensiv anspannen.
6. Zurück in die Ausgangsposition.

Full Squat mit Langhantel

Der Full Squat ist für jedes Gesäßmuskeltraining ein entscheidendes Element, dennoch ist ein Squat in diese sehr tiefe Position für viele Frauen nicht einfach. Mangelnde Flexibilität in den Gelenken, begrenzte Beweglichkeit in der Hüfte oder Versteifungen im oberen Rückenbereich können hierbei Probleme bereiten. Mangelnde Stärke und Kraft im Core-Bereich, besonders im Rücken, kann ebenfalls einschränkend wirken.

Bei richtiger Anleitung können Frauen die für diesen Squat erforderlichen Fähigkeiten im Laufe der Zeit entwickeln, aber es gibt durchaus Gewichtheberinnen, die niemals in der Lage sind, einen Squat tiefer als in die parallele Position zu führen. Wenn die Form der Hüfte z. B. deren Beugeflexibilität einschränkt, bekommt man Probleme im unteren Rückenbereich und im Becken, das dann nicht mehr nach vorne, sondern nach hinten gekippt wird.

Mobilität und Stabilität bei den Squats zu verbessern ist immer gut, unabhängig von der Qualität der Squats. Mit zunehmender Verbesserung fühlen sich die Bewegungen natürlicher an, und das Gewicht kann erhöht werden. Nicht jeder ist in der Lage, sichere und unbedenkliche tiefe Squats auszuführen. Mitunter ist es besser, sich auf die parallele Position (und etwas tiefer) zu beschränken. Forcieren Sie niemals eine Position, die Ihrer Gesundheit schadet oder in Verletzungen resultiert.

Der Full Squat bearbeitet die Gesäßmuskulatur vorrangig im unteren Bewegungsbereich, wenn die Hüfte gebeugt und die Gesäßmuskeln gedehnt sind. Außerdem werden Quadrizeps und Rückenstrecker bearbeitet, was schöne Oberschenkel und Rückenmuskeln formt. Athleten können mit diesen Squats ihre senkrechte Sprungkraft und Beschleunigung verbessern.

Beanspruchte Muskeln: Quadrizeps, Gesäßmuskeln

Tipps:

- *Den Oberkörper möglichst senkrecht halten, um die Biegung im unteren Rücken zu gewährleisten.*
- *Die Knie ausdrehen, um sie direkt über den Zehen zu positionieren.*
- *Gewicht auf die Fersen bringen.*
- *Die Hüfte zwischen den Knien gerade nach unten bewegen.*

Übungsablauf:

1. Etwas mehr als hüftbreiter Stand, Füße etwa 30 Grad ausgedreht.
2. Langhantel im oberen Rückenbereich positionieren entweder in Low-Bar- (auf der Mitte der Schulterblätter) oder in High-Bar-Position (auf den Schultern). Justieren Sie die Position in Abhängigkeit von Ihren Zielen und Ihrer perönlichen Vorliebe – die Hantel muss aber stabil liegen und darf nicht verrutschen.
3. Tief einatmen, Oberkörper gerade halten (Brust raus!), den unteren Rücken in neutraler Position halten, dann in den Full Squat absenken.
4. Die Knie müssen immer über den Zehen ausgerichtet sein.
5. Beim Absenken will sich der Rücken beugen (runden) und das Becken nach hinten kippen. Beides darf auf keinen Fall passieren!
6. Das Gewicht darf nicht nach vorne verlagert werden, die Fersen werden in den Boden gedrückt.
7. Am unteren Bewegungsende ist der Oberkörper aufrecht, die Knie sind ausgedreht, und die Füße stehen fest am Boden.
8. Beim Hochkommen die Gesäßmuskulatur intensiv anspannen.
9. Zurück in die Ausgangsposition.

Front Squat mit Langhantel

Bei dieser Squat-Variante wird der Rumpf aufrechter gehalten, was zwar die Wirbelsäule schont, die Beine und den Core-Bereich aber trotzdem beansprucht. Viele Trainer und Athleten bevorzugen diese Alternative, weil sie sie für sicherer halten als den Back Squat. Frauen beklagen häufig, dass die Position der Langhantel auf den Schultern sehr unbequem sei, was sich aber mit der Zeit legt.

Beanspruchte Muskeln: Quadrizeps, Gesäßmuskeln

Tipps:

- *Oberkörper möglichst senkrecht halten, um die natürliche Biegung im unteren Rücken zu gewährleisten.*
- *Das Gewicht wird von den Schultern getragen, nicht von Händen und Handgelenken.*
- *Die Ellenbogen auf Schulterhöhe halten und leicht einwärts drehen.*
- *Die Knie ausdrehen, um sie direkt über den Zehen zu positionieren*
- *Gewicht auf die Fersen bringen.*
- *Die Hüfte zwischen den Knien gerade nach unten bewegen.*

Übungsablauf:

1. Hantel auf Schulterhöhe im Rack positionieren. Schultern und Oberarme parallel zum Boden halten und die Hantel auf den Schultern dicht am Hals ablegen.
2. Ellenbogen oben halten, aus dem Rack treten und einen mehr als schulterbreiten Stand einnehmen.
3. Zwischen den Knien absenken, bis sich die Hüftgelenke unterhalb der Knie befinden. Knie nach außen über die Zehen schieben.
4. Wenn eine angemessene Tiefe erreicht ist, mit Schwung wieder aufstehen, dabei den Rumpf aufrecht halten.
5. Zurück in die Ausgangsposition.

Zercher Squat

Von allen Squat-Varianten aus dem Stand sorgt diese für maximale Gesäß- und Rumpfmuskelaktivierung, ist aber vermutlich auch die unbequemste von allen, weil es sehr schmerzhaft sein kann, das Gewicht mit den Armen zu tragen. Mit der Zeit wird der Schmerz aber nachlassen, und die Intensität kann erhöht werden.

Beanspruchte Muskeln: Quadrizeps, Gesäßmuskeln, Core-Bereich

Tipps:

- *Oberkörper möglichst senkrecht halten, um die natürliche Biegung im unteren Rücken zu gewährleisten.*
- *Die Knie ausdrehen, um sie direkt über den Zehen zu positionieren.*
- *Gewicht auf die Fersen bringen.*
- *Nach hinten absenken, mit der Hüfte arbeiten.*

Übungsablauf:

1. Hantel auf Taillenhöhe im Rack positionieren, aus dem Rack ausheben und in die Ellenbogenbeugen legen.
2. Aus dem Rack treten, aufrecht im etwas mehr als schulterbreitem Stand stehen, die Hantel dicht am Körper halten.
3. Das Gesäß nach hinten unten schieben und absenken, bis sich die Hüftgelenke unterhalb der Knie befinden. Die Knie dabei ausdrehen, bis sie über den Zehen stehen.
4. Absenken, bis die Ellenbogen die Oberschenkel berühren.
5. Zurück in die Ausgangsposition.

Fehler bei Squats und wie sie vermieden werden

Einbrechen der Knie/Gewichtsverlagerung nach vorne: Die Abbildung zeigt Kellies aufrechten Rumpf, aber das Absenken wird über die Knie eingeleitet, und das Gewicht wird dabei nach vorne verlagert. Für die korrekte Abwärtsbewegung kann man sich vorstellen, von einem Seil um die Hüfte nach hinten gezogen zu werden, wodurch die Bewegung über die Hüfte eingeleitet wird. Das Gewicht bleibt auf den Fersen, während der Körper nach hinten unten abgesenkt wird.

Rumpf zu weit nach vorne gebeugt: Der Rumpf geht beim Squat zwangsläufig etwas nach vorne, es darf aber nicht zu weit sein. Die Anthropometrie des Einzelnen spielt dabei eine große Rolle, aber man darf sich beim Squat niemals wie ein Klappmesser zusammenfalten.

Rücken gewölbt: Beim Squat muss die Wirbelsäule immer in neutraler Stellung verankert sein, der Rücken darf niemals gerundet werden. Dies geschieht häufig am unteren Bewegungsende aufgrund einer zu geringen Beweglichkeit in der Hüfte, wodurch das Becken nach hinten gekippt wird. Die Wirbelsäule folgt dann der Bewegung und wölbt sich nach hinten. Bitte immer nur so tief in den Squat gehen, wie der untere Rücken die neutrale Position halten kann.

Einknicken der Knie: Der vermutlich häufigste Fehler beim Squat ist der Valguskollaps bzw. das Einknicken der Knie nach innen als Folge schwacher Gesäßmuskeln und Hüftaußenrotatoren. Die Knie müssen nach außen gedrückt werden, besonders in der unteren Squat-Position, sodass sie optimal über den Füßen ausgerichtet sind.

Falsche Ausrichtung des Halses: Häufig wird beim Squat nach oben gesehen. Das ist nicht gut für die Halswirbelsäule, deshalb sollte man sich bemühen, den Nacken in neutraler Position als Verlängerung der Wirbelsäule auszurichten.

Auf Zehenspitzen stehen: Viele neigen dazu, beim Squat die Fersen vom Boden zu heben, besonders in der unteren Position. Das ist eine Folge mangelnder Mobilität (Dorsalflexion und -extension) der Fußgelenke oder zu fester Beugemuskeln in den Fußsohlen. Immer auf den Fersen stehen bleiben, dabei an der Verbesserung der Gelenkmobilität arbeiten, um mit der Zeit eine größere Tiefe und eine bessere Ausführung beim Squat zu erzielen.

Ausfallschritt nach vorne mit Körpergewicht

Diese Übung arbeitet mit Knien und Quadrizeps, doch auch die Gesäßmuskeln werden herausgefordert. Für das Training des Quadrizeps ist dieser Ausfallschritt vermutlich die beste Übung, während die Gesäßmuskeln beim Ausfallschritt nach hinten stärker beansprucht werden.

Beanspruchte Muskeln: Quadrizeps, Gesäßmuskeln

Tipps:

- *Den Schritt nach vorne ausreichend groß machen, damit das vordere Knie senkrecht über dem Fußgelenk steht.*
- *Den Körper gerade absenken, bis das vordere Bein einen rechten Winkel bildet. Das vordere Knie nicht nach vorne schieben.*

Übungsablauf:

1. Im hüftbreiten Stand die Hände an die Hüften legen.
2. Mit dem rechten Bein einen großen Schritt nach vorne machen, der Oberkörper bleibt dabei aufrecht.
3. Den Körper absenken, bis das linke Knie fast den Boden berührt.
4. Zurück nach oben in die Ausgangsposition stoßen. Beidseitig so oft wiederholen wie vorgesehen.

Ausfallschritt nach hinten mit Körpergewicht

Der Ausfallschritt nach hinten ist ein grundlegendes Element, das bewältigt werden muss, bevor mit Gewicht gearbeitet wird. Er zielt auf die Gesäßmuskeln ab und schont das Kniegelenk, wofür auch eine ganz leichte Oberkörperneigung nach vorne sorgt.

Beanspruchte Muskeln: Quadrizeps, Gesäßmuskeln

Tipps:

- *Den Schritt nach hinten ausreichend groß machen, damit das vordere Knie senkrecht über dem Fußgelenk steht.*
- *Den Körper gerade absenken, bis das vordere Bein einen rechten Winkel bildet. Das vordere Knie nicht nach vorne schieben.*
- *Leicht nach vorne lehnen und eine stabile Wirbelsäulenausrichtung beibehalten.*
- *Hüfte über dem vorderen Bein absenken.*

Übungsablauf:

1. Im hüftbreiten Stand die Hände an die Hüften legen.
2. Mit dem rechten Bein einen großen Schritt nach hinten machen, der Oberkörper wird minimal nach vorne geneigt.
3. Den Körper absenken, bis das rechte Knie fast den Boden berührt.
4. Zurück nach oben in die Ausgangsposition gehen. Beidseitig so oft wiederholen wie vorgesehen

Ausfallschritte im Gehen mit Kurzhanteln

Diese Übung zur Bearbeitung der Gesäßmuskulatur ist eine meiner bevorzugten. Sie ist bekannt dafür, erheblichen Muskelkater im Gesäß zu erzeugen – aufgrund der enormen Dehnungskräfte, die auf den unteren Gesäßbereich wirken. Also bitte nicht übertreiben! Bedenken Sie immer, dass Muskelkater für das Muskelwachstum nicht erforderlich ist und oft mehr schadet als nützt. Zwar ist es ein gutes Gefühl, am Tag nach intensiver Arbeit etwas Muskelkater zu spüren, der uns daran erinnert, dass wir etwas für unseren Körper getan haben. Dennoch ist die übertriebene Muskelschädigung hinderlich und beeinträchtigt den weiteren Fortschritt. Trainieren Sie daher vernünftig!

Beanspruchte Muskeln: Quadrizeps, Gesäßmuskeln

Tipps:

- *Den Schritt nach vorne ausreichend groß machen, damit das vordere Knie senkrecht über dem Fußgelenk steht.*
- *Den Körper gerade absenken, bis das vordere Bein einen rechten Winkel bildet. Das vordere Knie nicht nach vorne schieben.*
- *Leicht nach vorne lehnen, stabile Wirbelsäulenausrichtung beibehalten.*
- *Die Gesäßmuskeln in der Dehnung der unteren Position anspannen und aufwärts federn, wobei der Rumpf in Position bleibt.*

Übungsablauf:

1. Hüftbreiter Stand, in jeder Hand eine Kurzhantel.
2. Mit dem rechten Bein einen tiefen Ausfallschritt nach vorne machen.
3. Absenken, bis das linke Knie fast den Boden berührt.
4. Im Aufrichten vorwärts federn, dabei das Bein wie beim Gehen wechseln, zur anderen Seite wiederholen.

Ausfallschritt nach hinten mit Defizit und Kurzhantel

Diese Übung ist unglaublich effizient für Hüfte und Oberschenkel und fordert darüber hinaus in der unteren, stark gedehnten Position die Gesäßmuskeln enorm. Das Gewicht der Kurzhanteln wird konstant gehalten, und das Defizit durch die Erhöhung vergrößert den Bewegungsradius.

Beanspruchte Muskeln: Quadrizeps, Gesäßmuskeln

Tipps:

- *Den Schritt nach hinten ausreichend groß machen, damit das vordere Knie senkrecht über dem Fußgelenk steht.*
- *Den Körper gerade absenken, bis das vordere Bein einen rechten Winkel bildet. Das vordere Knie nicht nach vorne schieben.*
- *Leicht nach vorne lehnen, die stabile Wirbelsäulenausrichtung beibehalten.*
- *Hüfte über dem vorderen Bein absenken.*

Übungsablauf:

1. Hüftbreiter Stand auf einer Erhöhung, in jeder Hand eine Kurzhantel.
2. Mit dem linken Bein einen tiefen Ausfallschritt nach hinten machen, den Rumpf leicht nach vorne neigen.
3. Absenken, bis das linke Knie fast den Boden berührt.
4. Zurück in die Ausgangsposition, beidseitig so oft wiederholen wie vorgesehen.

Ausfallschritt nach hinten mit Langhantel

Diese Übung ist unglaublich effizient für Hüfte und Oberschenkel. Sie fordert darüber hinaus in der unteren, stark gedehnten Position die Gesäßmuskeln enorm.

Beanspruchte Muskeln: **Quadrizeps, Geäßmuskeln**

Tipps:

- *Den Schritt nach hinten ausreichend groß machen, damit das vordere Knie senkrecht über dem Fußgelenk steht.*
- *Den Körper gerade absenken, bis das vordere Bein einen rechten Winkel bildet. Das vordere Knie nicht nach vorne schieben.*
- *Leicht nach vorne lehnen, dabei aber die neutrale Wirbelsäulenausrichtung beibehalten.*

Übungsablauf:

1. Im hüftbreiten Stand eine Langhantel auf den oberen Rücken legen und aus dem Rack treten.
2. Mit dem rechten Bein in den Ausfallschritt nach hinten gehen.
3. Absenken, bis das rechte Knie fast den Boden berührt.
4. Zurück in die Ausgangsposition federn und beidseitig so oft wiederholen wie vorgesehen.

Bulgarischer Split Squat mit Körpergewicht

Diese Übung ist großartig, um einbeinige Kraft und Hüftstabilität zu entwickeln. Sie kann überall trainiert werden (mit einem Stuhl, einem niedrigen Tisch oder einer Couch). Ich mache diese Übung gern mit vielen Wiederholungen, doch für Anfänger ist eine mittlere Wiederholungszahl vollkommen ausreichend, denn die Übung ist sehr anspruchsvoll.

Beanspruchte Muskeln: **Quadrizeps, Gesäßmuskeln**

Tipps:

- *Leicht nach vorne neigen.*
- *Die Belastung sollte auf dem vorderen Fuß liegen, der hintere Fuß steuert vorrangig die Balance und wird möglichst wenig belastet.*
- *Den Ausfallschritt möglichst groß machen, damit das Knie des vorderen Beins beim Absenken nicht zu weit nach vorne geschoben wird.*
- *Das Knie des hinteren Beins sollte am unteren Bewegungsende den Boden fast berühren.*
- *Das Knie des vorderen Beins muss über dem Fuß ausgerichtet sein und darf während der Übung nicht nach innen oder außen wegbrechen.*

Übungsablauf:

1. Vor einer Bank stehen, die Hände an die Hüften legen.
2. Das rechte Bein weit nach hinten mit dem Fußspann auf die Bank legen.
3. Gerade absenken, bis das rechte Knie fast den Boden berührt. Zurück in die Ausgangsposition.
4. So oft wiederholen wie vorgesehen. Bein wechseln.

Bulgarischer Split Squat mit Defizit und Körpergewicht

Diese Übung eignet sich sehr gut zur Entwicklung einbeiniger Kraft und Hüftstabilität, während gleichzeitig die Wirbelsäule geschont wird. Das Defizit durch die Erhöhungen vergrößert den Bewegungsradius, was die Gesäßmuskeln extrem dehnt.

Beanspruchte Muskeln: Quadrizeps, Gesäßmuskeln

Tipps:

- *Leicht nach vorne neigen.*
- *Die Belastung sollte auf dem vorderen Fuß liegen, der hintere Fuß steuert vorrangig die Balance und wird wenig belastet.*
- *Den Ausfallschritt möglichst groß machen, damit das Knie des vorderen Beins beim Absenken nicht zu weit nach vorne geschoben wird.*
- *Das Knie des hinteren Beins sollte am unteren Bewegungsende den Boden fast berühren.*
- *Das Knie des vorderen Beins muss über dem Fuß ausgerichtet sein und darf während der Übung nicht wegbrechen.*

Übungsablauf:

1. Hände an die Hüften legen oder am Hinterkopf verschränken. Linken Fuß mit Ausfallschritt nach hinten auf einer Bank ablegen (Fußspann liegt auf), rechten Fuß auf das Podest stellen.
2. Gerade zwischen den Bänken absenken, bis das linke Knie fast den Boden berührt.
3. Zurück in die Ausgangsposition und wiederholen. Dann Bein wechseln.

Bulgarischer Split Squat mit Kurzhanteln

Mit dieser Übung werden einbeinige Kraft und Hüftstabilität entwickelt, während gleichzeitig die Wirbelsäule geschont wird. Die Kurzhanteln dienen als Belastung im Zentrum und ermöglichen eine Spannungserhöhung an den Muskeln.

Beanspruchte Muskeln: Quadrizeps, Gesäßmuskeln

Tipps:

- *Leicht nach vorne neigen.*
- *Die Belastung sollte auf dem vorderen Fuß liegen, der hintere Fuß steuert vorrangig die Balance und wird möglichst wenig belastet.*
- *Den Ausfallschritt möglichst groß machen, damit das Knie des vorderen Beins beim Absenken nicht zu weit nach vorne geschoben wird.*
- *Das Knie des hinteren Beins sollte am unteren Bewegungsende den Boden fast berühren.*
- *Das Knie des vorderen Beins muss über dem Fuß ausgerichtet sein und darf während der Übung nicht nach innen oder außen wegbrechen.*

Übungsablauf:

1. Vor einer Bank stehen und in jeder Hand eine Kurzhantel halten. Das rechte Bein weit nach hinten führen und den Fußspann auf die Bank legen.
2. Gerade absenken, bis das rechte Knie fast den Boden berührt. Zurück in die Ausgangsposition.
3. So oft wiederholen wie vorgesehen, dann das Bein wechseln.

Bulgarischer Split Squat mit Langhantel

Der Bulgarische Split Squat eignet sich hervorragend zur Entwicklung einbeiniger Kraft und Hüftstabilität, während gleichzeitig die Wirbelsäule geschont wird. Der Einsatz der Langhantel ist eine fortgeschrittene Methode für all jene, die die Übung schon mit Körpergewicht und Kurzhanteln bewältigen. Athleten und Trainer schätzen diese Übung, weil sie den Kraftzuwachs in den Beinen in besonderer Weise fördert.

Beanspruchte Muskeln: Quadrizeps, Gesäßmuskeln

Tipps:

- *Leicht nach vorne neigen.*
- *Die Belastung sollte auf dem vorderen Fuß liegen, der hintere Fuß steuert vorrangig die Balance und wird möglichst wenig belastet.*
- *Den Ausfallschritt möglichst groß machen, damit das Knie des vorderen Beins beim Absenken nicht zu weit nach vorne geschoben wird.*
- *Das Knie des hinteren Beins sollte am unteren Bewegungsende den Boden fast berühren.*
- *Das Knie des vorderen Beins muss über dem Fuß ausgerichtet sein und darf während der Übung nicht nach innen oder außen wegbrechen.*

Übungsablauf:

1. Vor einer Bank stehen und die Langhantel im oberen Rückenbereich positionieren.
2. Das linke Bein weit nach hinten führen und den Fußspann auf die Bank legen.
3. Gerade absenken, bis das linke Knie fast den Boden berührt. Zurück in die Ausgangsposition.
4. So oft wiederholen wie vorgesehen, dann das Bein wechseln.

Kastensteiger mit Körpergewicht

Der Kastensteiger mit Körpergewicht ist eine wunderbare Übung, wenn sie einwandfrei ausgeführt wird. Unbedingt auf saubere Ausführung achten, damit die Gesäßmuskulatur und die Oberschenkel optimal belastet werden! Dies ist eine Basisübung, die von allen Anfängern bewältigt werden muss.

Beanspruchte Muskeln: **Quadrizeps, Gesäßmuskeln**

Tipps:

- *Den ganzen Fuß auf die Bank stellen, nicht nur die Zehen.*
- *Beim Hochsteigen nicht zu weit nach vorne beugen.*
- *Möglichst während der gesamten Bewegung nur das arbeitende Bein einsetzen, nicht mit dem anderen Bein unterstützen, auch nicht springen.*
- *Langsam und kontrolliert in die Ausgangsposition zurückgehen, nicht auf den Boden »knallen«.*
- *Nicht beide Füße auf der Bank oder dem Kasten abstellen, weil sonst leicht geschummelt wird, indem der Körper die Bewegung über einen beidbeinigen Squat beendet. Bis zum Ende der gesamten Bewegung nur mit einem Bein arbeiten.*

Übungsablauf:

1. Hände an die Hüften legen. Mit 10 bis 20 cm Abstand vor der Bank stehen.
2. Den rechten Fuß ganz auf die Bank stellen, der linke Fuß steht fest auf dem Boden.
3. Gewicht verlagern und auf die Bank steigen. Die Ferse des rechten Fußes steuert die Bewegung.
4. Das linke Bein gestreckt nachziehen, bis die Zehen die Bank berühren. Den linken Fuß aber nicht absetzen und belasten.
5. Zurück in die Ausgangsposition, den rechten Fuß auf der Bank stehen lassen.
6. Beidseitig so oft wiederholen wie vorgesehen.

Kastensteiger mit Kurzhanteln

Diese Übung ist eine tolle Variante, darf aber erst trainiert werden, wenn die Ausführung mit Körpergewicht bewältigt wird. Athleten und Trainer vernachlässigen diese Übung häufig.

Beanspruchte Muskeln: **Quadrizeps, Gesäßmuskeln**

Tipps:

- *Den ganzen Fuß auf die Bank stellen, nicht nur die Zehen. Beim Hochsteigen nicht zu weit nach vorne beugen.*
- *Möglichst während der gesamten Bewegung nur das arbeitende Bein einsetzen, nicht mit dem anderen Bein unterstützen, auch nicht springen.*
- *Kontrolliert in die Ausgangsposition zurückgehen, nicht auf den Boden »knallen«.*
- *Nicht beide Füße auf der Bank oder dem Kasten abstellen, weil sonst leicht geschummelt wird, indem der Körper die Bewegung über einen beidbeinigen Squat beendet. Bis zum Ende der gesamten Bewegung nur mit einem Bein arbeiten.*

Übungsablauf:

1. In jede Hand eine Kurzhantel nehmen. Mit 10 bis 20 cm Abstand vor der Bank stehen. Den rechten Fuß ganz auf die Bank stellen, der linke Fuß steht fest auf dem Boden.
2. Gewicht verlagern und auf die Bank steigen. Die Ferse des rechten Fußes steuert die Bewegung.
3. Das linke Bein gestreckt nachziehen, bis die Zehen die Bank berühren. Den linken Fuß aber nicht absetzen und belasten.
4. Zurück in die Ausgangsposition, der rechte Fuß bleibt auf der Bank.
5. Beidseitig so oft wiederholen wie vorgesehen.

Kombi Kastensteiger/Ausfallschritt nach hinten

Diese Variante ist eine tolle Übung für das Gesäß und die Oberschenkel, wird aber häufig unterschätzt. Sie kann im Fitnessstudio oder zu Hause trainiert werden. Alles, was man dafür braucht, ist eine Bank oder sonstige Erhöhung, deren Höhe von 30 bis 60 cm variiert werden kann.

Beanspruchte Muskeln:
Quadrizeps, Gesäßmuskeln

Tipps:

- *Dies ist eine kombinierte Bewegung, deshalb sollte sie fließend ausgeführt werden.*
- *Möglichst über die Hüfte in den Ausfallschritt absenken, damit die Gesäßmuskeln wirklich arbeiten.*
- *Den Schritt ausreichend weit nach hinten führen, um ein tiefes Absenken zu erreichen.*

Übungsablauf:

1. Mit beiden Füßen auf einer Bank stehen. Das Gewicht auf das rechte Bein verlagern, mit dem linken Bein einen Schritt nach hinten unten machen.
2. Weich aufsetzen und direkt in den Ausfallschritt gehen, tief absenken, bis das linke Knie fast den Boden berührt.
3. Aus dem Ausfallschritt wieder nach oben federn und zurück in den Stand auf der Bank gehen.
4. Wie vorgesehen wiederholen, dann das Bein wechseln.

Hoher Kastensteiger mit Körpergewicht

Der hohe Kastensteiger arbeitet unglaublich stark an den Gesäßmuskeln, aber die korrekte Ausführung will zunächst gelernt sein. Er wird vorrangig mit dem Knie des vorderen Beins umgesetzt, mehr als mit der Hüfte, wodurch der Bewegungsradius des Hüftgelenks sehr groß ist. Je höher die Bank, umso besser. Diese Übung sollte selbst von fortgeschrittenen Athleten zunächst ausschließlich mit Körpergewicht durchgeführt werden. Mit ausreichender Höhe und Tempo kann hier ein hohes Maß an Gesäßmuskelaktivierung erreicht werden.

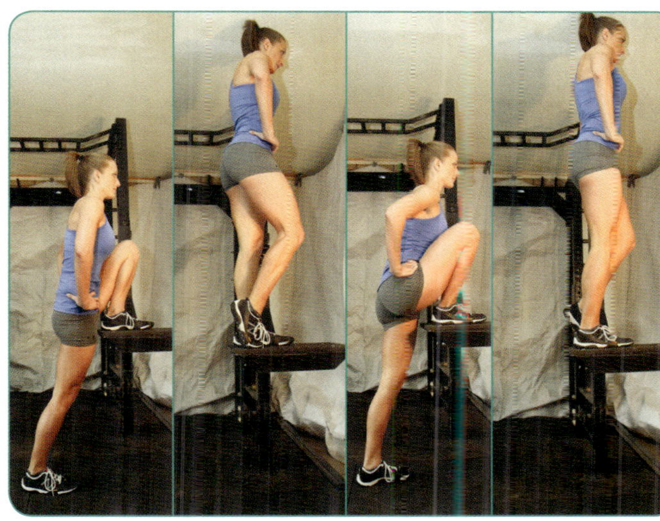

Beanspruchte Muskeln: **Quadrizeps, Gesäßmuskeln**

Tipps:

- *Den ganzen Fuß auf die Bank stellen, nicht nur die Zehen.*
- *Beim Hochsteigen nicht zu weit nach vorne beugen.*
- *Kasten oder Bank nicht zu hoch wählen, denn dann lässt sich die neutrale Position der Lendenwirbelsäule am unteren Bewegungsende nicht aufrechterhalten.*
- *Möglichst während der gesamten Bewegung nur das arbeitende Bein einsetzen, nicht mit dem anderen Bein unterstützen, auch nicht springen.*
- *Langsam und kontrolliert in die Ausgangsposition zurückgehen, nicht auf den Boden »knallen«.*
- *Nicht beide Füße auf der Bank oder dem Kasten abstellen, weil sonst leicht geschummelt wird, indem der Körper die Bewegung über einen beidbeinigen Squat beendet. Bis zum Ende der gesamten Bewegung nur mit einem Bein arbeiten.*

Übungsablauf:

1. Hände an die Hüften legen. Mit 10 bis 20 cm Abstand vor der Bank stehen.
2. Den rechten Fuß komplett auf die Bank stellen, der linke Fuß steht fest auf dem Boden.
3. Gewicht verlagern und auf die Bank steigen. Die Ferse des rechten Fußes steuert die Bewegung.
4. Das linke Bein gestreckt nachziehen, bis die Zehen die Bank berühren. Den linken Fuß aber nicht absetzen.
5. Zurück in die Ausgangsposition, den rechten Fuß auf der Bank stehen lassen.
6. Beidseitig so oft wiederholen wie vorgesehen.

Zercher-Kastensteiger

Die Zercher-Variante des Kastensteigers wird der traditionellen Ausführung mit Langhantel oft vorgezogen. Zwar ist es zunächst unbequem, die Langhantel in der Ellenbogenbeuge zu halten, aber das legt sich bald. Die Zercher-Position ist stabil und gestaltet dadurch den Bewegungsablauf koordinierter.

Beanspruchte Muskeln: Quadrizeps, Gesäßmuskeln

Tipps:

- *Den ganzen Fuß auf die Bank stellen, nicht nur die Zehen.*
- *Beim Hochsteigen nicht zu weit nach vorne beugen.*
- *Möglichst während der gesamten Bewegung nur das arbeitende Bein einsetzen, nicht mit dem anderen Bein unterstützen, auch nicht springen.*
- *Langsam und kontrolliert in die Ausgangsposition zurückgehen, nicht auf den Boden »knallen«.*
- *Nicht beide Füße auf der Bank oder dem Kasten abstellen, weil sonst leicht geschummelt wird, indem der Körper die Bewegung über einen beidbeinigen Squat beendet. Bis zum Ende der gesamten Bewegung nur mit einem Bein arbeiten.*

Übungsablauf:

1. Langhantel auf Taillenhöhe in das Rack legen. Beim Aufnehmen die Hantel in die Ellenbogenbeugen legen.
2. Aus dem Rack treten und die Hantel im aufrechten Stand dicht am Körper halten.
3. Mit 10 bis 20 cm Abstand vor der Bank stehen. Den rechten Fuß komplett auf die Bank stellen, der linke Fuß steht fest auf dem Boden.
4. Gewicht verlagern und auf die Bank steigen. Die Ferse des rechten Fußes steuert die Bewegung.
5. Das linke Bein gestreckt nachziehen, bis die Zehen die Bank berühren. Den linken Fuß aber nicht absetzen.
6. Zurück in die Ausgangsposition, den rechten Fuß auf der Bank stehen lassen.
7. Beidseitig so oft wiederholen wie vorgesehen.

Kastensteiger mit Langhantel

Diese Übung bearbeitet besonders die Beine. Manche Athleten mögen sie lieber als Squats, weil die Belastung der Wirbelsäule geringer ist. Ich glaube, dass Bulgarische Split Squats sich in dieser Hinsicht besser eignen. Dennoch ist der Kastensteiger mit Langhantel sehr effizient, wenn er korrekt ausgeführt wird.

Beanspruchte Muskeln: Quadrizeps, Gesäßmuskeln

Tipps:

- *Den ganzen Fuß auf die Bank stellen, nicht nur die Zehen.*
- *Beim Hochsteigen nicht zu weit nach vorne beugen.*
- *Möglichst während der gesamten Bewegung nur das arbeitende Bein einsetzen, nicht mit dem anderen Bein unterstützen, auch nicht springen.*
- *Langsam und kontrolliert in die Ausgangsposition zurückgehen, nicht auf den Boden »knallen«.*
- *Nicht beide Füße auf der Bank oder dem Kasten abstellen, weil sonst leicht geschummelt wird, indem der Körper die Bewegung über einen beidbeinigen Squat beendet. Bis zum Ende der gesamten Bewegung nur mit einem Bein arbeiten.*

Übungsablauf:

1. Langhantel auf dem oberen Rücken positionieren, die Hantel darf nur nicht verrutschen.
2. Mit 10 bis 20 cm Abstand vor der Bank stehen. Den rechten Fuß ganz auf die Bank stellen, der linke Fuß steht fest am Boden.
3. Gewicht verlagern und auf die Bank steigen. Die Ferse des rechten Fußes steuert die Bewegung.
4. Das linke Bein gestreckt nachziehen, bis die Zehen die Bank berühren. Den linken Fuß nicht absetzen.
5. Zurück in die Ausgangsposition, den rechten Fuß auf der Bank stehen lassen.
6. Beidseitig so oft wiederholen wie vorgesehen.

Hoher Kastensteiger mit Kurzhanteln

Diese Übung fordert die Gesäßmuskeln enorm, die korrekte Ausführung will aber gelernt sein. Sie wird vorrangig mit dem Knie des vorderen Beins umgesetzt, mehr als mit der Hüfte, wodurch der Bewegungsradius des Hüftgelenks sehr groß ist. Je höher die Bank, umso besser. Die Kurzhanteln machen den Bewegungsablauf zu einer echten Herausforderung, schon 2-kg-Hanteln erschweren die Übung deutlich. Bitte nicht die Qualität der Ausführung zugunsten von höherem Gewicht vernachlässigen.

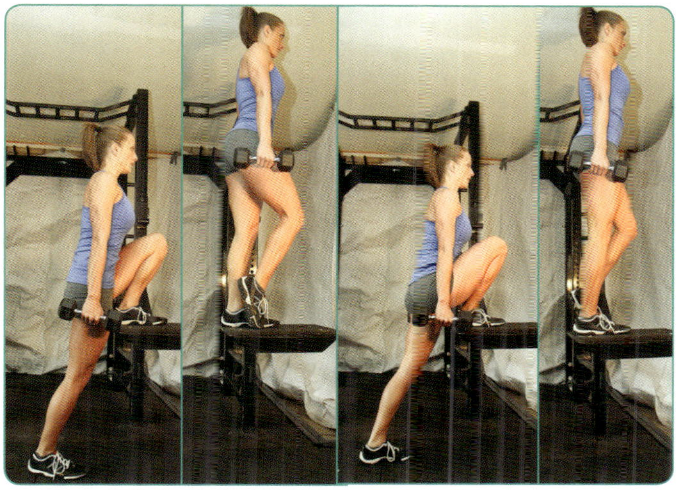

Beanspruchte Muskeln: Quadrizeps, Gesäßmuskeln

Tipps:

- *Den ganzen Fuß auf die Bank stellen, nicht nur die Zehen.*
- *Beim Hochsteigen nicht zu weit nach vorne beugen.*
- *Bank oder Kasten nicht zu hoch wählen, denn dann lässt sich die neutrale Position der Lendenwirbelsäule am unteren Bewegungsende nicht aufrechterhalten.*
- *Möglichst während der gesamten Bewegung nur das arbeitende Bein einsetzen, nicht mit dem anderen Bein unterstützen, auch nicht springen.*
- *Langsam und kontrolliert in die Ausgangsposition zurückgehen, nicht auf den Boden »knallen«.*
- *Nicht beide Füße auf der Bank oder dem Kasten abstellen, weil sonst leicht geschummelt wird, indem der Körper die Bewegung über einen beidbeinigen Squat beendet. Bis zum Ende der gesamten Bewegung nur mit einem Bein arbeiten.*

Übungsablauf:

1. Mit 10–20 cm Abstand vor der Bank stehen, in jeder Hand eine Kurzhantel halten.
2. Den rechten Fuß komplett auf die Bank stellen, der linke Fuß steht fest auf dem Boden.
3. Gewicht verlagern und auf die Bank steigen. Die Ferse des rechten Fußes steuert die Bewegung.
4. Das linke Bein gestreckt nachziehen, bis die Zehen die Bank berühren. Den linken Fuß aber nicht absetzen.
5. Zurück in die Ausgangsposition, dabei den rechten Fuß auf der Bank stehen lassen.
6. Beidseitig so oft wiederholen wie vorgesehen.

Einbeiniger Box Squat

Dieser Box Squat dient zur Ausbildung einbeiniger Kraft und Stabilität. Die Bankhöhe kann angepasst und mit der Zeit immer mehr abgesenkt werden, um den Schwierigkeitsgrad zu erhöhen. Diese Variante ist im Vergleich zum Pistol Squat die bessere, weil man beim Pistol Squat dazu neigt, den unteren Rücken einzurunden, was bei einem sauber ausgeführten einbeinigen Box Squat nicht passiert.

Beanspruchte Muskeln: Quadrizeps, Gesäßmuskeln

Tipps:

- *Möglichst beim Absenken nicht nach rechts oder links lehnen.*
- *Als Gegengewicht eine leichte Kettlebell, Kurzhantel oder Gewichtsscheibe vor dem Oberkörper halten.*
- *Oberkörper aufrecht halten, das Einrunden des unteren Rückens am unteren Bewegungsende vermeiden.*
- *Nicht auf die Bank fallen lassen, sondern kontrolliert absenken.*

Übungsablauf:

1. Rückwärts im schulterbreiten Stand vor einen Kasten oder eine Bank stellen. Das Gewicht auf das rechte Bein verlagern, das linke Bein leicht anheben.
2. Durch Beugen von Hüfte und Knie absenken, dabei die Arme zum Ausbalancieren gerade nach vorne ausstrecken. Das linke Bein bleibt locker kurz über dem Boden.
3. Nach hinten absetzen, weich auf die Bank absenken.
4. Mithilfe der Gesäßmuskulatur wieder nach oben zurück in die Ausgangsposition federn.
5. Beidseitig so oft wiederholen wie vorgesehen.

Skater Squat

Der Skater Squat fördert einbeinige Kraft und Stabilität und verbessert gleichzeitig Balance und Koordination. Diese Variante ist sehr »kniefreundlich« und sollte regelmäßig in die Workouts integriert werden.

Beanspruchte Muskeln: Quadrizeps, Gesäßmuskeln

Tipps:

- *Mit langsamen und kontrollierten Bewegungen arbeiten. Nicht auf den Boden »knallen«.*
- *Man kann ein Schutzpad unter dem hinteren Knie positionieren, damit man merkt, wann die optimale Tiefe erreicht ist.*

Übungsablauf:

1. Auf dem linken Bein stehen, das rechte Bein im rechten Winkel nach hinten gebeugt. Arme senkrecht am Körper.
2. Senkrecht in den Squat gehen, bis das hintere Knie fast den Boden berührt, den Rumpf dabei vorbeugen.
3. Beim Absenken die Arme zum Ausbalancieren gerade nach vorne strecken.
4. Aus der Hüfte wieder nach oben in die Ausgangsposition federn und beidseitig so oft wiederholen wie vorgesehen.

Pistol Squat

Diese Squat-Variante fördert einbeinige Kraft und Stabilität und verbessert gleichzeitig Balance und Koordination. Sie ist möglicherweise die schwierigste einbeinige Übung, die es gibt, und wird meist eher unsauber absolviert. Man sollte auf eine athletische Ausführung und vor allem auf eine gute Haltung achten.

Beanspruchte Muskeln: Quadrizeps, Gesäßmuskeln

Tipps:

- *Um diese Übung zu erleichtern, kann man zunächst während des Absenkens auf einer Bank oder einem Kasten stehen, wodurch der Oberschenkel parallel zum Boden geführt werden kann, bevor sich die Ferse des nicht arbeitenden Fußes dem Boden nähert. Nach und nach kann das Bein immer höher gehalten werden, bis die gesamte Absenktiefe des Rumpfes erreicht und die Bank nicht mehr nötig ist.*
- *Möglichst beim Absenken nicht nach rechts oder links lehnen.*
- *Als Gegengewicht eine leichte Kettlebell, Kurzhantel oder Gewichtsscheibe vor dem Oberkörper halten.*
- *Oberkörper aufrecht halten, das Einrunden des unteren Rückens am unteren Bewegungsende vermeiden.*

Übungsablauf:

1. Schulterbreiter Stand. Gewicht auf das rechte Bein verlagern, das linke Bein leicht anheben.
2. Auf dem rechten Bein durch Beugen von Hüfte und Knie in den Squat gehen.
3. Beim Absenken die Arme zum Ausbalancieren gerade nach vorne ausstrecken, das linke Bein bleibt locker knapp über dem Boden.
4. Mithilfe der Gesäßmuskulatur wieder nach oben zurück in die Ausgangsposition federn.
5. Beidseitig so oft wiederholen wie vorgesehen.

Übungen für die Hüfte

Die Übungen dieser Kategorie erfordern ein gewisses Maß an Erfahrung, aber Sie werden die Abläufe mit der Zeit verinnerlichen. Bei Squats und Ausfallschritten können Sie fühlen, wie hart Ihre Quadrizepse arbeiten. Ihre Knie durchlaufen dabei einen großen Bewegungsradius, weshalb diese Übungen in die Gruppe der Quadrizepsübungen gehören.

Aber wie ist das beim Kreuzheben? Die Knie sind gebeugt, und die Quadrizepse werden stark kontrahiert. Dennoch werden die Knie lange nicht so stark gebeugt und die Quadrizepse weniger stark aktiviert als beim Squat. Da die Beinhaltung gerader ist, kann die ischiocrurale Muskulatur beim Kreuzheben mehr Kraft ausüben und härter arbeiten als beim Squat. Die Hüfte hat einen großen Bewegungsradius, die Knie sind jedoch nur leicht gebeugt, daher liegt der Schwerpunkt der Bewegung im Hüftgelenk. Dies ist der Grund, weshalb Kreuzheben und ähnliche Übungen vorrangig als Hüftübungen zu bezeichnen sind.

Hüftübungen beanspruchen in gebeugten Positionen vor allem die Hüftstrecker, ähnlich wie Squats. Der entscheidende Unterschied zwischen den Bewegungen ist, dass die ischiocrurale Muskulatur beim Kreuzheben stärker aktiviert wird und sich in einer besseren Position für die Hüftextension und Aufrichtung des Körpers befindet. Kreuzheben ist die absolut gängigste auf die Hüfte abzielende Übung. Die Langhantel mit den Händen zu halten erfordert Muskelkraft, die die Schulterblätter und den Oberkörper ausgerichtet hält, den Core-Bereich anspannt und Hüfte, Knie und Fußgelenke dehnt. Kreuzheben ist im Grunde eine Ganzkörperübung, die das Auflegen unglaublicher Gewichte möglich macht.

Bei korrektem Training können die meisten Frauen Kreuzheben sehr gut bewältigen, aber man muss unbedingt verstehen, dass diese Hebeübung kein Squat ist. Die Hüfte bleiben weiter oben, die ischiocrurale Muskulatur ist enorm involviert. Die Gesäßmuskeln werden stark aktiviert, ebenso die Rückenstrecker.

Es gibt viele Varianten des Kreuzhebens. Good Morning wird auch »Russisches Kreuzheben« genannt; die Übungen sind fast identisch, nur dass die Hantel beim Good Morning im oberen Rückenbereich liegt statt in den Händen.

Von Hüftübungen bekommt man nicht so viel Muskelkater im Gesäß wie von Quadrizepsübungen, da die Gesäßmuskeln nicht so stark gedehnt werden. Die Muskeln werden bei Hüftübungen stärker aktiviert als bei Quadrizepsübungen, aber weniger als bei den Spezialübungen für das Gesäß. Hüftübungen fordern sehr ausgewogen und bewirken eine beeindruckende funktionale Kräftigung des gesamten Körpers.

Tatsächlich sind die korrekten Ablaufmuster beim Beugen der Hüfte ausschlaggebend für den Erfolg bei Hebeübungen, und es ist äußerst wichtig, die Bewegungsabläufe für den gesamten Lumbalbereich gut zu durchschauen. Kreuzheben eignet sich hervorragend zur Verbesserung von Kraft und Kompetenz in allen Positionen mit gebeugter Hüfte. Wenn Sie wissen, wie Sie Ihre Hüfte bewegen und dabei den Core-Bereich stabil halten, vermeiden Sie Schmerzen im unteren Rücken, was besonders für häufiges Gewichtheben unerlässlich ist.

Kabeldurchzug mit gebeugten Knien

Beanspruchte Muskeln: **Gesäßmuskulatur, ischiocrurale Muskulatur**

Tipps:

- *Mit geradem Oberkörper aus der Hüfte nach vorne beugen, Nacken in Verlängerung der Wirbelsäule.*
- *Nach hinten absetzen, dann die Hüfte nach vorne schieben.*

Der Kabeldurchzug wird häufig unterschätzt. Bei korrekter Ausführung fordert er die Gesäßmuskulatur stark. Die hohen Anforderungen an Balance und Stabilität lassen zunächst keine großen Gewichte zu, aber mit der Zeit wird die Koordination besser. Wenn die Gesäßmuskeln stärker sind, kann das Gewicht erhöht werden.

Übungsablauf:

1. Mit dem Rücken zur Kabelzugmaschine stehen und den Kabelgriff fassen (Seil oder V-Griff).
2. Einige Schritte nach vorne gehen, um das Kabel unter Spannung zu bringen. Nicht zu weit, damit die Gewichte nicht oben anschlagen.
3. Wirbelsäule und Nacken in neutraler Position halten, nach hinten absetzen, aus der Hüfte nach vorne beugen.
4. Hüfte unter Anspannung der Gesäßmuskeln nach vorne schieben, auf vollständige Hüftstreckung achten.
5. So oft wiederholen wie vorgesehen.

Kreuzheben mit Hexagon-Hantel

Diese Übung ist bei vielen Trainern auf der ganzen Welt beliebt. Sie ist eine Mischung aus Squat und Kreuzheben und wird deshalb auch »Squat Lift« genannt. Da die Knie nicht wie bei der traditionellen Langhantel im Weg sind, können sie weiter nach vorne gebracht werden, was die Spannung auf den Quadrizeps erhöht und auf die ischiocrurale Muskulatur etwas reduziert. Bei geringer Flexibilität der ischiocruralen Muskulatur lässt sich gut mit der Hexagon-Hantel arbeiten. Die Wirbelsäule wird weniger belastet – ein Vorteil bei Rückenproblemen.

Beanspruchte Muskeln: **Rückenmuskulatur, Quadrizeps, ischiocrurale und Gesäßmuskulatur**

Tipps:

- *Die Hüfte bleibt etwas weiter oben als beim Squat.*
- *Die Wirbelsäule neutral halten, aus der Hüfte arbeiten.*
- *Fersen in den Boden stemmen, Gesäßmuskulatur beim Hochkommen anspannen.*
- *Absenkende (exzentrische) und aufrichtende (konzentrische) Bewegung sind – bis auf die Richtung – identisch.*

Übungsablauf:

1. In der Hexagon-Hantel stehen, auf symmetrischen Stand und ausgewogene Gewichtsverteilung achten.
2. Aus der Hüfte nach vorne beugen, Griffe der Hantel fassen, Wirbelsäule und Nacken bleiben in einer Linie.
3. Langhantel heben, beim Hochkommen Gesäßmuskulatur intensiv anspannen.
4. Bewegung umkehren und so oft wiederholen wie vorgesehen.

Rumänisches Kreuzheben mit Kurzhanteln

Diese Übung ist ideal zum Erlernen des korrekten Hüftbeugens. Sie eignet sich für Anfänger, mit Variationen auch für Fortgeschrittene.

Beanspruchte Muskeln: Rückenmuskulatur, ischiocrurale Muskulatur, Gesäßmuskulatur

Tipps:

- *Nach hinten absetzen und dabei die Beanspruchung der ischiocruralen Muskulatur spüren. Das Gewicht bleibt auf den Fersen.*
- *Die Wirbelsäule neutral halten, den Rücken nicht rund werden lassen.*
- *Das Gewicht ist bei dieser Übung nicht entscheidend. Bei optimaler Ausführung erzielt man auch mit wenig Gewicht gute Resultate.*

Übungsablauf:

1. Kurzhanteln in die Hände nehmen, die Übung im Stehen beginnen.
2. Die Füße schulterbreit positionieren.
3. Nach hinten absetzen, aus der Hüfte heraus nach vorne beugen. Beim Zurückschieben der Hüfte die Knie beugen. Die Bewegung ist in der ischiocruralen Muskulatur zu spüren, der Core-Bereich bleibt neutral.
4. Bewegung umkehren, beim Hochkommen Gesäßmuskulatur intensiv anspannen.

Rumänisches Kreuzheben (RDL)

Diese Variante trainiert das Nach-hinten-Absetzen, die Bewegung der Hüfte und die ischiocrurale Muskulatur bei Hebeübungen. Korrektes Hüftbeugen ist das A und O beim Gewichtheben, und RDL ist die beste Trainingsmethode.

Beanspruchte Muskeln: Rückenmuskulatur, ischiocrurale Muskulatur, Gesäßmuskulatur

Tipps:

- *Das Gesäß nach hinten unten schieben und die Beanspruchung der ischiocruralen Muskulatur spüren. Das Gewicht bleibt auf den Fersen.*
- *Wirbelsäule neutral halten, den Rücken nicht einrunden.*
- *Das Gewicht ist bei dieser Übung nicht entscheidend. Bei optimaler Ausführung erzielt man auch mit wenig Gewicht gute Resultate.*

Übungsablauf:

1. Hantel aus dem Rack nehmen, symmetrisch greifen. Im Stehen beginnen.
2. Die Füße im Stand schulterbreit positionieren.
3. Nach hinten absenken, dabei den Oberkörper aus der Hüfte nach vorne beugen. Beim Zurückschieben der Hüfte die Knie beugen. Die ischiocrurale Muskulatur ist deutlich zu spüren, der Core-Bereich bleibt neutral.
4. Bewegung umkehren, beim Aufrichten die Gesäßmuskulatur intensiv anspannen.

Hebeübung im Rack

Diese Übung hat viele Vorteile. Durch den geringen Bewegungsradius der Hüfte eignet sie sich gut für Anfänger. Auch bei begrenzter Flexibilität der ischiocruralen Muskulatur hilft sie, die Core-Stabilität und Mobilität der Hüfte zu verbessern, bis irgendwann der volle Bewegungsumfang für das Kreuzheben erreicht wird. Die Übung ermöglicht den Einsatz größerer Gewichte, was bisweilen vorteilhaft ist.

Beanspruchte Muskeln: **Rücken-, ischiocrurale und Gesäßmuskulatur**

Tipps:

- *Die Bewegung kommt aus der Hüfte. Beim Nach-hinten-Absetzen werden Hüfte und Knie gebeugt, die ischiocrurale Muskulatur gedehnt. Die Knie bleiben hinten.*
- *Wirbelsäule neutral halten.*
- *Beim Hochkommen Gesäßmuskulatur intensiv anspannen.*

Übungsablauf:

1. Schulterbreit im Rack stehen, die Füße zeigen nach vorne.
2. Langhantel etwas unterhalb der Kniescheiben im Rack positionieren.
3. Das Gesäß nach hinten schieben, aus der Hüfte nach vorne beugen, Wirbelsäule neutral halten, Langhantel greifen. Bei großen Gewichten kann mit Kreuzgriff (hier im Bild) gearbeitet werden statt mit doppeltem Obergriff.
4. Einatmen, Luft anhalten, Langhantel anheben.
5. Beim Aufrichten Gesäßmuskulatur intensiv anspannen.
6. Bewegungsrichtung durch Nach-hinten-Absetzen umkehren, die Langhantel gleitet parallel zu den Beinen zurück ins Rack.

Amerikanisches Kreuzheben (ADL) mit Kurzhanteln

Amerikanisches Kreuzheben ist eine meiner Lieblingsübungen für das Gesäß. Die Übung entspricht dem Rumänischen Kreuzheben, jedoch mit aufgerichtetem Becken und extrem kontrahierter Gesäßmuskulatur in der Endstellung. Beim Absenken wird die ischiocrurale Muskulatur beansprucht, beim Aufrichten die Gesäßmuskulatur. Viele Menschen haben keine Kontrolle über die Stellung des Beckens. ADL verbessert die Beckenmotorik deutlich, was für die Core-Stabilität enorm wichtig ist.

Beanspruchte Muskeln: **Rücken-, ischiocrurale und Gesäßmuskulatur**

Tipps:

- *Nach hinten absetzen, in der Anfangsstellung das Becken nach vorne kippen und die natürliche Lordose verstärken, um die ischiocrurale Muskulatur zu dehnen.*
- *Beim Aufrichten die Gesäßmuskulatur anspannen, Becken wieder aufrichten.*
- *Während der gesamten Übung die Kurzhanteln dicht am Körper halten.*
- *Den Nacken in neutraler Position halten.*

Übungsablauf:

1. Mit Kurzhanteln im Stehen beginnen, Füße schulterbreit positionieren.
2. Die Wirbelsäule in neutraler Position halten, nach hinten absetzen und den Oberkörper aus der Hüfte heraus nach vorne beugen. Das Becken nach vorne kippen und die natürliche Lordose erhalten, damit die ischiocrurale Muskulatur beim Absenken kräftig gedehnt wird.
3. Bewegung umkehren, Kurzhantel hochziehen, dabei die Gesäßmuskulatur stark anspannen und das Becken wieder aufrichten.
4. So oft wiederholen wie vorgesehen.

Kreuzheben mit Kurzhanteln

Eine sehr gute Variante für Anfänger, die noch nicht bereit sind für die großen Gewichte auf der Langhantel.

Beanspruchte Muskeln: Rückenmuskulatur, ischiocrurale Muskulatur, Gesäßmuskulatur

Tipps:

- *Kreuzheben ist nicht dasselbe wie ein Squat: Die Bewegung kommt aus der Hüfte, und diese wird nicht so weit abgesenkt.*
- *Die Kurzhanteln dürfen nicht nach vorne geführt werden. Sie bleiben seitlich nah am Körper.*
- *Absenkende (exzentrische) und aufrichtende (konzentrische) Bewegung sind – bis auf die Richtung – identisch.*
- *Auf die Position von Kopf und Nacken achten, diese bleibt während des gesamten Bewegungsablaufs neutral.*
- *Die Schultern knapp vor den Kurzhanteln ausrichten.*
- *Den Rücken beim Absenken nicht rund werden lassen, beim Aufrichten nicht überstrecken. Wirbelsäule neutral halten und die Bewegung über die Hüfte steuern.*

Übungsablauf:

1. Im Stehen die Füße parallel und schulterbreit positionieren.
2. Gesäß nach hinten schieben, vorbeugen, Kurzhanteln greifen.
3. Das Brustbein anheben, die natürliche Lordose erhalten.
4. Die Seitenansicht zeigt: Hüfte höher als die Knie, Schultern höher als die Hüfte, Schultern leicht vor den Hanteln positioniert.
5. Vor Beginn der Übung nach unten sehen, damit der Nacken in eine neutrale Position kommt.
6. Tief einatmen, Beine wieder strecken und Kurzhanteln heben; sie bleiben aber während der gesamten Übung seitlich neben dem Körper.
7. Der untere Rücken tendiert dazu, rund zu werden, das Becken möchte nach hinten kippen. Beides darf nicht passieren!
8. Vollständig aufrichten, Wirbelsäule strecken, Gesäßmuskulatur einsetzen, um die Hüfte auszurichten.
9. Absenken wie beim Rumänischen Kreuzheben. Die natürliche Wölbung der Lordose im unteren Rücken erhalten, die Hanteln bleiben dicht am Körper.
10. Wenn die Kurzhanteln bis unterhalb der Knie abgesenkt sind, Knie beugen. Zurück in die Ausgangsposition gehen.

Rumänisches Kreuzheben mit Kurzhanteln im Gehen

Diese Variante sollte hin und wieder in das Workout aufgenommen werden. Sie wird gegenüber dem einbeinigen Rumänischen Kreuzheben als die natürlichere Bewegung empfunden und schont die Kniegelenke.

Beanspruchte Muskeln: ischiocrurale Muskulatur, Gesäßmuskulatur

Tipps:

- *Brustbein anheben, den Rücken nicht rund werden lassen.*
- *Optimale Schrittlänge herausfinden. Sie darf nicht zu kurz oder zu lang sein.*

Übungsablauf:

1. Die Übung im Stehen beginnen, in jeder Hand eine Kurzhantel.
2. Mit dem rechten Bein einen Schritt vorwärtsgehen, aus der Hüfte nach vorne beugen, die Wirbelsäule in neutraler Position halten.
3. Zurück in die Ausgangsstellung, linkes Bein nach vorne stellen, aus der Hüfte nach vorne beugen, die Wirbelsäule bleibt in neutraler Position.
4. Bein wechseln. Mit beiden Beinen so oft wiederholen wie vorgesehen.

Einbeinig abduziertes Rumänisches Kreuzheben mit Kurzhantel

Diese Übung ähnelt dem Bulgarischen Split Squat. Es ist keine echte einbeinige Übung, da das »nicht arbeitende« Bein zur Unterstützung eingesetzt wird. Diese Variante verbessert Balance und Stabilität und ermöglicht größere Gewichte.

Beanspruchte Muskeln: ischiocrurale Muskulatur, Gesäßmuskulatur

Tipps:

- *Der größte Teil des Gewichts wird auf das arbeitende Bein verlagert, das andere stabilisiert.*
- *Kurzhantel mittig zwischen den Hüften absenken.*

Übungsablauf:

1. Kurzhantel in der linken Hand halten. Linkes Bein seitlich ausgestreckt auf einer Erhöhung platzieren.
2. Aus der Hüfte nach vorne beugen, die Wirbelsäule bleibt in neutraler Position.
3. Gesäßmuskulatur anspannen und das Gewicht kontrolliert absenken.
4. Auf einer Seite so oft wiederholen wie vorgesehen.
5. Kurzhantel in die rechte Hand wechseln, mit dem anderen Bein wiederholen.

Einbeiniges Rumänisches Kreuzheben mit Kurzhanteln

Diese Übung ist ein hervorragendes Balancetraining und schult die eigene Körperwahrnehmung. Sie erfordert enorm viel Balance, Koordination, Flexibilität der ischiocruralen Muskulatur und Core-Stabilität. Anfangs wird der Bewegungsablauf schwerfallen, aber mit der Zeit sollte sich die Koordination verbessern.

Beanspruchte Muskeln: ischiocrurale Muskulatur, Gesäßmuskulatur

Tipps:

- *In der Endstellung ist das obere Bein gerade nach hinten ausgestreckt.*
- *Das Gesäß genauso nach hinten unten schieben wie beim beidbeinigen Rumänischen Kreuzheben.*
- *Auf die Balance konzentrieren. Wenn eine Wiederholung nicht gelingt, neu ausrichten und fortfahren.*
- *Core-Stabilität bewahren, den Rücken nicht einrunden.*

Übungsablauf:

1. In jeder Hand eine Kurzhantel halten, aufrecht stehen, das Gewicht auf das rechte Bein verlagern.
2. Gesäß- und Beinmuskeln der linken Seite stark anspannen, Bein und Rumpf in einer Linie ausrichten.
3. Gesäß nach hinten schieben, aus der Hüfte heraus den Oberkörper nach vorne beugen, Wirbelsäule und Nacken neutral halten. Die Dehnung sollte in der ischiocruralen Muskulatur zu spüren sein.
4. Mit intensiver Spannung der Gesäßmuskulatur aufrichten und in die Ausgangsposition zurückkehren.
5. So oft wiederholen wie vorgesehen. Dann Seite wechseln.

Amerikanisches Kreuzheben mit Langhantel

Amerikanisches Kreuzheben (ADL) ist eine meiner Lieblingsübungen für das Gesäß. Die Übung entspricht dem Rumänischen Kreuzheben (RDL), jedoch mit aufgerichtetem Becken und extrem kontrahierter Gesäßmuskulatur in der Endstellung. Beim Absenken wird die ischiocrurale Muskulatur beansprucht, beim Aufrichten die Gesäßmuskulatur. Viele Menschen haben keine Kontrolle über die Stellung des Beckens. ADL verbessert die Beckenmotorik deutlich, was für die Core-Stabilität enorm wichtig ist.

Beanspruchte Muskeln: Rückenmuskulatur, ischiocrurale Muskulatur, Gesäßmuskulatur

Tipps:

- *Gesäß nach hinten unten schieben, in der Endstellung das Becken nach vorne kippen und die natürliche Lordose verstärken, um die ischiocrurale Muskulatur zu dehnen.*
- *Beim Aufrichten die Gesäßmuskulatur anspannen, Becken wieder aufrichten.*
- *Während der gesamten Übung die Kurzhanteln dicht am Körper halten.*
- *Den Nacken in neutraler Position halten.*

Übungsablauf:

1. Langhantel aus dem Rack nehmen, im Stehen die Füße schulterbreit positionieren.
2. Wirbelsäule in neutraler Position halten, das Gesäß nach hinten unten schieben und den Oberkörper aus der Hüfte heraus nach vorne beugen. Das Becken nach vorne kippen und die natürliche Lordose erhalten, damit die ischiocrurale Muskulatur beim Absenken kräftig gedehnt wird.
3. Bewegung umkehren, Langhantel wieder hochziehen.
4. Die Gesäßmuskulatur beim Anheben stark anspannen, das Becken aufrichten.
5. So oft wiederholen wie vorgesehen.

Konventionelles Kreuzheben

Korrekt ausgeführtes Kreuzheben ist eine stark gesäßbildende Übung. Die meisten Menschen haben mehr Kraft, wenn sie ihren Rücken einrunden, aber beim Kreuzheben sei hiervon abgeraten. Die natürlichen Krümmungen der Wirbelsäule sollten konstant beibehalten werden, das schützt die Wirbelsäule und ist gesünder.

Die Gesäßmuskulatur arbeitet während der gesamten Übung, sowohl beim Anheben als auch beim Absetzen des Gewichts. Dennoch beansprucht Kreuzheben nicht nur die Gesäßmuskulatur, sondern die gesamte rückwärtige Muskulatur, inklusive der Waden- und ischiocruralen Muskulatur, der Rückenstrecker, der Großen Rückenmuskeln, der hinteren Deltamuskeln, der Rauten- und Trapezmuskeln. Durch das Halten des Gewichts wird sogar die Muskulatur der Hände und Arme beansprucht.

Die optimale Ausführung der Endhaltung bereitet oft Probleme, besonders bei geringer Flexibilität der ischiocruralen Muskulatur. Man sollte dann auf Hebeübungen im Rack oder auf die Hexagonal-Hantel ausweichen, um zunächst Hüftbeugung und Mobilität der ischiocruralen Muskulatur zu verbessern.

Kreuzheben wirkt Wunder in Bezug auf Kraft und Leistungsfähigkeit. Beim Kreuzheben persönliche Rekorde aufzustellen stärkt das Selbstbewusstsein.

Beanspruchte Muskeln: **Rückenmuskulatur, ischiocrurale Muskulatur, Gesäßmuskulatur**

Tipps:

- *Diese Übung ist kein Squat: Die Bewegung kommt aus der Hüfte, die nicht so weit abgesenkt wird.*
- *Die Langhantel darf nicht nach vorne geführt werden. Sie bleibt dicht am Körper.*
- *Absenkende (exzentrische) und aufrichtende (konzentrische) Bewegung sind – bis auf die Richtung – identisch.*
- *Die Position von Kopf und Nacken bleibt während des gesamten Bewegungsablaufs neutral.*
- *Die Schultern knapp vor der Langhantel ausrichten.*
- *Den Rücken beim Absenken nicht einrunden, beim Aufrichten nicht überstrecken. Die Wirbelsäule neutral halten und die Bewegung über die Hüfte steuern.*

Übungsablauf:

1. Im Stehen die Füße parallel und schmaler als hüftbreit positionieren, die Schienbeine befinden sich etwa 5–8 cm hinter der Hantel.
2. Gesäß nach hinten schieben, vorbeugen, Langhantel fest und sicher greifen (mit doppeltem Obergriff oder, bei großen Gewichten, mit Kreuzgriff).
3. Brustbein anheben, natürliche Lordose im unteren Rücken beibehalten.
4. Die Seitenansicht zeigt: Hüfte höher als die Knie, Schultern höher als die Hüfte, Schultern leicht vor der Hantel positioniert.
5. Vor Beginn der Hebung nach unten sehen, damit der Nacken in eine neutrale Position kommt.
6. Tief einatmen, Langhantel anheben, sie bleibt während der gesamten Übung eng am Körper.
7. Der untere Rücken neigt dazu, rund zu werden (Flexion), und das Becken möchte nach hinten kippen. Beides darf nicht passieren!
8. Vollständig aufrichten, Wirbelsäule strecken, Gesäßmuskulatur einsetzen, um die Hüfte nach vorne zu bringen.
9. Absenken wie beim Rumänischen Kreuzheben. Halten Sie den unteren Rücken in der natürlichen Wölbung der Lordose, die Hantel bleibt dicht am Körper.
10. Wenn die Langhantel bis unterhalb der Knie abgesenkt ist, die Knie beugen. Zurück in die Ausgangsposition gehen.

Sumo-Kreuzheben

Bei dieser Variante des Kreuzhebens wird etwas weniger Druck auf den unteren Rücken ausgeübt, die Gesäßmuskulatur und der Quadrizeps werden mehr gefordert – deshalb wird sie der konventionellen Methode oft vorgezogen. Die Sumo-Variante ähnelt mehr einem Squat und erfordert weniger Flexibilität der ischiocrulalen Muskulatur.

Beanspruchte Muskeln: **Rücken-, Gesäß- und ischiocrurale Muskulatur, Quadrizeps, Adduktoren**

Tipps:

- *Die Hantel darf nicht nach vorne geführt werden. Sie bleibt dicht am Körper.*
- *Absenkende (exzentrische) und aufrichtende (konzentrische) Bewegung sind – bis auf die Richtung – vollkommen identisch.*
- *Die Position des Nackens bleibt während des gesamten Bewegungsablaufs neutral.*
- *Die Schultern knapp vor der Langhantel ausrichten.*
- *Den Rücken beim Absenken nicht einrunden, beim Aufrichten nicht überstrecken. Wirbelsäule neutral halten, die Bewegungen über die Hüfte steuern.*

Übungsablauf:

1. Breiter Stand, Füße ausgedreht, die Schienbeine befinden sich etwa 5–8 cm hinter der Hantel.
2. Gesäß nach hinten unten schieben, vorbeugen, Langhante fest und sicher greifen (mit doppeltem Obergriff oder bei großen Gewichten, mit Kreuzgriff).
3. Brustbein anheben, die natürliche Lordose beibehalten.
4. Die Seitenansicht zeigt: Hüfte höher als die Knie, Schultern höher als die Hüfte, Schultern leicht vor der Hantel positioniert.
5. Vor Beginn der Übung nach unten sehen, damit der Nacken in eine neutrale Position kommt.)
6. Tief einatmen, Langhante anheben, sie bleibt während der gesamten Übung eng am Körper.
7. Knie nach außen drücken, den Oberkörper aufrecht halten.
8. Der untere Rücken neigt dazu, rund zu werden (Flexion), und das Becken möchte nach hinten kippen. Beides darf nicht passieren!
9. Vollständig aufrichten, Wirbelsäule strecken, Gesäßmuskulatur einsetzen, um die Hüfte nach vorne zu bringen.
10. Absenken wie beim Rumänischen Kreuzheben. Halten Sie den unteren Rücken in der natürlichen Lordose, die Hantel bleibt dicht am Körper.
11. Wenn die Langhantel bis unterhalb der Knie abgesenkt ist, die Knie beugen. Zurück in die Ausgangsposition gehen.

Kreuzheben mit Erhöhung und Defizit

Die Variante mit Defizit ermöglicht einen größeren Bewegungsradius für Hüfte und Knie und stellt somit eine größere Herausforderung dar. Man benötigt eine hohe Flexibilität der ischiocruralen Muskulatur. Sie sollten die Übung einwandfrei ausführen können, bevor Sie mit großen Gewichten arbeiten.

Beanspruchte Muskeln: Rückenmuskulatur, ischiocrurale Muskulatur, Gesäßmuskulatur

Tipps:

- *Diese Übung ist kein Squat, die Bewegung kommt aus der Hüfte. Die Hüfte wird nicht so weit gesenkt wie beim Squat.*
- *Die Langhantel darf nicht nach vorne geführt werden. Sie bleibt dicht am Körper.*
- *Absenkende (exzentrische) und aufrichtende (konzentrische) Bewegung sind – bis auf die Richtung – vollkommen identisch.*
- *Die Position des Nackens bleibt während des gesamten Bewegungsablaufs neutral.*
- *Die Schultern knapp vor den Kurzhanteln ausrichten.*
- *Den Rücken beim Absenken nicht einrunden, beim Aufrichten nicht überstrecken. Wirbelsäule neutral halten, die Bewegungen über die Hüfte steuern.*

Übungsablauf:

1. Enger Stand auf einem Step oder einem Kasten, die Füße stehen parallel, die Langhantel befindet sich direkt vor den Schienbeinen.
2. Das Gesäß nach hinten unten schieben, vorbeugen, Langhantel fest und sicher greifen (mit doppeltem Obergriff oder, bei großen Gewichten, mit Kreuzgriff).
3. Brustbein anheben, die natürliche Lordose beibehalten.
4. Die Seitenansicht zeigt: Hüfte höher als die Knie, Schultern höher als die Hüfte, Schultern leicht vor den Hanteln positioniert.
5. Vor Beginn der Hebung nach unten sehen, damit der Nacken in eine neutrale Position kommt.
6. Tief einatmen, Langhantel anheben, sie bleibt während der gesamten Übung dicht am Körper.
7. Der untere Rücken neigt dazu, rund zu werden (Flexion), und das Becken möchte nach hinten kippen. Beides darf nicht passieren!
8. Vollständig aufrichten, Wirbelsäule strecken, Gesäßmuskulatur einsetzen, um die Hüfte nach vorne zu bringen.
9. Absenken wie beim Rumänischen Kreuzheben. Halten Sie den unteren Rücken in der natürlichen Lordose, die Hantel bleibt dicht am Körper.
10. Wenn die Langhantel bis unterhalb der Knie abgesenkt ist, die Knie beugen. Zurück in die Ausgangsposition gehen.

Kreuzheben auf Scheibe mit Defizit

Die Variante mit Defizit ermöglicht einen größeren Bewegungsradius für Hüfte und Knie und stellt somit eine größere Herausforderung dar. Man benötigt eine hohe Flexibilität der ischiocruralen Muskulatur. Sie sollten die Übung einwandfrei ausführen können, bevor Sie mit großen Gewichten arbeiten.

Beanspruchte Muskeln: Rückenmuskulatur, ischiocrurale Muskulatur, Gesäßmuskulatur

Tipps:

- *Diese Übung ist kein Squat, die Bewegung kommt aus der Hüfte. Die Hüfte wird nicht so weit gesenkt wie beim Squat.*
- *Die Langhantel darf nicht nach vorne geführt werden. Sie bleibt dicht am Körper.*
- *Absenkende (exzentrische) und aufrichtende (konzentrische) Bewegung sind – bis auf die Richtung – vollkommen identisch.*
- *Die Position des Nackens bleibt während des gesamten Bewegungsablaufs neutral.*
- *Die Schultern knapp vor den Kurzhanteln ausrichten.*
- *Den Rücken beim Absenken nicht einrunden, beim Aufrichten nicht überstrecken. Wirbelsäule neutral halten, die Bewegungen über die Hüfte steuern.*

Übungsablauf:

1. Enger Stand auf einer Scheibe, die Füße zeigen nach vorne, die Schienbeine befinden sich etwa 5–8 cm hinter der Hantel.
2. Das Gesäß nach hinten unten schieben, vorbeugen, Langhantel fest und sicher greifen (mit doppeltem Obergriff oder, bei großen Gewichten, mit Kreuzgriff).
3. Brustbein anheben, die natürliche Lordose beibehalten.
4. Die Seitenansicht zeigt: Hüfte höher als die Knie, Schultern höher als die Hüfte, Schultern leicht vor der Hanteln positioniert.
5. Vor Beginn der Hebung nach unten sehen, damit der Nacken in eine neutrale Position kommt.
6. Tief einatmen, Langhantel anheben, sie bleibt während der gesamten Übung dicht am Körper.
7. Der untere Rücken neigt dazu, rund zu werden (Flexion), und das Becken möchte nach hinten kippen. Beides darf nicht passieren!
8. Vollständig aufrichten, Wirbelsäule strecken, Gesäßmuskulatur einsetzen, um die Hüfte nach vorne zu bringen.
9. Absenken wie beim Rumänischen Kreuzheben. Halten Sie den unteren Rücken in der natürlichen Lordose, die Hantel bleibt dicht am Körper.
10. Wenn die Langhantel bis unterhalb der Knie abgesenkt ist, die Knie beugen. Zurück in die Ausgangsposition gehen.

Einbeinig abduziertes Rumänisches Kreuzheben mit Langhantel

Diese Übung ähnelt dem Bulgarischen Split Squat. Es ist keine echte einbeinige Übung, da man sich mit dem »nicht arbeitenden« Bein abstützt. Das erhöht die Stabilität und ermöglicht größere Gewichte. Man kann mit Kurzhanteln beginnen, mit zunehmender Kraft sollte aber die Langhantel-Variante gewählt werden.

Beanspruchte Muskeln: ischiocrurale Muskulatur, Gesäßmuskulatur

Tipps:

- *Der größte Teil des Gewichts ruht auf dem arbeitenden Bein, das andere stabilisiert.*
- *Die Langhantel gleitet am Körper nach unten.*

Übungsablauf:

1. Langhantel greifen. Gewicht nach links verlagern, das rechte Bein ausgestreckt auf einen niedrigen Kasten stellen.
2. Aus der Hüfte nach vorne beugen, die Wirbelsäule bleibt in neutraler Position.
3. Gesäßmuskulatur anspannen, Gewicht kontrolliert absenken.
4. So oft wiederholen wie vorgesehen. Seite wechseln.

Einbeiniges Rumänisches Kreuzheben mit Langhantel

Die Übung ist ein hervorragendes Balancetraining und schult die eigene Körperwahrnehmung. Sie erfordert enorm viel Balance, Koordination, Flexibilität der ischiocruralen Muskulatur und Core-Stabilität. Anfangs wird der Bewegungsablauf schwerfallen, aber mit der Zeit sollte sich die Koordination verbessern.

Beanspruchte Muskeln: ischiocrurale Muskulatur, Gesäßmuskulatur

Tipps:

- *Hinteres Bein und Rumpf beim Vorbeugen in einer Linie ausrichten.*
- *In der Endstellung ist das obere Bein gerade nach hinten ausgestreckt.*
- *Nach hinten absetzen wie beim beidbeinigen Rumänischen Kreuzheben.*
- *Auf die Balance konzentrieren.*
- *Core-Stabilität bewahren, den Rücken nicht einrunden.*

Übungsablauf:

1. Langhantel greifen, aufrecht stehen, das Gewicht auf das rechte Bein verlagern.
2. Gesäß- und Beinmuskeln der linken Seite stark anspannen, Bein und Rumpf in einer Linie ausrichten.
3. Aus der Hüfte nach vorne beugen, das Gewicht dicht vor dem Standbein absenken, das Bein nach hinten oben ausstrecken.
4. Die Hantel bis kurz unterhalb des Knies absenken, Rumpf und hinteres Bein bilden eine Linie.
5. Aus dieser Position langsam wieder hochkommen, das hintere Bein absenken und in die Ausgangsposition zurückgehen.
6. Wiederholen, dann Standbein wechseln.

Fehler beim Kreuzheben und wie sie vermieden werden

Falsche Ausrichtung des Nackens: Oftmals wird die Halswirbelsäule nach hinten überdehnt. Richtig ist es, den Blick nach vorne unten zu lenken, denn Kopf und Nacken sollen in einer Linie mit dem Rumpf gehalten werden.

Runder Rücken: Dieser Fehler kommt beim Kreuzheben häufig vor, meist in der Endstellung. Verkürzung der ischiocruralen Muskulatur und geringe Core-Stabilität können die Ursache sein, aber meist liegt es daran, dass der Rücken einfach stärker ist, wenn er gerundet wird. Es erfordert Disziplin, den Core-Bereich stabil und den Rücken in neutraler Position zu halten, während die Bewegung aus den Hüftgelenken heraus stattfindet. Übung macht den Meister.

Squat statt Kreuzheben: Kreuzheben ist kein Squat, oft wird die Hüfte zu tief abgesenkt. Diese sollte oberhalb der Knie positioniert werden, jedoch tiefer als die Schultern. Die ischiocrurale Muskulatur wird kontrahiert und ist aktiv an der Hebung beteiligt.

Schultern hinter der Hantel: Die Schultern sollten sich entweder direkt über der Hantel oder, besser noch, leicht vor der Hantel befinden, wenn die Hebung ansetzt. Die Schultern hinter der Hantel zu halten ist ein typischer Anfängerfehler.

Falsche Position von Füßen und Händen: Die korrekte Position der Füße beim Kreuzheben beinhaltet einen relativ schmalen, weniger als hüftbreiten Abstand. Die Füße werden parallel positioniert und zeigen gerade nach vorne, die Arme befinden sich beidseitig knapp außerhalb der Beine. Nicht zu breit stehen oder greifen.

Arme auf Höhe der Beine: Beim konventionellen Kreuzheben werden die Arme knapp außerhalb der Beine, beim Sumo-Kreuzheben knapp innerhalb der Beine positioniert. Die Hantelstange darf nicht direkt auf Höhe der Beine gegriffen werden: Das würde den Rücken unnötig stark belasten, da die Hantel dann nicht am Körper entlanggleiten kann.

Hantel liegt zu weit vorne: Die Hantel soll beim Kreuzheben stets dicht am Körper auf und ab gleiten. In keiner Position des Bewegungsablaufs darf sie mehr als 2–3 cm vom Körper entfernt sein.

Überstreckter Rücken: Dieser Fehler passiert beim Kreuzheben in der Endstellung, wenn die Gesäßmuskulatur nicht kräftig genug ist. Sie ist dann nicht in der Lage, die Hüfte nach vorne in die vollständige Hüftstreckung zu schieben und gleichzeitig den Rücken in neutraler Position zu halten. Dies hat zur Folge, dass die Wirbelsäule durch den Rückenstrecker übermäßig nach hinten gezogen wird. Das Resultat ist die Gefahr einer Verletzung durch Überstreckung des Rückens ins Hohlkreuz.

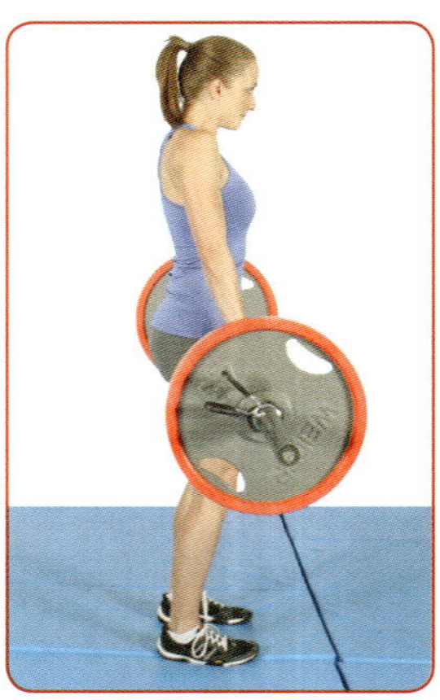

Hochgezogene Schultern: Anfänger mit Bodybuilding-Erfahrung neigen dazu, beim Kreuzheben zu sehr aus den Armen zu ziehen. Entweder werden die Ellenbogen gebeugt oder die Schultern hochgezogen. Beides ist ineffizient und verhindert überdies den Kraftaufbau. Die Arme dienen ausschließlich zum »Aufhängen« der Hantel, die Bewegung kommt aus der Hüfte, nicht aus den Armen und Schulterblättern.

Good Morning mit Langhantel

Diese Übung beansprucht die ischiocrurale Muskulatur und durch die gebeugte Position auch sehr stark die Hüfte. Sie hilft, enorme Core-Stabilität auszubilden, die für Squats und Kreuzheben äußerst vorteilhaft ist. Sie ist deshalb eine bevorzugte Übung der Powerlifter.

Beanspruchte Muskeln: **Rückenmuskulatur, ischiocrurale Muskulatur, Gesäßmuskulatur**

Tipps:

- *Nach hinten absetzen und spüren, wie die ischiocrurale Muskulatur arbeitet. Gewicht bleibt auf den Fersen.*
- *Wirbelsäule neutral halten, Rücken nicht einrunden.*
- *Schwere Hantelgewichte sind bei dieser Übung nicht entscheidend. Bei optimaler Ausführung erzielt man auch mit geringerer Last gute Resultate.*

Übungsablauf:

1. Hantel aus dem Rack nehmen und in der High-Bar-Position knapp oberhalb der Schulterblattgräten ausrichten.
2. Aus dem Rack treten, im Stehen die Füße schulterbreit positionieren.
3. Die Hüfte nach hinten schieben und aus der Hüfte nach vorne beugen. Die Knie werden während des Zurückschiebens der Hüfte gebeugt. Die Bewegung sollte möglichst stark in der ischiocruralen Muskulatur zu spüren sein. Der Core-Bereich bleibt in neutraler Position.
4. Die Bewegung umkehren und beim Hochkommen die Gesäßmuskulatur intensiv anspannen.

Russischer Kettlebell-Swing

Durch den kraftvollen Körpereinsatz und den beachtlichen Bewegungsradius wird beim Kettlebell-Swing sowohl die Gesäßmuskulatur aufgebaut als auch der Stoffwechsel angeregt. Sorgfältig ausgeführt, lässt sich bei dieser Übung hervorragend erkennen, wie die Bewegungen der Hüfte und des gesamten unteren Rückens eigentlich ablaufen. Die Lendenwirbelsäule wird in eine neutrale Position gezwungen, während die Bewegung aus der Hüfte geführt und das Becken in optimaler Stellung gehalten wird. Weltweit ist der Kettlebell-Swing eine sehr beliebte Übung und schon für sich allein ein optimales Workout. Leider werden häufig zu leichte Kettlebells verwendet, die die Gesäßmuskulatur nicht übermäßig herausfordern. Sehr schwere Kettlebells hingegen eignen sich hervorragend zur Gesäßmuskelaktivierung und stellen eine echte Herausforderung für den Stoffwechsel dar. Mit zunehmender Kraft lohnt sich die Investition in eine schwere Kettlebell.

Beanspruchte Muskeln: ischiocrurale Muskulatur, Gesäßmuskulatur

Tipps:

- *Stellen Sie sich den Kettlebell-Swing als Kombination aus sehr kraftvollem Rumänischem Kreuzheben und einem Beckenlift vor.*
- *Die Wirbelsäule bleibt in neutraler Position, die Schwingbewegung kommt aus der Hüfte.*
- *Die Hüfte arbeitet, nicht die Arme.*

Übungsablauf:

1. Vor der Kettlebell stehen. Aus der Hüfte nach vorne beugen, Kettlebell greifen, ischiocrurale Muskulatur dehnen, Brustbein anheben, den Latissimus aktivieren.
2. Kettlebell zwischen den Beinen nach hinten schwingen.
3. Kräftig die Hüftmuskulatur kontrahieren und die Kettlebell mithilfe der Gesäßmuskulatur nach vorne stoßen.
4. Die Arme gerade halten, das Gewicht wird durch die Fliehkraft nach oben getragen. Die Arme nicht dazu einsetzen, die Kettlebell weiter nach oben zu ziehen; sie soll ausschließlich durch die Hüftkraft geschwungen werden.
5. Durch die Schwerkraft wird die Bewegung umgekehrt. Wenn sich die Kettlebell dem Körper nähert, beschleunigen die Arme und übertragen die Bewegung auf die Hüfte, Gesäßmuskulatur und ischiocrurale Muskulatur werden aktiviert.
6. Oberkörper aufrecht halten, ischiocrurale Muskulatur dehnen, Gesäß nach hinten schieben, Wirbelsäule und Nacken in neutraler Position halten. Die Hüfte wird kräftig nach vorne gestoßen und die Gesäßmuskulatur in der Endstellung stark angespannt.
7. So oft wiederholen wie vorgesehen.

Amerikanischer Kettlebell-Swing

Diese Übung unterscheidet sich von der russischen Variante durch eine etwas verminderte Hüftaktivität, aber einen größeren Einsatz des Oberkörpers. Der Bewegungsradius der Kettlebell ist größer. Beide Varianten haben ihre Vorteile.

Beanspruchte Muskeln: ischiocrurale und Gesäßmuskulatur, obere Rücken-, Schultermuskulatur

Tipps:

- *Die Wirbelsäule bleibt in neutraler Position, die Schwingbewegung kommt aus der Hüfte.*
- *Hüfte, Quadrizeps, oberer Rücken und Schultern tragen die Kettlebell nach oben.*
- *Bei dieser Variante wird die Hüfte weniger gebeugt.*

Übungsablauf:

1. Aus der Hüfte nach vorne beugen, Kettlebell greifen, ischiocrurale Muskulatur dehnen, Brustbein anheben, Latissimus aktivieren.
2. Kettlebell zwischen den Beinen nach hinten schwingen.
3. Kräftig die Hüfte kontrahieren und die Kettlebell mithilfe der Gesäßmuskulatur nach vorne bringen.
4. Die Arme gerade halten, das Gewicht der Kettlebell mit der Muskulatur des Oberkörpers nach oben bewegen und mit gestreckten Armen bis über den Kopf führen.
5. Durch die Schwerkraft wird die Bewegung umgekehrt. Knie beugen, versuchen, den Großteil des Gewichts mit der Hüfte abzufangen.
6. Wiederholen.

Einbeinige Hyperextension mit Pendel

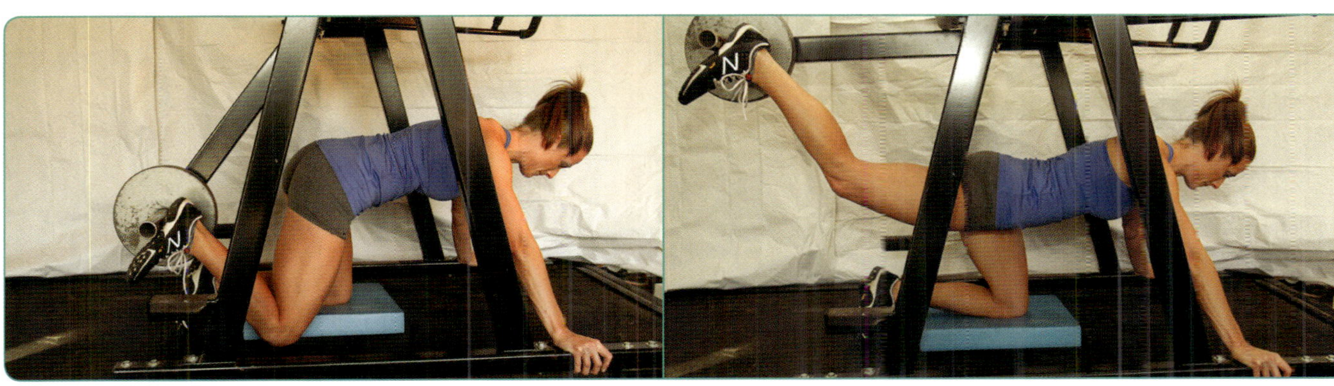

Diese Übung hält die Gesäßmuskulatur konstant unter Spannung und erfordert erhebliche Core-Stabilität, damit der Rumpf nicht hin und her schwingt oder sich verdreht. Auch die Oberschenkel werden beansprucht. Nur wenige Fitnessstudios verfügen über eine geeignete Maschine – falls möglich, sollten Sie die Übung ab und zu ausführen.

Beanspruchte Muskeln: Gesäßmuskulatur, Quadrizeps, Core-Muskulatur

Tipps:

- *Ausrichtung des Rumpfes konstant halten.*
- *Den Druck aus der Mitte des Fußes erzeugen.*
- *An den Seitenholmen des Geräts festhalten.*
- *Den Core-Bereich fest anspannen.*

Übungsablauf:

1. In der Maschine in den Vierfüßlerstand gehen. Die Hände auf den Seitenholmen positionieren.
2. Den rechten Fuß mittig an das Pendel setzen.
3. Das Gewicht durch gleichzeitige Streckung von Hüfte und Knie nach oben stemmen, bis das Bein vollständig gestreckt ist.
4. Die Gesäßmuskulatur in der Endstellung stark anspannen.
5. Zurück in die Ausgangsposition, wiederholen, Bein wechseln.

Hüftübungen mit gestreckten Beinen

Hüftübungen mit gestreckten Beinen sind weitgehend selbsterklärend. Die Knie sind gestreckt, und die Bewegung kommt vollständig aus der Hüfte. Die ischiocrurale Muskulatur wird dabei gedehnt und gekräftigt: Bei der Abwärtsbewegung, wenn die Hüfte gebeugt ist, erfolgt die Dehnung; bei der Aufwärtsbewegung und mit gestreckter Hüfte eine starke Aktivierung der Muskulatur.

Bei allen Übungskategorien mit Hüftextension (Übungen für Gesäß, Quadrizeps, Hüfte, Hüfte mit gestreckten Beinen) ist es unerlässlich, die Hüftbewegung so auszuführen, dass der untere Rücken nicht ins Hohlkreuz überstreckt wird. Wenn Frauen gelernt haben, wie man Back Extensions mithilfe der Gesäßmuskulatur ausführt, lieben sie diese Übungen, weil man dabei spüren kann, wie die kraftvolle Kontraktion der Gesäßmuskulatur den Oberkörper aufzurichten vermag.

Wie bei allen Übungen mit Körpergewicht (Squats, Brücken, Ausfallschritte), müssen Sie bei Hüftextensionsübungen mit gestreckten Beinen auf Kurzhanteln oder ein Widerstandsband für den Nacken zurückgreifen, sobald die Herausforderung zu gering wird. Da hier nicht mit extremen Gewichten gearbeitet wird, werden die Streckmuskeln der Wirbelsäule nicht so stark aktiviert wie bei anderen Hüftübungen. Sollte es in Ihrem Fitnessstudio eine Maschine für Reverse Hyperextensions geben, werden Sie diese Übungen zu schätzen lernen. Ansonsten beschränken Sie sich auf Reverse Hyperextensions mit Körpergewicht. Bei korrekter Ausführung sind diese Übungen auch ohne Extra-Gewichte sehr effizient.

Ich bin zwar in der Lage, sehr schwere Kurzhanteln und/oder ein Band um meinen Nacken zu halten, arbeite aber auch gerne mit dem reinen Körpergewicht bei Back Extensions. Ich konzentriere mich dann darauf, meine Gesäßmuskulatur bis an die Grenzen zu beanspruchen, während ich die Hüftstrecker unter konstanter Spannung halte und das Becken bei der Streckung der Hüfte leicht nach hinten kippe. Das ist nicht einfach, aber äußerst wirkungsvoll. Schon 20 Wiederholungen mit Körpergewicht reichen aus für ein unglaubliches Gesäßmuskel-Workout.

Kickback mit Kabelzug

Diese Übung gehört nicht zu den besten hinsichtlich der Gesäßformung, aber ich habe sie in dieses Buch aufgenommen, weil sie die Arbeit am Kabelzug zur Hüftbeugung, -abduktion und -adduktion gut ergänzt. Hin und wieder kann man diese Übung integrieren, um ein ausgewogenes Hüft-Workout an der Kabelzugmaschine zu erreichen.

Beanspruchte Muskeln:

Gesäßmuskulatur, Quadrizeps, Core-Muskulatur

Tipps:

- *Rumpf stabil halten, bei der Bewegung möglichst wenig verdrehen.*
- *Nicht mit Schwung arbeiten! Die Gesäßmuskulatur anspannen, das Gewicht kontrolliert durch den gesamten Bewegungsradius führen.*

Übungsablauf:

1. Das Zugseil ganz unten arretieren und die Fußmanschette um den rechten Knöchel legen. Zum Festhalten Führungsstangen umfassen.
2. Das rechte Bein gerade nach hinten oben führen. Die Gesäßmuskulatur anspannen.
3. Zurück in die Ausgangsposition, auf beiden Seiten wiederholen.

Kabeldurchzug im Stehen mit gestreckten Beinen

Diese Übung trainiert die Gesäß- und die ischiocrurale Muskulatur. Auch Gewichtheber und Athleten führen sie gelegentlich aus. Es ist sehr gut, vorausgesetzt, Sie beherrschen den stabilen Stand.

Beanspruchte Muskeln: Gesäßmuskulatur, ischiocrurale Muskulatur

Tipps:

- *Auf die Balance achten. Sie zu halten wird mit zunehmendem Gewicht immer schwieriger.*
- *Beim Vorbeugen die natürliche Lordose erhalten.*
- *Die Hüfte mithilfe der Gesäßmuskulatur nach vorne schieben, um eine vollständige Streckung zu erreichen.*
- *Den Nacken in neutraler Position halten.*

Übungsablauf:

1. Ein Seil als Griff in der Kabelzugmaschine verwenden. Mit dem Rücken zur Maschine stehen, das Seil zwischen den Beinen hindurch mit beiden Händen greifen.
2. Etwas vortreten, bis das Seil unter Spannung steht.
3. Im mehr als schulterbreiten Stand die Beine relativ gerade halten (mit leicht gebeugten Knien), die Arme gestreckt. Die Hüfte bis zur vollständigen Streckung nach vorne schieben und den Oberkörper dabei aufrichten.
4. Zurück in die Ausgangsposition, wiederholen.

Back Extension auf dem Gymnastikball

Diese Übung gehört zwar nicht zu den effektivsten, aber ich habe sie in dieses Buch aufgenommen, weil man lediglich einen Gymnatikball braucht, um sie zu Hause oder im Fitnessraum eines Hotels machen zu können. Genießen Sie es, beim Anheben des Oberkörpers die Gesäß- und die ischiocrurale Muskulatur zu spüren.

Beanspruchte Muskeln: ischiocrurale Muskulatur, Gesäßmuskulatur

Tipps:

- *Wenn kein Partner zum Halten der Füße zur Verfügung steht, setzt man diese zur Stabilisierung an eine Wand.*
- *Den Rumpf mithilfe der ischiocruralen Muskulatur anheben, dann übernimmt die Gesäßmuskulatur.*
- *Den Core-Bereich in neutraler Position halten, den unteren Rücken nicht überstrecken, das Becken nicht nach vorne kippen.*
- *Nacken in neutraler Position halten.*

Übungsablauf:

1. Bäuchlings auf dem Ball liegen, Füße fest in den Boden stemmen, den Oberkörper nach vorne über den Ball hängen lassen. Die Füße können zur Stabilisierung von einem Partner gehalten werden.
2. Hände hinter dem Kopf oder Arme vor der Brust verschränken.
3. Die obere Rückenmuskulatur bleibt entspannt, während die Gesäß- und die ischiocrurale Muskulatur den Oberkörper aufrichten.
4. Wieder absenken, wiederholen.

Reverse Hyperextension mit Gymnastikball

Auch diese Übung ist ideal für zu Hause oder im Hotel, man braucht lediglich einen Gymnastikballl. Sie ist einfacher als traditionelle Back Extensions: Der Oberkörper übernimmt die Stabilisierung, die Beine werden auf und ab bewegt, während bei Back Extensions die Beine stabilisieren und der Rumpf die Bewegungen ausführt. Diese Übung ist effizient für das Gesäß, wenn sie sorgfältig und mit vielen Wiederholungen ausgeführt wird.

Beanspruchte Muskeln: ischio–crurale Muskulatur, Gesäßmuskulatur, Rückenstrecker

Tipps:

- *Der untere Rücken darf nicht überstreckt, das Becken nicht vorgekippt werden. Die Bewegung kommt aus den Hüftgelenken, der Core-Bereich bleibt neutral.*
- *Den Oberkörper stabil halten. Das ist leichter, wenn Sie sich irgendwo festhalten können.*
- *Nacken in neutraler Position halten.*

Übungsablauf:

1. Bäuchlings auf dem Ball liegen, Hände vor dem Ball auf dem Boden aufsetzen.
2. Für die Ausgangsposition die Füße leicht vom Boden heben.
3. Die obere Rückenmuskulatur bleibt entspannt, die Beine werden mithilfe der Gesäßmuskulatur angehoben.
4. Absenken, wiederholen.

45-Grad-Hyperextension

Die 45-Grad-Hyperextension ist eine feste Konstante in meinen Programmen. Korrekt ausgeführt, werden die ischiocrurale Muskulatur in der Ausgangsstellung und die Gesäßmuskulatur in der Endstellung stark gefordert. Oft wird die Übung falsch ausgeführt: Der Core-Bereich muss immer in neutraler Position gehalten werden, während alle Bewegungsabläufe aus der Hüfte erfolgen. Vielen Menschen fällt dies schwer, und es dauert lange, bis sie den Bewegungsablauf erfassen. Die Übung ist ausgezeichnet, um die korrekte Mechanik der Hüftextension zu verinnerlichen.

Beanspruchte Muskeln: ischiocrurale Muskulatur, Gesäßmuskulatur

Tipps:

- *Rücken entspannt halten; die ischiocrurale und die Gesäßmuskulatur arbeiten.*
- *Man spürt, wie die Gesäßmuskulatur die Arbeit in der Endstellung »übernimmt«.*
- *Unteren Rücken nicht überstrecken, die Bewegung kommt aus den Hüftgelenken.*
- *Nacken in neutraler Position halten*

Übungsablauf:

1. Die Oberschenkel auf der Polsterung der Maschine positionieren, die Fersen auf der Plattform fixieren (je nach Gerät).
2. Arme vor der Brust verschränken, Oberkörper in die Ausgangsposition absenken.
3. Rückenmuskulatur entspannen und Oberkörper mithilfe der Gesäßmuskulatur anheben, bis die Hüfte vollständig gestreckt ist.
4. In die Ausgangsposition absenken, wiederholen.

45-Grad-Hyperextension, Hände am Hinterkopf verschränkt

Auch diese Übung ist ein Basiselement meiner Programme. Korrekt ausgeführt, werden die ischiocrurale Muskulatur in der Ausgangsstellung und die Gesäßmuskulatur in der Endstellung stark gefordert. Durch Verschränken der Hände am Hinterkopf wird der Hebel verlängert, was die Herausforderung ungleich größer macht.

Beanspruchte Muskeln: ischiocrurale Muskulatur, Gesäßmuskulatur

Tipps:

- *Obere Rückenmuskulatur entspannt halten, es arbeiten die ischiocrurale und die Gesäßmuskulatur.*
- *Man spürt, wie die Gesäßmuskulatur die Arbeit in der Endstellung »übernimmt«.*
- *Den unteren Rücken nicht überstrecken, die Bewegung kommt aus den Hüftgelenken.*
- *Nacken in neutraler Position halten.*

Übungsablauf:

1. Die Oberschenkel auf der Polsterung der Maschine positionieren, die Fersen auf der Plattform fixieren (die Position der Füße variiert je nach Gerät).
2. Die Hände am Hinterkopf verschränken und den Oberkörper in die Ausgangsposition absenken.
3. Rückenmuskulatur entspannen und Oberkörper durch Kontraktion der Gesäßmuskulatur anheben, bis die Hüfte vollständig gestreckt ist.
4. In die Ausgangsposition absenken, wiederholen.

Einbeinige 45-Grad-Hyperextension

Auch diese Übung ist ein Basiselement meiner Programme. Wie bei den anderen 45-Grad-Hyperextensions werden die ischiocrurale Muskulatur in der Ausgangsstellung und die Gesäßmuskulatur in der Endstellung stark gefordert. Die Arbeit mit jeweils nur einem Bein erhöht die Aktivierung der Gesäß- und ischiocruralen Muskulatur enorm.

Beanspruchte Muskeln: ischiocrurale Muskulatur, Gesäßmuskulatur

Tipps:

- *Das Aufrichten des Oberkörpers erfolgt durch die ischiocrurale und die Gesäßmuskulatur.*
- *Man spürt, wie die Gesäßmuskulatur die Arbeit in der Endstellung »übernimmt«.*
- *Den unteren Rücken nicht überstrecken, die Bewegung kommt aus den Hüftgelenken.*
- *Nacken in neutraler Position halten.*

Übungsablauf:

1. Die Oberschenkel auf der Polsterung der Maschine positionieren und die rechte Ferse auf der Plattform fixieren (Position je nach Gerät). Der linke Fuß bleibt frei.
2. Die Arme vor der Brust verschränken und den Oberkörper in die Ausgangsposition absenken.
3. Rückenmuskulatur entspannen und Oberkörper durch Kontraktion der Gesäßmuskulatur anheben, bis die Hüfte vollständig gestreckt ist.
4. In die Ausgangsposition absenken und beidseitig so oft wiederholen wie vorgesehen.

Einbeinige 45-Grad-Hyperextension, Hände am Hinterkopf verschränkt

Auch diese Übung ist ein Basiselement meiner Programme. Korrekt ausgeführt, werden die ischiocrurale Muskulatur in der Ausgangsstellung und die Gesäßmuskulatur in der Endstellung stark gefordert. Sowohl die einbeinige Ausführung als auch die am Hinterkopf verschränkten Hände intensivieren die Aktivierung der Gesäß- und ischiocruralen Muskulatur um ein Vielfaches.

Beanspruchte Muskeln: ischiocrurale Muskulatur, Gesäßmuskulatur

Tipps:

- *Das Aufrichten des Oberkörpers erfolgt durch die ischiocrurale und die Gesäßmuskulatur.*
- *Man spürt, wie die Gesäßmuskulatur die Arbeit in der Endstellung »übernimmt«.*
- *Den unteren Rücken nicht überstrecken, die Bewegung kommt aus den Hüftgelenken.*
- *Nacken in neutraler Position halten.*

Übungsablauf:

1. Die Oberschenkel auf der Polsterung der Maschine positionieren, die rechte Ferse auf der Plattform fixieren (je nach Gerät). Der linke Fuß bleibt frei.
2. Hände am Hinterkopf verschränken, Oberkörper in die Ausgangsposition absenken.
3. Rückenmuskulatur entspannen und Oberkörper durch Kontraktion der Gesäßmuskulatur anheben, bis die Hüfte vollständig gestreckt ist.
4. In die Ausgangsposition absenken, beidseitig so oft wiederholen wie vorgesehen.

45-Grad-Hyperextension mit Kurzhantel

Auch diese Übung ist ein Basiselement meiner Programme. Korrekt ausgeführt, werden die ischiocrurale Muskulatur in der Ausgangsstellung und die Gesäßmuskulatur in der Endstellung stark gefordert. Die Kurzhantel erschwert die Übung erheblich.

Beanspruchte Muskeln: ischiocrurale Muskulatur, Gesäßmuskulatur

Tipps:

- *Das Aufrichten des Oberkörpers erfolgt durch die ischiocrurale und die Gesäßmuskulatur.*
- *Man spürt, wie die Gesäßmuskulatur die Arbeit in der Endstellung »übernimmt«.*
- *Den unteren Rücken nicht überstrecken, die Bewegung kommt aus den Hüftgelenken.*
- *Nacken in neutraler Position halten.*

Übungsablauf:

1. Die Oberschenkel auf der Polsterung der Maschine positionieren, die Fersen auf der Plattform fixieren (die Position der Füße variiert je nach Gerät).
2. In die Ausgangsposition absenken, die Kurzhantel mit beiden Händen greifen, an die Brust führen und kurz unterhalb des Kinns halten.
3. Rückenmuskulatur entspannen und Oberkörper durch Kontraktion der Gesäßmuskulatur anheben, bis die Hüfte ganz gestreckt ist.
4. In die Ausgangsposition absenken, wiederholen.

45-Grad-Hyperextension mit Widerstandsband

Auch diese Übung ist ein Basiselement meiner Programme. Wie bei den anderen 45-Grad-Hyperextensions werden die ischiocrurale Muskulatur in der Ausgangsstellung und die Gesäßmuskulatur in der Endstellung stark gefordert, die. Der Einsatz des Widerstandsbands erschwert die Übung erheblich.

Beanspruchte Muskeln: ischiocrurale Muskulatur, Gesäßmuskulatur

Tipps:

- *Obere Rückenmuskulatur entspannt halten, Das Aufrichten des Oberkörpers erfolgt durch die ischiocrurale und die Gesäßmuskulatur.*
- *Man spürt, wie die Gesäßmuskulatur die Arbeit in der Endstellung »übernimmt«.*
- *Den unteren Rücken nicht überstrecken, die Bewegung kommt aus den Hüftgelenken.*
- *Nacken in neutraler Position halten.*

Übungsablauf:

1. Das Band in geeigneter Weise unten am Gerät befestigen.
2. Die Oberschenkel auf der Polsterung der Maschine positionieren, die Fersen auf der Plattform fixieren (die Position der Füße variiert je nach Gerät).
3. In die Ausgangsposition absenken, das Band um den Nacken legen. Möglicherweise ist es angenehmer, wenn ein Handtuch zwischen Band und Nacken gelegt wird.
4. Die Rückenmuskulatur entspannen und den Oberkörper durch Kontraktion der Gesäßmuskulatur anheben, bis die Hüfte ganz gestreckt ist.
5. In die Ausgangsposition absenken, wiederholen.

Back Extension

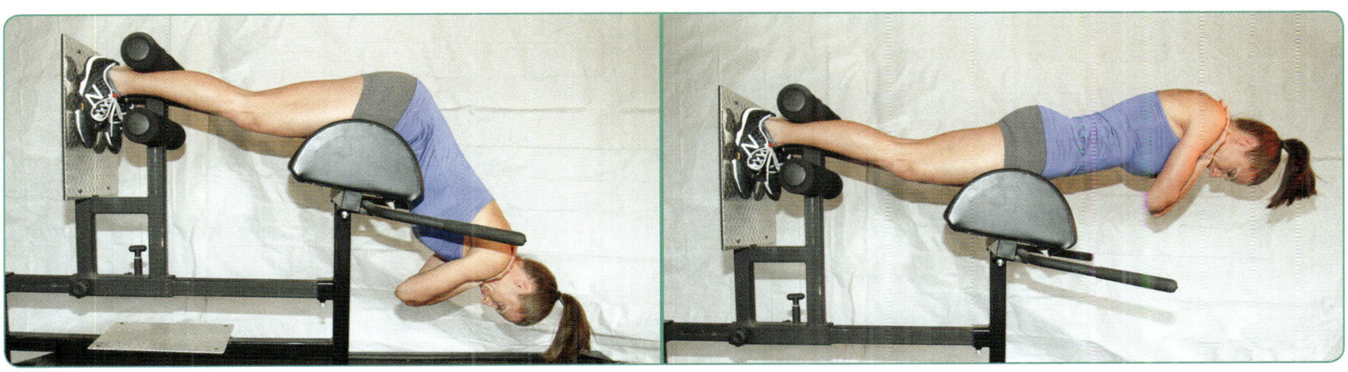

Back Extensions gehören zu meinen Lieblingsübungen für die rückwärtige Muskulatur. In der Ausgangsstellung wird die ischiocrurale Muskulatur aktiviert und kräftig gedehnt, während in der Endstellung die Gesäßmuskulatur stark gefordert ist, um Hüfte und Becken in Position zu halten. In der Endstellung wird Kraft für die Hüftextension aufgebaut.

Beanspruchte Muskeln: ischiocrurale Muskulatur, Gesäßmuskulatur

Tipps:

- *Das Aufrichten des Oberkörpers erfolgt durch die ischiocrurale und die Gesäßmuskulatur.*
- *Man spürt, wie die Gesäßmuskulatur die Arbeit in der Endstellung »übernimmt«. Stellen Sie sich vor, Sie würden Ihre Hüfte in die Auflage pressen.*
- *Den unteren Rücken nicht überstrecken, die Bewegung kommt aus den Hüftgelenken.*
- *Nacken in neutraler Position halten.*

Übungsablauf:

1. Diese Übung wird an einem Rückentrainer absolviert. Die Oberschenkel auf der Polsterung der Maschine positionieren, die Füße unter der Stütze fixieren
2. In die Ausgangsposition absenken, die Arme vor der Brust verschränken.
3. Die Rückenmuskeln entspannen und den Oberkörper durch Kontraktion der Gesäßmuskulatur anheben, bis die Hüfte vollständig gestreckt ist und der Körper sich parallel zum Boden befindet.
4. In die Ausgangsposition absenken, wiederholen.

Back Extension, Hände am Hinterkopf verschränkt

Diese Übung aktiviert die gesamte rückwärtige Muskulatur ganz außerordentlich und baut Kraft für die Hüftextension auf. Leider wird die Übung meist nicht optimal ausgeführt. In der Ausgangsstellung sollte die ischiocrurale Muskulatur stark gedehnt werden, die Gesäßmuskulatur kontrahiert kraftvoll in der Endstellung, um Hüfte und Becken stabil zu halten. Durch das Verschränken der Hände am Hinterkopf wird der Hebel verlängert, was die Herausforderung größer macht.

Beanspruchte Muskeln:

ischiocrurale Muskulatur, Gesäßmuskulatur

Tipps:

- *Das Aufrichten des Oberkörpers erfolgt durch die ischiocrurale und die Gesäßmuskulatur.*
- *Man spürt, wie die Gesäßmuskulatur die Arbeit in der Endstellung »übernimmt«.*
- *Den unteren Rücken nicht überstrecken, die Bewegung kommt aus den Hüftgelenken.*
- *Nacken in neutraler Position halten.*

Übungsablauf:

1. Diese Übung wird an einem Rückentrainer absolviert. Die Oberschenkel auf der Polsterung der Maschine positionieren, die Füße unter der gepolsterten Stütze fixieren.
2. In die Ausgangsposition absenken, die Arme hinter dem Kopf verschränken.
3. Die Rückenmuskulatur entspannen und den Oberkörper durch Kontraktion der Gesäßmuskulatur heben, bis die Hüfte vollständig gestreckt ist und der Körper sich parallel zum Boden befindet.
4. In die Ausgangsposition absenken. So oft wiederholen wie vorgesehen.

Einbeinige Back Extension

Back Extensions gehören zu meinen Lieblingsübungen für die Körperrückseite. Auch bei dieser Übung werden die ischiocrurale und die Gesäßmuskulatur extrem aktiviert, die Hüftextension ist in der Endposition stark ausgebildet. In der Ausgangsstellung wird die ischiocrurale Muskulatur kräftig gedehnt, während in der Endstellung die Gesäßmuskulatur stark gefordert ist, um Hüfte und Becken stabil zu halten. Die Ausführung mit jeweils nur einem Bein ist eine weitaus größere Herausforderung als die beidbeinige Variante.

Beanspruchte Muskeln:

ischiocrurale Muskulatur, Gesäßmuskulatur

Tipps:

- *Das Aufrichten des Oberkörpers erfolgt durch die ischiocrurale und die Gesäßmuskulatur.*
- *Die Gesäßmuskulatur »übernimmt« die Arbeit in der Endstellung.*
- *Den unteren Rücken nicht überstrecken, die Bewegung kommt aus den Hüftgelenken.*
- *Nacken in neutraler Position halten.*

Übungsablauf:

1. Diese Übung wird an einem Rückentrainer absolviert. Die Oberschenkel auf der Polsterung der Maschine positionieren, den rechten Fuß unter der gepolsterten Stütze fixieren, der linke Fuß bleibt frei.
2. Absenken, Arme vor der Brust verschränken.
3. Die Rückenmuskulatur entspannen und den Oberkörper durch Kontraktion der Gesäßmuskulatur anheben, bis die Hüfte vollständig gestreckt ist und der Körper sich parallel zum Boden befindet.
4. In die Ausgangsposition absenken. So oft wiederholen wie vorgesehen.

Einbeinige Back Extension, Hände am Hinterkopf verschränkt

Diese Übung aktiviert die Oberschenkel- und die Gesäßmuskulatur ganz außerordentlich und baut Kraft für die Hüftextension auf. In der Ausgangsstellung wird die ischiocrurale Muskulatur stark gedehnt, in der Endstellung kontrahiert die Gesäßmuskulatur kraftvoll, um Hüfte und Becken stabil zu halten. Durch das Verschränken der Hände am Hinterkopf wird der Hebel verlängert, was die Bewegung erschwert. Diese Variante ist nur für Fortgeschrittene geeignet. Die Ausführung mit jeweils nur einem Bein ist eine weitaus größere Herausforderung als die beidbeinige Variante, und die am Hinterkopf verschränkten Hände machen die Übung noch schwieriger.

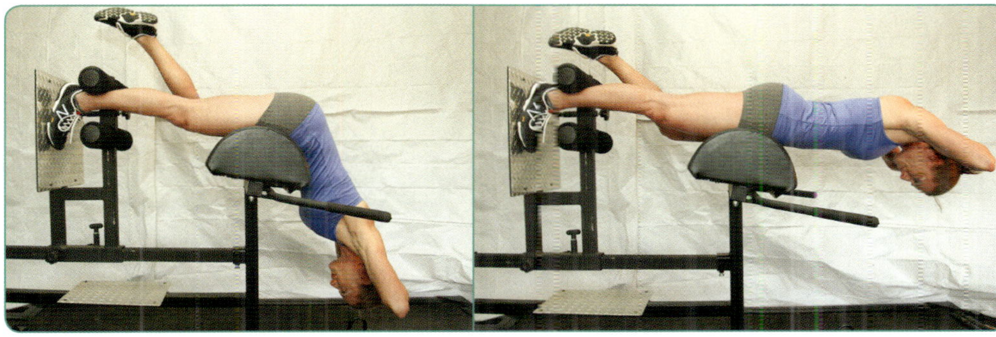

Beanspruchte Muskeln:

ischiocrurale Muskulatur, Gesäßmuskulatur

Tipps:

- *Das Aufrichten des Oberkörpers erfolgt durch die ischiocrurale und die Gesäßmuskulatur.*
- *Die Gesäßmuskulatur »übernimmt« die Arbeit in der Endstellung.*
- *Den unteren Rücken nicht überstrecken, die Bewegung kommt aus den Hüftgelenken.*
- *Nacken in neutraler Position halten.*

Übungsablauf:

1. Diese Übung wird an einem Rückentrainer absolviert. Die Oberschenkel auf der Polsterung der Maschine positionieren, den rechten Fuß unter der gepolsterten Stütze fixieren, der linke Fuß bleibt frei.
2. In die Ausgangsposition absenken, die Hände am Hinterkopf verschränken
3. Die Rückenmuskulatur entspannen und den Oberkörper durch Kontraktion der Gesäßmuskulatur heben, bis die Hüfte vollständig gestreckt ist (Körper parallel zum Boden).
4. In die Ausgangsposition absenken. So oft wiederholen wie vorgesehen.

Back Extension mit Kurzhantel

Diese Übung schätze ich sehr, da sie die gesamte rückwärtige Muskulatur außergewöhnlich stark aktiviert und Kraft für Hüftextensions aufbaut. In der Ausgangsstellung wird die ischiocrurale Muskulatur stark gedehnt, in der Endstellung kontrahiert die Gesäßmuskulatur enorm, um Hüfte und Becken zu stabilisieren. Die Ausführung mit Kurzhantel erhöht die Intensität der Übung deutlich.

Beanspruchte Muskeln:

ischiocrurale Muskulatur, Gesäßmuskulatur

Tipps:

- *Das Aufrichten des Oberkörpers erfolgt durch die ischiocrurale und die Gesäßmuskulatur.*
- *Die Gesäßmuskulatur »übernimmt« die Arbeit in der Endstellung.*
- *Den unteren Rücken nicht überstrecken. Die Bewegung kommt aus den Hüftgelenken.*
- *Nacken in neutraler Position halten.*

Übungsablauf:

1. Diese Übung wird an einem Rückentrainer absolviert. Die Oberschenkel auf der Polsterung der Maschine positionieren, die Füße unter der gepolsterten Stütze fixieren.
2. In die Ausgangsposition absenken, die Kurzhantel mit beiden Händen greifen, an die Brust führen und kurz unterhalb des Kinns halten.
3. Rückenmuskulatur entspannen, Oberkörper durch Kontraktion der Gesäßmuskulatur anheben, bis die Hüfte ganz gestreckt ist.
4. In die Ausgangsposition absenken. So oft wiederholen wie vorgesehen.

Back Extension mit Widerstandsband

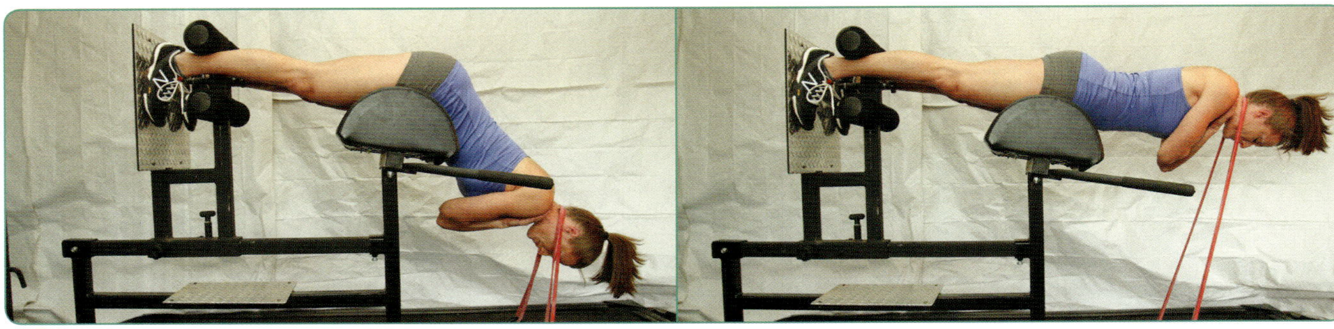

Dies ist ebenfalls eine bevorzugte Übung von mir, die die rückwärtige Muskulatur außergewöhnlich stark aktiviert und die Kraft für Hüftextensionen intensiviert. In der Ausgangsstellung wird die ischiocrurale Muskulatur stark gedehnt, in der Endstellung kontrahiert die Gesäßmuskulatur enorm, um Hüfte und Becken zu stabilisieren. Das elastische Widerstandsband erhöht die Intensität der Übung um ein Vielfaches.

Beanspruchte Muskeln: ischiocrurale und Gesäßmuskulatur

Tipps:

- *Rückenmuskulatur entspannen, das Aufrichten des Rumpfes erfolgt durch ischiocrurale und Gesäßmuskulatur.*
- *Die Gesäßmuskulatur »übernimmt« die Arbeit in der Endstellung.*
- *Den unteren Rücken nicht überstrecken, die Bewegung kommt aus den Hüftgelenken.*
- *Nacken in neutraler Position halten.*

Übungsablauf:

1. Das Band in geeigneter Weise unten an der Maschine befestigen.
2. Diese Übung wird an einem Rückentrainer absolviert. Die Oberschenkel auf der Polsterung der Maschine positionieren, der Blick ist nach unten gerichtet. Die Füße unter der gepolsterten Stütze fixieren.
3. In die Ausgangsposition absenken, das Band um den Nacken legen. Möglicherweise ist es angenehmer, wenn ein Handtuch zwischen das elastische Band und den Nacken gelegt wird.
4. Die Rückenmuskulatur entspannen und den Oberkörper durch Kontraktion der Gesäßmuskulatur anheben, bis die Hüfte vollständig gestreckt ist.
5. In die Ausgangsposition absenken, wiederholen.

Reverse Hyperextension

Reverse Hyperextensions müssen mit Körpergewicht bewältigt werden, bevor zusätzliches Gewicht eingesetzt werden darf. Wird die Übung sorgfältig und ohne allzu große Ausnutzung der Schwungkraft ausgeführt, beansprucht sie die Gesäßmuskulatur sehr stark. Darüber hinaus eignet sie sich zur Kräftigung des Core-Bereichs. Wenn Ihnen die Bewegung Schmerzen im unteren Rücken oder beim Absenken der Beine bereitet, versuchen Sie, etwas langsamer und mit optimaler Bewegungskontrolle zu arbeiten. Wenn Sie sich dann immer noch nicht wohlfühlen, streichen Sie die Übung komplett aus Ihrem Workout-Programm.

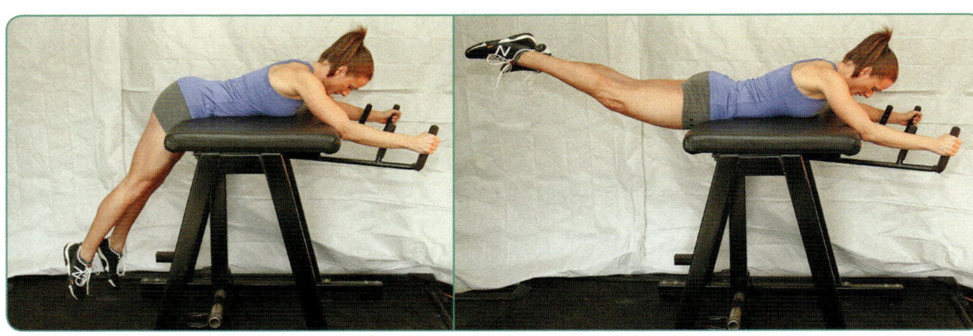

Beanspruchte Muskeln: Gesäßmuskulatur, ischiocrurale Muskulatur

Tipps:

- *Die Gesäßmuskulatur hebt die Beine.*
- *Beim Anheben der Beine den unteren Rücken nicht überstrecken. Das Becken leicht nach hinten kippen, indem die Gesäßmuskulatur stark angespannt wird.*
- *Beim Absenken der Beine den unteren Rücken nicht runden, das Becken leicht nach vorne gekippt halten.*
- *Nacken in neutraler Position halten.*

Übungsablauf:

1. Bäuchlings bis zur Taille auf eine Rückenstreckmaschine legen.
2. An den Griffen festhalten, die Beine im 90-Grad-Winkel hängen lassen.
3. Die Beine durch Kontraktion der Gesäßmuskulatur nach oben anheben.
4. Beine heben, bis sie vollständig gestreckt und parallel zum Boden ausgerichtet sind.
5. In die Ausgangsposition absenken. So oft wiederholen wie vorgesehen.

Reverse Hyperextension mit zusätzlichem Gewicht

Reverse Hyperextensions sind fester Bestandteil meiner Programme, und die Ausführung an der Rückenstreckmaschine mit zusätzlichem Gewicht im Pendel macht die Übung zu einer enormen Herausforderung. Reverse Hyperextensions kräftigen den Core-Bereich, die ischiocrurale und die Gesäßmuskulatur. Nur wenige Studios verfügen über eine geeignete Maschine. Sollten Sie Zugang zu einer solchen haben, nutzen Sie sie hin und wieder.

Beanspruchte Muskeln: **Gesäßmuskulatur, ischiocrurale Muskulatur**

Tipps:

- *Die Gesäßmuskulatur hebt die Beine.*
- *Beim Anheben der Beine den unteren Rücken nicht überstrecken. Das Becken leicht nach hinten kippen, indem die Gesäßmuskulatur stark angespannt wird.*
- *Beim Absenken der Beine den unteren Rücken nicht runden, das Becken leicht nach vorne gekippt halten.*
- *Nacken in neutraler Position halten.*

Übungsablauf:

1. Füße (je nach Typ der Maschine) in den vorgesehenen Halterungen fixieren. Sicherstellen, dass das Gewicht im Pendel angemessen ist.
2. Bäuchlings bis zur Taille auf die Rückenstreckmaschine legen.
3. An den Griffen festhalten, Beine im 90-Grad-Winkel hängen lassen.
4. Aus dieser Position durch Kontraktion der Gesäßmuskulatur die Beine nach oben anheben.
5. Beine heben, bis sie vollständig gestreckt und parallel zum Boden ausgerichtet sind.
6. In die Ausgangsposition absenken. So oft wiederholen wie vorgesehen.

Einbeinige Reverse Hyperextension mit zusätzlichem Gewicht

Oft werden einbeinige Reserve Hyperextensions bevorzugt, weil sie für den Core-Bereich als leichter empfunden werden, die ischiocrurale Muskulatur und Gesäßmuskulatur aber dennoch stark beanspruchen. Wer Schwierigkeiten mit der beidbeinigen Variante hat, kann die einbeinige Variante oftmals gut bewältigen.

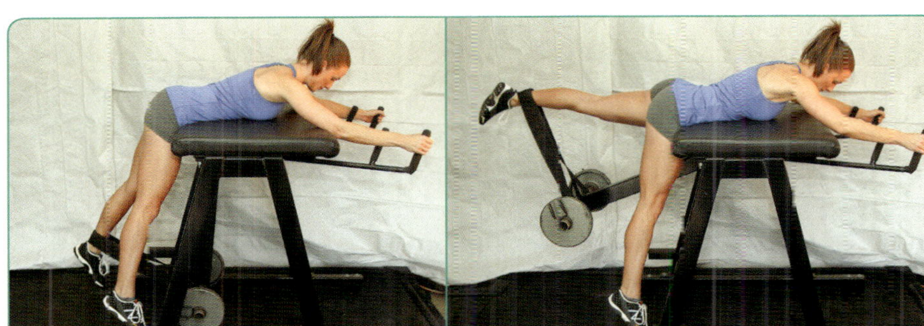

Beanspruchte Muskeln: **ischiocrurale Muskulatur, Gesäßmuskulatur**

Tipps:

- *Die Gesäßmuskulatur hebt die Beine.*
- *Beim Anheben der Beine den unteren Rücken nicht überstrecken. Das Becken leicht nach hinten kippen, indem die Gesäßmuskulatur stark angespannt wird.*
- *Beim Absenken der Beine den unteren Rücken nicht runden, das Becken leicht nach vorne gekippt halten.*
- *Nacken in neutraler Position halten.*

Übungsablauf:

1. Den linken Fuß im vorgesehenen Zugband fixieren. Sicherstellen, dass das Gewicht im Pendel angemessen ist. Das rechte Bein so abstellen, dass es beim Heben des Pendels nicht im Weg ist.
2. Bäuchlings bis zur Taille auf die Rückenstreckmaschine legen.
3. An den Griffen festhalten, die Beine im 90-Grad-Winkel hängen lassen.
4. Durch Kontraktion der Gesäßmuskulatur das linke Bein nach oben heben.
5. Das Bein vollständig strecken und parallel zum Boden ausrichten.
6. In die Ausgangsposition absenken. So oft wiederholen wie vorgesehen, dann das Bein wechseln.

Kreuzheben mit gestreckten Beinen

Diese Variante des Kreuzhebens dehnt die ischiocrurale Muskulatur und fördert gleichzeitig Kraft und Flexibilität. Sie unterscheidet sich vom Rumänischen Kreuzheben dadurch, dass man das Gesäß nicht so weit nach hinten-unten schiebt, die Knie nicht beugt und die Langhantel nicht am Körper entlanggleiten lässt.

Beanspruchte Muskeln: **Rückenmuskulatur, ischiocrurale Muskulatur, Gesäßmuskulatur**

Tipps:

- *Die Wirbelsäule während der gesamten Bewegung in neutraler Position halten, den Rücken beim Absenken des Gewichts nicht rund werden lassen.*
- *Der Bewegungsradius hängt von der individuellen Flexibilität der ischiocruralen Muskulatur ab.*
- *Nacken in neutraler Position halten.*

Übungsablauf:

1. Langhantel mit doppeltem Obergriff oder Kreuzgriff aus dem Rack nehmen.
2. Im Stand die Füße schulterbreit positionieren, Arme und Beine gestreckt halten. Aus der Hüfte nach vorne beugen und die Langhantel absenken. Die Hantel berührt den Körper dabei nicht.
3. Absenken, bis eine starke Dehnung der ischiocruralen Muskulatur zu spüren ist.
4. Wieder in die Ausgangsposition aufrichten, wiederholen.

Übungen für die ischiocrurale Muskulatur

Obwohl eine kräftige ischiocrurale Muskulatur wichtig ist, konzentriere ich mich bei Frauen meist auf den Po. Ein schönes Gesäß zu formen ist nicht einfach, deshalb muss der Großteil des Workouts auf die Gesäßmuskulatur ausgerichtet sein. Trotzdem: Die meisten Frauen finden schön geformte Oberschenkel erstrebenswert. Während der Quadrizeps normalerweise leicht zu formen ist, lässt sich dies bei der ischiocruralen Muskulatur häufig nur schwer erreichen.

Die Übungen aus dieser Kategorie fallen vielen Frauen schwer. Sie sind jedoch sehr effizient für die ischiocrurale Muskulatur und bieten auch einen leichten Trainingseffekt für die Gesäßmuskulatur. Bei diesen Übungen halten die Gesäßmuskeln (und die hinteren Oberschenkelmuskeln) die Hüfte in gestreckter Position, die ischiocrurale Muskulatur beugt die Knie. Hüftstrecker und Kniebeuger werden automatisch mit trainiert.

Die Liste der hier aufgeführten Übungen ist recht umfangreich, und fairerweise muss ich Sie warnen: Die Übungen sind nichts für Zartbesaitete. Schon ein gleitender Bein-Curl ist für viele, die noch nie Krafttraining gemacht haben, zu anstrengend. Ich kenne auch keine Frau, die auf Anhieb einen Russischen Bein-Curl ohne Zuhilfenahme des Oberkörpers oder einen Glute Ham Raise mit Extra-Gewichten zustande gebracht hätte. Meine Programme sind allerdings auf ein viele Jahre umfassendes Training angelegt. Wenn Ihre ischiocrurale Muskulatur also mit der Zeit kräftiger wird, werden Sie viele dieser Übungen ausführen können.

Die ischiocrurale Muskulatur ist für alle Sportarten wichtig – besonders aber für das Sprinten. Hier ist sie aufgrund ihrer enormen Hebelwirkung während des Sprints und der doppelten Beanspruchung als Kniebeugungsregulator und als Hüftstrecker während des Bodenkontakts sogar entscheidend. Mit zunehmender Laufgeschwindigkeit gewinnt dies an Bedeutung.

Die folgenden Übungen eignen sich hervorragend für die Aktivierung der ischiocruralen Muskulatur und sollten hin und wieder ausgeführt werden. Da jedoch ihr Nutzen für die Aktivierung der Gesäßmuskulatur nicht allzu groß ist, sollten Sie diesen Übungen nicht so viel Aufmerksamkeit einräumen wie denen für Gesäß, Quadrizeps und Hüfte.

Bein-Curl mit Gymnastikball

Hier ist die ischiocrurale Muskulatur in doppelter Funktion gefordert – nämlich als Hüftstrecker und Kniebeuger. Eine wunderbare Übung für Anfänger.

Beanspruchte Muskeln: ischiocrurale Muskulatur

Tipps:

- *Die Hüfte so hoch wie möglich halten; beim Beugen der Knie die Hüfte nicht absacken lassen.*

Übungsablauf:

1. Auf dem Rücken liegend, die Unterschenkel auf den Gymnastikball legen. Die Arme neben dem Körper ausstrecken.
2. Die Hüfte vom Boden abheben, die Wirbelsäule bleibt neutral.
3. Die Knie beugen, den Ball mit den Fersen in Richtung Hüfte rollen.
4. Zurück in die Ausgangsposition, wiederholen.

Bein-Curl mit Gleitpads

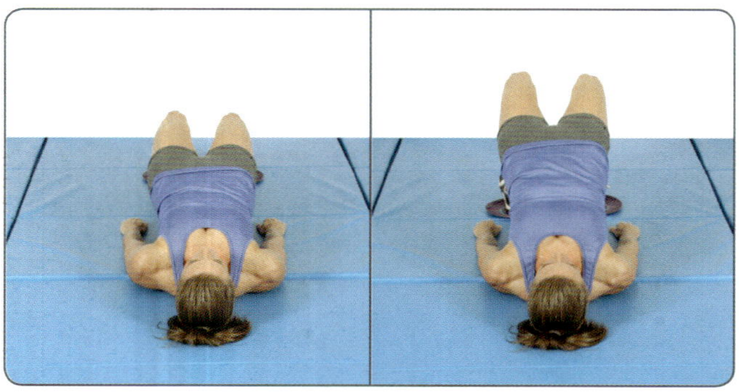

Dieser Bein-Curl beansprucht die Gesäßmuskulatur, trainiert aber in erster Linie die ischiocrurale Muskulatur – als Hüftstrecker und Kniebeuger. Eine überraschend herausfordernde Übung (der Bein-Curl mit Gymnastikball sollte vorher gemeistert werden)! Beachten Sie: Gleitpads erfordern einen glatten Untergrund.

Beanspruchte Muskeln: ischiocrurale Muskulatur, Gesäßmuskulatur

Tipps:

- *Die Hüfte so hoch wie möglich halten; beim Beugen der Knie die Hüfte nicht absacken lassen.*

Übungsablauf:

1. Auf dem Rücken liegend, unter jeder Ferse ein Gleitpad, Handtuch oder Valslide positionieren.
2. Die Knie im 90-Grad-Winkel beugen, sodass die Füße flach auf den Gleitelementen stehen.
3. Hüfte vom Boden in die Brückenposition anheben, die Arme zur Stabilisierung seitlich neben den Körper legen.
4. Die Fersen vom Körper wegschieben, bis die Beine vollständig gestreckt sind – ohne dass das Gesäß den Boden berühren.
5. Die Beine wieder zum Körper zurückziehen, bis die Ausgangsposition erreicht ist. Wiederholen.

Gleitender Bein-Curl

Auch dies ist eine äußerst effektive Übung für die ischiocrurale Muskulatur als Hüftstrecker und Kniebeuger. Lassen Sie sich nicht täuschen: Die Übung sieht einfach aus, ist aber, wenn sie sauber ausgeführt wird, enorm anspruchsvoll.

Beanspruchte Muskeln: ischiocrurale und Gesäßmuskulatur, Rückenstrecker, Greifmuskeln

Tipps:

- *Hüfte so hoch wie möglich halten; beim Beugen der Knie die Hüfte nicht absacken lassen.*
- *Den Körper den gesamten Weg mithilfe der ischiocruralen Muskulatur nach vorne schieben, nicht auf halbem Weg unterbrechen.*

Übungsablauf:

1. In Rückenlage an eine im Rack befindliche Langhantel oder ein geeignetes Reck hängen, die Füße auf einer Bank oder einem Kasten erhöht platzieren. Beine vollständig strecken.
2. Hüfte anheben und strecken. Der Körper bildet eine gerade Linie vom Kopf bis zu den Zehen. Die Arme werden nicht gebeugt, sie dienen lediglich als »Aufhänger«.
3. Hüfte oben halten, Knie beugen und den Körper nach vorne schieben.
4. Bewegung umkehren. Lassen Sie sich wieder in die Ausgangsposition zurücksinken. So oft wiederholen wie vorgesehen.

Russischer Bein-Curl

Der Russische Bein-Curl ist bei Trainern sehr beliebt, denn die Übung stellt hohe Anforderungen an die exzentrische Kraft der ischiocruralen Muskulatur. Anspruchsvolle Bewegung, die viel Übung verlangt.

Beanspruchte Muskeln: **ischiocrurale Muskulatur**

Tipps:

- *Beim Absenken Gesäß- und Bauchmuskeln voll anspannen.*
- *Den unteren Rücken nicht überstrecken, das Becken nicht nach vorne kippen.*
- *Hüfte nicht beugen, der Rumpf bildet während der gesamten Bewegung eine Linie mit den Oberschenkeln.*
- *Ziel ist es, die Hände mit der Zeit immer weniger einzusetzen. Ideal ist es, wenn der Körper sich auf und ab bewegt, ohne den Boden zu berühren.*

Übungsablauf:

1. Mit dem Rücken zum Partner auf einer Unterlage knien. Hat man keinen Partner, kann man die Füße unter einer stabilen Vorrichtung fixieren.
2. Der Partner drückt die Füße zu Boden. Den Oberkörper gerade nach vorne zum Boden absenken, dabei vom Nacken bis zu den Knien gerade halten.
3. So weit wie möglich absenken, dann den Oberkörper wieder anheben. Die Aufwärtsbewegung kann zunächst mit den Händen unterstützt werden.
4. So oft wie vorgesehen wiederholen.

Glute Ham Raise

Diese Übung gehört zu den Klassikern von Gewichthebern, Sprintern und Fußballspielern. Sie ähnelt dem Bein-Curl mit Körpergewicht. Richtig ausgeführt, kräftigt sie die ischiocrurale Muskulatur und die Waden enorm. Dasselbe gilt für die Gesäßmuskulatur und den Rückenstrecker.

Beanspruchte Muskeln: **ischiocrurale Muskulatur, Waden- und Gesäßmuskulatur, Rückenstrecker**

Tipps:

- *Beim Absenken Gesäß- und Bauchmuskeln unter voller Spannung halten.*
- *Den unteren Rücken nicht überstrecken, das Becken nicht nach vorne kippen.*
- *Hüfte nicht beugen, der Rumpf bildet während der gesamten Bewegung eine Linie mit den Oberschenkeln.*

Übungsablauf:

1. Die Fußgelenke zwischen den dafür vorgesehenen Rollen der Maschine fixieren, die Füße an die rückwärtige Plattform stellen.
2. Die Oberschenkel auf dem Polster positionieren
3. Den Rumpf durch Strecken der Beine absenken, bis der Körper eine gerade, waagerechte Linie bildet.
4. Aus dieser Position unter Vollspannung von Gesäß- und Core-Muskeln die Knie beugen und den Oberkörper in eine aufrechte Position anheben
5. Knie strecken und den Körper wieder in die Waagerechte absenken. So oft wiederholen wie vorgesehen.

Glute Ham Raise mit Kurzhantel

Diese Übung gehört zu den Klassikern von Gewichthebern, Sprintern und Fußballspielern. Sie ähnelt dem Bein-Curl mit Körpergewicht. Richtig ausgeführt, kräftigt sie die ischiocrurale Muskulatur und die Waden enorm. Dasselbe gilt für die Gesäßmuskulatur und den Rückenstrecker. Die Kurzhantel erhöht den Schwierigkeitsgrad der Übung beträchtlich.

Beanspruchte Muskeln:

ischiocrurale, Waden- und Gesäßmuskulatur, Rückenstrecker

Tipps:

- *Beim Absenken Gesäß- und Bauchmuskeln voll anspannen.*
- *Den unteren Rücken nicht überstrecken, das Becken nicht nach vorne kippen.*
- *Hüfte nicht beugen, der Rumpf bildet eine Linie mit den Oberschenkeln.*

Übungsablauf:

1. Die Fußgelenke zwischen den dafür vorgesehenen Rollen der Maschine fixieren, die Füße an die rückwärtige Plattform stellen.
2. Die Oberschenkel auf dem Polster positionieren.
3. Den Rumpf durch Strecken der Beine absenken, bis der Körper eine gerade, waagerechte Linie bildet.
4. Eine Kurzhantel mit beiden Händen greifen und vor der Brust dicht am Körper halten.
5. Aus dieser Position unter Vollspannung von Gesäß- und Core-Muskeln die Knie beugen und den Oberkörper in eine aufrechte Position anheben.
6. Knie strecken und den Körper wieder in die Waagerechte absenken. So oft wiederholen wie vorgesehen.

Glute Ham Raise mit Widerstandsband

Diese Übung gehört zu den Klassikern von Gewichthebern, Sprintern und Fußballspielern. Sie ähnelt dem Bein-Curl mit Körpergewicht. Richtig ausgeführt, kräftigt sie die ischiocrurale Muskulatur und die Waden enorm. Dasselbe gilt für die Gesäßmuskulatur und den Rückenstrecker. Der Widerstand durch das elastische Band erhöht den Schwierigkeitsgrad der Übung beträchtlich.

Beanspruchte Muskeln:

ischiocrurale, Waden- und Gesäßmuskulatur, Rückenstrecker

Tipps:

- *Beim Absenken Gesäß- und Bauchmuskeln voll anspannen.*
- *Den unteren Rücken nicht überstrecken, das Becken nicht nach vorne kippen.*
- *Hüfte nicht beugen, der Rumpf bildet eine Linie mit den Oberschenkeln.*

Übungsablauf:

1. Widerstandsband an den Ösen des Glute-Ham-Trainers befestigen.
2. Die Fußgelenke zwischen den dafür vorgesehenen Rollen der Maschine fixieren, die Füße an die rückwärtige Plattform stellen.
3. Die Oberschenkel auf dem Polster positionieren.
4. Den Rumpf durch Strecken der Beine absenken, bis der Körper eine gerade, waagerechte Linie bildet.
5. Das Widerstandsband mittig um den Nacken legen. Gegebenenfalls ein Handtuch zwischen Band und Nacken legen.
6. Aus dieser Position unter Vollspannung von Gesäß- und Core-Muskeln die Knie beugen und den Oberkörper in eine aufrechte Position anheben.
7. Knie strecken, Körper wieder absenken. So oft wiederholen wie vorgesehen.

Glute Ham Raise mit Fußerhöhung

Diese Übung ist bei Gewichthebern, Sprintern und Fußballspielern beliebt. Die Bewegung mit erhöhter Position der Füße durchzuführen ist eine große Herausforderung, die der ischiocruralen Muskulatur konstant enorme Spannung abverlangt. Wie alle Glute Ham Raises ähnelt die Übung dem Bein-Curl mit Körpergewicht. Korrekt ausgeführt, werden die ischiocrurale und die Wadenmuskulatur enorm gekräftigt, ebenso werden Gesäßmuskulatur und Rückenstrecker beansprucht.

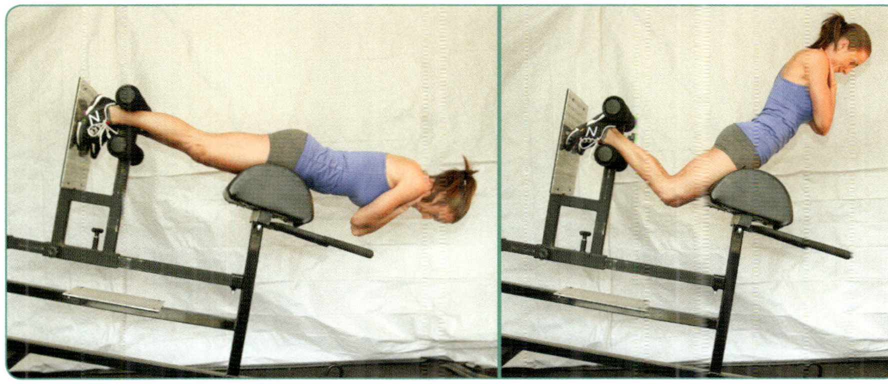

Beanspruchte Muskeln: ischiocrurale, Waden- und Gesäßmuskulatur, Rückenstrecker

Tipps:

- *Beim Absenken Gesäß- und Bauchmuskeln unter voller Spannung halten.*
- *Den unteren Rücken nicht überstrecken, das Becken nicht nach vorne kippen.*
- *Hüfte nicht beugen, der Rumpf bildet während der gesamten Bewegung eine Linie mit den Oberschenkeln.*

Übungsablauf:

1. Den hinteren Teil der Maschine auf eine niedrige Bank stellen, sodass ein 30-Grad-Gefälle entsteht.
2. Die Fußgelenke zwischen den dafür vorgesehenen Rollen der Maschine fixieren, die Füße an die rückwärtige Plattform stellen.
3. Die Oberschenkel auf dem Polster positionieren.
4. Den Rumpf durch Strecken der Beine absenken, bis der Körper eine gerade, waagerechte Linie bildet.
5. Aus dieser Position unter Vollspannung von Gesäß- und Core-Muskeln die Knie beugen und den Oberkörper in eine aufrechte Position anheben
6. Knie strecken und den Körper wieder in die Waagerechte absenken. So oft wiederholen wie vorgesehen.

Horizontale Zugübungen

Die Übungen dieser Kategorie basieren auf Ruderbewegungen. Diese beginnen mit den Armen vor dem Körper; die Hände ziehen in Richtung Körper (oder der Körper in Richtung Hände, wie es beim Rudern in Rückenlage der Fall ist). Horizontale Zugübungen bearbeiten in erster Linie die Trapezmuskeln, besonders die mittleren und tiefer liegenden Faserschichten, die Rautenmuskeln sowie Latissimus, Bizeps und Brachialis.

Viele Frauen finden einen kräftigen Rücken sexy (z. B. beim Tragen rückenfreier Kleider oder eines Bikinis), und horizontales Ziehen führt am schnellsten zu diesem Ziel. Dennoch sind das keine banalen Übungen. Ruderbewegungen kräftigen die Retraktoren der Schulterblätter (Muskeln, die das Gegeneinanderziehen der Schulterblätter ermöglichen), was für die Gesundheit und Funktion der Schultern essenziell ist. Viele männliche Gewichtheber legen ihren Fokus auf horizontales Drücken und vernachlässigen das horizontale Ziehen. Dadurch manifestieren sich mittel- bis langfristig Fehlhaltungen durch Adduktion der Schulterblätter (seitliche Ausweitung) und Einwärtsdrehen der Schultern. Horizontale Zugübungen helfen, derartige Haltungsfehler zu vermeiden.

Einarmiges Rudern mit Kurzhantel

Einarmiges Rudern erhöht die Greifkraft und bearbeitet Latissimus, Rautenmuskeln, Trapezmuskeln und die hinteren Deltamuskeln auf natürliche Weise.

Beanspruchte Muskeln: obere Rückenmuskulatur, Bizeps

Tipps:

- *Das Gewicht mithilfe der Rückenmuskulatur nach oben ziehen. Nicht mit Schwung arbeiten, Körper nicht verdrehen oder krümmen.*
- *Den Bewegungsradius voll nutzen, mit vollständig gestrecktem Arm beginnen und den Oberarm etwas höher als waagerecht ziehen.*
- *Wirbelsäule und Nacken neutral halten, mit dem stützenden Arm und ausreichender Standbreite für Stabilität sorgen, die ischiocrurale Muskulatur wird gedehnt.*

Übungsablauf:

1. Das rechte Knie auf der Bank positionieren, nach vorne lehnen, Oberkörper mit der rechten Hand abstützen.
2. Den linken Fuß leicht schräg neben die Bank auf den Boden setzen. Kurzhantel mit der linken Hand greifen (Handfläche zeigt nach innen) und unter Spannung der Rückenmuskulatur heben.
3. Die Kurzhantel durch Dehnung der Schultermuskeln und Beugen des Ellenbogens bis zu den Rippen hochziehen.
4. Absenken, bis der Arm wieder vollständig gestreckt ist.
5. Beidseitig so oft wiederholen wie vorgesehen.

Rudern auf der Schrägbank mit Kurzhanteln

Diese Übung beansprucht den oberen Rücken und den Bizeps.

Beanspruchte Muskeln: **obere Rückenmuskulatur, Bizeps**

Tipps:

- *Auf eine neutrale Position des Nackens achten, Überstreckung vermeiden.*
- *Nicht mit Schwung arbeiten, vollen Bewegungsradius nutzen.*

Übungsablauf:

1. Bäuchlings auf eine Schrägbank legen. Mit jeder Hand eine Kurzhantel greifen, die Handflächen zeigen nach innen.
2. Hanteln seitlich am Körper bis auf Brusthöhe hochziehen.
3. Wieder absenken, bis die Arme vollständig gestreckt sind, wobei die Schultern nach vorne gedehnt werden. So oft wiederholen wie vorgesehen.

Einarmiges Rudern im Stehen am Kabelzug

Diese Rückenübung ist sehr gelenkschonend und eine gute Vorbereitung für das weitere Training. Sie sollte hin und wieder ins Workout aufgenommen werden.

Beanspruchte Muskeln: **obere Rückenmuskulatur, Bizeps**

Tipps:

- *Aufrecht stehen, Körperspannung halten.*
- *In der Ausgangsstellung mit dem Gewicht vorne eine Dehnung erzeugen, beim Heranziehen Schulterblatt nach innen ziehen, um den vollen Bewegungsradius zu nutzen.*

Übungsablauf:

1. Vorwärts in der Kabelzugmaschine stehen, Kabel auf mittlerer Höhe. Griff mit der rechten Hand fassen, die rechte Schulter wird nach vorne gedehnt. Zurücktreten, bis das Kabel unter angemessener Spannung steht
2. Kabelgriff an der rechten Körperseite bis auf Brusthöhe heranziehen. Die Rückenmuskulatur arbeitet.
3. Zurück in die Ausgangsposition. Beidseitig so oft wiederholen wie vorgesehen.

Rudern im Sitzen am Kabelzug

Eine klassische Übung für die Rückenmuskulatur und bei Gewichthebern sehr beliebt. Die Schulterblätter werden nach innen gezogen, man kann spüren, dass die Retraktoren effizient arbeiten.

Beanspruchte Muskeln: obere Rückenmuskulatur, Bizeps

Tipps:

- *Rücken nicht rund werden lassen. Brustbein anheben, Oberkörper möglichst aufrecht halten.*
- *Möglichst nicht mit Schwung arbeiten. Die Zugbewegung erfolgt aus dem oberen und nicht aus dem unteren Rücken.*

Übungsablauf:

1. Mit leicht gebeugten Knien vor die Kabelzugmaschine setzen. Den Griff fassen, die Füße vertikal abstützen.
2. Das Kabel zieht die Schultern nach vorne, wobei die Rückenmuskulatur gedehnt wird.
3. Die Schulterblätter nach hinten unten zusammen- und das Kabel zum Rumpf ziehen. Brustbein anheben, die Rückenmuskulatur stark anspannen.
4. Zurück in die Ausgangsposition. So oft wiederholen wie vorgesehen.

Face Pull im Sitzen

Diese Übung für den oberen Rücken kräftigt gleichzeitig die Retraktoren der Schulterblätter und die Außenrotatoren der Schultern (mittlere Trapez- und Rautenmuskeln) .

Beanspruchte Muskeln: obere Rückenmuskulatur, hintere Schultermuskulatur

Tipps:

- *Nacken und Kopf in neutraler Position halten.*
- *Nur so viel Gewicht auflegen, dass der Bewegungsradius nicht eingeschränkt wird.*

Übungsablauf:

1. Vor einer Kabelzugmaschine sitzen, Kabel auf unterster Position, ein kurzes Seil zum Greifen befestigen.
2. Die Griffe am Seil so fassen, dass die Handflächen nach unten zeigen, die Schultern werden vom Gewicht nach vorne gezogen und dabei gedehnt.
3. Das Gewicht in Richtung Stirn hochziehen, die Hände rechts und links am Gesicht vorbeiführen, bis die Oberarme auf Schulterhöhe sind.
4. Zurück in die Ausgangsposition, wiederholen.

Rudern mit Widerstandsband

Für das Training zu Hause oder auf Reisen sind Schlingentrainer oder Widerstandsbänder eine gute Alternative zum Fitnessstudio. Sie ermöglichen gute Trainingseffekte ohne zusätzliche Gewichte. Rudern mit Widerstandsband ist eine gute Übung für den Rücken, die in der Endstellung große Anspannung erfordert.

Beanspruchte Muskeln: obere Rückenmuskulatur, Bizeps

Tipps:

- *Stabil stehen, Körperspannung halten.*
- *In der Ausgangsstellung wird die Rückenmuskulatur gedehnt. Wenn das Gewicht zum Körper gebracht wird, Schulterblätter zusammen und nach unten ziehen. Den vollen Bewegungsradius nutzen.*

Übungsablauf:

1. Das Band so befestigen, dass beide Seiten gleich lang sind. Schlingentrainer verfügen in der Regel über eine zentrale Längenverstellung.
2. Griffe fassen, Arme vollständig strecken, Handflächen zeigen nach innen.
3. Schrittstellung einnehmen, Bandenden durch Kontraktion der Rückenmuskulatur Richtung Oberkörper ziehen, bis die Unterarme die Rippen berühren.
4. Arme langsam in die Ausgangsposition zurückführen.
5. So oft wiederholen wie vorgesehen.

Rudern in Rückenlage mit Schlingentrainer, modifiziert

Rudern in Rückenlage ist ein äußerst effektives, gelenkschonendes Rückentraining. Mit einem Schlingentrainer kann es auch zu Hause ausgeführt werden. Mit gebeugten Knien ist die Übung einfacher, was sich für Anfänger empfiehlt.

Beanspruchte Muskeln: obere Rückenmuskulatur, Bizeps

Tipps:

- *Rudern in Rückenlage kann durch Veränderung des Winkels intensiviert werden: je kleiner der Winkel zwischen Körper und Boden, desto anstrengender.*
- *Immer daran denken, die Schulterblätter in der Endstellung zusammenzuziehen.*
- *Am Ende eines Trainingssatzes lässt die Ausführungsgenauigkeit häufig nach. Es ist in diesem Fall besser, abzubrechen. Üben Sie nur mit korrekter Haltung.*

Übungsablauf:

1. Mit jeder Hand einen Griff fassen, die Handflächen zeigen nach innen, die Arme sind gestreckt.
2. Mit den Füßen nach vorne gehen, bis der Körper eine Brückenposition einnimmt; die Knie sind in einem 90-Grad-Winkel gebeugt.
3. Core- und Gesäßmuskulatur anspannen, den Oberkörper nach oben ziehen.
4. Zurück in die Ausgangsposition und so oft wiederholen wie vorgesehen.

Rudern in Rückenlage mit Schlingentrainer

Rudern in Rückenlage ist ein äußerst effektives Rückentraining, das die Gelenke schont. Mit einem Schlingentrainer kann diese Übung auch gut zu Hause ausgeführt werden.

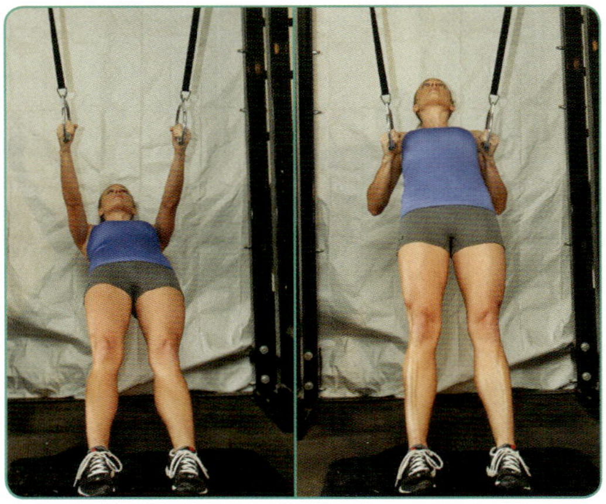

Beanspruchte Muskeln: obere Rückenmuskulatur, Bizeps

Tipps:

- *Rudern in Rückenlage kann durch Veränderung des Winkels intensiviert werden: je kleiner der Winkel zwischen Körper und Boden, desto anstrengender.*
- *Immer daran denken, die Schulterblätter in der Endstellung zusammenzuziehen.*
- *Am Ende eines Trainingssatzes lässt die Ausführungsgenauigkeit häufig nach. Es ist in diesem Fall besser abzubrechen. Üben Sie nur mit korrekter Haltung.*

Übungsablauf:

1. Mit jeder Hand einen Griff fassen, die Handflächen zeigen nach innen, die Arme sind gestreckt.
2. Mit den Füßen nach vorne gehen, bis der Winkel zwischen Körper und Boden etwa 45 Grad beträgt.
3. Core- und Gesäßmuskulatur anspannen, den Oberkörper nach oben ziehen.
4. Zurück in die Ausgangsposition und so oft wiederholen wie vorgesehen.

Rudern in Rückenlage mit Langhantel, modifiziert

Rudern in Rückenlage ist ein äußerst effektives Rückentraining, das die Gelenke schont. Mit gebeugten Knien ist die Übung einfacher, was sich für Anfänger empfiehlt.

Beanspruchte Muskeln: obere Rückenmuskulatur, Bizeps

Tipps:

- *Rudern in Rückenlage kann durch Veränderung des Winkels intensiviert werden: je kleiner der Winkel zwischen Körper und Boden, desto anstrengender.*
- *Immer daran denken, die Schulterblätter in der Endstellung zusammenzuziehen.*
- *Am Ende eines Trainingssatzes lässt die Ausführungsgenauigkeit häufig nach. Es ist in diesem Fall besser abzubrechen. Üben Sie nur mit korrekter Haltung.*

Übungsablauf:

1. Langhantel im Rack oder in einer Smith-Maschine auf gewünschter Höhe justieren. Rudern an der hohen Hantel eignet sich gut für Anfänger.
2. Hantel mit Obergriff etwas mehr als schulterbreit greifen.
3. Mit den Füßen nach vorne in eine Brückenposition gehen. Knie im 90-Grad-Winkel beugen, die Arme strecken.
4. Core- und Gesäßmuskulatur anspannen, den Oberkörper bis auf Brusthöhe in Richtung Langhantel ziehen.
5. Zurück in die Ausgangsposition, wiederholen.

Rudern in Rückenlage mit Langhantel

Rudern in Rückenlage ist ein äußerst effektives Rückentraining, das die Gelenke schont. Die Übung kann auch zu Hause mithilfe eines Besenstiels und zwei Stühlen durchgeführt werden.

Beanspruchte Muskeln: obere Rückenmuskulatur, Bizeps

Tipps:

- *Rudern in Rückenlage kann durch Veränderung des Winkels intensiviert werden: je kleiner der Winkel zwischen Körper und Boden, desto anstrengender.*
- *Immer daran denken, die Schulterblätter in der Endstellung zusammenzuziehen.*
- *Am Ende eines Trainingssatzes lässt die Ausführungsgenauigkeit häufig nach. Es ist in diesem Fall besser abzubrechen. Üben Sie nur mit korrekter Haltung.*

Übungsablauf:

1. Langhantel im Rack oder in einer Smith-Maschine auf gewünschter Höhe justieren. Rudern an der hohen Hantel eignet sich gut für Anfänger.
2. Hantel mit Obergriff etwas mehr als schulterbreit greifen.
3. Mit den Füßen so weit nach vorne gehen, bis sich die Brustmitte unterhalb der Hantel befindet.
4. So weit absenken, bis Arme und Beine vollständig gestreckt sind.
5. Core- und Gesäßmuskulatur anspannen, den Oberkörper in Richtung Langhantel ziehen.
6. Zurück in die Ausgangsposition, wiederholen.

Rudern in Rückenlage mit Fußerhöhung und Schlingentrainer

Rudern in Rückenlage ist ein äußerst effektives Rückentraining, das die Gelenke schont. Mit einem Schlingentrainer kann es auch gut zu Hause ausgeführt werden. Die Erhöhung der Füße erschwert die Übung und eignet sich deshalb für Fortgeschrittene.

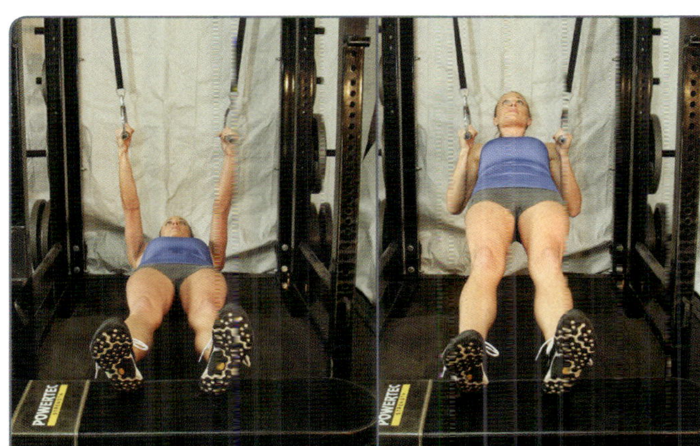

Beanspruchte Muskeln: obere Rückenmuskulatur, Bizeps

Tipps:

- *Rudern in Rückenlage kann durch Veränderung des Winkels intensiviert werden: je kleiner der Winkel zwischen Körper und Boden, desto anstrengender.*
- *Immer daran denken, die Schulterblätter in der Endstellung zusammenzuziehen.*
- *Am Ende eines Trainingssatzes lässt die Ausführungsgenauigkeit häufig nach. Es ist in diesem Fall besser abzubrechen. Üben Sie nur mit korrekter Haltung.*

Übungsablauf:

1. Mit jeder Hand einen Griff fassen, die Handflächen zeigen nach innen, die Arme sind gestreckt.
2. Die Füße vor dem Körper auf einer Bank positionieren. Position der Bank so wählen, dass die Beine vollständig gestreckt werden können.
3. Core- und Gesäßmuskulatur anspannen, den Oberkörper in Richtung der Griffe ziehen.
4. Zurück in die Ausgangsposition und so oft wiederholen wie vorgesehen.

Rudern in Rückenlage mit Fußerhöhung und Langhantel

Rudern in Rückenlage ist ein äußerst effektives Rückentraining, das die Gelenke schont. Die Erhöhung der Füße erschwert die Übung und eignet sich deshalb für Fortgeschrittene.

Beanspruchte Muskeln: **obere Rückenmuskulatur, Bizeps**

Tipps:

- *Rudern in Rückenlage kann durch Veränderung des Winkels intensiviert werden: je kleiner der Winkel zwischen Körper und Boden, desto anstrengender.*
- *Immer daran denken, die Schulterblätter in der Endstellung zusammenzuziehen.*
- *Am Ende eines Trainingssatzes lässt die Ausführungsgenauigkeit häufig nach. Es ist in diesem Fall besser abzubrechen. Üben Sie nur mit korrekter Haltung.*

Übungsablauf:

1. Langhantel im Rack oder in einer Smith-Maschine auf gewünschter Höhe justieren.
2. Hantel mit Obergriff etwas mehr als schulterbreit greifen. Die Arme sind gestreckt.
3. Die Füße vor dem Körper auf einer Bank positionieren. Position der Bank so wählen, dass die Beine vollständig gestreckt werden können.
4. Core- und Gesäßmuskulatur anspannen, den Oberkörper in Richtung Langhantel ziehen, bis die Brust die Hantel berührt.
5. Zurück in die Ausgangsposition, wiederholen.

Vorgebeugtes Rudern mit Kurzhanteln

Vorgebeugtes Rudern ist eine bewährte Standardübung für den Rücken. Die Bewegung erfordert Core-Stabilität und Flexibilität der ischiocruralen Muskulatur, um die Position während des gesamten Trainingssatzes einwandfrei zu halten. Durch Einsatz der Kurzhanteln kann der Bewegungsradius etwas vergrößert werden.

Beanspruchte Muskeln: **obere und untere Rückenmuskulatur, ischiocrurale Muskulatur, Gesäßmuskulatur, Bizeps, Greifmuskeln**

Tipps:

- *Den Rumpf waagerecht zu halten erfordert eine gute Flexibilität der ischiocruralen Muskulatur. Wenn der Rücken sich zu runden beginnt, beugen Sie die Knie etwas stärker, oder heben Sie den Rumpf.*
- *Das Gewicht nicht mit Schwung hochheben oder -reißen.*
- *Die Arme in der Ausgangsstellung vollständig strecken, in der Endstellung die Hanteln dicht an den Oberkörper bringen.*

Übungsablauf:

1. Knie leicht beugen und die Kurzhanteln mit Obergriff aufnehmen.
2. Mit geradem Rücken und leicht gebeugten Knien die Kurzhanteln rechts und links am Körper hochziehen, dabei die Schulterblätter zusammenziehen.
3. Die Hanteln wieder in die Ausgangsposition absenken, die Arme dabei vollständig strecken. So oft wiederholen wie vorgesehen.

Vorgebeugtes Rudern mit Langhantel

Vorgebeugtes Rudern ist eine bewährte Standardübung für den Rücken. Die Bewegung erfordert Core-Stabilität und Flexibilität der ischiocruralen Muskulatur, um die Position während des gesamten Trainingssatzes einwandfrei zu halten.

Beanspruchte Muskeln: **obere und untere Rückenmuskulatur, ischiocrurale Muskulatur, Gesäßmuskulatur, Bizeps, Greifmuskeln**

Tipps:

- *Den Rumpf waagerecht zu halten erfordert eine gute Flexibilität der ischiocruralen Muskulatur. Wenn der Rücken sich zu runden beginnt, beugen Sie die Knie etwas stärker oder heben Sie den Rumpf.*
- *Das Gewicht nicht mit Schwung hochheben oder -reißen.*
- *Die Arme in der Ausgangsstellung vollständig strecken, in der Endstellung die Hantel dicht an den Oberkörper bringen.*

Übungsablauf:

1. Die Langhantel mit Obergriff und etwas mehr als schulterbreit voneinander entfernten Händen aus dem Rack nehmen.
2. Leicht in die Knie gehen und aus der Hüfte nach vorne beugen, bis der Oberkörper parallel zum Boden ist.
3. Die Langhantel zum Bauch ziehen, dabei die Rückenmuskulatur kontrahieren.
4. Zurück in die Ausgangsposition, bis die Arme wieder vollständig gestreckt sind und die Schultern nach unten gedehnt werden. So oft wie vorgesehen wiederholen.

Vorgebeugtes Rudern mit T-Hantel

Dies ist eine bewährte Standardübung für Gewichtheber. Wie beim Rudern mit Langhantel ist auch hier große Flexibilität der ischiocruralen Muskulatur erforderlich, außerdem Kraft und Ausdauer der gesamten rückwärtigen Muskulatur.

Beanspruchte Muskeln: **obere und untere Rückenmuskulatur, ischiocrurale Muskulatur, Gesäßmuskulatur, Bizeps, Greifmuskeln**

Tipps:

- *Wenn im Fitnessstudio keine T-Hantel zur Verfügung steht, kann mit Langhantel und Ergänzungsgriff (findet sich meist an der Kabelzugmaschine) improvisiert werden (siehe Abbildung).*
- *Wenn Sie den Körper beim Hochziehen des Gewichts auf einen Winkel anheben, der größer als 45 Grad ist, verringern Sie das Gewicht und den Winkel der Vorbeuge.*

Übungsablauf:

1. Über der T-Hantel oder der Langhantel stehen, die Gewichtsscheibe befindet sich vor dem Körper.
2. Hantelstange mit beiden Händen fassen, Knie leicht Hüfte stark beugen.
3. Rücken in neutraler Position halten, die Langhantel an den Oberkörper heranziehen, dabei die Rückenmuskulatur kontrahieren.
4. Zurück in die Ausgangsposition, Arme vollständig strecken, Schultern nach unten dehnen. So oft wie vorgesehen wiederholen.

Horizontale Druckübungen

Bei Männern sind die Übungen dieser Kategorie sehr beliebt, weil sie die Brust stark formen. Sie beanspruchen jedoch nicht ausschließlich die Brustmuskeln, sondern auch die vorderen Deltamuskeln und den Trizeps. Da der Trizeps bei Frauen im Allgemeinen eher schwach ausgebildet ist, führen viele Sportlerinnen diese Übungen aus, um genau diesen vernachlässigten Bereich zu trainieren.

Horizontales Drücken beginnt mit den Händen dicht am Körper, die dann weit vom Körper abgestreckt werden. Nach diesem Prinzip wird – auf einer Bank liegend – mit Kurz- oder Langhanteln gearbeitet, die vom Körper weggedrückt werden, oder der eigene Körper wird vom Boden hochgedrückt, wie beim klassischen Liegestütz.

Viele Frauen sind begeistert, wenn sie irgendwann technisch perfekt ausgeführte Liegestütze ausführen können. Es ist wichtig, horizontale Zug- und horizontale Druckübungen ausgewogen zu trainieren, um eine optimale strukturelle Balance und Haltung zu erzielen und so körperliche Unausgewogenheiten zu vermeiden.

Liegestütz mit Rumpferhöhung

Der Liegestütz ist eine legendäre, bewährte Druckübung für den Oberkörper. Er ist im Schulsport, im Militär und im Breitensport auf der ganzen Welt fester Bestandteil des Trainings. Sauber ausgeführt, verbessert der Liegestütz die Druckkräfte des Oberkörpers, kräftigt die Stabilität der Schulterblätter und trainiert den unteren Rücken. Die Erhöhung des Rumpfes vereinfacht die Übung, wodurch sie sich besonders für Anfänger eignet.

Beanspruchte Muskeln: **Brustmuskulatur, Trizeps**

Tipps:

- *Wirbelsäule in neutraler Position halten, um eine gerade Linie von den Schultern bis zu den Fußgelenken zu erzielen. Der mittlere Rückenbereich darf nicht absinken, das Gesäß nicht nach oben wandern.*
- *Gesäß- und Bauchmuskeln während der gesamten Bewegung angespannt halten.*
- *Keine »Schlangenbewegungen«! Die Brust bleibt beim Anheben in Verlängerung des Körpers. Die Wirbelsäule bleibt gerade, die Bewegung ist fließend.*
- *Hände nicht zu weit vorne platzieren. Sie müssen seitlich neben dem Körper positioniert werden.*
- *Beim Absenken den vollen Bewegungsradius nutzen.*

Übungsablauf:

1. Vor einer Bank, Plattform oder einer im Rack gesicherten Langhantel stehen.
2. Hände auf der Längskante der Bank etwas mehr als schulterbreit voneinander entfernt positionieren und obere Liegestützposition einnehmen.
3. Den Körper gerade halten, durch Beugen der Arme absenken, bis die Brust die Bank berührt, dann wieder nach oben drücken. So oft wiederholen wie vorgesehen.

Liegestütz auf Knien

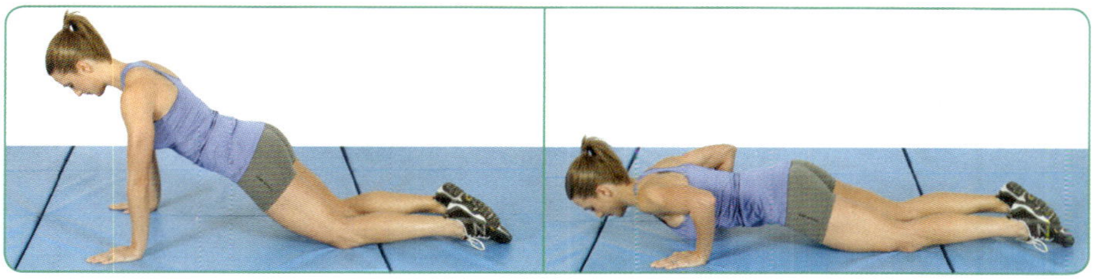

Diese Übung ist eine Variante des traditionellen Liegestütz, der bewährtesten aller Druckbewegungen für den Oberkörper. Er ist im Schulsport, im Militär und im Breitensport auf der ganzen Welt fester Bestandteil des Trainings. Sauber ausgeführt, verbessert der Liegestütz die Druckkräfte des Oberkörpers, kräftigt die Stabilität der Schulterblätter und trainiert den unteren Rücken. Die kniende Position vereinfacht die Übung, wodurch sie sich besonders für Anfänger eignet.

Beanspruchte Muskeln: **Brustmuskulatur, Trizeps**

Tipps:

- *Wirbelsäule in neutraler Position halten, um eine gerade Linie von den Schultern bis zu den Fußgelenken zu erzielen. Der mittlere Rückenbereich darf nicht absinken, das Gesäß nicht nach oben wandern.*
- *Gesäß- und Bauchmuskeln während der gesamten Bewegung angespannt halten.*
- *Keine »Schlangenbewegungen«! Die Brust bleibt beim Anheben in Verlängerung des Körpers. Die Wirbelsäule bleibt gerade, die Bewegung ist fließend.*
- *Hände nicht zu weit vorne platzieren. Sie müssen seitlich am Körper positioniert werden.*
- *Beim Absenken den vollen Bewegungsradius nutzen.*

Übungsablauf:

1. Bäuchlings auf den Boden legen, die Hände seitlich neben dem Körper platzieren.
2. Auf die Knie gehen. Die Position ist eventuell angenehmer, wenn die Füße gekreuzt werden.
3. Körper gestreckt halten, Rumpf durch Strecken der Arme vom Boden heben.
4. Körper zum Boden absenken, bis die Brust den Boden fast berührt. Wiederholen.

Liegestütz auf Knien mit engem Griff

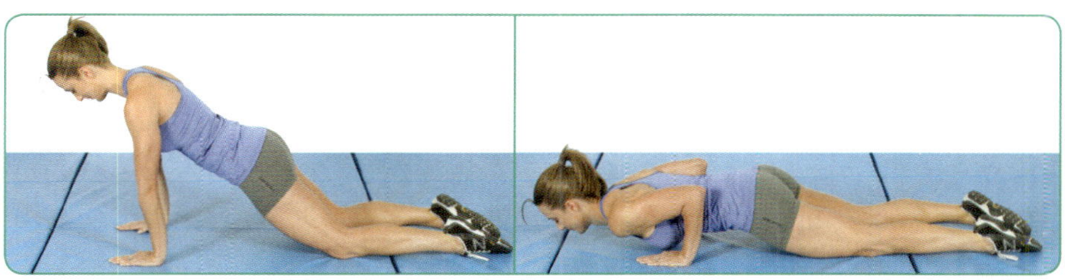

Diese Übung ist eine Variante des traditionellen Liegestütz, der bewährtesten aller Druckbewegungen für den Oberkörper. Er ist im Schulsport, im Militär und im Breitensport auf der ganzen Welt fester Bestandteil des Trainings. Sauber ausgeführt, verbessert der Liegestütz die Druckkräfte des Oberkörpers, kräftigt die Stabilität der Schulterblätter und trainiert den unteren Rücken. Liegestütze auf den Knien erleichtern die Übung, die sich daher besonders für Anfänger eignet. Während die kniende Position vereinfachend wirkt, macht der enge Schulterstand die Übung zu einer erstaunlichen Herausforderung.

Beanspruchte Muskeln: **Brustmuskulatur, Trizeps**

Tipps:

- *Wirbelsäule in neutraler Position halten, um eine gerade Linie von den Schultern bis zu den Fußgelenken zu erzielen. Der mittlere Rückenbereich darf nicht absinken, das Gesäß nicht nach oben wandern.*
- *Gesäß- und Bauchmuskeln angespannt halten.*
- *Keine »Schlangenbewegungen«! Die Brust bleibt beim Anheben in Verlängerung des Körpers. Die Wirbelsäule bleibt gerade, die Bewegung ist fließend.*
- *Hände dicht neben dem Körper, aber nicht zu weit vorne platzieren.*
- *Beim Absenken den vollen Bewegungsradius nutzen.*

Übungsablauf:

1. Bäuchlings auf den Boden legen, die Hände seitlich so dicht am Körper platzieren, dass die Oberarme am Körper anliegen.
2. Auf die Knie gehen. Die Position ist eventuell angenehmer, wenn die Füße gekreuzt werden.
3. Körper gestreckt halten, Rumpf durch Strecken der Arme vom Boden heben.
4. Körper zum Boden absenken. Wiederholen.

Liegestütz

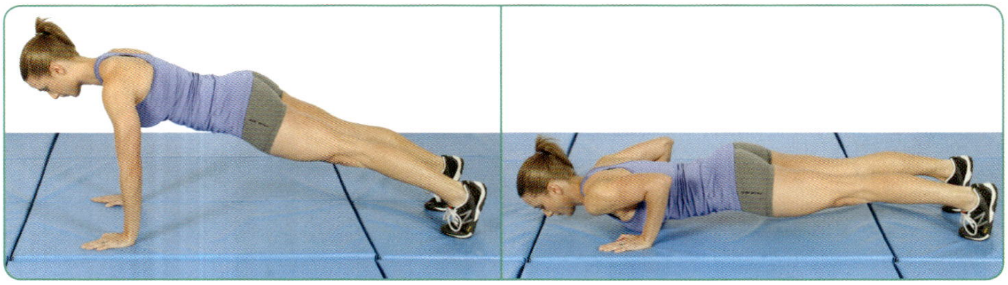

Der Liegestütz ist eine legendäre, bewährte Druckübung für den Oberkörper. Er ist im Schulsport, im Militär und im Breitensport auf der ganzen Welt fester Bestandteil des Trainings. Sauber ausgeführt, verbessert der Liegestütz die Druckkräfte des Oberkörpers, kräftigt die Stabilität der Schulterblätter und trainiert den unteren Rücken.

Beanspruchte Muskeln: Brustmuskulatur, Trizeps

Tipps:

- *Wirbelsäule in neutraler Position halten, um eine gerade Linie von den Schultern bis zu den Fußgelenken zu erzielen. Der mittlere Rückenbereich darf nicht absinken, das Gesäß nicht nach oben wandern.*
- *Gesäß- und Bauchmuskeln während der gesamten Bewegung angespannt halten.*
- *Keine »Schlangenbewegungen«! Die Brust bleibt beim Anheben in Verlängerung des Körpers. Die Wirbelsäule bleibt gerade, die Bewegung ist fließend.*
- *Hände nicht zu weit vorne platzieren. Sie müssen seitlich neben dem Körper positioniert werden.*
- *Beim Absenken den vollen Bewegungsradius nutzen.*

Übungsablauf:

1. Bäuchlings auf den Boden legen, die Hände seitlich neben dem Körper platzieren.
2. Körper gestreckt halten, Rumpf durch Strecken der Arme vom Boden heben.
3. Körper zum Boden absenken, bis die Brust den Boden fast berührt. Wiederholen.

Liegestütz mit engem Griff

Der Liegestütz ist eine bewährte Druckübung für den Oberkörper. Er ist im Schulsport, im Militär und im Breitensport auf der ganzen Welt fester Bestandteil des Trainings. Sauber ausgeführt, verbessert der Liegestütz die Druckkräfte des Oberkörpers, kräftigt die Stabilität der Schulterblätter und trainiert den unteren Rücken. Werden die Arme ganz eng am Körper positioniert, ist die Herausforderung größer, sodass es ggf. etwas länger dauert, bis diese Variante beherrscht wird.

Beanspruchte Muskeln: Brustmuskulatur, Trizeps

Tipps:

- *Wirbelsäule in neutraler Position halten, um eine gerade Linie von den Schultern bis zu den Fußgelenken zu erzielen. Der mittlere Rückenbereich darf nicht absinken, das Gesäß nicht nach oben wandern.*
- *Gesäß- und Bauchmuskulater unter Spannung halten.*
- *Keine »Schlangenbewegungen«! Die Brust bleibt beim Anheben in Verlängerung des Körpers. Die Wirbelsäule bleibt gerade, die Bewegung ist fließend.*
- *Hände nicht zu weit vorne platzieren.*
- *Beim Absenken den vollen Bewegungsradius nutzen.*

Übungsablauf:

1. Bäuchlings auf den Boden legen, die Hände seitlich so eng neben dem Körper platzieren, dass die Oberarme am Körper anliegen.
2. Körper gestreckt halten, Rumpf durch Strecken der Arme vom Boden heben.
3. Körper zum Boden absenken, bis die Brust den Boden fast berührt. Wiederholen.

Liegestütz mit Fußerhöhung

Der Liegestütz ist eine bewährte Druckübung für den Oberkörper. Er ist im Schulsport, im Militär und im Breitensport auf der ganzen Welt fester Bestandteil des Trainings. Sauber ausgeführt, verbessert der Liegestütz die Druckkräfte des Oberkörpers, kräftigt die Stabilität der Schulterblätter und trainiert den unteren Rücken. Die Erhöhung der Füße erschwert die Übung, deshalb ist sie ideal für Fortgeschrittene.

Beanspruchte Muskeln: **Brustmuskulatur, Trizeps**

Tipps:

- *Wirbelsäule in neutraler Position halten, um eine gerade Linie von den Schultern bis zu den Fußgelenken zu erzielen. Der mittlere Rückenbereich darf nicht absinken, das Gesäß nicht nach oben wandern.*
- *Gesäß- und Bauchmuskeln während der gesamten Bewegung angespannt halten.*
- *Keine »Schlangenbewegungen«! Die Brust beim Anheben in Verlängerung des Körpers halten. Die Wirbelsäule bleibt gerade, die Bewegung ist fließend.*
- *Hände nicht zu weit vorne platzieren. Sie müssen seitlich neben dem Körper positioniert werden.*
- *Beim Absenken den vollen Bewegungsradius nutzen.*

Übungsablauf:

1. Bäuchlings auf den Boden legen, die Zehen auf einer Bank oder Plattform positionieren.
2. Rumpf auf die gestreckten Arme stützen.
3. Körper gerade halten, dann durch Beugen der Arme in Richtung Boden absenken und zurück nach oben drücken. Wiederholen.

Brustpresse mit Widerstandsband

Dies ist eine großartige Übung für die Brustmuskulatur und den Trizeps. Sie ist für das Training zu Hause geeignet, und auch im Urlaub kann man problemlos ein Widerstandsband mit sich führen. Die Bewegung erfordert Stabilität in Schultern und Hüfte.

Beanspruchte Muskeln: **Brustmuskulatur, Trizeps**

Tipps:

- *Den optimalen Abstand suchen. Eventuell muss man diesen während des Trainingssatzes noch variieren.*
- *Den Körper während der Übung stabil halten. Den Körper nicht krümmen, zu den Seiten pendeln oder verdrehen.*
- *Zwischen den Trainingssätzen die Position der Füße wechseln. Also beim ersten Satz den rechten Fuß nach vorne setzen, beim zweiten Satz den linken usw.*

Übungsablauf:

1. Mit dem Rücken zur Bandbefestigung stehen, in jeder Hand einen Bandgriff halten, Handflächen zeigen zueinander.
2. Hände jeweils seitlich auf Brusthöhe positionieren, Arme beugen, sodass Handgelenke und Ellenbogen auf einer Höhe sind.
3. Schrittstellung einnehmen, beide Füße zeigen nach vorne. Leicht nach vorne in den Ausfallschritt gehen, dabei die Bauchmuskeln und das Gesäß anspannen.
4. Die Bänder nach vorne drücken, bis die Ellenbogen gestreckt sind, während die Arme so ausgedreht werden, dass die Handflächen in der Endstellung nach unten zeigen.
5. Ellenbogen wieder beugen, bis sich die Arme wieder in Ausgangsposition befinden. Wiederholen.

Bankdrücken mit Kurzhanteln

Bankdrücken mit Kurzhanteln ist eine exzellente Druckübung, die in der Ausgangsstellung den Bewegungsradius erhöht und somit die Dehnung der Brustmuskulatur intensiviert. Traniert man mit Kurzhanteln, wird die stabilisierende Muskulatur stark gefordert, was die Qualität der Übung erhöht.

Beanspruchte Muskeln:

Brustmuskulatur, Trizeps

Tipps:

- *Die Füße bleiben am Boden; nicht auf die Bank stellen.*
- *Bewegungsradius voll ausnutzen, Kurzhanteln seitlich neben der Brust nach unten führen und wieder nach oben drücken, bis die Arme vollständig gestreckt sind.*
- *Das Gesäß auf der Bank halten, nicht anheben, wenn das Gewicht nach oben gedrückt wird.*

Übungsablauf:

1. Rücklings auf einer flachen Hantelbank liegen. Mit jeder Hand eine Kurzhantel fassen und auf Brusthöhe halten.
2. Hanteln nach oben drücken, bis die Arme komplett gestreckt sind.
3. Gewicht in Ausgangsposition absenken. So oft wiederholen wie vorgesehen.

Einarmiges Bankdrücken mit Kurzhantel

Diese Übung ist doppelt effizient: Sie beansprucht Trizeps, Brust- und Schultermuskulatur gleichermaßen. Und sie verlangt eine hohe Core-Stabilität, besonders wenn Kraft und Koordination zunehmen. Die schrägen Bauchmuskeln müssen sehr hart arbeiten, um die Körpermitte zu stabilisieren und Rotationen während der Bewegung zu verhindern.

Beanspruchte Muskeln:

Brustmuskulatur, Trizeps

Tipps:

- *Die Füße bleiben am Boden; nicht auf die Bank stellen.*
- *Bewegungsradius voll ausnutzen, die Kurzhantel seitlich neben der Brust nach unten führen und wieder nach oben drücken, bis der Arm vollständig gestreckt ist.*
- *Das Gesäß auf der Bank halten, nicht anheben, wenn das Gewicht nach oben gedrückt wird.*

Übungsablauf:

1. Rücklings auf einer flachen Hantelbank liegen. Mit der rechten Hand eine Kurzhantel fassen und auf Brusthöhe halten. Die linke Hand auf die linke Hüfte legen.
2. Hantel nach oben drücken, bis der Arm komplett gestreckt ist.
3. Gewicht in Ausgangsposition absenken. So oft wiederholen wie vorgesehen.
4. Seite wechseln.

Schrägbankdrücken mit Kurzhanteln

Diese Drucküburg im Brustbereich ist meiner Meinung nach für Frauen die beste überhaupt. Die Kurzhanteln erhöhen den Bewegungsradius und somit die Dehnung der Brustmuskulatur im Vergleich zur Variante mit der Langhantel. Leichte Kurzhanteln eignen sich gut für Anfänger, die Bankdrücken mit Langhantel noch nicht bewältigen können.

Beanspruchte Muskeln:

Brustmuskulatur, Trizeps

Tipps:

- *Die Füße bleiben am Boden, der Körper ist stabil.*
- *Bewegungsradius voll ausnutzen, Kurzhanteln seitlich neben der Brust nach unten führen und wieder nach oben drücken, bis die Arme vollständig gestreckt sind.*
- *Das Gesäß nicht anheben.*

Übungsablauf:

1. Rücklings auf einer Schrägbank (45-Grad-Winkel) liegen.
2. Mit jeder Hand eine Kurzhantel fassen, jeweils am oberen Schulterende halten.
3. Hanteln nach oben drücken, bis die Arme komplett gestreckt sind.
4. Gewicht in Ausgangsposition absenken. So oft wiederholen wie vorgesehen.

Einarmiges Schrägbankdrücken mit Kurzhantel

Diese Übung ist eine schöne Variante des Bankdrückens. Hierbei wird zusätzlich die Core-Stabilität trainiert, während gleichzeitig die Brust- und Schultermuskulatur sowie der Trizeps bearbeitet werden.

Beanspruchte Muskeln:

Brustmuskulatur, Trizeps

Tipps:

- *Die Füße bleiben am Boden, der Körper ist stabil.*
- *Bewegungsradius voll ausnutzen, die Kurzhantel seitlich neben der Brust nach unten führen und wieder nach oben drücken, bis der Arm vollständig gestreckt ist.*
- *Das Gesäß auf der Bank halten, nicht anheben, wenn das Gewicht nach oben gedrückt wird.*

Übungsablauf:

1. Rücklings auf einer Schrägbank (45-Grad-Winkel) liegen.
2. Mit der linken Hand eine Kurzhantel fassen, am oberen Schulterende positionieren.
3. Hantel nach oben drücken, bis der Arm komplett gestreckt ist.
4. Gewicht in Ausgangsposition absenken. So oft wiederholen wie vorgesehen.
5. Seite wechseln.

Bankdrücken mit Langhantel am Boden

Aus mehreren Gründen eine ausgezeichnete Übung: Erstens ermöglicht sie größere Gewichte aufgrund des kleineren Bewegungsradius. Dieser Impuls sollte gelegentlich ins Workout integriert werden. Zweitens kann die Übung auch ohne Bank ausgeführt werden. Man benötigt nur eine Langhantel mit Gewichten und den Fußboden. Drittens ist der verkürzte Bewegungsradius bei Schulterbeschwerden von Vorteil.

Beanspruchte Muskeln:

Brustmuskulatur, Trizeps

Tipps:

- *Wenn kein Rack und niemand zur Hilfestellung zur Verfügung steht, kann die Langhantel mit einer Brückenbewegung (Hüftbrücke) in Position gebracht werden.*
- *Kurz pausieren, wenn die Ellenbogen den Boden berühren, dann wiederholen.*
- *Oberarme und Rumpf bilden einen 45-Grad-Winkel.*

Übungsablauf:

1. Auf dem Rücken am Boden liegen. Entweder mit Langhantel im Power-Rack oder mit einem Partner arbeiten.
2. Langhantel etwas über schulterbreit greifen, direkt über den Schultern halten.
3. Gewicht absenken, bis die Oberarme den Boden berühren.
4. Das Gewicht senkrecht nach oben drücken. Wiederholen.

Bankdrücken mit Langhantel

Bankdrücken ist wohl weltweit die beliebteste Kraftübung – besonders bei Männern, denn Bankdrücken ist hervorragend geeignet, um Kraft im Brustbereich zu entwickeln. Für Frauen ist das weniger von Bedeutung. Da die Übung aber auch den Trizeps trainiert, sollte sie dennoch regelmäßig ausgeführt werden. Zur Stärkung der weiblichen Brustmuskulatur halte ich Schrägbankdrücken für die beste Variante.

Beanspruchte Muskeln:

Brustmuskulatur, Trizeps

Tipps:

- *Füße am Boden halten; nicht auf die Bank stellen.*
- *Den Bewegungsradius voll ausnutzen, Langhantel zur Brust nach unten führen und wieder ganz nach oben drücken, bis die Arme vollständig gestreckt sind.*
- *Das Gesäß auf der Bank halten, nicht anheben, wenn das Gewicht nach oben gedrückt wird.*
- *Den Körper fest und stabil halten, nicht krümmen.*
- *Oberarme und Rumpf bilden einen 45-Grad-Winkel.*

Übungsablauf:

1. Rücklings so auf einer Hantelbank liegen, dass sich das Gesicht direkt unterhalb der Langhantel befindet.
2. Langhantel im Obergriff fassen, die Hände sind etwas mehr als schulterbreit voneinander entfernt.
3. Hantel aus dem Rack nehmen, über dem Brustbein halten.
4. Gewicht gerade nach unten absenken.
5. Gewicht nach oben drücken, Arme strecken. Wiederholen.

Bankdrücken mit Langhantel und engem Griff

Beim Bankdrücken mit engem Griff wird die Arbeit am Trizeps deutlich intensiviert, die Brustmuskulatur hingegen etwas weniger beansprucht. Da der Schwerpunkt der Übung auf dem Trizeps liegt, sollten Frauen, die ihren Oberkörper formen möchten, diese Übung unbedingt in ihr Workout aufnehmen.

Beanspruchte Muskeln:

Brustmuskulatur, Trizeps

Tipps:

- *Füße bleiben am Boden; nicht auf die Bank stellen.*
- *Den Bewegungsradius voll ausnutzen, Langhantel zur Brust nach unten führen und wieder ganz nach oben drücken, bis die Arme vollständig gestreckt sind*
- *Das Gesäß auf der Bank halten, nicht anheben, wenn das Gewicht nach oben gedrückt wird.*
- *Den Körper fest und stabil halten, nicht krümmen.*
- *Oberarme und Rumpf bilden einen 45-Grad-Winkel.*

Übungsablauf:

1. Rücklings so auf einer Hantelbank liegen, dass sich das Gesicht unterhalb der Langhantel befindet.
2. Langhantel im Obergriff fassen, die Hände sind etwas mehr als schulterbreit voneinander entfernt.
3. Hantel aus dem Rack nehmen, direkt über dem Brustbein halten.
4. Gewicht gerade nach unten absenken.
5. Gewicht nach oben drücken, bis die Arme vollständig gestreckt sind. Wiederholen.

Schrägbankdrücken mit Langhantel

Eine meiner Lieblingsübungen für den weiblichen Oberkörper. Frauen sollten sich beim Training auf den oberen Brustbereich konzentrieren. Die Muskulatur des mittleren und unteren Brustbereichs wird von den Brüsten verdeckt. Mit einem etwas engeren Griff wird die obere Brustmuskulatur besser bearbeitet – auch wenn oft das Gegenteil angenommen wird.

Beanspruchte Muskeln:

Brustmuskulatur, Trizeps

Tipps:

- *Die Füße bleiben am Boden, der Körper stabil.*
- *Den Bewegungsradius voll ausnutzen, Langhantel nach unten zur Brust bringen und wieder nach oben drücken, bis die Arme vollständig gestreckt sind.*
- *Das Gesäß auf der Bank halten, nicht anheben, wenn das Gewicht nach oben gedrückt wird.*

Übungsablauf:

1. Rücklings so auf einer Hantelbank liegen, dass sich das Gesicht unterhalb der Langhantel befindet.
2. Langhantel im Obergriff fassen, die Hände sind etwas mehr als schulterbreit voneinander entfernt.
3. Hantel aus dem Rack nehmen, über dem Brustbein halten.
4. Gewicht gerade nach unten absenken.
5. Gewicht nach oben drücken, bis die Arme vollständig gestreckt sind. Wiederholen.

Vertikale Zugübungen

Vertikales Ziehen entspricht der Bewegung beim Klimmzug. Man beginnt mit nach oben ausgestreckten Armen und endet mit den Armen dicht am Körper. Es gibt dabei viele Griffarten und -weiten, es kann mit Kabelzug gearbeitet werden, oder der Körper wird in Richtung einer festen Stange gezogen.

Viele Frauen träumen davon, einen Klimmzug mit Körpergewicht zu bewältigen. Es ist immer wieder eine gute Erfahrung, wenn eine meiner Klientinnen die Übung zum ersten Mal schafft – und es haben schon viele gemeistert. Wenn Sie gut vorankommen, werden Sie möglicherweise eines Tages ausreichend Kraft aufbauen. Klimmzüge sind jedoch nicht für jeden Körperbau geeignet.

Vertikale Zugübungen trainieren den Großen Rückenmuskel sehr gut, außerdem die Trapezmuskeln, die Rautenmuskeln, den Bizeps und die Oberarmmuskeln.

Gerades Lat-Ziehen vor der Brust

Lat-Ziehen ist eine gute Alternative zu Klimmzügen, besonders für Personen, die Probleme mit den Schultergelenken haben. Lat-Ziehen ist äußerst effizient und gelenkfreundlich.

Beanspruchte Muskeln: Rückenmuskulatur, Bizeps

Tipps:

- *In der Ausgangsstellung sind die Arme vollständig gestreckt; die Schultern dürfen nicht zu den Ohren hochgezogen werden.*
- *Gewicht mithilfe der oberen Rückenmuskeln bis zum Schlüsselbein ziehen.*
- *Nicht zu weit nach hinten lehnen, nicht mit Schwung arbeiten.*

Übungsablauf:

1. Die Zugstange mit gestreckten Armen über dem Kopf in Schulterbreite fassen, die Handflächen zeigen nach vorne, vom Körper weg.
2. Auf die Bank setzen, die Knie ggf. unter den dafür vorgesehenen Polstern positionieren (in der Abbildung nicht zu sehen).
3. Die Stange am Kabelzug herunterziehen, dabei die Rückenmuskulatur anspannen. Ellenbogen beugen, bis sich die Stange vor dem Brustbein befindet.
4. In die Ausgangsposition zurückkehren und die Arme wieder vollständig strecken. Wiederholen.

Lat-Ziehen mit weitem Griff

Lat-Ziehen ist eine gute Alternative zu Klimmzügen, besonders für Personen, die Probleme mit den Schultergelenken haben. Lat-Ziehen ist äußerst effizient und gelenkfreundlich. Die Variante mit breitem Griff beansprucht den Großen Rückenmuskel stark.

Beanspruchte Muskeln: Rückenmuskulatur, Bizeps

Tipps:

- *In der Ausgangsstellung sind die Arme vollständig gestreckt; die Schultern dürfen nicht zu den Ohren hochgezogen werden.*
- *Das Gewicht nach unten ziehen, dabei die obere Rückenmuskulatur anspannen. Die Zugstange nur bis auf Höhe des Schlüsselbeins bringen, nicht bis zum mittleren Brustbereich.*
- *Nicht zu weit nach hinten lehnen, nicht mit Schwung arbeiten.*
- *Ein zu weiter Griff kann den Bewegungsradius einschränken.*

Übungsablauf:

1. Die Zugstange über dem Kopf in doppelter Schulterbreite fassen, die Handflächen zeigen nach vorne, vom Körper weg.
2. Auf die Bank setzen, die Arme sind vollständig gestreckt.
3. Die Stange am Kabelzug herunterziehen, die Rückenmuskulatur anspannen. Ellenbogen beugen, Zugstange vor das Brustbein bringen.
4. In der Ausgangsposition zurückkehren und die Arme wieder vollständig strecken. Wiederholen.

Lat-Ziehen mit Untergriff

Beanspruchte Muskeln: Rückenmuskulatur, Bizeps

Tipps:

- *In der Ausgangsstellung sind die Arme vollständig gestreckt; die Schultern dürfen nicht zu den Ohren hochgezogen werden.*
- *Das Gewicht nach unten ziehen, dabei die obere Rückenmuskulatur anspannen. Die Stange nur bis zum Schlüsselbein ziehen, nicht bis zum mittleren Brustbereich.*
- *Nicht zu weit nach hinten lehnen, nicht mit Schwung arbeiten.*

Übungsablauf:

1. Die Zugstange über dem Kopf in Schulterbreite fassen, die Handflächen zeigen zum Körper.
2. Mit nach oben gestreckten Armen auf die Bank setzen, die Knie ggf. unter den dafür vorgesehenen Polstern positionieren (in der Abbildung nicht zu sehen).
3. Die Stange am Kabelzug herunterziehen, dabei die Rückenmuskeln anspannen. Ellenbogen beugen, bis sich die Stange vor dem Brustbein befindet.
4. Die Arme wieder vollständig strecken, in der Ausgangsposition sind Rücken und Arme in senkrechter Position. Wiederholen.

Lat-Ziehen ist eine wunderbare Alternative zu Klimmzügen, besonders für Personen, die keine Klimmzüge bewältigen können oder Probleme mit den Schultergelenken haben. Lat-Ziehen ist äußerst effizient und gelenkfreundlich. Die Version mit Untergriff ist eine meiner Lieblingsübungen, weil sie den Großen Rückenmuskel dehnt und den Bizeps fordert.

Lat-Ziehen mit D-Griff

Beanspruchte Muskeln: Rückenmuskulatur, Bizeps

Tipps:

- *In der Ausgangsstellung sind die Arme vollständig gestreckt; die Schultern dürfen nicht zu den Ohren hochgezogen werden.*
- *Das Gewicht nach unten ziehen, dabei die obere Rückenmuskulatur anspannen. Die Stange nur bis zum Schlüsselbein ziehen, nicht bis zum mittleren Brustbereich.*
- *Nicht zu weit nach hinten lehnen, nicht mit Schwung arbeiten.*

Übungsablauf:

1. Den D-Griff über dem Kopf fassen, die Handflächen zeigen zueinander.
2. Mit nach oben gestreckten Armen auf die Bank setzen, die Knie ggf. unter den dafür vorgesehenen Polstern positionieren (in der Abbildung nicht zu sehen).
3. Den D-Griff am Kabelzug herunterziehen, dabei die Rückenmuskeln anspannen. Ellenbogen beugen, bis sich der Griff vor dem Brustbein befindet.
4. Die Arme wieder vollständig strecken, in der Ausgangsposition sind Rücken und Arme in senkrechter Position. Wiederholen.

Lat-Ziehen ist eine wunderbare Alternative zu Klimmzügen, besonders für Personen, die keine Klimmzüge bewältigen können oder Probleme mit den Schultergelenken haben. Lat-Ziehen ist äußerst effizient und gelenkfreundlich. Die Variante mit D-Griff ist sehr bequem und angenehm für die Gelenke.

Klimmzug mit Parallelgriff und Bandunterstützung

Diese Übung eignet sich ausgezeichnet für Anfänger zur Ausbildung der Zugkraft, um irgendwann einen Klimmzug mit Körpergewicht ohne Unterstützung zu schaffen.

Beanspruchte Muskeln: Rückenmuskulatur, Core-Muskulatur, Bizeps

Tipps:

- *Bewegungsradius vollständig ausnutzen: Brustbein zur Stange ziehen; absenken, bis die Arme gestreckt sind.*
- *Bauchmuskeln während der gesamten Bewegung unter Spannung halten, Rücken nicht ins Hohlkreuz wölben.*
- *Das Widerstandsband unterstützt nur in der unteren Position, in der oberen Position dagegen kaum.*
- *Anfänger sollten sehr starke Widerstandsbänder verwenden – anfangs zwei, später nur eines. Mit zunehmender Kraft die Bandstärke nach und nach verringern.*

Übungsablauf:

1. Das Band an einer horizontalen Leiter befestigen, indem es um eine Sprosse gelegt und ein Bandende durch das andere gezogen wird.
2. Die herabhängende Bandschlaufe zum Boden ziehen und beide Füße hineinstellen. Das ist nicht ganz einfach, eventuell brauchen Sie Hilfestellung.
3. Sind die Füße im Band gesichert, Sprossen in schulterbreitem Parallelgriff fassen, Handflächen zeigen zueinander. In dieser Position sollten die Arme vollständig gestreckt sein.
4. Körper hochziehen bis sich der obere Brustbereich auf Höhe der Stange befindet.
5. Absenken. Wiederholen.

Klimmzug mit Kammgriff, moderate Griffweite

Von allen Klimmzugvarianten ist mir diese die liebste: Während des gesamten Bewegungsablaufs fühlt man intensiv, wie der Rücken arbeitet, während auch der Bizeps stark gefordert ist.

Beanspruchte Muskeln: Rückenmuskulatur, Core-Muskulatur, Bizeps

Tipps:

- *Bewegungsradius vollständig ausnutzen: Brustbein zur Stange hochziehen; absenken, bis die Arme vollständig gestreckt sind.*
- *Bauchmuskeln während der gesamten Bewegung unter Spannung halten, Rücken nicht ins Hohlkreuz wölben.*
- *Körper nicht nach oben »schaukeln«, nicht mit der Schwungkraft der Beine arbeiten.*

Übungsablauf:

1. Klimmzugstange in schulterbreitem Kammgriff (Handflächen zeigen zum Körper) fassen. In dieser Position sollten die Arme vollständig gestreckt sein. Die Beine sind gestreckt oder in den Knien leicht gebeugt.
2. Körper hochziehen, bis sich der obere Brustbereich auf Höhe der Stange befindet.
3. Absenken. Wiederholen.

Klimmzug mit Kammgriff, enge Griffweite

Eine schonende Variante für Schultern, Ellenbogen und Handgelenke.

Beanspruchte Muskeln: **Rückenmuskulatur, Core-Muskulatur, Bizeps**

Tipps:

- *Bewegungsradius vollständig ausnutzen: Brustbein zur Stange hochziehen; absenken, bis die Arme vollständig gestreckt sind.*
- *Bauchmuskeln während der gesamten Bewegung unter Spannung halten, Rücken nicht ins Hohlkreuz wölben.*
- *Körper nicht nach oben »schaukeln«, nicht mit der Schwungkraft der Beine arbeiten.*

Übungsablauf:

1. Klimmzugstange eng und direkt über dem Kopf im Kammgriff fassen (Handflächen zeigen zum Körper). In dieser Position sollten die Arme vollständig gestreckt sein. Die Beine sind gestreckt oder in den Knien leicht gebeugt.
2. Körper hochziehen, bis sich der obere Brustbereich auf Höhe der Stange befindet.
3. Absenken. Wiederholen.

Klimmzug mit Kammgriff, breite Griffweite

Ich persönlich bevorzuge Klimmzugvarianten mit moderater oder enger Griffweite. Andere ziehen die breite Griffweite vor – meist Männer mit ausgeprägten Muskeln. Diese Variante ist nicht sehr gelenkfreundlich, da sie eine Auswärtsdrehung der Ellenbogengelenke erfordert.

Beanspruchte Muskeln: **Rückenmuskulatur, Core-Muskulatur, Bizeps**

Tipps:

- *Bewegungsradius vollständig ausnutzen: Brustbein zur Stange hochziehen; absenken, bis die Arme vollständig gestreckt sind.*
- *Bauchmuskeln während der gesamten Bewegung unter Spannung halten, Rücken nicht ins Hohlkreuz wölben.*
- *Körper nicht nach oben »schaukeln«, nicht mit der Schwungkraft der Beine arbeiten.*

Übungsablauf:

1. Klimmzugstange im Kammgriff etwas mehr als schulterbreit fassen (Handflächen zeigen zum Körper). In dieser Position sollten die Arme vollständig gestreckt sein. Die Beine sind gestreckt oder in den Knien leicht gebeugt.
2. Körper hochziehen, bis sich der obere Brustbereich auf Höhe der Stange befindet.
3. Absenken. Wiederholen.

Klimmzug mit Parallelgriff, moderate Griffweite

Ich halte diese Variante für die sicherste und einfachste für die Gelenke. Wenn möglich, sollten Sie diese Variante bevorzugt trainieren.

Beanspruchte Muskeln: **Rückenmuskulatur, Core-Muskulatur, Bizeps**

Tipps:

- *Bewegungsradius vollständig ausnutzen.*
- *Bauchmuskeln während der gesamten Bewegung unter Spannung halten, Rücken nicht ins Hohlkreuz wölben.*
- *Körper nicht nach oben »schaukeln«, nicht mit der Schwungkraft der Beine arbeiten.*

Übungsablauf:

1. Sprossen einer horizontalen Leiter etwas mehr als schulterbreit fassen, die Handflächen zeigen zueinander. In dieser Position sollten die Arme vollständig gestreckt sein. Die Beine sind gestreckt oder in den Knien leicht gebeugt.
2. Körper hochziehen, bis sich der obere Brustbereich auf Höhe der Stange befindet.
3. Absenken. Wiederholen.

Klimmzug mit Parallelgriff, enge Griffweite

Durch den engen Griff arbeiten hier verstärkt die Arme, während die Beteiligung der Rückenmuskulatur etwas geringer ist. Steht eine horizontale Leiter mit engen Sprossen zur Verfügung, sollten Sie diese sehr gelenkfreundliche Variante ab und zu trainieren.

Beanspruchte Muskeln: Rückenmuskulatur, Core-Muskulatur, Bizeps

Tipps:

- *Bewegungsradius vollständig ausnutzen: Brustbein zur Stange hochziehen; absenken, bis die Arme gestreckt sind.*
- *Bauchmuskeln unter Spannung halten, Rücken nicht ins Hohlkreuz wölben.*
- *Körper nicht nach oben »schaukeln«, nicht mit der Schwungkraft der Beine arbeiten.*

Übungsablauf:

1. Sprossen eng und direkt über dem Kopf im Parallelgriff fassen. In dieser Position sollten die Arme vollständig gestreckt sein. Die Beine sind gestreckt oder in den Knien leicht gebeugt.
2. Körper hochziehen, bis sich der obere Brustbereich auf Höhe der Leiter befindet.
3. Absenken. Wiederholen.

Klimmzug mit Parallelgriff, breite Griffweite

Bei Klimmzügen mit breiter Griffweite bevorzuge ich diese Variante, weil der Parallelgriff gelenkfreundlicher ist und der Bewegungsradius besser ausgeschöpft werden kann.

Beanspruchte Muskeln: Rückenmuskulatur, Core-Muskulatur, Bizeps

Tipps:

- *Bewegungsradius vollständig ausnutzen: Brustbein zur Stange hochziehen; absenken, bis die Arme gestreckt sind.*
- *Bauchmuskeln unter Spannung halten, Rücken nicht ins Hohlkreuz wölben.*
- *Körper nicht nach oben »schaukeln«, nicht mit der Schwungkraft der Beine arbeiten.*
- *Bei zu großer Griffweite wird der Bewegungsradius eingeschränkt.*

Übungsablauf:

1. Sprossen in doppelter Schulterbreite im Parallelgriff fassen. In dieser Position sollten die Arme vollständig gestreckt sein. Die Beine sind gestreckt oder in den Knien leicht gebeugt.
2. Körper hochziehen, bis sich der obere Brustbereich auf Höhe der Leiter befindet.
3. Absenken. Wiederholen.

Klimmzug, moderate Griffweite

Der traditionelle Klimmzug ist eine klassische Übung, die den Großen Rückenmuskel sehr gut trainiert. Im Fitnessstudio macht Frauen kaum etwas so stolz, wie das Bewältigen ihres ersten Klimmzugs. Ruderübungen, Lat-Ziehen, negative und bandunterstützte Klimmzüge tragen dazu bei, langfristig die notwendige Kraft für einen kompletten Klimmzug aufzubauen. Allerdings muss das Körpergewicht angemessen sein. Nach mehreren Monaten harten Trainings ist es für Frauen meist möglich, einen Klimmzug ohne Hilfestellung zu bewältigen.

Beanspruchte Muskeln: Rückenmuskulatur, Core-Muskulatur, Bizeps

Tipps:

- *Bewegungsradius vollständig ausnutzen: Brustbein zur Stange hochziehen; absenken, bis die Arme gestreckt sind.*
- *Bauchmuskeln unter Spannung halten, Rücken nicht ins Hohlkreuz wölben.*
- *Körper nicht nach oben »schaukeln«, nicht mit der Schwungkraft der Beine arbeiten.*

Übungsablauf:

1. Stange etwas mehr als schulterbreit fassen, die Handflächen zeigen vom Körper weg. In dieser Position sollten die Arme vollständig gestreckt sein. Die Beine sind gestreckt oder in den Knien leicht gebeugt.
2. Körper hochziehen, bis sich der obere Brustbereich auf Höhe der Stange befindet.
3. Absenken. Wiederholen.

Klimmzug, breite Griffweite

Für viele Bodybuilder ist diese Übung ein absolutes »Muss«. Ihrer Meinung nach wird der Große Rückenmuskel durch den breiten Griff ideal gefordert. Ich persönlich bin kein großer Fan dieser Variante, da sie auf lange Sicht problematisch werden kann. Es ist nichts dagegen einzuwenden, die Übung hin und wieder ins Workout aufzunehmen. Nicht viele Frauen sind jedoch in der Lage, diese Klimmzugvariante mehrmals zu wiederholen.

Übungsablauf:

1. Klimmzugstange in doppelter Schulterbreite fassen, Handflächen zeigen nach vorne, vom Körper weg. In dieser Position sollten die Arme vollständig gestreckt sein und mit dem Körper ein Y bilden. Die Beine sind gestreckt oder in den Knien leicht gebeugt.
2. Körper hochziehen, bis sich der obere Brustbereich auf Höhe der Leiter befindet.
3. Absenken. Wiederholen.

Beanspruchte Muskeln: Rückenmuskulatur, Core-Muskulatur, Bizeps

Tipps:

- *Bewegungsradius vollständig ausnutzen: Brustbein zur Stange hochziehen; absenken, bis die Arme gestreckt sind.*
- *Bauchmuskeln unter Spannung halten, Rücken nicht ins Hohlkreuz wölben.*
- *Körper nicht nach oben »schaukeln«, nicht mit der Schwungkraft der Beine arbeiten.*
- *Bei zu großer Griffweite wird der Bewegungsradius eingeschränkt.*

Klimmzug mit Dipgürtel und Gewicht, Parallelgriff

Der Klimmzug mit Gewicht ist die Königsübung für die Zugkraft des Oberkörpers. Einige professionelle Athletinnen schaffen drei Wiederholungen mit 20 kg zusätzlichem Gewicht. Unter den Frauen, die ich trainiert habe, waren einige wenige, die 12 kg Zusatzgewicht bewältigt haben. Wenn Sie in der Lage sind, fünf Wiederholungen mit Körpergewicht zu machen, können Sie gelegentlich mit Zusatzgewicht arbeiten. Beginnen Sie mit 2 kg und steigern Sie nach und nach.

Beanspruchte Muskeln: Rückenmuskulatur, Core-Muskulatur, Bizeps

Tipps:

- *Bewegungsradius vollständig ausnutzen: Brustbein zur Stange hochziehen; absenken, bis die Arme gestreckt sind.*
- *Bauchmuskeln unter Spannung halten, Rücken nicht ins Hohlkreuz wölben.*
- *Bei zu großer Griffweite wird der Bewegungsradius eingeschränkt.*

Übungsablauf:

1. Dipgürtel mit angemessenem Gewicht um die Taille legen. Sichern.
2. Sprosser etwas mehr als schulterbreit fassen, die Handflächen zeigen vom Körper weg. In dieser Position sollten die Arme vollständig gestreckt sein. Die Beine sind gestreckt oder in den Knien leicht gebeugt.
3. Körper hochziehen, bis sich der obere Brustbereich auf Höhe der Leiter befindet.
4. Absenken. Wiederholen.

Klimmzug mit Kurzhantel, Parallelgriff

Wenn Sie mit zusätzlichem Gewicht arbeiten und den Schwierigkeitsgrad erhöhen möchten, aber keinen Dipgürtel haben, platzieren Sie eine Kurzhantel zwischen den Füßen.

Beanspruchte Muskeln: Rückenmuskulatur, Core-Muskulatur, Bizeps

Tipps:

- *Bewegungsradius vollständig ausnutzen: Brustbein zur Stange hochziehen; absenken, bis die Arme gestreckt sind.*
- *Bauchmuskeln unter Spannung halten, Rücken nicht ins Hohlkreuz wölben.*
- *Bei zu großer Griffweite wird der Bewegungsradius eingeschränkt.*
- *Wenn möglich, lassen Sie sich Hilfestellung geben: Ein Partner kann das Gewicht zwischen Ihren Füßen positionieren, sobald Sie die Ausgangsposition eingenommen haben.*

Übungsablauf:

1. Eine Kurzhantel oberhalb der Fußgelenke zwischen den Füßen positionieren.
2. Sprossen etwas mehr als schulterbreit fassen, die Handflächen zeigen zum Körper. In dieser Position sollten die Arme vollständig gestreckt sein. Die Beine sind gestreckt oder in den Knien leicht gebeugt.
3. Körper hochziehen, bis sich der obere Brustbereich auf Höhe der Stange befindet.
4. Absenken. Wiederholen.

Vertikale Druckübungen

Viele Frauen finden starke Schultern schön, da sie dem Körper Symmetrie verleihen. Die Übungen in dieser Kategorie sind für den Kraftaufbau der Schultermuskulatur bestens geeignet. Sie beginnen stets mit den Armen dicht am Körper und enden mit nach oben gestreckten Armen.

Die meisten Frauen schaffen diese Übungen leicht, während manche Männer nicht zurechtkommen, da sie ihre Schultern durch schlechte Technik beim Training geschädigt haben. Frauen haben meist eine gute Mobilität in Schultern und Brustwirbelsäule und können die Übungen sauber ausführen. Möglicherweise haben Sie anfangs nicht genug Stabilität in Schultern und Schulterblättern. In diesem Fall müssen Sie nach und nach Kraft aufbauen.

Push Press mit Langhantel

Dies ist eine sehr effiziente Übung für die Schultern, die viel Gewicht möglich macht und einen neuen Trainingsimpuls setzt. Da auch die Beine beansprucht werden, handelt es sich hier im Gegensatz zum normalen Military Press um eine Ganzkörperübung.

Beanspruchte Muskeln: **Schultermuskulatur, Beinmuskulatur**

Tipps:

- *Kein vollständiger Squat vor dem Anheben des Gewichts; nur kurz abwärts dippen.*
- *Das Gewicht mit einer kraftvollen Bewegung ganz nach oben stoßen (keinen Military Press ab der halben Höhe), die Langhantel unter Vollspannung über dem Kopf halten.*
- *Nicht zurücklehnen, wenn das Gewicht oben gehalten wird. Mit steigendem Gewicht wird das zunehmend schwerer. Gesäß- und Bauchmuskeln halten den Core-Bereich neutral.*
- *Sobald sich die Langhantel über Kopfhöhe befindet, den Kopf nach vorne schieben, sodass die Hantel direkt über dem Kopf nach oben geführt wird. Der obere Rücken bleibt gerade.*
- *Relativ eng greifen, in der Ausgangsstellung spürt man die Spannung im Latissimus.*

Übungsablauf:

1. Die Langhantel etwas mehr als schulterbreit fassen und aus dem Rack nehmen. Die Hantel auf Brusthöhe positionieren, aus dem Rack treten.
2. Aufrecht stehen, mit einer raschen Dipbewegung Hüfte und Knie leicht beugen und mit einer kraftvollen Bewegung das Gewicht in einem Zug nach oben stoßen. Dabei die Arme über dem Kopf strecken.
3. Hantel nach unten bringen, auf Höhe des Brustbeins abfangen, dabei leicht nach unten dippen, um die Belastung mit den Beinen aufzufangen.
4. Zurück in die Ausgangsposition. Wiederholen.

Push Press mit Kurzhanteln

Diese effiziente Schulterübung ermöglicht viel Gewicht und setzt einen neuen Trainingsimpuls. Da auch die Beine arbeiten, handelt es sich hier im Gegensatz zum Military Press um eine Ganzkörperübung. Kurzhanteln sind ideal für Anfänger, die noch nicht mit einer Langhantel arbeiten können, außerdem erfordern sie mehr Stabilität, weshalb sie gut für alle Gewichtheber sind. Des Weiteren ist der Kopf beim Heben nicht im Weg wie bei einer Langhantel, wodurch ein natürlicher Bewegungsradius entsteht.

Beanspruchte Muskeln: Schultermuskulatur, Beinmuskulatur

Tipps:

- *Kein vollständiger Squat vor dem Anheben des Gewichts; nur kurz abwärts dippen.*
- *Das Gewicht mit einer kraftvollen Bewegung ganz nach oben stoßen (keinen Military Press ab der halben Höhe), die Langhantel unter Vollspannung über dem Kopf halten.*
- *Nicht zurücklehnen, wenn das Gewicht oben gehalten wird. Mit steigendem Gewicht wird das zunehmend schwerer. Gesäß- und Bauchmuskeln halten den Core-Bereich neutral.*

Übungsablauf:

1. Kurzhanteln greifen und beidseitig auf Schulterhöhe positionieren, die Handflächen zeigen nach innen.
2. Im Stehen die Füße etwas mehr als schulterbreit positionieren oder Schrittstellung einnehmen.
3. Aufrecht stehen, mit einer raschen Dipbewegung Hüfte und Knie leicht beugen und mit einer kraftvollen Bewegung das Gewicht in einem Zug nach oben stoßen. Dabei die Arme über dem Kopf strecken.
4. Hanteln auf die Schultern absenken, dabei leicht nach unten dippen, um die Belastung mit den Beinen aufzufangen.
5. Zurück in die Ausgangsposition. Wiederholen.

Überkopfdrücken im Stehen mit Kurzhanteln

Dies ist eine klassische Schulterübung. Sie trainiert nicht nur die Schultermuskulatur und den Trizeps, sondern sichert auch Gesundheit und Funktionalität der Schultern, wenn sie korrekt ausgeführt wird. Kurzhanteln sind ideal für Anfänger, die noch nicht mit einer Langhantel arbeiten können. Außerdem erfordern sie mehr Stabilität, weshalb sie für alle Gewichtheber empfehlenswert sind. Des Weiteren ist der Kopf beim Heben nicht im Weg wie bei einer Langhantel, was einen natürlicheren Bewegungsablauf gewährleistet.

Beanspruchte Muskeln: Schultermuskulatur

Tipps:

- *Den gesamten Bewegungsradius nutzen, die Kurzhanteln heben, bis die Arme vollständig gestreckt sind. In der Endstellung aufrecht stehen.*
- *Nicht zurücklehnen, wenn das Gewicht oben gehalten wird. Gesäß- und Bauchmuskeln halten den Core-Bereich neutral.*

Übungsablauf:

1. Kurzhanteln greifen und beidseitig auf den Schultern positionieren, die Handflächen zeigen nach innen.
2. Im Stehen die Füße etwas mehr als schulterbreit positionieren oder die Schrittstellung einnehmen.
3. Das Gewicht nach oben drücken, Oberarme ausdrehen, Arme über dem Kopf vollständig strecken.
4. Gewicht auf die Schultern absenken, Oberarme wieder einwärts drehen. Wiederholen.

Einarmiges Überkopfdrücken mit Kurzhantel

Einarmiges Überkopfdrücken erhöht die Anforderungen an die Core-Stabilität. Einige Gewichtheber können bei dieser Variante etwas schwerere Gewichte bewältigen. Eine ausgezeichnete Schulterübung, die die Gelenke schont.

Beanspruchte Muskeln: **Schultermuskulatur**

Tipps:

- *Den gesamten Bewegungsradius nutzen, die Kurzhanteln heben, bis die Arme vollständig gestreckt sind. In der Endstellung aufrecht stehen.*
- *Nicht zurücklehnen, wenn das Gewicht oben gehalten wird. Mit steigendem Gewicht wird das zunehmend schwerer. Gesäß- und Bauchmuskeln halten den Core-Bereich neutral.*

Übungsablauf:

1. Eine Kurzhantel auf der linken Schulter positionieren. Der Daumen berührt die vorderen Deltamuskeln mittig, der Unterarm zeigt einwärts.
2. Im Stehen die Füße etwas mehr als schulterbreit positionieren oder Schrittstellung einnehmen.
3. Das Gewicht nach oben drücken, den Unterarm dabei ausdrehen und den Arm über den Kopf strecken.
4. Gewicht bis auf die Schulter absenken, Unterarm wieder einwärts drehen.
5. Auf beiden Seiten so oft wiederholen wie vorgesehen.

Schulterdrücken im Sitzen mit Kurzhantel

Eine sehr gute Übung für den Oberkörper. Viele Gewichtheber empfinden einen Military Press im Stehen als problematisch für den unteren Rücken. Mit dieser Übung werden die Schultern hingegen sicher und effizient trainiert. Meist können größere Gewichte bewältigt werden als im Stehen.

Beanspruchte Muskeln: **Schultermuskulatur**

Tipps:

- *Bewegungsradius voll ausnutzen: Gewichte heben, bis die Arme vollständig gestreckt sind, Gewichte absenken bis auf die Schultern.*
- *Bei großen Gewichten kann man die Kurzhanteln zunächst auf den Oberschenkeln absetzen und dann mithilfe der Beine in die Ausgangsposition bringen.*

Übungsablauf:

1. Auf einer Bank sitzen. Die Füße stehen fest am Boden.
2. Eine Kurzhantel neben jeder Schulter positionieren, die Hände zeigen zueinander.
3. Die Kurzhanteln nach oben drücken, Arme dabei ausdrehen und vollständig über dem Kopf strecken.
4. Absenken in die Ausgangsposition. Wiederholen.

Military Press

Diese klassische Schulterübung zielt nicht nur auf das Training von Schultermuskulatur und Trizeps ab, sondern sichert auch Gesundheit und Funktionalität der Schultern, wenn sie korrekt ausgeführt wird.

Beanspruchte Muskeln: Schultermuskulatur, Trizeps

Tipps:

- *Bewegungsradius ausnutzen: Arme beim Anheben vollständig strecken, Langhantel bis zum Brustbein absenken.*
- *Nicht zurücklehnen, wenn das Gewicht oben gehalten wird. Gesäß- und Bauchmuskeln halten den Core-Bereich neutral.*
- *Sobald sich die Langhantel über Kopfhöhe befindet, den Kopf nach vorne schieben, sodass die Hantel direkt über dem Kopf nach oben geführt wird. Der obere Rücken bleibt gerade.*
- *Relativ eng greifen, in der Ausgangsstellung spürt man die Spannung im Latissimus.*

Übungsablauf:

1. Langhantel etwas mehr als schulterbreit greifen. Aus dem Rack treten, Hantel in Höhe des Brustbeins positionieren.
2. Im Stehen die Füße etwas mehr als schulterbreit voneinander entfernt positionieren oder Schrittstellung einnehmen.
3. Hantel nach oben drücken, Arme über dem Kopf vollständig strecken.
4. Hantel bis auf Höhe des Brustbeins absenken. Wiederholen.

Dip

Der Dip ist eine sehr gute und bewährte Übung für die Brust- und Schultermuskulatur und den Trizeps. Wenn Sie beim Ausführen der Übung Probleme mit den Schultergelenken haben, müssen Sie Ihre Technik überprüfen, um die Ursache zu finden. Da es sich um eine herausfordernde Bewegung handelt, sollten Sie bereits Liegestütze beherrschen, bevor Sie Dips trainieren.

Beanspruchte Muskeln: Brustmuskulatur, vordere Schultermuskulatur, Trizeps

Tipps:

- *Den Oberkörper etwas nach vorne lehnen, um die Belastung stärker mit den Brustmuskeln abzufangen.*
- *Absenken, bis die Dehnung im Brust- und im vorderen Schulterbereich zu spüren ist, dann wieder aufrichten. Nicht so weit absenken, dass Schmerzen auftreten.*
- *Nicht zu breit greifen. Ein Dip mit engem Griff ist langfristig für die Gesundheit der Schultergelenke von Vorteil. Ellenbogen direkt über den Handgelenken halten, während der Bewegung nicht nach außen drehen.*
- *Die Schultern in der Endstellung nicht hochziehen. Schulterblätter zusammenziehen, damit die Schultern nicht Richtung Ohren wandern.*

Übungsablauf:

1. Die Griffe eines entsprechenden Trainingsgeräts fassen, die Handflächen zeigen nach innen. Arme sind gestreckt, die Schultern befinden sich über den Händen.
2. Knie und Hüfte sind leicht gebeugt.
3. Körper durch Beugen der Arme (Schultergelenk und Ellenbogen) absenken, Oberkörper nach vorne lehnen.
4. Wieder hochdrücken, Arme strecken. Wiederholen.

Dip mit zusätzlichem Gewicht

Der Dip ist eine sehr gute und bewährte Übung für die Brust- und Schultermuskulatur und den Trizeps. Wenn Sie beim Ausführen der Übung Probleme mit den Schultergelenken haben, müssen Sie Ihre Technik überprüfen, um die Ursache zu finden. Da es sich um eine herausfordernde Bewegung handelt, sollten Sie bereits Liegestütze beherrschen, bevor Sie Dips trainieren. Zusätzliches Gewicht erschwert die Übung enorm, kann aber von Fortgeschrittenen bewältigt werden.

Beanspruchte Muskeln: Brustmuskulatur, vordere Schultermuskulatur, Trizeps

Tipps:

- *Den Oberkörper etwas nach vorne lehnen, um die Belastung stärker mit den Brustmuskeln abzufangen.*
- *Absenken, bis die Dehnung im Brust- und im vorderen Schulterbereich zu spüren ist, dann wieder aufrichten. Nicht so weit absenken, dass Schmerzen auftreten.*
- *Nicht zu breit greifen. Ein Dip mit engem Griff ist langfristig für die Gesundheit der Schultergelenke von Vorteil. Ellenbogen direkt über den Handgelenken halten, während der Bewegung nicht nach außen drehen.*
- *Die Schultern in der Endstellung nicht hochziehen. Schulterblätter zusammenziehen, damit die Schultern nicht Richtung Ohren wandern.*

Übungsablauf:

1. Dipgürtel mit Gewicht anlegen oder eine Kurzhantel zwischen den Unterschenkeln kurz oberhalb der Füße positionieren. (Hilfestellung ist von Vorteil.)
2. Die Griffe eines entsprechenden Trainingsgeräts fassen, die Handflächen zeigen nach innen. Arme sind gestreckt, die Schultern befinden sich über den Händen
3. Knie und Hüfte sind leicht gebeugt.
4. Körper durch Beugen der Arme (Schultergelenk und Ellenbogen) absenken, Oberkörper nach vorne lehnen.
5. Wieder hochdrücken, Arme strecken. Wiederholen.

Liegestütz mit Fußerhöhung, Oberkörper senkrecht

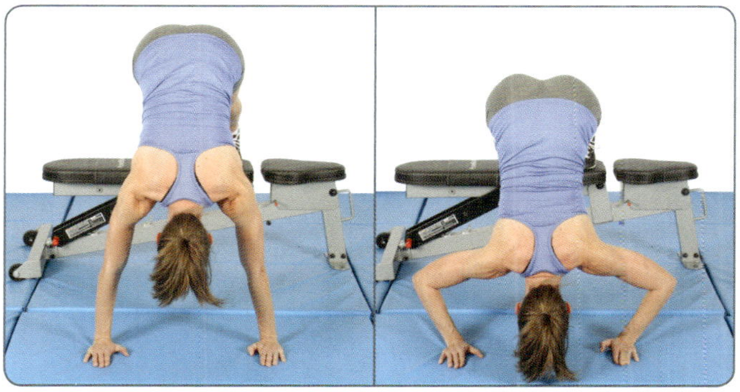

Diese Liegestützvariante kann man gut zu Hause oder im Urlaub trainieren, wenn man keinen Zugang zu einem Fitnessstudio hat. Sie bearbeitet die Deltamuskeln sehr effizient und stärkt dadurch Stabilität und Koordination der Schultern.

Beanspruchte Muskeln: Schultermuskulatur, Trizeps

Tipps:

- *Eine Schulterübung für Fortgeschrittene. Sie lässt sich leichter bewältigen, wenn die Füße am Boden stehen statt auf einer Bank.*

Übungsablauf:

1. Liegestützposition einnehmen, Füße auf die Bank stellen.
2. Mit den Händen Richtung Bank gehen, dabei die Hüfte nach oben bringen, bis der Oberkörper nahezu senkrecht steht. Hände etwas über schulterbreit platzieren.
3. Körper durch Beugen der Arme absenken, bis der Kopf den Boden berührt.
4. Wieder hochdrücken. Wiederholen.

Lineare Core-Übungen

Gezieltes Bauchmuskeltraining ist Hauptbestandteil vieler Trainingsprogramme. Über die Jahre als Trainer ist mir aufgefallen, dass keine meiner Klientinnen jemals Bauchmuskelübungen infrage gestellt hat. Es gab Zeiten, da verbrachte ich Ewigkeiten damit zu erläutern, warum schnelle Gewichtsreduktion nicht funktioniert – weil eben Bauchmuskelübungen kein Fett selektiv in der Bauchregion verbrennen. Ebenso unablässig zählte ich die Vorzüge von ausgewogener, vernünftiger Ernährung sowie von Ganzkörpertraining mit hoher Intensität auf – und am Ende fragte die Klientin, wieso denn ihr Programm keine Bauchmuskelübungen enthalten würde. Das ist schon komisch!

Obwohl ich der Meinung bin, dass Bauchmuskeltraining nicht unbedingt die Fitness verbessert, möchte ich doch, dass meine Klientinnen Freude an ihrem Workout haben. Aus diesem Grund komme ich ihnen entgegen und stelle hier einige gezielte Bauchmuskelübungen vor.

Im Prinzip wird der Core-Bereich bei jedem Ganzkörpertraining beansprucht. Die Rückenstrecker (Muskeln im unteren Rückenbereich) werden bei Squats, Kreuzheben, Back Extensions und Beckenlifts hart gefordert, die schrägen Bauchmuskeln bei Hüftrotationen mit Widerstandsband, Squats und Kreuzheben, und die Geraden Bauchmuskeln müssen beim Klimmzug mit Kammgriff enorm arbeiten. Wenn Sie Gewicht und Körperfett reduzieren und bei den großen Hebeübungen beachtliche Gewichte stemmen, werden Sie sich sehr darüber freuen, wie positiv sich Ihre Bauchregion entwickelt. Nichtsdestotrotz kann es ja nicht schaden, starke Bauchmuskeln auch mithilfe einiger Sätze zielgerichteter Übungen zu trainieren, solange Sie es nicht übertreiben.

Lineare Core-Übungen bearbeiten vorrangig die Geraden Bauchmuskeln, zweitrangig die schrägen. Das Wort »linear« impliziert vorwärts und rückwärts. Übungen wie Unterarmstütz, Sit-up und Crunch sind »linear« – sie zielen auf die Geraden Bauchmuskeln ab. Meine Lieblingsübung aus der vorgeschlagenen Liste ist der RKC-Unterarmstütz, weil er auch einen starken Po erfordert und durch das Kippen des Beckens die Gesäßmuskulatur ebenfalls stark aktiviert.

Crunch

Der Crunch ist eine Anfängerübung für die Geraden Bauchmuskeln.

Beanspruchte Muskeln: Bauchmuskeln

Tipps:

- *Nicht den Kopf mit den Händen Richtung Brust ziehen, wenn die Bauchmuskeln kontrahiert werden. Nacken in neutraler Position halten.*
- *Bewegungsradius begrenzen. Eine 30-Grad-Beugung aus der Horizontalen ist ausreichend.*

Übungsablauf:

1. Auf den Rücken legen, die Knie anwinkeln und die Füße mit ganzer Sohle aufsetzen.
2. Die Hände vor der Brust kreuzen, an die Schläfen legen oder am Hinterkopf verschränken.
3. In der Taille beugen, um den Oberkörper etwa um 30 Grad anzuheben, indem der Brustkorb zur Hüfte bewegt wird. Die Lendenwirbelsäule bleibt stabil auf dem Boden liegen.
4. Absenken und so oft wiederholen wie vorgesehen.

Crunch auf dem Gymnastikball

Die Übung ist sehr effizient für die oberen Bauchmuskeln.

Beanspruchte Muskeln: **Bauchmuskeln**

Tipps:

- *Es ist wichtiger, auf die Kontraktion der Bauchmuskeln zu achten als darauf, zum Sitzen zu kommen und/oder stark mit den Hüftbeugern zu arbeiten.*
- *Nacken in Verlängerung der Wirbelsäule halten, den Kopf nicht mit den Händen zur Brust ziehen.*

Übungsablauf:

1. Auf einen Gymnastikball setzen. Mit den Füßen nach vorne gehen, bis der untere Rücken gerade noch auf dem Ball liegt, Kopf und Schultern hängen frei.
2. Knie beugen und Füße flach auf den Boden stellen.
3. Langsam den oberen Rücken nach hinten lehnen, um die Bauchmuskeln zu dehnen. Die Hände an die Schläfen legen oder am Hinterkopf verschränken
4. Die Bauchmuskeln anspannen, die Rippen Richtung Hüfte bewegen. Den Oberkörper nicht zu hoch heben, ein 30-Grad-Winkel in Relation zum Boden genügt.
5. In die Ausgangsposition absenken, wiederholen.

Crunch mit Kurzhantel auf dem Gymnastikball

Die Übung ist sehr effizient für die oberen Bauchmuskeln. Kurzhanteln erhöhen den Schwierigkeitsgrad.

Beanspruchte Muskeln: **Bauchmuskeln**

Tipps:

- *Es ist wichtiger, auf die Kontraktion der Bauchmuskeln zu achten als darauf, zum Sitzen zu kommen und/oder stark mit den Hüftbeugern zu arbeiten.*
- *Nacken in Verlängerung der Wirbelsäule halten, den Kopf nicht mit den Händen zur Brust ziehen.*

Übungsablauf:

1. Kurzhantel mit beiden Händen am Griff fassen, die Handflächen zeigen nach innen. Hantel unter dem Kinn positionieren.
2. Auf einen Gymnastikball setzen. Mit den Füßen nach vorne gehen, bis der untere Rücken gerade noch auf dem Ball liegt, Kopf und Schultern hängen frei.
3. Knie beugen und Füße flach auf den Boden stellen.
4. Durch Kontraktion der Bauchmuskeln Kopf, Schultern und Nacken vom Ball abheben und nach vorne schieben. Die Rippen bewegen sich dabei zur Hüfte.
5. Langsam in die Ausgangsposition zurückgehen und so oft wiederholen wie vorgesehen.

Sit-up mit gestreckten Beinen

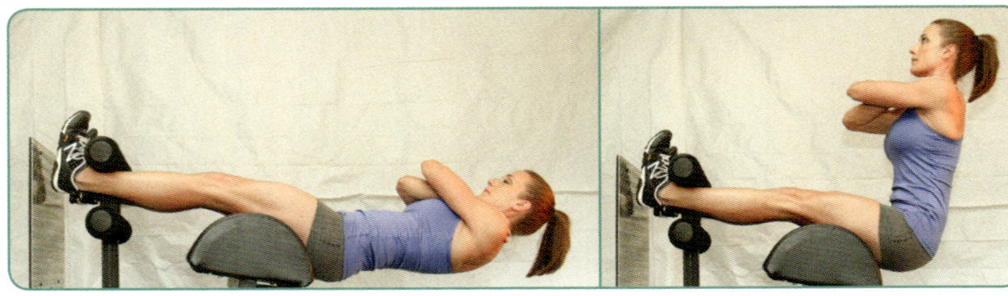

Viele lieben diese Übung, weil sie gleichzeitig die Bauchmuskeln und die Hüftbeuger trainiert. Sauber ausgeführt, ist sie eine gute Bewegung für den ganzen vorderen Rumpf.

Beanspruchte Muskeln: Bauchmuskeln

Tipps:

- *Wenn kein geeignetes Gerät zur Verfügung steht, kann die Übung auch am Boden durchgeführt werden, das erfordert allerdings entweder einen Partner zum Festhalten der Füße oder eine andere Möglichkeit, die Füße zu fixieren.*
- *Brust aufrecht halten, Bauchmuskeln und Hüftbeuger heben den Körper.*
- *Nicht zu weit absenken und die Lendenwirbelsäule keinesfalls überstrecken.*

Übungsablauf:

1. Gerät justieren, Füße zwischen die Polster klemmen, das Gesäß befindet sich am hinteren Ende des Sitzpolsters.
2. Beine strecken, dabei den Rumpf senkrecht ausrichten und die Arme vor der Brust kreuzen.
3. Den Rumpf langsam und gerade in die horizontale Position nach hinten absenken.
4. Den Rücken wieder aufrollen und strecken, sobald der Winkel mehr als 45 Grad beträgt.
5. Die Ausgangsposition einnehmen, so oft wie vorgesehen wiederholen.

Unterarmstütz im Knien

Diese Variante ist ein gutes Training, wenn man den vollen Unterarmstütz noch nicht bewältigt. Der Rumpf wird von den Knien unterstützt, was die Bewegung deutlich vereinfacht.

Beanspruchte Muskeln: Bauchmuskeln

Tipps:

- *Gesäßmuskulatur, Quadrizeps und Bauchmuskeln anspannen, damit der untere Rücken nicht durchhängt.*
- *Man neigt hier dazu, den Nacken zu beugen und die Hüfte nach oben zu schieben, doch Nacken und Wirbelsäule müssen in einer Linie bleiben.*
- *Besser, man hält die perfekte Form für einen kürzeren Moment, als sie zugunsten weniger Sekunden längeren Haltens zu vernachlässigen.*

Übungsablauf:

1. Bäuchlings auf eine Matte legen. Auf die Unterarme und die Knie stützen, Ellenbogen unter die Schultern.
2. Rumpf heben, vom Kopf bis zu den Knien eine gerade Linie bilden.
3. Während der gesamten Übung Bauch- und Gesäßmuskeln sowie Quadrizeps anspannen.
4. So lange wie möglich isometrisch halten, dann lösen. Diese isometrische Übung wird nur einmal ausgeführt.

Unterarmstütz

Diese Übung trainiert die lineare Core-Stabilität, damit die Lendenwirbelsäule in der Lage ist, Hyperextensionen zu vermeiden.

Beanspruchte Muskeln: Bauchmuskeln

Tipps:

- *Gesäßmuskulatur, Quadrizeps und Bauchmuskeln anspannen, damit der untere Rücken nicht durchhängt.*
- *Man neigt hier dazu, den Nacken zu beugen und die Hüfte nach oben zu schieben, doch Nacken und Wirbelsäule müssen in einer Linie bleiben.*
- *Besser, man hält die perfekte Form für einen kürzeren Moment, als sie zugunsten weniger Sekunden längeren Haltens zu vernachlässigen.*

Übungsablauf:

1. Bäuchlings auf eine Matte legen. Auf die Unterarme und die Knie stützen, Ellenbogen unter die Schultern.
2. Die Füße aufstellen, den Rumpf heben und vom Kopf bis zu den Füßen eine gerade Linie bilden.
3. Während der gesamten Übung Bauch- und Gesäßmuskeln sowie Quadrizeps anspannen.
4. So lange wie möglich isometrisch halten, dann lösen.

Unterarmstütz mit verlängertem Hebel

Durch die größere Entfernung der Arme vom Rumpf erhöht diese Variante den Schwierigkeitsgrad.

Beanspruchte Muskeln: Bauchmuskeln

Tipps:

- *Gesäßmuskulatur, Quadrizeps und Bauchmuskeln anspannen, damit der untere Rücken nicht durchhängt.*
- *Man neigt hier dazu, den Nacken zu beugen und die Hüfte nach oben zu schieben, doch Nacken und Wirbelsäule müssen in einer Linie bleiben.*
- *Besser, man hält die perfekte Form für einen kürzeren Moment, als sie zugunsten weniger Sekunden längeren Haltens zu vernachlässigen.*

Übungsablauf:

1. Bäuchlings auf eine Matte legen. Auf die Unterarme stützen, die Ellenbogen unter dem Gesicht positionieren.
2. Die Füße aufstellen und den Rumpf heben, dabei vom Kopf bis zu den Füßen eine gerade Linie bilden
3. Während der gesamten Übung Bauch- und Gesäßmuskeln sowie Quadrizeps anspannen.
4. So lange wie möglich halten, dann lösen.

RKC-Unterarmstütz

Diese Variante trainiert die Lendenwirbelsäule und die Gesäßmuskulatur gleichermaßen. Viele haben Probleme damit, die Gesäßmuskulatur in dieser Position anzuspannen. Wenn Sie dazugehören, empfehle ich, zwei Monate lang jeden Tag diesen Unterarmstütz zu üben, bis er gelingt und sich natürlich anfühlt. Ein bis zwei Sätze von je 10 bis 30 Sekunden reichen völlig aus. Die Übung ist äußerst effizient und verbessert außerdem die Qualität anderer Gesäßmuskelübungen. Vor oder nach Beckenlifts oder Kettlebell-Swings für zehn Sekunden den RKC-Unterarmstütz halten, und schon wird die Gesäßmuskulatur im Schnellgang auf Hochtouren gebracht. Diese Strategie sollte man sich hin und wieder zunutze machen.

Beanspruchte Muskeln: Bauchmuskeln, Gesäßmuskulatur, Quadrizeps

Tipps:

- *Die Übung aktiviert quasi alle Muskeln des Körpers. Eine einzigartige Möglichkeit, alle Muskeln in kürzester Zeit mobil zu machen.*
- *Man neigt hier dazu, den Nacken zu beugen und die Hüfte nach oben zu schieben, doch Nacken und Wirbelsäule müssen in einer Linie bleiben.*
- *Besser, man hält die perfekte Form für einen kürzeren Moment, als sie zugunsten weniger Sekunden längeren Haltens zu vernachlässigen.*

Übungsablauf:

1. Bäuchlings auf eine Matte legen. Auf die Unterarme stützen, die Ellenbogen direkt unter den Schultern positionieren. Schultern fest anspannen, Fäuste ballen.
2. Rumpf heben, vom Kopf bis zu den Füßen eine gerade Linie bilden.
3. Die Gesäßmuskulatur so stark wie möglich anspannen und das Becken nach hinten kippen. Die Kontraktion während der gesamten Übung halten.
4. Die Ellenbogen so stark wie möglich zu den Zehen, die Zehen so stark wie möglich zu den Ellenbogen ziehen.
5. So lange wie möglich halten, dann lösen.

RKC-Unterarmstütz mit Fußerhöhung

Diese Variante trainiert die Lendenwirbelsäule und die Gesäßmuskulatur gleichermaßen. Die Erhöhung der Füße steigert den Schwierigkeitsgrad etwas.

Beanspruchte Muskeln: Bauchmuskeln, Gesäßmuskulatur, Quadrizeps

Tipps:

- *Die Übung aktiviert quasi alle Muskeln des Körpers. Eine einzigartige Möglichkeit, alle Muskeln in kürzester Zeit mobil zu machen.*
- *Man neigt hier dazu, den Nacken zu beugen und die Hüfte nach oben zu schieben, doch Nacken und Wirbelsäule müssen in einer Linie bleiben.*
- *Besser, man hält die perfekte Form für einen kürzeren Moment, als sie zugunsten weniger Sekunden längeren Haltens zu vernachlässigen.*

Übungsablauf:

1. Bäuchlings auf eine Matte legen. Auf die Unterarme stützen, die Ellenbogen direkt unter den Schultern positionieren. Schultern fest anspannen, Fäuste ballen. Füße auf eine Bank oder einen flachen Kasten stellen.
2. Rumpf heben, vom Kopf bis zu den Füßen eine gerade Linie bilden.
3. Die Gesäßmuskulatur so stark wie möglich anspannen und das Becken nach hinten kippen. Die Kontraktion während der gesamten Übung halten.
4. Die Ellenbogen so stark wie möglich zu den Zehen, die Zehen so stark wie möglich zu den Ellenbogen ziehen.
5. So lange wie möglich halten, dann lösen.

Körpersäge

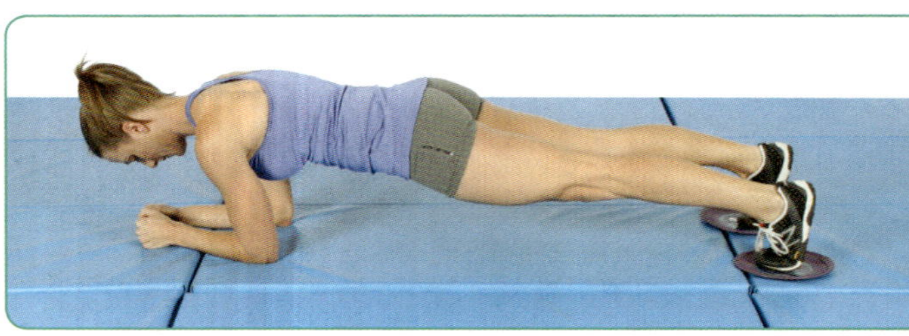

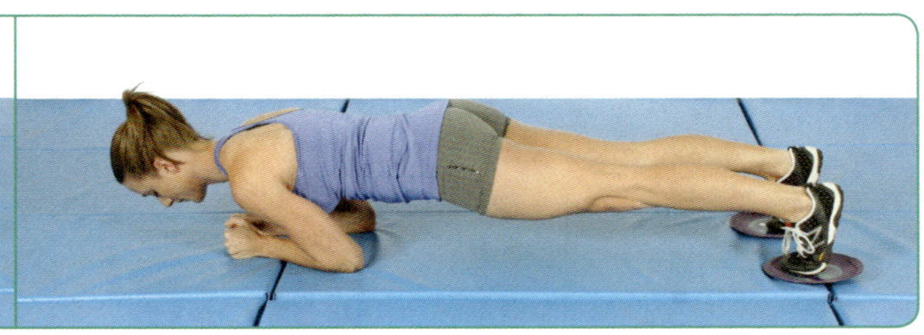

Die Körpersäge fordert die Anti-Extensions-Kapazität der Lendenwirbelsäule heraus, verbessert gleichzeitig die Core-Stabilität und kräftigt die Bauchmuskeln. (Beachten Sie: Gleitpads erfordern einen glatten Untergrund.)

Beanspruchte Muskeln: Bauchmuskeln

Tipps:

- *Gesäßmuskulatur, Quadrizeps und Bauchmuskeln anspannen, damit der untere Rücken nicht durchhängt.*
- *Man neigt hier dazu, den Nacken zu beugen und die Hüfte nach oben zu schieben, doch Nacken und Wirbelsäule müssen in einer Linie bleiben.*
- *Es ist für die Effizienz der Übung nicht erforderlich, die Bewegung übermäßig weit nach vorne und hinten auszuführen.*

Übungsablauf:

1. Füße mittig auf den Gleitpads oder Valslide-Trainingspads positionieren. In die Unterarmstütz-Position gehen, die Ellenbogen unter den Schultern positionieren.
2. Den Rumpf durch Bewegung der Unterarme nach vorne schieben.
3. Anschließend den Rumpf durch Verlängerung des Hebels der Arme nach hinten schieben. Dabei rutschen die Füße auf den Pads ebenfalls nach hinten. Die Körperposition bleibt konstant.
4. 4. So oft wiederholen wie vorgesehen.

Bauchmuskelrollen

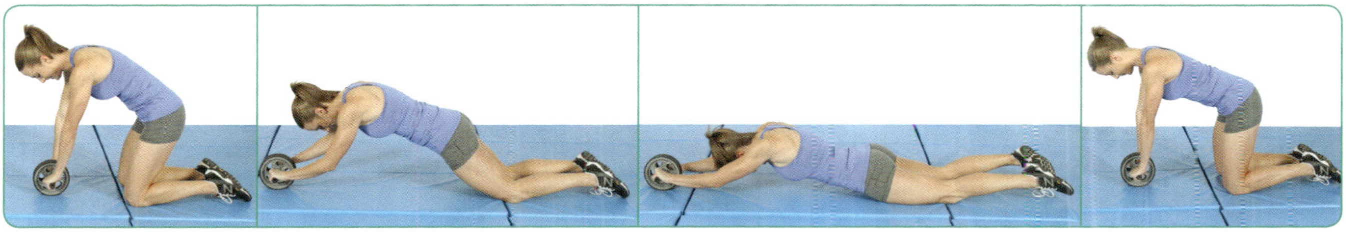

Die Übung fördert die Core-Stabilität und verbessert die Kapazität der Lendenwirbelsäule, übermäßige Extension zu vermeiden. Diese Bauchmuskelübung stellt eine große Herausforderung dar und ist äußerst effizient.

Beanspruchte Muskeln: Bauchmuskeln

Tipps:

- *Wirbelsäule konstant neutral halten, um sicherzustellen, dass beim Rollen der untere Rücken nicht gewölbt und das Becken nicht vorgekippt wird.*
- *Anfangs wird es schwerfallen, die Arme vor dem Körper vollkommen zu strecken. In dem Fall sollte man nur so weit rollen, wie es geht, und den ganzen Bewegungsradius erst nach und nach anstreben.*

Übungsablauf:

1. Auf eine Matte knien, den Bauchmuskelroller mit beiden Händen im Obergriff fassen.
2. Den Roller vor den Knien positionieren, sodass sich die Schultern direkt darüber befinden.
3. Arme gestreckt halten, mit dem Roller so weit wie möglich nach vorne rollen, der Rumpf senkt sich zum Boden.
4. Wieder aufrichten und den Roller zurück in die Ausgangsposition bringen. So oft wiederholen wie vorgesehen.

Beinheben aus dem Hang

Eine fantastische Übung für das Training der unteren Bauchmuskeln.

Beanspruchte Muskeln: Bauchmuskeln

Tipps:

- *Der Fokus liegt darauf, die Knie in einer kontrollierten Bewegung zur Brust zu ziehen. Nicht mit Schwung arbeiten.*
- *Beim Absenken der Beine nicht schwingen.*

Übungsablauf:

1. Mit beiden Händen etwas mehr als schulterbreit ein Hochreck im Obergriff fassen.
2. Beine zur Brust hochziehen, dabei die Knie beugen.
3. Mit den Bauchmuskeln ziehen, bis sich die Knie weit oberhalb der Hüfte befinden.
4. Zurück in die Ausgangsposition, Knie und Hüfte wieder strecken. So oft wiederholen wie vorgesehen.

Farmer's Walk mit Kettlebell

Die Übung verbessert die Griffkraft, intensiviert die Stabilität von Schultern und Hüfte und fördert die Ausdauer.

Beanspruchte Muskeln: Rückenstrecker, Oberarm-, Trapez-, obere Gesäßmuskulatur, Quadrizeps

Tipps:

- *Schultern beim Gehen nicht hochziehen.*

Übungsablauf:

1. Je rechts und links eine Kettlebell an den Außenseiten des Körpers neben den Füßen positionieren. Wie beim Kreuzheben gerade nach unten beugen, Gewichte aufnehmen.
2. Gewichte seitlich am Körper halten, vorwärtsgehen.
3. Eine vorgegebene Entfernung zurücklegen. Gewichte absetzen.

Turkish Get-up – vorbereitende Übung

Diese vorbereitende Übung fördert Stabilität, Mobilität und Koordination.

Beanspruchte Muskeln:

Rückenstrecker, Oberarm-, Trapez-, obere Gesäßmuskulatur, Quadrizeps

Tipps:

- *Die Verwendung eines Schuhs oder eines anderen flachen Objekts hilft dabei, die korrekte Körper- und Handposition während der Bewegung beizubehalten.*
- *Der Bewegungsablauf sollte in Einzelschritten erlernt werden. Eine sorgfältige Ausführung erfordert Zeit.*

Übungsablauf:

1. Rücklings auf den Boden legen. Den Schuh auf die Fingerknöchel der Faust setzen und den rechten Arm senkrecht nach oben strecken. Der linke Arm liegt, im 45-Grad-Winkel vom Körper abgespreizt, am Boden.
2. Das rechte Knie anwinkeln, sodass der Fuß auf dem Boden steht. Das linke Bein bleibt gerade ausgestreckt.
3. Ausgehend von der Brust auf den linken Ellenbogen aufrichten. Den rechten Fuß vom Gesäß wegschieben, während man sich auf die linke Seite dreht.
4. Aus dieser Position über den linken Arm auf der linken Seite nach oben stützen. Der Rumpf zeigt jetzt nach vorne.
5. Durch Fersendruck in eine hohe Brückenposition kommen. Mehr die Hüfte als die Lendenwirbelsäule strecken, die Brust bleibt oben. Gesäß- und ischiocrurale Muskulatur anspannen, um die Hüfte oben zu halten.
6. Aus dieser Position das linke Bein unter dem Körper hindurch nach hinten ziehen, sodass das linke Knie unter dem Körper in angewinkelter Position aufgesetzt werden kann.
7. Den Unterschenkel des linken Beins drehen (Schienbein wie einen Scheibenwischer ausdrehen) und den Rumpf in eine einseitig kniende, aufrechte Position aufrichten.
8. Aus dieser Split-Squat-Position aufstehen, Füße nebeneinander stellen, Brust aufrecht und den Arm gerade nach oben halten. Diese Position im aufrechten Stand ist der Umkehrpunkt der Übung. Jetzt wieder absenken und alle Übungskomponenten in umgekehrter Reihenfolge wiederholen.
9. Mit dem linken Bein einen Schritt nach hinten machen, in den Ausfallschritt nach hinten absenken, das linke Knie setzt auf dem Boden auf.
10. Aus der einseitig knienden Position auf die linke Seite absenken, den Fuß ausdrehen, während die Hand wieder auf dem Boden aufsetzt.
11. Das linke Bein zwischen linkem Arm und rechtem Bein hindurch nach vorne strecken. Eine hohe Brückenposition mit der Hüfte halten, dabei die Gesäßmuskulatur stark anspannen.
12. Die Hüfte auf den Boden senken, dabei das Gewicht mit der linken Hand unterstützen.
13. Mit kontrollierter Bewegung zurück auf den Ellenbogen absenken.
14. Das rechte Knie oben halten, das linke Bein nach vorne strecken und den Rumpf ablegen, bis der Rücken wieder flach auf dem Boden liegt.
15. Wiederholen wie vorgesehen, dann die Seite wechseln.

Turkish Get-up

Beanspruchte Muskeln:
Gesäßmuskulatur, ischiocrurale Muskulatur, Quadrizeps, gerade und schräge Bauchmuskeln, Rückenstrecker

Tipps:

- *Zunächst die vorbereitende Übung trainieren, bis sie vollständig beherrscht wird. Nicht zu schnell vorgehen und stets auf eine einwandfreie Haltung achten.*

Die Übung eignet sich nicht dazu, um mal eben schnell nebenbei gemacht zu werden – sie ist schwieriger, als sie aussieht. Es wird dauern, bis man sie beherrscht, deshalb sollte man mit der vorbereitenden Übung (links) beginnen.

Übungsablauf:

1. Rücklings auf den Boden legen. Den linken Arm mit der Kettlebell über dem Kopf senkrecht nach oben strecken. Der rechte Arm liegt, im 45-Grad-Winkel vom Körper abgespreizt, am Boden.
2. Das linke Knie anwinkeln, sodass der Fuß auf dem Boden steht. Das rechte Bein bleibt gerade ausgestreckt.
3. Ausgehend von der Brust auf den rechten Ellenbogen aufrichten. Den linken Fuß vom Gesäß wegschieben, während man sich auf die rechte Seite dreht.
4. Aus dieser Position über den rechten Arm auf der rechten Seite nach oben stützen. Der Rumpf zeigt jetzt nach vorne.
5. Durch Fersendruck in eine hohe Brückenposition kommen. Mehr die Hüfte als die Lendenwirbelsäule strecken, die Brust bleibt oben. Gesäß- und ischiocrurale Muskulatur anspannen, um die Hüfte oben zu halten.
6. Aus dieser Position das rechte Bein unter dem Körper hindurch nach hinten ziehen, sodass das rechte Knie unter dem Körper in angewinkelter Position aufgesetzt werden kann.
7. Den Unterschenkel des rechten Beins drehen und den Rumpf in eine einseitig kniende, aufrechte Position aufrichten.
8. Aus dieser Split-Squat-Position aufstehen, Füße nebeneinander stellen, Brust aufrecht und den Arm gerade nach oben halten. Anschließend wieder absenken und alle Übungskomponenten in umgekehrter Reihenfolge wiederholen.
9. Mit dem rechten Bein einen Schritt nach hinten machen, in den Ausfallschritt nach hinten absenken, das rechte Knie setzt auf dem Boden auf.
10. Aus der einseitig knienden Position auf die rechte Seite absenken, den Fuß ausdrehen, während die Hand wieder auf dem Boden aufsetzt.
11. Das rechte Bein zwischen rechtem Arm und linkem Bein hindurch nach vorne strecken. Eine hohe Brückenposition mit der Hüfte halten, dabei die Gesäßmuskulatur stark anspannen.
12. Die Hüfte auf den Boden senken, dabei das Gewicht mit der rechten Hand unterstützen.
13. Mit kontrollierter Bewegung zurück auf den Ellenbogen.
14. Das linke Knie oben halten, das rechte Bein nach vorne strecken und den Rumpf ablegen, bis der Rücken wieder flach auf dem Boden liegt.
15. Wiederholen wie vorgesehen, dann die Seite wechseln.

Laterale Core-Übungen

Im Gegensatz zu den linearen Übungen werden hier die Bewegungen auf einer Seite oder drehend von Seite zu Seite ausgeführt. Aus diesem Grund kommen vorrangig die schrägen Bauchmuskeln zum Einsatz, zweitrangig die Rückenstrecker.

Aus funktionaler Sicht sind die schrägen Bauchmuskeln ungeheuer wichtig. Viele Bewegungen wie Drehen, Werfen, Schwingen und Schlagen in unterschiedlichsten Sportarten beziehen die schrägen Bauchmuskeln ein. Hinsichtlich der Körperkonstitution wird die Ausbildung dieser Muskeln dennoch oft überschätzt. Zu stark ausgeprägte schräge Bauchmuskeln verringern Ihre Kurven eher und geben Ihnen ein »kastenförmiges« Erscheinungsbild.

Keine Sorge, die Übungen hier müssen Ihnen keine Angst machen. Gelegentliches Üben schadet nicht, nur sollten Sie nicht übertreiben. Wie ich schon betonte, wird der Core-Bereich (inklusive der schrägen Bauchmuskeln) bei jedem Ganzkörper-Workout trainiert, wenn auch nicht in dem Ausmaß, wie es ganz gezielte Übungen tun.

Ich mag laterale Übungen und Übungen mit Drehung, die gleichzeitig das Gesäß aktivieren. Dazu zähle ich Unterarmstütze in vielfältigen Ausführungen, Seitlagen und Anti-Rotations-Übungen. (Die korrekte Ausführung dieser Übungen erfordert einige Gewöhnung, aber sie sind die Mühe wert.)

Seiten-Crunch

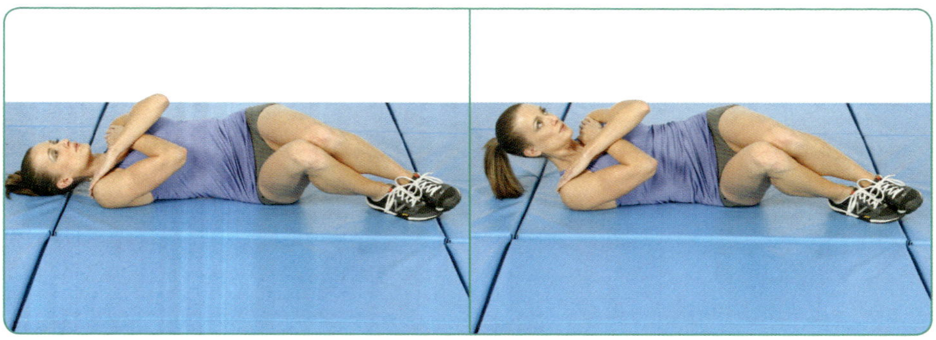

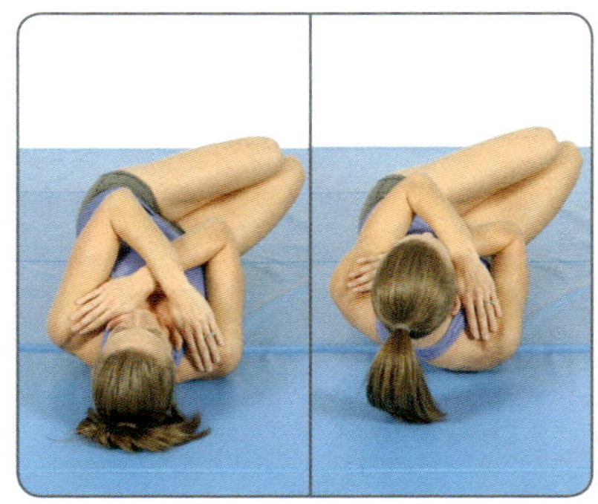

Die Übung kräftigt die schrägen Bauchmuskeln. Sie ist für Anfänger sehr geeignet.

Beanspruchte Muskeln: schräge Bauchmuskeln

Tipps:

- *Den Rumpf durch Aktivierung der schrägen Bauchmuskeln gerade nach oben bewegen.*
- *Es ist nicht nötig, große Höhe zu erreichen, eine seitliche Beugung des Rumpfes von 30 Grad genügt.*

Übungsablauf:

1. Mit der rechten Seite auf den Boden legen. Die Knie im 90-Grad-Winkel anziehen, das obere Bein auf dem unteren positionieren und die Knie leicht vom Boden abheben.
2. Die Arme vor der Brust verschränken, der obere Rücken liegt am Boden.
3. Den Oberkörper durch Kontraktion der schrägen Bauchmuskeln anheben, sodass der Brustkorb sich in Richtung Hüfte bewegt.
4. Absenken und so oft wiederholen wie vorgesehen. Dann die Seite wechseln.

Seiten-Crunch auf dem Gymnastikball

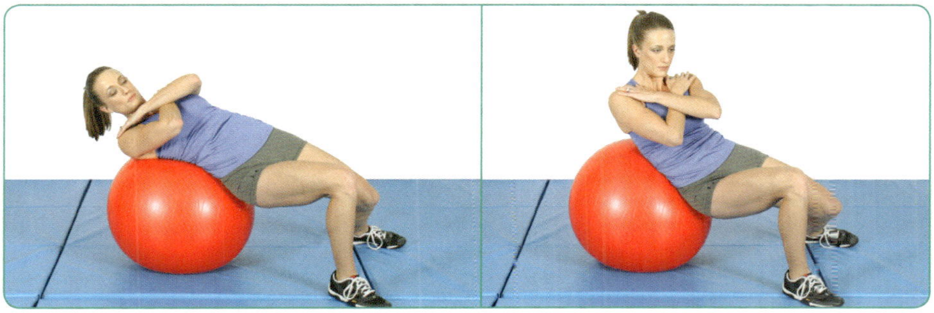

Die Übung auf dem Gymnastikball erhöht den Schwierigkeitsgrad.

Beanspruchte Muskeln: schräge Bauchmuskeln

Tipps:

- *Es ist nicht erforderlich, auf dem Ball zum Sitzen zu kommen.*
- *Nacken und Wirbelsäule in einer Linie halten, Kopf nicht mit den Händen auf die Brust drücken.*
- *Es ist nicht nötig, große Höhe zu erreichen, eine seitliche Beugung des Rumpfes von 30 Grad ist ausreichend.*

Übungsablauf:

1. Auf dem Gymnastikball sitzen. Mit den Füßen nach vorne gehen, bis der mittlere Rückenbereich auf dem Ball liegt. Kopf und Schultern hängen frei.
2. Knie beugen, Arme vor der Brust verschränken.
3. Nach vorne und auf die rechte Seite drehen, die Rippen der rechten Körperseite liegen auf dem Ball, die schrägen Bauchmuskeln der linken Körperseite sollten stark gedehnt werden. Die Füße bleiben fest am Boden.
4. Die linke Körperseite kontrahieren, die Rippen werden in Richtung Hüfte bewegt.
5. Absenken, beidseitig wiederholen.

Seitbeuge mit Kurzhantel

Eine gängige Core-Übung mit Kurzhantel oder Kettlebell.

Beanspruchte Muskeln: schräge Bauchmuskeln, obere Gesäßmuskulatur, Oberarme, Trapezmuskeln

Tipps:

- *Nicht zu weit absenken, die Hüfte nicht zur Seite ausweichen lassen.*

Übungsablauf:

1. Mit der rechten Hand eine Kurzhantel fassen, den Arm seitlich nach unten strecken, die Handfläche zeigt nach innen
2. Zur rechten Seite neigen, nicht nach vorne beugen oder den Oberkörper verdrehen.
3. Wieder aufrichten und so oft wiederholen wie vorgesehen. Dann die Seite wechseln.

45-Grad-Seitbeuge

Diese Übung bearbeitet die schrägen Bauchmuskeln.

Beanspruchte Muskeln: schräge Bauchmuskeln, obere Gesäßmuskulatur, Oberarme, Trapezmuskeln

Tipps:

- *Die Bewegung nicht mit Schwung ausführen. Auf eine gute Kontraktion der Bauchmuskeln achten.*

Übungsablauf:

1. Maschine im 45-Grad-Winkel und Hüftpolster auf Höhe des oberen Hüftbereichs einstellen.
2. Seitlich stehen, der linke Oberschenkel liegt auf der Polsterung. Die Füße stehen auf der Plattform. Die Hände hinter dem Kopf verschränken.
3. Den Körper über die Seite Richtung Boden neigen. Die Bewegung kommt aus der Taille und der Hüfte.

4. Wieder aufrichten und seitlich zur Gegenseite beugen. Die Gesäßmuskulatur muss hart arbeiten, um den Körper über die Hüfte von einer Seite zur anderen zu beugen.
5. Beidseitig so oft wiederholen wie vorgesehen.

Landmine

Diese Übung bearbeitet die schrägen Bauchmuskeln, die oberen Gesäßmuskeln und die Rückenstrecker. Sie stärkt die Rotationskraft und die Ausdauer des Core-Bereichs, wodurch die Wirbelsäule stabilisiert wird.

Beanspruchte Muskeln: schräge Bauchmuskeln, obere Gesäßmuskulatur, Schultermuskulatur

Tipps:

- *Die Wirbelsäule neutral halten, nicht in der Taille drehen. Das Gewicht wird von einer Seite zur anderen bewegt, ohne den Rumpf dabei zu verdrehen.*
- *Die Bewegung kontrolliert ausführen, nicht mit Schwung arbeiten.*
- *Steht kein Landmine-Langhantelsystem zur Verfügung, kann man eine normale Langhantel verwenden, die zur Stabilisierung in einer Raumecke fixiert wird.*

Übungsablauf:

1. Ein Ende der Langhantel auf den Boden aufsetzen. Das andere Ende mit beiden Händen fassen, mit den Armen und dem oberen Hantelende einen 90-Grad-Winkel bilden.
2. Aufrecht und mit fest angespanntem Rumpf stehen, dabei die Langhantel wie einen Scheibenwischer von einer Seite zur anderen bewegen.
3. So oft wiederholen wie vorgesehen.

Seitstütz auf Knien

Die Übung bearbeitet die schrägen Bauchmuskeln und den Gluteus medius, außerdem fördert sie die Lateralstabilität der Wirbelsäule, wodurch diese vor unbeabsichtigten Verdrehungen im Alltag geschützt wird. Die Übung mit angewinkelten Beinen verkürzt den Hebel der Bewegung und vereinfacht sie dadurch.

Beanspruchte Muskeln: schräge Bauchmuskeln, obere Gesäßmuskulatur

Tipps:

- *Ein Vor- oder Zurücklehnen ist zu vermeiden.*
- *Der Körper bildet vom Kopf bis zu den Knien eine gestreckte Linie.*

Übungsablauf:

1. Auf einer Matte auf der linken Seite liegen. Den linken Unterarm auf der Matte platzieren, der Ellenbogen befindet sich unter der Schulter.
2. Die Knie im rechten Winkel beugen, das obere Bein liegt genau auf dem unteren.
3. Den Rumpf aufrichten, dabei die Wirbelsäule strecken, sodass Rumpf und Hüfte eine Linie bilden. Die Bauchmuskeln anspannen, um die Position zu halten.
4. Solange wie möglich halten. Auf der rechten Seite wiederholen.

Seitstütz

Die Übung bearbeitet die schrägen Bauchmuskeln und den Gluteus medius, außerdem fördert sie die Lateralstabilität der Wirbelsäule, wodurch diese vor unbeabsichtigten Verdrehungen im Alltag geschützt wird.

Beanspruchte Muskeln: schräge Bauchmuskeln, obere Gesäßmuskulatur

Tipps:

- *Ein Vor- oder Zurücklehnen ist zu vermeiden.*
- *Der Körper bildet eine gestreckte Linie.*

Übungsablauf:

1. Auf einer Matte auf der rechten Seite liegen. Den rechten Unterarm auf der Matte platzieren, der Ellenbogen befindet sich unter der Schulter.
2. Die Beine ausstrecken, das obere Bein liegt genau auf dem unteren.
3. Den Rumpf aufrichten, dabei die Wirbelsäule strecken, sodass Rumpf und Hüfte eine Linie bilden. Die Bauchmuskeln anspannen, um die Position zu halten.
4. So lange wie möglich halten. Auf der linken Seiten wiederholen.

Seitstütz mit Abduktion

Die Übung bearbeitet die schrägen Bauchmuskeln und den Gluteus medius, wie die Übung links fördert sie außerdem die Lateralstabilität der Wirbelsäule. Durch die Abduktion des oberen Beins wird die Übung schwieriger.

Beanspruchte Muskeln: schräge Bauchmuskeln, obere Gesäßmuskulatur

Tipps:

- *Ein Vor- oder Zurücklehnen ist zu vermeiden.*
- *Der Körper bildet eine gestreckte Linie.*

Übungsablauf:

1. Auf einer Matte auf der rechten Seite liegen. Den rechten Unterarm auf der Matte platzieren, der Ellenbogen befindet sich unter der Schulter.
2. Die Beine ausstrecken, das obere Bein liegt genau auf dem unteren.
3. Den Rumpf aufrichten, dabei die Wirbelsäule strecken, sodass Rumpf und Hüfte eine Linie bilden. Die Bauchmuskeln anspannen, um die Position zu halten. Beim Anheben auch das obere Bein heben, dabei die Gesäßmuskulatur voll anspannen.
4. Obere Position halten, Bein so oft heben und senken wie vorgesehen. Dann die Seite wechseln.

Seitstütz mit Abduktion und Fußerhöhung

Die Übung bearbeitet die schrägen Bauchmuskeln und den Gluteus medius, außerdem fördert sie die Lateralstabilität der Wirbelsäule. Die Fußerhöhung erschwert die Übung, da zusätzlich zum Seitstütz auch noch die Abduktion des Beins erforderlich ist.

Beanspruchte Muskeln: Schräge Bauchmuskeln, obere Gesäßmuskulatur

Tipps:

- *Ein Vor- oder Zurücklehnen ist zu vermeiden.*
- *Der Körper bildet eine gestreckte Linie.*

Übungsablauf:

1. Auf einer Matte auf der rechten Seite liegen. Den rechten Unterarm auf der Matte platzieren, der Ellenbogen befindet sich unter der Schulter.
2. Die Füße zur Erhöhung auf eine Bank legen. Die Beine ausstrecken, das obere Bein liegt genau auf dem unteren.
3. Den Rumpf aufrichten, dabei die Wirbelsäule strecken, sodass Rumpf und Hüfte eine Linie bilden. Die Bauchmuskeln anspannen. Beim Anheben auch das obere Bein heben, dabei die Gesäßmuskulatur voll anspannen.
4. Obere Position halten, Bein so oft heben und senken wie vorgesehen. Dann die Seite wechseln.

Seitstütz mit Fußerhöhung und Hüftaußenrotation

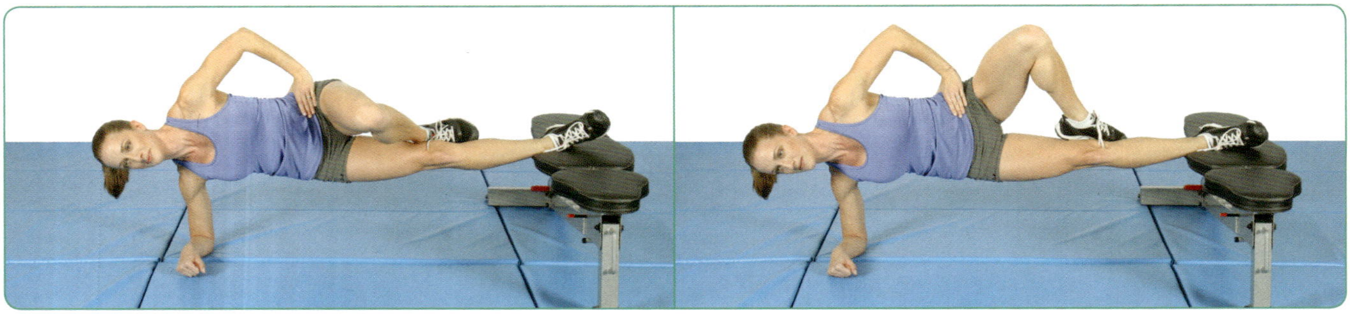

Die Übung bearbeitet die schrägen Bauchmuskeln und den Gluteus medius, außerdem fördert sie die Lateralstabilität der Wirbelsäule, wodurch diese vor unbeabsichtigten Verdrehungen im Alltag geschützt wird. Der Seitstütz wird hier doppelt erschwert: zum einen durch die Erhöhung der Füße, zum anderen durch die Kombination aus Seitstütz und Hüftaußenrotation des oberen Beins.

Beanspruchte Muskeln: schräge Bauchmuskeln, obere Gesäßmuskulatur

Tipps:

- *Ein Vor- oder Zurücklehnen ist zu vermeiden.*
- *Der Körper bildet vom Kopf bis zu den Zehen eine gestreckte Linie.*

Übungsablauf:

1. Auf einer Matte auf der rechten Seite liegen. Den rechten Unterarm auf der Matte platzieren, der Ellenbogen befindet sich unter der Schulter.
2. Die Füße auf eine Bank legen. Die Beine ausstrecken, das obere Bein liegt genau auf dem unteren.
3. Den Rumpf aufrichten, dabei die Wirbelsäule strecken, sodass Rumpf und Hüfte eine Linie bilden. Die Bauchmuskeln anspannen. Beim Anheben der Hüfte das Knie des oberen Beins beugen, sodass der Fuß des oberen Beins sich auf Kniehöhe des unteren Beins befindet.
4. Obere Position halten, das obere Bein auf und ab bewegen wie vorgesehen. Dann die Seite wechseln.

Anti-Rotations-Halteübung mit Widerstandsband

Die Übung trainiert die schrägen Bauchmuskeln und die Gesäßmuskulatur, während enorme Core-Stabilität aufgebaut wird – hier insbesondere hinsichtlich von Anti-Rotations-Aspekten. Das bedeutet, der Core-Bereich lernt, unbeabsichtigtem Verdrehen im Alltag entgegenzuwirken.

Beanspruchte Muskeln: schräge Bauchmuskeln

Tipps:

- *Während der gesamten Übung die Arme gerade ausgestreckt vor der Brust halten.*
- *Aufrechte Position einnehmen, die Rumpfmuskulatur für eine gute Stabilität anspannen.*
- *Nur die Arme bewegen sich. Rumpf, Hüfte und Beine bleiben vollkommen stabil.*

Übungsablauf:

1. Ein Widerstandsband am Rack oder an der Kabelzugmaschine befestigen.
2. Das freie Ende des Bandes greifen, aus dem Rack treten und das Band spannen.
3. Mit leicht gebeugten Armen das Band gerade nach außen bis vor die Brust ziehen, die Handflächen zeigen nach unten. Je nach verwendetem Band (Tube oder Loop) auf korrektes Greifen achten.
4. Die Position für eine bestimmte Zeit halten, dabei auf die Kontraktion der schrägen und geraden Bauchmuskeln achten. Dann die Seite wechseln.

Rotation am Kabelzug Rotation mit Seil von unten nach oben

Diese Bewegung ist eine Ganzkörper-Rotationsübung, die viele verschiedene Core-Muskeln in einer funktionalen, aufrechten Position bearbeitet.

Beanspruchte Muskeln: schräge Bauchmuskeln, Rückenstrecker, Gesäßmuskulatur

Tipps:

- *Festen Stand in geeigneter Position einnehmen.*
- *Die Rotationsbewegung kommt aus Hüfte und oberem Rücken, die Lendenwirbelsäule bleibt möglichst stabil.*
- *Nicht mit zu viel Gewicht arbeiten. Auf weiche, koordinierte Bewegungsabläufe achten.*
- *Während des gesamten Bewegungsablaufs auf Spannung in den zu bearbeitenden Muskelbereichen achten. Perfekte Position und präzise Winkel sind nebensächlich.*

Übungsablauf:

1. Das Seil in niedriger Position an der Kabelzugmaschine befestigen, mit den Händen je ein Ende des Seils greifen.
2. Zu einer Seite drehen, der Körper ist dabei vom Kabelzug abgewandt. Arme nach unten ausstrecken. Aus der Maschine treten, um Spannung am Kabel zu erzeugen. Stabilen Stand einnehmen.
3. Das Seil diagonal über den Körper mit dem der Maschine zugewandten Arm nach oben ziehen. Die Hüfte dabei drehen.
4. Zurück in die Ausgangsposition und beidseitig so oft wiederholen wie vorgesehen.

Rotation am Kabelzug Horizontalrotation mit Seil

Diese Bewegung ist eine Ganzkörper-Rotationsübung, die viele verschiedene Core-Muskeln in einer funktionalen, aufrechten Position bearbeitet.

Beanspruchte Muskeln: schräge Bauchmuskeln, Rückenstrecker, Gesäßmuskulatur

Tipps:

- *Festen Stand in geeigneter Position einnehmen.*
- *Die Rotationsbewegung kommt aus Hüfte und oberem Rücken, die Lendenwirbelsäule bleibt möglichst stabil.*
- *Nicht mit zu viel Gewicht arbeiten. Auf weiche, koordinierte Bewegungsabläufe achten.*
- *Während des gesamten Bewegungsablaufs auf Spannung in den zu bearbeitenden Muskelbereichen achten. Perfekte Position und präzise Winkel sind nebensächlich.*

Übungsablauf:

1. Das Seil in mittlerer Position an der Kabelzugmaschine befestigen, mit den Händen je ein Ende des Seils greifen.
2. Zu einer Seite drehen, der Körper ist dabei vom Kabelzug abgewandt. Arme gerade in Richtung Kabelzug ausstrecken. Aus der Maschine treten, um Spannung am Kabel zu erzeugen. Stabilen Stand einnehmen.
3. Das Seil waagerecht mit dem der Maschine zugewandten Arm um den Körper zur anderen Seite bewegen. Die Hüfte dabei drehen.
4. Zurück in die Ausgangsposition und beidseitig so oft wiederholen wie vorgesehen.

Rotation am Kabelzug Rotation mit Seil von oben nach unten

Diese Bewegung ist eine Ganzkörper-Rotationsübung, die viele verschiedene Core-Muskeln in einer funktionalen, aufrechten Position bearbeitet.

Beanspruchte Muskeln: schräge Bauchmuskeln

Tipps:

- *Festen Stand in geeigneter Position einnehmen.*
- *Die Rotationsbewegung kommt aus Hüfte und oberem Rücken, die Lendenwirbelsäule bleibt möglichst stabil.*
- *Nicht mit zu viel Gewicht arbeiten. Auf weiche, koordinierte Bewegungsabläufe achten.*
- *Während des gesamten Bewegungsablaufs auf Spannung in den zu bearbeitenden Muskelbereichen achten. Perfekte Position und präzise Winkel sind nebensächlich.*

Übungsablauf:

1. Das Seil in hoher Position an der Kabelzugmaschine befestigen, mit den Händen je ein Ende des Seils greifen.
2. Zu einer Seite drehen, der Körper ist dabei vom Kabelzug abgewandt. Arme schräg nach oben in Richtung Kabelzug ausstrecken. Aus der Maschine heraustreten, um Spannung am Kabel zu erzeugen. Stabilen Stand einnehmen.
3. Das Seil diagonal über den Körper mit dem der Maschine zugewandten Arm von oben nach unten ziehen. Die Hüfte dabei drehen.
4. Zurück in die Ausgangsposition und beidseitig so oft wiederholen wie vorgesehen.

Rotation am Kabelzug Horizontalrotation mit Seil im Kniestand

Diese Bewegung ist eine Ganzkörper-Rotationsübung, die viele verschiedene Core-Muskeln bearbeitet. Der halbseitige Kniestand fordert die Gesäßmuskulatur des hinteren Beins überraschend stark. Eine meiner Lieblingsübungen!

Beanspruchte Muskeln: schräge Bauchmuskeln, Rückenstrecker, Gesäßmuskulatur

Tipps:

- *Festen Stand in geeigneter Position einnehmen.*
- *Die Rotationsbewegung kommt aus Hüfte und oberem Rücken, die Lendenwirbelsäule bleibt möglichst stabil.*
- *Nicht mit zu viel Gewicht arbeiten. Auf weiche, koordinierte Bewegungsabläufe achten.*
- *Während des gesamten Bewegungsablaufs auf Spannung in den zu bearbeitenden Muskelbereichen achten. Perfekte Position und präzise Winkel sind nebensächlich.*

Übungsablauf:

1. Das Seil in niedriger Position an der Kabelzugmaschine befestigen. Ein Schutzpad unter dem Knie kann hilfreich sein.
2. Mit dem rechten Bein in den Kniestand gehen, der Rücken zeigt zur Kabelzugmaschine. Das Seil mit je einer Hand an jedem Ende fassen, den rechten Arm nach hinten strecken, den linken vor dem Körper halten.
3. Aus dieser Position das Seil gerade nach vorne und leicht nach oben ziehen, bis es mit der rechten Schulter auf einer Höhe ist. Gleichzeitig den Rumpf nach vorne drehen, dabei den linken Arm mit den schrägen Bauchmuskeln der linken Seite nach hinten ziehen.
4. Kontrolliert in die Ausgangsposition zurückkehren und beidseitig so oft wiederholen wie vorgesehen.

Rotation am Kabelzug **Horizontalrotation mit Cook Bar im Kniestand**

Diese Bewegung ist eine Ganzkörper-Rotationsübung, die viele verschiedene Core-Muskeln bearbeitet. Der halbseitige Kniestand fordert die Gesäßmuskulatur des hinteren Beins überraschend stark. Dies ist eine meiner liebsten Core-Übungen, die durch die kurze Stange – Cook Bar genannt – noch effektiver ist.

Beanspruchte Muskeln: schräge Bauchmuskeln, Rückenstrecker, Gesäßmuskulatur

Tipps:

- *Festen Stand in geeigneter Position einnehmen.*
- *Die Rotationsbewegung kommt aus Hüfte und oberem Rücken, die Lendenwirbelsäule bleibt möglichst stabil.*
- *Nicht mit zu viel Gewicht arbeiten. Auf weiche, koordinierte Bewegungsabläufe achten.*
- *Während des gesamten Bewegungsablaufs auf Spannung in den zu bearbeitenden Muskelbereichen achten.*

Übungsablauf:

1. Die Stange in niedriger Position an der Kabelzugmaschine befestigen. Ein Schutzpad unter dem Knie kann hilfreich sein.
2. Mit dem rechten Bein in den Kniestand gehen, der Rücken zeigt zur Kabelzugmaschine. Die Stange mit je einer Hand an jedem Ende fassen, den rechten Arm nach hinten strecken, den linken vor dem Körper halten.
3. Aus dieser Position die Stange gerade nach vorne und leicht nach oben ziehen, bis sie mit der rechten Schulter auf einer Höhe ist. Gleichzeitig den Rumpf nach vorne drehen, dabei den linken Arm mit den schrägen Bauchmuskeln der linken Seite nach hinten ziehen.
4. Kontrolliert in die Ausgangsposition zurückkehren und beidseitig so oft wiederholen wie vorgesehen.

Rotation am Kabelzug **Horizontalrotation mit Cook Bar im Stehen**

Diese Bewegung ist eine Ganzkörper-Rotationsübung, die viele verschiedene Core-Muskeln in einer funktionalen, aufrechten Position bearbeitet. Anstatt der Cook Bar kann man ein Seil verwenden.

Beanspruchte Muskeln: schräge Bauchmuskeln, Rückenstrecker, Gesäßmuskulatur

Tipps:

- *Festen Stand in geeigneter Position einnehmen.*
- *Die Rotationsbewegung kommt aus Hüfte und oberem Rücken, die Lendenwirbelsäule bleibt möglichst stabil.*
- *Nicht mit zu viel Gewicht arbeiten. Auf weiche, koordinierte Bewegungsabläufe achten.*
- *Während des gesamten Bewegungsablaufs auf Spannung in den zu bearbeitenden Muskelbereichen achten.*

Übungsablauf:

1. Die Stange auf mittlerer Höhe an der Kabelzugmaschine befestigen. Leicht nach vorne gelehnter Stand, der Rücken zeigt zur Maschine. Die Stange mit je einer Hand an jedem Ende fassen, den rechten Arm nach hinten strecken, den linken vor dem Körper halten.
2. Die Stange gerade nach vorne und leicht nach oben ziehen, bis sie mit der rechten Schulter auf einer Höhe ist. Gleichzeitig den Rumpf nach vorne drehen, dabei den linken Arm mit den schrägen Bauchmuskeln der linken Seite nach hinten ziehen.
3. Kontrolliert in die Ausgangsposition zurückkehren und beidseitig so oft wiederholen wie vorgesehen.

Isolationsübungen

Diese Art von Übungen wird von jedermann verflucht und dennoch heimlich von jedermann absolviert. Grundsätzlich bin ich der Ansicht, dass es so etwas wie »isolierte« Bewegungen gar nicht gibt, denn es ist unmöglich, nur einen einzigen Muskel isoliert zu aktivieren. Selbst bei einer so banalen Bewegung wie einem Bizeps-Curl werden immer mehrere Muskeln beansprucht. Eine passendere Bezeichnung für diese Übungen wäre daher »zielgerichtete Übungen«, aber da das nur ein begrifflicher Aspekt ist, bleiben wir bei »Isolation«.

Üblicherweise werden bei Komplex- oder Kombinationsübungen gleichzeitig mehrere Gelenke bewegt, während Isolationsübungen sich auf den Einsatz eines einzigen Gelenks beschränken. Isolierte Bewegungen aktivieren den Stoffwechsel nicht so sehr wie kombinierte, dennoch ist es nicht sinnvoll, die Qualität einer Bewegung ausschließlich an der Menge beteiligter Gelenke zu beurteilen. Ein Squat z. B. umfasst die Hüft- und Kniebeugung sowie die Hüft- und Kniestreckung. Er ist deshalb eine kombinierte Bewegung. Ein Konzentrations-Curl erfordert die Ellenbogenbeugung und -streckung und gilt daher als isolierte Bewegung.

Kombinierte Bewegungen sind demnach besser als isolierte, weil sie mehr Muskeln aktivieren, richtig? Nicht zwangsläufig. Denken Sie an Rudern im Stehen. Diese Übung umfasst die Schulterabduktion und -adduktion ebenso wie die Ellenbogenbeugung und -streckung. Es handelt sich also um eine kombinierte Bewegung, die die Deltamuskeln und den Bizeps bearbeitet. Am Beckenlift dagegen sind nur die Hüftbeugung und -streckung beteiligt, also nur ein Gelenk – demzufolge ist diese Übung eine isolierte Bewegung. Dennoch bearbeitet der Beckenlift die Gesäß- und die ischiocrurale Muskulatur und erfordert beachtliche Muskelkontraktionen in Quadrizeps und Rückenstreckern, um Stabilität herzustellen. Folglich involviert der Beckenlift sehr viele Muskeln, was bei Rudern im Stehen nicht der Fall ist.

Mein Standpunkt wurde deutlich, jetzt kann ich die Vorteile von Isolationsübungen erläutern: Sie stärken schwache Muskeln und ermöglichen eine zusätzliche Muskelstimulanz, außerdem stellen sie einen ausgezeichneten psychologischen Vorteil dar, weil man den hart arbeitenden Muskel fühlen möchte. Wir alle haben Körperbereiche, die schwächer sind als andere. Meist ist das die Gesäßmuskulatur, auch wenn bei manchen die Schwachstellen eher die Waden-, Rücken- oder Schultermuskeln sind.

Es ist gut, solche Schwachstellen mit gezielten Übungen zu bearbeiten, aber nicht in übertriebenem Maß. Mit meinen Programmen erarbeiten Sie sich eine kontinuierliche Kräftigung der Gesäßmuskulatur durch Beckenlifts, Squats und Kreuzheben. Diese Hebeübungen sind Ihre Felsen in der Brandung! Trizeps-Kickbacks oder Kurzhantel-Shrugs eignen sich nicht, um Ihren gesamten Körper zu formen, dennoch können solche Übungen die Körperkonstitution im Detail abrunden.

Genau aus diesem Grund räume ich Ihnen am Ende Ihrer Workouts jeweils fünf Minuten für Isolationsübungen ein, die Sie ganz nach Belieben gestalten können.

Konturierte Arme gewünscht? Machen Sie abwechselnd einige Sätze Curls und Trizeps-Extensionen. Definierte Deltamuskeln? Jeweils ein Satz der unterschiedlichen Shrugs kann da helfen. Nicht zufrieden mit den Waden? Einbeiniges Wadenheben ist die Lösung. Nur überschreiten Sie bitte insgesamt nicht die fünf Minuten!

Adduktorentraining mit Gymnastikball

Die Übung kräftigt die Oberschenkelinnenseiten, die wichtig sind für Beweglichkeit und Stabilität. Viele Frauen sind mit ihren Oberschenkeln unzufrieden, aber es gilt zu bedenken: Punktuelle Fettreduktion funktioniert nicht! Auch nicht an den Oberschenkeln. Zielgerichtetes Training kann dennoch das äußere Erscheinungsbild bestimmter Körperregionen durch Aufbau von Muskeln verbessern.

Beanspruchte Muskeln: **Adduktoren**

Tipps:

- *Füße bleiben flach am Boden, nicht auf die Zehen stellen.*
- *Für ein effizientes Workout 2 bis 3 Sekunden anspannen.*
- *Oberkörper aufrecht halten, nicht krümmen oder runden.*

Übungsablauf:

1. Auf einer Hantelbank sitzend, einen Gymnastikball zwischen die Knie klemmen.
2. Die Hände an die Hüften legen, aufrecht sitzen und Knie fest zusammenpressen.
3. Den Ball zusammendrücken, kurz halten, dann lösen. So oft wiederholen wie vorgesehen.

Adduktorentraining im Stehen

Die Übung kräftigt die Oberschenkelinnenseiten, die wichtig sind für Beweglichkeit und Stabilität. Viele Frauen sind mit ihren Oberschenkeln unzufrieden, aber es gilt zu bedenken: Punktuelle Fettreduktion funktioniert nicht! Auch nicht an den Oberschenkeln. Zielgerichtetes Training kann dennoch das äußere Erscheinungsbild bestimmter Körperregionen durch Aufbau von Muskeln verbessern.

Beanspruchte Muskeln: **Adduktoren**

Tipps:

- *In geeigneter Weise festhalten.*
- *Aufrechter Stand, die Wirbelsäule bleibt neutral.*
- *Die Gesäßmuskulatur während der gesamten Bewegung stark anspannen.*

Übungsablauf:

1. Gewicht an der Kabelzugmaschine einstellen.
2. Fußmanschette anlegen, dicht an der Maschine stehen.
3. Etwas aus der Maschine treten, um Spannung auf das Kabel zu bringen.
4. Gewicht auf den äußeren Fuß verlagern, den inneren Fuß (mit Manschette) leicht vom Boden heben.
5. Das innere Bein parallel zum Körper bis vor das äußere Bein führen, wobei die Adduktoren (Oberschenkelinnenseiten) stark kontrahiert werden.
6. In die Ausgangsposition zurückkehren.
7. So oft wiederholen wie vorgesehen. Dann die Seite wechseln.

Hüftbeugung am Kabelzug

Die Übung kräftigt die Hüftbeuger, die für die Stabilität der Hüfte und für das Laufen eine wichtige Rolle spielen. Wir machen viele Übungen für die Kräftigung der Hüftextension, deshalb sollte man auch die Hüftflexion trainieren.

Beanspruchte Muskeln: Hüftbeuger

Tipps:

- *Aufrechte Position halten, das Gewicht nicht nach oben stoßen. Nicht auf die Zehen stellen.*

Übungsablauf:

1. Mit dem Rücken zum Kabelzug stehen, den Kabelzug in der unteren Position einstellen. Die Manschette um ein Fußgelenk legen, das Gewicht justieren. Gut festhalten.
2. Das Körpergewicht auf das freie Bein verlagern.
3. Das Bein mit Manschette zur Brust ziehen, ohne den Rumpf zu bewegen.
4. Bein kontrolliert wieder absenken. So oft wiederholen wie vorgesehen. Dann das Bein wechseln.

Hüftbeugung mit Widerstandsband im Liegen

Die Übung kräftigt die Hüftbeuger, die für die Stabilität der Hüfte und für das Laufen eine wichtige Rolle spielen. Wir machen viele Übungen für die Kräftigung der Hüftextension, deshalb sollte man auch die Hüftflexion trainieren.

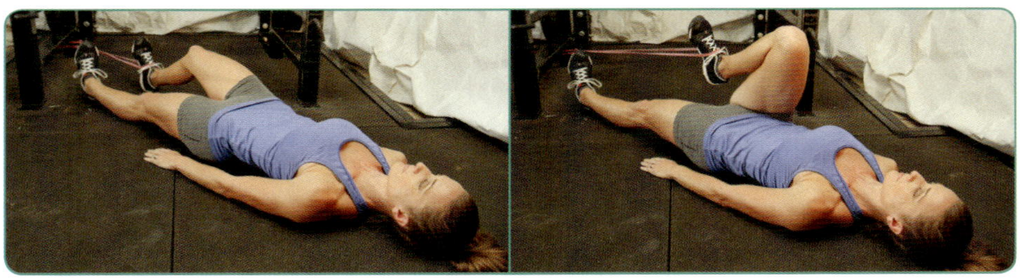

Beanspruchte Muskeln: Hüftbeuger

Tipps:

- *Wirbelsäule und Schultern während der gesamten Übung fest auf den Boden drücken, um die optimale Position zu halten.*

Übungsablauf:

1. Widerstandsband am Rack befestigen.
2. Auf den Rücken legen, das Widerstandsband über die Fußspitze legen.
3. Fuß so weit wie möglich zur Hüfte heranziehen.
4. In die Ausgangsposition zurückkehren und so oft wiederholen wie vorgesehen. Dann das Bein wechseln.

Bein-Curl im Sitzen mit Widerstandsband

Die Übung kräftigt die ischiocrurale Muskulatur, die für das Laufen und Springen sehr wichtig ist.

Beanspruchte Muskeln: ischiocrurale Muskulatur

Tipps:

- *Während der gesamten Übung aufrecht sitzen und die Bauchmuskeln anspannen.*

Übungsablauf:

1. Ein Widerstandsband am Rack befestigen.
2. Auf eine Bank setzen, das Widerstandsband um den Knöchel legen.
3. Den Fuß leicht vom Boden nach vorne heben, Band mit der Ferse halten.
4. Fuß zur Bank heranziehen.
5. In die Ausgangsposition zurückkehren, so oft wiederholen wie vorgesehen. Dann Bein wechseln.

Einbeiniges Wadenheben

Die Übung kräftigt die Waden, was für das Laufen und Springen von Bedeutung ist.

Beanspruchte Muskeln:
Waden

Tipps:
- *Den vollen Bewegungsradius ausnutzen, ganz nach oben auf die Zehenspitzen gehen und, so weit es geht, nach unten absenken.*

Übungsablauf:
1. Aufrecht stehen, Zehen und Fußballen auf eine erhöhte Plattform stellen.
2. Gut festhalten, auf die Zehenspitzen stellen.
3. So weit es geht bis unterhalb der Plattform absenken. So oft wiederholen wie vorgesehen. Dann das Bein wechseln.

Seitheben mit Kurzhanteln

Die Übung kräftigt die Schultern. Kräftige Schultern lassen die Taille optisch schmaler erscheinen, außerdem fördern sie die funktionale und sportliche Ausdauer

Beanspruchte Muskeln:
mittlerer Teil des Deltamuskels

Tipps:
- *Mit kontrollierten Bewegungen arbeiten, das Gewicht nicht mit Schwung nach oben heben.*
- *Ellenbogen etwas weiter vorne halten als die Schultern.*
- *Hanteln durch Schulterabduktion heben, nicht durch externe Rotation.*

Übungsablauf:
1. Mit jeder Hand eine Kurzhantel fassen, vor den Oberschenkeln halten, die Handflächen zeigen zueinander. Knie leicht beugen.
2. Mit leicht gebeugten Ellenbogen die Arme seitlich bis auf Schulterhöhe anheben.
3. Arme absenken. Wiederholen.

Frontheben mit Kurzhanteln

Die Übung kräftigt die Schultern. Kräftige Schultern lassen die Taille optisch schmaler erscheinen, außerdem fördern sie die funktionale und sportliche Ausdauer.

Beanspruchte Muskeln:
vorderer Teil des Deltamuskels

Tipps:
- *Arme während der Bewegung gestreckt halten.*
- *Schultern nicht hochziehen.*

Übungsablauf:
1. Mit jeder Hand eine Kurzhantel fassen, vor den Oberschenkeln halten, die Handflächen zeigen zum Körper. Knie leicht beugen.
2. Kurzhanteln vor dem Körper mit gestreckten Armen bis auf Schulterhöhe heben.
3. Arme absenken. Wiederholen.

Vorgebeugtes Seitheben mit Kurzhanteln

Die hinteren Deltamuskeln balancieren die Schultern aus und verhindern Verletzungen an Schultern und Rotatorenmanschetten. Die vorderen Schultermuskeln sind häufig kräftiger als die hinteren, daher ist diese Übung ein Ausgleich.

Beanspruchte Muskeln: **hintere Deltamuskeln**

Tipps:

- *Die Kurzhanteln kontrolliert und nicht mit Schwung heben.*
- *In der Endstellung befinden sich die Ellenbogen und Schultern auf einer Linie.*
- *Den Rumpf möglichst waagerecht halten, um die hinteren Deltamuskeln stark zu beanspruchen.*
- *Die Knie etwas beugen, um die Belastung des unteren Rückens zu minimieren.*
- *Gewichte nicht mit Schwung bewegen.*

Übungsablauf:

1. Mit jeder Hand eine Kurzhantel fassen.
2. Leicht in die Knie gehen, aus der Hüfte nach vorne beugen, bis der Rücken parallel zum Boden ist. Die Wirbelsäule bleibt immer in neutraler Position.
3. Die Ellenbogen leicht gebeugt halten, die Handflächen zeigen zueinander.
4. Die Arme zu den Seiten heben, bis die Ellenbogen und Schultern eine Linie bilden.
5. Arme absenken. Wiederholen.

Aufrechtes Rudern mit Kurzhanteln

Die Übung kräftigt die Schultern. Kräftige Schultern lassen die Taille optisch schmaler erscheinen, außerdem fördern sie die funktionale und sportliche Ausdauer.

Beanspruchte Muskeln: **mittlere Deltamuskeln, Bizeps**

Tipps:

- *Ellenbogen zu den Seiten heben, nicht nach vorne.*
- *Die Kurzhanteln nicht zu weit nach oben heben und die Schultern dabei nicht nach außen verdrehen. Die Handgelenke nicht höher heben als die Ellenbogen.*

Übungsablauf:

1. Mit jeder Hand eine Kurzhantel fassen, vor den Oberschenkeln positionieren, die Handflächen zeigen zum Körper.
2. Die Kurzhanteln hochziehen, die Ellenbogen leiten die Bewegung ein und führen sie durch.
3. Die Handgelenke dürfen in der Endstellung etwas gebeugt werden.
4. Arme absenken. Wiederholen.

Schulterheben mit Kurzhanteln

Die Übung kräftigt die oberen Trapezmuskeln, die als Stabilisatoren für die Schulterblätter eine wichtige Rolle spielen. Für Frauen ist diese Übung nicht von großer Bedeutung, ich führe sie hier nur der Vollständigkeit halber für Frauen an, die in dem Bereich Defizite haben.

Beanspruchte Muskeln: obere Trapezmuskeln

Tipps:

- *Schultern nicht rollen, Arme nicht beugen.*
- *Je größer das Gewicht, umso schwieriger wird es, die Übung über den gesamten Bewegungsradius zu führen. Die saubere Ausführung nicht zugunsten von mehr Gewicht vernachlässigen!*

Übungsablauf:

1. Mit jeder Hand eine Kurzhantel fassen und mit gestreckten Armen seitlich am Körper halten. Die Handflächen zeigen zum Körper.
2. Schultern gerade so weit wie möglich zu den Ohren hochziehen.
3. Schultern absenken. Wiederholen.

Seitheben auf der Schrägbank

Die hinteren Deltamuskeln balancieren die Schultern aus und verhindern Verletzungen an Schultern und Rotatorenmanschetten. Die vorderen Schultermuskeln sind häufig kräftiger als die hinteren, deshalb sollte diese Übung hin und wieder absolviert werden. Durch Liegen auf der Schrägbank können die hinteren Schultermuskeln besser isoliert werden.

Beanspruchte Muskeln: hintere Deltamuskeln

Tipps:

- *Die Kurzhanteln kontrolliert und nicht mit Schwung heben.*
- *Die Ellenbogen strecken oder leicht gebeugt halten.*

Übungsablauf:

1. Bäuchlings auf eine Schrägbank mit 30- bis 45-Grad-Winkel legen.
2. Mit jeder Hand eine Kurzhantel halten, die Handflächen zeigen zueinander.
3. Die Arme zu den Seiten hochheben, bis sich Ellenbogen und Schultern auf gleicher Höhe befinden.
4. Arme absenken. Wiederholen.

Trapezmuskeltraining auf der Schrägbank

Diese Übung trainiert die unteren Trapezmuskeln, die bei Gewichthebern für gewöhnlich schwach und nur unterentwickelt ausgeprägt sind. Sie sind wichtige Stabilisatoren der Schulterblätter.

Beanspruchte Muskeln: Trapezmuskeln (mittlere und untere Gewebefasern)

Tipps:

- *Nicht mit Schwung arbeiten. Kleine Hanteln mit wenig Gewicht sind für diese Übung vollkommen ausreichend.*
- *Die Arme in der Endstellung etwa im 45-Grad-Winkel halten. Sie bilden am Ende mit dem Körper ein Y.*

Übungsablauf:

1. Die oberen Rückenmuskeln kontrahieren, die Kurzhanteln mit gestreckten Armen in Y-Position über den Kopf nach oben führen.
2. In der Endstellung die oberen Rückenmuskeln nochmals stark anspannen, dann die Arme absenken in die Ausgangsposition. Wiederholen.

Rudern auf der Schrägbank mit ausgestellten Ellenbogen

Die Übung zielt auf die mittleren Trapezmuskeln, die Rautenmuskeln und die hinteren Deltamuskeln ab. Hierbei lässt sich nicht so viel Gewicht bewältigen wie bei anderen Ruderübungen.

Beanspruchte Muskeln: obere Rückenmuskulatur

Tipps:

- *In der Endstellung formen die Arme mit den Ellenbogen jeweils ein L im 90-Grad-Winkel zum Boden.*
- *In der Endstellung Schulterblätter stark zusammenziehen.*

Übungsablauf:

1. Bäuchlings auf einer Schrägbank mit 30- bis 45-Grad-Winkel liegen.
2. Mit jeder Hand eine Kurzhantel fassen, Handflächen zeigen zueinander.
3. Arme seitlich in einer Ruderbewegung so weit hochziehen, wie es geht. Den oberen und mittleren Rückenbereich stark anspannen.
4. Arme absenken, bis sie völlig gestreckt sind. Wiederholen.

Schulterheben auf der Schrägbank

Schulterheben zielt auf die mittleren Rückenmuskeln ab, besonders die mittleren Trapez- und die Rautenmuskeln.

Beanspruchte Muskeln: **Schulterblattretraktoren (mittlerer Rückenbereich)**

Tipps:

- *Den mittleren Rückenbereich und die Trapezmuskeln stark zusammenziehen, um das Gewicht zu heben. Das ist wichtiger, als die Schultern möglichst weit nach oben zu ziehen wie beim Schulterheben im Stehen.*

Übungsablauf:

1. Bäuchlings auf einer Schrägbank mit 30- bis 45-Grad-Winkel liegen.
2. Mit jeder Hand eine Kurzhantel fassen, die Handflächen zeigen zueinander.
3. Schultern nach hinten oben ziehen, den mittleren Rückenbereich und die Trapezmuskeln anspannen und zueinander ziehen.
4. Arme absenken. Wiederholen.

Reverse Flys am Kabelzug

Die hinteren Deltamuskeln balancieren die Schultern aus und verhindern Verletzungen der Schultern. Die vorderen Schultermuskeln sind häufig kräftiger als die hinteren, deshalb sollte diese Übung hin und wieder absolviert werden.

Beanspruchte Muskeln: **hintere Deltamuskeln**

Tipps:

- *Während des gesamten Bewegungsablaufs die Ellenbogen leicht gebeugt halten.*

Übungsablauf:

1. Kabel auf Taillenhöhe einstellen.
2. Mit dem Gesicht zur Maschine stehen. Mit der rechten Hand den Griff des linken Kabels fassen, mit der linken den Griff des rechten Kabels, sodass sich die Kabel vor dem Körper kreuzen.
3. Arme nach oben und hinten ziehen, bis sie mit den Schultern eine Linie bilden.
4. Zurück in die Ausgangsposition. Wiederholen.

Vorgebeugte Reverse Flys

Die hinteren Deltamuskeln balancieren die Schultern aus und verhindern Verletzungen der Schultern. Die vorderen Schultermuskeln sind häufig kräftiger als die hinteren, deshalb sollte diese Übung hin und wieder absolviert werden.

Beanspruchte Muskeln: **hintere Deltamuskeln**

Tipps:

- *Rücken gerade halten, aus der Hüfte nach vorne beugen.*

Übungsablauf:

1. Kabel auf niedrige Position einstellen.
2. Mit dem Rücken zur Maschine stehen. Die Kabelgriffe fassen, sodass sich die Kabel vor dem Körper kreuzen.
3. Vorbeugen, bis sich der Rücken fast waagerecht zum Boden befindet, die Arme sind vor der Brust gekreuzt.
4. Arme zu den Seiten nach oben ziehen, bis die Ellenbogen mit den Schultern eine Linie bilden. Die Ellenbogen dabei leicht gebeugt halten.
5. Arme absenken. Wiederholen.

Lat-Ziehen im Stand

Die Übung bearbeitet Latissimus (Großer Rückenmuskel), der für die Stabilität des Rückens sehr wichtig und entscheidend für die Zugkraft ist.

Beanspruchte Muskeln: Rückenmuskeln, Trizeps

Tipps:

- *Die Zugkraft vorrangig aus dem Latissimus holen, nicht so sehr aus dem Trizeps.*
- *Auch wenn es »gestreckte Arme« heißt, so können diese während der Bewegung leicht gebeugt werden.*
- *Den Bewegungsradius so weit wie möglich ausnutzen.*

Übungsablauf:

1. Kabel sehr weit oben justieren. Mit dem Gesicht zur Maschine stehen, den Kabelgriff mit beiden Händen fassen, Knie und Hüfte leicht beugen, um einen stabilen Stand einnehmen zu können.
2. Die Ellenbogen bleiben fest. Mit der Kraft der gestreckten Arme den Kabelgriff nach unten ziehen, bis sich die Arme senkrecht seitlich am Körper befinden.
3. Zurück in die Ausgangsposition. Wiederholen.

Kurzhantel-Butterfly auf der Schrägbank

Die Übung bearbeitet den oberen Brustbereich. Die Muskeln werden vergrößert und definieren das Brustgewebe in diesem Bereich. Da die Arme weit vom Körper entfernt positioniert sind, sollte das Gewicht nicht zu groß gewählt werden. Man bewältigt vermutlich weniger Gewicht als beim normalen Bankdrücken auf der Schrägbank.

Beanspruchte Muskeln: Pectoralis major

Tipps:

- *Füße fest auf den Boden stellen.*
- *Sicherstellen, dass Ellenbogen gerade zur Seite geführt werden.*
- *Die Kurzhanteln nicht vollständig nach oben und auch nicht ganz nach unten führen, damit die Brustmuskulatur konstant unter Spannung bleibt.*

Übungsablauf:

1. Auf eine Schrägbank (30- bis 45-Grad-Winkel) legen.
2. Mit jeder Hand eine Kurzhantel fassen, in Brusthöhe senkrecht nach oben heben, Arme leicht gebeugt.
3. Kurzhanteln seitlich neben den Schultern absenken, bis eine intensive Dehnung in der Brust zu spüren ist.
4. Kurzhanteln wieder zwei Drittel des Weges nach oben heben. Anhalten.
5. Arme absenken. Wiederholen.

Kurzhantel-Butterfly auf der Flachbank

Der Kurzhantel-Butterfly bearbeitet den Pectoralis major. Es wird eine starke Dehnungsbelastung ausgeübt, gleichzeitig werden Kraft, Stabilität und Flexibilität der Muskulatur verbessert.

Beanspruchte Muskeln: **Pectoralis major**

Tipps:

- *Füße fest auf den Boden stellen.*
- *Die Ellenbogen leicht gebeugt halten, die Arme stehen senkrecht zum Körper.*
- *Hanteln nur zwei Drittel des Weges heben, um die Brustmuskulatur konstant unter Spannung zu halten. Nicht vollständig nach oben durchstrecken.*

Übungsablauf:

1. Auf einer flachen Hantelbank auf den Rücken legen. Mit jeder Hand eine Kurzhantel fassen und diese mit leicht gebeugten Armen nach oben führen.
2. Die Handflächen zeigen zueinander und bleiben während des ganzen Bewegungsablaufs in dieser Position.
3. Kurzhanteln zu den Seiten absenken, bis die Brustmuskeln extrem stark gedehnt werden.
4. Mit einer »umarmenden« Bewegung die Kurzhanteln nach oben führen.
5. Absenken. Wiederholen.

Kurzhantel-Überzug

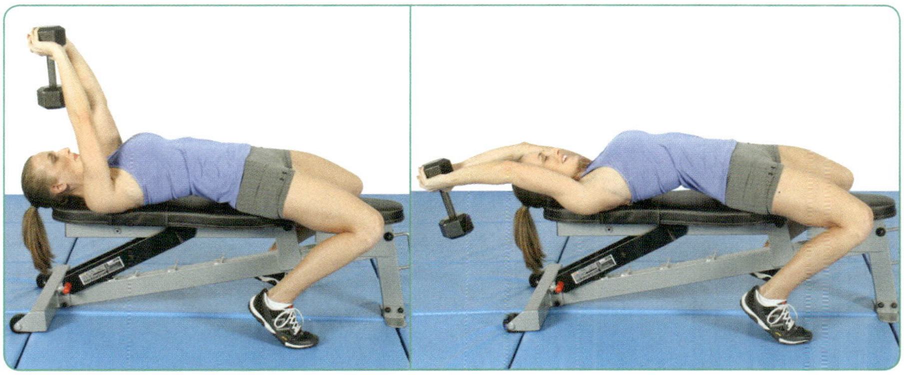

Die Übung stärkt Pectoralis, Serratus, Trizeps und Latissimus. Kurzhantel-Überzüge sind eine großartige Übung für den Oberkörper, da sie sehr viele Muskeln trainieren und langfristig große Gewichte ermöglichen.

Beanspruchte Muskeln: **Brustmuskeln, Serratus, Latissimus, Trizeps**

Tipps:

- *Die Gesäßmuskulatur fest anspannen.*
- *Die Ellenbogen während der Bewegung leicht gebeugt halten.*
- *Die Bewegung nicht als Trizepsdehnung ausführen. Die Dehnung erfolgt in den großen Rückenmuskeln.*

Übungsablauf:

1. Auf einer flachen Hantelbank liegend, mit beiden Händen eine Kurzhantel aufnehmen, dabei umgreifen die Hände das weiter vom Körper entfernte Hantelende.
2. Die Kurzhantel senkrecht über der Brust positionieren, die Ellenbogen sind leicht gebeugt.
3. Die Kurzhantel weit über den Kopf nach hinten absenken, bis Oberarme und Schultern fast eine Linie bilden.
4. Die Kurzhantel wieder heben. Wiederholen.

Trizepsdrücken mit Stange

Viele Frauen mögen die Übung, weil sie die Arme modelliert. Dennoch darf man nie vergessen, dass eine punktuelle Gewichtsreduktion ein Mythos ist und gezielte Fettverbrennung an einzelnen Körperregionen nicht funktioniert. Dennoch ist Trizepstraining sinnvoll, um durch gezielten Muskelaufbau optische Verbesserungen zu erreichen.

Beanspruchte Muskeln: Trizeps

Tipps:

- *Den Bewegungsradius vollständig ausnutzen.*
- *Das Gewicht nicht zu groß wählen, nicht »wuchten« und nicht mit Schwung arbeiten.*

Übungsablauf:

1. Kabel sehr weit oben justieren und die gerade Stange mit beiden Händen im engen Obergriff fassen.
2. Arme nach unten strecken.
3. Zurück in die Ausgangsposition. Wiederholen.

Trizepsdrücken mit Seil

Viele Frauen mögen die Übung, weil sie die Arme modelliert. Dennoch darf man nie vergessen, dass eine punktuelle Gewichtsreduktion ein Mythos ist und gezielte Fettverbrennung an einzelnen Körperregionen nicht funktioniert. Dennoch ist Trizepstraining sinnvoll, um durch gezielten Muskelaufbau optische Verbesserungen zu erreichen.

Beanspruchte Muskeln: Trizeps

Tipps:

- *Den Bewegungsradius vollständig ausnutzen.*
- *Das Gewicht nicht zu groß wählen, nicht »wuchten« und nicht mit Schwung arbeiten.*

Übungsablauf:

1. Kabel sehr weit oben justieren. Seil mit beiden Händen fassen.
2. Arme nach unten strecken, dabei das Seil mit den Händen zu den Seiten auseinanderziehen.
3. Zurück in die Ausgangsposition. Wiederholen.

Trizepsddrücken über Kopf mit Seil

Viele Frauen mögen die Übung, weil sie die Arme modelliert. Dennoch darf man nie vergessen, dass punktuelle Gewichtsreduktion ein Mythos ist und gezielte Fettverbrennung an einzelnen Körperregionen nicht funktioniert. Dennoch ist Trizepstraining sinnvoll, um durch gezielten Muskelaufbau optische Verbesserungen zu erreichen.

Beanspruchte Muskeln: Trizeps

Tipps:

- *Der untere Rücken darf nicht überstreckt werden.*
- *Oberarme konstant in Position halten, die Bewegung kommt aus den Ellenbogen.*

Übungsablauf:

1. Kabelzug mit Seil auf mittlerer Höhe positionieren. Mit dem Rücken zur Maschine stehen. Das Seil hinter dem Kopf positionieren.
2. Den Körper in Schrittstellung nach vorne lehnen, um den Trizeps zu dehnen, während das Kabel unter Spannung gesetzt wird.
3. Arme nach vorne strecken, bis die Ellenbogen vollkommen gerade sind.
4. Seil und Kabel kontrolliert zurück in die Ausgangsposition führen, die Oberarme bleiben konstant in der ursprünglichen Position. Wiederholen.

Kurzhantel-Curl auf der Schrägbank

Diese Übung bringt Körper und Hanteln in eine optimale Position für die perfekte Bizepsdehnung. Eine anspruchsvolle Übung, da der Bizeps während der gesamten Bewegung durch Gewicht und Schräglage kontinuierlich gedehnt wird.

Beanspruchte Muskeln: Bizeps

Tipps:

- *Arme kontinuierlich unter den Schultern halten, das Gewicht nicht mit Schwung nach oben wuchten.*
- *Volle Spannung am Ende der Kontraktion und diese Position kurz halten.*

Übungsablauf:

1. Auf der Schrägbank (45- bis 60-Grad-Winkel) mit jeder Hand eine Kurzhantel fassen, Arme gerade nach unten halten, Handflächen zeigen nach vorne.
2. Die Ellenbogen dicht am Körper halten und die Kurzhanteln durch Beugen des Ellenbogengelenks, so weit wie möglich, Richtung Schulter führen.
3. Arme absenken. Wiederholen.

Wechselseitiger Bizeps-Curl im Stehen

Der Bizeps ist verantwortlich für die Beugung des Ellenbogens. Durch Kräftigung dieses Muskels wird die Zugkraft der Arme verbessert, z. B. für Rudern, Klimmzüge und andere Zugübungen. Je stärker der Bizeps, umso mehr Gewicht kann bei Rückenübungen eingesetzt werden. Darüber hinaus macht diese Übung die Arme straff und sexy.

Beanspruchte Muskeln: Bizeps

Tipps:

- *Bewegungsradius voll ausnutzen. Den Arm vollständig strecken, beim Beugen den Bizeps komplett kontrahieren und den Arm wieder absenken in die Streckung.*
- *Ellenbogen dicht am Körper halten. Zum Heben des Gewichts nicht auf andere Muskeln ausweichen.*

Übungsablauf:

1. Mit jeder Hand eine Kurzhantel fassen und seitlich am Körper halten. Die Handflächen zeigen zum Körper.
2. Die Ellenbogen dicht an den Körperseiten halten und wechselseitig beugen. Dabei den Unterarm nach oben drehen, bis die Handfläche zur Schulter zeigt.
3. Die Kurzhantel bis zur vollen Kontraktion nach oben führen und wieder absenken.
4. Seite wechseln und alternierend arbeiten.

Hammer-Curl mit Kurzhanteln

Der Hammer-Curl ähnelt dem wechselseitigen Curl, allerdings wird der Unterarm nicht gedreht, und man arbeitet zeitgleich mit beiden Armen. Da die Handflächen während der gesamten Bewegung in neutraler, dem Körper zugewandter Position gehalten werden, bearbeitet die Übung Bizeps, Brachialis und Brachioradialis.

Beanspruchte Muskeln:

Bizeps, Brachialis, Brachioradialis

Tipps:

- *Den Arm vollständig strecken, beim Beugen den Bizeps komplett kontrahieren und den Arm wieder in die Streckung absenken.*
- *Ellenbogen dicht am Körper halten. Zum Heben der Gewichte nicht auf andere Muskeln ausweichen.*

Übungsablauf:

1. Mit jeder Hand eine Kurzhantel fassen und seitlich am Körper halten. Die Handflächen zeigen zum Körper.
2. Beide Kurzhanteln gleichzeitig durch Beugen der Ellenbogen so hoch wie möglich heben. Die Daumen zeigen zu den Schultern.
3. Arme absenken. Wiederholen.

Konzentrations-Curl mit Kurzhantel

Mit dieser Übung wird der Bizeps wirklich isoliert und eine erhebliche Kontraktion hervorgerufen.

Beanspruchte Muskeln: **Bizeps**

Tipps:

- *Den Arm kontinuierlich unter der Schulter halten, das Gewicht nicht mit Schwung heben.*
- *Volle Spannung am Ende der Kontraktion, diese kurz halten.*
- *Den Körper durch Abstützen der freien Hand auf dem Knie oder in der Hüftbeuge stabilisieren.*

Übungsablauf:

1. Kurzhantel in eine Hand nehmen.
2. Im Stand mit leicht gebeugten Knien aus der Hüfte nach vorne beugen, bis der Rücken fast parallel zum Boden ist.
3. Den Arm mit der Hantel zwischen den Beinen nach unten strecken.
4. Kurzhantel bis auf Schulterhöhe heben.
5. Wieder absenken, bis der Arm vollkommen gestreckt ist. So oft wiederholen wie vorgesehen. Dann den Arm wechseln.

Bizeps-Curl mit Langhantel

Anders als bei Kurzhantel-Curls bleiben die Handflächen während des gesamten Bewegungsablaufs im Kammgriff. Die Langhantel-Curls bearbeiten neben dem Bizeps auch die Bauch- und oberen Rückenmuskeln. Selbst für die Core-Stabilität ist diese Übung eine große Herausforderung.

Tipps:

- *Den Arm vollständig strecken, beim Beugen den Bizeps komplett kontrahieren und den Arm wieder in die Streckung absenken.*
- *Ellenbogen dicht am Körper halten. Zum Heben der Gewichte nicht auf andere Muskeln ausweichen.*
- *Nicht mit Schwung arbeiten.*

Übungsablauf:

1. Langhantel mit beiden Händen im schulterbreiten Kammgriff fassen.
2. Die Ellenbogen dicht am Körper halten. Die Hantel mit den Unterarmen anheben, bis sie fast die Brust berührt.
3. Arme bis zur völligen Streckung absenken. Wiederholen.

Beanspruchte Muskeln: **Bizeps**